Elizabeth Kostova

The Swan Thieves 天鹅贼

〔美〕伊丽莎白·科斯托娃 著
沈亦文 译

人民文学出版社

著作权合同登记号:图字 01-2012-9253

Elizabeth Kostova
THE SWAN THIEVES

Copyright © 2010 by Elizabeth Kostova
This edition published by arrangement with Little,
Brown and Company, New York, New York USA.
All rights reserved.

图书在版编目(CIP)数据

天鹅贼/(美)科斯托娃著;沈亦文译.—北京:人民文学出版社,2013
ISBN 978-7-02-009776-0

Ⅰ.①天… Ⅱ.①科… ②沈… Ⅲ.①长篇小说-美国-现代 Ⅳ.①I712.45

中国版本图书馆 CIP 数据核字(2013)第 045655 号

特约策划:彭　伦　欧雪勤
责任编辑:苏福忠
封面设计:汪佳诗

出版发行	人民文学出版社
社　　址	北京市朝内大街 166 号
邮政编码	100705
网　　址	http://www.rw-cn.com
印　　制	宁波市大港印务有限公司
经　　销	全国新华书店等
字　　数	380 千字
开　　本	890 毫米×1240 毫米　1/32
印　　张	15.25
版　　次	2014 年 1 月北京第 1 版
印　　次	2014 年 1 月第 1 次印刷
书　　号	978-7-02-009776-0
定　　价	45.00 元

如有印装质量问题,请与本社图书销售中心调换　电话:010-65233595

献给我的母亲,一个好妈妈

你或许难以相信,在一张画布上呈现一个单独的人物,并且把所有的心力放在这个唯一和典型的人物身上,让它生动鲜活起来,有多么困难。

——爱德华·马奈①,一八八〇年

① 爱德华·马奈(1832—1883),法国写实派和印象派画家,作品包括《草地上的午餐》,这幅画在当时引起了极大的争议。

村子外有一堆柴火,熏黑了正在融化的白雪。火圈旁边有一个放置了数月的篮子,颜色渐渐褪成了暗灰。那些老人围坐在长椅上暖手——此刻即便是取暖也太冷了——天太过接近于暮色,太过阴沉。这不是巴黎。空气中弥漫着烟雾和夜空的气息,一轮惨淡的琥珀色夕阳下沉到树林里,几近西下。夜色的降临如此迅速,以至于离废弃的火苗最近的窗户里也早已亮起了灯光。那是一八九五年的一月或二月,或者是阴冷的三月——这个年份会用黑色潦草的数字标记在一个角落的阴影上。村子各家屋顶都是石板铺成的,把上面沾着的、正在融化的积雪分成一堆又一堆。村里有的小巷夹在高墙之间,而有的则两边面向田野和泥泞的园子。各家都紧闭房门,饭菜的香味从烟囱里袅袅飘出。

这个冷冷清清的地方只有一个人在走动——一名身穿厚重旅行服装的女子正在沿着一条小巷走向最后面的房子。那里也点着灯,远远的窗口映出一个模糊的人影俯身凑近火堆。巷子里的女子举止高贵,她穿的不是村里人常穿的破旧围裙和木底鞋。她的斗篷和长裙在蓝紫色的雪中颇为醒目。她的兜帽镶着毛边,只露出她白皙脸颊的一道弧线。她的裙子边缘是浅蓝色的几何图形。她双手抱着一个包得严严实实的包裹,像是怕它着凉。树木的枝条麻木地伸向天空,并框出了这条路。巷子尽头的房子门前的长椅上有人落下一块红色的布——像是一条披肩或是一块小桌布,这是唯一一抹亮丽的色彩。那名女子用双臂和戴着手套的双手护住包裹,尽可能快地背离村子的中央前行。她的靴子咔咔地踏在路面的冰块上。她呼出的气在越来越浓的黑暗中凝成白雾。她蜷起身子,紧张而小心地赶路。她是要离开村子还是去往最后一排的某栋房子?

就连看着她的那个人也不知道答案,更不在乎。一整个下午他都在干活,在小巷两边的墙里敲钟,放置光秃的树木,测量道路,等待着冬天日落的那十分钟。这名女子是外来者,但他也很快注意到她,发现她衣着的细节,借用越来越暗的天光来画下她戴着兜帽的侧影,她蜷身取暖或是掩盖包裹的样子。无论她是谁,这都是一个美丽的惊喜。她是一个遗失的音符,在堆着尘土斑斑的积雪的道路中央,他需要填上这么一段韵律。他早就隐退了,现在只是在屋里创作——他老了,如果在户外的严寒中作画超过一刻钟,四肢就会疼痛——因此他只能想象她急促的呼吸,踏在路上的脚步,以及在那尖尖的靴子后跟下咯吱作响的雪地。他正在衰老,疾病缠身,但有一刻他希望她转过头直视他。他想象着她的头发应该是又黑又软,嘴唇是朱红色,眼睛大大的,满是机警。

但她并没有转过头来,他觉得很庆幸。他希望她就是这个样子,需要她越走越远,而进入画布中积着雪的巷子里,需要她那挺直的背影和边缘精致的厚重长裙,还有她怀抱着包裹的样子。她是一个真正的女人,忙着赶路,但此刻她永远地定格下来。此刻,她凝固在她的匆匆行色之中。她是一个真正的女人,此刻也成为一幅画。

一

马洛

一九九九年四月,我接到电话,获知罗伯特·奥利弗的事情。不到一星期之前,他企图将一把小刀捅进国家美术馆收藏的一幅十九世纪画作中。那天是星期二,当春天早已带来似锦繁花,甚至微热的天气时,有几天上午却很糟糕,气温突降,天色低沉,冰雹肆虐,雷声隆隆,当天上午就是这样。同时,那天碰巧是科罗拉多州利特尔顿哥伦拜恩高中枪击案①发生的一周之后。我依然在专注地思考着这起事件,我猜全国的精神科医生都是这样。我的办公室里满是那两个带着枪管锯短的猎枪、着了魔似的满腔愤恨的年轻人的影子。我们究竟哪里辜负了他们以及他们枪下更多无辜的受害者?极端的天气状况和举国的低落情绪在我看来引爆了那个早晨。

电话铃声响起,我接起电话,那一头传来朋友及同行约翰·加西亚医生的声音。约翰是个正人君子,出色的精神科医生——多年前曾是我的同窗,如今不时约我出去到他选的餐馆吃午饭,并且很少让我买单。他在华盛顿一家大医院负责急诊和住院病人,同时,和我一样,也接待私人病患。

此刻约翰告诉我,他想把一个病人转到我这里,让我治疗,我听得出他语气中的急切。"这个人可能是个棘手病例。我不知道你会怎样对待他,但是我更希望他能去金树林接受你的治疗。实际上他是位画家,非常成功的画家——上星期他害得自己被捕,接着警察把他交给了我们。他沉默寡言,不太喜欢我们和这个地方。他叫罗伯特·奥利弗。"

---

① 一九九九年四月二十日,美国科罗拉多州利特尔顿的哥伦拜恩中学发生一起震惊世界的惨案。两名高中生持枪杀死了十二名同学和一名老师,随后开枪自杀。在这起案件中,另有二十三人受伤。

"我听说过这个人,但确实不了解他的作品,"我坦言,"风景画和人物肖像——我记得几年前他上过《艺术新闻》的封面。他为什么被捕?"我转向窗子站了起来,注视着犹如高贵白色砂砾的冰雹,铺天盖地地坠落在围墙内的后院草坪和一棵已被砸伤的玉兰树上。草地早已泛出大片鲜绿,而一瞬间,一道如水的阳光洒向万物,接着又是一阵猛烈的冰雹。

"他企图破坏国家美术馆的一幅画,用一把小刀。"

"一幅画?不是一个人?"

"这个嘛,当时房间里似乎只有他一个人,但随后一名警卫走进来,看见他朝一幅画刺去。"

"他们是不是打了起来?"我看着冰雹消融在鲜艳的绿草中。

"是的,他最后把刀扔在地上,但接着抓住警卫一阵猛烈摇晃。他身材魁梧。然后,不知怎么的停了下来,任由别人把他带走。美术馆方面在考虑是否要以伤害罪起诉他。我想他们会放弃,但他还是有可能被抓起来。"

我又注视着后院。"国家美术馆的画是联邦政府的财产,对吗?"

"对。"

"他拿的是什么刀?"

"就是把小折刀。没什么惊世骇俗的,但他可能会造成很大的破坏。他很激动,认为自己的做法是英雄般的壮举。接着在警察局里他彻底崩溃,说他好几天没有睡觉,甚至还哭了一会儿。他们把他带到精神科急诊室,我收下了他。"我听得出约翰在等我答复。

"这个人多大?"

"他还算年轻——好像四十三岁,现在这年纪在我听来就是年轻人,你明白吗?"我明白,并笑出声来。两年前刚过五十岁的我们都像是受到了沉重的打击,于是和几个同病相怜的朋友一起庆祝了一番。

"他身上还带着另外几样东西——一本写生本和一捆旧信件。他不许别人碰。"

"那么你希望我为他做些什么?"我靠在书桌上放松下来。一个漫长的上午即将过去,我感到饥肠辘辘。

"就是接收他。"约翰说。

但一种习惯性的谨慎深深地渗入我们的职业中。"为什么?你想给我再添一件烦心事?"

"哦,拜托。"我听得出约翰笑了。"我知道你从来不会把一位病人拒之门外。'好好医生',这个人值得你花时间。"

"因为我是画家?"

他稍稍迟疑了一下。"坦白地说,是的。我不能假装我理解艺术家,但我认为你会理解这个人。我告诉你他沉默寡言,我的意思是,我从他嘴里挖出了不过三句话。我觉得他在抑郁中挣扎,尽管我们已经开始对他用药。他还显示出愤怒和一阵阵的躁动。我很担心他。"

我的目光移过大树、青翠欲滴的草坪、零零星星正在融化的冰雹,又回到大树上。那棵树矗立在后院的中央略微偏左的地方,隔着窗,它那紫色和白色的蓓蕾在阴暗的天色下呈现的光泽,是阳光中不曾有的。"你们对他用了什么药?"

约翰报出一个单子:一种情绪稳定剂、一种抗焦虑药和一种抗抑郁药,都是较大的剂量。我从书桌里取出一支笔和一本便笺纸。

"诊断呢?"

约翰告诉了我,而我并不吃惊。"对我们来说,幸运的是,他还肯讲话的时候,在急诊室签了一份信息许可书,他大约两年前在南卡罗来纳看过一位精神科医生,我们刚刚从他那里拿到了病历。显然那是他最近一次看医生。"

"他是否存在强烈的焦虑?"

"嗯,他不愿意谈这个,但我看得出来。根据记录,这不是第一轮药物治疗。事实上,他到这里的时候外套口袋里还有一瓶两年前配的抗惊厥药氯硝西泮。很有可能不用情绪稳定剂,他就不见好。我们最后联系到他在北卡的妻子——实际上是前妻——她讲了更多有关他过去治疗的事情。"

"有自杀倾向?"

"有可能,既然他不肯多说,就很难恰当评估。他不仅仅是愤怒。就像是一头被关在笼子里的熊——一头不出声的熊。但就因为这种表现,我不想就这么把他放走。他需要在某个地方待上一段时间,有人来弄清楚究竟出了什么事,他的药物需要作微调。他确实是自愿签字的,我敢说他这个时候很愿意离开。他不喜欢这里。"

"这么说你认为我能让他开口?"这是我们一个往日的玩笑,约翰显然觉得很亲切。

"马洛,就算是块石头,你也能让它开口。"

"谢谢你的恭维。还要特别感谢你打扰了我的午休时间。他有保险吗?"

"有一些。社工正在研究这个。"

"好的——就把他送到金树林来吧。明天两点,带上相关资料。我会安排他住院。"

我们挂上电话。我站在那里,想着能否挤出五分钟吃饭时间画个素描。当日程安排很紧的时候,我总是喜欢这么做。我在一点半、两点、三点和四点都有约诊,五点有个会。明天我要在金树林待上十个小时,这是我过去十二年来工作的私立医疗中心。此刻我想来点汤和色拉,还需要一支铅笔在我手指上逗留几分钟。

我也想起某件忘了很久的事情,虽然这件事我过去常常想起。二十一岁那年,我刚刚从哥伦比亚大学毕业(在那里我修完了历史学、英语和自然科学),并已经进入弗吉尼亚大学医学院,我的父母主动给我一笔钱,足以让我和我的室友到意大利和希腊旅行一个月。那是我第一次走出美国。意大利教堂和修道院里的绘画,佛罗伦萨和锡耶纳的建筑,令我深感震撼。在希腊帕罗斯岛——世界上半透明白色大理石的最佳产地——当地的考古博物馆里只有我一个人。

那座博物馆里只有一尊贵重的雕像,单独摆放在一个房间里。那是一尊胜利女神像,约五英尺高,残缺不全,没有头部和手臂,原本长着翅膀的背部只留下疤痕,由于长期被埋在岛上的泥土中,大理石上沾着红色的污点。但你还是看得出精湛的雕刻技艺,衣裙犹如漩涡状的水流裹在她的身上。她的一只小巧的脚已经被补上。我独自待在房间里,把她画下来,这时警卫走进来大叫:"快合上!"他离开之后,我包起画画的用具,接着——完全没有想到后果——最后一次靠近胜利女神,俯身去亲吻她的脚。警卫迅即上前怒吼着,实际上他还抓住了我的领子。我从来没有被人扔出过酒吧,但那天,我被扔出了一座只有一名警卫看守的博物馆。

我提起电话,回给约翰,幸好他还在办公室里。

"那是幅什么画?"

"什么?"

"你的病人奥利弗先生攻击的画。"

约翰笑了。"你知道,我不会想到问那个,但警方的报告中写了。那幅画名字叫《勒达》,关于一个希腊神话的,我猜。至少我一下子想到的就是这个。报告中说画的是一个裸女。"

"被宙斯征服的女人之一,"我说,"宙斯变成一只天鹅来接近她。那是谁画的?"

"哦,拜托——你怎么把这事儿搞得像《美术史一百二十五题》。顺便说一句,这门课我没及格。我不知道是谁画的,我怀疑逮捕他的警官也不知道。"

"好吧。回去工作吧。祝你今天愉快,约翰。"我一边说,一边试着弯起脖子夹住听筒。

"你也是,我的朋友。"

二
马洛

我早就有一种冲动,渴望回顾这段历史,坚称这是一个私人的故事。不仅涉及个人隐私,而且我的想象和事实八九不离十。我花了十年的时间整理和归纳我在这个案例上做的笔记以及我的思绪。我原先考虑为一份我最为敬重、我过去也发表过作品的精神病刊物,撰写有关罗伯特·奥利弗的文章,但谁会出版最终可能危害这个职业的东西?我们生活在一个充斥着脱口秀表演和信口开河的时代,但我们的职业特别严格地要求保持沉默——谨慎、合法、负责。做到最好。当然,也存在这样的案例,其中起到关键作用的是智慧而不是规则,每一位医生都知道这种特别病例。我已经做了防范,把这个故事中相关的一切人名都改掉,包括我自己的,除了一个非常常见的名字——现在在我看来依然如此美丽——我认为这对于故事本身并没有坏处。

我并非成长于医学世家:我的父母都是牧师——实际上,我母亲是他们那个最小的教派中第一位女性牧师,她被任命的时候我十一岁。我们住在康涅狄格州一个镇上一栋非常古老的建筑中,一栋有着低矮的屋檐、栗色封檐板和前院活像英式墓园的房子,金钟柏、紫杉、垂柳和其他墓园里常见的树木争相簇拥在通往前门的小路两旁。

每天下午三点一刻,放学后我拖着装满书本、橡皮屑、棒球和彩色铅笔的帆布书包,走向那栋房子。母亲会来开门,她通常穿着蓝色裙子和毛衣,后来有时候她会穿黑西装和白色立领衬衫,因为她要去看望病患、老人、犯人和新的忏悔者。我是一个满腹牢骚的孩子,心态很不好,一贯觉得生活言而无信,令人失望。而她是一位严厉的母亲——严厉、正直、乐观而慈爱。当她发现我开始显露绘画和雕刻的天赋,便日复一日坚定地鼓励我,

二

从不过分地夸奖但也从不让我怀疑自己的能力。我们完全不像对方,我认为,从我出生那一刻起就是这样了,但我们深爱彼此。

很奇怪,虽然我母亲去世得比较早——或者说也许正因为如此——我发现到了中年的自己越来越像她。多年来,我没有结婚但不是完全单身,虽然最终我改变了那个局面。所有我爱着(曾经爱过)的女人都像小时候的我——情绪化、自以为是、有趣味。在她们身边,我变得越来越像我母亲。我的妻子也不例外,但我们很般配。

一方面受到那些昔日爱人和我妻子的影响,另一方面,毫无疑问,由于一份每天向我展示人类内心深处的职业——环境造成的痛苦、先天的异常行为——从孩提时期起,我就克制自己,不让自己友善地面对生活,几年前我和生活成了朋友——并非我儿时渴望的那种激动人心的友谊,而是一种温和的和解,一种每天都能回到我的卡洛拉玛街寓所的快乐。我不时地拥有这么一刻——当我剥开一个橘子,把它从厨房的台子拿到餐桌上——这时我感到一阵强烈的满足感,也许是对于这种原始的颜色产生的满足。

只有在成年后我才做到这一点。孩子应该喜欢小东西,但实际上我记得我小时候只会做大梦。接下来那个梦缩小了,从一种兴趣移到另一种,再接下来我所有的梦被导入生物和化学,我渴望上医学院,最后梦里出现了极其微小的生命片段,它们的神经元、螺旋和旋转的原子。实际上,我一开始画得很好的,是我的生物实验室里那些最微小的形状和阴影,而不是诸如山峰、人物或是装着水果的果盘这样的大物品。

如今当我做大梦,是为我的病人,我梦见他们最终会感受到厨房和橘子、跷起腿看电视纪录片的平凡的快乐,甚至我替他们想象更大的快乐,比如拥有一份工作,神智健全地回家同家人团聚,看见房间里真实的一切而不是一张张可怕的面孔。对于我自己来说,我学会了梦见小东西——一片叶子,一支新画笔,橘子的果肉,以及我妻子各个美丽的部位,当她坐着看书的时候,客厅灯光下她眼角闪动的光芒,和手臂上细软的汗毛。

我说过我不是在医学世家长大的,但选择我所从事的医学中的一门,也许并不奇怪。我的父母亲和自然科学沾不上边,虽然他们的个人作风伴随着我的燕麦粥和干净袜子传递给我,强烈地灌输给了他们的独生子,使得我能够很好地挺过艰苦的大学生物课程和更加艰苦的医学院——一心钻研和刻苦默记的艰辛夜晚,以及后来相对轻松的在医院轮班的不眠之夜。

　　我也曾梦想成为艺术家,然而当选择事业的时刻到来时,我选择了医学,而且我从一开始就知道是精神病学,那在我看来既是治病救人的职业,也是人类活动的最根本的科学。事实上,我在大学毕业后也报考了艺术院校,而且令我高兴的是,有两所相当好的学校录取了我。我必须承认,那是一个痛苦的抉择,我内心的艺术情结在同医学作斗争。其实,我觉得如果当个画家,我就不能够做出足够重要的社会贡献,我内心很害怕漂泊,害怕为了谋生而痛苦挣扎。精神病学将是一条直接的途径,可以服务于一个备受折磨的群体,同时我还可以继续画画,我想,只要知道自己本可以当个专业的艺术家就足够了。

　　我在一次周末的电话中提到这件事,我能够感觉到父母对于我选择的专业深深的怀疑。当他们琢磨着我为自己铺设了什么样的道路,我为什么选择这条路的时候,电话那头沉默了片刻。接着,母亲平静地指出每个人都需要找个人交谈,她用她自己的方式把他们的牧师工作和我的工作联系起来,而父亲则说有很多方法可以驱赶心中的恶魔。

　　实际上,父亲并不相信恶魔的存在;在他现代而进步的职业中,它们没有出现。他提到它们时总是带着讽刺的口吻,即便是现在上了年纪,当他在乔纳森·爱德华兹等早期新英格兰传教士,或同样吸引他的中世纪神学家的作品中读到有关恶魔的内容,他总是摇着头。他像是读恐怖小说一样:他之所以看就是因为那些作品令他心神不安。他提到"恶魔"、"地狱之火"和"罪恶"时,总是带着厌恶又迷恋的态度讽刺地说出这几个词;教区居民依然到他的书房里来(他永远不会完全退休),他们内心的痛苦大为减

二

少。他承认,虽然他面对的是灵魂,我面对的是诊断、环境因素、行为的结果和 DNA,但我们都在为同一个目标而奋斗:终结痛苦。

在我母亲也成为牧师之后,我们家变得很热闹。我发现很多时间我都一个人逃走。我时常看书或是跑到街道尽头的公园游荡,总是坐在一棵树下,画出我显然从未见过的山峰和沙漠,借此分散注意力,抛开心中的不安和压抑。我最喜欢的书不是海上探险就是发明探索。我尽可能找儿童传记读物读——关于托马斯·爱迪生、亚历山大·格雷厄姆·贝尔、艾利·惠特尼等等——还有后来也发现药物研究的冒险:比如约拿·索尔克和小儿麻痹症。我不是一个不知疲倦的孩子,但我梦想着完成某项壮举。我梦想拯救生命,带着某种救命的新发明出现在某个性命攸关的时刻。即便是现在,我也总是怀着这种感觉去阅读科学期刊里的每一篇文章:对于新发明感同身受的激动,以及对于发明者的强烈忌妒。

不能说想当救世主的渴望是我童年的一大主题,虽然,它显然会成为一个美好的故事。实际上,我没有天赋异秉,而那些给孩子看的传记故事到了我读高中的时候成了回忆,在高中我认真完成作业但没有异乎寻常的热情,倒是怀着大得多的兴趣看课外的狄更斯和梅尔维尔的作品,参加艺术学习班,参加无级别越野赛,在三年级那年松了口气,把我的童贞给了一个经验比较丰富的四年级女孩,她说她在上课时一直都喜欢看我的后脑勺。

我的父母亲在我们镇上确实赢得了一些声望,保护、挽救了一个来自波士顿的流浪汉,此人四处流浪,在我们的公园里栖身。他们前往当地的监狱共同演讲,还阻止了一栋和我们家一样古老的房子(建于一六九一年,我们家是一六八六年)被拆除,原本他们打算在那儿兴建超市。他们来参加我的田径运动会,陪我参加学校的舞会,还邀请我的朋友参加教会的比萨饼派对,主持英年早逝的朋友的追思活动。他们的教派中不办葬礼,没有开棺仪式,没有遗体告别,因此我从未接触过尸体,直到进入医学院,并且我从未看见我认识的人死去，直到我握着母亲的手——她那异常柔软、依然温热的手。

然而我母亲过世前多年，当时我还在念书，我交了那个我前面提到的朋友，他给了我职业生涯中最重要的病例，宽容一点的话，可以这么说。约翰·加西亚是我二十多岁时交的几个男性友人之一——他们都是大学里的朋友，我和他们一起准备生物测验和历史考试，或是在星期六下午玩橄榄球，这些人如今都开始谢顶了，而其他人我之所以在医学院里认识，是因为他们健步如飞，在实验室和课堂上穿着飘扬的白大褂，或是后来苦于和病人交流不畅。约翰打电话来的时候，我们的头发都有点花白，一点点滑向中年，或者试图勇敢地对抗这种倾向——我早就感谢自己养成了一生的习惯，使得我还算瘦，甚至强壮。事实上我的头发依然浓密，白发没有超过棕发，因此在街上还会有女性的回头率。但毫无疑问，我还是那帮中年朋友中的一员。

因此那个星期二约翰打电话来请我帮忙，我当然会答应。当他告诉我罗伯特·奥利弗的事情，我很有兴趣，但我也惦记着我的午餐，抓紧机会舒展双腿，结束上午的工作。我们从来没有留心自己的命运，不是吗？这是我父亲在康涅狄格的书房中会说的话。到了那天下班的时候，我开完会，冰雹变成了细雨，松鼠们正在后院的墙边跑来跑去，跳过苔藓，我几乎不再去想约翰的来电了。

接下来，我快步从办公室走回家，在自己公寓的门厅里甩掉大衣——我结婚前都是这样，没有人在门口迎接我，没有香甜气息的女士衬衣在下班后挂在床脚——我把滴水的雨伞晾着，随后洗洗手，用吐司做一个三文鱼三明治，并到我的画室拿起画笔——接着，指尖夹着细长且光滑的木笔杆，我想起了我的准病人，一个挥舞小刀的画家。我放上我最喜欢的音乐，弗兰克《A大调小提琴奏鸣曲》，刻意不去想他。这一天漫长而有一点空洞，直到我为它填上色彩。但第二天总是会到来，除非我们死了，而第二天，我见到了罗伯特·奥利弗。

三
马洛

他站在新病房的窗边向外眺望，双手在两侧晃动。我进去时他转过身。我这新病人身高一米八五到一米九，身材健壮，当他正对着你的时候会微微前倾，像一头蓄势待发的公牛。他的手臂和肩膀充满了难以抑制的力量，表情顽固且自负。他的皮肤有一道道晒黑的痕迹，头发几乎全黑，非常浓密，其中掺杂几根银丝，有层次地在头上竖起来，一侧比另一侧更为明显，似乎他经常把头发抓乱。他穿着一条松松垮垮的橄榄绿灯芯绒裤子，一件黄色的棉质衬衫，外面罩着一件肘部有补丁的灯芯绒外套，脚上是一双笨重的棕色皮鞋。

罗伯特的衣服上沾着颜料，有橘红色、蔚蓝色和赭石黄等污点——这些色彩在单调的病房中很显眼。他的指甲缝里也嵌着颜料。他站得很不安分，重心从一条腿换到另一条腿，或是双臂交叉抱胸，露出肘部的补丁。两位截然不同的女士后来告诉我罗伯特·奥利弗是她们见过的最温文尔雅的男士，这让我怀疑有哪些方面是女性注意到而我没有注意到的。在他身后的窗台上放着一捆看起来易破的文件，我想这一定就是约翰·加西亚指的"旧信件"。我上前的时候，罗伯特直接地看了我一眼——这不是最后一次我感觉到我们共处于竞技场上——他的眼睛突然变得明亮，意味深长，那是一双深沉的绿眼睛，还布满血丝。接着，他生气地拉下脸，转过头去。

我作了自我介绍，并伸出手。"你今天感觉怎么样，奥利弗先生？"

片刻之后，他坚定地摇摇手以示回应，但什么也没说，似乎陷入了消沉和愤恨中，双臂交叉靠在窗台上。

"欢迎来到金树林。很高兴有机会见到你。"

他看着我的眼睛,还是一言不发。

我在角落的扶手椅上坐下,看了他一会儿,接着又开口说:"我刚才看了来自加西亚医生的资料。我明白上个星期你度过了痛苦的一天,因为这样才把你送到医院。"

听到这里,他露出奇怪的微笑,第一次开口说话。"是的,"他说,"那一天我很痛苦。"

我已经达到第一个目标:他说话了。我平静下来,避免露出高兴或惊讶的神情。

"你还记得出了什么事吗?"

他还是直视着我,但脸上毫无表情。这是一张奇怪的面孔,粗犷和文雅恰到好处地调和在一起,一张棱角分明的脸,鼻子长而宽。"记得一点。"

"你介意告诉我吗?我是来帮助你的,首先就要听你说。"

他什么也没说。

我又说:"你愿意说一点给我听吗?"他还是沉默不语,于是我调整方向。"你知不知道那天你企图做的事情都见报了?当天我自己并没有看报道,但有人给了我一份剪报。你让他们写了四版。"

他别过脸去。

我紧追不舍。"标题是这样的——大画家在国家美术馆偷袭画作。"

他突然放声大笑,用令人意外的温和声音说:"说得一点不错,但我没有碰它。"

"警卫先抓住了你,对吗?"

他点点头。

"你还手了。他把你从画前拉开的时候,你是不是很愤怒?"

这次他的脸上露出了一种从未有过的表情:冷酷。他咬着嘴角说:"是的。"

"画上画着一个女人,不是吗?你攻击她的时候是怎么想的?"我冷不丁地问道,"你怎么会想到做那种事?"

三

他的反应也很突然。他晃动身体,似乎想要摆脱温和镇静剂依然发挥的药效,并耸起肩膀。似乎那一刻主动权在他手里。我看得出他一旦爆发就会变得很可怕。

"我这么做是为了她。"

"为了画中的女人?你想要保护她?"

他不说话。

我又试了一次。"你是说她因为某种原因想要被人袭击?"

接着他低下头,叹了口气,似乎这句话伤害了他,令他连吐气都困难。"不,你不明白。我不是要袭击她。我这么做是为了我爱的女人。"

"是为了别人?你的妻子?"

"随你怎么想。"

我注视着他。"你认为你这么做是为了你的妻子?你的前妻?"

"你可以找她谈谈,"他说,似乎什么都不在乎,"如果你愿意甚至还可以找玛丽谈谈。如果你愿意可以看看那些画。我不介意。你找谁谈都行。"

"玛丽是谁?"我问。那不是他前妻的名字。我等着他回答,但他还是不说话。"你说的画是关于她的画吗?还是国家美术馆里的那幅油画?"

他一言不发地站在我跟前,凝视着我头上方的某个地方。

我等着他开口,只要我愿意,我可以像块石头一样等下去。过了几分钟,我平静地说:"你知道,我本人也是个画家。"我不常这样标榜自己,当然在最开始的会面中肯定不会,但我认为这次值得冒这个小风险。

他瞥了我一眼,可能是感兴趣也可能是不屑,接着躺倒在床上,身体舒展开来,鞋子搁在床罩上,并把手枕在脑后,凝视着上方,好像上面是开阔的天空。

"我想一定是某件非常痛苦的事情驱使你去袭击一幅画。"这又是一次冒险,但同样值得。

他闭上眼睛,转身背对我,似乎准备打个盹。我等着。看出他不打算进一步开口，我站了起来。"奥利弗先生，你需要的话随时都可以找我。你待在这里我们就能照顾你，帮助你康复。你可以随时请护士叫我。很快我会再来看你。如果你只是想找个人陪伴，也可以找我——等你准备好了再谈吧。"

我无从知晓我的话他听进去了多少。第二天我探视的时候护士说一上午他都没有说话，虽然他吃了一点早餐，似乎很平静。他的沉默并非只针对护士，他对我也不说话——无论是那一天还是第二天，还是接下来的十二个月。在这段期间他的前妻没有来探望他，实际上没有一个人来看他。他依然表现出抑郁症的很多症状，常默默地出现一阵阵躁动或焦虑。

大部分时间他和我在一起，我从来没有正式地考虑放弃对罗伯特的治疗，一方面是因为我无法完全肯定他是否会对自己或他人造成危险，另一方面是因为我自己有一种越来越强烈的感觉，对此我会逐步认识清楚；我已经坦言我有理由认为这是一个私人的故事。在最初的几个星期里，我继续给他服用约翰一开始开的情绪稳定剂，同时也继续使用抗抑郁药。

约翰先前寄给我的精神诊断报告上，提到他有一种严重的阵发性情绪紊乱，并尝试用含锂的药物——在几个月的治疗后，罗伯特显然拒绝服用这种药物，说那会掏空他。但报告也描述了一个常常显出良好状态的病人，在一所小学院任教，追求他的艺术事业，并努力同家人和同事相处融洽。我亲自打电话给他先前的精神科医生，但那个家伙很忙，没说什么，仅仅说他在一段时间后发现奥利弗是一个动机不明的病人。罗伯特去看精神科医生主要是应他妻子的要求，在他和妻子分手的一年多前就中断了就医。罗伯特并没有得到任何长期的精神治疗，先前也没有住院。这位医生甚至不知道罗伯特已经离开了格林希尔。

如今罗伯特配合地服用药物，吃饭也同样听话——在一个如此叛逆、坚守沉默的病人身上，那是一个不寻常的迹象。他吃得很少，且没什么兴趣，尽管抑郁，还是注重个人卫生，穿戴整洁。他和其他病人没有任何接

三

触,但还是在看护下进行每日的户内外散步,并且有时候坐在较大的休息室里,在一个洒满阳光的角落里占一个位子。

在他躁动不安的时候——起初一到两天发作一次——他在房间里来回踱步,紧握拳头,身体明显地颤抖,脸部抽动。我小心地看护着他,并要求我的员工也如此。一天早晨,他用拳头砸破了浴室的镜子,但自己没有受伤。有时候他坐在床边,两手抱头,每过几分钟就跳起来朝窗外看,接着又坐回去陷入那种绝望的状态。就算没有发生躁动,他也显得无精打采。

唯一令奥利弗在意的似乎只有他的那捆旧信件,他随身携带,常常打开看看。很多时候,当我去探视他,他面前就摆着一封信。在最初的几个星期里,有一次,在他还没来得及折起信,放回褪色的信封里,我看到信纸上布满工整优雅、用棕色墨水写下的字迹。"我注意到你常常在看同样的东西——就是这些信。它们是古董吗?"

他把手盖在那捆信上,背过身去,他的脸上写满了悲伤,和多年来我治疗过的任何病人一样。不,我不能放弃他,即便他常常好几天都没有发作。有些上午,我请他和我谈谈——没有结果——有时候我只是陪他坐着。每一个工作日我都会问他感觉怎么样,而从星期一到星期五,他总是别过脸,朝近处的窗口望去。

所有这些行为都活生生地体现了一种备受煎熬的状态,但如果我无法就此和他讨论,我该如何得知导致他崩溃的诱因呢?我脑子里闪现过很多念头,其中一个是,除了基本的诊断,他还可能患有创伤后应激障碍;但如果是这样,创伤在哪里?或者说会不会是他自身的崩溃和在美术馆被捕,这两者本身在很大程度上造成了他如今精神上的创伤?我所掌握的资料中并不存在他曾经历过悲剧的迹象,虽然他和妻子的分手也可能造成影响。每当有适当的时机到来,我就温和地尝试鼓励他打开话匣子。他还是保持沉默,保持他那难以自拔、私下反复看信的习惯。一天早晨,我悄悄问他能否考虑让我看看他的信,既然它们对他来说意义重大。"我保证不会没收，当然，如果你同意借给我，我会复印一份，把原件原封不动地还给你。"

　　接着他转向我。我发现他露出类似好奇的神情，但很快沉下脸来再次陷入沉思。他小心翼翼地收好信，避开我的目光，坐在床上别过身去。过了一会儿，我别无选择，只能离开房间。

四
马洛

他来到这里的第二个星期,一天当我走进罗伯特的房间,发现他在写生本上画画。那是一幅简单的、一个女人的四十五度角侧面头像,粗粗地画上了一头深色的鬈发。我马上看出了他精湛的技巧和出色的表现力,这些特质跃然纸上。一幅素描有什么弱点很容易说出,但很难解释是何种一致的内在力量令画面鲜活起来。奥利弗的画作很生动,远不止生动。当我问他画上的人物是想象出来的还是真实的,他完全不理我,比以往更冷漠,并合上本子,放到一边。下一次我探视的时候,他在房间里踱步,我看出他的下巴一会儿绷紧,一会儿放松。

经过观察,我再一次感到放走他很不安全,除非我们能够确定,他日常生活中的诱因不会令他再次出现暴力倾向。我甚至不知道他的生活有什么内容;金树林的秘书为我作了初步的调研,但是我们在华盛顿地区无法找到任何他受雇的记录。他是不是待在家里整天画画?他的信息也没有列在特区的电话名录上,而约翰·加西亚从警方那里得到的地址,后来证明是罗伯特的前妻在北卡罗来纳州的住址。他很愤怒、抑郁,近乎名声在望,似乎无家可归。在写生本上画画这件事令我燃起了希望,但随之而起的敌意比以往更深。

他在画纸上的绝妙技艺以及当之无愧的名声引起了我的兴趣;虽然我通常不会去作不必要的网上搜寻,但我搜索了他的名字。罗伯特在纽约完成主要的艺术课程,获得了美术硕士学位,曾临时在那里授课,也在格林希尔专科学院和纽约州的一所学院教书。他在国家肖像馆的年度排名中位居第二,得到了多项国家奖金和多个驻留职位,同时还在纽约、芝加哥和格林希尔举办了个人画展。他的作品确实出现在数本知名的艺术杂志封面上。多年来,他出售了一些人物肖像和风景画,包括两幅无名黑发女子的肖像,就像他在房间里画的那幅素描。我认为,它们包含着某些印象派的传统风格。

我没有找到艺术家的言论或访谈。我认为,罗伯特本人在我面前,和互联网一样,都是沉默不语的。在我看来,他的作品可能会是沟通的有用渠道,于是我为他提供了大量上好的画纸、炭画笔、铅笔和钢笔,那些都是我从自己家里拿来的。他用这些东西继续画他的女子头像,不然就是反复看他的信。他开始把他的画作支在各个地方,当我在他房间留下胶带之后,他便把它们乱七八糟地贴在墙上。正如我所说,他的技艺异乎寻常;我认为那来自于长期的训练和卓越的天赋,这一点我后来在他的油画中也发现了。很快,他从画女性的侧面像转为正面像;我看得出她精巧的五官和黑色大眼睛。有时候她露出微笑,有时候她显得生气,生气的时候居多。于是我推断这画面可能是他沉默而愤怒的反应,我还猜测病人可能存在某种性别认同的混淆,虽然在这个问题上,我连他无言的反应也得不到。

当罗伯特在金树林一言不发地待了两个多星期后,我想出一个主意,把他的房间布置成一个画室。要做这样的尝试我必须得到中心的特别许可,并安排一些安全措施;那确实是种冒险,但罗伯特在使用铅笔和其他绘画工具时显示出百分百的责任感。我考虑还是把作业疗法室的一角腾出来布置。然而在这种情况下,罗伯特可能不愿意在其他人面前作画,我想。在一次他出去散步的时候,我亲自布置了他的房间,并等着看他回来时有什么反应。

这是一间阳光充足的单人房,我把床挪到另一边,腾出地方来放置一个画架。我已经在柜子上摆满了油彩、水彩颜料、石膏、抹布、一罐罐画笔、矿物油精和油料溶解剂,以及一块木质调色板和刮刀;其中一些东西是我从家里带来的,用过的物品会营造出一间工作室的氛围。我在一面墙边堆了一摞各种尺寸的撑开的画布,并准备了一叠水彩画纸。

四

最后,我坐在角落里我通常坐的椅子上,以便观察他返回时的反应。一看见我放在那里的所有物品,他猛然停下脚步,显然怔住了。接着,他脸上闪过一丝狂怒的表情。他攥紧拳头走向我,我还是坐着,尽可能保持平静,什么也不说。我一度以为他会说些什么,甚至是揍我,但他似乎决定克制这两种冲动。他的身体稍稍放松了一点,转过身开始查看这些新的设备。他摸了摸水彩画纸,细细打量画架,扫了一眼装油彩的瓶子。最后他转了一圈,再一次瞪着我,这一次,他似乎想问我什么,但开不了口。我不止一次地想他是不是因为某种原因失去了说话的能力,而不是不愿意说。

"希望你喜欢这些东西。"我刻意平静地说。

他看着我,沉下了脸。我不再尝试对他说什么,便离开了房间。

两天后,我看见他正全神贯注地在第一块画布上作画,显然为了画画,他隔夜就把画布准备好了。他并没有向我示意,但允许我看着他,欣赏他的画作——一幅肖像。我饶有兴趣地打量着它;我自己一开始主要也是画肖像,虽然我也热爱风景画,事实是我的工作时间较长使我无法经常性地找人作模特儿写生,这对我来说是一大悲哀。我需要的时候只能对着照片画,虽然这违背了我固有的纯粹主义。但有得画总比没得画好,而且我总是能从这种练习中学到东西。

但据我所知,罗伯特画这幅新的油画甚至连一张照片也没有参考,而画面却能散发出震撼人心的生命力。画面上是他常画的女性头像——当然,现在上了颜色——和他的素描一样的传统主义风格。她有一张非常生动的面孔,一对深色的眼睛透出画布——带有一种颇有自信且若有所思的眼神。她长着一头深色的鬈发,泛出栗色的光泽;她长着一个秀气的鼻子、一个右边浮现小酒窝的方正下巴和一张露出浅笑、美丽大方的嘴。她的前额高而白皙,露出的一点衣服是绿色的,深V的领口有黄色的褶皱饰边,还有一弯皮肤。今天她看起来还算开心,似乎最终给她上了色彩这点令她满意。现在我想到这个觉得很奇怪,但那个时候以及后来的几个月里,我不知道她是谁。

那是一个星期三。到了星期五,当我去探视罗伯特,房间里没有人,他显然出去散步了。深发女子的头像立在画架上——我想几乎要完成了——她显得光彩照人。我通常坐的椅子上放着一个信封,上面潦草地写着让我亲启。我发现里面是罗伯特的古董信件。我抽出一封,长时间地拿在手里。信封看起来很旧,看得出从里面透出来的一行行优雅字迹是法语,这令我很意外。我突然感到,要了解这个把信交给我的男子,还有很长的路要走。

五
马洛

  起初我不准备把信带出金树林,但那天晚上我最终还是把它们装进了公文包。星期六早上,我打电话给我的朋友佐伊,她在乔治敦大学教授法国文学。佐伊是多年前我刚来华盛顿时交往的女性之一,我们一直是好朋友,特别是我对她不再有强烈的感觉后,对于她终止了我们的关系便不再遗憾。有时候,去看戏剧或听音乐会,她是绝佳的同伴,对此,我认为她对我的看法也是一样。

  电话响了两声之后,她接了起来。"马洛?"她总是那么正经,但同时也温情脉脉。"你打电话来真好啊。上周我还在想你呢。"

  "那你为什么不打给我呢?"我问。

  "批改论文,"她说,"我谁都没联系。"

  "如果是那样,我就原谅你了。"我打趣地说,我们经常这样。"很高兴你的论文都批改好了,所以我可能有一个项目要交给你。"

  "哦,马洛。"我听得出她一边讲电话一边在厨房里忙碌,她厨房的年龄可以追溯到独立战争刚刚结束的时候,只有我家大厅的储藏室那么大。"马洛,我不要接什么项目。我正在写书,你知道的,过去三年一心在忙这个。"

  "我知道啊,亲爱的,"我说,"但这个你会喜欢,绝对是你的专长——我认为——我希望你来看看。今天下午过来吧,我请你吃晚饭。"

  "这对你来说一定很重要,"她说,"我不吃晚饭了,但是五点可以过来——接着我要去杜邦圈①。"

---

① 华盛顿的一个繁华地区。

"要去约会？"我赞许地说。我突然有点震惊地意识到自己有多久没有一次像样的约会了。我的时间都花到哪里去了？

"你猜对了。"她说。

我们坐在我家的客厅里，将罗伯特在美术馆袭击画作时都随身带着的信件展开。佐伊的咖啡已经冷了，她还一口都没喝。比起上次见到她，她稍微老了一点，因而她那偏黑的皮肤有点倦怠，头发略显干枯。但她的眼睛总是细长而明亮，我想到，在她眼里我一定也老了。"这是从哪里来的？"她问。

"一个表妹寄给我的。"

"法国的表妹？"她狐疑地问道，"你还有法国血统，我怎么不知道？"

"不是，"我编得不够好，"我猜她是从一家古董店或别的什么地方买的，觉得我会感兴趣，因为我喜欢历史。"

此刻她用轻柔的双手拿起第一封信，用敏锐的目光扫了一眼。"它们全都是在一八七七年到一八七九年间写的？"

"我不知道。我没有仔细看过。我不敢看，因为这些纸太脆了，而且我也看不懂多少。"

她展开另一封。"看懂要花点时间，因为字迹的关系，但这些信看起来像是一位女士写给她伯父的，以及对方的回信，你猜对了，有些是关于油画和素描的。也许正是如此，你表妹才会觉得你会感兴趣。"

"也许吧。"我尽量不躲避她的目光。

"让我拿走这封比较清楚的，翻译给你。你说得对——可能很有趣。但我觉得我没有办法全部翻译出来——那非常花时间，你知道，我要把我的书赶紧写出来。"

"坦白地说，我会付给你丰厚的报酬。"

"哦，"她想了一想，"这个嘛，我要说，还是可以考虑的。我先拿一两封试试。"

五

我们谈好了费用,我对她表示感谢。"但要全部翻译出来,"我说,"拜托了。用一般的信寄给我,不要发电子邮件。你可以按照你的进度,一次寄两三封。"我自己也说不清我为什么希望收到手写的信——真正的信,所以我也不作解释了。"如果你不需要原件,我们不妨到拐角处去复印一份以防万一。你可以拿走复印件。你有时间吗?"

"永远细心的马洛,"她说,"没什么万一,但这个主意不错。让我先喝完咖啡,再把我的恋情都告诉你。"

"你不想听听我的?"

"当然想,但你没什么好说的。"

"那倒是,"我说,"那么你说。"

当我们在文具店分手的时候,她拿上崭新的复印件,而我拿走我的信——实际上是罗伯特的——我回到家里,想着要烤个三明治,喝半瓶酒,再独自去看场电影。

我把那些信铺在茶几上,沿着破损的折痕折好并放进信封,不让边缘脆弱的信纸互相碰擦。我想象着曾经碰触过信纸的手,一个女人纤细的双手和一个男人的手——他的手可能比较苍老,当然,如果他是她伯父的话。接着是罗伯特宽大的手,晒黑而且很粗糙。还有佐伊小巧而充满好奇的手。还有我自己的。

我来到客厅的窗边,看着我最喜欢的风景:数十年来——在我搬来之前很久——沿路一直绿树成荫的街道,另一边铺着褐砂石的露台,华丽的栏杆和阳台,十九世纪八十年代建成的街区。经过数个雨天之后,这个傍晚是金黄色的。花期过后的梨树此时呈现一片鲜艳的绿色。我放弃了看电影的念头。这样的夜晚,待在家里享受宁静再好不过了。我正在对着父亲的照片画一幅肖像,准备在他生日的时候送给他——我今天可以继续画一点。我放上弗兰克小提琴奏鸣曲,走进厨房打算做一碗热汤。

六
马洛

说来惭愧,我已经有一年多没有踏进国家美术馆了。馆外的阶梯上满是小学生,蜂拥在我周围的他们穿着单调的校服,也许是一所天主教学校,也许是某所公立学校,要求穿着藏青色百褶裙和刻板的格子衣服,为了恢复失去已久的规整。他们都是一脸的明媚——男孩子们留着很短的板寸头,一些女孩子的辫子上绑着塑料小球——他们的皮肤泛出可人的光泽,有的白皙而略带粉色的雀斑,有的则是黑得发亮。一时间我想到了一个词:民主。这是我在康涅狄格小学社会学课上获得的那种陈旧的理想主义观念,通过阅读乔治·华盛顿·卡沃尔①和林肯,一个梦想属于所有美国人的美国。我们一起登上雄伟的台阶,前往一个从理论上讲对任何人都开放的免费美术馆,这些孩子可以和彼此、和我以及和这些画作无拘无束地共处。

接着幻想破灭了:这些孩子你推我挤,还把口香糖粘在同伴的头发上,而教师们努力用唯一的交际手段来维持秩序。更重要的是,我知道特区的大部分人没有进过这座美术馆,也认为自己不适合到这里来。我停下脚步,等着孩子们走到我前面,因为我已经来不及挤到门口去超过他们。这样,我就有时间转过身去,面对午后融融春意中温暖的阳光,并欣赏购物中心的绿地。我三点的门诊(长期对抗边缘综合征的病人)取消了,而此后就没有别的预约,所以我轻松自在地离开办公室前往美术馆,那天我不用再回去工作。

---

① 乔治·华盛顿·卡沃尔,美国教育家、农业化学家、植物学家,第一个进入艾奥瓦州立大学并取得农业硕士学位的黑人。

六

问讯处有两位女士，一位很年轻，棒球帽下是一头深色的直发，另一位则是退休的女士——我猜她是志愿者，稀疏的白色鬈发令她看起来很苍老。我选择向年长的提问。"下午好，我想你是否能告诉我一幅叫《勒达》的油画在哪里。"

那位女士抬起头露出微笑，她可以做那位年轻讲解员的奶奶了，她的眼珠呈现一种褪色的、几乎是透明的蓝色。她的胸章上写着米莉亚姆。

"当然。"她说。

年轻的女士挪过来，看看她在电脑屏幕上找到了什么。"点击'标题'。"她建议。

"哦，我快找到了。"米莉亚姆深深地叹了口气，就好像她一直知道她的努力是白费的。

"是啊，你找到了。"女孩坚持说，但她要亲自点击一两个地方，米莉亚姆这才笑了。

"哦，《勒达》。那是法国人吉尔伯特·托马斯的作品，在十九世纪的画廊里，就在印象派之前。"

那女孩第一次看我。"那是那个家伙上个月袭击的画。有很多人问起它。我是说——"她停下来，把一缕乌黑靓丽的头发甩到后面固定好。我这才注意到她的头发是染成黑色的，因此看起来有层次感和亚洲风情，衬托出她白皙的面孔和绿色的眼睛。"嗯，不是很多，我想，但有些人想要看看它。"

我发现自己正盯着她看，竟有点心神不定。她站在柜台后面，投来的目光表示她知道，一件紧身拉链外套盖住了她那纤瘦而柔弱的身体，上衣和黑裙之前露出一小段腰部——在这个满是裸体画的画廊中，我猜这是允许裸露的最大尺度。她可能是一个学美术的学生，课余时间在这里打工以完成学业，或是一位天才的版画复制师或珠宝设计师，拥有纤长白皙的手指。我靠着柜台想象着她几个小时后，那条太短的裙子下不再有内裤。她还是一个孩子，我的视线移到别处。她是个孩子，我不是什么万人迷，我知道——我不是什么老去的卡萨诺瓦①。

"听说那件事我很震惊,"米莉亚姆摇摇头,"虽然我不知道就是那幅画。"

"这个嘛,"我说,"我也听说了那件事——很奇怪有人会袭击一幅画,不是吗?"

"我不知道。"那女孩的一只手摩擦着问讯台的边缘。她的拇指上戴着一枚宽宽的银戒指。"我们这里什么疯子都有。"

"莎莉。"年长的女士小声说。

"哦,就是这样。"女孩满不在乎地说。她注视我的脸,似乎敢于指出我就属于她刚才所说的那类精神不正常的人。我想象着她觉得我很有魅力,我察觉了这一点,请她去喝杯咖啡,一种初步的调情,对此,她会说出"我们这里什么疯子都有"这样的话。罗伯特·奥利弗画的女人的形象跃入我的脑海——她也很年轻,且青春不老,那是一张充满了微妙的认知和活力的面孔。"攻击那幅画的人被捕之后,似乎对警方很配合,"我温和地说,"也许他不是那么疯狂。"

女孩的眼神生硬而冷淡。"谁会去破坏一幅艺术作品?后来警卫告诉我,《勒达》险些就被毁了。"

"谢谢你。"我说。此时过来一位年长而衣冠楚楚的先生,手里拿着一份美术馆的地图。

米莉亚姆拿过地图,用蓝色的笔圈出我要找的展室。莎莉早就溜走了,她的激动情绪只是针对我的。

但整个下午我都是一个人,有一种轻松的感觉。我登上阶梯,来到美术馆最高的地方,宏伟的大理石圆形大厅,在泛着微光、斑斑驳驳的立柱间徘徊了片刻,随后站在中间,深吸了一口气。

---

① 卡萨诺瓦,意大利冒险家,以写有许多风流韵事的《自传》而著称,也泛指风流浪子、好色之徒。

六

　　接着，奇怪的事情发生了——这是第一次。我思忖罗伯特是否也曾在此伫立，我能感觉到他的存在，或者说仅仅是试图去猜想他的遭遇——这里，上一个站在这里的人是他。当时他知道他要去捅一幅画吗？知道是哪一幅画吗？那么他可能是匆匆跑过华丽的大厅，一只手已经伸进了口袋。但如果他并无预谋，如果他只是站在那幅画前才有什么事令他一时冲动，他也有可能在这林立的大理石柱间徘徊，任何沉醉其中、热爱传统造型的人都会这么做。

　　实际上——我把双手插进自己的口袋里——即便这次攻击行动是有预谋的，他认为十拿九稳，或者是陶醉地幻想着他掏出小刀，将它在手上打开的那一刻，他也还是有可能在这里停留，感受一种延缓的乐趣。当然对我来说难以想象破坏一幅画作的欲望，但我在想象罗伯特的冲动，而不是我自己的。又过了一会儿，我继续往前走，很高兴离开了这个神圣而昏暗的地方，再次走入画作中间，走入最前面的、十九世纪作品的长长的画廊中。

　　发现这个区域没有一个参观者，我松了口气，虽然警卫不止一个，而是两个，美术馆的管理层似乎觉得随时会有第二个人对同一幅画发动攻击。房间另一边的《勒达》立刻映入我的眼帘。在今天参观之前忍住不去翻书或上网查询，此刻我很庆幸——过后我总是可以去查阅它的历史，但现在画作对我来说很新鲜，震撼而生动。

　　那是一幅巨大的帆布油画，明显的印象派风格，虽然上面的细节和莫奈[①]、毕沙罗[②]或西斯莱[③]的作品相比更为清晰，画作长两百五十厘米，高

[①] 克劳德·莫奈(1840—1926)，法国画家，印象派创始人，名作《印象·日出》在一八七四年展出时被首称"印象主义"，另外以描绘睡莲而著称。

[②] 卡米耶·毕沙罗(1830—1903)，法国画家，印象派先驱，以风景画著称。

[③] 阿弗雷德·西斯莱(1839—1899)，英裔法国印象派画家，以其对野外风光的描绘著称。

一百五十厘米，主体有两个。中间是一个几乎全裸的女性，躺在美丽而逼真的草地上。她显得很慵懒，呈现一种绝望而放纵的古典姿态——或被抛弃？——一头金色的秀发披散在地上，一块布盖在腰上，滑落在腿边，小巧的乳房裸露在外，双臂舒展。她的肌肤在鲜亮的草色衬托下显出圣洁的光泽，太过白皙，近乎剔透，犹如原木下长出的植物的嫩芽。我立刻想起了马奈名作《草地上的午餐》，虽然《勒达》的形象充满了挣扎、惊骇和史诗般的壮丽——不像马奈描绘的那个妓女，平静的裸女形象，肌肤的色调更冷，笔触更松散。

画中的另一个形象不是人，但它显然也是主体——一只庞大的天鹅，在她身边盘旋，似乎要降落在水面上，它的翅膀向后拍打，以缓冲攻击的速度。天鹅翅膀上长长的羽毛像利爪一样向内弯曲，那双灰色带蹼的脚几乎就要碰到她腹部柔嫩的肌肤，黑色的圆眼睛像牡马一样露出凶光。它飞向她的猛烈的一刹那被定格在画布上，令人惊诧，这也解释了草地上这个女人外在和内心的恐惧。天鹅的尾巴蜷缩在身下，骨盆的猛烈动作，似乎是为了进一步缓冲。你可以感觉到这只飞禽前一刻刚刚从那些模糊的灌木丛中飞起，这时突然扑向这个睡觉的人，也就是突发奇想地掉头降落在她身上。

或者说天鹅在寻找她？我试图回想故事的细节。这巨大的生灵的冲击力可能击倒了她，打在她背上，就在她刚刚从露天的小睡中醒来的时候。天鹅不需要生殖器官来彰显雄性气概——尾羽下的阴影部分恰到好处，正如它对着她弯下长长的脖子，伸出强有力的头和喙。

我想亲手触摸她，感受她躺在那里，极力想要把这只鸟推开。当我退后几步观看整个画面，我感受到了勒达的害怕，她起身又摔倒的动作，她将手抠进土里的恐惧——完全没有淹没在这座美术馆其他画廊里成排的古典油画带来的奢淫氛围，比如略微色情的萨宾女子[①]和圣凯瑟琳[②]。我想

[①] 指尼古拉斯·普桑所作《掠夺萨宾妇女》中的女子。
[②] 指拉·维加所作《亚历山德里亚的圣凯瑟琳》中半裸的受难少女。

六

到这些年来我读了好几遍的叶芝的诗歌,但他的勒达也是一个心甘情愿的受害者——"松开的大腿"——没有很多她自己的反抗;我要再一次找出来确定。吉尔伯特·托马斯的勒达是一个真正的女人,她确实很害怕,如果我想要她,我想,那是因为她是真实的,不是因为她早已没有还手之力。

这幅画的铭牌简明扼要:"《勒达》(被天鹅虏获的勒达),一八七九年。一九六七年购入。吉尔伯特·托马斯(1840—1890)。"托马斯先生一定是个感知力极其敏锐的人,我想,也是一位杰出的画家,把自己真挚的感情注入了对一个瞬间的描绘中。快速扇动的翅膀和勒达身上模糊的布料,显示出印象主义初期的端倪,虽然它本身不完全是印象派的画作:描绘主体的手法是印象派画家所不齿的,那是古典神话的学院派风格。是什么使得奥利弗掏出小刀想要捅破这个画面?我再次思忖,他是否经受着反性欲精神错乱的折磨,或是谴责自身的性欲?如果没有及时制止,他这种行为可能会对画中的形象造成难以修复的破坏,但这种行为是否是以另一种方式来保护这个无力反抗天鹅的女孩?是否是一种扭曲、令人误解的见义勇为?他可能仅仅是讨厌作品中的色情意味。但它确实是一幅色情的画作吗?

我在它面前站的时间越久,便越觉得它是一幅关于权力和暴力的画作。我注视着勒达,不再那么渴望去碰触她或玷污她,倒是想要推开这只庞大的、胸口满是羽毛的天鹅,阻止它再一次扑向她。罗伯特·奥利弗是否也有同感,才从口袋里掏出小刀?或者他只是想让她从画框中解脱出来?我站着沉思了一会儿,看着勒达的手抠进草地中,接着又转向旁边一幅画,也是吉尔伯特·托马斯画的。也许这里能找到答案来解开我心中越来越强烈的疑问,一种超越了罗伯特·奥利弗及其小刀的好奇:托马斯是什么样的人?我看了看标题——"《拿着硬币的自画像》,一八八四年"——刚刚看到毛茸茸、触手可摸的黑大衣,黑色胡须,挺括的白衬衫,这时,我感到有人把手放在我的胳膊肘上。

我转过身,并没有异常惊讶——如今我在华盛顿住了二十多年,这里不过就是一座小镇——但发现对方认错了人。没有一个我认识的人,只是有人不小心碰到了我。事实上,此时在场的人不止两三个:一对指着一幅画彼此小声议论的老年夫妇,一个一身深色西服、额头光亮的长发男子,以及一些似乎在说意大利语的游客。

离我最近的,也是我认为碰到我胳膊肘的人,是一位年轻的女士——应该还算年轻。她正在观看《勒达》,一动不动地伫立在画作前,似乎要在那里站上好几分钟。她又高又瘦,差不多和我一样高,双手抱胸,穿着蓝色的牛仔裤和白色的棉质上衣,脚上穿着棕色的靴子。她的头发是不自然的暗红色直发,长长地披在背上,她的面孔——四十五度角侧面——看起来清纯而光洁,长着浅棕色的眉毛和长长的睫毛,素面朝天。当她低下头,我发现她的头根显出金色;一般女孩都是刻意染成金发,她倒是反其道而行。

过了一会儿,她像个男孩子似的把双手插在屁股后的口袋里,凑近画作,细看着什么。从她端详笔触的方式来看——难道是我假想出来的?——她本人就是一位画家。我想,只有画家才会从那个角度审视画作表面。我看着她转身,弯下腰注视着画上灯光打到的地方倾斜的纹理。我被她的专注所打动,站在一旁尽可能不动声色地看着她。她退后几步,再一次欣赏整个画面。

我觉得她在《勒达》前驻足的时间太长了,某种意义上说已经不是在研究绘画技巧了。她显然注意到了我的目光,但并不在意。实际上,她接着就走了——没朝我看一眼,没什么好奇。她不在乎地耸耸肩:一个帅气的高个儿女孩早就习惯了别人的注目礼。我想,也许她不是画家而是演员,或教师,对于他人的注视见怪不怪,甚至享受其中。我等着看一眼她的手,此时,她转向挂在远处墙上的马奈的静物画,两手垂在两侧,对于他笔下光彩照人的酒杯、李子和葡萄,她似乎只是漫不经心地瞥了一眼。我的视力虽说依然敏锐,但确实大不如前,我看不出她的指甲缝里有没有颜料,也不想走近耸着肩膀的她去弄清楚。

六

突然,令我意外的是,她完全转过身来,对我露出困惑而暧昧的微笑,一个直白的微笑,一个对于同样凑近画作的凝视者、同样流连那种景致的人饱含着认同的微笑。她的脸庞开阔,不化妆显得更机警,她的嘴唇苍白,眼睛的颜色我说不清楚,皮肤在褐色头发的反衬下显得白里透红,她的脖子上戴着皮绳结成的项链,上面串着长长的陶珠,看上去里面像是卷着祈祷的经文。她的白色棉质衬衣显出了纤瘦的身体上丰满的胸部。她挺起胸膛,但不是那么娇弱,不像一个舞者,倒像是一个骑在马背上的人,带着一点谨慎的优雅。老人们逐渐靠近她,于是她只得缓缓走开:别了,托马斯、马奈,还有奇怪的中年人。

七
马洛

　　她确实要走了——带着美丽笑容的年轻女子——而我在想我是否在不经意间对她传达了某种信息；我想验证我的猜测，问她是否也是一位画家。旁边墙上是一幅雷诺阿的作品，她昂首阔步地走过，看也不看——毫不在意——走出了展室。这一点令我欣喜：我也不喜欢雷诺阿的作品，除了菲利普斯收藏馆那幅名为《游船上的午餐派对》的油画，其中阳光下的葡萄、酒瓶和酒杯比画中的人物更胜一筹。我没有跟着她，在一天中注意到两名年轻女子令我感到疲惫、徒劳，没有未来，没有目标，也就没有很大程度上的乐趣。

　　短短几秒钟之后，我径直回到了托马斯的自画像前，那位额头油光锃亮的男士此时挡住了画，等到他走开，我便上前，更近地凑过去看。这也是一幅接近于印象派的画作，尤其体现在对某些背景随意的处理手法上——深色窗帘——但不同于《勒达》的大胆和优美。一个画风多变的画家，我想——或者托马斯在十九世纪八十年代转变了他的风格，往新的方向发展。这幅画和伦勃朗的作品有相似之处：阴沉的气氛和忧郁的色调，也许还有对自己发红的鼻子和丰满的双颊毫不掩饰的描绘，一个早年英俊但迈入了不讨喜年纪的男子，甚至是深色的天鹅绒帽子和外套——家居便服，它可以被认为：画家既有早期绘画大师的风格，又有贵族气质，二者糅合在一起。

　　自画像的标题是根据前景而取的，画面上托马斯的肘部搁在一个堆着硬币的木桌子上——有大个的、破旧的、铜的、金的、银质生锈的——各种形状和大小的古董钱币，画得如此精细，让你觉得可以用拇指和食指把它们一枚枚拿起来。我还能看见钱币上精致的刻字，奇怪的文字，方形的镂空,还有粗糙的边缘。对这些钱币的描绘很大程度上胜于托马斯本人的形象;在马奈的水果和花朵旁边,这幅画相形见绌。或许托马斯更在意金钱而不是自己的脸。不管怎么说,他在力求十七世纪的呈现方式,把目光投向两百年之前,而我则身在一百二十年之后,注视着十九世纪的作品。

伦勃朗那些烟幕笼罩下的肖像画中,有一种个人特质是托马斯没有摄取的,我想,就是诚恳。他的苛刻——或者是虚荣,或者是困惑——显然到了一定程度,足以从他自己的眼神中透出一种老谋深算的做作。这种精明可能是刻意显现出来的,让观看者觉得不舒服,尤其是前景出现的钱币。不管怎么说这是有趣的一面,托马斯是否通过他的画作赚到了一大笔钱,我在想,或者他仅仅是想赚钱?他是否还有其他的工作,还是得到了巨额的遗产?

当然,答案不得而知,于是我接着去看马奈的静物画,就像数分钟前我注意到的女孩那样,欣赏着盛满白葡萄酒的酒杯、深蓝色李子泛出的光泽,以及镜子的一角。有一幅毕沙罗的小油画我记得也是我喜欢的;于是我前往画廊的另一区,当我看着他的作品,也看到了同时期印象派画家的作品。

我已经好几年没有真正投入地去欣赏一幅印象派画家的油画了,这些没完没了的回顾展,还有伴随着它们的手提袋、马克杯和便笺纸,让我对印象主义产生了反感。我记得我过去读到的东西:最初的一群印象派画家,包括一位女士——贝尔特·莫里索[①]——他们于一八七四年首次聚集在一起,展出了一批作品,巴黎沙龙[②]认为这些作品风格太具试验性而不予接纳。我们后现代的人会认为理所当然,或者鄙视它们,或者太轻易地爱上它们。但在那个时代它们是激进派,颠覆了传统的笔法,把日常生活中的事物作为主角,并把绘画带出画室,走进法国的花园、田野和海边。

[①] 贝尔特·莫里索(1841—1895),法国印象派画家,深受马奈影响,作品大多以家庭生活为题材,情感细腻。

[②] 每年在巴黎举办的权威的艺术展览。

此时我从新的角度去欣赏西斯莱一幅画中自然的光线、柔和暧昧的色彩：一位身着长裙的女子的身影在一条乡间白雪皑皑的巷道里若隐若现。其中包含了某些动人和真实的感觉，或者说，之所以动人正是因为真实，体现在沿着小路的光秃秃的树上，有几棵甚至高过一面高墙。我想起一个老朋友曾经说过的话：包含神秘感的画乃是上上之作。我喜欢这位女子的隐约显现，她那纤瘦的背影在暮色中对着我，在我看来比莫奈那没完没了的干草堆更迷人——我走过一排三联画①，它们展现了曙光下呈粉色和黄色的斜坡的不同场景。我套上外套准备离开。我认为，最好在所看的画作串调之前离开美术馆。你心里的那双眼睛还能带走什么？

在楼下的大厅里，黑发女孩不见踪影。米莉亚姆正在专心解答一位和她同样年纪的男士的问题，后者似乎看不懂美术馆的地图。我走过去，准备在她抬头时朝她微笑，但她没有看我，所以我迟迟没有和她打招呼。推门而出，我体会到一个人在离开一座宏大的美术馆时既轻松又失望的感觉——轻松的是回到了熟悉、不那么紧张、更容易掌控的世界中，失望的是这个世界缺乏神秘感。这是普通的街道，没有帆布上的笔触或是油彩的厚重。在华盛顿常见的乱象中，来往的车辆一片喧嚣，某个司机试图超车，险些擦撞，喇叭响个不停。树上花朵满枝，一派新绿，依然美丽；我总是惊异于它们在萧条的冬季后呈现的美丽，那似乎是大西洋中部地区②能积聚的最美好的东西。

再次看见那个女孩——在我面前审视《勒达》的那个年轻女子——时，我正在思索如何调和不同的色彩，使那些鲜绿和干枯的叶子相映成趣。她站在公车站上，此时看起来完全不同，并非陷入沉思，而是趾高气扬、站得笔直，更显出身材高挑，肩上还挎着一个帆布袋子。她的秀发在阳光下熠熠生辉，我才注意到她红发中掺杂着些许暗金色。她的双臂交叉靠在胸前

---

① 三联画，通常是描绘或刻在三块画板上，用铰链联结的作品。
② 美国东岸，纽约附近及其南部地区。

的白衬衣上,双唇紧闭。我再次看着她的侧影,觉得早已熟悉极了。是的,她显得过于自信,甚至怀有敌意,不知怎的"郁郁寡欢"这个词跃入我的脑海。也许仅仅是因为她孤身一人,甚至刻意独行,而这个年纪的女子身边应该站着一位年轻英俊的丈夫。我心头一震,就好像远远看见了一个旧相识却没有时间停下来说话;我想要在她看到我之前赶快溜走。

我匆匆走下了台阶,她转身的时候我正好走到地面。她看见了我,差不多认出了我(一个穿着深蓝色外套,没有系领带的普通人)。为什么这个人看起来很眼熟?她是否会这样问自己,而不是因为我们在里面偶遇而认出我?接着她露出微笑,就像在美术馆里那样——认同的、有点尴尬的微笑。在那一瞬间,她是我的朋友,一个老朋友。我微微抬起手,可笑地挥了一下。陌生人对于彼此来说就是奇怪的,我心想。我比她还要奇怪。当她微笑时,我看得出她眼角的皱纹;毕竟她可能已经三十岁出头了。我尽可能像她一样挺直身体,越走越远。

八
马洛

  第二天早晨,我比平时起得早,但不是去画画;七点前我就赶在大部分员工上班前到了金树林,开始使用办公室的电脑并喝上一杯咖啡。家里艺术百科全书中有关吉尔伯特·托马斯的内容,并不比我知道的多,虽然《古典艺术手册》提供了勒达的故事:她是被宙斯强占的一名凡间女子,宙斯变成天鹅来接近她。但那天晚上她才和她的丈夫斯巴达国王廷达瑞斯同床共枕。这就解释了她为什么一次生下两对双胞胎,两个神的孩子和两个凡人的孩子:卡斯托尔和波尼特斯(罗马神话作波吕克斯);以及克吕泰涅斯特拉和海伦,后来引起了特洛伊的纷争。我从某些关于这个神话故事的版本中看到,勒达的孩子是从蛋中孵出来的,但他们似乎在蛋壳里就被混淆了,海伦和波尼特斯被视为宙斯的孩子,是超凡的,而卡斯托尔和克吕泰涅斯特拉则难逃生老病死。

  我同样查询了描绘勒达和天鹅的画作,发现了一个传统,包括一幅临摹米开朗基罗的非常色情的作品,一幅柯勒乔的作品,一幅临摹达·芬奇的作品①,其中天鹅看起来像是一只家养的宠物;还有一幅塞尚②的作品,画中天鹅抓住显得漫不经心的勒达的手腕,似乎请求她带它去散步。吉尔伯特·托马斯的作品没有被列入这批名家名作。但我想网上会有更多信息。

  我应该在此重申我不喜欢借助网络,就是现在也依然如此,当时则更

---

 ① 米开朗基罗、柯勒乔和达·芬奇都是十四至十六世纪文艺复兴时期的画家,达·芬奇、米开朗基罗和拉斐尔并称为文艺复兴三杰。

 ② 保罗·塞尚(1839—1906),后印象主义的代表画家,毕生追求表现形式,对运用色彩、造型有新的创造,被称为"现代绘画之父"。

八

是难以忍受——我总在想,如果有一天没有了翻阅书本时意外发现的乐趣,我们该怎么办?在网上搜寻当然也会有意外的斩获,但我觉得这种方式要狭隘得多。无论新书还是旧书,怎么会有人愿意告别摊开的书本所散发的气息?比如说当我在书架上寻找有关勒达的神话故事,我了解到了许多和这个故事无关、但我偶尔会想起的其他经典人物。我妻子说这种沉迷故纸堆而不是高效率搜索的习惯,是我最落伍的作风之一,但我注意到她有时候也同样埋头翻书,翻阅传记和博物馆目录,享受沉浸其中、漫无目的的乐趣。

无论如何,我不能自称为网上搜索的行家,但是那天早上,我在办公室电脑上深入搜索后,确实对吉尔伯特·托马斯有了更多的了解。他曾是前途无量的艺术家,但仅仅是在事业发展的早些年,他真正出名的作品只有罗伯特意欲毁坏的《勒达》和我看到的旁边那幅自画像。他和当时许多法国艺术家有所交往,包括马奈;他和他弟弟阿蒙德曾合伙经营巴黎最早的拍卖画廊,地位仅次于伟大的保罗·杜朗-鲁埃尔①。一个有趣的人,托马斯;他在一八九〇年去世时,负债累累,生意几近破产,后来,他弟弟卖掉了他们所剩存货中的大部分,并就此退休。一八七九年前后,吉尔伯特在诺曼底附近的费康隐居时,画了《勒达》中的户外风景,并在巴黎的一个画室里完成了作品。这幅画于一八八〇年在沙龙展出,赢得了好评;同时也因色情的意味而招致批评。这是托马斯第一幅被沙龙接受的画作,虽然不是最后一幅;其他的要么遗失了,要么是平庸之作,而他的名声主要停留在这幅杰作上,如今长期在国家美术馆展出。

当我知道住院的人都吃完了早餐,便走向大厅,前往罗伯特的房间,在那扇关着的门上敲了敲。当然,罗伯特从不应门,我总是微微地推开门,招

---

① 十九世纪六十年代巴黎崛起的新型艺术经纪人的代表,这种经纪人与传统画商的区别在于,他们宣称自己并不仅仅为了挣钱,更企图倡导一种特别的艺术形态,并将这种艺术的"纯正性"凌驾于其他所有艺术之上。

呼一声,尽量不惊动他处理私事。我觉得最难对付——甚至是最尴尬——的事情就是他一言不发。那天也不例外,我敲敲门,叫了一声,缓缓地推开门,才走进去。

他把书桌当作台子,正在上面作画,他背对着我,画架空着。"早上好,罗伯特。"这一两个星期以来,我开始直呼他的名字,假装是他要求我这么做的,但是我的口气尽量保持礼貌。"我可以进来一会儿吗?"

我像往常一样,留着半开的门,走了进去。他没有转身,虽然手在纸上的动作放缓了,看得出他把铅笔抓得更紧了;我必须留心任何代替语言的细微动作。

"非常感谢你把信借给我,我把原件带来还给你。"我把信封轻轻地放在他把信封留给我的椅子上,但他还是没有转过身。

"我有一个简单的问题想问你,"我又一次开口,兴奋地说,"你是怎么搜索信息的?我在想——你上网吗?还是长时间待在图书馆里?"

铅笔停顿了半秒,接着他又继续涂着什么。我克制自己不凑近去看他在画什么,他穿着旧衬衣的双肩令人望而却步。我能看见他头顶有一小块地方开始斑秃,那块年华早已逝去的地方令人同情,而他身体的其他部分看来还是那么强壮。"罗伯特,"我又试了一次,"你会为自己的画上网搜索信息吗?"

这次铅笔并没有骤停。我一度希望他能转身看着我。我想象着他的脸色阴沉,眼神警惕。最后,我庆幸他没有转身,我必须学会对着他的后背讲话而不被对方关注。"我也上网,偶尔,虽然我更喜欢查书。"

罗伯特一动不动,但我感觉到他身上的变化:愤怒?好奇?

"哦,那,我想就这样吧。"我顿了一下又接着说,"祝你今天愉快。如果有什么需要我为你做的,尽管告诉我。"我决定不告诉他他的信正在被翻译出来——如果他能够保持沉默,也许我也应该借鉴相同的方式。

离开房间时,我朝他床头的墙上瞥了一眼。他贴上了一幅新的素描,不知为何比其他几幅都要大——那位黑发女士,阴郁,不满,在那个地方她

八

可以一直看着他，甚至在他入睡以后。

接下来的星期一，佐伊寄来的信在我的邮箱里等着我。我强迫自己先吃晚饭再拆信；我洗洗手，泡杯茶，坐在灯光明亮的客厅里。当然，信里面可能只是一些家长里短，和大部分的旧信件一样，但佐伊肯定地说里面提到有关油画的内容，而且她保留了法语的称呼，知道我会喜欢。

亲爱的先生：
　　收到你的来信真好，非常感谢，我这就给你回信。昨晚见到你我们很高兴。首先，你的到来令我公公很开心，自从他搬来和我们一起住，我们已很难让他高兴。我相信他想念他的老家，虽然多年前他挚爱的妻子已离开人世。他总是说你是他多么好的哥哥，伊弗向你致以最美好的祝福；你回到了巴黎令他很欣慰。(有个伯父住在附近生活就更好了，他说!)很高兴终于能见到你。请原谅我这封信写得过于简短，因为今天早上我有很多事要做。愿你平安抵达卢瓦河，在那里过得愉快，我相信你会顺利完成作品。你一定会画风景画，真嫉妒你。我要把你留给我们的文章念给公公听。
　　此致敬礼
　　　　　　　　　　　贝亚特莉斯·德·克莱尔瓦勒·维格诺①
　　　　　　　　　　　一八七七年十月六日

当我读完这一段，我坐着努力去理解罗伯特从这封信中看到了什么，是什么促使他去看这封信——以及别的信——在孤独的房间里一遍又一遍地看。为什么他还是让我看了，既然它们对他来说如此珍贵？

---

① 法国人名中用"de"表示贵族的身份。

九
马洛

我们不常走访病人的前任配偶,但是一个又一个星期过去,我目睹着那张动人的面孔在罗伯特的画布上逐渐成形,却无法从他嘴里获得任何解释,我有一种挫败感。再说,他自己说过我可以找凯特聊聊。

罗伯特的前妻依然住在格林希尔,在他刚住进来的时候,我和她谈过。在电话里,她的声音柔和,听起来很疲惫,听说他进了金树林更显得不耐烦。电话里还传来孩子的吵闹声,和其他人的笑声。我们没谈多久,只是和她确认他先前得到的诊断,并了解到他们在一年多前办完了所有的离婚手续。她说那一年大部分时间他住在华盛顿,接着又谈谈论这个话题让她难受。既然她丈夫——前夫——目前并没有危险,而我也拿到了他先前精神科医生从格林希尔寄来的资料,我有理由请她多谈一点吗?

第二次打电话给她,既违反常规的政策,又违背她的请求。我很不情愿地从罗伯特的资料中找出她的号码。我这么做对吗?那么不打过去对吗?在那天早晨的探视中,罗伯特看起来更加忧郁。我问他是否还想着《勒达》那幅画,他只是瞪着我,似乎疲惫不堪,甚至懒得对我的可笑问题发火。有些日子里,他画油画或是素描——总是那女人生动的面孔——而有些日子,就像今天,他躺在床上绷着下巴,或是坐在我探视他时通常坐的扶手椅上,拿着他的信,茫然地望着窗外。有一次,我走进他的房间,他睁开眼睛,对我微笑了一会儿,嘴里嘀咕着什么,就好像看到了他爱的人,接着从床上跳下来,突然朝我举起拳头。就算问不出别的,他妻子还是有可能告诉我他对先前的药物有什么反应,而那是最有效的。

五点半的时候,我拨通了电话——格林希尔在北卡西面的山区;我是听去那里避暑的朋友说的。同一个轻柔的声音响起,这一次,她似乎刚在和别人说说笑笑,我满腹狐疑。我想通过听觉,我就能感受到电话那头就是罗伯特日复一日画出的那张可爱的脸。那一刻,她的声音充满快乐。"你好,哪位?"她说。

"奥利弗夫人,我是华盛顿金树林中心的马洛医生,"我说,"我们为了罗伯特的事在几个星期前通过电话。"

当她再一次说话,快乐消失了,取而代之的是一种冷漠的厌烦。"有什么事?罗伯特还好吗?"

"没有什么特别需要担心的,奥利弗夫人。他还是老样子。"这时我听见一个孩子的欢笑声,在那里大叫,接着传来撞击声,像某样东西掉落在附近的地板上。"但这就是问题。他看起来依旧很抑郁,很不稳定。在他好转前我不会考虑放弃他。最棘手的问题是,他完全不和我或是其他人说话。"

"啊——"她说。我立刻听出一种讽刺的意味,罗伯特一直在画的那个黑眼睛炯炯有神、嘴角时而欢喜时而愤怒的女子说话时,一定也是这种口吻。"这个嘛,他和我一起话也不多,尤其是我们在一起的最后一两年。等我一下——不好意思。"听起来她像是有急事要处理,我听见她说:"奥斯卡?孩子们?到别的房间去,拜托。"

"罗伯特第一天到这里还说几句话的时候,他允许我找你谈论他的病情。"她不说话,但是我紧追不舍。"关于他的病情是怎么出现的,找你谈谈一定会有帮助——比如说,他对于先前医生开给他的药物有什么反应,以及另外一些情况。"

"马洛……医生?"她慢吞吞地说,在她颤抖的声音后我再次听到孩子的叫声、欢笑声,还有砰的撞击声。"我只能说我脱不开身。我已经和警方以及两位精神科医生谈过了。我要一个人带两个孩子,我还没结婚。罗伯特的保险金已经用完了,我和他母亲得支付他的一些基本账单——从他和我所继承的遗产中拨出来,主要是他的,但我也要出一点。这你可能知道。"我不知道。她似乎深吸了一口气。"如果你想要我花时间谈谈我人生的这场灾难,你就自己过来。现在我要做晚饭了。对不起。"那颤抖的声音出自于一位不常叫别人去见鬼的女性,一位通常很有礼貌但如今陷入窘境的女性。

"很抱歉,"我说,"我知道你的处境很艰难。我必须帮助你丈夫,你前夫,尽我所能。我是他的医生,现在要对他的安全和健康负责。我改天再打来看你是不是方便说话。"

"如果你非要打来的话。"她说,但又加了一句,"再见",便轻轻地挂下电话。

那天晚上,我回到自己的公寓,躺在客厅沙发上,客厅是以绿色和金色为基调。这是令人精疲力尽的一天,一开始是探视罗伯特和他一贯的拒绝交谈。他眼里布满血丝,眼神几近绝望,我在想要不要派一个夜间护工看护他,会不会某个早晨去看他时,发现他把所有的颜料——我送给他的——都吞了下去?或者莫明其妙地割了手腕?我是否应该把他送还给约翰·加西亚,让他得到更安全的住院治疗?我可以打电话给约翰,告诉他这个病例终究不适合我;我在上面花了太多时间,却毫无进展的希望。我们已经排除了罗伯特急性发作的危险,但我还是很担心。我在想我是否也能告诉约翰,我对自己的某些行为方式感到不安——就像听到电话里凯特·奥利弗的声音,我的心猛跳起来。我是不情愿打给她,还是其实很急切?

一般这个时候我都会把水瓶灌满、出去跑步,但我觉得很累,懒得出去。我只是躺在那里,半闭眼睛,看着我画的、挂在壁炉上方的油画。当然,你不应该把含有油彩的东西挂在壁炉上,但我很少生火,我刚搬进来就发现那块地方太空,一定要挂些什么。我疲惫不堪,也许像罗伯特·奥利弗或是任何抑郁到心如死灰的病人,也是这种感觉吧;我几乎完全闭上了眼睛,倦怠地转了转头,试着靠在沙发的扶手上。

我睁开眼睛,又看见了那幅画。我已经说过,我喜欢画肖像画,但壁炉

九

上方的油画是一幅窗外风景画。我一般是通过写生的方式画风景画,特别是在北弗吉尼亚的室外,在那里,远处蓝色的山坡是那么迷人。这幅画不一样,是被维亚尔①的油画激发出灵感,同时也是根据记忆中小时候在康涅狄格卧室里看出去的风景:绿色的窗台和窗框框出四周的边缘,郁郁葱葱的树冠、旧房子的屋顶、矗立在树丛中公理会教堂高耸的白色尖顶,还有淡紫色中泛着金色的春日夕阳。我用粗糙的笔触把我记忆中的一切都画了进去,除了那个探出窗外、陶醉其中的男孩。

我躺在沙发上,思索着——不是第一次了——我是不是应该把教堂的尖顶右移一点。我记得小时候从窗口看出去,它确实在视野的正中,正如我画的那样,但这么一来画面太过对称,看起来不舒服。该死的罗伯特·奥利弗——该死,最主要是他顽固地拒绝开口。为什么会有这样的人,他大脑分泌的化学物质把他害得够惨了,他为何还是甘做受害者?但这一定是问题所在:我们身上分泌的化学物质究竟是如何影响我们的意志?他曾经有两个年幼的孩子和一个轻言细语的妻子。他依然是一个眼力和动手能力很强的男人,对画笔运用极为娴熟,甚至让我有一点头疼。他为什么不跟我说话?

等到肚子饿坏了无法继续躺下去,我起身换了睡衣,打开一罐番茄汤,往里面加了点芹菜和酸奶油,又切了一大片面包一起吃。我看看文件,接着又看了点 P. D. 詹姆斯的悬疑小说,一本确实很棒的书。我没有到画室去。

第二天下午下班前,我再次致电奥利弗夫人,这一次,她的声音很正经。

"奥利弗夫人,我是马洛医生,从华盛顿打来。原谅我再一次打扰你。"

---

① 爱德华·维亚尔(1868—1940),法国纳比派代表画家。纳比派描绘现实的方法,不依中心透视法,而是依纯粹主观与装饰性的观念所带出的形式。

她没作声,于是我接着说,"这很不寻常,我知道,但在我看来我们都关心你丈夫的情况,我在想你能否允许我来北卡一趟,就像你上次说的那样。"电话那头依然沉默。"我想到北卡来找你聊聊他的情况。"

我听见对方微微地倒吸了一口气,她似乎对此感到很震惊,正在考虑如何应对。

"我保证不会占用你很多时间,"我连忙说,"就是两三个小时。我在那里有些朋友,我会住他们家,尽量不打扰到你。我们的对话完全保密,我只会用来治疗你的丈夫。"

最后她还是开口了。"我不知道你会有什么收获,"她的口气还算客气,"但如果你非常关心罗伯特的状况,那我没有问题。我每天四点钟下班,然后接孩子放学,所以我吃不准我们什么时候可以面谈。"她顿了一下,"我能挤出一点时间。我告诉过你我一直不太愿意谈论他,所以请你不要抱太大希望。"

"我明白。"我说。我的心怦怦直跳;这种感觉很可笑,她同意了,奇怪的是我居然为此满心欢喜。

"你会告诉罗伯特你过来吗?"她问道,好像突然想起这一点。"他会知道我要谈论他吗?"

"我一般会告诉我的病人——我会在事后告诉他——如果有些事情你不希望我告诉他,我当然会为你保密。关于这个我们可以仔细谈谈。"

"你准备什么时候来?"此时她的语气有些冷漠,好像已经后悔她所答应的事情。

"也许下周初。你下星期一或星期二有空吗?"

"我尽量安排好。"她又说,"你明天再打来,我会告诉你。"

除了常规的假日,我已经有两年没有请假了——上一次请假是参加一所本地美术学院组织的爱尔兰绘画之旅,最后带回以鲜绿为主色调的油画,回家后我自己都不敢相信。此时,我抽出地图,并在车里放满瓶装水,以及莫扎特和我最爱的弗兰克小提琴奏鸣曲的带子。我算了一下,大概要开九小时的车。我的员工听说我马上要休假有点吃惊。也许就是那个原因——可怜的马洛医生,超时工作——他们并没有提出疑问。我也重新安排了私人病患的诊视时间。我嘱咐下属,我不在期间要更频繁地探视罗伯特·奥利弗。星期五,我走进房间向他道别。他刚刚在画画——还是那个鬈发女子,但有所不同,这次加了一张靠背又高又华丽的花园长椅,周围绿树环绕。他的技艺出类拔萃,我想;我常常这么想。他的写生本和铅笔散落在床上,他仰头躺着,盯着天花板,眉毛和下巴抽动着,头发根根竖起。我进去时,他那对满是血丝的眼睛转向我。

"今天感觉怎么样,罗伯特?"我一边说一边坐在扶手椅上。"你看上去很累。"他把目光转回天花板。"我要休几天假,"我说,"我要到星期四,甚至是星期五才回来。开车出去。如果你需要什么,可以找任何一个工作人员。克朗医生也会顶我的班。我已经嘱咐他们随时为你服务。有一个问题——你会按时吃药吗?"

他向我投来意味深长、又像是责备的目光,一时间让我感到惭愧。他一直按时吃药,对此从来没有流露过抵抗情绪。

"那么,再见。"我说,"我期待回来后看见你的作品。"我站起来,走到门口,举起手作别。没有什么比一次次跟尽全力保持沉默的人交谈更难的了。这一次,我也突然涌起一种奇怪的力量,但马上克制住:再见,我要去见你的妻子了。

那天晚上到家时,我在信箱里看到佐伊寄来的一捆翻译好的信,显然她进展顺利。我把它们塞进行李中,打算到格林希尔再看。它们将占据我假期的一部分时间。

十
马洛

　　自从上了弗吉尼亚大学我便爱上了弗吉尼亚,到别的地方旅行经过它时,我常常下车,在蓝天绿水间休息、写生,有时甚至会做一次远足。我喜欢长长的六十六号洲际公路,整座城市都在你身后铺陈开来——虽然当我写的时候,华盛顿已经把触角伸到了弗兰特罗亚尔;那里散落着一个个宿舍区,像菌菇一样在州际和邻近的道路上萌芽。在这次的旅途上,高速公路笼罩在上午的宁静中,我还未经过马纳萨斯,就已经把工作抛在了脑后。

　　事实上,行驶在这条路上,有时我会在马纳萨斯国家战争遗址停下——独自一人,最近一次则是和我妻子——自然地侧转到出口的坡道上。我曾在尚未遇见她的很久以前,在一个雾蒙蒙的九月早晨,在游客中心付过钱,穿过场地,伫立在一些曾经发生过最惨烈的战斗的地方,眼前的风景倾斜着一直延伸到一栋老旧的砖石农舍,笼罩在迷雾之中。不远处有一棵孤零零的树似乎在呼唤我走过去到它枝叶下稍作停留,或是在呼唤我从我所站立的位置把它画下来。我站在那里注视着薄雾散去,思索着人们为何自相残杀。视线中没有一个活生生的灵魂。如今我已经结婚,这样的时刻想起来令我又怀念又心惊。

　　我在罗阿诺克停车,在路边一家小餐馆里吃早餐。我在高速公路上看到它的招牌,但当我走到它沉闷的房子前,门外已有四五辆小卡车停在周围,我发现我在先前某次出游时来过这里,也许是很久以前的一次写生,我完全不记得它的名字。神色慵懒、满不在乎的女服务员默默送来咖啡,但当她端来鸡蛋并指明桌上的热酱汁时,还是露出了微笑。两个臂膀强壮的男子在一个角落里谈论各种工作——他们没有做过或是无法得到的工

十

作——两名精心打扮但并不漂亮的女子正在结账。"我不知道他认为自己想要什么。"其中一个大声地对另一个说出这番结论。

沉浸在咖啡的热气、香烟的异味中,看着透过窗户照在我手肘边的黯淡阳光,在这半梦半醒的时刻,我以为她说的是我。我回想起黎明前从床上慢吞吞地爬起来准备上路,感觉到我打破的不仅仅是我的日程安排,还有我的职业准则。当我回过神来,想起罗伯特·奥利弗画布上的女子,突然涌起一阵强烈的渴望。

我从没来过格林希尔,但等我开上一条长长的山间公路很容易就找对了方向——一座城市就横卧在下方的山谷中。这里的春天比华盛顿来得晚,沿路的树木泛出新绿。开进城里,只见一路上所经过的前院内,狗木依然争相开花,杜鹃枝头布满的圆锥形花蕾含苞待放。我沿着市中心的边缘开——一座小山顶上红色砖瓦的屋檐和小型哥特式尖顶星罗棋布——开到一条朋友们在电话里向我所描述的蜿蜒的街道:里克山道,住着人的小房子都隐藏在铁杉、枞树和杜鹃形成的屏障后,以及狗木那随风飘动、仿佛陷入沉思的花朵中。摇下车窗,我能闻到黑暗中的阴郁,比将近的暮色还要深沉。

简和沃特的房子就在一条满是尘土的车道下,有一块木牌指明:哈得利别墅。哈得利家的人恰巧都在亚利桑那,避开过敏;我庆幸自己不必当面解释我来格林希尔的目的。我钻出车子,舒展僵硬的双腿。我当然需要多花点时间跑步,但什么时候、怎么样才能付诸实施?接着我步行绕到后院,因为那里一定会有不错的景致,只见陡峭的崖壁边缘有一张长椅,一幅壮观的远景——远处的建筑,整座小镇的缩影。我坐下来,呼吸凉爽的空气,感到春意正从松树那里扑面而来。我心想,为什么哈得利一家就连一年中的这个时候也住在别处?

我想起每天在市郊道路上的长途行车,往返于家与金树林之间,真令人疲惫不堪。我听见风吹过松树的枝干,远远地发出呜呜的声响,下方也许是州际公路，突然传来一阵鸟鸣——我不知道是什么鸟，虽然有一只红雀从哈得利院子正下方悬崖的树丛里飞了出来。那个镇再下去的某个地方——我不确定在哪里，但今晚我会查阅地图——住着一个女人和两个孩子，一个嗓音温柔的女人，手上忙个不停，内心却已破碎。她住在一栋我还想象不出的房子里，生活在多多少少因为罗伯特·奥利弗而造成的孤独中。我在想她是否有什么话要对我说。我开了老远的车过来，但愿她不会改变主意，不想和前夫的精神科医生谈谈。

房子的钥匙放在应该在的地方，一个满是尘土的花盆底下，但前门开起来很费劲，我用屁股使劲顶才打开。我带进去一些放在门廊上的匹萨托盘，在里面的脚垫上把脚蹭干净，并把门撑开着，放走扑面而来的冬天的霉味。客厅又小又挤——碎布地毯和过时的家具，内嵌的书架上放着一排排平装的小说和精装的狄更斯作品，电视机显然被锁在某个柜子里了，沙发上是一排针绣花边的靠垫，摸上去有点潮潮的。我打开几扇窗，又打开后门，然后便把我的手提箱拎到楼上。

楼上有两个小卧室，一个显然是哈得利自己住的，我选择了第二个卧室，里面有两张床，上面铺着藏青色的床单，墙上挂着描绘山坡的水彩画，是原创的，不算太糟糕。我拉开格子布的窗帘——它们也有点潮湿，指尖的触感不太舒服——并让窗子开着。整栋房子掩映在云杉和其他常青树木的绿荫下，但至少在睡觉之前能让房间通通风。沃特告诉我生个火会有用，我发现楼下的壁炉里面已经放好了木块。我把它们留到晚上。老旧的冰箱里除了几罐橄榄和几包发酵粉什么都没有。我还不饿；我过会儿会开车去买点杂货，再买份报纸和当地的地图。明天下午或许有时间在城里逛一会儿。

我换好衣服，沿着山路跑步，庆幸自己终于摆脱了开车的旅程——也庆幸不再去想罗伯特·奥利弗和第二天我要见的女人。回去后我冲了个澡，看到哈得利家还有热水很是感激，接着搬出我的画架摆在后院里。两边的房子颇为相似，被更多的云杉挡住，那些树木在这个季节依然显得那么荒芜。我确实没指望好好度假,但当我卷起袖子,打开水彩盒,突然对余下的人生感到一种解脱。傍晚的天色很美,我认为我的画能够胜过客房里那些褪色的作品,也许可以当作礼物留给简和沃特,那是一幅春天时山下市区的景致,算是一笔小小的租金。

那天晚上躺在客房的单人床上,我开始阅读佐伊寄来的信。

亲爱的先生:

你从布卢瓦寄来的信今天早上到了,给我们带来了快乐,特别是给你弟弟。实际上,我亲自念给爸爸听,并尽可能详细地向他描述了那幅素描。你的素描很美,但我对此不敢说什么,否则,你会发现我只是个初学者。我还把你撰写的有关库尔贝①先生作品的文章念给他听。他说他能在脑海中清楚地看见库尔贝的一些画作,而你的文字再好不过地唤起了他对于它们的记忆。感谢你对我们所有人的关心。伊弗向你问好。

祝好!

贝亚特莉斯·德·克莱尔瓦勒·维格诺
一八七七年十月十四日

---

① 居斯塔夫·库尔贝(1819—1877),法国著名画家,现实主义画派的创始人。主张艺术应以现实为依据,反对粉饰生活。

十一
马洛

第二天早晨,奥利弗夫人的房子其实和我想象的完全不一样;我想象房子会很高,白色,典型的南方的优雅风格,但它实际上是一座砖木结构的平房,前面有黄杨木树篱和高大的云杉。我尽量优雅地从车子里钻出来,穿上我的羊毛运动外套,并带上公文包。我在哈得利家简陋的小客房里精心穿戴了一番,一丝不苟,倒没有去想为什么要这么做。房前确实有个门廊,但很小,有人把一双沾满泥土的园艺帆布手套放在门边的长椅上,一堆迷你的塑料园艺工具放在一个桶里——我猜是玩具。前门是木质的,有一扇干净的大窗子;透过窗子我能看见空无一人的客厅、家具和鲜花。我按响了门铃,站在那里等着。

里面没有动静。几分钟后我开始觉得自己很愚蠢,因为我完全能看到房子里面,好像我在偷窥。那是一个舒适简单的前厅,放置着色彩淡雅的沙发,台灯四处摆放在各张古典风格的桌子上,还有一张褪色的橄榄绿地毯,一张较小的、看起来很昂贵的东方式脚垫,以及种着水仙花的花瓶,一个上了暗色油漆、带玻璃门的橱柜,而最显眼的是书——一个个高大的书架,虽然从我站的地方看不见书名。我等着。我开始注意到周围树上的鸟儿或呼朋唤友,或高声歌唱,或突然展翅高飞——有乌鸦、八哥,还有一只蓝色的松鸦。这个早晨一开始是暖意融融、春光明媚,但云慢慢飘过来,使得门廊变得阴冷,光线灰暗。

我第一次感到无望。奥利弗夫人改变主意了。她需要私人空间,而我很可能冒犯了她。我像个傻子似的开了九小时的车,如果她决定闭门不见(当然我没有试着转动门把手),去了别的地方,不想跟我谈,那我也是活该。我想,如果我是她,可能也会这么做。我犹豫地再一次按响门铃,发誓

十一

不再按第三次。

最后,我转身离开,公文包撞在膝盖上,我开始走下石板台阶,突然很想发火。我将要面对漫长的旅程,要花太多时间,不敢去想。我正这么想着,于是迟了一秒钟才听到身后的门发出喀哒一声。我停下来,脑后的头发竖了起来——为什么那个声音令我如此心惊胆战,既然我已经等了五分钟?不管怎么说,我转过身,看见她站在那里,面前的门开着,她的手还放在把手上。

她是一个漂亮的女人,一个干练、神色警惕的女人,但显然不是罗伯特在金树林填满画纸和画布的女神。我突然想到海岸的场景:沙色的头发,细腻的皮肤上分布着随着年龄增长而减退的雀斑,海蓝色的眼睛警惕地看着我的眼睛。有那么一瞬我怔怔地站在台阶上,接着匆匆向她跑去。一旦走近,我才意识到她很娇小,身材纤瘦,高度只到我的肩膀,所以只到奥利弗的前胸。她把门开大了一点,走了出来。"你是马洛医生吗?"她问道。

"是的,"我说,"你是奥利弗夫人吗?"

她静静地握住我伸出去的手。她的手很小,像她人一样,我以为她握起手来一定像孩子似的轻柔,但她的手指非常有力。如果她的外表像一个小女孩那么娇小,那也是一个强壮的小女孩,甚至有点桀骜不驯。"请进来。"她说。她转身走进房子,我跟着她走进我方才打量过的客厅,就像是走上一座舞台,或者说,也许像是观看一场戏剧,当你在观众席入座,帷幕已经拉起,于是在演员出场之前你已经对布景细细打量了一番。房子里鸦雀无声。当我走近后,发现那些书大部分是小说——过去两百年间的作品——还有一些诗集和历史著作。

只见几步开外的奥利弗夫人穿着蓝色的牛仔裤和一件合身的蓝灰色长袖上衣。我想她一定很清楚自己眼睛的颜色。她的身体看上去很娇柔——不是很健美的那种,而是很优雅,动起来婀娜多姿。她的脚步很坚定,不带任何孤独无助的意味。她示意我坐到沙发上,并在我对面的沙发上坐下。那是客厅一角,此时我能看见庞大的落地窗,看出去是一片宽阔的草地、山毛榉树林、一棵巨大的冬青树和开花的狗木。从车道上看似乎没有那么大,但整片房产占地超过两个停车场,绿树环绕,郁郁葱葱。罗伯特·奥利弗曾欣赏过这片美景。我把公文包放在脚边,试图平静下来。

往对面看去,我发现奥利弗夫人早就稳住了情绪,双手紧紧遮住膝盖。她穿着孩子气的、褪色前也许是藏蓝色的帆布鞋,头发又密又直,剪得还算精致,留到肩膀,颜色像狮子的鬃毛,又像小麦色,又像金色的树叶,如果要我画,很难画出来。她的脸也很美,几乎没有化妆——只是涂了淡淡的口红,画了极细的眼线。她脸上没有笑意,她正在严肃地打量我,欲言又止。最后她说:"对不起让你久等了。我差一点改变主意。"她没有为她的猜疑表示歉意,也没有作进一步的解释。

"我不怪你。"我思考了半秒钟,寻求更稳妥的措辞,但在这个场合似乎没有用。

"是的。"只是简单地附和。

"谢谢你同意见我,奥利弗夫人。对了,这是我的名片。"我把名片递给她,接着又觉得这么做太正式了;她垂下眼睛。

"要来点咖啡还是倒杯茶?"

我考虑婉拒她,转念又想在这个舒服的南方风格的房间里还是接受为好。"非常感谢,如果你已经煮了咖啡,那我很愿意喝一杯。"

她起身走了出去——再次显示出优雅。厨房在不远处,能听见杯碟叮当碰撞、抽屉被拉出的声音,她不在的这段时间我环顾整个客厅。这里,在印花瓷底座的台灯之间,没有半点罗伯特·奥利弗的痕迹,除非书是他的。这里找不到一块擦油彩的抹布,看不到一幅新晋风景画家的招贴画。墙上的艺术品包括一幅沾有污迹的、祖上留下的刺绣和两幅旧旧的、描绘法国或意大利集市风貌的水彩画。显然没有一幅生动的深色鬈发女子的肖像,也没有罗伯特·奥利弗或其他当代艺术家的油画。也许客厅从来就不是他的领地;通常是女主人的势力范围。或者她故意抹去了他留下的一切。

奥利弗夫人端着一个木质托盘回来了,上面放着两杯咖啡——瓷杯上

十一

描绘着精致的黑莓花纹——还有小巧的银勺子和一个盛着奶油和白糖的碟子,所有这些在她蓝色牛仔裤和褪色帆布鞋的映衬下显得非常雅致。我注意到她戴着一条项链和一对镶嵌着小颗蓝色宝石——蓝宝石或电气石——的耳环。她把托盘放在靠近我的桌子上,并把咖啡递给我,接着拿起自己的那杯,稳稳地端着,走到对面的沙发上坐下。咖啡很棒,令刚才站在阴冷门廊上的我备感暖意。她安静地看着我,我开始想这位妻子会不会和她的丈夫一样少言寡语。

"奥利弗夫人,"我尽量轻松地说,"我知道这对你来说一定很难,我希望你能明白我绝对不是要逼迫你讲你的隐私。你丈夫看来是个很棘手的病人,正如我在电话上说的那样,我很担心他。"

"前夫。"她说。我感到一种讽刺的意味,一种暗暗针对我或针对她自己的嘲讽,就好像她在说:"我也可以对你冷酷无情。"我还没有见她露出过笑容,此时也没有。

"我希望你知道罗伯特暂时并没有危险。自从在美术馆出事那天以来,他并没有伤害别人或自己的企图。"

她点点头。

"其实他大部分时间都很平静,但也有愤怒和焦躁发作的时候。我觉得是无声的焦躁。除非我能确保他的安全,恢复正常,不然我就要看护他。我在电话里讲过,我想帮助他,但主要的问题是他不肯说话。"

她也一样,一言不发。

"我的意思是,他一点也不肯说话。"我提醒自己他曾开过口,告诉我,我可以同此时坐在我对面的女士聊聊。

她抬起眉毛,目光掠过咖啡杯,啜饮了一口。她的眉毛是比头发更深的沙色,毛茸茸,像是画上去的——我极力回想它们令我想起了哪位肖像画家,我应该选用哪一号画笔。在富有光泽、有层次感的秀发之下,她的额头显得又宽又秀气。"他一次也没对你说过话?"

"就是第一天,"我坦言,"他承认了他在美术馆的所作所为,还说我可以同任何我要找的人谈话。"我决定隐瞒——至少现在不说——他说过我甚至可以找"玛丽"聊聊。我希望奥利弗夫人最后能够告诉我他指的是谁，我希望我不必主动去问。"但从那以后他就不说话了。我想你一定明白，说话是唯一的方法，能够帮助他摆脱困境，也是唯一方法，使得我们能够找出加重他病情的诱因。"

我真诚地看着她，但她甚至没有点头附和我。

我试图用通情达理的善意来弥补。"我能够继续控制他的药物，但他不说话我们就无法取得进展，因为我无法确切知道药物的疗效。我送过他去个人和小组座谈，但他到了那里也不说话，后来他就不去了。如果他再不开口，那我就要用某种可能会令他痛苦的方式亲自和他谈。"

"激怒他？"她直言不讳地说。她再一次抬起了眉毛。

"不是，是对他坦言一切，告诉他在一定程度上我理解他的生活。这可能会让他再次开口。"

她似乎专心地想了一会儿；她坐直身体，提升了衬衫盖住的小巧的胸部线条。"他没有亲口告诉你，你却知道他生活的细节，你该怎么解释？"

这是一个非常好的问题，直接而尖锐，使得我放下咖啡，呆坐着看着她。我不指望自己马上回答这个问题，事实上，我自己也在这个问题中挣扎。她在五分钟的对话过程中已经看穿了我。

"我必须对你坦白，"我说，虽然我知道这话听起来像是职场套话。"我不知道如果他问起来我会怎么解释。但如果他问我，那就说明他开口了，即便他对此很生气。"

我第一次看见她的嘴角扬起，露出整齐的牙齿。最前面的门牙似乎太大了一点，因此显得很甜美。接着她再次抿嘴。"嗯，"她说，声音就像在唱一首柔美的小曲，"你会提到我的名字吗？"

"那就看你了，奥利弗夫人。"我说，"如果你愿意的话我们可以谈谈怎么处理这个问题。"

她端起咖啡杯。"好的，"她说，"也许是这样。让我想想这个问题，我

十一

们可以达成一致。请叫我凯特。"她嘴角的细微动作，表明她曾经是个很爱笑的女人，可能以后会再次学会微笑吧。"有一点，我尽量不把自己看作是奥利弗夫人。实际上，我正在把自己的称呼改回婚前的名字。我就是最近才决定这么做的。"

"那好，凯特——谢谢你，"我说着，先于她转开视线。"如果你觉得这样比较好。我还要做一些笔记，但只是自己看。"

她似乎在仔细考虑。接着她把杯子放到一边，好像谈正事的时间到了。那一刻我意识到这个房间是那么干净整洁。她有两个孩子，她说他们白天在学校。他们的玩具一定放在房子里别的地方。她的黑莓瓷器精美无比，显然存放在某个孩子们够不到的地方。这是一个付出巨大艰辛操持家务的女人，我直到现在才注意到，也许是因为她让这一切看起来毫不费力的缘故。她再一次把手放在膝盖上。"好的。请不要告诉他我同你谈过，至少现在不要。我需要想一想。但我会尽量开诚布公。如果我要这么做，我希望记录是完整的。"

这次轮到我吃惊了，而且我认为我未能掩饰住。"我相信你会帮助罗伯特，不管你现在对他怎么看。"

她垂下双眼，她的脸庞突然变老了，因为看不见蓝色的眼珠而少了光彩。我想起童年时代蜡笔盒中一个颜色的名称：常春花色。她再次往上看。"我不知道为什么，但我也相信会这样。你知道，我最后无法帮到罗伯特很多。事实上，我那时确实不想。那是我唯一遗憾的事情。我想这就是我支付部分账单的原因。你准备在这里待多久？"

"你是说今天上午？"

"我是说一共。我安排了两个上午。我们今天聊到中午，明天再聊。"她平淡地说，就好像我们在一个旅馆里讨论结账离开的时间。"如果有必要，我可以再抽出一个上午的时间，虽然有点困难。我必须加快赶出我的活。我有时候在夜里工作，为了在孩子放学后能有空闲时间。"

"你这么慷慨，我不想再占用你更多的时间。"我说。我两口喝完咖啡，把杯子放到一边，掏出我的笔记本。"看看今天上午我们谈得怎么样。"

这是我第一次看见她那张带着海洋和海滩色调的脸上，不仅仅是警惕的神情，还带着沮丧。我的心揪了起来——或者说我的良知？是我的良知吗？她直视着我。"我猜你想知道那个女人的事情，"她说，"那个黑头发的女人——对吗？"

我大吃一惊。我本来准备缓缓地进入罗伯特的故事，每次问一点点有关他早期的症状，我从她的脸上看到她不喜欢我闪烁其词。"是的。"

她点点头。"他在画她？"

"是的，他在画。几乎是每天。我注意到她也是他一次画展的主题，所以认为你可能知道她的事情。"

"我知道——还不少。但我不会告诉一个陌生人。"她往前靠了靠，我看见她纤瘦的身体一起一伏。"你习惯听个人隐私？"

"当然。"我说。那一刻如果我的良知是一个人的话，我已经掐死他了。

十一

我亲爱的伯父:

　　希望你不介意我这么称呼你,至少在我心里,你是一位真正的亲人,就算没有血缘关系。爸爸让我感谢你寄来那个回复我的信的包裹。伊弗在家的那些晚上,在他的帮助下我们会朗读那本书——他也很着迷。他说他早就对这些不那么出名的意大利大师感兴趣。我要到我姐姐家里住三个晚上,和她可爱的孩子们一起共享欢乐。我不介意告诉你在我自己的画中,他们是我最喜爱的模特。而我姐姐是我最敬爱的朋友,所以我很了解你弟弟对你的深厚感情。爸爸说因为你的谦逊,没有人知道你是世界上最勇敢最真诚的人。有多少兄弟会如此深情地说起对方?伊弗保证我不在的那几晚他都会念给爸爸听,而我回来后会接替他念下去。

　　对于你的善意致以最真挚的感谢。

贝亚特莉斯·维格诺
一八七七年十月十七日

十二
凯特

  我第一次看见她，那个女人，是在马里兰的一个高速公路休息处。但我也要先告诉你我和罗伯特第一次相遇的经过。我是一九八四年在纽约和他相识，当时我二十四岁。我在那里工作了两个月，当时是夏天，我很想念家乡密歇根。我以为纽约是个精彩的地方，它是很精彩，但也令人疲惫。我住在布鲁克林，不是曼哈顿。我换乘三班地铁去上班，而不是步行穿过格林尼治村。当时我在一份医学刊物担任编辑助理，下班的时候太累了，一点也不想走路，同时因为费用的问题，舍不得看一场有意思的外国电影，也没有很快交什么朋友。

  遇见奥利弗的那天，我在下班后去洛泰百货公司，我知道那里的东西很贵，恐怕买不起生日礼物给我母亲。我从夏天的街道一走进店里，一股带着香味的冷空气就扑面而来。看到身穿新款高开衩泳衣的模特儿投来鄙视的目光，我真希望自己那天上班前能穿得更漂亮一点。我想为母亲买一顶帽子，一件她从来没有为自己买过的东西，一件很可爱、就像她年轻时在费城板球俱乐部初遇我父亲时会戴的东西。她可能从来不会在安阿伯①戴它，但它会唤起她的青春岁月，再加上白手套和稳重的感觉，也会让她想起女儿的爱。我以为帽子部在一楼，旁边是我几乎闻所未闻的著名设计师签名的丝巾，还有那些穿着光滑的长筒袜、朝天伸出的假腿。但帽子部正在装修，一位身穿化妆工作服的女士告诉我要上楼去临时的帽子展示区。

  我不想再往前走——我自己的腿光溜溜地直发痒，很难看，因为我那天上班前没有穿长筒丝袜。但那是给母亲买礼物，于是我走向自动扶梯——

---

① 美国密歇根州的一座城市。

十二

我在上到顶部安全地走下自动扶梯前总是不敢大口吐气——我找到帽子柜台,很庆幸只有我一个人站在衣帽架之间,每一顶帽子都像盛开的素色或艳色花朵。有轻薄面料的帽子,上面有丝质的花朵别在缎带上,有海军帽和黑色草帽,还有一顶缀满樱桃和叶子的蓝色帽子。它们都有点华而不实,特别是放在一起后,我开始考虑买这个做生日礼物不是好主意,接着我看到了一顶漂亮的帽子,一顶独自放在一边、正适合我母亲的帽子。它的帽檐很大,上面盖着奶油色、紧密漩涡状的薄纱,薄纱上绑着一束不同种类的蓝色花朵,逼真极了——菊苣、燕草和勿忘我。它像是一顶装饰在田间的帽子。

我取下帽子,两手捧着站在那里。接着我小心翼翼地把标签翻过来,59.99美元,比我平常一个星期购买日用品的费用还多。如果我省下这笔钱,只要三次,我就能坐车回安阿伯去看望母亲。但当她打开礼物的时候她会露出微笑,会非常小心地拿着它在家里客厅的镜子前试戴,笑得合不拢嘴。我拿着帽子精致的边缘,像想象中的她一样眉开眼笑。我感到胃里一阵难受,眼中噙满泪水,那可能会将我上班前画的淡妆弄花。我希望不要有店员来到衣帽架这里和我搭话。我怕别人一句话就会迫使我买下来。

几分钟后,我把帽子放回架上,转身走向自动扶梯,但是我走错了方向,再次来到向上的那边。人们纷纷上来,我只得退让。我愣愣地走到另一边往下的扶梯,两手握住扶手,往一楼去。扶手在我的紧握下滚动,当我到达底端的时候感到非常、非常恶心。我以为我会来不及站定而绊倒。我弯下腰,这样胃里的翻腾会缓和一点,接着我确实绊倒了。一个经过扶梯底端的男子转身急忙抓住我,我吐在了他的鞋上。

因此我和罗伯特的相识是从鞋子开始的。他的鞋子是浅棕色的皮鞋,厚重、有点笨笨的,和其他人的不一样,像是英国人在农场里、或穿过沼泽地去酒馆时穿的。后来我知道那鞋子确实是英国产的,手工缝制,非常昂贵,穿了六年。他同时有两双,不定时地换着穿,它们看起来很粗犷、舒服,不容易破损。除此之外,他的穿着很随便,除了对衣服的颜色有种有趣的感觉。它们通常来自于跳蚤市场、旧货商店和朋友那里，最后也往往回到这些地方。"那件T恤衫？那是杰克的。"他会说，"他昨天晚上落在了酒吧里。他无所谓。"而这件T恤衫会一直跟着我们直到破烂不堪，变成我们格林希尔房子里的抹布，或是擦拭画笔的布——毕竟，我们结婚的时间够长，衣服早该变破布了。这些罗伯特都不在乎，因为同样，当他们争论蜡笔画到凌晨两点的时候，他留在杰克沙发上的手套和围巾也被杰克占有了。罗伯特大部分的衣服上都沾了很多颜料，以至于除了艺术家朋友，别人都看不上眼。他和某些艺术家一样，从来不会在意这个。

但鞋子是他的宝贝。他攒钱买它们，很爱护它们，即使不吃鸡肉也要用貂油来保养它们，他很小心地不让油彩沾在上面，他把它们整齐地放在我们的床脚边，一堆他最近淘汰的衣服边上。他生活中唯一昂贵的东西——除了油彩——一般是他的须后水。但后来我得知，非常巧合的是，他到洛泰百货是去买一件生日礼物给他自己的母亲。当我吐在他鞋子上，他不由自主地露出生气的表情，像是在说"哦天啊，你一定要这么做吗？"当时我以为他仅仅是对我的呕吐感到恶心，而不是对吐到的地方。

他从口袋里掏出白色的东西，开始擦拭鞋尖，我以为他无视于我的道歉，但他随即抓住了我的肩膀。他很高大。"快点。"他说。他的声音也很急促，在我听来又低沉又舒服。他带着我匆匆穿过笔直的通道，经过一阵再一次令胃部抽动的香味，经过握着网球拍、领子随意地朝耳朵竖起的模特。我低着头，试图挣脱。每一处新的景象，每一件我想买却买不起、我母亲也不会喜欢的东西，都令我感到恶心。但一手拉着我胳膊，一手抓住我肩膀的陌生人很强壮。他穿着一件短袖斜纹布衬衫和污迹斑斑的灰色牛仔裤，当我试着转过低着的头，瞥见的是一个粗犷的人，以及他的鬈发和满是胡碴的下巴。他身上有一股亚麻子的气味，我即便恶心也能略微闻出一点，这种味道在其他场合我会觉得很好闻。我在想他是不是想趁我不舒服把我拐走，抢走我的钱包，或是发生更糟糕的事情——毕竟这是八十年代的纽约，而我在密歇根还没有被抢的经历。

十二

但我非常不舒服,无法问他的意图。一分钟后,我们冲到了室外,或者说是室外熙熙攘攘的人行道上,他似乎想要使我平静下来。"你没事了,"他说,"你会没事的。"话音刚落,我转身又吐了。这一次我远离他的鞋子,吐在入口区域的角落里,同时也避开来往人群的脚。我哭了起来。当我呕吐的时候他放开了我,但像是用一只手轻抚我的后背。我多少有点害怕,就好像地铁里有个陌生男人在同我搭讪,但我太过虚弱,无力抵抗。见我吐完了,他从口袋里掏出一张干净的纸巾递给我。"没事,没事。"他喃喃地说。最后我直起身子,靠在大楼的墙边。"你会晕倒吗?"他说。此时我看到了他的脸。他的神情带有几分同情和正经,显得率直而机警。他长着一双棕色偏绿的眼睛。"你是不是怀孕了?"他说。

"怀孕?"我倒吸了一口气。我用一只手撑着洛泰的外墙。这墙感觉上非常结实而坚固,像是一座堡垒。"你说什么?"

"我只是问问,因为我表妹怀孕了,她也在一个商店里呕吐,就是上个星期。"他把双手插在后裤袋里,就好像我们是参加完派对在一座停车场里聊天。

"什么?"我傻乎乎地说,"不,我当然没有怀孕。"说完我开始尴尬得满脸发烫,因为我觉得他会以为我在泄露自己的性生活,事实上那时候根本没那回事。在大学里我确实交过三个男朋友,在安阿伯沉闷的研究生时期有过一个短暂同居的男朋友,但目前在纽约这个方面还是零——我太忙、太累、太害羞,以至于没有留心找约会对象。我急急地说:"我只是觉得突然这么说很奇怪。"想到我第一次大口大口地吐在他鞋子上——我没有勇气看他的鞋——我再次感到虚弱,于是把双手和头部都靠在了墙上。

"哇,你真的病了,"他说,"要我给你弄杯水吗?要我帮你找个地方坐一下吗?"

"不,不。"我撒谎说,一边用手捂住嘴巴,防止自己再次呕吐。但这么做没什么用。"我必须回家。我现在就要回家。"

"也对,你最好卧床休息。"他说。"你住在哪里?"

"我不会告诉陌生人我住在哪里。"我轻声说。

"哦,拜托。"他咧嘴笑了。他的牙齿很漂亮,鼻子很丑,眼神非常温暖。他看上去比我大不了几岁。他的深色头发卷曲地竖着,像是扭曲的树枝。"我看起来像是要吃了你吗?你坐哪条地铁?"

人群推挤着经过我们,有的进入商店,有的沿着人行道走,有的回家,在这个下班的时候。"那个……那边……布鲁克林,"我有气无力地说,"如果你能陪我往那边走,我就没问题了。我过会儿就好了。"我踉跄地走了一步,捂住了嘴。我后来想我为什么不叫辆出租车呢。我猜我一直很节俭,即便在这种情况下。

"哦,算了吧,"他说,"别再吐在我鞋子上了,我送你去车站。然后你可以告诉我你想叫我打电话给谁。"他伸手搂住我,扶住我,我们磕磕绊绊地向这个街区尽头的地铁站挪动。

到了以后,我紧紧挨着扶手,尽力腾出一只手,随着人流踏上阶梯。"好了,谢谢。我正好赶上车。"

"拜托。"他走到我前面,挡住了闹哄哄的人潮,这么一来我只能看见他斜纹布衬衫的后背。"下楼梯。"

我一手握住这个陌生人的肩膀,一手抓着扶手。

"你要我打电话吗?给你的家人?你室友?"

我摇摇头,摇了两三次,但说不出话。我又想呕吐了,那样我丢人算是丢到家了。"没关系。"他又露出微笑,有点不耐烦,但还算友好。"上车吧。"

我们一起上了车,挤进可怕的人群中。我们不得不站着,他从后面扶着我,但身子没有贴着我,只是一只大手紧紧地抓住我,另一只手拉住顶上的拉环。当列车转弯的时候,他拉着我一起晃动。到了第一站,有人下车,我瘫坐在座位上。我想如果我在那个封闭的空间里再次呕吐,脏东西会溅到至少六个人,那我就不想活了。我会回密歇根去,因为我不适合这个城市——城里有七百万人,但我比他们都要脆弱。我居然在公共场所呕吐。我离去或死去的最大好处,是再也不会看到这个穿着斜纹布衬衫、鞋子上沾着深色污迹的高个子年轻人了。

十三
凯特

到了我那站,我几乎不知道自己在哪里,但侠义的陌生人扶我下了车,在我再一次呕吐之前走上地面——这一次吐在了路边排水沟里。我虚弱地意识到我的目标一次比一次好,我的选择越来越稳妥。"这边走?"我吐完后他问我,我指出通往我公寓楼的街道,幸好很近。我相信,即便我认定回家后他会割断我的喉咙,我还是会给他指路。当他从我颤抖的手里接过铜钥匙打开前门时,我是这么想的,坐上电梯时,我还是这么想。"我现在好了。"我小声说。

"哪一层?几号?"他问。当我们来到长长的、臭烘烘的、铺着地毯的大厅时,他找出钥匙圈上的另一把钥匙,打开了我的房门。"有人吗?"他喊道。"没有人在,我猜。"我什么也没说——我没有力气,也不愿意告诉他我一个人住。但不管怎么样,他马上会发现这一点,因为我的公寓只有一个房间和一小块被碗橱半包围的厨房区域。我的床可以折起来当作沙发,一些我小时候用的可怜的枕头堆在床罩上,梳妆台上还放着一些厨房放不下的碟子。地上铺着一块破旧的东方式地毯,那是从俄亥俄州的姨妈家拿来的,而桌子上则散落着账单和素描画,上面压着一个咖啡杯。我彻底地环顾了一圈,就好像这是我第一次看到我的房间,房间的简陋令我心头一震。拥有自己的空间对我来说非常重要,为此,我不得不勉强接受一栋破旧的大楼和粗俗的房东。水槽上方的管子露了出来,油漆斑驳脱落——冷水流泪般止不住地往下滴,我只好用一块毛巾堵住吸水。

这个陌生人扶我进去,帮助我坐到沙发床上。"你要喝杯水吗?"

"不用了,谢谢你。"我呻吟着说道,并小心地看着他。让某个人从纽约的大街上送我到家门口实在是太离奇了。唯一来过的人是房东,他曾经在这里待过两分钟,查看炉子为什么点不着,并教我如何用脚把它的前部修好。我甚至不知道眼前这个人的名字,而他正站在我房间的中央,环顾四周,似乎在找什么东西来防止我再次呕吐。我试着不要大口呼吸。"能从厨房里拿个碗给我吗?"

他给我拿了一个,还拿了一张干净的纸巾给我擦脸,我坐在沙发上往后稍稍靠了靠。他两手叉腰,我看见他明亮的眼睛正在浏览我的画廊:一幅黑白照片,上面我的父母亲正在我们家的门廊上聊天,这是我读高中时拍的;几幅我最近画的牛奶盒的素描画;迪亚哥·李维拉①画的招贴画——上面是两个男人正在搬一块大石头,发红的肌肉因为用力而绷紧。他对这幅画端详了一会儿。我心头袭来一阵疑惑。他看不起我的素描?有些人会说:"哦,你画这个?"但他只是伫立着注视李维拉画的墨西哥工人,他们扭曲的表情和阿兹特克人特有的魁梧身材。接着他转向我。"那么,你都好了吗?"

"好了。"我几乎是在耳语,但这个人站在我房间中央的姿态,这个穿着宽松裤子、长着卷曲棕发的陌生人,让我再次充满恶心的感觉——或者说也许不是因为他——我翻身下床直奔卫生间。这一次我吐在了马桶里,座垫干净地竖着。这使得我有一种安全的归属感。我终于吐在了应该吐的地方。

他走到卫生间的门口,或许是靠近门口,我能听见他的动作,尽管我看不见他。"你需要我叫救护车吗?我是说,你认为这确实很严重吗?也许你是食物中毒了。或者我们可以叫辆出租车直接去医院。"

"我没有医疗保险。"我说。

"我也没有。"我听见他那双笨重的鞋子在卫生间外面走来走去。

"我母亲不知道这个。"我接着说,希望找到某个理由来透露至少一件

---

① 迪亚哥·李维拉(1886—1957),墨西哥壁画家,二十世纪最负盛名的的壁画家之一。

十三

有关自己的事情。

他笑了起来,这是我第一次听见罗伯特大笑。"你以为我母亲知道?"我斜着头看去,看见他在笑——他完全露出牙齿,因为嘴角豁开,嘴张得很大。他的脸色很灿烂。

"她会不放心吗?"我找到一块毛巾擦擦嘴,然后用漱口水迅速地漱干净。

"有可能。"我差不多能听见他耸了耸肩。等我转过身,他一言不发地扶着我回到床上,就好像这件无用的事情我们已经做了多年。"你要我待一会儿吗?"

我以为这话的意思是他要去别的地方。"哦,不用——我现在确实好了。我没事了。我想刚才那是最后一次。"

"我没有数过几次。"他告诉我,"但你不可能还吐得出什么东西。"

"我希望没有传染给你什么。"

"我从不生病。"他说,而我也信了。"那么,如果你好了,我就走了,这是我的名字和电话。"他写在桌上一张纸的边缘,也不问问这张纸我有没有别的用处,我也笨嘴拙舌地说出了我的名字。"你明天可以打电话给我,告诉我你的情况。那样我就会知道你是不是真的好了。"

我点点头,几乎要哭了。我离家那么、那么远,老家只剩下一个必须独自出去扔垃圾的女人,而我要花一百八十元的车费才能回到那里。

"那好吧,"他说,"回头见。一定要喝点东西。"

我点点头,他笑了笑便走了。我很诧异这个陌生人似乎做什么都毫不犹豫——他跑来帮忙,然后不慌不忙地离去。我站起来,靠在桌子边看他的电话。这字迹就像他本人,有一点潦草但直白而坚定地落在纸上。

第二天早晨,我觉得自己基本上好了,便打电话给他。我告诉自己,我打过去只是说声谢谢。

天 鹅 贼

我亲爱的伯父：

　　我不像你如此勤于写信，今天早上收到你满怀关切的信，我还是迫不及待地想要感谢你。信我已经念给爸爸听过了。他想告诉你作为哥哥，你应该来得更勤一点，以便在餐桌上被视为家庭成员。这是那天对你的责备，但语气是温和和充满敬佩的，我将他的话照实传达给你，恳求你看在我的分上答应他的要求。在下雨的日子里，我们待在这里有一点无聊。我很喜欢这幅素描——角落里的孩子很可爱——你的写生技巧如此精湛，我们其他人只能妄想……我从姐姐家回来时带回了几幅我自己画的素描。我最大的外甥女今年七岁，你会发现她是最有魅力的模特，我保证。

　　致以最真挚的问候。

贝亚特莉斯·德·克莱尔瓦勒·维格诺
一八七七年十月二十二日

十四
凯特

我和罗伯特在纽约同居了将近五年。我到现在依然不知道那段时间是怎么过的。我在书上读到过,很有可能曾经发生过的每一件事都保存在世间的某个地方,一个人的历史——我猜所有的历史——被折起来分装在一个个袋子里,保存在时间和空间的黑洞之中。我希望这五年的时光保存在某个地方。我不知道我是不是希望我们在一起的全部时间都保存下来,因为某些时间最终很糟糕,但在纽约的那些年……我希望如此。我后来想,这段时间稍纵即逝,但当我们在纽约时,我认定事情总是那个样子,会不断地延续下去,直到开始过像样的成人生活。当时我并没有渴望生儿育女,或者说希望罗伯特有一份稳定的工作。每一天似乎过得很好又很刺激,或者说隐含了刺激。

后来会有那样的五年,是因为我停止呕吐后的第一天,确实提起电话打给了罗伯特,也因为我迟迟没有挂断电话,他说他有些朋友第二天晚上要去看他们艺院里的一出舞台剧,如果我愿意也可以去。这不是真正的邀请,但像是那么回事,而这也很接近我刚从密歇根搬来时所设想的、在纽约晚上打发时间的那种约会。因此我说好的,当然,这出剧令人费解,许多艺术系学生在结束前读一份他们撕碎的手稿,接着用白色和绿色的油漆涂在前排观众的脸上,这个举动后排没有人能看得清楚。我一个人坐在后排,看着罗伯特的后脑勺,他坐的那排离舞台更近一些——他显然忘了在他旁边给我留一个位子。

后来,罗伯特的朋友都去参加一个派对,但他找到我,我们去了剧院旁边的一个酒吧,我们并肩坐在旋转的高脚凳上。这是我第一次进入一个纽约的酒吧。我记得角落里有个爱尔兰小提琴手对着麦克风演奏。我们谈论着画家,喜欢谁的作品,为什么喜欢。我先提到了马蒂斯①。我依然热爱他画的女子肖像,她们是如此怪诞,而且我不再为此感到不好意思,我还深爱他的静物画,满是炫目的色彩和水果。但罗伯特谈了一堆我闻所未闻的当代画家。当时是他在艺院就读的最后一年,那时候,人们正在给沙发上漆,把大楼包起来,把一切的一切概念化。我认为他描述的东西有些听起来很有趣,有些则很幼稚,但我不想显出自己很无知,因此当他滔滔不绝地讲着我一无所知的作品、行为、活动和观点,所有这些在他工作的画室里都争论得很激烈,而他的作品则受到批评,对此,我只是洗耳恭听。

罗伯特说话时,我注视着他脸孔的轮廓。它介于丑陋和英俊之间,他的额头在眼睛上方明显凸起,鼻子看起来很凶,一撮头发卷曲着垂在太阳穴。我觉得他看上去像只掠食的鸟,但每当我冒出这个念头,他就露出一种孩子般快乐的微笑,使我想不起上一刻我在看什么。他近似忘我的状态很迷人。我看着他用食指摩擦鼻翼,接着摊开手掌摩擦鼻尖,似乎很痒,接着又挠挠头,那样子像在挠一只狗——心不在焉而又很温和——或是一只大狗在挠它自己。他的眼睛有时候像我啤酒杯的颜色,有时候又显出橄榄绿。他有一种令人紧张的方法,就是突然两眼注视着我,好像他肯定我一直在聆听,但是想知道、而且必须立刻知道我对他最后所陈述的观点的反应。他的皮肤是一种温暖柔和的色调,就好像即便在曼哈顿的十一月也把阳光留住了。

罗伯特在一所非常好的、我耳闻已久的艺术学院就读。他是怎么考上的?我在想。大学毕业后他四处混日子,他自己说的,混了近四年后才回去读书,如今快要完成学业了,他还在思考这是不是在浪费时间,知道吗?我的思绪稍稍飘离了他自顾自谈论的那些当代艺术家和他们的作品。

---

① 亨利·马蒂斯(1869—1954),法国画家,野兽派的创始人和代表人物,也是一位雕塑家、版画家,以使用鲜明、大胆的色彩而著名。

十四

我正在想象他脱下衬衫，露出更多色泽温暖的皮肤。接着他突然谈到了我，问我自己创作艺术作品的目的何在。我以为当他把我送回家、让我在自己的公寓里安全地呕吐时，他并没有注意到我的素描。我说了很多，面带微笑——我意识到是时候对他微笑了，并庆幸我穿了一件我知道和我眼睛颜色很配的衬衫。我微笑着，犹豫着，我以为他绝对不会问起。

但对于我试图显出讨人喜欢的谦逊，他不以为然。"当然，我注意到了，"他淡淡地说，"你画得很不错。你画这些干什么？"

我坐着瞪着他。"我希望我知道。"我最后说，"我到纽约来就要是弄明白这一点。我在密歇根很压抑，一部分原因是我根本不认识其他的艺术家。"我意识到，他甚至还没有问我从哪里来，也没有透露关于他家庭背景的任何信息。

"一个真正的艺术家不是应该在任何地方都能创作吗？你需要认识其他的艺术家才能创作出好作品？"

这话很尖锐，我的自尊心少有地被刺痛了。"当然不是，如果你对我画作的评价正确的话。"

他第一次正视我。他转过身，把他那大得出奇的一只鞋子——根据一块褪色的污渍来判断，正是我吐在上面的那只——放在我凳子搁脚的地方。他眼角的鱼尾纹与年轻的面孔很不相称，他大大的嘴巴弯起，露出一个失望的微笑。"我把你逼疯了。"他带着一种不可思议的语气说。

我坐直身体，抿了一口吉尼斯黑啤酒。"呃，是的。我自己很努力，即便当时没有什么学艺术的学生和我坐在迷人的酒吧里聊天。"我不知道自己是怎么了，我一般很害羞，不会这样对别人反唇相讥。这泡沫丰富的烈酒，或者，也许是他冗长的独白，或者是我感觉到我稍稍的走神引起了他的注意，而我始终有礼貌的聆听前功尽弃。我有一种感觉，他正在仔细地打量我——我的头发、我的雀斑、我的胸部，以及我的个子还不到他肩膀这个事实。他在对我微笑，而从他那与年龄不相称的皱纹包围的眼睛里透出的暖意渗入我流动的血液中。我有一种感觉，那一刻稍纵即逝，不会再有。

我必须得到并抓住他全部的注意力，错过了就不会再来。他会飘回这个纷繁的都市中，我再也听不到他的信息，他有几十个学艺术的同学可以选择。他结实的大腿，他那藏在奇怪裤子里的长腿——今晚穿的是皱巴巴的斜纹软呢裤，膝盖上磨破了几个洞，显然是从旧货店买来的——使得他面对着我稳稳地坐在吧台凳子上，但他随时可能失去兴趣，转回去面对他的饮料。

我转向他，直视他的眼睛。"我的意思是你怎么敢走进我的公寓，细看了我的作品却什么都不说？至少你可以说你不喜欢。"

他的神情严肃起来，眼睛在搜索着什么。他的整张脸，那么近，就连额头上都有皱纹。"对不起。"我觉得自己好像打了一条狗——他皱着眉毛，似乎对我的恼怒感到困惑。很难相信几分钟前他还喋喋不休地自顾自评论着当代画家。

"我上不起艺术学院，"我接着说，"我一天十小时做着无聊的编辑工作。然后，我回家画素描或油画。"这并非完全真实，因为我只工作八小时，而且我常常是精疲力尽地回到家后，在我姨婆多年前遗留给我的小电视机上看新闻和肥皂剧，或是打电话，或是躺在沙发床上发呆或看书。"接着，第二天，我起床，又去上班了。周末的时候，我有时候去博物馆，有时候在公园里写生，如果天气不好我在家里画。很有魅力吧？这有资格称为艺术家的生活吗？"我情不自禁在最后一个问题中加入了更多讽刺的意味，自己也吓了一跳。许许多多个月以来，他是唯一和我约会的人，如果可以把这称为一次约会的话，而我正在教训他。

"对不起，"他又说了一遍，"我不得不说我很感动。"他低头看了看他放在吧台边缘的手，又看了看我握着酒杯的手。接着我们坐着对视着，好一会儿，又一会儿，像是比赛谁看得久。他浓密眉毛下方的眼睛——也许吸引我的正是眼睛的颜色，就好像我从来没有真正地看过别人的眼睛似的。我觉得如果我能说出它们的颜色，或它们深处的斑点的阴影，我就能移开视线。最后他打破僵局。"现在我们干什么？"

"这个嘛，"我说，我的莽撞警告我，因为在内心深处我知道——我就是知道——那不是我,那个因为罗伯特的出现、因为他凝视我的神情而完全被触动的人,不是我。"那,我想你应该请我去你家,看看你的画作。"

他大笑起来。他的眼睛一亮,他那大方、难看、性感的嘴笑容满溢。他一拍膝盖。"没错。你愿意现在跟我回家看看我的作品吗?"

天 鹅 贼

我亲爱的伯父：

我们今天早晨收到了你的信，非常欢迎你来吃晚餐。爸爸希望你早点来，并带些文章来念给他听。

匆匆致意

你的侄媳

贝亚特莉斯·德·克莱尔瓦勒

一八七七年十月二十九日

十五
凯特

罗伯特和另外两名艺院学生一起住在西村的一所公寓里,我们到的时候他们都不在。他们卧室的门都开着,地上到处丢满了衣服和书本,就像在学校宿舍一样。在乱七八糟的客厅里有一张波洛克①的海报,厨房的台子上有一瓶白兰地,水槽里堆着碟子。罗伯特领我进了他的卧室,里面同样一片混乱。床当然没有铺,地上还扔着脏衣服,但他书桌前的椅背上整齐地挂了两件毛衣。里面还有一摞摞的书本——我非常惊讶地看到其中有些法语书,还有艺术专业书和像是小说的书,当我向罗伯特问起这个,他说他母亲跟随他父亲在战后来到美国,母亲是法国人,他是在两种语言的环境中长大的。

然而,最令人惊奇的是所有的墙面都覆盖着素描、水彩画和油画的明信片。墙上挂着的应该是罗伯特自己的素描——铅笔的、木炭的,同一个模特画了一遍又一遍,还有手臂、腿、鼻子和手的习作,到处都是。我本以为他的房间会是膜拜现代画的神庙,满是立方体、线条和蒙德里安②招贴画,但不是——那就是一个普通的工作室。他站在那儿注视着我。我终于知道他的画作是惊世骇俗的,技巧纯熟且饱含生命力、神秘感和动态。"我努力研究人体,"他平静地说,"对我来说还是很难画。其他的我都不在乎。"

"你是一个传统主义者。"我吃惊地说。

---

① 约翰逊·波洛克(1912—1956),美国艺术家,因运用他的"滴画法"而成为美国抽象主义的先驱。
② 彼埃·蒙德里安(1872—1944),荷兰画家,抽象风格派最核心的人物,以几何图形为绘画的基本元素。

"是的。"他直截了当地说。"事实上我对概念什么的并不在意。相信我，在学校里我也听了很多有关概念的屁话。"

"我想——当你在酒吧谈到所有那些伟大的当代画家，我以为你很崇拜他们。"

他向我投来奇怪的眼神。"我并不想给你留下那样的印象。"

我们站在那儿瞪着彼此。房间里充满了寂静，那是一种不合时宜的感觉，我们目前所处的都市繁华之夜的心脏地带，似乎变成了一个被遗忘的角落。我们就像单独待在火星上。对此还有一种隐秘的感觉，就好像我们在玩捉迷藏，没有人知道我们在哪里。我突然想到了我的母亲，这个时候她早就在大床上睡着了——那里曾经也睡着我的父亲——猫咪躺在她的脚边，前门谨慎地锁上并检查了两次，时钟在她楼下的厨房里滴答作响。我转向罗伯特·奥利弗。"那么你看重的是什么？"

"说实话？"他扬起浓密的眉毛，"努力创作。"

"你画得像个天使。"我脱口而出，我这么说是因为母亲可能会这么说——而我也是真心的。

听了我的话，他似乎喜出望外。"我们在评语里不常听到这个。实际上，从来没有过。"

"你迄今为止所说的话并没有让我想上艺术学院。"我说。他没有请我坐下，因此我又一次四处走动，观看画作。"我猜你也画油画？"

"当然，但是在学校里画。对我而言，油画是主课。"他从书桌上拿起几张松松的纸片。"这些是我们在画室里画的一个模特的习作，一幅大型的帆布油画。我必须努力争取参加这门课。这个人，这个模特，对我来说很有挑战性。他是一位老人，事实上——不可思议，个子很高，白头发，肌肉发达，但也很苍老。你要喝点什么吗？"

"我想不用。"实际上，我开始琢磨我究竟想要从这次邂逅中得到什么结果，我是不是不应该回家。现在已经很晚了，要安全回到布鲁克林的那条街，我只能叫辆出租车，那会花去我这个星期省下的所有钱。也许罗伯特有一笔信托基金,他不会理解。我也在想,我的自尊在哪里。或许罗伯特在乎的主要是他自己和他的画作,喜欢我是因为我是一个忠实的听众,至少一开始是这样。这是直觉告诉我的,那种女孩对男孩、女人对男人的敏锐的直觉。"我想我该走了。我要打的回家。"

他站在我面前,站在他那脏乱、没有窗子的卧室中央,气势逼人,但有那么点畏缩、脆弱,两只手垂在两边。他要稍稍弯腰才能完全正对着我的脸。"你回家之前,我能吻你一下吗?"

我大吃一惊,与其说是因为他想吻我,不如说是因为他的询问,他笨拙的表达方式。我突然同情起这个男人来,他看起来像个攻无不克的蛮夫,却羞答答地问我——我走上前把双手放在他肩膀上,摸起来结实又可靠得像一头公牛,就像一名工人的肩膀那么令人安心。因为靠得太近,他的脸在阴影下模糊不清,他的眼睛是深沉的烟灰色。接着,他用坚毅的嘴唇碰触我的嘴唇。他的嘴就和他的肩膀一样,温暖而强健,但若即若离,他似乎等了我一秒钟,直到我再次感到一丝同情而回吻他。

突然间他伸手抱住了我——我第一次感觉到他的庞大,他整个巨大、伟岸的身体——几乎把我抱离了地面,忘情地吻着我。事实上他一点也不害羞,只是不知道如何做自己。我感觉到他的自我像一道闪电穿过我——一个对自己人生的每分每秒都怀疑、自省、计算的我,渐渐消失。就好像在喝一剂魔药的同时,却不知道魔药的存在:每一滴药水,整剂灵药都灌透我的脑袋,深深侵入我的胸腔,然后注入我的双脚。我有一种往后退的冲动,想再次端详他的眼睛,但不是出于害怕,而更像是种疑惑,不明白一个人怎么能如此复杂又如此简单。他的手移到我瘦小的后背,把我抱得更紧了——他把我紧紧地贴着他,好像我是一个他急切期盼的包裹。他把我提起,双脚离地,完全地陷在他的双臂中。

我预想接下来是门咔地关上,床上很久没有洗过的被褥的气味和触感袭来,我会想那里最近是否有其他人躺在他的身下,接着是在床边的抽屉里翻找安全套——那段时间是第一次艾滋病流行的恐慌期——再来就是我半推半就地顺从。但他只是再一次亲吻我,并把我放到地上。他搂着我贴着他的毛衣。"你很可爱。"他说。他站在那里抚摸我的头发。他双手笨拙地抱住我的头,亲吻我的额头。这一举动如此温柔亲密,我觉得喉咙哽住了。这是一种拒绝吗?但他把大手放在我肩上,亲抚我的脖子。"我不希望你觉得很冲动,我也是。明天晚上你想和我碰面吗?我们可以在西村我知道的一个地方吃晚饭。那里不贵,也不像酒吧那么吵。"

从那一刻起,我就是他的——我成了他的囊中之物。没有人曾希望我不要冲动。我知道当那个时刻到来,不管是下一个晚上,还是再下一个晚上,还是下个星期,我都会觉得这个趴在我身上的男人不是一个侵略者,而是一个我可以爱上或已经爱上的人。那份天真——面对我的警惕,他是如何察觉到的?他帮我叫了车,我们在大街上恋恋不舍地接吻,这让我的胃抽动了一下,他仿佛很开心似的哈哈大笑,并且拥抱了我,让司机一直等着。

第二天早晨他没有联系我,虽然他保证第一件事就是打电话到我办公室,告诉我怎么去那个餐厅。随着中午临近,那股兴奋劲慢慢从我的四肢减退。他没有和我上床,这是一个让我失望的简单方式,一个善意的方式——他并不是真的想和我一起吃晚饭。我修改了一篇关于脊椎穿刺手术的冗长文章,它让我有点想吐,我在商店里初遇罗伯特时的那种恶心似乎又回来了,轻微的旧病复发。我在办公桌上吃了午餐。到了四点,我的电话响了,我抓了起来。除了我母亲别人都没有我办公室的直线电话号码,因此我知道只可能是两个人中的一个。是罗伯特。"对不起,我打晚了,"他没有作进一步的解释,"你今晚还想出去吗?"

这是我们在纽约的五年中一起度过的第二个晚上。

十六
马洛

在安静的客厅里,凯特从沙发上起身,踱了几步,好像我刚才把她关在了笼子里。她走到窗边又返回,我看着她,对她感到一丝歉意,为我将她置于如此境地而抱歉。她讲述的故事并没有涉及任何我最想知道的事情,但这个时候我并不想给她施压。

令我震惊的是她成为了一个多么好的妻子——一定是这样——和我正直的母亲不无相似,她的条理性和好客得体的举动(这不是我第一次这么想),虽然她缺乏我母亲那种和善的自信和自嘲的幽默感。或许不管凯特有什么样的幽默感,它们都随着她和丈夫的分离而消失。我希望快乐的流失是暂时的。我看到过那么多女性因为离婚而精神崩溃,还有一些一蹶不振,因为陷入了长期的痛苦和抑郁中,特别是如果离婚前遭受某种打击,或是本身存在某种心理问题。但大部分女士都异常坚强,我总是这么认为;那些自我治愈的人后来过着一种更深沉的生活。聪明的凯特,从窗子透进来的光照在她柔顺的头发上,接下来她会得到更好的际遇,遇到更好的人,变得满足而睿智。

我正在想这些,她转身面对我。"你认为它其实没那么糟糕。"她带着责备的口吻说。

我觉得自己不知该说什么。"不完全是,"我告诉她,"但你差不多说对了。我肯定那很糟糕,但我在想你看起来是一个多么坚强的人。"

"所以我能挺过去。"

"我想是的。"

她看起来似乎想要指责我,但接下来她只是说,"嗯,我猜,你见过许多病人,你一定知道。"

"我从来不觉得自己很了解人性,完了解,但确实我观察过许多病人。"我不会对一个病人坦言这一点。

她转过身,纤瘦的锁骨照射在光线下。"马洛医生,你观察了那么多人,你还喜欢和人交往吗?"

"你呢?你本身对别人的观察力就很敏锐。"

她突然大笑起来,这是我走进客厅后第一次听见她的笑声。"我们不要彼此敷衍了,我带你看看罗伯特的办公室。"

这令我大为吃惊,因为两点:第一,他还有个办公室;第二,她尽管很难过,还是那么大度。也许那同时也是家里的画室。"真的吗?"

"是啊,"她说,"那不像一般的房间,我已经把它清理出来,因为我要使用书桌来处理账单,整理我自己的文件。我还要清理出他的画室。"

在这个和罗伯特同住的房子里,她既没有自己的办公室,也没有自己的画室,而他两者皆有。罗伯特·奥利弗确实在她的生活中占据了相当大的空间。我希望她也能带我看看他的画室。"谢谢。"我说。

"哦,不用太客气,"她回答说,"他的办公室一团糟。我也是过了很长一段时间才打开那个房间的门,但现在我已经整理出了头绪,感觉好一点了。你想看什么都可以。我这么说是因为我现在对那里的任何东西都不在乎。我真的不在乎。"

凯特站起身来,收拾好我们的杯子,回头瞥了一眼。"跟我来。"她说。我跟着她走进和客厅一样整洁、一样宁静的用餐区域——高靠背的椅子围在一张光亮的桌子四周。这里又出现了水彩画,这次画面上是群山,还有几幅旧旧的鸟的照片,拍的是红雀和蓝松鸦,奥杜邦①的风格。这里也没有罗伯特的画作。她先把我带到阳光灿烂的厨房,把我们用过的杯子放进水槽,然后经过厨房进入一个比大储藏室大不了多少的房间。房间里放满了家具,或者说是布置得满满当当,有一张书桌、几个书架和一把椅子。书

---

① 约翰·詹姆斯·奥杜邦(1785—1851),海地裔美国鸟类学家、艺术家。

十六

桌是古典风格,就像凯特大部分的家具一样,一面敞开着的巨大顶盖露出里面装满文件的文件格——正如她所说,一团糟。

这里,我感觉到罗伯特的存在,比客厅里强烈得多,我想象着他的大手把账单、发票和没有读过的文章硬塞到书桌的格子里。地板上有两三个塑料的储物箱,整齐地标识着装有不同种类的文件,似乎是凯特整理过。房间里看不见文件柜——房间里再也放不下别的东西——也许凯特把柜子藏在了别的地方。"我讨厌这种事。"她说,还是不作进一步的解释。书架上放着一本字典、一本电影指南、一些犯罪小说——其中一些是法语的——以及大量的艺术著作:《毕加索和他的世界》、柯罗①、布丹②、马奈、蒙德里安、后印象派画家、伦勃朗的肖像画以及数量惊人的有关莫奈、毕沙罗、修拉③、德加④和西斯莱的著作——囊括了整个十九世纪的法国艺术。"罗伯特最喜欢印象派?"我问。

"我猜是的。"她耸耸肩。"他不同的时候喜欢不同的东西。我跟不上他的心血来潮。"她的语气中有一种苦涩的意味,我转向书桌。"你可以翻着看看,只要你恢复整齐。整齐——"她转动眼珠,似乎在斟酌措辞。"不管怎样,只要保证东西放在一起,因为我查账的话,要马上拿得到所有的财务资料。"

"你真是太好了。"我要确认得到了她的许可。我抑制住强烈的念头,认为查看一位活着的病人的资料却没有得到他的同意是一种严重违规的做法,即便他的前妻同意。但罗伯特告诉我可以同任何我想找的人谈。

---

① 卡米勒·柯罗(1796—1875),法国画家,巴比松派代表人物,被誉为十九世纪最出色的抒情风景画家。
② 欧仁·布丹(1824—1898),法国画家,以风景画著称,是莫奈的启蒙老师,被称作"印象派之父"。
③ 乔治·修拉(1859—1891),法国画家,新印象派代表人物,点彩派创始人。
④ 埃德加·德加(1834—1917),法国画家,是印象派中以传统精确素描与印象派色彩风格绝妙结合的画家,被称为"古典的印象主义",以画女性肖像和芭蕾舞女著称。

"你觉得这里有什么东西会对我有用?"

"我怀疑没什么。"她说,"也许正是如此,我才那么大方。罗伯特没有真正的私人文件——他不会写下自己的心情,也不记日记什么的。我喜欢写我自己,但他说他无法真正理解文字所表达的世界——他必须要看到它,感受到它的色彩,再把它画下来。这里除了他极端的混乱,我看找不出什么名堂。"

她笑了起来,或者说是嗤之以鼻地笑,好像她很喜欢自己的形容:极端。"我猜想他也不是真的什么都不写——他给自己写了这些小纸条和单子,但混在纸堆里找不到了。"她从一个打开的盒子里抽出一张纸片。"'景物画所需绳子',"她念道,"'后门锁、买茜素和板,找托尼核对,星期四。'他总是很健忘。再看看这个:'想想要四十岁了。'你能相信吗? 一定要提醒自己去想这么基本的东西? 当我看见所有这些垃圾,我庆幸自己不用再管其他的——我是说,不用再管他了。你随便看。"她冲着我微笑。"我去做点午饭,这样我们就能安安静静地吃,然后我再去接孩子。当然,还有明天。"她不等我作答便离开了房间。

十七
马洛

过了一会儿,我便在罗伯特书桌前的椅子上坐下。那是那些古典风格的椅子中的一把,带有破损的皮革和一排排铜钉的装饰,底下的转盘转起来不稳,椅子稍稍后倾,无法保持稳定——我猜这是祖上留下的,可能是祖父,甚至是曾祖父。接着,我又起身,轻轻地关上门。我觉得她不会介意;她把我留在这里,随便我看。在我看来,凯特·奥利弗是个很极端的人。她要么毫无保留地说,全盘托出,要么就是保持她的隐私原封不动,而她决定采取前一种做法。我喜欢她,我很喜欢她。

我俯身凑近书桌,从一个文件夹里抽出一叠文件——银行声明、半皱的自来水和电力账单的收据以及一些从空白笔记上撕下的纸。我觉得奇怪的是凯特会把家庭的财务交给她丢三落四的丈夫,但也许是他自己坚持要管。我把这叠纸塞回原处。一些槽里只有积灰和回形针;她已经在这里工作了。我想象着她把这些都搬出来,理整齐放到别处去,最后把桌子擦干净,也许还上打蜡。她让我到这里来也许是因为她其实已经把所有的私人物品都搬走了;也许只是给我吃空心汤团,假意地欢迎我罢了。

文件夹里几乎没有什么能引起我兴趣的东西,除了较远处的格子里面有一个皱巴巴的东西,原来是一根陈年的大麻烟——我觉得那是一种很久以前的气味,就好像一个人闻出了一种童年时代吃的甜点中的香料。我小心翼翼把它放回去。书桌最上面的两个抽屉里塞满了素描画——正统的人物画习作,没有一个是他不断画着、贴满金树林整个房间的女士——以及老旧的目录,大部分是绘画用品,还有一些是户外用具,似乎罗伯特还是一个远足或单车爱好者。为什么我想到他就执意用过去时呢?他可能会康复,将阿巴拉契亚山道从头至尾走一遍,而我的工作正是帮助他恢复到这个程度。

　　最下面的一个抽屉很难打开，里面塞满了黄色便笺纸，上面显然是罗伯特的授课笔记（前街区素描，水果——静物写生到下课，两个小时？），我从这些笔记上发现罗伯特对于教学只写下最粗略的提要，大部分纸上都没有日期。他个人时间大量地花在教室里和画室里；显然他对于别的没有多少计划。或者说他根本就是一个天才教师，所有的学识都保存在他的脑子里，可以即兴地有条理地释放出来？或许教授绘画对他来说，不过就是走来走去、对学生正在创作的画评头论足？我自己曾上过五六个绘画课程，占据了我下班后几乎所有的业余时间，我乐此不疲——喜欢置身于其他绘画者之中的孤独感，又很享受平静，即使大部分时间里老师都在身边看着，不时地得到鼓励，这么一来你就画得更专注了。

　　我把抽屉翻了个底朝天，准备放弃所有这些和旧的电话账单混在一起的便笺纸时，一张手写的纸片引起了我的注意。那是一张划着横线的白纸，满是褶皱，像是它曾被揉成一团又被展开抚平，纸的一角被撕去了。这是一封信的开头，或者是信的草稿，像是一只强壮的手写出的大而工整的圆体字——上面多处被划去并做了修改。我早就见过这个笔迹了，从我周围的便条堆中——是罗伯特的，显然是他的。我把这张纸从抽屉里挑出来，在桌面上尽量把它抚平。

　　你始终与我同在，我的缪斯，我想起你，鲜活得令人心动不已，不仅是你的美丽和温柔的陪伴，还有你的笑声，你最细微的一举一动。

　　下一行被划去了，狠狠地涂去，而纸上剩余的地方都空着。我听着厨房里的动静。透过关上的门，我听得见罗伯特的前妻正在搬东西——好像是在油地毡上拖动一张凳子，碗橱的门一会儿打开一会儿关上。我把这张信纸对折三下，然后放进外套的内袋里。接着，我弯下腰在最下面的抽屉里最后翻了一次。什么也没找到——没有其他带着他笔迹的东西，虽然还

十七

有一些税单,看起来它们好像从来没有从信封里拿出来过。

这么做似乎很傻,但既然门关着,凯特显然还在厨房里忙碌,我俯身开始把罗伯特的书从书架上取下来,并把手伸到书架上。灰尘粘在我手上,我拿到一只橡皮球,可能是属于其中一个孩子的,如今裹上了一层灰——像是沾满了人体脱落的皮屑,想到这里我哆嗦了一下。我一次在地上放四五本书,这样万一凯特出其不意地开门,她不会发现很多东西被挪开,我也可以说我在看这些书。

但再也找不到更多的文件。书后面什么也没有,显然里面——我快速地翻开多本书——也没有夹什么东西。有好一会儿,我看到了自己,就好像从门口看来,室内在天花板上一个灯泡的照明下,形成了一个由各种昏暗形状构成的空间,灯光很刺眼,像是一种博纳拉①风格、不和谐、具有诱惑性的内部装饰。这时我才注意到罗伯特办公室的墙上没有一幅画,没有用胶带粘上的明信片,没有展览会的通知,也没有画廊展上尚未售出的小幅油画。在一个画家的办公室里没有这些很是奇怪,但也许他全都放在他的画室里了。

接着,我又一次俯身查看书架,发现一面墙上其实有些东西——不是什么画作,而是在书架边上用铅笔潦草地写着一些数字和单词,因此,这些记号从门口看不见。我想了一会儿,这可能是罗伯特的孩子们在成长期间测量的身高,是他们达到某个高度的日期记录,但即便是一个非常小的孩子,这个高度也太矮了。我不顾手里还拿着《修拉和巴黎人》,立刻蹲在书本边上。确实是用铅笔写的,五 B 或六 B,又黑又软,留下了很深的印记。我眯起眼睛注视着它。写的是"一八七九",后面还有两个字:"Étretat(法国地名,埃特尔塔)。Joy(快乐)"。

我念了好几遍。数字和字母在墙上显得很难看——他一定是趴在地

---

① 皮埃尔·博纳尔(1867—1947),法国画家,被誉为二十世纪最伟大的色彩画家。

上写的,所以很难写得好看。他的长腿定是像孩子似的盘起,办公室是那么狭小。要么是写下这团污迹的另有其人?我思考着这个圆体的"E"和"J"以及"y"的长度,看起来像是出自奥利弗之手,根据我看到过的他写在备忘录和废弃支票上的潦草而有力的字迹。我从内袋里掏出那封信的草稿,放在旁边对比。"y"显然是一样的,还有简洁而清晰的小写字母"t"。为什么一个成年男子,一个高大的男人会趴着在办公室的墙上写东西呢?

我小心地把信藏回口袋里——信纸已经带上了我的体温——并开始寻找一张没有字的纸片。我想起最下面抽屉里的黄色便笺纸,于是便从上面揭下一张,仔细地把墙上的信息抄下来。我想我认识这个词"埃特尔塔",但还是得过后再查一查。

我找空白纸的时候又冒出另一个念头:把废纸篓拉过来。我翻了翻里面的东西,并每过几秒钟就朝门口瞥一眼。我在想是凯特还是罗伯特本人在里面扔满了东西——很有可能是凯特,在清扫的过程中。里面装着更多有他字迹的废纸,还有一叠乱画的纸,可能是人体画的习作或闲暇时间的涂鸦之作,有的已经撕成了两半——显然是画家最后画的。奥利弗写给自己的笔记对我来说毫无意义,特别是因为它们大多只有几个字,往往内容很实际。我翻开另一张:"为明天晚上买红酒、啤酒。"我不敢留下任何一张;如果我把它们都揣进口袋,凯特会听见我身上沙沙作响,万一发生这种事,那就太丢人了,就算是我听见自己身上沙沙作响也会羞愧难当。一次羞愧已经够了;我隔着外套摸放信的地方。"你始终与我同在,我的缪斯。"他的缪斯是谁?凯特?他在金树林画的女人?那女人是不是"玛丽"?似乎有这个可能,也许凯特会告诉我她的事情,如果我不着痕迹地问。

我查看了剩下的书,一次看两三本,并一直留心着门,只找到一些作为书签的空白纸片,夹在重要的页码内,或者是罗伯特教学所用的章节或图片——一张这样的纸片挡在一幅全色彩的马奈的《奥林匹亚》前。我早前在巴黎见到过原作。当我移开纸片,画中的人物凝视着我,赤身裸体,漫不经心。在最上面的一排书后面,我找到了一双大尺码的卷起的袜子。没有

十七

其他地方可以找了,除非我掀起地毯。我朝书架和书桌后面张望,再一次看墙上的那个日期。一个法语词"埃特尔塔",一个地方。一八七九年在法国发生了什么,如果这个名称和时间有关联,至少在罗伯特心里,那是什么?我极力回想,但我对法国历史知之甚少,或者说在高中课堂上学完西方文明史之后很快就忘记了。是不是巴黎公社,还是更早之前?奥斯曼男爵①设计了巴黎所有重要的大街到底是在什么时候?一八七九年,印象主义已经兴起,即便受到尖锐的批评——那些我都是通过逛博物馆,看稀奇古怪的书知道的——因此那也许是和平繁荣的一年。

我打开书房的门,庆幸凯特没有在门外等着揍我。走出罗伯特的办公室后,厨房显得特别明亮。太阳已经出来了,令树上的水珠闪闪发亮。这么说我在罗伯特的房间里东翻西找时,外面下过雨了。凯特站在台子边,在一个碗里搅拌沙拉;她围着一件蓝色的厨师围裙盖住上衣和牛仔裤,脸红红的。盘子是浅黄色的。"希望你喜欢吃三文鱼。"她说,似乎担心我不喜欢。

"我喜欢,"我诚实地说,"我喜欢。但我并不想麻烦你做午餐。谢谢你。"

"不麻烦。"她把面包一片片放进棉布包边的篮子里。"这些日子我很少为成年人做饭,而孩子们除了芝士通心粉和菠菜,也不会吃很多东西。对我来说很幸运,他们确实喜欢吃菠菜。"她转身冲我微笑,这种奇怪的情形令我心头一震——眼前是我病人的前妻,一位几个小时前我刚刚见面的女士,一个我几乎不了解甚至还有点害怕的女人,在为我做饭。她的笑容很友好,很自然,感染到了厨房另一边的我。我真是无地自容。

"谢谢你。"我又说了一遍。

"你可以把这些盘子拿到桌上去。"她一边用纤细的双手端起它们,一边对我说。

---

① 乔治-欧仁·奥斯曼男爵(1809—1891),法国城市规划师,因获拿破仑三世重用,主持了一八五二年至一八七〇年的巴黎重建而闻名。当今巴黎的辐射状街道网络的形态即是其代表作。

天鹅贼

我亲爱的伯父：

今天早上我写这封信，是对于你昨晚的到来，和你所带来的快乐，向你表达我们所有人的感谢。同时还感谢你对于我的画作说出那番鼓励的话，要不是我公公和伊弗坚持，我是不会拿给你看的。这些天的下午我在努力创作一幅新的油画，但只能算是卑微的努力。我很高兴你这么喜欢我画的小女孩——正如我对你说过，我的外甥女做我的模特，她挺漂亮的。我希望把那幅素描也画成一幅油画——但是要等到初夏，到时我可以把花园当作背景；每年的那个时候，玫瑰竞相怒放，花园便格外明艳动人。

致以真挚的问候！

贝亚特莉斯·德·克莱尔瓦勒

一八七七年十月三十日

十八
马洛

我们安安静静地吃了午餐（但我认为气氛非常友好）后，凯特告诉我她必须马上去上班，我听出了她的暗示，便起身告辞，不过我们已经说好第二天早晨再见面。她在我身后关上了宽大的前门，但当我在前面的走道上转过身，发现她依然隔着玻璃窗注视着我这边。她朝我微笑，接着似乎后悔露出微笑立刻低下头，挥了一下手，没等我挥手回应便消失了。因为下过雨，她家门前的砖石路泛着水光。我踮着脚小心翼翼地回到砂砾地车道上。我钻进车里，摸了摸胸前的口袋，确定那张皱巴巴的纸还在那里。

不管怎么说，我很久没那么沮丧了。我的病人，每当他们来找我或是我探视他们，我们不是置身于布置整齐划一的金树林办公室，就是待在气氛始终愉快的病房里。此时我刚刚和一位女士单独交谈，她独自一人并且可能也有一定程度的抑郁，凭我的经验来看她自己也能算是一个病人。但不同的是，我看她的时候，她处于自己的生活中，拥有前门边参天的冬青树、花园的花坛里争相怒放的郁金香、她祖母留给她的家具、厨房里飘出的三文鱼和莳萝香味，以及显然被她抛在身后、她丈夫的生活残骸。她依然能够向我投来微笑。

我沿着她所在住宅区里春意盎然的道路往回开，沿路树木和隐约可见的有趣的房子，使我认出了自己正沿着开来的道路返回。我想象着凯特穿上帆布外套，从挂钩上取下车钥匙，在身后把门锁上。我想着她在夜晚一定会俯身亲吻床上的孩子们互道晚安，那是怎样的情形，她那裹在蓝色的衣服中的细腰弯下是什么样子。她的孩子们有可能都是金发，像她，或者一个长着浅色的头发，另一个像罗伯特一样长着浓密的深色头发——但想到这里我的心退却了。她每次一见到他们就会亲吻他们，即便他们只是离开一会儿。我非常肯定这一点。我在想罗伯特怎么忍心离开他所拥有的这三个可爱的家人。但我又知道什么？也许他其实不忍心。或者他已经忘了他们有多么可爱。我从来没有结过婚，也没有孩子，更别说两个，也没有一栋客厅里洒满阳光的宽敞的老房子。我想起自己从凯特手上接过盘子的情景，她一个戒指也没有戴，只是手腕上戴着一条细细的金链子。我知道什么呢？

回到哈得利家，我再次打开所有的窗子，接着把从罗伯特办公室里拿来的信放在五斗橱上，躺在难看的单人床上，打了个盹。我一度确实睡着了几分钟。沉沉的睡梦中看见罗伯特·奥利弗，他对我讲述他和他妻子的生活，但我一个字也听不见，于是不停地请他讲得清楚一点。还有一些别的东西埋藏在这个梦里，一段记忆：Étretat（埃特尔塔），法国一个沿海小镇的名字——到底在哪里？——莫奈笔下著名的悬崖峭壁的场景，那些具有代表性的石拱门，蓝绿色的水面以及绿色和紫色的岩石。

最后我倦怠地下了床，穿上一件旧衬衣。我拿起最近在看的书，一本牛顿的传记，开车到镇上去找吃晚饭的地方。我找到几家很好的餐馆；其中一家所有的窗上都点着白色的小灯，好像圣诞节一样，我点了一盘配有各种装饰菜的土豆薄饼。一个坐在吧台的女人冲我微笑，并将两条美腿交换位置、重新交叉，几分钟后来到她身边的男子看上去像一个纽约的生意人。一个奇怪的小镇，我心想，因为黑比诺①的作用，我甚至更喜欢这里了。

晚饭后我在大街上闲逛，心里想着是否会遇见凯特，如果遇见我该对她说什么，在今天上午的交谈后又偶遇彼此，她会有什么反应，然后我想起她肯定在家里带孩子。我想象自己开车回到她的住宅区，透过宽大窗子向里面窥探，它们一定透出柔和的灯光，周围的灌木丛早就暗了，屋顶悬在上面。里面是一屋子的可人儿：凯特在和两个漂亮的孩子玩耍，她的秀发在

---

① 葡萄酒名，产于法国阿尔萨斯地区。

灯光下格外亮泽。或者我会看见她站在为我做三文鱼的厨房窗边;孩子们上床后她在那里洗碗,陶醉在静谧中。我又突然想到她听见树丛里有人,立刻报警,接着是手铐、徒劳的辩解、她的愤怒和我的耻辱。

我停下脚步,伫立片刻,看着一家小店的橱窗,里面满是篮子和看起来像是手工编织的披肩。我站在那里,开始想家了。我到这里来究竟是做什么?在这个美丽的小镇,我是孤独的;而在家里,我习惯了孤独。我无法忘记罗伯特墙上用铅笔写的字。他的藏书为什么都是关于印象派的?我勉强自己往前走了一点,假装没有放弃这个晚上。很快我会回去——也就是回到哈得利的家里——躺在床上看牛顿的书。他快乐地来自于另一个世界,一个不存在现代精神病学的时代。当然,这也是可悲的。当时,没有莫奈,没有毕加索,没有抗生素,也还没有我自己。比起这些暮色迷离的街道以及两边重建的房子、咖啡桌,戴着围巾和耳环、在一股麝香般香味中手牵手从我身边经过的年轻情侣,安详死去的牛顿是我更好的伴侣。很早以前我就不再年轻了,我不知道这段时间是如何逝去,又是在何时逝去的。

在街区的尽头,商店也到头了,接下去是一个停车场,再下去颇令人意外的,是一个有着节庆气氛的俱乐部,其实就是一个露天的酒吧。除了门前的保镖之外,这个地方完全没有华盛顿类似场所的脏乱景象。几十年来我都没有去过这样的地方,唯一一次是在大学里,但是每当我开车经过这里那里的酒吧,至少会注意到它们的存在。我犹豫了一会儿。门口的人衣着整齐,像个绅士,就好像即便是这个镇上的脱衣舞表演也变得高雅了。他转向我,面带友好、期待而理解的微笑,像是银行里的财务顾问。他是在邀请我入内吗?我要申请按揭吗?

我站在那里琢磨是否真的应该进去,因为想不出有什么理由不进去。我也想起了家乡的艺术联盟学院里,我们班上一个非常漂亮的模特——远远地裸体站在学员们前面,她的思绪飘到了别处,也许想着她大学的作业或是下一次看牙医,她的乳房优美地耸立在胸前,她的敬业精神,只有细微的颤动说明在漫长又漫长的姿势定格中她也需要动一动。

"不，谢谢你。"我对门口的人说，但我的声音似乎因为年龄和尴尬而含糊不清。他并没有请我入内，并没有递给我任何传单，那么我为什么要对他说话？我腋下紧紧地夹着那本传记，继续往前走，接着在下一个拐角转弯，就不用再次经过他——他和他热热闹闹的门口。他是否早就已经习惯了里面的景象和闹声，因此对他来说，待在外面浓浓的夜色中不是什么苦差事，错过里面的一切也不算痛苦？最终他的心是否已经飘到了外面，就连本该精彩的表演都令他厌烦？

在哈得利安静的房子里，我清醒地躺在其中一张单人床上，旁边是另一张空床，倾听着半开的窗外云杉、铁杉和杜鹃的枝叶沙沙作响，感受着远处夜色中青翠的山坡，以及万物萌芽的大自然，似乎都与我无关。这时我疲惫的身体对满满当当的大脑发问，我愿意被排除在外吗？

第二天早晨，站在凯特家的门廊上，我感到的不是越来越强烈的尴尬，而是一种熟悉、自在的轻松，仿佛我是前来看望一个老朋友，或者说我自己是一个老朋友。我走上前按门铃。她很快就来开门，我像是再次走进一出戏剧的场景中，只是我曾经看过演出，知道所有的道具在哪里。今天太阳很大，阳光透进房间来。只有两样东西变了：一是一只巨大的碗里漂浮着粉红色和白色的花朵，小心地摆放在靠窗的桌子上；二是凯特本人，她在牛仔裤上配了一件藏红色的棉质短衫，还戴了一条同色的电气石项链。昨天我认为她的眼睛是蓝色的，此时它们呈现出绿松石色，又大又清澈。她微微一笑，但那是含蓄而礼貌的笑容，表明对某个问题的接纳。这个问题就是我，我再一次出现在她家里，我需要向她提出更多问题，关于她那不再住在此处的丈夫。

她端来咖啡后，便在我对面的沙发上坐下。"我想我们今天应该准备结束。"她温和地说，似乎她已经想过怎么说才能避免伤害我的感情，或是泄露自己的感受。

"当然，"我说，以示我欣然接受她的暗示。"当然。你已经非常好客了。另外,如果可能的话,我应该明天晚上回到华盛顿。"

"那么你不去学校了?"她将杯子稳稳地放在干净纤瘦的膝盖上,像是在向我展示这是怎么做到的。她的语气谦恭、得当。我在想今天我从她这里得到的信息会不会比昨天更少,而不是更多。

"你认为我应该去?我能找到什么?"

"我不知道,"她坦言,"我肯定那里还有很多认识他的人,但我不是说你一定要和他们接触。我怀疑他在学校里不会显露真实的情绪。但他最杰出的画作在那里。它应该放在一家一流的博物馆——他本可以高价卖出。不只是我一个人认为那是他最好的作品,虽然我从未真正喜欢过它。"

"为什么?"

"你自己去看看。"

我坐在那里,想象着她优雅而纤瘦的身影穿过房间。我觉得自己必须知道罗伯特的病症最初是怎么表现出来的,而我们的时间不多了。我需要,或者说想要知道他那位黑发的缪斯是谁。"你可以接着昨天的故事讲下去吗?"我尽可能温和地问她。如果她的讲述不能很快切入他发病以及后来治疗的问题,而只是说些无关紧要的事,我可能要小心翼翼地引导她谈及那些更重要的事情。我默默点点头,虽然她什么都还没说。窗外,一只红雀在阳光中降落,一根树枝晃动起来。

十九
凯特

我们在纽约一天天地生活，或者说日子一眨眼就过去了。我们在五年里换了三个地方——起初是住在位于布鲁克林的我的公寓里，此后搬到百老汇附近西七十二大街一个小得难以置信的房间里，连着厨房台子的橱可以折起变成一个更小的橱，最后搬到格林尼治村一栋大楼里压抑的顶楼。这些地方我都很喜欢，包括它们的自助洗衣店、杂货店，甚至是当地的流浪者——一切的一切，一切熟悉的东西。

接着，有一天我醒来，想到："我要结婚。我要生个孩子。"就是那么简单——前一天晚上我爬到床上，年轻自由，无忧无虑，不屑于其他人循规蹈矩的生活，而第二天早上六点，我起床淋浴，穿衣打扮，准备上班去从事这些年一直在做的编辑工作，我完全变了个人。或许这个念头产生于我擦干头发和穿上衬衣的这段时间里——我想嫁给罗伯特，在手指上戴上戒指，再生个孩子，这个孩子会拥有罗伯特的鬈发和我小巧的手脚，而生活会比以往都更好。这个画面对我来说突然变得那么真实，好像我要做的就是画上最后一笔，让它自行成为现实，然后我就会获得完整的幸福。我想的并不只是怀孕，生下一个自由性爱主义产生的孩子——我母亲会这样带点幽默感地说——在曼哈顿。我把孩子和婚姻联系在一起，婚姻是长期的，意味着孩子在三轮童车和绿色草坪上长大——毕竟，我自己的童年就是这么过来的。我想和我母亲一样，俯身帮我们穿上袜子，系好深红色的牛津鞋。我甚至想穿上她年轻时穿的裙子，蹲下的时候双腿向一边弯曲。我想要后院里有一棵装着秋千的大树。

我从来没有想过不戴上结婚戒指就生孩子，就像我从来没有想过我会在一座我开始爱上的、超负荷的城市里养育孩子。这些事情很难解释，因

十九

　　为我是那么肯定,我想要的只是曼哈顿的这种生活,有绘画,还有下班后和朋友们在咖啡馆碰面聊绘画,还有晚上看着罗伯特穿着牛津布的蓝色拳击短裤在朋友的画室里画油画,而我在画板上画素描,接着就是早晨起床后打着哈欠准备上班,在低矮的树木下一边走向地铁站,一边逐渐清醒。那将是我的现实生活,而这些当时尚未出生、甚至还没有出现在我的白日梦中的鬈发小家伙,对我说把这些都抛下。多年后,他们就是这么一件事——我们把他们带到世上,尽管历经忧伤、恐惧,尽管失去了罗伯特,尽管这个可怜的星球已经人口过剩而我为令它雪上加霜感到内疚——生下孩子是我从没后悔过的事情。

　　罗伯特一点也不想放弃我们在纽约拥有的生活。我认为正是因为肉体的说服力,使得他放手,表面上像是看在我的分上。男人也喜欢生孩子,虽然他们会告诉你,他们和女人的感觉不一样。我认为整件事情他是被我的热情所感染。他不是真心喜欢这个绿色的小镇和一所小学院里的工作,但我认为他也知道,毕业后我们一起拼凑的生活迟早会被别的东西所取代。他的事业已经很出色了,和他们系的一个教员一起办了一个画展,在格林尼治村卖出不少画作。他的母亲寡居在新泽西,依然亲手为他编织毛衣和背心,用法国口音叫他鲍比,认定他终究会成为一位杰出的画家——实际上她已经开始把他父亲遗留下的物品寄给他,使得他能用来画画。

　　我觉得,因为拥有这么多新人的好运气,他觉得自己天下无敌。这也是新人的天赋。看见他作品的人似乎都认可他的才华,不管他们喜不喜欢他的传统主义风格。他在他所毕业的学校里教授一个入门级的班,日复一日地创作出那些早期的作品,如今累积了不少——要知道它们确实令人赞叹。我还是这么认为。

　　就在我提议生孩子的时候,罗伯特正在创作他一本正经地称为德加的系列——年轻的女孩们在美国芭蕾舞学校的扶手上做热身活动,优雅而性感,但不是具诱惑力的那种,伸展她们瘦长的腿和手臂。那年冬天,他在大

天鹅贼

都会博物馆里花了很长时间研究德加的芭蕾小演员,因为他希望自己的作品和德加的既有相似点又有不同之处。罗伯特的每一张画布上都有一两个亮点——比如一只巨大的鸟企图从芭蕾舞室的窗子飞到她们身后,或是一棵长在墙边的银杏树映在无边无际的镜子里。苏荷区①的一家画廊卖出了两幅,并向他要更多的画作。我也在画画,下班后一个星期三次,风雨无阻——我记得那个时候我定的规矩,感到我的作品可能不如罗伯特,但每周都在进步。有时候星期六下午我们把画架搬到中央公园,一起写生。我们沉浸在爱河中——周末我们一天做爱两次,那为什么不生孩子呢?他也被我那新鲜的性爱方式吸引住了,我肯定,因为我们生活中的这个部分对他来说总是极其重要,能感觉到一颗种子在我们之间传递,我们的结合即将开花结果,他很着迷。

我们在第二十街的一座小教堂里结了婚。我本来想找一个治安官证婚,但最后我们还是举行了一个低调的天主教婚礼来取悦罗伯特的母亲。我的母亲在我高中时最好的两个朋友的陪同下从密歇根赶来,她和罗伯特的母亲彼此投缘,在异乡的聚会中亲密地坐在一起,两个寡妇,罗伯特的母亲除了"独子"又多了一个孩子。我的婆婆织了一件毛衣送给我当结婚礼物,听上去有点寒酸,但却是我珍藏多年的宝贝之一——米白色,领子像蒲公英似的垂下来。从我们第一次见面起我就很喜欢她。她是一个高挑、纤瘦而开朗的女性,也不知道为什么她对我很满意,并坚信如果我练得够勤,就可以流利地表达她母语中的十到十二个单词。罗伯特的父亲,一个马歇尔计划的项目官员,把她从战后的巴黎带走,离开那里她似乎不觉得遗憾。她再也没有回去过,她的整个生活就围着护士工作——她是在美国接受这方面培训的——和她的天才儿子转。

---

① 苏荷(Soho)是英语单词 south of Houston 的缩写,指的是处于纽约下城 Houston(休斯顿)街南,Soho 并不是一个独立的社区,而和西村、格林尼治村以及小意大利在一起成为曼哈顿岛的第二区。

十九

　　婚礼(也就是结婚的仪式)中,罗伯特没有换衣服,只是快乐地和我待在那里,忘了穿西装,衬衫前挂着一条他自己的领带,油彩还嵌在指甲缝里。他忘了剪头发——我特别希望他能先剪过头发,然后我们再站到天主教牧师和我母亲面前——但至少他没有丢失戒指。当我们说出不熟悉的誓言,我看着他,觉得他还是他一直以来的模样——他自己,永远的自己,这个他也可以和我以及我们的朋友一起站在我们最喜欢的酒吧里,再点一杯啤酒,争论前途的问题。我失望了。我希望站在我身边的他有所改变——甚至是因为我们的生活翻开了新的一页而有所转变。

　　婚礼后,我们前往格林尼治村中心的一家餐馆,和我们的亲朋好友会面——他们看起来特别打扮了一番,一些女士还穿着高跟鞋。我的兄弟姐妹也从西部赶来了。每个人都有点拘谨,我们的朋友和我们的两位母亲握手甚至亲吻。当美酒上桌之后,罗伯特的同学们开始放浪形骸地畅饮起来,这让我很担心。但更令我意外的是,母亲们并肩坐着,满脸通红,像十几岁的小女孩似的放声大笑。我很久没看见我母亲这么高兴了。于是我才感觉好一点。

　　罗伯特并不急着到处去找工作,直到我求了他好几个月,他才去——此时我希望我们能找到一座舒适的小镇,而且有朝一日我们能买得起镇上的房子。事实上,他没有真的去找工作。他这份在格林希尔的工作是通过他的一位导师找上他的,原因是他碰巧路过那位导师的办公室,一时兴起请他一起出去吃午饭,吃饭的时候导师碰巧想到他刚听说的一份工作,他可以推荐罗伯特去试试——这位导师的一个老朋友是位雕塑家和陶艺家,在格林希尔教书。那对于画家来说是个绝好的地方,他在餐桌上告诉罗伯特:南卡罗来那州有很多艺术家过着朴实而单纯的生活,只是创作他们的艺术作品,而这所格林希尔学院和古老的黑山学院①有一定的关系,因为

---

① 黑山学院,一九三三年创立于美国北卡罗来那州艾西维尔市附近,是美国一所以引领革新的著名学校。

当后者解散的时候,约瑟夫·亚伯斯①的一些学生离开了黑山,在格林希尔成立了一个艺术系——那正好,罗伯特可以画画。也许,我也可以考虑画画,而那里气候很好,那么——好吧,他会以罗伯特的名义写封信过去。

事实上,罗伯特总是这样得到生活的赏赐,因为运气,他的运气总是很好。警察原谅他超速,把罚款从一百二十元降到二十五元。他的计划书上交迟了,他还是得到了许可,外加一个额外的设备许可。人们喜欢为他办事,因为即便没有他们的帮助,他也显得那么愉快,忘了他自己的需求和他们帮助他的愿望。我从来不理解这一点。过去我认为他像是在作弊,不经意地欺骗别人,但现在我有时想,只不过是生活在弥补他错失的东西。

我们搬到格林希尔去时,我已经怀孕了。我曾经对罗伯特说过,我一生中所有伟大的爱都开始于呕吐。事实上,我当时几乎无暇去想别的事情。我把格林尼治村公寓里所有的东西都打包好,把一大堆东西送给留在我们旧生活中的朋友们(他们只能留在那里,我同情地想)。罗伯特说他会组织一群朋友帮助我们把东西搬上租来的卡车,但是他忘了,要么是他们忘了。最后,我们雇了几个路边的少年把东西一样样从我们没有电梯的公寓里搬下来。打包是我自己完成的,因为他总有这样那样迫在眉睫的事情,要到学校或是画室里去做。当公寓被搬空,我们打扫干净以免房东扣下我们的押金后,罗伯特把卡车开到他的画室,拖下成箱的绘画工具,扛下一叠叠画布。我后来才意识到,他连自己的一件衣服、一壶一锅都没有收拾——他收拾的只有画室里的重要物品。我坐在卡车里,如果看见警察或处理违章停车的女警过来就把车移开。

我坐在那里,看着八月的阳光洒在方向盘上,抚摸着已经隆起的肚子,

---

① 约瑟夫·亚伯斯(1888—1976),生于德国,是美国"绘画抽象以后的抽象"及"欧普艺术"的先驱。一九三三年后移居美国,先后在北卡罗来那州的黑山学院、哈佛大学、耶鲁大学任教。

十九

不是因为肚里如诊所招贴画所示花生大小的胎儿,而是我不断呕吐,又不断地吃,人变得懒散,而渐渐不在意自己的腰围。当我的手滑过这块地方,我对于里面正在生长的人和未来的生活涌起一股强烈的渴望。这是一种我从未有过的感觉——甚至没有告诉过罗伯特,主要是因为我无法向他解释清楚。当他扛着最后一批破旧的箱子、最后一个画架下来,我透过卡车的窗子望着他,看见他兴高采烈、精力充沛而又自我陶醉,但都和我无关。他只想着把他旧生活的那些东西塞进后车厢我们那些毫无用处的家具里。那一刻,我比任何时候都强烈地感觉到这是一个错误的开始,就好像我的孩子在我耳边悄悄地说:他会好好照顾我们吗?

天 鹅 贼

我亲爱的伯父：

对于我没有很快回信，请不要误解：你的弟弟、侄子和两名仆人——也就是家里大部分人——都得了重感冒，因此我分身乏术。其实没有什么好担心的，或者说我本该早点写信给你。每个人都在好转，而你弟弟已经开始在他男佣的陪同下又到森林里做健康散步。我肯定伊弗今天会陪他去；他和你一样，总是把爸爸的健康放在心上。我们早就看完了你寄来的新书，我自己读了塞克利①的小说，也念给爸爸听。我很忙，无法带来更多的消息，但真诚地想念着你——

贝亚特莉斯·德·克莱尔瓦勒
一八七七年十一月五日

---

① 威廉·梅克皮斯·塞克利(1811—1863)，英国作家，他的小说包括《美丽的虚荣》，研究了维多利亚时期人物基本上与道德无关的伦理和社会主张。

二十
凯特

　　往华盛顿特区北部开了几英里后,我们在一个休息区停车吃午饭,并舒展腿脚。我一想到自己的脚,脚就开始抽筋。休息区有野餐的桌子和一小片橡树林——罗伯特查看了一下,确定地上没有狗屎,便躺下睡着了。他很晚才出门到画室里打包,接着很晚回来——显然在那里画了一会儿画,并喝了白葡萄酒,当他跟跄地摔倒在我们还没有打包的床单上,我闻出了他的酒气。应该由我来开车,我想,万一他在开车时睡着就危险了。

　　我感到非常恼怒——毕竟我怀孕了,他有没有帮忙做一点准备工作,即便是最细小的事情,比如在长途颠簸的旅程之前睡个好觉?我躺在草地上,在他身边伸了个懒腰,但没有碰他。我太累了,无法在这天的晚上开车,但如果他现在睡觉,那么当我累倒时他就能接替我。他穿着一件旧的黄色衬衫,领子上的纽扣没有扣上,右边皱皱地卷起来——也许是他在旧货店买的,它曾是一件布料上好的衣服,如今穿旧了料子变得很软很舒服。衬衫的口袋里塞着一张纸,我躺在那里无事可做,也不想吵醒他,于是小心地伸手把纸掏出来。那一定是幅画,当然,我猜得没错。我把它展开——娴熟浓重的铅笔画,画着一张女人的脸。

　　我立刻发现我从未见过这个女人。我认识他在格林尼治村当模特的朋友们,以及家长们签字、同意罗伯特画的年幼的芭蕾舞女孩,而且我熟知他灵机一动的即兴作品。这个女人对我来说是陌生的,但罗伯特很了解她——这个念头从纸上跃入我的脑海中。她抬头看着我,就好像她会在罗伯特手边看着他——因为认同,她的眼睛炯炯有神,神态严肃而深情。我能感觉到他以画家的姿态凝视着她。他的才华和她的脸庞融为一体,密不可分,而她是一个真正的女人,长着精巧的鼻子和脸颊,下巴有点太方,一头黑色的秀发和罗伯特本人一样蓬松而卷曲，嘴角似乎要露出微笑，但眼神很专注。这双眼睛在画纸上燃烧——它们大而灵动，没有任何自我掩饰的意味。这张脸属于一个恋爱中的女人。我觉得自己为她倾倒。她像是要伸手碰触你的脸颊但无需言语提醒。

　　我总是确信罗伯特对我的专情，因为他对周围事物的漠视，也因为他天生的责任感。端详着这张脸，深情描绘的脸，我觉得自己很嫉妒，妒火中烧，我本来还坚信罗伯特只属于我一个，如今这种想法显得可笑。他是我的丈夫，我的同居密友，我的灵魂伴侣，我腹中幼苗的父亲，我的爱人，使得多年来相对孤独的我毫无保留地崇拜他的肉体，使得我为他放弃原来的自我。这个无名氏，是谁？他是在学校里认识她的吗？她是他的学生，还是年轻的同事？或者他仅仅是在临摹另一幅画，别人的作品？实际上这张脸并不年轻——或者说一旦够美，年纪就不是问题了。实际上她是否比罗伯特年长，而罗伯特又比我年长，也许她是一个模特，罗伯特对她有某种特别的亲切感但从来没有碰过她，因此，如果我责问他，只会贬低自己？或者说他是不是已经碰过她并把她画下来，还认为我不会理解，因为我还算不上是个艺术家？

　　接着我怒气冲冲地意识到，自从我怀孕并开始打包、打理我们的生理和物质生活，这三个月来，我没有提起过油画笔或铅笔。更糟的是我连想都没想过。我工作的最后几个月忙得发疯，我的家庭生活也是不停地计划并加以执行，因而疲惫不堪。是否就在我忙着安排一切的同时，罗伯特出去画了这个美女？他是什么时候、在哪里遇见她的？我坐在修剪整齐的休息区草坪上，感觉到薄薄的裙子下面的小木棍和蚂蚁，橡树令人舒心的绿荫遮盖在我的头顶和肩膀上，我一遍又一遍地问自己该怎么做。

　　最后我想到了答案。我什么也不做。如果我想得太多，也许就能说服自己她是他想象出来的，因为他偶尔也会画一些想象出来的东西。如果我问罗伯特一些诱导性的问题，会使得自己在他的眼里显得不那么可爱。这会让我像个挺着肚子、纠缠不清、偏执妄想的妻子，特别是如果这个女人无足轻重，或是我会发现一些我不想知道的东西，那还不如不知道的好。我不想破坏我们的新生活。

如果她在纽约，那么我们早就离她而去了，如果罗伯特以任何理由回去，我都会和他一起去。我把这张可爱的脸折好，塞回罗伯特的口袋中。他睡得那么沉，你可能花上好几分钟摇他或是和他说话，他都不会醒，所以我不怕会吵醒他。

第二天开进北卡的时候令人难忘——我开着车，开心地大喊，接着俯身叫醒罗伯特。我们从格林希尔的北面开进去，经过蓝岭上长长的山道，在一段较小的高速公路上往东前往格林希尔学院。这个学校实际上位于希迪溪的镇上，这一段山脉称为"峭壁群"。很久以前罗伯特曾在假期中和父母一起经过这个地区，但几乎不记得什么了，而我从来没有来过这么远的南方。他说剩下的路他来开车，于是我们换了位置。那时刚刚过中午，乡村似乎在阳光下午睡，还有乡间每一处庞大而古老的农舍，河谷田野，广阔的树林，由近到远、若隐若现的山脉，以及当我们驶上后面的道路，杜鹃花下面的河床突然发出的轰鸣声。吹进闷热的车厢里的风很凉爽，像是从一个山洞或冰箱里来的——风在我的脸上颤动，并轻抚我的双手。

罗伯特在一个拐弯处减慢速度，从窗口探出去，指着一个刻字的指示牌：格林希尔学院，始建于一八八九年的悬崖农场学校。我拿出去纽约之前母亲给我的相机，按下了快门。牌子是用灰色的粗石框起来的，立在一片长着青草的牧场中，远处的深色灌木和蕨类植物一直蔓延进树林。我想，这好像是我们应邀进入一个乡间的乐园——我想象着看见丹尼尔·布恩[①]或是类似的某个人带着猎枪和狗从树林里走出来。我很难相信前一天我们还在纽约，甚至觉得纽约根本不存在。我试着想象我们的朋友下班后走路回家，或是在闷热不堪的地铁中等车的情景，以及车流的喧嚣和空

---

① 丹尼尔·布恩(1734—1820)，是美国历史上最著名的拓荒者之一。

气中的各种噪音。这些都远离了我们。罗伯特把车开到路边，停了下来，我们一言不发地下车。他走到手工雕刻、字母被精巧上色的标牌前——是艺术系的学生做的？我拍下了他靠在上面志得意满两手抱胸的样子，俨然一个乡巴佬。卡车嗑嗒作响，在一片尘土中重新上路。"我们还是可以掉头回去。"我俏皮地逗他，引他发笑。

他确实笑了起来。"回曼哈顿？你在开玩笑？"

二十

亲爱的伯父、朋友：

请不要以为我没有写信就是忘了你！你的来信非常感人，给我们每个人带来了欢乐，而我很珍惜你寄给我的那几封——没错，我很好。伊弗会在普罗旺斯待两个星期，这意味着家里要做很多准备工作。部里叫他去为邮局制定一份计划，因为这家邮局明年就要由他接手了。爸爸对于伊弗的离去很担心，并说我们必须想出一个办法，使得政府同意那些父亲失明的人免于前往很远的地方公干。他告诉我们伊弗是他的拐杖，我是他的眼睛。也许你会认为这是某种负担，但请不要这么想——据我所知，没有哪一位年轻女士的公公会比他更慈爱了。我担心没有伊弗他会一蹶不振，即便这段时间相对较短，而我在伊弗离开后也不敢去看我姐姐。你不妨某天晚上过来让我们高兴高兴——实际上，爸爸会坚持，我肯定！同时，感谢你在包裹里寄送给我的画笔。它们是我见过的最好的画笔，而伊弗一想到他不在时我能用新的工具画画，就很开心。我画的小安妮的肖像已经完成，另外两幅描绘冬季临近时花园景致的画也画好了，但我似乎还无法开始画新的作品。你的画笔会激发我的灵感。我非常喜欢现代自然风格的风景，也许比你还喜欢，我试着去捕捉它，不过在这个季节无法做那么多。

致以最真挚的问候

你亲爱的
贝亚特莉斯·德·克莱尔瓦勒
一八七七年十一月十五日

二十一
马洛

凯特把镶着一圈光亮的黑莓花纹的咖啡杯放到她肘边的桌子上。她做了一个手势,似乎请求我让她暂停讲述。我点点头,立刻靠回去;我不知道她的眼里是否噙满了泪水。"我们休息一会儿吧。"她说,虽然在我看来我们早就休息过一次了。我希望她还是能够继续讲下去。"你想看看罗伯特的画室吗?"

"他经常在家里作画吗?"我尽量克制急切的心情。

"这个嘛,有时候在家里,有时候在学校,"她告诉说,"当然,主要在学校。"

楼上,中央的大厅同时被用作一个小型的图书室,地上铺着褪色的地毯,从窗子望出去是那片宽阔的草坪。这里放着更多的小说、短篇故事集和百科全书。大厅的一端有一张桌子,上面摆着画画的材料、一个插着铅笔的罐子,还有一本摊开的大尺寸写生本——里面显然是某个人画的窗子的素描。那是罗伯特的最后一瞥吗?但凯特看见我望着它。"我作画的地方。"她简单地说。

"你一定酷爱看书。"我试探性地问她。

"是的。事实上,罗伯特总是认为我看书的时间太长。这里很多书都是我父母亲的。"

那么说这些都是她的书,不是他的。我注意到不同房间的入口,有些门关着,有些半开着,能看见里面铺得整整齐齐的床。其中一个——终于——我看到了孩子的玩具,欢快地散落在地上。凯特打开一扇关着的门,让我进去。

矿物精的芳香和油彩的气味依然弥漫在这里——我想不通,她看起来是一个那么细心的管家(甚至比我母亲还爱干净),怎么能容许这种气味留

二十一

在房子的楼上？也许，和我一样，她其实也觉得这气味很好闻。我们默默进入房间；我立刻感到死一般的沉寂。不久前曾在这里作画的画家并没有死去，但如今他躺在千里之外的病床上，呆望着一家精神病中心的天花板。凯特走到宽大的窗子前，折起一连串的木质百叶窗，于是阳光——罗伯特必定是因此选择了这个房间——倾泻进来。它洒在墙上、靠在一个角落里的画布上、一张长桌子上以及插满画笔的罐子上。同时，它还照亮了一个漂亮的可调节画架，上面放着一幅即将完成的画，一幅触动我感官的油画。

此外，墙上乱七八糟地贴着油画的照片——主要是来自博物馆和西方艺术各个时期的明信片。我看见几十张我知道的作品，还有许多我不知道的。每一寸空间都满满当当，——跳出脸孔、牧场、服装、山坡、天鹅、干草堆、水果、船只、狗、手、乳房、鹅、花瓶、房子、死去的雉鸡、圣母像、窗子、帽子、树木、马、道路、圣徒、风车、士兵和孩子。主要是印象派的作品，我能轻易地认出大量雷诺阿、德加、莫奈、莫里索、西斯莱和毕沙罗的作品，虽然其他还有一些画作显然也是印象派风格，但我不熟悉。

看起来好像是房间的主人一时冲动抛弃了它：一堆刷头上颜料干掉的画笔——上好的画笔，浪费了——还有一块污渍斑斑的抹布留在桌子上。他甚至还没来得及清理，就是我那个在医院里面每天淋浴剃须的病人。他前妻站在房间的中央，阳光轻触她那沙色的头发。她在阳光下满脸通红，带着开始衰退的年轻美貌，而且——我想——还怀着怒气。

我一边留心她，一边走向画架。罗伯特笔下熟悉的主人公从上面向外凝视，也就是长着黑色鬈发、鲜红嘴唇和明媚眼睛的女人。她穿着一件长袍，可能是一种古典款式的睡衣或睡裙，一件边缘带着褶皱的浅蓝色衣服，且被她那白皙的手恰到好处地提起。这是一幅生动而浪漫的肖像，非常性感——事实上，不带半点矫情，是赤裸裸的诱惑，当她伸手提起衣裙时，一边乳房的弧线圆润地贴在前臂之下。令我惊讶的是，提起袍子的手还拿着一支画笔，笔尖上蘸着深蓝色的颜料，就好像她正在画画，在画某一笔的瞬间被捕捉到。背景看来是一面透进阳光的窗子，一面镶着砖石边框、嵌着钻石形玻璃格的窗子,透出远处蓝灰色的水面和海上的云雾。其他的背景——这个女人站立的房间——里面没有家具,右上角逐渐淡出画布。

这张脸以及这头精致而卷曲、栩栩如生的黑发,对我来说够熟悉的了,但这幅画上有两个地方,和罗伯特一直在金树林病房里画的不一样。一是作品的风格、笔触,这是加强的写实主义;在这幅画上,他放弃了偶尔采用的粗线条的处理方式,也就是他那种现代版的印象主义。它是高度写实的,很多地方就像是照片拍出来的——比如她肌肤的纹理,像中世纪晚期画中的柔滑感,非常注重表面细腻的质感。实际上,这让我想起了拉斐尔前派,以及他们在女性肖像画上精致的细节处理;它也有某些神话的特质:宽松的长袍,女人宽阔的肩膀,高大的身材和眩目的光彩。几缕美丽的黑色鬈发垂下来碰触到她的脸颊和脖子上。我在想他是否是照着一张照片画出来的;但他是会用照片的画家吗?

还有一样东西也令我颇为吃惊——不,实际上我吓了一跳——就是人物的表情。在医院里画的素描中,罗伯特的女主人公是严肃,甚至忧郁的,至少是若有所思——有的时候,我曾说过,甚至在生气。这里,在这么一块显然大部分时间待在幽闭黑暗中的画布上,她笑得正欢。这是我第一次看见她笑。尽管她穿着随便,但那并非荡妇似的肆意大笑,而是一张愉快、睿智的欢颜,显出对于生活的知性的热爱,还有她可爱的嘴唇自然的动作,露出的牙齿,闪闪动人的眼睛。她是非常、极其生动地跃然画布之上,她似乎会动。看着她会想要伸手去碰触她鲜活的肌肤——是的,渴望把她拉近,倾听她的笑声。阳光像流水一样投射到她的身上。我承认:我想要她。这是一幅杰作,是我亲眼见过的构思最为巧妙、技艺最为精湛的画作之一。即便还没有完成,她一定花了他——我一看就知道——几个星期或几个月的时间去创作。应该是几个月。

当我转向凯特,我不由得看到她露出的鄙夷。"你也喜欢她,我看得出来。"她说,我听出她语气里的冷漠。站在画中女子的边上,她看起来瘦小、憔悴,甚至有点单薄。"你认为我的前夫有天赋吗?"

二十一

"毫无疑问。"我说。我发现自己压低了声音,好像他就在我们身后,在倾听——我想到,当我对他提起他的素描和油画时经常在他的脸上看到轻蔑。这对曾经结婚的夫妇如今各奔东西,或许是因为他们不同的过去,但是他们都知道如何露出苦涩而鄙夷的表情,那是肯定的。我在想,他们是否有时候用那种表情面对彼此。凯特站在那儿,瞪着画架上这个活生生的女人,后者那炯炯有神的目光穿过了我们。我突然感到这个人正在寻找罗伯特·奥利弗,她的创作者,而她也看见他站在我们身后。我几乎想转身去看看他在不在。这令人紧张,于是当凯特关起百叶窗,这个女人的欢笑再一次回到昏暗中时,我并不十分遗憾。我们走了出去,凯特关上了门。我什么时候才有勇气问她画中女人的身份?模特是谁?我错过了这个时机;我担心如果我问起这个,她会同时停止对我的谈话。

"你让他的画室保持原状。"我尽量随意地说。

"是的,"她承认,"我一直想要做点什么,但我猜我永远无法确定该怎么做。我不想仅仅是把所有的东西都收藏起来或全部扔掉。等到罗伯特在某个地方安顿下来,我也许会把这些东西打包全部寄给他,这样他就能布置一个新的画室。如果他能在哪里安顿下来的话。"她避开我的目光。"孩子们很快要有各自的房间了。或许我最终会布置一个自己的画室。我从来没有自己的画室。我总是把我的画架搬到外面,但那就意味着天气好才能作画,接着我们就有了孩子——"她顿了一下,"有时候罗伯特会让出他画室的一个角落给我,或是说他可以在学校里画画,把这个房间让给我,但我不想要一个角落,而我当然也不希望他更多的时间待在学校里。"

她语气中带有某种意味,让我觉得自己不该问为什么。因此我保持沉默,跟着她下了楼。她穿着金色衬衫的后背显得又小又挺,身体很拘谨,好像生怕我产生任何欲望甚至是好奇,就好像如果我的眼睛在她身上乱瞟,她会在一瞬间像个淑女似的对我充满敌意。于是我望向窗外那棵山毛榉树,阳光透过它照进来,在楼梯上洒下一片玫瑰色。她把我带到客厅,神色坚定地坐到沙发上。我明白她想继续我们的任务,我在她对面坐下,努力集中精神。

天鹅贼

我亲爱的伯父：

　　昨天晚上我们确实参加了一些社交活动，很遗憾你没有前来加入我们。除了通常的那些朋友，伊弗带来了吉尔伯特·托马斯，他是一位画家，家族显赫，他们说他很有才华——虽然去年他被沙龙拒之门外，且耿耿于怀。托马斯先生应该比我大十岁——也许快到四十岁了。他很有魅力，很聪明，但偶尔会显得很愤怒，我不太喜欢，特别是当他讲到其他画家的时候。他很有礼貌地请求看看我的作品，我相信伊弗的想法是，他和你一样，会帮助我。他看起来确实被我画的小玛格丽特的肖像所打动，也就是我告诉过你的那个新来的小女仆，她有着那样白皙的皮肤和金色的秀发，而我承认，听见画作被人赞美我很得意。他说他觉得我凭借我的天赋可以完成杰出的作品，并赞扬我对人物的处理很出色。于是我发现他挺好的，只是有点自以为是（我不会说很自负，以免你以后会说我很势利）。他和他弟弟准备成立一家大型的画廊来销售画作，我敢说他想要在那里展出你的画。他答应伊弗过几天会再来，带他弟弟一起，如果是这样的话，你也一定要来。

　　聚会上还有一个开心的人，杜普雷先生，另一位画家，他为报纸画插图。他曾住在保加利亚的乡村，那里最近经历了一场革命。我听见他告诉伊弗他知道你的作品。他给我们看他作品的印刷版，非常细致地呈现了各种战役和战争，上面的骑兵穿着漂亮的制服——而有时候是比较宁静的风景，画中的村民穿着当地的民族服装。他说那是一个多山的国家，对于记者来说很危险，但充满了惊心动魄的场景。他正在创作一个他称为《巴尔干连环漫画》的系列。实际上，他娶了一个保加利亚姑娘——她有着一个可爱的名字，叫妍卡·乔其瓦——并把她带到巴黎来学法语，但她身体不适，无法参加这次聚会，他把她的名字写给我看了。我真希望能去这样的地方，亲眼看看他们。实际上，这些天伊弗工作很忙碌，我们都感到有些无趣，我很高兴能在自己家里举办晚餐派对。我非常希望下一次你能加入我们。

现在我必须走了，但我期待着你写来的任何东西，给予你真心的
贝亚特莉斯·德·克莱尔瓦勒
十二月十四日

二十二
凯特

　　我们的新家是学校提供的一栋宽敞的绿色房子。开学后,罗伯特比以往更少在家,如今晚上他也在家里的阁楼上画画。由于刺鼻的气味,我不希望爬到阁楼上去,因此我离得远远的。当时我正处于一种时不时担心孩子的状态中,也许是因为我开始感觉到他又动又踢——"感受小生命,"一位教员的妻子告诉我。每当他一动不动,我就担心他病了,或更有可能是死了。我不再开着我们新买的、全身都响的旧车去杂货店买香蕉,因为我听说香蕉含有某种可怕的化学物质,可能会导致胎儿畸形。于是,我有时候带着一个大篮子去格林希尔,装满我们其实不太买得起的有机水果和酸奶。如果我们连买安全的葡萄的钱都没有,还谈什么送孩子上大学?

　　这成了我的难题。我再一次失去希望,因为我会成为一个可怕、令人反感的母亲,乏味、毫无耐心且猛吞安眠药。我希望我从来没有受孕成功过——我高尚地希望,看在这个可怜孩子的分上,他将不得不面临悲惨的命运,忍受我这样的母亲,以及一个画家父亲——天啊,也许他的精子已经因为吸入各种颜料气味而变异。我过去从未想过这一点。我拿着一本书爬到床上,哭了起来。我需要罗伯特,当我们共进晚餐时我告诉他我所有的恐惧,他拥抱并亲吻了我,坚信没有什么可担心的,但晚餐后他要回艺术系开会,因为他们准备聘请一位新的专家参与山脉系列。他从来没有足够的时间陪我,而对此他似乎也不怎么在意。

　　事实上,就是他不上课的时候,也越来越多地往阁楼上跑,也许这就是我长时间失眠的原因。一天早晨我发现他没有下楼来吃早餐,我知道他一定是画了一整夜,他有时候就喜欢这样,然后在日出时分上床睡觉——这

二十二

些时候,我醒来发现旁边没有人也不会奇怪,因为我们搬入后不久,他便把一张旧沙发搬到阁楼上。这一天大约中午的时候他出现了,右边的头发直直地立着。我们一起吃了午饭,接着他去学校上下午的课。

我想我特别记得那一天,是因为没过几天,我就接到了艺术系打来的电话。他们询问罗伯特的情况,问他是不是病了,因为他的学生报告说,他连续两次上午忘记到他们的画室来上课。我极力回想这几天他的作息时间,但想不起来——我自己整天累得昏昏沉沉,此时我的肚子大得几乎让我无法弯腰铺床。我说我看见他的时候会问问他,但我想他那天没有回家。

事实上我自己睡到很晚,以为他在我醒来之前就走了,虽然此时我开始怀疑这一点。我走到通向阁楼的一小段楼梯脚下,打开了门。这段楼梯对我来说就像珠穆朗玛峰,但我还是稍稍提起裙子,开始往上爬。我突然想到这么做可能会导致分娩,但如果这样——那又如何?我已经过了安全期,或者说孩子是这样——上个星期助产护士兴奋地告诉我"只要我想",随时都能生下孩子。我很挣扎,我既想马上看到我们的儿子或女儿的脸,又想推迟这不可避免的一天,到时候我的孩子会看着我的眼睛,知道我不知所措。

楼梯顶上没有门,当我爬上最后一级台阶,整个阁楼便一览无遗。两个灯泡挂在天花板上,它们都亮着。午间阴郁的天色从天窗中透进来。罗伯特睡在沙发上,一条胳膊垂到地上,手掌外翻,优雅而又怪异。他的脸埋在垫子里,我看了看手表——十一点三十五分。看来他可能是工作到天亮。他的画架背对着我,油彩的气味依然浓重。我想呕吐,就好像我被扔回到孕期前三个月胃部不适的时期,于是我转过身笨重地走下了楼梯。我在厨房的台子上留了一张纸条,叫他打电话到系里,又吃了点午饭,然后出门和我的朋友布里吉特一起去散步。她也怀孕了,是第二个孩子,但肚子不像我那么大,我们彼此说好一天至少步行两英里。

我回到家,罗伯特吃剩的午饭放在桌上,纸条不见了。他打来电话说他和学生们碰面,要晚点回来,也许会在学校里吃晚饭。我在楼下的饭厅里吃了晚饭,但他从来不和我一起在饭厅里吃。睡梦中我听见通向阁楼的楼梯吱嘎作响。第二天也是,第三天也是。有时候我翻个身,发现他睡在旁边,和我隔着一个手掌的距离。有时候我在将近中午的时候醒来,他已经走了。我等待着孩子,也等待着他,虽然我更担心孩子。最后我开始担心我会突然分娩,而那时却怎么也找不到罗伯特。我祈祷肚子开始疼时,他会在阁楼上画画或睡觉,这样我就能挪到楼梯脚下朝他尖叫。

一天下午,我散步回来——那一次像是走了二十英里——系里又打来电话。他们很抱歉地问我有没有看见罗伯特。我说我会找到他。回想一下,我觉得他好几天没有睡觉了,至少没有睡在床上,而且他很少回家。有时候我听到夜里楼梯作响,以为他在发疯似的画画,也许是想尽量在孩子出生前完成额外的作品。我再一次上楼,在阁楼里发现他趴着睡觉,呼吸又慢又深沉,甚至还有点打鼾。此时是下午四点,而我不能肯定那天他有没有起来过。他难道不知道自己要上课,要养活妻子和她那大象般的肚子?我感到怒气冲冲,艰难地挪到沙发前想把他摇醒,但停住了。画架面对着宽大的天窗,我朝它和扔在地板上的素描扫了一眼。

我马上认出了她,就好像我们好一段时间失去联系后又在街上遇见。她正冲着我微笑,她的嘴微微上扬,眼睛闪闪发亮,这个表情我见过,数月前在休息区我从罗伯特口袋里抽出的素描画上。这是一幅半身像,穿着衣服。此时,我也看得出她的躯体有多么动人——苗条、结实、饱满,肩膀比你想象得宽一点,脖子很柔软。我凑近一看,发现画面有一种模糊感,表面粗糙,虽然形象是写实而丰满的——印象主义,或是类似的画风。她穿着有荷叶边的米色衣服,深红色的带子在前面垂下,突出她的胸部,这是一件另一个时代的服装,或是画室里的戏服,而她的头发盘了起来,上面绑着一条红色的丝带——我最喜欢的茜素红——我知道他画这些细节用的是哪一种颜料。地上的素描是这幅油画的习作,而我突然发现这是罗伯特最好的作品之一。画面很优雅但也充满内敛的动感。我很少看见一个人的表情被如此出色地捕捉到——她正要移动,要露出柔美的笑容,要在我的凝视中垂下眼睛。

我火冒三丈地转向沙发,虽然不知令我生气的是画中的女子,还是罗伯特卓越的才华,还是他在睡觉,而工作的地方频频来电,买未来酸奶和尿布的钱正是要靠他这份工作来赚取,那一刻我自己也讲不清楚。我摇晃他。我一边摇一边想起他说过绝对不要摇醒他——他说那会吓到他,因为他听过一个真实的故事,某个人在睡梦中被吓醒结果失智了。这个时候我才不管呢。我重重地摇他,痛恨他的大肩膀、他的健忘和他沉睡、做梦和绘画的世界——以及对其他纤腰美女的爱慕。我为什么要嫁给这么一个散漫、自私的人?我第一次想到这全是我的错,我的判断力是如此糟糕。

罗伯特动了一下,咕哝道:"干吗?"

"干吗,你什么意思?"我说,"现在是下午四点。你错过了上午的课。第二次了。"

我高兴看到他受到打击的样子。"哦,妈的,"他说,并用力地坐起来,"你说现在几点?"

"四点。"我清楚地重复了一点。"你预备留着这份工作,还是当个穷光蛋来养活这个孩子?就看你了。"

"哦,别说了。"他慢吞吞地把几条旧毯子从身上掀开,就好像每条都有五十磅重。"用不着教训我。"

"我不会教训你,"我说,"但艺术系会的,如果你打电话回去。"

他瞪着我,抓抓头发,但什么也没说,我感到有一块东西堵住了喉咙。我可能会孤立无援,从现在的情况来看——或者说我早就很孤独了。他起身穿上鞋子,跑下楼梯,而我则轻手轻脚地跟在后面,怕自己滑倒,失去平衡,那就惨。我想要尽可能地待在他身边,亲吻他后脑勺的鬈发,靠在他肩膀上,这样我就不会摇晃和摔倒,但又想痛骂他,用指甲抓他的后背。一时间我甚至涌起一种压抑已久的生理欲望,意识到我自己鼓胀的胸部和腰部。但他已走到我很前面,此时我听见他匆匆跑下楼去厨房。当我到了那里,他正在打电话。"多谢,多谢。"他说,"是啊,我猜只不过是一点病毒感染。我肯定明天就会好的。多谢,我会的。"他挂上电话。

"你告诉他们你得了流感?"我本想要走过去,双手勾住他的脖子,为自己的一时性急而道歉,再给他做点汤,言归于好。毕竟,他很努力地工作,很努力地画画——当然会很累。但我的声音却还是又冷又凶。

"我告诉他们什么跟你没有关系,如果你要这么跟我说话。"他说着打开了冰箱。

"你是不是熬夜画画?"

"我当然是熬夜画画了。"令我更为厌恶的是,他拿出一罐腌菜和一听啤酒。"我是画家,还记得吗?"

"你这是什么意思?"此时我双臂抱胸。我有一整个突出的肚子让手臂靠在上面。

"什么意思?就是这个意思。"

"就是一直画同一个女人?"

我希望他转向我,对我怒目而视,冷冷地告诉我他不知道我在说什么,他画什么就是什么,想画什么就画什么。令我越来越恐惧的是,他别过脸去,面无表情,接着一言不发地打开啤酒。他似乎已经忘了腌菜。这不是我们将近六年——甚至是这个星期——以来第一次吵架,却是他第一次别过脸去。

我想象不出还有什么比他心虚的表情更糟糕的了,他避开我的目光,但过了一会儿,更糟糕的事情发生了——他抬起头,似乎没在看我,他的目光掠过我的肩膀凝固在某个地方,脸色变得柔和。一种可怕的感觉渗入我的心头,好像有人无声无息地出现在门口,站在我身后——我脖子后面的寒毛都竖了起来。当他目不转睛地注视着那里,眼神空洞而温柔,我极力克制自己不要转身。突然,我不敢再往下想。如果他已经爱上了其他人,我很快就会发现。我只想躺下来,紧紧抱着我的孩子,放松自己。

我走出厨房。如果他因为自己不负责任而失去了工作,我就要回到安阿伯和我母亲一起住。我的孩子会是一个女孩,我们三代女人将相依为命,照顾彼此,直到她长大,寻求更好的生活。我走到卧室里躺倒在床上,我的体重令床板吱呀作响,并拉了一条羊毛围巾盖在身上。脆弱的泪水从眼里涌出来淌到脸颊上。我用袖子把它们抹去。

几分钟后我听见罗伯特走近,我闭上了眼睛。他坐在床沿上,使得床下陷得更厉害。"对不起,"他说,"我不想这么讨人厌。因为这个学期,因为熬夜画画我真的累坏了。"

"那你为什么不缓一缓呢?"我说,"我从来没见过你这样。不管怎么说,看起来你好像大部分时间都在睡觉,而不是工作。"我偷偷瞄了他一眼。他的脸色似乎又恢复平和。我想我是误解了他刚才奇怪的表情。

"不是晚上,"他说,"晚上我睡不着。我刚刚拿到一大笔助学金,我觉得我要好好利用每一分钱。我正在考虑创作一个新的系列,其中包含许多肖像,我总觉得不完成一些就不能睡觉。接下来我确实累了,必须彻底睡个够。我猜我连续熬了三个晚上。"

"你可以缓一缓,"我又说了一遍,"毕竟孩子出生的时候,你必须缓一缓。"孩子随时都会出生,我对自己说,虽然我很迷信,没有说出口。

他抚摸着我的头发。"是的。"他说,但听起来心不在焉,我觉得他早就开小差了。我母亲那些在沙坑边带孩子玩的朋友告诉我,丈夫有时候在孩子出世前会"精神错乱"——他们笑着提到这种情况,好像没什么要紧似的。"但当他们看见那个孩子——"他们会加上这么一句,所有人都点点头。显然看见孩子的第一眼会令一切恢复正常。也许那也会令罗伯特恢复正常。他会变成一个早睡早起的人,在合理的时间作画。当我睡觉的时候自动放下工作,上床睡觉。我们会推着婴儿车一起散步,到了晚上一同把孩子放到床上。我自己也能继续画画,而我们可以定出轮班计划,轮流照顾孩子,轮流画画。或许我们可以让孩子在我们自己的房间待上一段时间,把第二个卧室用作我的画室。

我考虑着怎么把这些话告诉罗伯特,如何请求他的同意,但我太累了,无力推敲字句。此外,如果他为了自己的自由考虑,不愿意同我一起、为我做这些事情,那么他会成为什么样的父亲?我早就担心的是,他似乎从不知道我们的钱是多少——通常很少——或者什么时候需要缴付账单。我总是亲自缴付,以一种满足感舔舔邮票,把它们贴在信封的右上角,即便我知道当他们在另一头扣除账单的数额,我们的账户也几乎跌入了赤字。罗伯特握着我的肩膀。"我要完成我的画,"他说,"如果我继续工作,我想明天就能完成。"

"她是个学生吗?"我强迫自己焦急地问,担心以后问不出口。

他看起来并不吃惊。他甚至没有认真看待这个问题——毫无愧色。"谁?"

"楼上画中的女人。"我再一次刻意说出这几个字,虽然已经感到抱歉。我希望他不会回答。

"哦,我并没有使用模特,"他说,"我只是试着想象她。"奇怪的是,我并不相信他,但我也认为他没有撒谎。我有一种可怕的感觉,就是从今以后走在校园里,我会一一留意所有年轻的面孔、所有黑色的鬈发。但这完全说不通。在我们离开纽约之前,或者至少是我们正要离开的时候,他已经开始画她了。我肯定那是同一张脸。

"难画好的是衣服。"过了一会儿他又说了一句。他皱着眉头,抓抓前面的头发,又摩擦鼻子——正是他平常困惑、专注的模样。天啊,我想。我是一个偏执的傻子。这个男人是个画家,具有个人眼光的真正的艺术家。他画他想要的、他想到的,结果非常出色。这并不能说明他和一个学生或是纽约的一个模特上床。自从我们搬来这里,他甚至没有回去过。这并不能说明他不会做个好父亲。

他站起来,直直地俯身吻我,并在门口停了一下。"哦,我忘了告诉你,系里选我明年举办教员个人画展。我们是轮流办画展,你知道的,但我没想到他们这么快就让我上。镇上的博物馆也参与。同时我还能升职。"

我坐了起来。"那太好了——你没有告诉过我。"

二十二

"这个,我昨天才想起来,或许是前天。我想完成这幅画用来展出,当然,也许要完成整个系列。"他走了,我微笑着把羊毛围巾拉过来盖上,躺了半个小时。也许像罗伯特一样,我也该睡上一觉。

但当我下一次去阁楼找他,发现他已经彻底刮掉了画布,清理好准备画下一幅画——也许红色带子的裙子最后画不好。我觉得自己曾想象这张脸第二次出现,脸上写满对他的怜爱。

天 鹅 贼

我亲爱的伯父和朋友：

　　昨天就在雨开始下的时候，你正好来了，真是太好了，下雨天往往会带来一个沉闷的晚上。很高兴见到你，听到你说的故事。而今天又下雨了！我希望我能把雨天画下来——实际上该怎么做？无疑，莫奈先生做到了。而我那个日本迷的表姐玛蒂尔德，她的客厅里有一系列让法国艺术家望尘莫及的图片——也许日本的雨比法国的更振奋人心。我是那么渴望知道整个自然都为我展开，任我用画笔呈现，就像在莫奈眼中一样，即便人们对于他和他们的同道中人，以及他们试验性的作品很不看好。玛蒂尔德的朋友贝尔特·莫里索和他们一起参展，你也许知道，她早就出名了（在公开展览上展示太多了，那一定需要勇气）。我希望上天会再次下雪——冬天美丽的阶段今年来得太晚了。

　　好在今天早上收到了你的信。你写给爸爸的同时也写给我真是太好了。我的进步还配不上你慈爱的赞美，但我的门廊画室确实起到了作用；当爸爸睡觉的时候我会在那里待上好几个小时。今天早晨我们还接到伊弗的来信，他的归期会推迟至少两个星期，这对我们都是一个打击，尤其是对爸爸。公公只有一个孩子，他是那么孝顺，但时常因公出差，离开家里。像我们这样，也许没有孩子比只有一个好。我同情爸爸，但我们坐在火炉边，拉着手，念出维庸①的诗歌。如今他的手是那么苍老，可以被达芬奇或某些罗马雕塑家作为研究老年人的一个范本。你的大型油画在一点点完成，你文章涉及的领域越来越广，真是太棒了——我必须坚持我的权利，和任何有血缘关系的亲人一样为你骄傲。请接受你挚爱的侄媳妇的祝福——

贝亚特莉斯
十二月十八日

---

① 弗朗索瓦·维庸(1431—1463?)，法国中世纪最杰出的抒情诗人。

二十三
凯特

　　二月二十二日,英格里德诞生于格林希尔的产科诊所内。当我意识到她健康地活着——实际上还很漂亮——接着当我发现她的手抓起我的手指,一切不愉快都烟消云散了。经过那钻火圈般的惊险之后,我居然还活着。罗伯特站着抚摸她,他的指尖几乎和她的鼻子一样大。显然我也哭了,当我看着罗伯特,感到对他的爱如此灼热,以至于我不得不把目光从他脸上移开,他的脸像个金色的圆环般闪闪发光。过去我并不明白陷入爱里是什么意思——我无法在这两个人中做选择,是小不点还是大个子,我更爱哪一个。我为什么从来没有注意到罗伯特那神一般的气质,如今被这个靠在我肌肤上的小脑袋所遗传,一对浅褐色的眼睛疑惑地左顾右盼?

　　我们给她起了我那位去世已久、来自费城的祖母的名字。英格里德是一个爱睡的孩子,从第一天晚上开始我们就养成了习惯。罗伯特和英格里德睡着了,我躺着看着他们,或是看书,或是在房子周围散步,或是打扫浴室,或是和他们一起睡。罗伯特似乎太累了,无法熬夜画画——孩子每天晚上吵醒我们三次,我安慰他没事,而他觉得这很累人。我主动让他来喂奶,他睡眼惺忪地笑着说如果办得到他就会做,但他认为即便他能分泌乳汁,味道也不会好。"太多毒素,"他说,"都是颜料。"

　　我感到一丝恼怒,可能是嫉妒——我是不是从他的话里听出了自我庆幸的口气?我的血液中没有一点颜料,只有我依然认为我们买不起、但不想亏待孩子的健康食品和产后维生素。我在产房里对罗伯特几近崇拜的爱意一天天流失,随着腹部和腿上肌肉的酸痛渐渐淡去,我眼睁睁看着它逝去,意识到什么叫失去。就像是一个少年一时冲动所能预见的结果。但更为沮丧的是,我已经不是个十五岁的少女,而是年过三十岁的女人,却依然这么爱他,如今这份爱意消失了,永远地消失了,在我心中留下了一道裂缝。但我看着罗伯特如今更为熟练地一只手抱着孩子,另一只手吃饭,这两个人我都爱——英格里德刚学会转头看着他,她的眼里满是惊奇,我觉得,看着这个伟岸的男子,以及他棱角分明的面孔和卷曲的头发时,我自己也一直都会露出这样的表情。

在家里我对罗伯特要求不多。他在教初夏班,赚进外快,我很感激了。过了一段时间,他又开始在阁楼上画到很晚,有时候他在学校的画室里熬夜创作。他似乎不会在白天睡觉了,至少我知道是这样,尽管我们因为英格里德总是彻夜难眠。他给我看一到两幅小型的油画,那是他为学生准备的、尝试性的木棍和石块的静物画,而我微笑着,心里想说在我看来它们死气沉沉。Nature Morte(静物画)——它们让我想到一个法语术语。几年前我可能会为此和他争论一番,给他一点刺激——和他辩论是因为他喜欢这种被关注的方式——告诉他再添上一只柔弱的野鸡就完美了。如今我从中看到的除了木头和石头,还有面包和奶油,于是闭住了嘴。英格里德需要婴儿食品,最好是有机胡萝卜和菠菜,最后她可能会上纽约名校巴纳德学院,而上个星期我唯一一套睡衣的膝盖部位破了。

六月的一天早上,罗伯特去学校上课后,我决定到镇上去办点事情,主要是想打破我推着婴儿车在校园周围散步的惯例。我给英格里德穿戴好,让她在婴儿床里玩一会儿,而我则去找我的毛衣、车钥匙和钱包。我的钥匙不在后门边的钩子上,我立刻知道一定是我在吃早饭的时候,被罗伯特拿走了。有时候他起床晚了,就会开车去上课,而他很少找得到自己的钥匙。恼怒像一团热气,在我心中升腾。

最后,我爬上阁楼,看看罗伯特的钥匙是否放在他桌子上那堆私人物品里,那里通常像一幅静物画一样,摆着揉皱的纸、钢笔、餐厅的纸巾、电话卡,甚至还有钱。我的目标明确,因此一开始并没有意识到最初看到的东西——阁楼有些昏暗,但还能看得见。我只是朝乱七八糟的桌子看,希望

二十三

能找到钥匙马上出门。接着我缓缓地拉动细绳打开电灯。我已经有好几个月没有上来了,我意识到,也许自从英格里德出生后,这四个月来都没有来过。正如我说的那样,这是一栋乡村的老房子。屋顶的底部没有造好,横梁和瓦片都露了出来,阁楼的面积大约是房子的宽度,大热天热得像个蒸笼,好在山区炎热的日子不多。我失望地望向别处,望向那张熟悉的堆满垃圾的桌子,然后又环顾四周。

我无法形容第一眼的印象,只是情不自禁地叫出声来,因为这里到处都是一个女人的形象,阁楼的所有墙面都布满了一个女人的形象:各个部位,各种状态,一再重复——像是被解剖,切成一段一段,虽然没有血。她的脸我已经见过,我看见她在房间四周出现了上百次,微笑的、严肃的,被画成各种大小,流露各种情绪。有时候她的头发盘起,有时候绑着一条红色丝带,有时候戴着深色的阔边帽或无边帽,有时候穿着低胸的衣服,有时候披着头发袒胸露乳——这令我更为震惊。有时候画面上只有一只戴着小巧金戒指的手,或是一只老式的纽扣式高帮鞋,或仅仅是一根手指的习作,或是一只光脚,或是——令我极为恐惧——一只刻画入微的布满皱褶的乳头,一弧赤裸的后背、肩膀或臀部,还有张开的大腿间的深色毛发,以及——相比之下更为惊人——一只干净的带有纽扣的手套、裙子里的黑色紧身衣,一只握着一把扇子或一束花的手、一个穿着斗篷的神秘身躯,接着又是她的脸——侧面、半侧面、正面——黑眼睛,神色悲伤。

他用来画画的木头墙壁被磨得光滑——阁楼虽然没有完成但并不粗糙——因此他在墙上能够画出精致的细节。他用蓝灰色涂抹背景,并在边缘画上春天的花朵,虽然和四处可见的女人相比不那么写实,但也清晰可辨——玫瑰、苹果花、紫藤——实际上是我们在校园里所能看到的,也是我和罗伯特都喜欢的。横梁上画着红蓝两色长长的螺旋状丝带,有一种错视效果,让我想起维多利亚时期卧室的墙纸。

阁楼上两面较短的墙上都画了风景画,画风很自由,可以被称为印象主义,每一边都是同一个女子。一幅画着一片海滩,左边是高耸的山崖,她独自站在远方凝视着海面,肩上撑着一把遮阳伞,头上戴着一顶满是鲜花的蓝色帽子,但她还是用手挡住眼睛——水面上反射出炫目的阳光。另一幅画的是一座牧场,上面浮动的点点色彩一定是夏天的花朵,而她半躺在高高的草丛里看书。遮阳伞撑在她的头顶上,粉红色花纹的裙子泛出的光泽映在她可爱的脸上。这一次,令我颇感意外的是,她身边有一个孩子,一个三四岁的小女孩,正在采花。我立刻想到,这种变化是否因为英格里德出现在我们生命中,激发了他的灵感。这令我的内心有所松动。

　　我坐在罗伯特那把吱吱嘎嘎的椅子上。我突然意识到,尤其是当我看着牧场中的这个小女孩,看着她的裙子、帽子以及浓密的黑色鬈发,我不能再让英格里德独自待在楼下的婴儿床里了。除了斜屋顶下一块空白的角落罗伯特还没有画上画,其他的地方都画满了,挤爆了,满眼是色彩和美人,这个女人的形象已经泛滥成灾。罗伯特画架上完成一半的油画也是她:其中一幅,她坐着,身上裹着一块他只画了一半的黑布,像一件斗篷或披肩。她的脸阴云密布——是什么?爱意?恐惧?她凝视着我,而我则移开视线。另一幅油画甚至更可怕。画面上她的脸旁有另一张脸,一个死去的女人无力地靠在她肩膀上。死去的女人长着灰色头发,穿着一件相似的画室戏服,额头中央有一个红色的伤口——一个深色的洞,又深又小,不知为何比任何血淋淋的口子都要吓人。这是我第一次看见这样的画。

　　我在那里又坐了一会儿。阁楼、油画——我知道这是我所见过他笔下最好的作品。它是那么与众不同、那么专注,但同样有一种充满爆发力、激情四溢的效果,一种有节制的狂热的企图。它一定要花好几个昼夜、好几个星期甚至好几个月才能完成。我想起罗伯特的黑眼圈,以及他脸颊和额头上因为过度疲劳而长出的皱纹。他好几次告诉我,他觉得自己充满了决心,这些天他是如何想要画画再画画,似乎不需要睡觉,而我有点嫉妒——晚上给英格里德喂过奶后,我整天都感到昏昏沉沉。阁楼因为过度的装饰,我们无法卖出去,但他或许可以展出画架上的那两幅画。事实上,我希望没有其他人会看见这样惊世骇俗的癫狂之作。我们怎么对学校解释?

不,有一天他不得不把这些东西全都抹去,当然是在我们离开这个地方之前。想到把这些泛滥、触目惊心的作品全部毁掉,我感到一阵胃痛。其他人都不会明白。

最糟糕的是,不管她是谁,她不是我。而她有一个孩子,显然和英格里德一样有一头黑色鬈发。那是罗伯特的头发——遗传的?这是一个毫无道理、可笑的想法。我比自己想的更疲惫。毕竟,这个女人也是一头黑色鬈发,和罗伯特本人的头发一样。我脑海中闪过一种更坏的可能性。也许罗伯特希望他就是这个女人——也许他画出自己所希望成为的女人作为自己的肖像。我对我的丈夫究竟了解多少?但罗伯特是,也一直是一个如此伟岸的男性,因此我的这个假设只停留了一秒钟。我不知道哪一点更令我紧张——是这些几乎填满了每一寸空间、无情地包围着我的画作,还是他从未主动和我谈过这个占据他多日的女人?

我站起来迅速在房间里搜索了一遍,当我抖着沙发上的毯子——罗伯特已很少在这里睡——双手不住地颤抖。我想在那里找到什么?没有其他的女人和他睡觉,至少不会在我家里。没有情书掉出来——除了罗伯特在找的手表什么也没有。我把桌上的垃圾堆翻了一遍,那些纸都是素描,其中有些是为了我周围的那幅肖像和边缘装饰所画的草稿。我确实还发现了他那串钥匙,那个带着铜币的钥匙圈是我几年前给他的。我把它放进牛仔裤的口袋里。

沙发边有几叠图书馆的书,哗啦啦地坍塌下来,大部分都是大开本的艺术类书籍。他总是把书本和照片带回家,因此这至少没什么好奇怪的。但现在有这么多书,几乎所有的书都是按年代编排的法国印象主义,我不知道他对印象主义这么感兴趣,除了住在纽约时他对德加很着迷。有些书是关于这场运动的伟大画家和他们的前辈——马奈、布丹、库尔贝和柯罗。有些是从很远的大学里借来的。还有一些书是关于法国的历史、诺曼底海岸、吉维尼的莫奈花园、十九世纪女性的服装、巴黎公社、路易-拿破仑皇帝、奥斯曼男爵对于巴黎的改造、巴黎歌剧院、法国城堡和狩猎,以及绘画历史中女性的扇子和花束。为什么罗伯特从来不跟我谈论他的这些兴趣?这些书是什么时候潜入我们家的?他看这些书仅仅是为了装饰阁楼?罗伯特可不是历史学家——据我所知,他只看艺术品目录,偶尔看看犯罪小说。

我拿起一本玛丽·卡萨特①的传记坐下来。这一定都是为了他的画展,总之是一些他忘了告诉我的灵感和计划。还是我忙着照顾孩子忘了问他?或是这个项目紧密地关系到他对那个神秘模特的感情,因此他在我面前开不了口?我再一次环顾阁楼,看着潮水般的画面,如同用镜子破裂的碎片拼成了一个令人心动的女人。他一丝不苟地用这些书里的服装来打扮她——鞋子、手套、荷叶边的白色内衣。但对他来说,她显然是一个真实存在的人,是他生活中活生生的一部分。我听见英格里德嚎啕大哭,才意识到我爬上通往阁楼的梯子后——这条通往噩梦的短短的通道——只过了几分钟。

我带着英格里德开车去镇上,我推着她的婴儿车在退休老人、游客和午休的人中间走着。在图书馆,我为她查找了《野生动物乐园》,这样我就能愉快地念出来——每当我看到它的封面,我觉得自己又回到了孩提时代。我翻了陈列中的梵高传记。现在是时候让我继续学习,除了大家都知道的传奇故事,我对他一无所知。在一间小服装店里我买了条夏天穿的裙子。它正在打折,奶油色的棉布上是一朵朵紫色小花,古典款式,不像我通常穿的牛仔裤和素色的T恤衫。我想到要请求罗伯特画一幅我穿着这件衣服站在门廊或是教员住宅后方的草地上的样子。我努力克制自己,不去回想阁楼墙上那个黑发孩子。"你还要买点什么?"店员问我,一边包了几根免费的薰香放在包里。

"不,不用,谢谢。我要的就是这些。"我俯身让英格里德在推车里坐直,好让自己忍住眼泪。

---

① 玛丽·卡萨特(1844—1926),美国画家和图形艺术家。她是唯一一个被法国印象派画家邀请参加作品展的美国人。

二十三

我亲爱的伯父和朋友：

　　感谢你真挚的来信，我真的不敢当，但今后每当我创作的小小愿望需要得到鼓励时，我都会珍视它。今天确实是灰蒙蒙的一天，写信给你可以让我消磨一些时间。当然，我们在圣诞节等待着你，期待你随时到来，而到时候伊弗有希望回来住上几天，但是否会有更长的假期则还不能确定，而且新年时他必须回到南方完成他的工作。我想我们会比较朴素地庆祝节日；爸爸又感冒了——没什么大碍，我向你保证，但是他很容易疲劳，眼睛也比以往更加疼痛。我刚刚已经帮他盖上温暖的铺盖，让他躺在他的起居室里了，我最后看了一眼，火炉很温暖，他已经睡着了。今天我自己也有一点累，除了写信无法做其他事情。不过昨天我的画进展顺利，因为我找到了一个很好的模特：埃斯梅，我们的另一个女仆；当我问她是否知道你所挚爱的卢维希纳村时，她害羞地告诉我她就生在相邻的村子里，叫做格莱米耶村。伊弗说我不该让她们为我坐着，这是种折磨，但我要去哪里找这样耐心的模特？但今天她出去办事了，于是我一边坐着给你写信一边要留意爸爸的动静。

　　你看过我的画室，知道里面不仅有画架和工作台，还有一张我小时候就有的书桌，它属于我母亲，她会自己给桌板上漆。我总是在这里一边写信，一边看着窗外。我肯定你能想象，今天早晨花园是多么潮湿——很难相信它就是去年夏天我画了好几幅的小天堂。但即便现在它很荒凉，也仍然是美丽的。想象这座花园，是我熬过冬天的一种安慰，我的朋友——如果你愿意，请为我想象。

　　真挚的

　　　　　　　　　　　　　　　　　　贝亚特莉斯·德·克莱尔瓦勒

　　　　　　　　　　　　　　　　　　一八七七年十二月二十二日

二十四
凯特

　　罗伯特回来后,我没有跟他提阁楼的事。他上了一天课,累坏了。我们静静地吃我做的扁豆汤,英格里德开心地吃面前的苹果酱和胡萝卜,一边吐泡泡。我喂着她,用一块湿布反复擦她的嘴,并努力想鼓起勇气问罗伯特他作品的情况,但我说不出口。他坐着,一只手撑着头,眼睛下方是深深的黑眼圈,我感觉到他发生了改变,虽然说不上那是什么,和其他东西有什么不一样。他的目光不时地掠过我,投向厨房的门口,眼睛绝望地闪动着,就好像在等待一个永远不会到来的人。我再次因为迷惑和担忧而心头一颤,克制自己不顺着他的目光看过去。

　　晚餐后他上了床,睡了十四个小时。我在厨房清洗完毕,哄英格里德睡觉,在夜里被她吵醒,在早晨又被她吵醒。我考虑邀请罗伯特一起去散步,但当我从学校的邮局步行回来后,他已经走了,没有铺床,桌上还有一碗吃了一半的麦片粥。我爬上绚丽多彩的阁楼确认,又看了看这个千变万化的女人,但罗伯特不在。

　　第三天我再也忍不住了,当罗伯特下午上完课回家时,我确保英格里德在午睡。这么一来她会很晚才睡,晚上一直醒着,但为了有机会让一切恢复平静,这算是一点小小的代价。当罗伯特走进来,我泡了茶等着他,在桌子边坐下。他的脸色疲倦,阴沉,一侧有点下垂,好像正要睡觉,又像是哭泣,或是轻微的中风。我知道他一定很累,我不知道自己怎么会这么自私,硬把他拉进一次重要的谈话。当然,这一方面是为了他好——他确实有点问题,我必须帮助他。

　　我把我们的杯子放在桌上,尽可能镇定地坐下。"罗伯特,"我开口了,"我知道你很累,但我们能谈几分钟吗?"

二十四

　　他的目光掠过茶杯投向我,他的一部分头发竖了起来,脸色闷闷不乐。我这才意识到他一直没有洗澡——他看起来又疲劳又邋遢。我应该责备他老是过度工作,不管是上课还是在阁楼的墙上作画。他根本就是把自己累垮了。他把杯子放下。"我又怎么了?"

　　"没什么,"我说,但喉咙早就哽住了。"什么事也没有。我就是很担心你。"

　　"不要担心我,"他说,"你为什么要担心我?"

　　"你累坏了,"我说,喉头依然哽咽。"你工作这么辛苦,看起来累得不行,我们几乎都看不到你。"

　　"这就是你希望的,对吗?"他吼道,"你希望我找一份舒服的工作来养活你。"

　　尽管我极力保持沉着,但眼里还是噙满了泪水。"我希望你快乐,我看得出你有多累。你睡了整个白天,画了整个晚上。"

　　"除了晚上我应该什么时候画画? 当然,我一般也是那个时候睡觉。"他气愤地用手抓前面的头发。"你以为我真的完成了什么作品?"

　　看着这头乱蓬蓬、油腻腻的头发,我突然也很生气。毕竟,我也很操劳。我从来不能连着睡上几个小时,我承担了所有让这个家维持下去的乏味家务,我没有时间画画,除非牺牲更多的睡眠时间,而我不能这么做,所以我无法画画。我让他能做任何他想做的工作。他从来用不着洗碗或洗马桶或做饭——我解放了他。但毕竟我还不时地挤出时间来洗头,而这一点他就不同了。"还有一件事,"我说,比我预想的更直接,"我去了阁楼。那都是些什么?"

　　他往后一靠,两眼瞪着我,接着一动不动地坐着,并挺起有力的肩膀。我们在一起的这些年,这是我第一次觉得怕他——不是怕他的出色、他的天赋或是他伤害我感情的能力,但就是害怕,一种微妙的、出于动物本能的害怕。"阁楼?"他说。

　　"你在那里画了很多,"我试着用更加谨慎的口吻,"但不是画在你的画布上。"

他沉默了一会儿,接着在桌上摊开一只手。"那又怎么样?"

我最想问他那个女人的事,但却说:"我还以为你在为画展做准备。"

"没错。"

"但你只画了一幅半的油画,"我指出。这不是我想要谈论的。我的声音再一次开始颤抖。

"那么现在你也要监督我的工作?你是不是想告诉我应该画什么?"他突然挺直腰杆坐在厨房的小椅子上,身躯几乎占据了整个房间。

"不,不是,"我说,他言辞的冷酷和我本身暴露出来的冷酷,让我的泪水倾泄而出流淌在脸颊上。"我不想告诉你应该画什么。我知道你会画任何你需要画的东西。我就是担心你。我想你。我很怕看到你这么疲劳。"

"好了,省省吧,"他说,"离我远一点,我不需要别人监视我,掌握一切。"他抿了一口茶,接着把杯子放下,好像这个味道令他反感,接着便离开了厨房。

不知怎地,他拒绝留下来交谈令我心碎无比。一种噩梦般的感觉像苦涩的浪潮击溃了我。我在痛苦中挣扎,我跳起来,跟在他后面。"罗伯特——别走!别想一走了之!"我在客厅追上他,抓住他的胳膊。

他把我甩开。"走开。"

我的自我克制终于彻底崩溃了。"她是谁?"我哭喊着。

"谁是谁?"他问道,然后皱起眉头,脱身走进我们的卧室。我站在门口看着他,涕泪交零,并耻辱地哭出声来。而他则在我早上铺好的床上躺下,把一条被子盖在身上。他闭上眼睛。"让我安静一下,"他没有睁开眼。"让我安静一下。"令我恐惧的是,他居然当着我的面睡着了。我一直站在门口,低声啜泣,看着他的呼吸放缓,然后变得柔和而平稳。他睡得像个婴儿,而楼上,英格里德哭着醒来。

二十五
马洛

　　我想象着贝亚特莉斯的花园。它一定是个长方形的小园子——我所找到的那本有关十九世纪后期巴黎绘画的书籍中没有提到任何克莱尔瓦勒的作品,但是有一幅贝尔特·莫里索画的温馨画面,她的丈夫和女儿坐在绿荫下的长椅上。配文说明是莫里索和她家人住在帕西,一个新开发的市郊住宅区。我想象着贝亚特莉斯家深秋时节的花园,树叶早已变成了棕黄色,一些落叶被大雨冲到石板走道上,后墙上爬满了紫红色的藤蔓——vigne vierge(爬山虎),根据一幅描绘类似墙面的油画旁边的标题,那就是原生的五叶爬山虎。花园里还有一些玫瑰——此时只剩下光秃秃的棕色茎干和深红色的玫瑰果——中间是个日晷。我想着这些,刻意把日晷撇开。我只是专注地想着湿漉漉的花床,凋零的菊花,或是其他被雨水浸透而下垂的花朵,以及中央一团整齐的灌木和一张石凳。

　　坐在书桌前向外眺望这一切的女子应该是二十六岁,在那个年代是成熟的年纪,结婚五年但没有孩子——从她对外甥女的疼爱来看,那份缺失是她心中的隐痛。我仿佛看见她站在她母亲油漆的那张书桌前,衣服上饱满的浅灰色裙摆——女士们在上午和下午不是穿不同的衣服吗?——垂在椅子边,领口和袖口镶有蕾丝,一条银色的丝带绑在她浓密的发髻上。她本人显得有点忧郁,脸孔五官分明,即使在昏暗的光线下依然清晰可辨,她的头发又黑又亮,嘴唇鲜红,双眼渴望地看着信纸,在这个湿漉漉的早晨,那早就成了她最佳的精神伴侣。

二十六

凯特

整个夏天，罗伯特断断续续地睡觉、教书，不定时地画画，并且和我保持距离。过了一段时间，我不再偷偷哭泣，而是开始习惯这一点。因为爱着他，我坚强起来，并等待着。

到了九月，新的学期又开始了。当我带着英格里德去和其他教员的妻子喝茶聊天时，我听着她们闲聊自己的丈夫，自己也扯出一些无伤大雅的私事，以显示家里一切如常。这个学期罗伯特教授三个绘画班。罗伯特喜欢辣椒，我应该弄到那种菜谱。

作为对比，我也偷偷收集信息。她们的丈夫显然早上和她们同时起床——或起得更早，以便出去跑步。其中一个人的丈夫在每个星期三晚上做饭，因为那天他的课比较少。当我听到这个，便心想罗伯特有没有注意过哪天是星期三，一个星期中哪天是哪天。当然他从来没有做过一顿饭，除非开罐头也算的话。有个朋友一个星期有两个晚上把孩子交给丈夫来照顾，这样她就有一点自己的时间了。我见过他准时赶到来接他们两岁的孩子。他怎么知道什么时间该去哪里？我沉默不语，和她们一起对她们丈夫的小缺点报之一笑。他不去收衣服吗？我想说。没什么。而我第一次想到那些真正的职业女性是如何打理生活的——我认识这么一个人，她还是个单身母亲，这让我感到格外的沮丧和惭愧，当我们这些人在这里愉快地聚会时，她却正在上课。我们从来没有想过把她拉进来。我们自己的生活是那么自在——我们数着钱却不用自己去赚。但我的生活似乎不像我的朋友们那么自在，于是我在想怎么会这样。

那年入秋后的一天，罗伯特兴高采烈地回家，在我的额头上亲了一下，然后告诉我他已经接受了邀请，到北方去上一个学期的课——很快，一月

二十六

就走。那是一份很好的差使，报酬优厚，在巴内特学院，离纽约很远。巴内特有一所著名的美术馆，为画家提供一笔客座讲师基金——他列举了一些之前在那里授课的杰出画家。他要教的只有一门课，其他的时间主要用来安安静静地作画。他可以专心画画的时间比专职还多。

我一时无法理解他的意思，虽然我明白了一部分，并为他高兴。我放下手里洗餐具的抹布。"那我们呢？把一个刚会走路的孩子带到一个新地方住几个月并不容易。"

他瞪着我，好像从未想过这点。"我只是想——"他支支吾吾地说。

"你怎么想？"为什么我看了他一眼、看到他皱起眉头就这么生气？

"这个嘛，他们并没有说可以带家属。我想一个人去，完成一些作品。"

"你至少可以问问，他们是否介意你带上和你一起住的人。"我的手开始颤抖，于是把手放到背后。

"没有必要找麻烦。你不知道不能画画是什么感觉。"他说。据我所知，他已经连续画了几个星期。

"好吧，那你就不要睡觉了。"我故意这么说。实际上，他在白天也没有睡觉。其实我开始担心他彻夜不眠，寸步不离地待在画室里，睡得那么少，虽然我现在一想到他，总是他胡乱躺着的样子。

"你完全不懂如何体谅我。"罗伯特的鼻子和脸颊又白又皱。至少他是真的在意我。"当然我会很想念你和英格里德。你可以在学期中间带着她来看我一次。我们可以随时保持联系。"

"体谅？"我别过身去。我呆呆地望着木质的橱柜，问自己什么样的丈夫为了自己的工作会选择离开妻儿一个学期，甚至不和我商量，也不问问我是否愿意独自照顾一个年幼的孩子。什么样的。什么样的。厨房的碗橱都整齐地关上了。我在想一直盯着它们看是否能阻止我爆发。我在想和一个疯子生活在一起是否有可能不让自己发疯。也许我也会成为一个天才，但如果天才就是这个德性，我无法肯定我要不要成为天才。事实上如果他先问我，和我商量，我会毫无怨言地让他去。我努力挥去脑中黑发缪斯的形象——为什么她的样子那么生动？为什么他要去很远的地方？或许应该让他离开，让他专心工作，有点成就感，完成他那一系列的作品，说不定因此就好了。

"你本可以先问问我。"我说，我听见自己像在恶声抱怨，恶毒到了骨子里，像头终于反扑的猛兽。"既然如此，你爱做什么就做什么吧。请自便。我们五月再见。"

"你见鬼去吧。"他一字一顿地说。我从未见过他如此愤怒，或者说是如此低沉的愤怒。"好的。"接着他做了一件奇怪的事情。他站起身来，缓缓地转了两三圈，就好像他想离开房间但找不到厨房门在哪儿。不知怎地，这比从前发生的任何事更让我害怕。突然，他找到了出口，而之后的两天里我都没有看到他。每当我抱起英格里德总是哭，但又不得不在她面前藏起眼泪。他回来后再也没有提到我们的谈话，而我也没有问他去了哪里。

接着，一天早上，罗伯特出现在早餐时分，当时我正在做早餐——为我自己和英格里德做。他的头发湿湿的，很干净，有一股洗发水的味道。他把一些叉子放在桌上。第二天他再一次早早起床吃早饭。第三天他吻了我，并向我道早安，而我到卧室取东西时发现他铺了床——歪歪扭扭的，但他确实铺了。那时正值十月，我最喜欢的月份，树木变成了金色，树叶纷纷在风中飘落。他似乎回到了我们身边——我不知道为什么，但我越来越开心，不想去问。那个星期他按时——或者说在我睡觉的时候——上床睡觉，我想不起有多久没有这样了，我们还做爱。令我吃惊的是，他的身体并没有因生了小孩而有所变化，和以前一样强健：高大、温暖、有型，头发狂乱地在枕头上散开。我则对于自身因生产、哺乳而变形的身体感到羞愧，并悄悄在他耳边诉说，他用狂热的激情止住了我的疑问。

之后的几个星期里，罗伯特开始在下课后画画，而不是在夜里，并且我一叫他，他就下来吃饭。有时候他在学校的画室里工作，尤其是在画尺寸较大的油画时，我会推着英格里德去接他回来吃晚饭。那是一个幸福的时

二十六

刻,他会放下画笔,和我们一起走回家。我很高兴,当我们遇见朋友,他们看见我们在一起,我们三个融洽而完整,回家吃饭,而我早就做好了饭,用二手的瓷盖保持热腾腾的饭菜。晚餐后,他到阁楼上画画,但不会画到很晚,有时候他上床来看书,而我则把头靠在他的下巴下面昏昏睡去。

在画室和阁楼上(他不在时我会偶尔上去检查),罗伯特正在创作一个静物画系列,画得很漂亮,其中常常包含一些滑稽的元素和一些格格不入的东西。那奇怪的沉思肖像和怀里抱着她死去朋友的黑发女人的大幅油画靠在阁楼的墙上,我很谨慎,不去问她们的事。天花板上依然令人眼花缭乱地画满了她的服饰和身体各部位。放在沙发边的书依然是展览目录,或者有时是一本传记,但和印象派画家或巴黎没有关系。有时候我想,他那种狂乱的沉迷是我的梦,是我自己杜撰出来的,不管那意味着什么。只有这个太过花哨的阁楼提醒我一切的真实性。每当我有新的疑问,我就尽量不上去。

一天早晨——当时英格里德已经开始会爬了——罗伯特直到中午才起床,而那天夜里我听见他在楼上踱来踱去,在画画。他连着画了两个晚上,没有睡觉,接着他开车出去了一天一夜,在早餐结束后才回来。他不在的时候我也睡得不好,我好几次含着眼泪在想要不要报警,但他留下的纸条阻止了我。"亲爱的凯特,"上面写着,"别为我担心。我只是需要睡在田野里。天不是很冷。我带上了画架。我想不然我要疯了。"

那几天的天气确实比较暖和,是蓝岭山脉在深秋偶尔给予的一份温暖礼物。他回家的时候带着一幅新的风景画,微妙地呈现出山脉边缘下的田野,以及落日。一个穿着白色长裙的女子走在棕色草丛里。我对她的形象如此熟悉,几乎可以用自己的手去触摸到她的腰线、裙子的下摆、在迷人的宽肩膀下隆起的胸部。她正要转身,因此她的脸露出来,但除了黑色眼睛的微微闪现,她还来不及做出任何表情。罗伯特一直睡到黄昏,错过了上午的绘画课和下午的教员会议。第二天,我打电话给学校医疗中心的医生。

二十七
马洛

我想象着她的生活。

没有年长女性的陪同,她不可以出门。她的丈夫整天不在家,但她无法通过电话同他说话——这个奇怪的发明至少要二十五年后才在巴黎家庭中普及。一大早,她的丈夫就穿着黑色西装和大衣,戴着高帽子离开家里,搭乘一辆马车,沿着奥斯曼男爵设计的宽阔大街到市中心的一座大楼里负责邮政运作,等他回到家,已是疲惫不堪,有时身上还散发着微微的酒气。而在此之前,她见不到他,也听不到他的消息。

如果他告诉她他要加班,她也无法知道他去了哪里。她的思绪有时候飘忽不定,想象着各种情形,比如在安静的会议室里,其他男人像他一样穿着西装,露出胸前的白色衬衣,戴着柔软的领带,围坐在一张长桌子边。又比如她想象在某种装潢特别有品位的俱乐部里,里面有个女人只穿着一件真丝贴身背心、紧身胸衣、荷叶边衬裙和高跟鞋(但显出尊贵的模样,头上裹着精致的头巾),让他的手在她那洁白的胸部半边滑过——这些场景她只是从一些谣传里依稀听到,一两本小说里也略有暗示,跟她受到的教育几乎毫不相干。

她无法证明她的丈夫去过这样的地方,也许他从未去过。她并不明白这些一再出现的画面为什么没有引起她的嫉妒,反而让她有种解脱感,好像有别人分担了她的重负。她知道上流社会的人顶多去餐馆,在那里男人们——主要是男人——享用午餐,甚至是晚餐,并在一起聊天。有时候他回到家里不需要吃晚饭,并愉快地报告说他吃了极其可口的烧鸡或是橙汁鸭。还有一些音乐表演餐厅,其中男士和女士可以有礼貌地坐在一起。而

二十七

在其他咖啡馆里,他可以独自坐在那儿看《费加罗报》,喝一杯晚间的咖啡。或许,他就是加班到很晚。

在家里他是很讲究的:如果他们一起吃饭,他会先沐浴更衣,如果她已经吃过而他是在外面吃的,他便穿上晨衣在火炉边抽烟,或是把报纸上的内容念给她听。有时候,当她埋头做针线活,给她姐姐新生的孩子钩花边或是在衣服上刺绣,他会优雅而温柔地亲吻她的脖子后面。他会带她去新建的、闪亮的加尼叶歌剧院听歌剧,偶尔还会去更好的地方听交响音乐会或喝杯香槟,或是去市中心参加舞会,为此,她会穿上一件蓝绿色丝绸或玫瑰色缎子的新裙子。当他挽着她,显得十分骄傲。

最重要的是,他鼓励她画画,甚至是对她极不寻常地采用新的色彩、光影和笔法的试验之作——这种风格是她和他一起在最近比较激进的画展上看到的——也点头赞美。当然,他从来不会把她称为激进派。他总是对她说,她就是一个画家,想画什么就画什么。她告诉他,她认为绘画应该反映自然和生活,那些充满光线的新派风景画让她感动。他点点头,但又谨慎地补充道,他不希望她对生活了解得太多——自然是个美好的主题,但生活比她所理解的残酷得多。他认为她在家里做一些令她满足的事情比较好。他自己也热爱艺术。他看到了她的天赋并希望她快乐。他认识令人着迷的莫里索一家。他见过马奈一家,并总说他们一家都是好人,除了爱多艾德的名声和他不道德的尝试(他画荡妇),这也许让他显得太现代了但实际上却是种耻辱,虽然他的天赋显而易见。

事实上,伊弗带她去了多家画廊。他们每年和将近百万人一起参加沙龙,听着一些八卦讨论最受欢迎的作品和批评家瞧不起的作品。偶尔,他们漫步在卢浮宫的博物馆里,在那里她看见艺术系的学生们临摹油画和雕塑,甚至随处可见独身一人的女子(想必是美国人)。当着他的面,她无法尽兴地欣赏裸体画,尤其是威武男性的裸体;她知道自己绝对不会画一个裸体的模特。她本人结婚前在一个专业的私人画室里接受过正规的培训,在她母亲的陪同下对着石膏像临摹。至少她学得很努力。

有时候她在想,如果她选一幅画送到沙龙,他能不能理解。对于沙龙里面极少数由女性创作的作品,他从来没有说过蔑视的话,而她不管画什么总能赢得他的赞美。同样地,他从来不抱怨家务事,因为她操持得很好,除了一年一次委婉地请她不要把肉煮得太熟,或是希望她把大厅的桌子重新布置一下。到了晚上,他们以完全不同的方式了解对方,带着点温存,甚至是狂热。对此她很珍视,但在白天她不敢想,只是希望某天早晨醒来时突然发现,她最近不需要往内裤里塞那些折叠整齐的干净布垫,也不需要热水瓶子和雪利酒来缓解每月的痛经。

但这种情况还没有发生。也许她想得太多,或想得太少,或根本想错——她试图完全不想。于是她等待着一封信,那封信成了白天她主要的消遣。一个穿着蓝色短外衣的年轻邮差一天来两次。她能听见他的铃声在雨中传来,埃斯梅前去应门。她看起来并不急切,事实上,她确实不急。当她为下午的出门访友穿衣打扮的时候,这封信会出现在她化妆间的一个银色托盘里。在埃斯梅出去之前她会把信打开,接着藏进书桌里稍后再看一遍。她还没有把信藏在裙子的胸衣里面,随身带着。

同时,她还有别的信要回复,要订饭菜,要见裁缝,要赶制温暖的床罩送给公公做圣诞礼物。而她公公本身,这位宽容的老人,他喜欢小睡后看见她亲自把他的饮料和书本送来,而其实她也期待着那个时刻,那时,他会用几近透明、青筋毕露的手抚摸着她的手,用空洞的眼神注视着她,感谢她的照顾。还有一些花她要亲自浇水而不是让仆人们照看。最为重要的是,她的卧室隔壁的那个房间,原来是个阳台,如今放着她的画架和颜料。

这些天坐在那儿当她模特的女仆——不是埃斯梅,而是更年轻的玛格丽特,她很喜欢她那文静的脸庞和黄色的头发——比小女孩大不了多少。贝亚特莉斯的画中她坐在窗边,身边是一堆缝纫的用具;因为这个女仆在摆姿势的时候希望干些手工活,贝亚特莉斯很乐意让她缝补衣领和衬裙,只要这个女孩尽量保持金发的头低垂着不动。

那里非常明亮,即便雨水从许多个窗格上流下,她们互相配合还是能

二十七

取得不少进展，玛格丽特的手在精美的白色织物、棉布和花边上移动，而贝亚特莉斯则琢磨着形状和色彩，呈现出低头穿针引线的年轻女孩圆润的肩膀、衣服和围裙上的褶皱。两人都沉默不语，但她们因为自己的职责，被女性的文雅联系在一起。在那样的时刻，贝亚特莉斯感到她的创作是家庭事务的一部分，是在厨房炖煮午餐、在餐桌上摆放鲜花这类琐碎家务的延伸。她幻想着画出她并不存在的女儿，而不是这个她喜欢但几乎不了解的文静女孩；她想象着她画画时，她女儿对她朗读诗歌或是喋喋不休地谈论着她的朋友们。

实际上，当贝亚特莉斯真正投入创作时，她不再为创作的意义而烦恼，不在意它们画得好不好，是否能够向伊弗提议把其中一幅送到沙龙去——它们也许还没有好到这个程度，很可能永远都达不到这个程度。她也不再烦恼她的生活是否存在更宽广的意义。此刻，她满足于思考女孩衣服的蓝色最终和调色板上的一抹颜料完全吻合，给年轻的脸颊上色要用曲线笔触，以及第二天早晨她要加上的白色（需要更多的白色和一点灰色，来展现秋季雨天的光线，但在午餐前她已经来不及了）。

如果绘画占据了她的整个上午，而下午不想继续画画，也不去拜访朋友或是接待访客，她就有点空闲。她正在看的小说里面的人物看来必死无疑，于是她写了一封一直想写的信，也就是回复一封信，那封信放在她那上漆的书桌上的文件夹里。她脚踝交叉着缩在椅子下面。是的，去年春天她把书桌搬到窗边，以便看见花园的风景。

她写道，她认为巴黎秋季的天气有时会很奇怪，就像今天，倾盆大雨转变为雨夹雪，然后再变成雪。雪花效应，冬季效应——她在去年的一场展览上看到这个词。当时一些新晋画家所展出的不仅仅是阳光下绿色的田野，还有雪景。那是他们在寒冷的户外完成的革命性的作品。她伫立在那些被报纸抨击的油画前，仰慕着。积在地上的雪会有灰色的斑点。在某种光线、某个时辰和某种天色下，它会有蓝色，以及赭色甚至棕色或浅紫色。一年前她就已经不再认为雪是白色的。她在审视花园时突然意识到这一点。直到现在,她几乎还记得那个时刻。

此时,初冬的第一场雪在她眼前瞬间成形;雨水毫无预兆地发生了转变。她停下笔,用肘边的法兰绒抹布把笔擦干净,以免墨水沾到袖子。萧条的花园早就覆盖上了一种微妙的颜色——确实,不是白色。今天是米色?银色?还是无色,如果有这种颜色的话?她调整好纸张,用笔蘸蘸墨水,又开始写起来。她告诉收信人刚下的雪积在每根树枝上的景象,灌木丛——其中有些全年常绿——簇拥在轻巧的非白色薄纱下的景象,以及石凳前一刻在雨中还空无一物,转眼便积成了一块美丽而柔软的坐垫的景象。她感到他正在倾听,用优雅而苍老的手展开信纸。她看得见他的眼睛,带着理智的热情,接收她的字句。

等到晚些时候邮差到来,送来他的另一封信,这封信没有流传下来,但向她讲述了一些发生在他身上的事情,或是他还没有被雪覆盖的花园——他应该是这天早些时候或是前一天晚上写的。他住在市中心。也许他感叹着——带着有魅力的幽默口吻——自己生活的空虚:他丧妻多年,没有儿女。没有儿女,她有时会想到就和她一样。她自己也很年轻,都可以当他的女儿甚至是孙女了。她微笑着把他的信折起来,接着又展开看了一遍。

二十八

凯特

　　罗伯特冷冷地同意去看学校医生,但不让我一起去。从家里到医疗中心只有几步路,但我像他去其他地方一样,忍不住站在门廊目送他离开。他走路时弓着肩膀,一只脚永远在另一只前面,就好像每走一步都很痛。我对我能想到的所有神灵祈祷,希望他能畅所欲言或是不顾一切地告诉医生他所有的症状。他们可能要做检测。他可能是因为某种血液的疾病而累垮了:单细胞增多症或者——愿上帝阻止——白血病。但那无法解释那个黑发女人。如果罗伯特这次看完病后不愿多说什么,我就要亲自去见医生,把事情说清楚,而且可能要偷偷地去,以免罗伯特生气。

　　显然他就诊后就去上课了,或是到学校的画室里画画,因为我直到晚餐时才见到他。他什么也没有告诉我,直到我把英格里德哄睡觉,即便那个时候也是我主动问他医生怎么说。他坐在客厅里——实际上不是坐,而是懒洋洋地躺在沙发上,手上还拿着一本没打开的书。当我说话时他抬起头。"什么?"他似乎是从远方看着我,半边脸微微下垂,就像我以前看到的那样。"哦,我没有去。"

　　愤怒和悲哀涌上心头,但是我深吸了一口气。"为什么不去?"

　　"让我歇会儿,好吗?"他用一种虚弱的声音说,"我不想去。我有事要做,我三天都没有时间画画。"

　　"那你是去画画了?"那至少说明他还有精神。

　　"你是在审问我吗?"他眯起眼睛。他把书像护甲一样挡在前面。我甚至在想他会不会丢向我。这是一本有关狼的摄影散文集,是这一年的早些时候他一时冲动买下的。这也是一个变化,他常常买一些过后不会看的新书。他总是太过节俭,非二手货不买,或是很少买东西,除了那双他心爱的、制作精良的大皮鞋。

"我不是在审问你,"我小心翼翼地说,"我只是担心你的健康,希望你去看医生,检查一下。我就是觉得去看一看会让你感觉好一点。"

"是吗?"他近乎恶狠狠地说,"你觉得我会感觉好一点。你知道我是什么感觉?比如说你知道不能画画是什么感觉吗?"

"当然了,"我说,尽量不发火。"我自己几乎没多少时间能画画。其实基本上没有时间。我知道那种感觉。"

"你知道一次又一次想一件事是什么感觉,直到你怀疑……算了。"他不再说下去。

"直到你怀疑什么?"我尽量用平静的口吻说,以表明自己是个很好的聆听者。

"直到你无法去想、去看别的事情?"他的声音低沉,面对门口的方向眨着眼。"历史上发生了那么多可怕的事情,包括发生在艺术家身上,甚至是像我这样的艺术家,他们都试图要过正常的生活。你能想象整天在想这个是什么感觉?"

"我有时候也会想到可怕的事情,"我沉稳地说,尽管这在我听来像是跑题,觉得很奇怪。"我们都有这样的想法。历史上充满了令人生畏的事情。人们的生活中也充满了令人生畏的事情。这样想的人都在怀疑自己——特别是当你有了孩子。但不能说明你一定会因此而生病。"

"那么如果你开始想着某个人呢?一直都在想?"

我感到皮肤上有虫子在爬,不知道是出于恐惧,还是预期中的嫉妒,还是两者皆有,我说不上来。这一刻他可能会彻底毁掉我们的生活。"你是什么意思?"我有些艰难地吐出这几个字。

"某个你可能会在意的人,"他说话时,目光又在房间里游移。"但是她并不存在。"

"什么?"我的内心一片空白——我找不到头。

"我明天去看医生。"他怂怂地说,像是一个小男孩在听任处罚。我知道一旦他同意,我就再无法继续问下去。

　　第二天,他出去又回来,睡觉,然后起来吃点午饭。我静静地站在桌子边。他主动开口了。"他查不出身体上的问题——嗯,他抽了点血看是不是贫血或其他什么毛病,但是他希望我去做一个精神科的评估。"他故意把这几个字说得很慢,这样一来听不出其中鄙视的意味。但是我知道,他对我毫无隐瞒就意味着他很害怕,他愿意去。我走上前,伸出双臂搂住他,抚摸他的头、他浓密的鬈发和宽大的额头,感觉到他令人琢磨不透的内心,以及我总是那么崇拜、惊叹不已的卓越天赋。我摸着他的脸。我爱这个脑袋和他那卷曲凌乱的头发。

　　"我相信一切都没有问题。"我说。

　　"为了你我会去。"他的声音轻得我几乎听不见,随后他伸出双臂紧紧抱住我的腰,把头靠过来埋在我的胸口。

二十九

一八七八年

一夜间雪越积越厚。到了早上,她定好晚餐的菜单,写了一张纸条送给她的裁缝,便走出房子到花园去。她想知道树篱和石凳是什么样子。当她在身后关上房子的后门,踏入第一堆积雪中,她忘却了其余的一切,甚至包括藏在裙子里的信。十年前原来屋主种下的树,此时银装素裹;一只小鸟立在一面墙上,体形胖了一倍。当她走在沉睡的花床里、枯萎的藤架下,带有花边的靴子上端的边缘渗进了一圈雪。一切都变了。她记得小时候她的兄弟们躺在雪地里,而她则从楼上的窗子看着,他们挥舞着手臂,乱摆着双腿,相互打闹着、推搡着,羊毛大衣和针织长筒袜都裹上了白雪。那是白色的吗?

她用戴着手套的手挖了一大捧雪——像一份类似栗子蛋糕的甜点——放进嘴里,吞下去是冰冷的,没有味道。到了春天花床会变黄色,这一片会变成粉红和奶油色,树下会开满她此生始终热爱的蓝色小花,是最近从她母亲的墓地带来的。如果她有个女儿,她就会在它们盛开的那天带她到花园来,告诉她它们的来历。不,她会每天——一天两次——都带她的女儿出来,走在阳光里,或树荫下,或白雪中,和她一起坐在石凳上,并为她做一个秋千。或是为他,她的小儿子。她忍住突然涌出的眼泪,气呼呼地转向沿着后墙积起的一大片雪,用手在上面划出一道长长的印子。墙的另一头是树林,接着是弥漫着褐色雾霭的布洛涅森林。如果她用这些日子她钟爱的快速点画法,用更多的白色来完成画作中女仆的裙子,就能令整幅画为之一亮。

藏在衣服里面的信折起的尖锐一角碰到了她。她把手套上的雪抹去,解开斗篷和领口,把信抽出来,并留意着身后的房子和仆人们的眼睛。但这个时候他们特别忙碌,在厨房里或是把她公公的会客室和卧室的门窗打开通风,而眼睛很不好的他则坐在更衣室的窗边,甚至看不见白皑皑的花园里她那深色的身影。

信上用的不是她的名字而是一个亲昵的称呼。写信人告诉她他一天的生活、最新的画作、火炉边的书籍,但字里行间她听出了一些不同的意味。她避免让戴着手套、湿漉漉的手指沾到墨水。她已经背得出信里的每一个字,但还是想要再看一次这圆滑的黑色字体,他那一贯随意的笔迹,和简洁的字句。那正是她所见过的、他的素描同样具有的随意而直接的风格,一种自信,迥然不同于她作品中的强烈——令人着迷,甚至眼花缭乱。他的措辞同样自信,除非它们含有比表面更深的含义。闭音符①仅仅是用笔尖一扫,一种轻抚;开音符②很用力,倾斜到一边,一种警告。他以自信但又显得谦卑的语气谈到自己。句首 Je(我)的大写"J"像是做了一次有力的深呼吸,"e"显得迅速而节制。他写到她,写到她所给予他的新生活——是偶然吗?他问——而在最近几封信里,他在她的许可下称她为"tu"(你,vous 是您),句首的"t"充满敬意,而"u"很温柔,像是一只手拢在小小的火苗边。

她拿着信纸,这一刻她无视于每一行的信息,以便下一刻获得重新理解它的乐趣。他不想破坏她的生活;他知道他这个年纪的人对她几乎没什么吸引力;他只想得到允许存在于她的世界,并鼓励她坚持最高贵的想法。他很冒昧地希望至少她能把他视为最真心的朋友,虽然他们甚至从未提起过。他很抱歉用毫无价值的感受令她困扰。令她心惊的是,在他长而华丽的 pardonne-moi(原谅我)以及微妙的连字符号之下,他猜想她早就是他的朋友了。

她的脚越来越冷;雪开始渗进靴子里。她折起信,把它藏在一个隐密

---

① 出现在法语单词中字母 e 上的"´",如 été、café。
② 出现在法语单词中元音字母上的"`",如 mère、où。

的地方,并把脸贴在树干上。她无法站在那里太久,担心万一哪个视力好的人来到她身后的窗边,但是她需要静一静。她内心之所以震动,并非由于他优雅而内敛的措辞,而是由于他笃定的语气。她早已决定不回这封信。但她还没有下定决心再不看它。

三十
凯特

　　罗伯特坚持独自去看精神科医生,回来后他如实告诉我他在尝试药物治疗,并告诉我主治医生的名字和电话。他没有说他会不会打电话给医生,会不会吃药。我找不到他把药放在哪里,我决定头一两个星期先不去费心窥探,而是等着看他做些什么,再尽量鼓励他。最后,瓶子出现在浴室的药柜里——含锂的药物。每天早晚他服药时,我都听见瓶子里骨碌碌作响。

　　在一个星期之内,罗伯特显得比较冷静,并且又开始作画了,虽然每天至少要睡十二个小时,吃饭时也昏沉沉的。谢天谢地他坚持上写生课,不再中途旷课,我也不再察觉到学校方面的不安,尽管即便他们很不安,也不一定会让我知晓。有一天,罗伯特告诉我精神科医生想要见我,而他,罗伯特本人也认为这是个好主意。就约在当天下午——我在想他为什么不早点说——到时间了,因为来不及找到保姆,我把英格里德安放在车座上。山坡连绵起伏,当看着它们擦身而过,我意识到我有段时间没到镇上去了。我的生活一直围绕着房子、沙坑和秋千——如果外面天气够暖和的话——以及路前方的超市打转。罗伯特开着车,我看着他严肃的侧脸,最后问他医生为什么要见我。"他想要听听家人的看法,"他说。接着又说:"他认为我服用了含锂药物后,情况很好。"这是他第一次提到药物的名称。

　　"你也这么想吗?"我把手放在他的大腿上,感觉到他踩刹车时肌肉的动作。

　　"我感觉相当好,"他说,"我觉得不用长期服药了。我希望我不是那么累,虽然——我需要精力来画画。"

　　画画?我想,那陪我们呢?晚餐后他没有陪英格里德玩就睡着了,而第二天早上我带着孩子出去散步时他还在睡觉。我没有多说什么。

诊所是一座又长又低的房子,用看起来昂贵的木料建成,周围种着用纸管围着的小树苗。罗伯特面无表情地走进去,并为我挡着门,我抱着英格里德走了进去。里面的候诊室很宽敞,似乎是多位医生共用,一端有一大片阳光洒进来。终于,一名男子走了出来,冲罗伯特微笑着点点头,并叫我的名字。他没有穿白大褂,也没有拿图表——他系着领带,穿一件短外套和一条熨得很挺刮的卡其布裤子。

我朝罗伯特看了一眼,他摇摇头。"他是在叫你,"他说,"他想和你谈。如果他需要我,也会叫我。"

我把英格里德交给罗伯特,跟着医生——好吧,他叫什么名字有什么关系?——走进去。他是个友善的中年人,在做他该做的。他的办公室里挂着一排排镶着镜框的毕业文凭和执照,办公桌非常整洁,一座庞大的铜质镇纸压在唯一一张散在外面的纸上。我面对桌子坐下来,英格里德不在,我的手臂间空空荡荡。此时我希望我把她带进来,我担心罗伯特可能用手托着头别过脸去,而不是看着她,防止她在插头和植物盆景间乱跑。但当我稍稍打量了一下 Q 医生,觉得对他很有好感。他的脸很和善,让我想起我在密歇根的祖父。他说话时声音低沉,有点喉音,就好像他十几岁时从别的地方搬过来,原来的口音已经听不出来了,只是发辅音还有点沙哑。

"谢谢你今天来见我,奥利弗夫人,"他说,"和亲密的家人谈谈对我很有帮助,尤其是对新的病人来说。"

"我很乐意,"我坦白地说,"我确实担心罗伯特。"

"当然了。"他把镇纸拿开,靠回椅子上,看着我。"我知道这对你来说一定很难。请相信我非常关心罗伯特,我很满意我们第一次试用药物起到了很好的效果。"

"他看起来确实平静多了。"我承认。

"你能说说最初你是怎么发现他的行为不正常,或是让你担心的吗?

罗伯特告诉我,一开始是你叫他来看医生的。"

我双手紧握,讲述我们的问题,罗伯特的问题,去年令人无法理解的时好时坏。

Q医生静静地听着,脸上的表情始终一样,很和蔼。"那么他服用了锂后,在你看来镇定多了?"

"是的,"我说,"他还是睡很长时间,他抱怨这一点,但看来他确实能够起床,几乎都能按时上课。他抱怨不能画画。"

"适应一种新的药物需要时间,要找出哪种药物、多少剂量才能起效也需要时间。"Q医生若有所思地再次把镇纸放回来,这次是压在纸的左上角。"对你丈夫这个情况,我确实认为让他服用锂一段时间很重要,他很可能需要长期服用。如果这种药不如预期,则要换其他药物。整个过程他必须有一定的耐心——你也是。"

我开始感到一种新的紧张。"你是说他会一直出现这些问题?即便他有所好转也不能停止服药吗?"

医生又把铜镇纸放回纸的中央。它突然让我想起孩童时玩的一种游戏——剪刀、石头、布——其中一样能够胜过另一样,三者互相压制,没有完全的胜者,一种迷人的循环。"要作出精确的诊断需要一点时间。但是我相信罗伯特很可能患上了——"

接着他告诉我一种疾病的名称,这个名称我只模糊听过,并将它和一些难以名状、与我无关的事物联系在一起,有人会因此需要接受电击治疗,也有人因此而自杀。我呆坐了几秒钟,试图把这个名称同我的丈夫罗伯特联系起来。我全身像浸在冷水中。"你是说我的丈夫得了精神病?"

"我们还无法确切知道哪一部分的病症是精神病,哪一部分是环境或人格特性造成的。"Q医生闪烁其辞,我第一次开始恨他——他不正面回答。"罗伯特服用这种药物显然镇定了许多,否则我们就需要试试别的药物了。我认为以他的智慧、他对艺术和家庭的投入,你可以期待他恢复得非常好。"

但太晚了。对我来说,罗伯特已经不再是罗伯特了。他是一个被诊断有病的人。我已经知道不管我多么努力地把他看作我曾经拥有的罗伯特,一切都不会再是原来的样子。我为他感到心痛,但我更为了自己心痛。Q医生夺去了我最心爱的东西,他显然不知道那是什么感觉。他无法给予我任何回报,只是让我看着他的手在整理空荡荡的书桌,我真希望他能有风度地向我道歉。

三十一
凯特

　　服用了含锂药物后，罗伯特整天都昏昏欲睡。有一天，他开车去镇博物馆时撞上了一辆车——好在速度很慢。此后，Q医生给他开了另一种药，结合抗焦虑的药物一起服用。我问起细节的时候，罗伯特把这些事情解释给我听，我尽可能不惹他生气。

　　到了十二月中旬，这种新药似乎效果很好，使得他能够画画，并按时上课，而他看起来更像是原来那个精力充沛的罗伯特了。那段时间他在学校画室创作，一个星期有几天待到很晚才回家。有一次我带着英格里德去看他，发现他在投入地画一幅肖像——我噩梦中的女子。她坐在一把扶手椅上，两手交叉放在膝盖上。这是后来使他在芝加哥得以举办大型画展的杰出作品之一。这一次她似乎相当愉快。她穿着黄色的衣服，似乎想起了某些开心而私密的事情，在对自己微笑。她的眼神很柔和，身边的桌上有一捧鲜花。看到他画画，并使用快乐的颜色，我松了口气，于是几乎不再去想她是谁。

　　令我更为震惊的是，数天后，我去给罗伯特送我和英格里德共同做的饼干，发现他还在画同一幅画，但是对着一个活生生的模特。她看起来像个学生，坐在一把折叠椅上，而不是厚厚的锦缎中间。我的心一瞬间降到了冰点。她很年轻漂亮，罗伯特正在和她聊天，似乎是要她保持不动，而他则重新画头部和肩膀的角度。但是她和阁楼上的女子完全不像。她有着一头金色的短发，浅色的眼睛，穿着一件学校足球队的运动服。只有优美的身材和下巴方形的线条，让她有点像我第一次在他口袋里看到的素描上的鬈发女人。此外，罗伯特看到我时显得泰然自若，他亲了我和英格里德一下，并介绍这个女孩是画室常用的模特之一，是学生勤工俭学的项目。

而这个女孩似乎对英格里德以及考试差不多要结束了这件事更有兴趣,而不是罗伯特。他显然只是用她来摆姿势,而我以前几乎不知道。

一月初,罗伯特前往纽约州,对此我只记得几个片段。他抱了英格里德好久,我意识到她如今长得这么高,能够用双腿环住他的腰——这个孩子有着罗伯特本人一样的修长身材和黑色鬈发。另一个我记得的时刻是当他的车开下车道,消失在树林后我回到屋里——那一定是之后,除非我不愿意在门廊的冷风里多待一秒钟目送他离去。我记得我回到屋后把早餐的碗碟洗干净,并用脆弱清晰的字句悄悄问自己,这是一种分别吗?但无论在我自己的脑海中,还是飘着苹果酱和吐司香味的温暖厨房里,都没有答案。一切如常,只是有点冷清。房子里甚至有种轻松的气氛。我以前努力撑过来了,我会继续撑下去。

罗伯特寄来的明信片,字迹通常都很潦草,问候我和英格里德的一样多。他也不定时地打电话回来,不过次数够多。纽约州北部的冬天异常寒冷,但是雪景很美丽,有印象派的风格。他有一次外出写生差点被冻伤。大学校长很欢迎他。他的房间在教员客房区,能看见树林和中庭,视野很美。他的学生大都资质平庸,但还算可爱。画室的空间太过狭小,但他还是在画画。那天凌晨四点他才睡觉。

接着一段时间没有联系之后,通信又开始了。我希望收到他的明信片更胜过他的来电,因为电话中我们之间有种无言的紧张,当我们无法看到彼此的脸,这条裂痕更难以逾越。我尽量克制自己打电话给他的频率,不要超过他打来的频率。有一次,他寄来一张送给英格里德的素描,就好像他知道她最能理解这种语言。我把它贴在婴儿房的墙上。画面上是哥特式建筑和厚厚的积雪,还有光秃秃的树。如果英格里德晚上哭闹,我就把她带到我的床上,第二天早上醒来时我们横七竖八地躺在一起。二月底,罗伯特飞回家里过寒假,并庆祝英格里德的生日。他睡得很多,我们做爱但不谈论任何难以启齿的问题。他在四月初也有一次假期,他说,但是他

三十一

决定利用那段时间在北方画画。我没有反对。如果夏天他能带回更多完成的作品,他的脾气就会好得多。

等到罗伯特再次离去后,我母亲来住了一段时间,并天天打发我去学校的泳池游泳。那年我怀孕后变胖的体形已经瘦了许多,而当我在水中艰难划动时,剩下的赘肉也减掉了,并回想起,在这么一小段时间之前,年轻和乐观的感觉。在那段时间里,我第一次看见母亲的双手颤抖,脸上的毛细血管暴起,以及脚踝微微肿起。但是她帮助我时并不迟钝——她在家里时,碗碟总是干净地晾在架子上,英格里德数不胜数的棉布衣服总是洗干净、折叠好。另外,她也尽量抽时间念书给英格里德听。

但是妈妈身体上的自信开始有所减退,她回到密歇根之后告诉我她害怕走在冰面上。她要出门去杂货店,或看牙医,或到图书馆做志愿服务,而她一看见前门的冰,就会返回家里,然后打电话给我。有一天她告诉我她有将近一个星期没有出门。我不想再孤零零地等下去,每天一大早被这个问题所惊醒,当我问罗伯特,他毫不犹豫地说好的,妈妈应该搬来和我们一起住。

我本不该感到意外,但我还是很意外。我想我忘了他的豪爽慷慨,他总是用"好的"来代替"不行",他习惯于把外套送给朋友甚至是陌生人。这激发了我心中的爱意,让我站在离寒冷的纽约州校园很远的地方等着他。我从心底里感谢他,告诉他杜鹃花开始盛开了,绿色的叶子随处可见。他说他很快就会回家,电话两端的我们似乎都在微笑。

当我打电话给妈妈,我原以为她会反对,但她没有——她说她会考虑一下,但如果她搬来,她想要帮我们买一栋更大的房子。我从来不知道她有那么多钱,但她确实有钱,前一年还有人主动要买她在安阿伯的房子。她会考虑的。也许这不是个坏主意。英格里德的感冒好了吗?

三十二
一八七八年

到了五月，伊弗坚持要他伯父陪他们到诺曼底去。先去特鲁维尔，再去埃特尔塔附近的一个小村子，他们过去去过几次，并非常喜爱那里的宁静之所。要和他哥哥一起去，是爸爸的主意，但伊弗亲自促成了这次出行。贝亚特莉斯表示反对，为什么不和往常一样就他们三个人去呢？她本人可以照顾爸爸，而伊弗通常租的房子只有一间很小的客房，如果爸爸住在他平常住的房间，就没有单独的房间给奥利维尔伯父住。如果让爸爸换个地方，他可能会找不到东西，或是夜里从楼梯上摔下来。毕竟旅行对爸爸来说已经够艰难了，虽然他本人很有耐心，并特别中意海峡的阳光和微风拂面的感觉。她恳求伊弗重新考虑一下。

但是伊弗很坚决。在假期当中，他可能会因为公务而离开，到时候她至少还有奥利维尔能帮忙。奇怪——奥利维尔比爸爸年长，但在身体和行动上却似乎比爸爸年轻十五岁。有一次伊弗告诉她，妻子去世后，奥利维尔的头发才变白的，那是多年前她还不认识他们一家的时候。奥利维尔在他这个年纪算是很健壮、很有活力的了，他能帮上忙。坚持要奥利维尔陪伴他们，是伊弗第一次似乎在抱怨照顾爸爸的责任落在他们的肩膀上。

她再一次反对——这次没有那么强硬——三个星期后，他们所坐的火车缓缓开出巴黎圣拉扎尔火车站，伊弗把一条旅行毛毯盖在爸爸腿上，奥利维尔大声念出报纸上的文艺新闻。他似乎避开贝亚特莉斯的目光。她很庆幸，因为他的存在充满了整个空间，她真希望能坐到另一节车厢里。自从他们通信以来，他在这几个月里显得越来越年轻。还没到海边，他的脸看上去就已经晒黑了。他告诉他们他一直在枫丹白露森林画画，她在想，当他带着画架走在那些小道上，或是伫立在她永远看不到的林间空地上,他是否会想到她。有一刻她甚至嫉妒那些围绕在他周围的树木,和他躺着休息时在他瘦长身体下的小草,但她很快把思绪转移到别的地方。她仅仅是嫉妒他能够随心所欲地旅行和画画,他始终拥有的自由吗?

在列车的窗外,煤渣飞扬起来,遮住了她眼前刚刚泛出绿色的田野,和忽隐忽现的蜿蜒水道。虽然车厢里有点热,但伊弗没有开窗,以免煤烟和尘土飞进来。她看着一片树林下的母牛,以及田野另一边一簇红色罂粟花和黄白两色的雏菊。由于他们一家人独占一个车厢,而且车厢和走廊之间的窗帘放了下来,她便脱掉了手套、帽子以及与之搭配的外套。当她靠在椅背闭上眼睛,她感觉到奥利维尔凝视的目光,并希望她的丈夫不会察觉到。但是有什么可察觉的?没什么,没什么,没什么,而她会保持这个样子——她和这个伊弗从出生就认识、如今也是她亲戚的白发男子之间将不会有任何事。

火车头的汽笛声远远地在前方响起,那声音和她内心的感觉一样空洞。生活还很漫长,至少对她来说是如此。那不是好事吗?她不是总觉得未来的时光是一种快乐的延续吗?那如果——她睁开眼睛,怔怔地望着远处的一个村子,一团苍白的烟雾,一座远远矗立在田间的教堂塔楼——如果延续的时光里没有孩子,也没有奥利维尔呢?如果再也没有奥利维尔的信,他的手再也不会抚摸她的头发——此时伊弗正翻开第二份报纸,她直视着奥利维尔,并高兴地看到她让他吓了一跳。他将那张英俊的脸转向窗户,捧起书本。没什么时间了。他会比她早死几十年。如果这一点本身就足以让她不再抗拒,那会怎么样?

三十三
凯特

母亲确实过了几年才决定怎么做,接着卖掉她的房子,并整理了所有的书。那段期间,我和罗伯特住在学校的小屋里。有一次,我到密歇根去帮她处理我父亲留下来的大部分物品,我们都哭了。我把英格里德留给罗伯特,他似乎照顾得很好,虽然我担心他会忘记把她放在哪里,或是任由她一个人在外面乱跑。

到了秋天,罗伯特去法国待了十天,这次轮到他休假了。他说他要再次去看看那些伟大的博物馆;自从大学毕业后他就再也没有去过那里。他回来后显得如此振作和兴奋,让我觉得钱花得很值。第二年的一月,他接受先前一位导师的邀请,在芝加哥办了一次相当盛大的画展——我们花了一笔令人咋舌的费用,全家飞到那里,而我在那一两天里,发现他有那么点出名的意思。

到了四月,我和罗伯特都喜欢的花朵再次在校园里盛开。我到树林里去找野花,我们在学校的花园里散步,好让英格里德看到花床上怒放的鲜花。那个月末,我在超市里买了一小套工具,看着白色的椭圆形验孕卡上出现一条粉红色的线。我不敢告诉罗伯特,虽然我们之前同意再生一个孩子。他常常疲惫不堪或是灰心丧气,但听到这个消息他似乎很高兴,而我觉得英格里德的生活将会更加完整。只生一个孩子有什么意义?这次我们发现是个男孩,我买了一个男娃娃给英格里德抱着,让她学习换尿布。到了十二月,我们再次开车到产科中心。经过猛烈的阵痛后,我生下孩子,我们把他带回家——取名为奥斯卡。他长着金色头发,看上去像我母亲,但罗伯特坚持说更像他的母亲。两位母亲都来帮忙了几个星期——我母亲还住在密歇根——住在我们邻居空出来的房间里,她们喜欢讨论这个问题。如今我又一次推上了婴儿车,而我的怀里和膝盖上一刻都不得空闲。

孩子还很小而我们住在学校期间的罗伯特,在我心里留下了抹不去的记忆。我不知道为什么对那个时期的他印象这么深刻,只知道那段时间是我们生活最美好的时期,但我想也是罗伯特真正开始走向崩溃的时候。即便是某个和你同住在一起的人,你每天看见他赤身裸体,或半掩着门坐在马桶上,一段时间后他还是会淡出,成为一个模糊的轮廓。

但是,在孩子们还蹒跚学步,母亲也尚未搬来和我们一起住的这段时间,罗伯特留在我心中的形象饱满,颜色和质感都很清晰。天冷的时候,他几乎天天穿着一件厚厚的棕色毛衣,我还记得凑近能看见其中黑色和栗色的线,还有夹杂在里面的棉绒、锯屑和胶水,以及在学校画室、散步和远足写生时沾上的毛球。我们相识后不久我为他买了这件二手的毛衣——这件衣服很漂亮,是从爱尔兰进口的,出自于某个人有力的双手,它好多好多年都没有坏,经久耐用——实际上比我们的婚姻还持久。当他回家后,拥我入怀,等于我的怀里抱着这件衣服,当我抚摸着他的手肘就等于抚摸它的袖子。在这件衣服里面,他会穿一件旧的长袖T恤衫或是一件紧身的棉质高领衫,颜色总是和毛衣很协调——深红色或深绿色,不一定很配,但总是很醒目。他的头发一会儿留长一会儿剪短——卷曲地垂在毛衣的领子上或是修剪过、柔软地竖起在脖子后面,但毛衣总是那一件。

那些天里我的生活几乎都是靠触感——我认为他是靠色彩和线条,于是我们无法看清对方的世界,或是他无法完全感觉到我的存在。一整天我触摸着干净的盘子和碗,把它们放好;触摸着浴盆里孩子们涂着黏乎乎洗发水的脑袋、他们柔嫩的脸庞和那长着疹子的屁股上的一小坨粪便;还有热乎乎的面条,被我倒进烘干机里又沉又湿的衣服,以及砖块铺成的前门台阶,我坐在上面看几分钟的书,掠过书页时看见他们正在刺刺的、新长的草地上玩耍,然后当其中一个孩子摔倒了,我又触摸到青草、泥土和擦破的膝盖,以及创可贴、流着眼泪的脸蛋、我的牛仔裤和松了绑的鞋带。

罗伯特下课回家后,我触摸到他的棕色毛衣和卷曲分开的额发、满是胡碴的下巴、后裤袋和他长着老茧的手。我看着他举起孩子们,于是感觉到他粗糙的脸如何摩擦他们柔嫩的脸,如何把他们逗乐。那些时刻,他似乎完完全全地和我们在一起,他的触摸就是证明。如果那天我没有累到精疲力尽,到晚上他会抚摸我,让我不要睡着,接着我便伸手去触碰他那光滑无毛的腰部和两腿间又软又卷曲的毛发,以及他那平坦而完美的乳头。然后他似乎不再看着我,而是最终进入了我触摸的世界,在我们之间移动的空间里,在一种炙热的亲密和一贯的释放中,我们合为了一体。在那些天,我总是觉得自己沾上各种分泌物:滴下的乳汁、当我太早给奥斯卡换尿布时溅到我脖子上的尿液、大腿上的泡沫和脸上的口水。

也许这就是为什么我放弃了视觉的世界而转向触觉,为什么我停止了画画,而曾经有那么多年我几乎天天画画。我的家人舔我、咬我、亲吻我、吸我、拿各种东西喷我——果汁、尿液、精液和泥水。我一遍又一遍清洗自己,清洗堆积如山的脏衣服,更换床铺和衬垫,冲洗并擦干孩子们的身体。我想要再一次变得干净,把他们都洗干净,但在我清洗一切的精力恢复之前,事情总是大量地堆积起来。

接着我们像成年人一样购买真正的房产,并把前门廊的照片寄给我母亲,最后在英格里德五岁、奥斯卡一岁半那年夏天搬进了我们的房子。这是我最初想要的——两个可爱的孩子、一个装有秋千的后院(我恳求了他两个月,他终于装好了),一个真正的名叫绿色的小镇,以及我们当中至少有一个人有份很好的工作。我们应该得到我们想要的吗?而我有我的母亲。和我们一起住的最初几年里,她照料花园、吸尘,每天在阳台的树荫下看一两个小时的书,那里有棵榆树,它小巧的叶子拼成绿荫,投在她银白的头发和洁白的书页上。从那里她甚至能够看见英格里德和奥斯卡在抓毛毛虫。

事实上,我认为这些年我们过得很好,是因为母亲在这里。我有人陪伴,而因为她的存在,罗伯特处于最好的状态。他偶尔熬几个晚上或是睡在学校里,之后显得很疲惫,不时也会有一段时间显得焦躁易怒,接着睡几

三十三

天懒觉。总的来说，一切都很太平。我们搬离校园之前，罗伯特主动把阁楼画室里乱糟糟的壁画用油漆盖住。我不知道我们药柜里的橘黄色塑料瓶子对此起到了多大的作用。有一次他提到他去看了Q医生，对我来说这就够了——当然Q医生帮不了我，但显然可以帮助我丈夫。

我们住进新房的第二年，罗伯特在缅因州的一家绘画学习班里授课。对此他谈得不多，但我认为这对他很有好处。我们一起聊着孩子放声大笑，有时候在晚上，如果我不是太累，罗伯特便碰我，然后一切又像以前。我把他的一些衬衣撕成三段，用来擦拭家具——我能从任何一堆破布中拉出一块并知道那是他的衣服，知道那就是他和他残留的气味、他的质地。对于工作他似乎乐在其中，而我开始做些兼职的编辑工作，大部分在家完成，以帮忙偿还我们的部分贷款，而我母亲则照看孩子们。

一天早上，母亲带他们去公园了，我收拾完早餐的碗碟后上楼铺好床，然后开始在大厅的书桌上工作，这时我看见罗伯特画室的门开着。我起床时，他已经手拿着咖啡杯离开了——这段时间他很早就醒来并去学校里画画。这天早上，我注意到他有样东西掉在地上，是一张纸，掉在开着的那扇门边上。我不假思索地把它捡起来。罗伯特常常乱扔纸张——便笺、备忘条、小张素描画以及揉皱的纸巾。

我在地上发现的是四分之一的信纸，被撕破了，好像写的人很灰心丧气。那就是罗伯特写的——上面是他的笔迹，但比以往更为工整。我依然还存着那几行字，藏在我的书桌里，不是因为我保留了原来那张纸——实际上，我最后把它揉成一团，朝他的脑袋扔去，被他接住并放进口袋里，于是我再也没有见过。我还保存着那几行字，是因为当时某种直觉让我在书桌前坐下，在罗伯特看到之前把它们抄下并藏起来。我猜我可能依稀想到某一天我会在法庭上用到它们，或是至少以后我需要它们却把细节忘了。纸条上写着"我最亲爱的"，但那不是写给我的信，我也从来没有见过这样的措辞从罗伯特的黑钢笔流出来。

我最亲爱的：

这一刻我收到了你的信，深受感动，于是立刻给你回信。是的，正如你同情地暗示，这些年我一直很孤独。这也许显得很奇怪，我希望你认识我的妻子，虽然，如果有这个可能，那么你和我可能会在适当的情况下认识彼此，而不是在这份来世的爱情中，如果你允许我这么说的话。

我不知道罗伯特会在一封信里或是其他地方写出如此华丽的语句——他写给我的纸条总是简短而直白。这一刻，令我感到难受的，与其说是发现这是一封情书，不如说是他出乎意料的措辞。那种文雅可以算是老派的调调，来自一个我几乎不认识的罗伯特，一个善于献殷勤的罗伯特，却从不对他妻子献殷勤。他希望对方能认识他的妻子，或者在某个时候已经认识。

我拿着他的信站在阳光灿烂的图书室里，琢磨着我看到的是什么。他一直都很孤独。他陷入了来世的爱情中。当然那是"来世的"，因为他已经结了婚，有了两个孩子，而且还有可能很疯狂。那我呢？我难道就不孤独吗？但是我没有什么来世情，只有整个现实的世界要面对：孩子、餐具、账单、罗伯特的精神科医生。他以为我比他更喜欢这个真实的世界吗？

我慢慢走进他的画室，看着画架。那个女人就在上面。我以为我已经习惯于看到她，习惯于她出现在我们的生活中。这幅画他已经画了好几个星期。画面上她独自一人，脸还没有完全画好，但我能够在这张笔触粗糙的空白鹅蛋脸上填上她应有的五官。他让她在一扇窗边伫立着，身穿一条半透明的浅蓝色宽松长袍。她一只手上拿着一支画笔。再过一两天她就会对他微笑，或是严肃而镇定地凝视着他，黑色的眼眸中充满了爱意。我原本已经相信她是被想象出来的，是虚构的人物，来自他极具天赋的想象力。我一直信任他，真是太过信任了，因为最终我发现我最初的直觉是正确的。她是真实的，他就是写信给她。

我突然很想破坏这个房间，把他的素描本撕碎，把这个尚未画完的女

三十三

人推倒在地,把她弄脏,再踩上几脚,把墙上的海报和横七竖八的明信片都扯下来。但这么一来,我不就成了电影里醋劲十足的妻子?那太俗套,也太丢人了。于是一种鬼鬼祟祟的感觉像毒药一样掠过我的脑海——如果罗伯特不知道我发现了这个,我就能发现更多。我把那团纸放在我的书桌上,计划把这些话抄下来,再放回他画室门口的地上,以免他到时候想找它。我想象着他弯腰把它捡起来,心想,我怎么把它掉了?这可是一封私密的信件!接着把它放进口袋或桌子的抽屉里面。

我的下一步行动——我仔细地查看了他画室桌子的抽屉,并以一种档案管理员特有的谨慎把我动过的东西都恢复原状:大支的石墨铅笔、灰色的橡皮、买油彩的收据和一块吃了一半的巧克力。在一个抽屉的最里面有封信件,上面的笔迹我不知道是谁的,像是在回复他的信。亲爱的罗伯特。爱人罗伯特。我亲爱的罗伯特。我今天在画新的静物画时想起了你。你认为静物画值得画吗?为什么要画死气沉沉而不是生气勃勃的东西?我很好奇你的手是如何为物体注入生命力的,这种神秘的力量像电流一样在风景和你的眼睛之间、在你的眼睛和你的手之间,然后在你的手和画笔之间一闪而过,然后又回到你的眼中,它完全凝固下来,成了你所看见的东西。不是吗,因为不管你的手能做什么,都无法弥补眼睛的迟钝。我现在必须去上课了,但我会不断地想你。我爱你,你知道的。玛丽。

我的双手在颤抖,我感到恶心,感到天旋地转。我知道了她的名字,那么——她一定是个学生,或者是个教员,我应该认得这个名字才对。她必须去上课。校园里满是我不认识甚至没有见过的学生——就算是我们住在那里的时候,我也不可能见过所有的人。接着我想起几年前在我们搬到格林希尔的路上,我在他口袋里发现的那张素描。这是很久以前的事了,他一定是在纽约认识她的。从那以后他常常到北方去,包括他离开的那个漫长的学期——他去了所以能见到她?那是否就是他突然离去、不愿意带我们一起去的原因?显然她也是画家,一个学艺术的学生,一个正在创作的画家,一个真正的画家。在他的画中,她手里拿着画笔。显然她是一个画画的人,就像过去的我。

但是——玛丽——这样一个普通的名字,可以是有只小绵羊的玛丽,是耶稣的母亲,或者是苏格兰女王,或者是血腥玛丽,或完全相反,是抹大拉的玛丽亚。不,这个名字并非总是保证天真纯洁。她的字迹很大,有点女孩子气,但并不拙劣,拼写无误,语句的转折很聪明,有时甚至令人印象深刻,常常显得很幽默,有时又有点愤世嫉俗。有时候她感谢他画了一幅素描或附上一幅她自己画的精巧的草图——其中一幅占了一整页,画上是人们围坐在一间咖啡馆里,桌上摆着马克杯和茶壶。其中一封信的日期是几个月前,但是大部分都没有日期,所有的信都没有信封。他也许把信封都扔了,或者,也许他在别的地方拆信,并且毫不在意信封,或者光带着信纸到处跑——有几封已经损坏了,似乎一直被放在口袋里。她并没有提到任何会面或是想要见他,但有一次写到他们吻了对方。实际上,这些信里并没有什么情欲的内容,虽然她常说她想念他,爱他,连做白日梦也想着他。在一封信里,她称他为"可望而不可即",这让我想到也许他们之间从来没有发生过更进一步的事情。

但一切都发生了,如果他们爱着彼此。我把信件放回抽屉里面。最让我不安的是罗伯特写的那封信,但那也是他写的唯——封,其余的都是她写的。我在画室里也没有发现别的东西,办公室里也没有,外套里也没有。那天晚上,我借口要到杂物箱里找个手电筒——并不是他会跟着我或察觉到什么——在车子里面也找了一遍,也没有。他和孩子们玩耍,在晚餐时面带微笑——他精力充沛,但目光却很疏远。那就是不同的地方,就是证明。

三十四
凯特

  第二天我直接质问他。在母亲把孩子带出去后，我请求他多待几分钟再走——我知道这一天他下午才有课。我把信藏在了餐厅的餐具柜里，但罗伯特写的那封我放在我的口袋里，我让他坐下来谈谈。他有点不耐烦，要急着去学校。但当我问他是否意识到我发现了什么时，他一动不动。他皱起眉头。此时，发抖的是我——怀着愤怒还是恐惧，我也说不清。"你什么意思？"他皱着眉，似乎真不明白。他穿着件黑色衣服，伟岸的身躯，突出的五官，显得帅气逼人——他有时候会突然如此。

  "第一个问题——你是在学校里见她吗？你每天都见她吗？或者，是她从纽约来这里吗？"

  他往后一靠。"在学校里见谁？"

  "那个女人，"我说，"你每幅画里都出现的女人。她在学校还是在纽约做你的模特？"

  他愤怒地瞪着我。"什么？我想我们已经谈过这个问题了。"

  "你每天都见到她吗？还是她从别的地方写信给你？"

  "写信给我？"他目瞪口呆，脸色发白。显然是心虚了。

  "别忙着回答。我知道她写信给你。"

  "你知道她写信？你知道什么？"他的眼里闪着怒火，也充满困惑。

  "我知道，因为我发现了她写给你的信。"

  他瞪着我，似乎无话可说，又似乎真的不知道说什么好。我很少见他这么不知所措，至少对于他自己以外的某件事不会有这种反应。他把两只手都放在桌子上，挡住木头纹理的反光，那是妈妈擦亮的。"你发现了她写给我的信？"奇怪的是他的语气并没有愧疚。如果我必须描述出那一刻他的声音和神情,我会说他显得有那么一点激动、紧张、充满希望。我被激怒了——他的弦外之音让我意识到他不可救药地爱着她,即便是提起她都满怀爱意。

"是的!"我大喊着跳起来,从餐具柜的垫子下面抽出一叠信纸。"是的,我还知道她的名字,你这个愚蠢的笨蛋!我知道她叫玛丽。如果你不希望我发现,为什么把它们留在这个房子里?"我把它们扔在他面前的桌子上,他拿起一封信。

"是的,玛丽。"他说。接着他抬起头来,脸上仿佛在笑,但那是苦笑。"没什么。好吧,是有的,但不是那么重要。"

我情不自禁地哭了,与其说是因为他的所作所为,还不如说是因为他看见了我激动地把信抽出来扔在他面前的这番举动。那正是我能想象的羞辱。"你以为你爱着另一个女人不要紧?这个呢?"我从口袋里掏出他自己丢弃的信纸,上面无可辩驳地留着他的字迹,揉成一团朝他扔去。

他接住纸团,把它放在桌上展开。我觉得我看出了他眼里的怀疑。接着他似乎鼓起勇气。"凯特,你到底在意什么?她死了,她死了!"他的脸色惨白,神情严酷。"她死了。你以为如果我能救她,让她继续画画,我会不拼命救她?"

此时,我极为困惑地抽泣着。"她死了?"那份玛丽写的、标明日期的信说明几个月前她还活着。我有一种奇怪而礼貌的冲动,想说,哦,我很遗憾。她出了车祸?为什么最近几个月几个星期他并没有显得精神恍惚?没什么变化。也许不管这是什么样的关系,他都不怎么在意,实际上,他甚至并不为她伤心。但这本身也令我心惊胆战——一个人可能这么冷酷无情吗?

"是的。她死了。"他苦涩地吐出这么几个字,他的这一情绪出乎我意料之外。"但是我仍然爱她。你他妈的说对了,你满意了吧。我知道你为什么在意。我爱她。如果你无法理解我说的那种爱,我也不想解释。"他站了起来。

三十四

"我不满意。"我一旦哭了,就停不下来。"这更糟。我不知道你在想什么,你是什么意思。你根本不知道我曾经多么努力想要理解你。但是我们完了,罗伯特,那样我就满意了——真的让我很满意。"我从餐具柜上抓起一个中式花瓶,它一直好好地放在这个孩子们够不到的地方,我把它砸向房间的另一边。它撞在壁炉上,成了令人心碎的碎片,而上方是我祖父祖母的肖像,他们是来自于辛辛那提的坚强的人。我已经后悔把它打碎。我后悔这一切,除了我的孩子们。

三十五
一八七八年

他们逗留的村子比邻近的埃特尔塔更为安静,但伊弗说就是因为这个原因,他更喜欢它;他们在特鲁维尔的那天,他觉得甚至更为烦躁——到了夏天,在那里散步的人一定和在香榭丽舍大道的一样多,他告诉贝亚特莉斯。他们往往可以相当优雅地乘坐出租马车前往埃特尔塔,如果他们愿意,但这个村子里,住宅离海滩仅几步之遥,令他们都很满意,而大部分时间他们待在那里享受宁静,在鹅卵石和沙子间漫步。

每天傍晚,贝亚特莉斯都会在所租房子的客厅里念蒙田的散文给爸爸听,周围摆着廉价的缎面椅子和满是贝壳的架子。剩下的两个男人在一边聆听或小声交谈。她开始做一幅新的刺绣,将作为生日礼物,缝在伊弗更衣室的一个靠垫上。她日复一日地投入到这个任务中,专心地绣出精美的金色和紫色小花。她希望坐在阳台上刺绣。当她抬起头,只见左边是大海以及灰棕色、顶部绿色的山崖,而右边的远处,是一排排渔民的小屋和拖上海滩的船只,以及地平线上方飘忽不定的云朵。每过几小时就会下雨,接着太阳再次穿透阴霾。天气一天天暖和起来,直到一个风雨交加的早晨突然挡住他们外出的脚步;而第二天依然更为晴朗。

她用来打发时间的工作都能帮助她避开奥利维尔,但是一天下午,他走到阳台,坐在她的身边。她知道他的习惯,今天他改变了习惯。天气好的时候,他每天上午和午后都到海滩上画画。他邀请她一同去,但是她忙找借口——她没有现成的画布——总是拒绝,于是他独自去,经过门廊上她的椅子边还显得兴高采烈、吹着口哨、扶着帽子。

她在想,他走得健步如飞是否因为她看着他;她再次有一种奇怪的感觉,在她的目光中,他青春焕发。或者仅仅是她学会看透他的年龄,如今对她来说更为透明——她看穿了他们所塑造的他？每当他从她眼前离去,她看着他挺直的后背,他画画时最爱穿的旧西装,走向海滩。她试着忘却她所知道的关于他的事情,重新把他看作丈夫的长辈,碰巧和他们一起度假,但是她太过了解他的想法,他的语气转折,他对于创作的投入,他对她作品的关注。当然,在这个房子里,他并没有给她写信,但是那些文字在他们之间徘徊不去——他略微倾斜的字迹,他在纸上流露的情绪波动,他笔下充满爱意的"你"。

今天,他腋下夹着一本书而不是画架。他在她身边的一把大椅子上坐下,似乎坚决地令人无法回绝。她不禁庆幸自己穿着那条脖间带有黄色褶皱的浅绿色裙子,几天前他说她穿着这条裙子像朵水仙花;她希望他能靠得更近,这样他穿着灰色外套的肩部就能碰触到她的肩膀,又希望他走开,希望他坐火车回巴黎去。她的喉头哽住了。他的衣服散发出好闻的气味,某种不知名的香皂或是古龙水;她在想他是否多年来都带着这样的香味,还是随着时间而改变。他膝盖上的书本一直合着,她很清楚他并不准备看这本书,当她看见书名《拉丁法律》时,心里这么怀疑;她认出这本书是从里面乏善可陈的书架上拿下的。他显然在走过来坐到她身边之前随便拿了一本,这个伎俩使得她对着针线活发笑。"Bonjour(你好)。"她希望自己的语气是平淡的,像个家庭主妇。

"你好。"他回答。他们一言不发地坐了一会儿,而这,她想,就是证据,甚至是问题。如果他们单纯只是陌生人或一般的家人,早就开始聊些无关紧要的话了。"我可以问你一个问题吗,亲爱的?"

"当然可以。"她找出一把鹳形长嘴、柄上刻着花纹的小剪刀,剪断了线。

"你准备整整一个月都躲着我吗?"

"只有六天。"她说。

"六天半,或者说六天七个小时。"他纠正道。这话产生了如此有趣的效果,于是她抬起头微微一笑。他的眼睛是蓝色的,理应老得让她厌恶,但其实不然。"那就好多了,"他说,"我希望这种惩罚不要持续四个星期。"

"惩罚?"她尽可能平淡地说。她试图重新穿针引线,但徒劳无功。

"是的,惩罚。因为什么?因为远远地仰慕一位年轻的画家?我一直这么有礼貌,你应该对我热情一点吧?"

"你明白的,我想。"她说,但今天穿针却不知怎的不如往常顺利。

"让我来。"他拿过针,小心翼翼地把质地上好的金色丝线穿过去,然后交还给她。"老眼昏花,你知道的。要用的时候还算敏锐。"

她忍不住笑出声。他们之间幽默的火花、他的自嘲比其他东西更能令她放松。"很好。既然你眼睛这么敏锐,你应该明白我不可能——"

"注意我,就像注意到你漂亮的鞋子里的小石子那样?实际上,你更注意那颗石子,看来我或许应该变得更讨人厌。"

"不要,拜托——"她再次大笑起来。她讨厌此时此刻在他们之间迸发的快乐,这种任何人都看得出来的愉悦。这个男人难道不明白他是她家庭的一分子?是长辈?她再一次感到年龄的难以捉摸。他早就教给她的是,一个人不觉得自己的内心已经衰老,除非身体已经不行了;这就是为什么爸爸显得老态龙钟,虽然他比较年轻,而这位白发银须的画家似乎并不知道他该有什么样的行为。

"别这样,我亲爱的。我太老了,不会有什么害处,而你丈夫也完全赞成我们的友谊。"

"他有什么好反对的?"她试图显出生气的样子,但只要他在身边,她心里就有一种奇怪而强烈的快乐,让她忍不住再次对他微笑。

"那么好吧。你已经无路可退了。如果没有理由反对,那么你明天早上和我一起出门画画。在那边海滩上,我的渔夫朋友说明天天气很好,好得能让鱼儿跳进他的船里。在我看来,我认为它们在下雨天跳得更高。"他模仿着沿海地区的方言说道,她笑了起来。他指着水面。"我不希望你冷冷清清地待在这里绣花。一个优秀的艺术家应该带上她的画架出去创作。"

三十五

此时她觉得自己的脸红到了脖子。"别逗我了。"

他立刻认真地转过来,似乎不假思索地握住她的手,但不带有求爱的意味。"不,不是——我是认真的。如果我有你这样的天赋,绝不会浪费一分钟。"

"浪费?"她有点生气,有点想要哭出来。

"哦,亲爱的。我真不会说话。"他吻了一下她的手表示歉意,并在她反抗之前放开。"你一定知道我对你作品的崇拜。别生气。明天出来和我一起去画画,那样你就会知道你多么喜欢画画,把我和我的笨嘴拙舌都给忘了。我只是陪你到恰当的地点。同意吗?"

他的眼中再次流露出那种男孩般脆弱的神情。她举起一只手放在额头上。这一刻,她无法想象她爱另一个人会胜过爱他——不是他的信,不是他的礼貌,而是这个男人本身,以及所有打磨他,使得他又自信又脆弱的岁月。她克制自己,利落地把针扎进绣品。"好的,谢谢你。我会来的。"

三个星期后,他们回到巴黎,她带回了五幅描绘海水、船只和天空的小油画。

三十六

凯特

罗伯特并没有马上搬走,我也没有——事实上,我并不准备带着我母亲和孩子们彻底告别这栋我曾梦想并开始爱上、我母亲帮我们买下的房子。我打碎瓶子后,罗伯特收起他那叠信,放进衣袋里,没有带牙刷或换洗衣服之类的就出去了。如果他上楼去慎重地打一个手提箱,我对他的感觉可能会好一点。

我好几天没有看见罗伯特,不知道他在哪里。我告诉母亲我们只是大吵了一架,需要一些时间冷静,她很担心但还是保持中立——我看得出她以为事情会渐渐平息。我试图说服自己他和玛丽(不管她住在哪里)在一起,但是我挥之不去的是当时的感觉,他如此痛苦地讲出实情:"她死了。"他看上去并不是真正的哀痛。那算是最糟糕的了。这段关系以她的死亡而告终,这无法缓和我的伤痛。实际上,它平添了一种阴森的感觉,整天萦绕在我心头,让我无法摆脱。

那个星期的一天下午,我正在前门的台阶上看书——并非很专心——母亲坐在露台椅子上缝补衣服,我们都看着在花园里玩水的孩子们,这时罗伯特悄无声息地开车进来,并下了车。我看见车后座装了一些东西——画架、公文箱和盒子。我的心跳到了嗓子眼。他来到前门的走道,绕到另一边去亲吻我的母亲并向她问好。我知道她一定会说她很好,虽然前一天她又一阵头晕,我不得不带她去看医生。虽然她现在知道他只差没搬出去住而已。

接着罗伯特慢吞吞地沿着走道向我走来,有一刻我看见了他的全身,他那不胖不瘦的高大身躯,他衬衣和裤子底下明显起伏的肌肉。他的衣服看起来比以往更邋遢,他画画时似乎也比以往更粗心,因此他卷起的袖子

三十六

上沾着红色的斑点,卡其布裤子上溅上了白色和灰色。我看得见他脸上和脖子上开始衰老的皮肤,眼睛下面的皱纹,棕绿色眼睛透出的深沉的目光,他夹杂着银丝、犹如天使般的浓密鬈发,以及他的魁梧、他的遥远、他的自负、他的孤独。我想要跳起来扑到他怀里,但应该这么做的是他。于是,我坐在原地,感到自己比以往更为瘦小,像是被框在画中的一个直头发、太过干净的人,一个他在追求艺术过程中忘记要照顾的人,一个真正的无名之辈。他甚至忘了告诉我他追求的是什么。

他在台阶上停下脚步。"我只是拿些东西。"

"好的。"我说。

"你要我回来吗?我想你,想孩子们。"

"如果你回来,"我极力克制自己的颤抖,低沉地说:"你是真的回来,还是仍然和一个鬼魂在一起?"

我以为罗伯特会再次发怒,但过了一会儿,他只是说:"算了吧,凯特。你不会明白。"

我知道如果我吼出"我不明白吗?我不明白吗?"我就会永远对他吼下去,即便是当着孩子们和我母亲的面。我只是重重地合上书,夹痛了自己的手指。我任由他走上台阶,过了一会儿,带着他那个出了名的手提箱走出来,实际上那只是从我们柜子里拿的一个旧粗呢袋。

"我要离开几个星期。我会打电话给你。"他说。他走过去亲吻孩子们,并把奥斯卡举起来抛向空中,任由他们的湿衣服把他的衬衣弄湿。他久久不愿离去。我甚至憎恨他的痛苦。最后他钻进车里开走了。直到那时我才想起他怎么能一次请假几个星期呢。我还没有想到他可能不再教书了。

事实上,那天后不久我母亲就开始神志不清了。她的医生叫我们去他办公室,告诉我们她得了白血病,而且已经是晚期了。她可以接受化疗,但那只会让她更不舒服。于是她选择接受一本册子上所介绍的临终关怀,当我们离开时她抓住我的胳膊,让我不要悲伤。

三十七
凯特

我会快速跳过这个部分。我会省略。但我还是想描述下罗伯特是怎么回来的。那天晚上我打电话给他,他回来住了六个星期,这段期间我母亲越来越虚弱,直至只剩下一口气。原来他一直待在学校,但他从来没有告诉我他睡在哪里——也许是在画室或某间没人住的屋子里。我在想我们原来住的房子是不是还空着。也许他睡在我们自己的幻影中,裹着块毛毯睡在地上,睡在我们把刚出生的英格里德和奥斯卡带回来的家。

在那段短暂的时间里,他回来帮我照顾母亲,晚上睡在画室,但他很冷静很友善,有时候开车带孩子们出去玩,这样我就能坐着陪伴母亲,她服下止痛片后会睡上很久,而且越来越久。我没有问起他在学校的工作。我认为我和罗伯特会一起等到临终关怀的护士到来的那一天。一切都安排好了,我母亲甚至帮我作了安排——到时候她会告诉我,给我一个暗示,我就会拨打厨房电话旁的那个号码。

但是到了最后只有我和罗伯特在那里,而我们的婚姻也真正结束了,除非你把先前那些事情也算上,或是后来逐渐减少的电话,或是他消失后前往华盛顿,或是我签字离婚后一年多没有动过他的办公室,或是我最后开始清理他的办公室,或是我把他大部分"忧郁夫人"(不管你怎么叫她)的油画挪走。或甚至当我听说他攻击一幅画并因此被捕的那一刻,或是当我听说他同意去一家精神治疗中心。或是当我意识到我想要帮助他母亲多少偿还一点他的账单,也希望他好起来,如果有可能的话,那么有朝一日他就能参加孩子们的毕业典礼和婚礼。

那些婚姻没有破裂、或是配偶死去而不是离去的人,不知道人为终止的婚姻往往有多个结局。婚姻就像是某些书,你翻到一个故事的最后一页,以为它结束了,但接下来还有一段收场白,在那之后你可能会继续琢磨其中的人物,或是想象他们的生活会继续下去,而与亲爱的读者你毫无关系。你合上书后会痴痴地苦思冥想他们发生了什么事,直到你忘了书里大部分的内容。

但如果我和罗伯特只有一个结局,那么这个结局就出现在我母亲去世的那天。她的死比我们预想得更为突然。当时她正在客厅沙发上休息,沐浴着阳光,甚至想让我为她泡点茶,但接着她的心脏便停止了跳动。那不是一个书面上的术语,而是我的想法,因为那一刻我的心跳也停止了。我向她伸出手,托盘掉落在客厅的地毯上。我飞奔过去,跪下来用双手抱住她。我们的心跳都停止了,那太可怕了,看着太可怕了,但非常快,她照顾了我那么多年之后,如果我不在那里看着她,抱着她,那会可怕得多得多。

当一切都结束,她不再是她本人时,我用双臂环绕着她,将她抱得更紧,并终于叫出了声。我呼唤罗伯特,尖叫着他的名字,虽然我仍然害怕这会打扰到她。他一定是从厨房后面的办公室里听到了声音,因为他跑了进来。我的母亲已经变得极为瘦弱,我轻而易举就把她抱了起来,用脸颊贴着她的脸颊,这样我就不用直视她。于是我瞪着罗伯特。我在他脸上看到的神情终结了我们的婚姻,正如我母亲的生命一般全然消逝。他的眼神是空洞的。他不是在看我们,不是在看我怀里抱着的她那没有生命的躯体。他不是在想在那些最初时刻该如何安慰我,如何处理她的后事,如何哀悼她。我清楚地看到他正看着另一个人,另外一个东西,让他露出恐惧的神色。那是我看不到也不可能理解的东西,因为这甚至比我生命中最糟糕的时刻还要糟糕。他不在那里。

亲爱的贝亚特莉斯：

　　感谢你写来动人的信。即便是莫里哀最好的剧作，也不值得我错过另一个和你在一起的晚上；原谅我的缺席。我非常嫉妒地想，时髦的托马斯两兄弟是否又去了；也许是知道他们比我更接近于你的年纪，使得我有一点戒备。实际上，我不在意这些日子以来，他们围在你身边——或者说，忘情地欣赏你的作品，但它们应该只能让有水准的眼光（不包括他们）来看。原谅我不该这么发牢骚。如果我可以阻止自己写信，我当然会，但是这个早晨的美丽对我来说太奢侈了，我一定要和你分享。你会在你的窗边，也许带着你的刺绣或某本书，有可能是上一次我留下、搁在你手上的那本。当我莽撞地表示我很喜欢你的双手时，你告诉我，你的手太大了；但是它们很可爱——灵巧——和你优雅的身材高度成比例。此外，它们不仅外观精巧，而且还善于使用画笔和铅笔，毫无疑问，还有其他你做的一切。如果我能用手握住它们（毕竟我的手更大，但不是那么灵巧），我会怀着敬意依次亲吻它们。

　　原谅我，我已经忘了我的初衷是同你分享早晨的美景。尽管昨晚到戏院看戏，很晚才睡，今天早上我还是走到了网球场，并感觉到，我亲爱的，我毕竟不适合熬那么多个夜晚，因为我总是很早醒来。昨天晚上我宁可待在你身边。或许明天晚上我将再次坐在你那舒适的火炉边，为你朗读，或是什么也不说，观察你的思绪。当我无法坐在那里陪着你，请你偶尔这样坐着。

　　我再一次四处游荡。走到网球场前，我看见一位老先生正在喂一群麻雀，他可能亲历过拿破仑的最后一次战役，他戴着一顶三角帽时应该会很漂亮。你一定会嘲笑我天真的幻想。还有一位年轻的牧师走过这个公园（在另一个世界，他可能会祝福我们），他不耐烦地踢着袍子的前端；显然，他在匆忙赶路。我则不然，我在一张长凳上坐下，不顾寒冷，做了十分钟的

三十七

白日梦,你也许能猜出我的某些幻想。请不要嘲笑它们的奢望。

现在我已经回到了家,感觉暖和了起来,并吃了早餐,我必须为自己准备一天的会议和工作,期间我会不断地想到你,而你则完全地忘记我。但是到了明天我就会有消息带给你,我希望,是令你高兴的消息,至少我的这个会议和这个消息有关。它也与我可能今年送去沙龙展的新画作有关。你要原谅我故作神秘!但是我想要跟你聊聊这件事,这是很重要的事,我必须请求你明天上午十点到十二点之间到画室来一趟,如果你有空,来谈谈正事——那是绝对稳妥的,因为伊弗催促我求得你对于作品的许可。我已经附上了地址和一张小地图;你会找到那条别具一格、但也不致令人讨厌的街道。

到那时,我会充满敬意地亲吻你纤细的双手,等待着迎面而来的斥责——以及你接受我的邀请——你真挚的朋友

O. V. [1]

一八七八年十一月

巴黎

---

[1] 奥利维尔·维格诺的缩写。

三十八
马洛

　　我怀着衷心的感谢向凯特告辞离开,并带着公文包里有关我们谈话的记录。她温和地握了我的手,但看着我离去似乎松了口气。快到市中心时,我在一家咖啡馆前停下,但只是待在车里,掏出手机。寻找那个电话号码稍稍花了点时间。格林希尔学院总机接线员的声音很友好而随和;里面传来一种沙沙的背景噪音,好像是她一边吃午饭一边接电话。我询问了艺术系并找到一个那里负责接待的秘书。"不好意思我冒昧地打来,"我说,"我是安德鲁·马洛医生。我正在为《美国艺术》写一篇文章,关于你们曾经的教员罗伯特·奥利弗。对。是的,我知道他已经不在那里了——实际上我已经在华盛顿特区采访过他了。"

　　我感到发际线冒出了汗,虽然直到那个时候我才完全平静下来;我真希望我没有提到某个刊物。问题是,他们在大学里知道罗伯特被捕并住院治疗吗?我希望在国家美术馆发生的事件,主要是华盛顿的报纸作了报道。我想起罗伯特像个倒下的巨人一样舒展地躺在床上,双手枕在脑后,脚踝交叉;他正盯着天花板看。你想找谁谈都可以。

　　"今天我路过格林希尔,"接着我愉快地说,"我知道这很仓促,但我想今天下午他的哪个同事能坐下来和我聊几分钟——或者明天早上——谈谈他的工作。好的。谢谢你。"

　　秘书离开了一会儿,很快就回来了,快得出奇——我想象着一间庞大的库房画室,里面有阁楼,她可以打断任何一个站在画架前的画画人,提出问题。但也可能不是那么回事。"利德尔教授?非常感谢。请转告他,我很抱歉这么突然地造访,我不会占用他很多时间。"我挂了电话,走进咖啡馆买了一杯冰咖啡,并用纸巾擦擦额头。我在想柜台上的年轻人是否看出了我是个骗子。我过去从未骗过人。我想告诉他。不知道什么时候学会了这种事。不，那也不够准确。那是最近偶然才学会的。这个偶然名为罗伯特·奥利弗。

开到学校的路程很短，大概花了二十分钟，但因为我提心吊胆，于是这段路显得漫无尽头；天空像道巨大的拱门，跨在一个个山头上，高速公路边种着一簇簇三角形的野花，粉白两色的我叫不出名字的花，还有平整的沥青。"你还可以找玛丽谈谈。"罗伯特对我说过。记得他说过的话不难，因为他在我面前只说了这么几句。

只有三种可能性，我想。第一是和凯特决裂以后，他的病已经恶化到了妄想症的程度，现在他以为一个死去的女人还活着。然而，我认为这种可能性不大。显然，如果他深陷妄想症，他不可能刻意保持沉默。另一种可能性是他故意对凯特说谎，玛丽没有死。或者——第三种可能在我心里尚未成形，但这时我放弃思考这个问题，我要开始寻找学校的入口了。

这个地方并非我所想象的阿巴拉契亚偏远林区；也许那要继续往前、走过州际公路才看得到。格林希尔学院靠在我转上的一段整洁的乡村公路上，因为一个标志告诉了我，并且——似乎是要证明这一点——有一群穿着橘黄色背心的年轻人在侧边的沟里捡着零星垃圾。这条路蜿蜒到山里，经过一个标识，我意识到那一定是凯特描述过的那个，被风化的雕刻被一圈灰色的粗石框起，接着我驶入了通向大学的车道。

这里也不是偏远林区，虽然入口边的房子是饱经风霜的小木屋，掩映在挺立的铁杉和杜鹃花中。一座庞大规整的会堂显然是就餐中心；木结构的宿舍楼和砖石结构的教学楼坐落在后方的斜坡上。而远处各个方向都是树林——我从未见过一座校园像这样栖身在林地中。地面上的树木比金树林的还要高大——孤傲而狂野——伸向天空、迎风挺立的橡树，还有一棵高大的悬铃木和一棵参天的云杉。三个学生在一片修剪整齐的三角形草坪上玩飞碟，一位金色胡须的教授正在露天广场上讲课，所有的学生都把笔记本铺在盘起的腿上。这是田园式的画面,我自己也想回到学校去,重新开始。而罗伯特·奥利弗在这个小小的天堂里住了好几年,疾病缠身而时常抑郁。

艺术系显然像是校园一端的一个实心盒子。我在前面停下车,坐在车里看着旁边的画廊大楼,一栋狭长的房子,带着一扇色彩鲜艳的门。外面的一块告示板上说里面有一个学生艺术展。我不应该这么紧张。我在害怕什么? 应该说我是出于怜悯才出这趟差。如果我不坦白我的职业,或者说同前绘画导师罗伯特·奥利弗的关系,是因为我知道说了实话就会一无所获。或是获得比较少的信息——也许少得多。

秘书显然是名学生,或是太年轻看起来像学生,臀部宽大,穿着牛仔裤和白色的T恤衫。我告诉她我到这里来和阿诺德·利德尔碰面。她带我穿过走道,来到一间办公室,我瞥见里面有人把腿搁在书桌上。那是两条穿着褪色的灰裤子、骨瘦如柴的腿,脚上穿着袜子。我们进去的时候,那双腿放了下来,这个人匆匆挂上电话——这是一台普通的电话,旧式的,而非无绳电话,他花了一两秒钟把手臂上的电话线弄平。接着他站起来和我握手。"利德尔教授?"我问。

"请叫我阿诺德。"他纠正说。秘书早就走了。阿诺德长着一张很有精神的瘦脸,姜黄色的头发全都往后梳,垂在后面的衬衫领子上。他的眼睛是蓝色的——大而有神——鼻子又长又红。他露出微笑,示意我坐到角落里的一把椅子上,和他面对面,并把自己的脚收起。我有一种冲动,也想甩下鞋子,但没有这么做。办公室里乱糟糟的,公告板上贴着一些画展的明信片,一幅巨大的贾斯珀·琼斯①的海报盖在桌子上,还有几幅快照,上面是一群瘦弱的孩子摇摇晃晃骑着自行车。阿诺德更深地陷在椅子里面,好像他喜欢这样。"我能帮你什么?"

我握紧双手,尽量显得放松。"你的秘书也许告诉过你我正在做一些

---

① 贾斯珀·琼斯(1930—),美国当代艺术家,波普艺术代表人物。

三十八

采访,有关罗伯特·奥利弗的创作——她认为你也许能帮我。"

他似乎在考虑这个问题,陷入了沉默,但并没有特别的警惕。也许他根本没有听说、也没有看到国家美术馆的事件。我稍稍松了口气。

"当然,"他终于开口。"罗伯特曾是——一直是——我的同事,大概有七年多,我对他的工作很了解,我想。我不会说我们是好朋友,确实——一个独来独往的人,你知道的——但是我一直都敬重他。"他似乎不太清楚接下来该说什么,出乎我的意料,他并没有要求看我的介绍信,或是问我为什么要研究罗伯特·奥利弗。我不知道秘书跟他说了什么——不管是什么,他似乎很满意。她有没有转告我关于《美国艺术》的托辞?如果《美国艺术》的编辑是他在艺术学院里的室友,那该怎么办?

"罗伯特在这里干得很不错,是吗?"我斗胆问道。

"嗯,是啊,"阿诺德坦言,"他是一个多产的画家,像是个超人,总是在画画。我不得不说我觉得他的画有一点单调,但是他确实是一个画匠——实际上非常出色。他曾经告诉我他在学校里画过一段时间的抽象画,但并不喜欢——我猜,他持续了没多久。他在这里的时候主要画了两三个不同的系列。我们看看——一个是关于窗和门,像是博纳的内部布置,但更写实,要知道。他在我们这个中心的入口展示了两三幅。一个是静物系列,很棒,如果你喜欢静物画的话——水果、鲜花、高脚杯,有点像马奈的作品,但其中有些奇怪的东西,比如电源插座或是一瓶阿司匹林——我不知道为什么。反常态。画得非常好。他在这里举办了一个盛大的展出,而格林希尔艺术馆挑了至少一幅。其他的博物馆也是。"阿诺德在桌上的一个罐子里翻找了一番,掏出一截铅笔头,用两个指头夹着转。"他离开之前在画一个新的系列,画了好几年,最后,他在这里办了一个个人展。那一批,坦白地说,很古怪。我见过他在画室里创作这个系列。大部分他是在家里画的,我猜。"

我尽量显得不是那么感兴趣,到了现在我终于能拿出我的笔记本,摆出一副记者般的沉稳姿态。"那个系列也是传统风格吗?"

179

"哦是的,但很怪异。所有的画基本上都是同样的场景——相当可怕的场景——一个年轻的女人怀里抱着一个年老的女人。年轻女人惊恐地低头注视着她,而年长的女人——嗯,头部中枪,被打死了,可以这么说。像是维多利亚时期的情景剧。衣服、头发还有不可思议的细节,某些地方是柔和的笔触,某些很写实,两者混合在一起。我不知道他找了谁来摆出这种姿势——也许是学生,虽然我从来没有见过任何人和他合作。这里的画廊还保留着这个系列里的一幅画——大厅重新装修的时候他送给了他们。我在这里也有一幅——所有现任的教员都有作品展出,这就意味着他们必须造很多陶架子。你和罗伯特·奥利弗很熟吗?"他冷不丁地问道。

"我在华盛顿采访了他好几次,"我说,有点紧张。"不能说我和他有多熟,但是我觉得他挺有意思的。"

"他现在怎么样?"阿诺德看着我,他的眼神比我刚才注意到的更为机敏;我怎么会没有注意到他那对浅色的眼睛里闪烁着聪慧?他是一个令人放下戒备的人,有点放松、舒服,纤瘦的双腿和手臂摊在桌子边。你会不由自主地喜欢上他,而我此时也很怕他。

"嗯,我认为这些日子他在创作新的画作。"

"我猜他不会回来了?我从未听说他要回来。"

"他没有提到任何返回格林希尔的想法,"我坦白地说,"至少,我们没有谈论那个问题,那也许他准备——我不知道。你觉得他喜欢教书吗?他和学生的关系怎么样?"

"这个嘛,他跟一个学生跑了,你知道的。"

这次我完全放下了戒备。"什么?"

他似乎觉得很好笑。"他没有告诉你吗?嗯,她不是这里的学生。显然是他在另一所大学授课一个学期的时候认识了她,但是他突然请假去华盛顿和她同居之后我们才听说。我认为他甚至没有寄来正式的辞职信。我不知道发生了什么事。他就是没有回来。这对于他的教学生涯很不利。我一直在想他怎么能那么做。他不像是藏了一笔额外的巨款,但是我想你

三十八

永远不会知道。也许他的画卖得很好——真的有这种可能。毕竟,还是很可惜。我老婆认识他老婆,她说他老婆对那件事从来没有提过一个字。他们在镇上已经住了一段时间,不是在学校里。她是一个可爱的女人,他老婆。我无法想象这老伙计在想什么,但是——你知道,人是会发疯的。"

我想不出合适的措辞来附和这番话,但阿诺德似乎没有注意到。"嗯,我还是希望罗伯特一切顺利。他是一个心地很好的人,或者说我一直都是这么想的。他是一流的,我猜想,也许这个地方容不下他。这是我的看法。"他说到这一点并不苦涩,就好像这个无法容纳罗伯特的地方对他来说倒很舒服——对阿诺德——和他坐的椅子一样舒服。他看着铅笔头陷入沉思,接着开始在笔记本上画出什么。"你的文章主题是什么?"

我集中精神。我应该问阿诺德那个学生的名字吗?我不敢。我再次想到她一定就是他的缪斯,令凯特如此讨厌的画中女子。玛丽?"嗯,主要是写奥利弗画的女人画像。"我说。

阿诺德像是要嗤之以鼻,如果他是那种人。"他画了不少,我猜。他在芝加哥的画展主要是女性的画像,或者画的都是同一个女人,那个黑色鬈发的女人。我也见过他画那些。目录就在这里,如果他老婆没有拿走的话。我曾经问过他,那是不是他认识的某个人,他没有回答,所以我也不知道当模特的是谁。也许是同一个学生,虽然她不住在这里,我说过。或者——我不知道。怪人,罗伯特——他像是在回答你,而你过后才会意识到,你根本没有从他嘴里得到一点消息。"

"他看起来——他离开学校之前,你有没有注意到他身上有什么不正常的地方?"

阿诺德任由他的草图掉在桌子上。"不正常?没有,我不会这么说,除了最后一批奇怪的画——我不应该那么说一个同事的作品,但是大家都知道我是说心里话,我实话实说——它们让我吓了一跳。罗伯特很擅长画出十九世纪的风格——即使你不喜欢模仿,你不得不佩服他的技巧。那些静物画令人惊叹,我也见过他曾经画的印象派风格的风景画。你会以为那是

天 鹅 贼

真的。他曾经告诉我只有自然才是重要的,他憎恨概念派艺术①——我也不画概念派,但是我不会恨它——我想,那究竟为什么画那些沉重的维多利亚式的东西?我不知道那是什么,如果不是概念派是什么,这念头——你的创作就代表了你的概念。但我肯定他都告诉你了。"

看来我在阿诺德身上也问不出更多的东西了。他是观察画作而不是观察人的专家;在我面前,他似乎发出微光,但又熄灭了,他又聪明又虚荣又平易近人,而罗伯特又深沉又实在又不近人情。我想如果要选择朋友,我会立刻选阴郁神秘的奥利弗。

"如果你需要更多的资料,我可以陪你去看老伙计的画。"阿诺德对我说。"如今有关他的东西,在这里你能找到的,恐怕只有这些了。他老婆有一天过来清理他的办公室并拿走了他留在教员画室里的所有油画。她来的时候我不在,但是有人告诉了我。也许他就是不愿意自己动手,那些画本来可以永远留在这里——谁知道?我认为他在这里没有一个知心朋友。走吧——总之我想走一走。"

他像只鹅似的伸直双腿,我们一同慢慢地走了出去。前门外的阳光异常灿烂,甚至刺眼;我在想怎么会有画家能忍受那个又小又拥挤的办公室,但也许那不是阿诺德说了算的,他似乎也充分地利用了它。

---

① 概念派艺术,一门旨在表达一种思想或概念的艺术,不需要涉及传统的艺术品如绘画或雕刻的创作或运用。

三十九
马洛

　　我跟着他走进隔壁的小木屋画廊，里面倒是宽敞而前卫，带有一个隐蔽的玻璃后翼和白石灰边框，这是为了获得当地的一个奖，某个建筑师额外构思出来的。顶部装有天窗的入口通道两边，是油画和摆着陶瓷艺术品的、光泽柔和的玻璃柜。

　　阿诺德指着门对面一幅巨大的油画，我立刻明白了他的意思——这幅画很古怪，极度逼真但太过戏剧化，虚幻得像是维多利亚时期的舞台一景。画上是一个女人穿着波浪般层层叠叠的裙子和紧身的束身衣，苗条的身体整个前倾。她正跪在一条铺着粗糙鹅卵石的街道上；正如阿诺德所说，她怀里抱着一个较为年长的女人，一种令人惧怕的死状。年长女人的脸色如死灰一般，闭着眼睛，嘴巴松弛地微微张开，而她的前额上有一个弹孔，钻出了一条明显而恐怖的弹道，因此涌出的鲜血早就干在了她那散开的头发和披肩的一边。

　　年轻女子衣着优雅，但是她那浅绿色的礼服又脏又破，她紧紧抱住被谋杀的女人，让她的头靠在自己身上，于是衣裙的前部沾上了血迹。她自己富有光泽的鬈发披散开来，帽子掉了下来，绶带搭在肩上，她的脸俯看着死去的女人，因此看不见那对我早已习惯面对的神采奕奕的眼睛。背景较为朦胧，但似乎是一面墙，一条狭窄的城市街道，一家悬挂着招牌的店面，上面的字在油彩中虚化，辨认不出，还有蹲伏在近旁的红色和蓝色的身影，但也看不清楚。画面的一端还有几堆东西——棕色、米色——碎木片？沙袋？贮木场？

　　整个画面引人入胜但也刻意地夸张，在我看来，令人毛骨悚然也深受打动。它充满了恐惧和绝望的气息。画中的人物姿态和悲伤情绪，使得我想起第一次看到的米开朗基罗的《哀悼基督》——一幅太过著名的作品,以至于没有人会再仔细地看它,除非那个人还很年轻。我在大学毕业后,去意大利的旅途中见到了它;那时候它前面还没有装上玻璃,因此我和画中的人物近在咫尺,只隔着一条绳子和一米半的距离。照落在玛丽亚和耶稣身上的天光以不同的色调碰触他们,就好像这两具躯体都是鲜活的,血液在他们的血管里奔流不息——不仅是悲哀的母亲,还有肉体死亡的儿子。不可思议、动人至深的是他并没有死去。在我看来,除了信仰之外,这不是一种对于复活的预言,而是对于玛丽亚惊恐神情的刻画,以及久久难以逝去的生命力,就像人们在医院里看到的一个年轻人被某种可怕的创伤夺去生命。那一刻,我认识到天才和一般人的不同。

罗伯特的画最打动我的,除了恐怖的场景,还有画面的叙事性,我过去见过的关于这位女士的画都是肖像。但这是个什么样的故事?有可能罗伯特一点也没有使用模特;我记得凯特说过,他有时候是根据想象来作画的。或者他用了模特但虚构了这个故事——十九世纪的服装就能证明这个想法。他是否空想出这位女性人物抱着她被谋杀的母亲?也许他是在描绘他本身光明和阴暗的两面,被疾病切开的人格的两面。我认为罗伯特拿不出真实的故事来。

"你也不喜欢?"阿诺德显得很满意。

"技巧很高超,"我说,"这些画里面哪一幅是你的?"

"哦,在这面墙上。"阿诺德说着指向我们身后一幅巨大的油画,就在门边上。他在这幅画前两手抱胸。那是一幅抽象画,大块大块柔和的浅蓝色互相融合,全都笼罩在银色的光芒之下。就好像你把一块方形的卵石扔到水里,它就会泛出同心的方块。其实这幅画非常迷人。我转向阿诺德微笑着说:"我确实喜欢这一幅。"

"谢谢,"他兴奋地说,"我现在在画黄色的。"我们伫立着,注视着这幅蓝色的,那是阿诺德早前花了数年时间换来的成果,阿诺德欣喜地歪着头;我看得出有一会儿他并不是真正在看这幅画。"好吧。"他说。

"好了,我应该让你回去工作,"我很感谢地对他说,"你真是太好了。"

　　"如果你再要采访罗伯特,替我向他问好,"他马上说。"告诉他不管怎么样这里都不会忘记他。"

　　"我一定会告诉他。"我——在撒谎?

　　"如果你还记得,文章出来后寄一份给我。"他加了一句,一边朝我挥着手走出了门。

　　我点点头,接着又摇摇头,并在钻进车里之前,挥手回应来掩盖我的错误,但他已经走了。我在方向盘后面呆坐了一会儿,克制自己不要用双手捂住头。接着我又走出来,慢吞吞地,感到大楼里面的眼睛都在看着我,我回到了画廊。我小心翼翼地经过入口的油画、摆放着光彩照人的碗盏和瓶子的平台,以及麻质和羊毛的挂毯。我走进主厅,一幅一幅地看过在那里展出的学生的油画作品,心不在焉地看着标题,注视着红色、绿色、金色的颜料——树木、水果、山坡、花朵、立方体、摩托车、单词,各种作品,有些非常出色,有些出奇的笨拙。我看了每一幅作品,直到色彩令我眼花缭乱,接着,我慢慢地回到了罗伯特的画作前。

　　她依然在那里,当然,依然俯身面对可怕而沉甸甸的尸体,把那个带着弹孔、披头散发的脑袋靠在绿衣隆起的胸部上。她自己紧绷着脸,泪水淌到下巴,深色的眉毛因为绝望、愤怒以及难以置信的悲痛而纠结在一起,她的愤怒还体现在肩膀的线条上,衣裙因为她迅速的动作依然在晃动;她跪在肮脏的大街上,抓住所爱的人的尸体。她了解并深爱这个死去的女人;这是毫不抽象的怜悯。这是一幅惊世骇俗的油画。借助所有我接受过的培训,我依然无法看出罗伯特是如何用绘画来表达这样的情绪、这样的动作;我看得出他所运用的一些笔触,色彩的混合,但他在活人身上注入的生命活力,和在死人身上刻画出的死亡气息超出了我的理解。如果这幅作品是虚构的,那就更可怕了。这所学校怎么能容忍这么一幅画日复一日地挂在学生面前?

　　我站着,凝视着她,直到我觉得她似乎要站起来发出痛苦的尖叫或呼救,或逃跑,或直起她那迷人的后背和腰部,尽力抬起并搬动沉重的尸体。事情随时都会发生,那才是无与伦比的地方。他抓住了一瞬间的惊恐、突变、疑惑。我把手放在喉头,感觉自己的体温尚存。我等着她抬起头。我能够——这是个问题——如果她抬起头,我能够帮助她吗?她离我只有一米多远,活生生的,处于彻底崩溃前、假装冷静的一瞬间,我知道自己无能为力。接着我第一次意识到,罗伯特完成的是什么。

四十
马洛

那天下午,我考虑了几个小时,终于下定决心。当我再一次来到凯特的门前,天黑了;我又失去了一天,我本应该在今天一早开车回特区,努力地开车,以便晚上约一个门诊。但我没有离开格林希尔,而是心事忡忡地散了个步,在镇上吃了晚饭,接着开车离开哈得利家的山路,在最后一刻,掉头前往山谷的另一边。凯特家那一带的树木近在眼前,一栋栋都铎时代①的房子窗户里透出灯光;一条狗叫了起来。我缓缓地驶上她家门前的车道。还不晚,但也不早了,不算是有礼貌的访客时间。我到底为什么不事先打电话?我在想什么?然而,到了这个时候,我无法克制自己。

当我走到她的门廊,灯自动亮了,我几乎以为会有警报声响起。客厅里开了一盏灯。没有其他迹象显示里面有人在,虽然我看见后面的房间里也有亮光。我伸手去按门铃,接着又因为最后那一点理智改变了主意,于是坚定地敲门。一个人影从里面远端的门出来,逐渐靠近——凯特,她纤瘦的身影走进又走出灯光,头发闪着柔亮的光泽,动作很警觉。她带着紧张的神情朝玻璃外窥探,接着显然认出了我,但因此显得更加警觉,她走到门边,缓缓地打开门。

"对不起,"我说,"对不起这么晚打扰你,我没疯——"虽然这一点我不能完全肯定,这话一旦说出了口,比没有说更糟糕。"我本来准备在上午离开,你知道,那么——请给我看看其他的画。"

她的手从门把手上垂下,转过头正视着我。这是一种悲伤、轻蔑的表

---

① 都铎王朝,英格兰统治王朝(1485—1603),包括亨利七世及其后代亨利八世、爱德华六世、玛丽一世和伊丽莎白一世。

情,一种遭受致命一击的神情,但也充满了无尽的耐心。我站在原地,随时都会失去希望。那一瞬间,她可能会拒绝我,告诉我我确实疯了,表示不知道我在说什么,我在这里不务正业,她希望我离开。但相反,她移到一边,让我进去。

房子里非常宁静,我像是那种最可恶的入侵者,笨手笨脚。她付出了什么代价才获得了这份平静?我被舒适的气氛包围,灯光、一丝不乱、树木和花朵轻柔的呼吸,也可能是孩子们自己的呼吸;有可能他们已经在楼上睡着了,想到他们娇嫩的模样,我心里更是愧疚。我担心要走上这些楼梯,听到他们柔和的呼吸,但没想到凯特只是打开餐厅的一扇门,带我走下台阶:地下室。里面闻得出灰尘、干土和干燥的旧木头的气味。我们慢慢地走下阶梯;尽管头上亮着一只灯泡,我还是感觉到我们下沉到黑暗中。这个气味让我想到童年的某个东西——出奇地好闻,某个我去过或玩过的地方。凯特纤瘦的身影在我前面移动;在仅有但不足的光线中,我低头看着她金棕色的头顶,仿佛她会不知不觉地消失在梦境里。角落里堆着一堆木头,另一个角落里有一台古老的手纺车、一些塑料桶和空的瓷花盆。

凯特默默地把我带到房间另一端唯一的一个木柜前。我打开门,还是像做梦一般,看见柜子经过专门地打造,整齐而独立地存放着一幅幅油画,像是画室里晾干油画的架子,里面满是油画。她把门完全打开,她的手在木色的映衬下显得很白。我伸出手,在单调的昏暗中拿出一幅画,并把它靠在近旁的墙上,接着是另一幅,接着又是一幅,直到柜子里空了,八幅庞大的镶着框的油画全都靠在墙上。其中一些定是来自于罗伯特的画展;我在想,他在画展上是否售出了很多画作,它们去了什么样的家庭和博物馆。

光线很差,正如我说的那样,但那倒是让它们看起来更为真实。七幅画上展现的,是下午我在格林希尔学院画廊里面对的那个画面的其他版本——我亲爱的女士俯身对着挚爱亲人的尸体,有的画上是两张贴近的脸孔的特写,在画布上大得惊人,依然年轻、五官分明的脸,低头看着那张年老的、死灰般的脸。有的画上是相似的场面,但她哭泣着把脸埋在死去的女人的脖子上，就好像在喝她的血或是把眼泪和血混合在一起——夸张的戏剧性，是的，但也扭曲得令人动容。在另一幅画上，她站得很直，拿着一块手帕捂着嘴唇，脚边躺着尸体，疯狂地四处张望想要求救——对于学院里那幅画中的场景来说，这是前一个还是后一个时刻？一次又一次，这个鬈发的女子被吃惊、恐惧和悲痛所占据。这个故事从来没有上下文，她永远陷在这一个事件中。

第八幅画是最大的，并且与众不同，而凯特早已走过去站在那幅画跟前。那是三个女人和一个男人的全身像，以一种怪异、规整的形式出现，逼真得令人透不过气来，没有罗伯特常用的十九世纪的痕迹——是的，这幅画显然是现代风格，就像两层楼之上罗伯特的画室里那幅令人愉快的油画。画上的男人站在靠前的位置，两个女人在他的右后方，另一个在他的左后方，这四个人都神色庄重地面对观众，穿着现代的衣服。三个女人都穿着牛仔裤和浅色的丝质衬衫，那个男人穿着一件裂开口子的毛衣和一条卡其裤。里面只有一个人我不认识。个子最小的女人是凯特，画面上她深金色的头发比现在的长，蓝眼睛大而柔和，每一颗雀斑都画了出来，她的身体挺得笔直。站在她旁边的女人我不认识，同样很年轻，高得多，双腿修长，留着红色的直发，长着一张五官分明的脸，两手插在牛仔裤前面的口袋里。或许我在哪里见过她？她会是谁？站在男子左边的是一个熟悉的身影，很有女人味，很少见地穿着现代的灰色丝质衬衫和褪色的牛仔裤，光着脚，她那轮廓分明的脸正如我在梦里见到的那样，那头黑色鬈发披散在肩膀上。看见她穿着我这个时代的衣服使得我的心头一震，觉得实际上可能找得到她本人。

画中的男子当然就是罗伯特·奥利弗。这就好像看到现在的他：他那乱糟糟的头发和破旧的衣服，和睁得大大的绿眼睛。他似乎没有完全注意到身边的女性；他是自己的主角，站在前面，带着无力的抗拒向外凝视，甚至面对观看者拒绝放弃任何自我的东西。实际上，尽管身边围着美惠三女神，他依然是孤独的。这是一幅令人尴尬的作品，我认为——明目张胆、自我中心、令人困惑。凯特站着，注视着它，就像是她从画里透出来的眼神，眼睛很大，小小的身体站得和一个舞者一样直。我迟疑着走向她，和她并肩而立，接着伸出胳膊搂着她。我只是想要安慰她。她转向我，脸上带着几分嘲讽，像是露出了微笑。

"你没有把它们毁掉。"我说。

她平静地抬头看着我，并没有甩开我的手。她长着小鸟似的肩膀，瘦得只剩下小小的骨头。"罗伯特是个杰出的画家。他是一个非常好的父亲，也是一个非常糟糕的丈夫，但我知道他很出色。我无权把这些毁掉。"

她的语气中并没有高尚的情操，只是平铺直叙、不加掩饰的陈述。接着她转回去，优雅地脱离我的臂弯：关上门。她没有笑。她抚了抚头发，盯着最后那幅画看。

"你准备怎么处理它们？"我最后问道。

她明白我的意思。"留着它们，直到我想出处理的办法。"

这句话是那么合情合理，以至于我提不出更多的问题。在我看来，如果她处理得当，这些恼人的画作可能有一天会帮助她的孩子们上大学。她帮着我把画放回柜子里，我们一起关上了柜门。最后我再一次跟着她，走上木质的阶梯，穿过客厅，走到门廊上。到了那里，我们停下脚步。"我不介意你怎么做。"她说，"你怎么想都是对的。"我知道她的意思是，她允许我最后告诉罗伯特我见过他的妻子，我没有见到他的孩子，除了照片上的，我见过他曾经居住的雅致干净的房子，以及她为了难以预测的未来而保留的画作。

我们都沉默了片刻，接着她站直身子——虽然那一定还够不到罗伯特的脸颊——平静地吻了我。"一路顺风，"她说，"开车小心点。"她并没有传达任何信息。

我点点头，说不出话来，于是走下台阶，听见她的门最后一次在我身后关上。当我把车开出到路上，便打开车里的收音机，接着又关上，在一片寂静中大声地歌唱，越唱越响，一边拍打着方向盘。我看见罗伯特的画在暗淡的灯光下熠熠生辉，我知道我可能再也见不到它们了。但是我已经打开了我的人生，或者说那是她帮助我做到的。

四十一

一八七八年

位于拉马丁街的、他的画室所在的大楼的外观并不引人注意。她坐在马车里看着那栋楼。从昨天起她便一直告诉自己她会带着女仆一起上去。但是在离家前的最后一分钟,她觉得她完全不希望他人在场。她多此一举地给管家留了张纸条,说她要去拜访一位朋友,并吩咐仆人到了中午端一份饭菜上去给她的公公。

大楼的正面极其实在,帽子的带子勒得她吞咽困难;她绑得太紧了。此时已近中午,大街上满是来往匆匆的马车、马匹笨重的蹄声和运输的货车。服务员把咖啡馆外面的椅子排成直线,一个老妇人在路边清扫垃圾。贝亚特莉斯看着这个妇人,只见她戴着破烂的手套,穿着一条打补丁的裙子,从一个穿着长围裙的男人手里接过几枚硬币,接着又带着扫帚和提桶沿着街道往下走。

贝亚特莉斯小包里的纸条上写着一个街道门牌号,画着大楼的草图。他邀请她来看一幅新的大油画。他准备下个星期把这幅画送到沙龙的评审那里,因此她必须现在就去看,或是等到那个时候——谁知道它会不会被接受?这是一个经不起推敲的借口,她知道以后她会和伊弗一起看到这幅画,无论它会不会挂在沙龙里。但奥利维尔多次提到了送审画作,一幅笨重的画和他的犹豫。对这幅画的想法,他内心的斗争,已经成为他们共同关注的对象,几乎是共享的课题。那是一位年轻女子的肖像,他是最近才告诉她的。贝亚特莉斯不敢问她是谁——无疑是个模特。他也想过要把先前画的一幅风景画送去。这些她都知道,并因为参与其中、被问及自己的看法而感到骄傲——那是她戴着新的帽子、独自前往那里的、薄弱的正当借口。此外,这不像是她去他的家里看望他;他只是引她去画室,也许那里还有其他人,吃着点心,欣赏画作。

她吩咐马车一个小时后来接她,便提着裙子下了车。她穿了一身外出的李子色的套装,外面罩了一件镶着灰色软毛的蓝色羊毛斗篷。她的帽子和斗篷很配,帽子是最新的款式,蓝色的丝绒,银色镶边,上面沉甸甸地饰有蓝丝绸做成的勿忘我、菊苣和羽扇豆——逼真得不可思议,像是在田野里装饰的帽子。家里的镜子告诉她,她的脸早就红了,眼里闪烁着像是愧疚的神色。

她看着自己穿着黑色皮鞋的脚先是走下马车,接着走上石头铺成的路面,避开脏兮兮的水。这是城镇一个发生过某些祸事的地区,她意识到,并试图去想象八年前,这里堆着路障,也许甚至是尸体,但是她的思绪并没有完全转移;她唯一想着的,是那个在上面某处等着她的男人。她一手提着裙子小心地走向入口,敲敲门,接着意识到她必须直接走进去——没有仆人会来应门。大楼里面,一道破旧的楼梯把她带到三楼,他的画室。当她经过一楼和二楼,关上的门都没有打开。她伫立着,看着他的名字,屏住了呼吸——她的时间不多——然后敲敲门。

奥利维尔很快来开门了,好像他刚好就在门后,听着她的脚步。他们一言不发地看着对方。他们已经有一个多星期没有见面,而在这期间,彼此间的某种感觉加深了。似乎有某种共识,他们的目光不可避免地相遇了,而她看出他也意识到了这种变化。在她看来,他的年龄令她心头一震,因为她最近没有见到他,而她越来越多地了解到作为男人的他;他很英俊,只是刚刚过了中年,但是从他的鼻翼到嘴角以及眼睛下面有着深深的垂直的皱纹,他的头发是淡淡的银色。

在他面容底下,她看到了一个曾经必然是更为年轻的男人,而这个年轻男子回望着她,像是透过一个他从来不想戴上的面具,脆弱而意味深长,显露出依然明亮的眼睛——但不像是它们曾经有过的模样;它们红红地,下缘低垂,原有的蓝色被削弱、冲淡了。他的头发从一个粉红色的分际线——当他躬身对着她的手时,她能看见——向后面梳。他的胡子还有一些棕色,根部很温暖,而他的嘴唇也很温暖,当它们碰到她的手背时。在他们简短的接触中,她感觉到他的内在——他眼里透出的既不是一个坠入爱河的男孩,也不是垂垂老矣的男人。她感觉到的乃是艺术家本身,青春不老,处于一段长时间积累的人生之中。他的出现像是出其不意的铃声穿透了她,以至于她完全透不过气来。

"请进,"他说,"Entrez, je vous en prie.(您不用客气,请进。)我的画室。"他没有称她为"你"。他为她挡住门,而此刻她才注意到他穿着一套旧衣服,比以往她所见到的衣服更破旧,上装外面还罩着一件亚麻的工作服。工作服的袖子卷了起来,似乎对他来说太长了。他的白衬衫胸前溅上了几滴颜料,他打着活结的领带是黑色丝质的,同样也磨破了。他并没有因为她的造访而刻意打扮,他允许她知道他实际工作时的状态。她进入房间,发现里面没有其他人,感觉到他站在门口离她很近。他在她身后轻轻地关上门,似乎不想引起注意,他们都心知肚明,两人名声可能因此受害。门关上了。就是这样。她希望自己内心更加后悔,更加羞愧;她提醒自己外面的人可能依然认为他只是一个亲戚,一位尊敬的长辈,有可能邀请他侄媳妇来看一幅画。

但他似乎并不是关上了一扇门,而是打开了一扇门,使得两人之间产生了一段充满阳光和空气的空间。过了一会儿,他走来,说道:"我可以把你的斗篷拿走吗?"

她想起平常的动作,解开帽子并把它竖着提起来脱掉,以便不把卷发弄乱。她在喉咙的地方把斗篷松开,竖着折了一下,里面朝外,以便保护精巧的软毛。她把这两样东西都递给他,他拿着它们走进另一道门。独自站在画室里,她越来越强烈地感觉到,一个主人不在的房间里存在的私密感。房间里充满了从长窗子透进来的阳光,里面干干净净,外面极其嘈杂,她头上有一扇装饰华丽的天窗。她听得见下面街上的声响——闷闷的、砰的重击声;喋喋不休的说话声,铁器的摩擦声;马蹄声——这些都是那么微弱以至于她毫无必要相信它们的存在,或是去想她的马车夫正在街上的一个停车处喝着热饮,在那里他也许认识其他的车夫,这一个小时里面不会想到她。奥利维尔回来指着他的画作;她故意不去看它们。"我没有收起来,"他说,"你是一位同行。"他毫不夸耀、几乎是害羞地说,她微微一笑,移开视线。

"谢谢你。你让你的画室保持原状让我感到很荣幸。"但是看这些画她还需要勇气。

他指着说:"这幅画去年挂在沙龙里。也许你记得它,如果我没有自吹自擂。"她记得很清楚;那是一幅三四只手宽的风景画,一幅精致的作品,只见一片随风摆动的田野表面开着一层白色和黄色的花朵,一只奶牛在远端吃草,棕色的树木和绿茵交织在一起。这幅画有一点老派,更像是柯罗的风格,她认为,并纠正自己——他总是用这种方式来作画,他很出色。但她又一次想到他们之间的年龄差距。"你喜欢它,但是你觉得它 passé(过时)。"他说。

"不,不。"她否认,但是他伸手阻止她。

"朋友之间,"他说,"只能坦诚相待。"他的眼睛很蓝;她为什么会觉得它们苍老?此时它们散发的活力胜于纯粹的年轻。

"很好,"她说。"那我更喜欢这幅画的大胆。"她已经转向了放在地板上的一幅大油画。"这是你准备提交的画吗?"

"不是,唉。"他这时笑了起来——其实他的身体在她旁边。由于她没有真正地看着他,她又一次感到他身体中存在年轻的他。"这幅画有点太大胆了,就像你说的——他们可能不会接受。"这幅画的前景中有一棵树,一个穿着精致的服装、戴着帽子的男孩坐在树下的草地上,他的双腿随意地交叉,修长的双手垂在膝盖上。这幅画运用了非常巧妙的透视法,使得她想要绕过树走到背面看看另一边有什么。这幅画的笔触比那幅奶牛画更为现代——这里她看出了一种他受到的影响。

"这是要向马奈先生作品的致敬?"

"怀着嫉妒的致敬,我亲爱的,没错。你的眼光很敏锐。到了沙龙,他们会说这画看着很不舒服,因为它没有意义。"

"这男孩是谁?"

"我从来没有过的儿子。"他轻描淡写地说,但她打量着他的脸孔,感到迷惑不解,害怕他说出实情。"哦,我只是那样地想到他——我那来自于诺曼底的教子,他现在住在巴黎——我一年见他几次,还远行过一两次。一个亲爱的男孩,某个年轻朋友的儿子。他在几年后会成为一位出色的医生——他学得很勤奋。只有我能带他出来到乡村去锻炼身体,我相信,他认为这对我有好处,他那可怜的老教父——因此他这么做,假装为了他的健康而听从我的命令。这样我们都试图糊弄彼此。"

"这很好。"她真诚地说。

"啊,嗯。"他碰触到她那李子色的衣袖。"来,我要让你看看其他的画,接着我们喝点茶。"

要她看其他的画对她来说更难,但她坚定地看了;半裸的模特,一个全裸的女子的背部,很优雅,尚未完成——这是否意味着这个女人这些天还会回到这个画室,再一次为他宽衣解带?她是否曾是他的情人?画家不都是这样的吗?她尽量只是以同行的角度去思考,不在意这些。模特往往是行为放荡的女人,大家都知道,但是她自己也是单独前往一个男人的私人房间,他的画室——她好得到哪里去?她抗拒自己的恐惧,硬下心来,转身去欣赏他的静物画,水果和花朵,他解释那是年轻时的作品。在她看来它们显得有点乏味,但技巧高超,精致无比;她看见了古典绘画大师的影子。"我在创作这些画前去了荷兰,"他说,"某一天我把它们拿出来,看看它们保存得好不好。它们是老古董,不是吗?"

她小心翼翼地不作回答。"你今年准备递交的画呢?我见过了吗?"

"还没有。"他穿过长长的房间,走过两把破旧的扶手椅和一张小圆桌,她猜想,那是他享用茶点的地方。靠在墙上的是一幅用布包着的画,很大;他必须用两只手抬起。他把画靠在一把椅子上。"你确定你要看?"

这是她第一次被吓到,几乎害怕起这个男人来。这个已经熟悉的身影,如今她以一种全新的方式来了解,因为他的书信、他的率直、他对于自己的坦白、当她和他并肩而立时她内心的奇怪反应。她疑惑地转向他,但不敢思考这个问题。他为什么迟疑着不对她展示这幅画?也许这是一幅令人震惊的裸体画或是某个她无法想象的主题。她感觉到她丈夫的存在,表示不赞同,双手抱胸,示意她做得过头了。但奥利维尔在信里告诉她,伊弗希望她看到这幅画。她不知道该怎么想怎么说。

当奥利维尔提起布来,她倒抽了一口气,这声音两人都听得见。这是她的画,她那金发的女仆正坐着干活,她自己的玫瑰色沙发,她尝试采用的松散自由且明显的笔触,全都一目了然。"你明白我为什么今年选择把这幅画送到沙龙去,"他说,"画这幅画的艺术家比我更优秀。"

她双手捂住脸,她的视线模糊了,尴尬地涌出了泪水。"你是什么意思?"她的声音在自己的耳朵里听来很微弱。"你在戏弄我吗?"

他急忙关切地转向她。"不,不——我不想要冒犯你。上个星期我把它带回了家,就在你对我们道晚安之后。你一定要让我把它送上去。伊弗完全赞同,只是要求用另外一个名字来保护你的隐私。但它太出色了——你在画中把传统和创新融合在一起。当你给我看的时候,我就想到,评审团一定要看到这幅画,即便是在他们看来它太过现代了。我只是要说服你。"

"那么伊弗知道你拿走了?"不知怎的,她不想在这里说出她丈夫的名字,在另一个男人的房间里。

"是的,当然。我先问过他了,但没有问你——我知道他会同意,你会反对。"

"我确实反对。"她对他说,同时眼泪夺眶而出,从脸上淌下。她觉得很丢脸,她很少哭泣,即便是在她丈夫面前。她说不清看见这幅私人的画作出现在陌生的环境里,或者说——最重要的是——听见它被人夸奖,是什么感觉。她把泪水抹去,在手腕上的丝绒包里找块手帕。他已经走到跟前,从外套里面拉出什么东西。此刻,他正小心地擦拭着她的脸庞——用年复一年握着画笔、铅笔和调色板的手轻抚并擦干眼泪。他轻轻地用拢起的手掌抓住她的手肘,似乎在估测它们的分量,接着把她拉入怀中。

她第一次把头靠在他的脖子、他的脸颊上,感到对他们两人来说都没什么不可以,因为他在安慰她。他抚摸着她的头发和颈后,在他的触摸下,一股凉意流遍全身。他的指尖移过她脑后的一大簇发辫,轻抚却不弄乱它们一丝不苟的编结。他的手臂搂住她的肩膀。他拉着她贴近他的胸膛,这样她不得不把一只手放在他的背后以便站稳。他轻抚着她的脸颊、她的耳朵;他早就贴得很近,于是他的嘴先于他的手碰到了她的嘴。他的嘴唇又温暖又干燥但相当厚实,像是柔软的皮革,他的呼吸带有咖啡和面包的气味。她被亲吻了很多次,但仅仅是被伊弗,因此这是她第一次感受到另一双嘴唇的陌生感;只有在那之后,她才意识到这双嘴唇比她丈夫的更娴熟,更坚持。

他亲吻她以及她想要他亲吻,原本完全不可能,因此这一点令她的脸颊和脖子泛起一阵热浪,内心像是攥紧了一个拳头,产生了一种过去她从不知道的和情欲有关的欲望。此时他用上臂抱住她,似乎怕她会挣开。他的拥抱是那么紧,而她再一次感觉到,在她不曾认识他的岁月中,他通过生活和创作所积累的力量。

"我不允许你。"她试图说出来,但这话消失在他的嘴唇之下,而她不知道她指的是不允许他把她的画送到沙龙,还是不允许他吻她。他终于慢慢地放开她。他在发抖,和她一样紧张。

"原谅我。"他磕磕绊绊地吐出这几个字。他的眼睛迷茫地注视着她。此刻她能够再一次看着他,于是她看到他确实老了。同时很勇敢,她想到。"我不是要进一步冒犯你。我太忘我了。"

她相信他,他太忘我了,只想着她。"你没有冒犯我。"她用一种她自己也几乎听不见的声音说,一边整整袖子、小包和手套。他的手帕掉在他们脚边。她穿着紧身束衣,因而不能弯腰去捡;她怕失去平衡。他俯身捡起,但没有再次交给她,而是慢慢地塞进口袋里。"是我的错。"他对她说。她意识到自己正盯着他的鞋子看,那是一双棕色的皮鞋,前端有点破了,边缘溅上了黄色的颜料。她正看着他创作时穿的鞋子,他真实的生活。

"不,"她小声说,"我不该来。"

"贝亚特莉斯。"他说。他严肃、庄重地捧起她的手。于是她极其苦涩地想起多年前伊弗向她求婚的那一刻,是同样的庄重。他们,毕竟是伯父和侄子,那为什么他们不能做同一个动作?或许这是一种家族的特质?

"我必须走了。"她说,试图把手收回,但他握着不放。

"你走之前,请你明白我尊敬你,爱你。我对你、对你本身很着迷。除了吻你的脚,我永远不会对你要求更多。允许我说出一切,仅仅是一次。"他强烈的语气和他那张熟悉的脸形成了对比,令她感动。

"你让我感到荣幸。"她无力地说,一边环顾四周寻找她的斗篷和帽子。她想起来它们在另一个房间里。

"我也爱你的画,你对于艺术的直觉。我爱它们,我也爱你,这是两码事。你天赋出众。"这时他说得比较冷静。她意识到,尽管是在这样的时刻,他还是真心的。他很沮丧,真诚——一个被时间抛在后头的男人,他剩下的时间不多了。他在她面前又站了一会儿,接着消失在隔壁的房间里去取她的东西。她用颤抖的手把帽子系好,他小心翼翼地把斗篷披在她身上,她在脖子处扣上纽扣。

当她转过身,发现他的脸上有那么一种失落感,于是她不允许自己多想,走上前去。她吻了他的脸颊,顿了一下,接着又匆匆地吻了他的嘴唇。令她后悔的是,它的触感和味道已经熟悉。"我真的要走了。"她说。两人都没有提起喝茶和她的画。他为她打开门,默默地鞠躬。她一路紧紧握着扶手下楼到街上。她等着听他的门关上,但没有听到。也许他依然站在大楼顶层敞开的门口。她的马车要再过半个小时才回来,于是她只能步行前往这个街区尽头的马厩,或是找辆双座小马车载她回家。她在他大楼前倚靠了一会儿,隔着手套触摸正面的墙,极力让内心平静下来。她做到了。

四十一

但后来,当她独自坐在满是阳光的门廊上,试图让一切变得单纯,却感到那个吻又回来了,弥漫在她周围的空气中。它蔓延到高高的窗子、地毯、她裙子的褶皱和她的书页。"请你明白我尊敬你,爱你。"她无法摆脱这个吻。到了第二天早上,她再也不想摆脱它了。她不想造成伤害——她不会造成伤害——但她想要尽可能长久地保留那个时刻。

四十二
马洛

在黎明前,我把行李搬上汽车,一路做着白日梦北上进入弗吉尼亚,沿途高速公路的护堤比我南下时更绿了。这是一个微凉的日子,雨下了几分钟便停住了,然后又断断续续地下。我开始想家了。我直接开去杜邦圈,赴一个迟到的门诊。病人谈了一会儿,不同于以往的习惯,我直接问了些问题,聆听着,权衡着开出药方,并让他离去,对于自己的决定很有自信。

天黑后我抵达公寓,很快卸下行李,热了一罐汤。在哈得利死气沉沉的小屋里待过之后——我现在可以承认这一点;我真想拆毁这个地方,建造一栋有两倍窗子的房子——我的房间很质朴,令人舒适,灯光完美地调节好照在每一幅画上,亚麻的窗帘因为上个月送去干洗而显得很柔顺。这个地方闻起来有矿物精油和油彩的气味,这些我通常不会注意到,除非我离开了几天,还有盛开在厨房里的水仙花的香味;我离开的时候它已经怒放,我心怀感激地给它浇水——然而小心翼翼地,避免浇水过多。我找到我父亲那套陈旧的百科全书,把手放在书脊上,接着又阻止了自己。以后有时间再说吧,于是我去冲了个热水澡,关上灯,上床睡觉。

第二天很忙,因为我的离开,金树林的员工比以往更需要我;我几个病人的情况不如我希望的那么好,而护士们似乎动不动就发火;我的桌子上堆满了文件。我尽量早点抽出时间到罗伯特·奥利弗的房间看一看。罗伯特坐在一把折叠椅上,挨着用作书桌和架子的台子边缘,正在画画。他的信放在边上,摞成两叠;我不知道他是怎么分的。我进去的时候他合上写生本,转过来看看我。我认为这是一个好兆头,有时候,不管他是否在作画都无视于我的出现,而他可能会令人沮丧地长时间保持这种状态。他的表情阴郁而生硬,他的眼睛先是认出了我,转而盯着我的衣服看。

我在想,或许已经想过上百次,他的沉默是否会让我低估病症近来对他的影响程度;有可能他的病比我通过观察而得出的判断严重得多,不管我的观察是多么细密。我还在想,他是否有可能猜到我去了哪里?我想要舒舒服服地坐在大椅子上,请他把画笔洗干净,坐在我对面的床上,听着我给他带来的他前妻的消息。我会说,我知道你第一次吻她是什么时候,把她抱得双脚离地。我会说,你的喂鸟器那里依然有红雀,山上的月桂开始开花了。我会告诉他,我现在甚至更清楚,你是个天才。或者我会问,埃特尔塔对你来说有什么意义?

"你好吗,罗伯特?"我驻足在门口。

他转过去继续画画。

"很好。嗯,我请假去看一些亲戚。"我为什么会用这个词?我从来都不喜欢它。我迅速扫视房间。看起来一切都没两样,没什么危险的或被弄乱的。我祝他画得愉快,并指出天就要转晴,并尽可能带着真诚的微笑离去,虽然他并没有看我。

我坚持一轮轮的门诊,直到这一天结束。我待到很晚,在桌上补做一些工作。当值日班的员工下了班,病人已经吃过晚饭,工作人员正在清理时,我关上办公室的门并锁住,接着在电脑前坐下。

查查看我想起来的东西。那是一个诺曼底的沿海小镇,一个在十九世纪经常被描绘的地方,尤其是欧仁·布丹和他那不知疲倦的年轻的学生,克劳德·莫奈。我找到了熟悉的画作——莫奈画笔下巨大而崎岖的山崖,著名的海滩上的岩石拱门。但埃特尔塔显然还吸引了其他画家——众多画家,包括奥利维尔·维格诺,甚至是国家美术馆那幅硬币自画像的作者,吉尔伯特·托马斯;他们都曾画过那里的海岸。似乎几乎每位坐得起当时新开通的北部铁路的画家——大师们和稍逊一点的画家,周末画家和社会水彩画家——都会出门,在埃特尔塔逗留片刻。莫奈的峭壁之作在埃特尔塔的油画历史上独树一帜,但他的作品只是其中一部分。

我找到了这个小镇最近的照片,雄伟的拱门看起来依然是印象派时期的那个样子。那里依然有宽广的海滩,上面有拉起和翻倒的小船,山崖顶上长着葱郁的绿草,小街上沿路是雅致的旧旅店和房子,当年莫奈于几码开外画画时,许多建筑就已经存在了。这些似乎和奥利弗墙上的潦草字迹扯不上关系,除非通过他有关法国的私人藏书,他显然是从那里无意中看到这个小镇的名字,以及对这个奇特景致的描绘。他是否亲自到过那里体验了"快乐"?也许是在凯特提到过的那次去往法国的旅途中?我再一次琢磨着他是否有那么点轻微的妄想症。埃特尔塔是条死胡同,美丽的死胡同,我屏幕上的山崖对着海峡拱起,并消失在水中。莫奈所画的关于它的画面数量惊人,而罗伯特,一幅也没画过,除非我漏掉了什么。

第二天是星期六,早晨我跑了会儿步,仅仅是往返于国家动物园,一边想着匆匆一瞥的、格林希尔周围的那些山。我靠在动物园的大门上,拉伸我紧绷的韧带,第一次想到我可能永远无法帮助罗伯特康复。而我又如何知道该何时停止尝试呢?

四十三

马洛

　　星期三早晨,我自动物园晨跑回来后,金树林有一封信等着我,信封的上角写着一个格林希尔的寄信人地址。字迹很干净、温柔、整齐——那是凯特写来的。我没有去探视罗伯特和其他病人,而是径直走进办公室,关上门,拿出割纸刀——那是我母亲送我的大学毕业礼物;我常常想到我不该在这么一个相当公开的办公室里保留这么一件宝贝,但还是希望它陪在身边。里面只有一页信纸,和信封上的地址不同,这是打印出来的。

亲爱的马洛医生:

　　希望你能收到信。感谢你造访格林希尔。如果我对于你或是(间接地)对于罗伯特有所帮助,我就很高兴了。我觉得我无法继续我们之间的交流,我肯定你会明白。我很珍视我们的会面,并且依然想着这件事,我相信,如果有人能帮助罗伯特,那一定是你。

　　有一件事你来的时候我没有告诉你,一方面是因为个人的原因,另一方面是因为我不知道那么做是否道德,但是我决定要让你知道。也就是我告诉过你的、写信给罗伯特的那个女人的姓氏。我当时没有告诉你,其中一封信写在一张信纸上,最上面有她的全名,她也是一个画家,正如我对你说的,而她的全名是玛丽·R.波迪逊。这对我来说依然是一个痛苦的话题,我不能肯定我是否要把这个细节告诉你,或许我这么做根本是错的。但如果你真的想要帮助他,我觉得我一定要告诉你她的名字。也许你会发现她是什么人,虽然我不确定那是否有用。

　　祝愿你工作顺利,尤其是对于罗伯特的帮助。

　　真诚的

　　　　　　　　　　　　　　　　　　　　　　　　凯特·奥利弗

这是一封慷慨、正直、敏感、笨拙而善意的信；我能听出字里行间凯特的决心，她决定要做她认为对的事情。她一定是坐在楼上图书室的桌子边，也许是在清晨，怀着痛苦坚定地打下每一个字，在改变主意之前封好信，然后在厨房里泡茶，贴上邮票。为了罗伯特，她这么做虽然痛苦，却也令自己安心——我能看见她穿着干净合身的上衣和牛仔裤，戴着闪闪发光的耳环，把信放进前门的盘子里，再去叫醒孩子们，把微笑留给他们。我突然感到一种失落。

但信还是一样——尽管为我打开了一扇窗，但这道门依然关得死死的。我必须尊重她的意愿。我打了一封简短的回信，用感谢和专业的口吻，把信封进一个信封里，让员工去寄。凯特没有提供电子邮件给我，她也没有使用我在格林希尔递去的名片上的电邮地址；显然她只是希望这封信显得正式，我们之间的交流慢一点为好，一封实实在在的信件通过不知名的邮政的纽带穿越了这个国家。它都封上了。这是我们在十九世纪的做法，我想，这种写在纸上的礼貌而秘密的交流，和远方亲友的对话。我把凯特的信放到我私人的文件里而不是罗伯特的文档中。

接下来的事情出奇的容易，完全不是一个神秘的侦探故事。玛丽·R.波迪逊住在特区的范围内，她的全名被列在了电话簿里，直接而清楚，上面说她住在东北第三大街，正如我猜测的那样，她很可能还活着。我看到沉默不语的罗伯特的生活产物公开地摊在面前，有种奇怪的感觉。我认为在这座城市里叫这个名字的女人不止一个，但我猜这就是她。午餐后我用办公桌上的电话拨打这个号码，办公室的门再一次关上，防止别人看到或听到。我想，玛丽·波迪逊可能在家，因为她是个画家；但另一方面，如果她是个画家，她很可能有份白天的工作，像我一样——我的情况是，我是个一周工作五十五个小时的执业医生。她的电话响了五六次。每响一次，我的希望就减少一点——我希望意外地联系到她——接着咔嗒转到答录机。"这里是玛丽·波迪逊——"一个女性的声音坚定地说道。这个声音很好听，有一点沙哑，也许是因为必须对着答录机录音，听起来像是专业的女低音。

此时我突然想到,她其实可能更喜欢答复一段有礼貌的留言,而不是直接接起一通吓人一跳的来电,而这样也能给她时间来考虑我的请求。"你好,波迪逊女士,我是安德鲁·马洛医生——我是洛克维尔金树林中心的精神科医生。我现在正治疗一位病人,我知道他是你的朋友,一位画家,我不知道你是否愿意给予我们一点协助。"

这个谨小慎微的"我们"——让我不由自主地心头一颤。这几乎不是一个团队项目。留言本身足以令她担心,如果她依然把他看作亲密的朋友的话。但如果他曾与她同居,或是为了和她在一起而来到华盛顿,正如凯特所怀疑的,那究竟为什么到现在为止她都没有主动在金树林现身?但另一方面,报纸并没有报道他在接受精神治疗。"你差不多每一个工作日都可以打电话到中心来找我,而我会尽快再次联络你。我的电话是——"我清楚地报上我的电话,又增加了呼机的号码,才挂断。

接下来我去看罗伯特,不由自主地感觉我的手上好像明显沾着血。凯特并没有说不要对他提到玛丽·波迪逊,但当我来到他的房间,我还在考虑要不要这么做。我已经打电话给了某个人,然而她或许并不知道罗伯特在接受精神治疗。"你甚至可以找玛丽谈谈。"他来到金树林的第一天就轻蔑地对我说。然而,他没有再说什么,在美国叫玛丽的人大概有一千多万。他或许清楚地记得他说过的话。但我要怎么解释我从哪里找到了她的姓氏?

我敲敲门招呼他,虽然门微微开着。罗伯特正在画画,平静地站在画架前,竖起画笔,伟岸的肩膀显得松弛而自然;一时间我在想最近几天他是否有了一点好转。仅仅因为他不说话,所以他确实需要待在这里?接着他皱着眉头抬起头,我看见他眼睛红红的,他一看见我,脸上就流露出十足痛苦的表情。

我在扶手椅上坐下,在改变主意之前开口说:"罗伯特,你为什么不直接告诉我?"

这话一说出口,听上去比我预想得还要底气不足。他似乎吃了一惊,这令我暗自高兴——至少我得到了回应。但是我不大高兴地看到,浅浅的微笑浮上他的嘴唇,一副胜利者的姿态,就好像我的问题证明他会再一次令我红着脸离开。

实际上,过了一会儿,那令我气得要命,也许令我突然下定决心。"你可以告诉我,比如说,有关玛丽·波迪逊的事。你想过要联系她吗?或者说,更好的问题——她为什么不到这里来看你?"

他走过来,来不及控制自己,举起了手里的画笔。他瞪大眼睛,眼里满是压抑的才智,我们见面的那天我就看出来了,他还来不及学会在我面前掩饰。但是他无法回应,没有输掉他自己的游戏,极力闭口不谈。我的内心因为同情而刺痛,他把自己画进了这个角落,此时他不得不坐在那里。如果,即便是发火,对我,或对这个世界,或可能对玛丽·波迪逊——或是问我怎么知道她的——他就会放弃最后一点他为自己保留的隐私和权利:在他承受痛苦的层面上保持沉默的权利。"好吧,"我说——我希望口气是温和的。是的,我为他感到遗憾,但是我知道现在他也抓到了一个额外的筹码;他有充分的时间来考虑并猜测我的行动,我可能获得玛丽姓氏的来源。我考虑着让他相信,如果,我真的能够找到他这个特别的玛丽,我会告诉他,她透露给我的信息。

但是我早就泄露了那么多,因此我决定再次保留我自己的秘密;如果他能,那么我也能。我又静静地和他坐了五分钟,而他用他的大手摆弄着画笔,注视着画布。最后,我站起来。我在门口转身,过了一秒钟,几乎后悔了;他那乱蓬蓬的头低垂着,眼睛看着地板,他的痛苦像浪涛一样穿透了我。实际上,它跟随着我,下楼到大厅里,到我其他患有一般性紊乱(我承认那是我的感觉,虽然这个词我并不喜欢用在任何病例上)的一般病人的房间里。

每天下午我都有病人要看,但是大多数都是相当稳定的,于是我怀着一种满足,几乎有点得意的心情开车回家。笼罩在洛克溪公园道的薄雾泛着金色,我每转一个弯,都看见花床上的水珠闪闪发亮。在我看来我这个

四十三

星期一直都在创作的一幅油画，应该要放一段时间了；那是根据我父亲的一张照片画的肖像画，鼻子和嘴巴都不对，但也许如果花几天时间先画别的，那回头再去画会更加顺利。我有一些番茄——这个季节不是很好吃，但足够鲜艳——一个星期不会坏。如果我把它们摆在画室的窗台上，它们会构成一种现代的波纳德风格，或者——如果我不想对此自我贬低——一个全新的马洛。光线是问题，但是现在因为白天更长了，我下班后能够捕捉到一点傍晚的夕阳，如果我有精力甚至可以早点起床，开始早晨画画。

我早就一直在考虑用色和番茄的摆放，因此我几乎记不得自己是怎么七拐八弯地把车开进车库，那是我公寓楼底下一块阴冷潮湿的地方，车位的租金几乎是公寓的一半。我甚至不时地希望换份工作，这样我就不必定时在嘈杂的特区郊外开车，这样我就能放弃我的车。但我怎么能离开金树林呢？想到坐在杜邦圈的办公室里全职接待那些状况良好、足以自行就医的病人，就觉得很没意思。

我的脑子里满是这些东西——我的静物画、缓缓流动的洛克溪上掠过的夕阳、路上开车人的脾气——而我的手总是忙着摸索出钥匙；和往常一样，我一直爬楼梯锻炼身体。直到差不多走到门口我才看见她。她靠在墙上，好像站了好一会儿了。她双手抱胸，蹬着靴子，看上去随意但有点不耐烦。我记得她曾穿着牛仔裤和一件长长的白衬衫，这次外面罩了一件深色的运动夹克，在光线很暗的大厅里头发显出红褐色。我大吃一惊，因而"停下脚步"，我那时候知道，而往后也会知道这个词真正的意思。

"你——"我说，但我的疑惑并没有消除。毫无疑问她是出现在美术馆的那个女孩，在国家美术馆马奈的静物画前对我狡黠一笑的女孩，专注地欣赏吉尔伯特·托马斯的《勒达》并在人行道上再次对我微笑的女孩。我想起过她，也许一次，也许两次，接着就忘了她。她从哪里来？就好像她生活在一个完全不同的世界里，像是一位仙女或天使，用不着时间通道，以超自然的力量再次出现。

她站直了伸出手。"是马洛医生吗？"

四十四
马洛

"是的。"我说,手指无力地勾着钥匙,努力平静下来,另一只手疑惑地握着她的手。我被她举止中无声的强悍所震慑,同时再一次不可避免地被她的容貌打动。她和我一样高,三十多岁,很迷人,但不是俗气的那种;她很引人注目。灯光照射在她的头发上,她的刘海剪得又直又短,垂在她白皙的额头上,而一头柔顺的紫红色大波浪长发披散在肩膀上。她的握手很有力,我不由自主地也握紧了手以示回应。

她微微一笑,似乎看穿了我的心思。"对不起吓到你了。我是玛丽·波迪逊。"

我情不自禁地盯着她看。"但你是在美术馆里的那个人,国家美术馆。"而接着一阵失望盖过了我的疑惑:她不是罗伯特梦中的鬈发缪斯。另一个惊奇袭来:我最近在一幅画里也看到过她,穿着蓝色的牛仔裤和宽松的丝质衬衫。

此时,她皱起眉头,显然也很困惑,并放开了我的手。

"我是说,"我又说,"我们多少算是见过一次了。在《勒达》和马奈的静物画前,你知道,就是画着玻璃杯和水果的。"我觉得很傻。为什么我觉得她会记得我?"我明白了——你——是的,你一定是去看罗伯特的画。也就是,吉尔伯特·托马斯的画。"

"我现在确实想起你了,"她慢吞吞地说,显然不像是一个会说这种谎、善于逢场作戏的女人。她站得笔直,泰然自若地闯进我这个家,并注视着我。"你笑笑,然后在外面——"

"你去那里是去看罗伯特的画?"我又问了一遍。

"是的,看他想要捅破的那幅。"她点点头。"当时我刚刚得知这件事,因为事发几个星期后有人给我看那篇报道——一个朋友碰巧看到。我不常看报纸。"接着她大笑起来,并不是苦笑,而是觉得那件事奇怪得有点好笑,似乎她觉得这没什么不妥。"太有意思了。如果你知道或是我知道——对方是谁——我们就可以在那里聊聊。"

我回过神来,打开了门。毫无疑问,在我自己的公寓里谈论我的病人有悖常理——实际上,我认为让这个迷人的陌生人进来不是个好主意——但好客和好奇早就占了上风。毕竟,我给她打了电话,她立刻就出现了,像是用魔法召唤来的。"你是怎么找到我的公寓的?"和她不同,我没有名列在电话本上。

"上网——那不难,一旦有了你的名字和电话。"

我领她进来,让她走到前面。"请。既然你来了,我们最好谈谈。"

"是啊,不然我们就错过了第二次机会。"她的牙齿洁白而明亮。我想起了她时尚的装扮,穿着靴子和牛仔裤,外套里面穿着柔美的衬衣,相得益彰,就好像她一半是牛仔,一半是淑女。

"请坐,给我几分钟整理一下思路。你要喝点茶吗,还是果汁?"我决定收敛一点,请她进来至少不给她倒任何酒精饮料,虽然我自己开始特别想要喝一杯。

"谢谢你。"她很有礼貌地说,坐得像个维多利亚时代会客室里的贵宾,在我的一把亚麻椅子上摆出大方的姿势,靴子交叉,脚缩到一边,纤瘦的双手优雅地搭在膝盖上。她是一个谜。我注意到她说话的声音就像我之前从她答录机里的留言里所注意到的刻意而动听的说话方式一样,接受过专业训练。她的声音很柔和但也坚定且很有味道。一位老师,我再次想到。她的目光跟随着我。"好的,请给我一点果汁,如果不麻烦的话。"

我走进厨房倒了两杯橙汁,正好就在手边,并在盘子里放了几块饼干。当我小心地端着托盘回到房间,想起凯特在格林希尔她家的客厅里招待我,吩咐我把三文鱼拿到午餐的桌子上。正是她给了我这个奇怪而美丽的女孩的姓氏,而这是找到她的关键所在。

"我不能百分之百肯定我找到了正确的玛丽·波迪逊。"我说,并递给她一个杯子。"但如果你在罗伯特·奥利弗想要捅破的油画前转悠,就不可能是巧合。"

"当然不是。"她抿了口果汁,把杯子放下,第一次用恳切的眼神看着我,故作自信的样子不见了。"对不起我这样不请自来。在差不多三个月里我没有罗伯特的第一手消息,我担心得——"她并没有说出"心都碎了",但我想从她善变的脸上突然掠过的自制来看,这是一个很好的形容。"当然我不会主动联系他。要知道,我们曾经大吵了一架。我以为他只是把自己关在某个地方画画,好忘了我,而最终我听到了他的消息。我担心了好几个星期,接着很意外地听到你的留言,由于今天已经是周末,我意识到我在金树林必定找不到你,但如果我无法从你这里得到消息,我一定会整夜睡不着觉。"

"你为什么不试试打我的呼机?"我问,"我不是说我不想和你说话——我很高兴你的出现。"

"是吗?"我看出这次轮到她来原谅我的油嘴滑舌。罗伯特·奥利弗显然专选有意思的女性。她露出微笑。"我确实试过你的呼机,但如果你看一下,就会发现它关机了。"

我看了一下,她说得没错。"对不起,"我说,"这种事一定不会再发生。"

"不管怎么说,这样更好,我们可以当面谈。"不安消失了,自信又回来了,她按捺不住地微笑。"请告诉我罗伯特没事。我不是要见他——实际上,我真的不想。我只是想知道他很安全。"

"他在我们的护理下很安全,我认为他没事。"我谨慎地说。"就目前而言,只要他待在我们这里。但他还是有点抑郁,有时候躁动不安。我最担心的是他不配合。他不肯说话。"

她似乎听进了这句话,牙齿咬着腮帮子好一会儿,并瞪着我。"一点也不说?"

"从来不说。嗯,第一天,说了一点。实际上,那天他说的仅有的话其中一句就是'你甚至可以找玛丽谈谈,如果你愿意。'所以我觉得可以打电话给你。"

"关于我他就说了这些?"

"关于其他人,他说得更少。这几乎就是他在我面前说的全部。他也提到了他的前妻。"

她点点头。"就是这样你才找到我,因为他提到了我。"

"不完全是,"我本能地脱口而出,"凯特告诉我你姓什么。"

这话确实让她吓了一跳,令我吃惊的是,她的眼里噙满了泪水。"她这么做真好。"她带着哭腔说。我站起来拿一张纸巾递给她。"谢谢你。"

"你认识凯特吗?"

"可以这么说。我只见过她一次,很匆忙。她不知道我是谁,但我知道她是谁。你知道的,罗伯特曾经告诉我,凯特的一些家人是来自费城的贵格会教徒,和我的家人一样。我们的祖父母或曾祖父母可能互相认识。那不奇怪吗?我喜欢她。"她一边接着说,一边把睫毛拍干。

"我也是。"我没想到自己会这么说。

"你见过她?她在这里?"她环顾四周,似乎期待着罗伯特的前妻加入进来。

"不,不在华盛顿。实际上,她一次也没来看过罗伯特。没人来看他。"

"我总是认为他会孤独一生。"这一次她的语气很平直,有一点生硬,接着她把纸巾塞进牛仔裤的口袋里,伸直腿以便塞得进去。"要知道他不会真正去爱谁,而到了最后,这样的人总是很孤独,不管有多少人曾经爱着他们。"

"你爱过他?或者说现在还爱他?"我问道,问题本身很实际,但我的语气尽可能显得温和。

"哦是的。当然,他很出色。"她说得就好像那是一种容易鉴别的特质,像是棕色的头发或大耳朵。"你不这么认为吗?"

我一口把果汁喝完。"我很少遇见这么有天赋的人。这也是我希望看到他有起色、有好转的一个原因。但是有些事情我不明白——好几件事情。为什么你没早一点知道他消失了,或是去了哪里?他不是和你住在一起吗?"

她点点头。"是的,他来华盛顿的时候。一开始很美好,整天和他在一起,接着他开始有点后悔,闷闷不乐了很长一段时间,因为一些琐事对我发火。我知道他很抱歉——以某种他无法表达的糟糕的方式——他离开了家人,而我猜他知道他再也回不去,即便是他妻子能够接受他。他和她闹得不开心,你知道的。"她简单地加了一句,而我在想这是否是她所希望的。"几个月前我们分手了。他时不时地打电话给我,或是我们试着一起吃饭,或者去看画展,或者看电影,但从来没有效果——我只是希望他回来,而他总是察觉出来,并再次消失。我最后放弃了,因为那对我来说更好——这使得我的内心平静了些,至少有那么一点。他最后一次离开前我们大吵了一架,这次我终于下定决心——我们吵架一方面是关于艺术,虽然实际上是关于我们自己。"

她举起一只手,表示放弃抵抗。"我相信如果我抛下他一个人,他最终会主动打电话给我,但是他没有。和罗伯特这样的人在一起的问题是他太特别了,别人没法跟他比。你再也不想要其他人,因为每个人相比之下都显得那么苍白,有点乏味。我曾经把这话告诉罗伯特,别人没法跟他比,虽然他毛病很多,他哈哈大笑。但接着事实显然就是如此。"

她深吸了口气。当她的沮丧浮出水面,她看起来年轻了十岁,有点女孩子气,没有显得更老成或更疲惫——一个奇怪的把戏。她显然年轻得足以当我女儿,如果我像我的某些高中同学那样,在二十岁结婚,生了个女儿的话。"所以你没有见过他——在他被捕前多久?"

"大概三个月。我甚至不知道那段时间他住在哪里——我现在还是不知道。有时候他借住在朋友的公寓里,或是睡在他们的沙发上,我想,有时候他可能住在市区廉价的旅馆里。他连手机也没有——他讨厌它们——

而我从来不知道怎么联系他。你知道他和凯特保持联系吗?"

"我不能肯定,"我坦言,"他似乎打了几次电话给她,谈谈孩子,但就是这样了。我想他正在一点点崩溃,孤立自己,最终爆发,产生破坏一幅画的念头。他被捕的时候警方联系了她。"我觉得我好像就远远地看着,当我和罗伯特的女人们谈话的时候,不再感到我正在泄漏病人的隐私。

"他真的生病了?"她说的是"生病",而不是"心理变态"或"发疯"。

"是的,他生病了,"我说,"但我很乐观,只要他能说话,更主动地配合治疗,他会好很多。病人必须有想要好转的意愿,才会好转,这非常重要。"

"任何事情都是这样。"她若有所思地说,使得她显得比刚才更年轻了。

"你和他住在一起的时候,有没有注意到他有一些心理上的问题?"我把那盘饼干递给她,她拿了一块,但没有吃,而是拿在手里。

"没有。好像有那么一点。我是说,我不会认为是心理问题。我知道他时不时地吃药,如果他紧张不安或是对一些事情感到焦虑,但很多人都这样,而他说吃药有助于睡眠。他从没告诉过我他有什么严重的问题。当然他从未提过他曾经精神崩溃过——我觉得他并不是真的崩溃,否则他会说起一点,因为我们感情很好。"她最后这句声明显得有点挑衅的意味,似乎我会反驳她的说法。"我认为我只是看出某种问题显露了出来,但不知道那是怎么回事。"

"你看出什么?"我自己拿了一块饼干。这是漫长的一天,下班后在我公寓门外出现了这个令人困惑的女人。而这一天还没有结束。"你有没有注意到什么令你担心的事情?"

她默不作声,用一只手把一缕头发撩到后面。"他是个特别难以预料的人。有时候他会说回家吃晚饭,接着整晚待在外面;有时候他会说他要去看一出戏剧或是和朋友去参加开幕式,接着再也没有离开过沙发——他就是坐在那里看一本杂志,然而睡着了,而我不敢问他等着他去的朋友会怎么想。我已经到了这样一个程度,我害怕问起他的任何计划,因为他总是被这样的问题激怒,同时我也害怕和他一起计划什么,因为他可能会在最后一分钟改变主意。一开始我想那仅仅是因为我们都习惯了自由自在,但是我不想处于被他抛弃的境地。我更不希望,如果我们和其他人一起计划某件事,他也会弃他们不顾。你知道我是什么意思。"

她陷入沉默,我鼓励地点点头直到她接着说。"比如说,有一次我们约会,让他见见我的妹妹和妹夫,他们在城里参加一个会议,而罗伯特压根儿没有在餐厅里露面。整顿饭都是我陪着他们,越吃越难过。我妹妹非常理智务实,我觉得她很惊讶。后来当罗伯特离开我,她显得不是很意外,她不得不在电话里劝我。那顿晚餐之后,我回到家里,发现罗伯特穿着衣服睡在我们的床上,我把他摇醒,但他把吃饭的事情忘得一干二净。第二天他不愿意谈到这件事,也不愿意承认他错了。他常常不愿意谈论他的感受或是承认错误。"

我忍不住想说,你不是坚称你们感情很好吗?她低头看着饼干,最后还是吃了,就好像这段回忆令她饥肠辘辘,接着用我给她的纸巾擦擦手指。"他怎么会这么无礼?我邀请他见我妹妹和妹夫,因为我认为我们是认真的——我和他。他告诉我他离开了他妻子,她不希望他再留下,他觉得我们可以在一起很久。后来他告诉我,她已经申请离婚,他也同意了。不是说我们要结婚。我从没有真正想过嫁给某个人——我想这毫无意义,因为我不想要孩子——但罗伯特是我的灵魂伴侣,如果说得好听一点。"

我以为她眼里会再次泛泪光,但她只是摇了摇秀发亮泽的头,显得目空一切、理想幻灭、忿忿不平。"我为什么告诉你这些?我到这里来是打听罗伯特的消息,不是把我的私生活说给你听。"接着她双手托着脸,又露出微笑,但有些苦涩。"马洛医生,就算是块石头,你也能让它开口。"

我心头一惊,那是我朋友约翰·加西亚评价我的话,我最珍视的赞美,是我们长期友谊的基石。我从来没有听过它从别人的嘴里说出来。"谢谢你。我不会强迫你说你不愿意告诉我的事情。但你告诉我的这些都很有用。"

"走着瞧。"她露出真诚的微笑,又是那么自信满满,情不自禁地发笑。

"现在你知道,他来你这儿之前就服用某种药物,如果你以前不知道这个,会感觉好一点,因为你知道就连同居的女人,罗伯特都不愿意对她说出自己的感受,所以你不算是真的失败。"

"女士,你吓到我了,"我说,"但说得没错。"我认为没有理由告诉她我从凯特那里也听到了这些。

她放声大笑。"那么把你的罗伯特的情况告诉我,因为我已经把我的告诉你了。"

于是我开诚布公、原原本本地告诉了她,更强烈地意识到我所做的正是在泄露病人的机密。当然我没有提到任何凯特告诉我的话,但我描述了罗伯特来我这里之后的种种行为。把这些都告诉她是有目的的;我还有很多事情要问她,要请求她,对于一个如此敏锐如此热情的人,我必须为这种好处预先付账。最后我向她保证我们在金树林悉心地看护罗伯特,我觉得他现在很安全,他并没有伤害自己或别人的倾向,虽然他到那里去企图捅破一幅画。

她专注地聆听着,没有提出问题打断我。她的眼睛又大又清澈,毫无保留,显出一种像水一般的奇特颜色,我想起在美术馆里,她的眼睛边缘有一圈黑色,那应该是精致的妆容。她也能让一块石头开口,我这样对她说。

"谢谢你——那是一种荣幸。"她说,"老实说,我有很长一段时间想做个医学家,但那是很久以前的事了。"

"而你成了画家和教师。"我斗胆地说。她坐在那里看着我。"哦,要察觉出来不是那么难。我看见你用倾斜的角度细看《勒达》的表面,靠得很近——一般只有画家才会这么看,要么可能是艺术史学家。我想象不出你的职业会是纯学术的——那对你来说太单调——因此你一定是教画画的,或是从事其他视觉艺术工作,用来谋生,而你看起来很自信,是天生就该适合当老师。我是不是说得过头了?"

"是的。"她说,两手紧紧放在穿牛仔裤的膝盖上。"而你也是个画家——你在康涅狄格长大,壁炉上的那幅画就是你画的,上面是你居住的小镇上的教堂。这幅画画得很好,你很认真,你有天赋,这你完全知道。你父亲是位牧师,但思想相当进步,即便你没上医学院,他也会为你感到骄傲。你特别感兴趣的是创造力心理学,以及折磨着许多有创造力、甚至像罗伯特那种天才的精神错乱,这就是为什么你考虑让他作为你下一篇论文的主题。你本身是不同寻常的科学家和艺术家的混合体,因此你理解这样的人,虽然你非常成功地保持住自身的心智健全。运动很有帮助——你跑步,或者说坚持运动多年,因此你看起来比实际年龄年轻十岁。你喜欢有秩序有逻辑的生活,它们支撑着你,因此你一个人住,长时间工作都不成问题。"

"够了!"我说,用手捂住耳朵。"这些你都是怎么知道的?"

"当然是上网。还有你的公寓,以及我对你的观察。而且,要知道你的画右下角有你的姓名缩写。把这些信息拼凑在一起,就能知道这些。此外,亚瑟·柯南·道尔爵士是我小时候最喜欢的作家。"

"也是我最喜欢的作家之一。"我想要握起她没戴戒指、五指纤长的手。

她还在笑。"你还记得福尔摩斯是如何完全看出某个人的性格和职业——他的过去——仅凭那人留在他房间里的一根拐杖?而我在这里能利用到整个房间。福尔摩斯也没法上网。"

"我觉得你最能帮助我治疗罗伯特。"我慢吞吞地说。"你愿意把你和他之间的经历全部告诉我吗?"

"全部?"她并没有正视我。

"对不起。我指的是你认为能帮助其他人了解他的任何事情。"我没有给她时间来拒绝或接受。"你了解他想要捅破的那幅画吗?"

"《勒达》?是的。嗯,有一点。有些只是猜测,但是我确实查过相关信息。"

"你晚餐有约吗,波迪逊女士?"

她把头歪到一边,用指尖碰触嘴巴,似乎很诧异地发现一丝笑容还留在那里。当她转过脸,一双亮晶晶的眼睛下的眼影显得更深了,成了蓝灰色,犹如白雪上的阴影,"雪花效应"。她的皮肤非常白皙。她穿着外套的身体坐得笔直,穿着牛仔裤的优美的臀部和双腿靠在我的沙发上,她纤瘦的肩膀竖起着。这位年轻的女士伤心了好几个星期,甚至好几个月,而她没有两个能安慰她的孩子。我再一次对罗伯特·奥利弗感到生气,我作为医生的客观的同情心突然消失了。

但她并不生气。"晚饭?没有,和往常一样。"她握着自己的手。"只要我们各自付钱就可以。但现在别再让我谈罗伯特。我情愿把一些东西写下来,如果你能接受的话,这样我就不会说到最后在一个素不相识的人面前哭哭啼啼。"

"我不算熟人,"我说,"但并非素不相识——别忘了我们一起去了美术馆。"

她的目光穿过我客厅里的暮色正对着我——她说得对,一切都是那么井井有条、条理分明,不久我便会站起来打开另一盏灯,会问她我们走之前她还要吃点什么,会婉转地说自己去下洗手间,会洗洗手,找一件薄外套。在晚餐上我们当然多少会说到罗伯特,但也会谈起绘画和画家、我们在柯南·道尔陪伴下度过的童年、我们谋生的方式。而我希望我们会谈到罗伯特·奥利弗,不管这一次还是以后。她的眼睛会说话——并不快乐,但看到了房间另一边的某样东西似乎有点兴趣,而在一间步行可及的餐厅里,我至少有两个小时能坐在最雅致的餐桌边让她露出笑容。

一八七八年

我亲爱的：

请原谅我无可饶恕的行为。这并非出于预谋，也不乏敬意，相信我，而更多的是出于一种渴望，最近几年只有你才有力量将它唤醒。也许有一天你会明白，一个面对人生终点的男人怎么会在某一刻完全忘记了自己，仅仅想到他必然会失去的东西突然增加了。我无意冒犯你，你一定早就知道我邀请你来看画的动机是单纯的。这是一幅无与伦比的作品；我知道你的才能远不止这些，但请一定要允许我，作为我赎罪和道歉的方式，让评审团见到这幅杰作。我认为他们不会对它的美妙、精致和优雅视而不见，如果他们蠢得不愿接受它，它还有机会为人所见。关于使用你的名字或使用假名，我一定根据你的要求来做。请容忍我这么做，这样我会感到我为你的天赋——和你——做了一点小事。

而我的方面，我已经决定递交画着我年轻朋友的这幅作品，因为你喜欢它，但是，当然，那会署我的名字，被拒绝的可能性甚至更大。我们一定要有信心。

你谦卑的仆人
O. V.

四十五
玛丽

和罗伯特·奥利弗在一起时所发生的事情,连我自己也从未仔细整理过,如果有可能,我还是会静下心来整理一下。在我们最后几次争吵中,有一次他说我们的关系从一开始就是扭曲的,因为我把他从另一个女人那里抢走。这很糟糕,显然不是事实,但我第一次爱上他时他已经结婚了,第二次爱上他时他还是已婚,却是事实。

今天早上我对我妹妹玛莎说,一位医生请求我把我能想起的关于罗伯特的一切都告诉他,她说:"哦,玛丽,现在你有机会花二十五个小时来说他,不会烦到任何人。"我说:"你和所有人一样,不必听我说。"我不会为这番讽刺但温情的话责怪她——至少,她的肩膀上接着我为罗伯特·奥利弗淌下的大部分眼泪。她是一个极好的妹妹,一个长期隐忍的人。要不是她帮助我摆脱他,也许罗伯特会对我造成比现在更大的伤害。另一方面,如果我听她的话,我或许就不会经历那么多现在追悔莫及的事情。虽然我妹妹是个务实的女人,但她偶尔也会后悔;我一般不会。罗伯特·奥利弗几乎算是个例外。

我想从头到尾说完这个故事,因此我从自己开始说。我出生在费城,玛莎也是。当我五岁、玛莎四岁时我们的父母离婚了,此后,父亲的形象越来越模糊;实际上,他离开了我们在切斯努特山的住宅区,住进市中心,过着西装革履的生活,住在他那漂亮但空荡荡的公寓。我们每周去那里造访一次,接着每两周去一次,大部分时间都在看卡通片,而他则看着一份份他称为"案情提要"的文件。他叫内裤也用这个词①,有一次我发现他的一条

---

① 原文 brief 有摘要、提要的意思,复数为 briefs,正好是紧身内裤的意思。

紧身裤和另一件内衣随便扔在床下，另一件是米色蕾丝的。我们不知道怎么处理那件，把它们留在原地似乎也不对，于是当爸爸去街角买《星期日问讯报》和我们的面包圈时——通常他一去就是三四个小时——我们把两件内衣放在一个汤罐里，拿到他褐砂石公寓楼的后花园，把它们一起埋在铁栏杆和一棵被常春藤覆盖的树干之间。

我九岁那年，爸爸离开费城前往旧金山，我们一年去看他一次。旧金山有趣得多。爸爸的公寓居高临下，能俯瞰一片云山雾罩的海，我们在阳台上就能喂海鸥。当妈咪觉得我们够大了，就让我们自己坐飞机去。后来我们的旧金山探亲减少到两年或三年一次，再后来我们想去而妈咪又愿意付钱时才去。最后，爸爸到东京去工作，因而淡出我们的视线，他曾寄来一张他搂着一个日本女人的照片。

父亲离开前往旧金山后，我猜妈咪应该很高兴，这样她就能够完全自由地照顾我和玛莎了。她花了如此多的心血和体力来照顾我们，以至于我们两个都不想要孩子。玛莎说她知道如果有了小孩，她会觉得有义务去做任何母亲为我们做的事，甚至更多，那会令她感到乏味。但我认为我们心知肚明，我们都不合格。用着外公外婆的贵格会银行老账户——我们永远无法知道里面是存满了油、麦片、铁路股票还是现金——妈咪让我们在一所优秀的教友派学校上了十二年。那里的老师嗓音温柔，灰色的头发剪得一丝不苟，当有人用石块打你，她们会蹲下来看你有没有受伤。我们学习乔治·福克斯①的文章，参加集会，在费城北部一个不良的社区里种植向日葵。

我的初恋发生在教友派中学里。学校有一栋大楼，曾是"地下铁路"②的一站；阁楼上有个老旧的碗橱，橱底是扇活板门。七八年级的教室都在

---

① 乔治·福克斯(1624—1691)，英国重要的反对国教派人士。普遍认为他是贵格会的创始人。
② "地下铁路"是十九世纪美国废奴主义者把黑奴送到自由州、加拿大、墨西哥等地的秘密网络。

四十五

那栋楼里。当我升到这个年级，我喜欢在所有人离去午餐后在里面待上几分钟，倾听当年那些逃往自由的男男女女的灵魂。一九八〇年二月（当时我十三岁），爱德华·荣-蒂林格在午餐时间也留下来，在七年级的读书角吻了我。对此，我期待了好几年，作为初吻，它不算太糟，虽然他的舌头边缘像是一块肉的粗糙切口，我仿佛看见房间另一头画像上的乔治·福克斯低头注视着我们。第二个星期，爱德华把注意力转移到佩吉·海尼西身上，她长着柔顺的红发，住在乡村里。我过了好几个星期才不再恨她。

一个女人的过去全部都和男人有关，这是一种耻辱——先是男孩，接着是其他男孩，接着是男人，男人，男人。这让我想到我们学校的历史课本里全都是关于战争和选举的内容，一场战争接着一场，其中乏味的和平时期每次都被一笔带过（我们的老师谴责这种写法，并额外增加了有关社会历史和抗议运动的单元，但那依然是书本里的信息）。我不知道为什么女人往往用这种方式来讲故事，但我想我也要开始采取同样的做法，也许因为你希望我既谈谈自己，又要描述和罗伯特·奥利弗之间的关系。

我的高中时代依然很彻底，当然不仅仅牵涉到男孩；它们也牵涉到艾米莉·勃朗特和内战，牵涉到斜坡上费城公园里的花花草草，牵涉到墓碑擦拭、《失乐园》、手工编织、冰淇淋和我的疯狂朋友珍妮（我开车送她去堕胎诊所，当时我甚至还没有在一个男孩面前脱过衣服）。那些年，我学会击剑——我很喜欢白色的衣服和我们不够大的贵格会体育馆里像海绵一样潮湿的气味，以及剑头抽到对手背心上的那一刻——我也学会在切斯纳特山医院里做志愿工作端稳便盆；学会在妈咪没完没了的慈善聚会上倒茶并微笑，这样她的慷慨仁慈的朋友就会说："你的女儿多可爱啊，多丽丝。你母亲也是金发吗？"这是我愿意听到的。我学会画眼影，学会使用卫生棉条，这样我就感觉不到它的存在（听一个朋友说的，妈咪从来不会说起这样的事情）；学会有板有眼地用曲棍球棒击球；学会做五颜六色的爆米花球；学会说一口不地道的法语和西班牙语；学会如果有必要，尽管心里对另一

221

个女孩感到歉意，表面上却轻视她；并学会给小椅子重装新的花边椅面。在学会这些之余，我第一次发现颜料在我笔下的感觉，但这件事我要留到以后再说。

我原本以为这些事情很多都是我自己学会或是从老师那里学到的，但我现在明白它们一直都是妈咪综合计划的一部分。就像我们还在蹒跚学步的时候，她每天晚上把我们放在浴盆里从头到脚擦洗干净，用一根紧裹着面巾的手指小心清洗柔嫩的部位，她还确保她的女儿知道在每次穿衣服之前扣紧胸罩的带子，丝质衬衫只能用冷水手洗，出去吃饭时要点色拉（凭良心讲，她也希望我们知道英国最重要的国王、女王的名字和时代，宾夕法尼亚的地理知识和股票市场的运作模式）。她去参加学校的家长会时，手上总拿着一个小本子。每年圣诞节她会带我们去购买新的派对礼服。她会亲手缝补我们的牛仔裤，却带我们到市中心一家特别的发廊去剪头发。

今天，玛莎魅力十足，而我还看得过去，虽然我有一段漫长的时间只能穿别人穿剩的旧衣服。妈咪接受了一次气管手术，但当我们去看她——她依然住在家里，和一名女佣一起住在二楼，一位幼儿园教师租下了顶楼的公寓——她气喘吁吁地说："哦，你们这两个女孩变漂亮了，谢天谢地。"我和玛莎知道她感激的主要是她自己，但即便如此我们仍感到这个狭小的、满是古董的客厅很有传奇色彩，我们感到自在、得体，并且像亚马孙女战士①一样自信满满、不可战胜。

但所有这些穿戴、打扮、化妆、肩带调节都是为了什么？把我带回给男人。妈咪没有谈到过男人或性，我们家也没有父亲来威胁我们的男朋友或问起他们，而妈咪反对我们交男朋友的意图太过温和，算不了什么。"如果整个约会都是男孩子付钱，那么他们就想要从你这里得到什么。"她会说。

"妈咪"——玛莎会开始习惯性地转动眼珠——"这是八十年代了，早

---

① 希腊神话中，相传曾居住在黑海边的女战士族中的一员。

就不是一九五五年了,好吗。"

"你自己好吗。我知道现在是哪一年。"妈咪会温和地说,接着去打电话预定感恩节晚餐的南瓜馅饼,或是打给住在布林茅尔的她那生病的姨妈,或是晃晃悠悠地走到灯具市场看他们能否修理古董烛台。她总是说如果能出去找份工作她会很高兴,但只要她自己能付得起我们的学费(她自己指的是银行里的油和燕麦),她觉得还是待在家里对我们最有用。

在我看来,她待在家里主要也是看住我们;但因为她从来不问男孩的事,我们也不会说太多,除非是学校舞会的舞伴,在这种情况下,那男孩确实穿着晚礼服到家里来过一次,同母亲握手并称呼她为"波迪逊夫人"。("真是个好孩子,玛丽,"后来她会说,"你认识他很久了吗,他的母亲不是在学校里运输有机蔬菜吗,还是我想到了其他人?")不知怎地,这个小小的惯例让我感到不那么心虚,实际上反而备受鼓舞——随着学校舞会的时代过去——比如当这个男孩后来把一只手滑到我裙子里面时。随着我长大,我对妈咪说的话越来越少,罗伯特·奥利弗进入我生活时,我早就在独享的世界、偶然的朋友或男朋友和我的日记中度过了青春期。我们同居的时候罗伯特告诉我自从童年以来,他一直感到孤独。我认为那是令他爱上我的最主要原因之一。

四十六

玛丽

上大学之前,我在市中心的一家书店里工作了两年,对此妈咪总是心惊胆战,但接着我还是乖乖去上大学,而且自己付学费。巴内特大学对我来说很好。应该说我在大学里充满了焦虑,在未来和生活的意义等问题中挣扎——备受宠爱和保护的富家女接触到伟大的书籍,对自身的平庸感到失望。或许备受宠爱和保护的富家女意识到巴内特有很多这样的人,他们出售财产,躲进现实世界体验真实生活,在大街上和狗睡了十年。

也许我并没有被宠坏——妈咪明确表示贵格麦片换不来我们的滑雪之旅和漂亮的意大利鞋子,她严格控制给我们买衣服的钱。也许我对于人间疾苦并未一无所知——教友服务计划、北费城住房、受虐女性保护所、切斯努特山医院里带血的呕吐物,全都让我了解了一个饱受苦难的世界。巴内特的课程并没有让我有巨大的启发,我到图书馆打工帮助妈咪购买我的课本,和回家的火车票。实际上,除了一般大学生会有的男孩和撰写学期报告的危机,我并没有太多的经历。然而我发现有一样东西没人能从我身上夺走,从某种程度上来说它本身就是危机,一种快乐的危机。

我一直喜欢教友学校里的美术课——我喜欢我们活泼而娇小的高中美术老师,和她那沾着紫色颜料的工作服。她喜欢我做的彩色黏土人像,那是根据小学四年级做的河马发展出来的,河马一直被妈咪藏在她的宝贝柜子里。我从没成为过学校里的艺术明星,那是一群不合群的人,他们获得了州奖,申请罗得岛设计学院①或是萨凡纳艺术设计学院②,而我们这

---

① 罗得岛设计学院创立于一八七七年,是一所由民间实业家所成立的私立艺术学院,是美国艺术与设计学院的先驱。
② 美国佐治亚州萨瓦纳的一家美术及设计专科学院,成立于一九七八年。

些剩下的人则想着是否能进入常春藤盟校。但是在巴内特，我的内心对艺术有了深刻的认识。

奇怪的是，那开始于一件令人失望的事情，几乎可以说是个错误。当时我原准备主修英文，但我必须要修几门艺术类的课程。我记不得那个类别是什么——也许是创意表达——于是第二个学期开始的时候，我报名参加了一个诗歌写作班，因为我觉得我很快就会交往的那个大三学生是个诗人，我不想在他眼里显得对诗歌一窍不通。

然而，这门课早就报满了，于是我被调到一门名叫"视觉感悟"的副课上。要到很后面我才认出罗伯特·奥利弗，一个大牌的访问画家，那个学期教那门课是对他的折磨，他私下称它为"视觉误解"。学校让非美术专业的学生接触一位公认的画家并以此为荣，而"视觉感悟"是他来巴内特作访问的唯一负担，一门通用绘画和美术史的课程硬是拉来一些其他专业的、不情愿听课的学生。一月的一个早晨，我和他们一起坐在油画室的长桌旁。

奥利弗教授迟到了。我坐在那里尽量不和同学眼神交流，这些人我都不认识。我在任何一门课程开始的时候总是感到害羞；为了避免和任何人四目相对，我从那扇高高的、满是污垢的窗子望出去。透过窗子我能看见白色的田野和窗台上的积雪。阳光洒在一长排横七竖八堆在一起的画架和凳子、磨损的桌子以及布满裂痕、溅上颜料的地板上；洒在用于静物画的帽子、皱巴巴的苹果以及摆放在前面平台上的非洲小雕像上；也洒落在色轮表和博物馆的海报上。我认出了其中一幅梵高的黄色椅子和一幅褪色了的德加的作品，但那幅方块套方块的、色彩的画我没见过，后来罗伯特告诉我们那是临摹约瑟夫·亚伯斯的作品。我的同学们有的交头接耳，有的用口香糖啪地吹泡泡，有的在笔记本上乱涂乱写，有的在肚子上一阵抓挠。我旁边的女孩有一头紫色头发；那天早上我在食堂就注意到她了。

接着画室的门开了，罗伯特走了进来。他只有三十四岁，但我完全不知道这一点。我像一般的本科生那样，认为他和所有其他的导师一定都超过了五十岁——换句话说就是老学究。他长得很高,给人一种比实际身材更高大、更有活力的感觉。他的手很细长,脸色相当憔悴但体格却不瘦弱;他衣服下的身躯显得结实、强壮(如果已经上了年纪)。他穿着一条厚厚的脏兮兮的金棕色灯芯绒裤子,膝盖和大腿的地方有磨破的斑点。他上身穿着一件黄色的衬衫,袖子挽到手肘,和一件破旧的橄榄色毛线背心,显然是手织的。那是——他母亲在他父亲生前最后几年为他父亲织的。

实际上,我后来对罗伯特了解得这么多,以至于我很难把我对他的第一印象从余下的记忆中抽离出来。他眉头紧锁,眉间满是皱纹。如果他不是那么满腹怨气、不修边幅,应该会很有魅力,最初的那一刻我这么想。他的嘴大而放松,嘴唇很厚,他的皮肤稍许带点橄榄色,鼻子相当长,头发颜色很深但偏红并且卷曲,剪得很难看——部分正是因为这过时的乱发,让我以为他看上去比实际年龄要老。

接着他似乎看见我们围坐在桌子边,便很快停下脚步,露出微笑。当他笑起来,我发现认为他邋里邋遢、脾气暴躁一定是错的。他显然很高兴见到我们。他穿着颜色柔和的旧衣服,他内心热情、身体温热、眼神温暖。当你看见他的微笑,你可以原谅他过时、邋遢的外表。

罗伯特腋下夹着两本书,他在身后关上门,走到桌子前,把书放下。我们全都期待地注视他。我发现他的手上有些老茧,似乎它们的年纪甚至比他还要老;那是一双不同寻常的手,非常大、非常厚实但非常优雅。他戴着一枚哑光的结婚金戒指。

"早上好。"他说。他的声音洪亮而沙哑。"这是为非美术专业的人开的绘画课,也叫做视觉感悟。我相信你们来到这里都很高兴,我也是"——一句讽刺的谎话,但是那一刻他说得令人信服——"这是你们应该上的课。"他展开一张纸,缓慢而仔细地报出我们的名字,停下看看他的发音是否正确,当我们回应时便对我们一一点头。他抓抓上臂;他依然站在我们面前。他的手背上长着深色的毛发,指甲缝里有块干掉的颜料,就好像它们从来没有洗干净过。"这是我拿到的名单,有没有不报名直接来的?"

一个女孩举起了手；和我一样，她未能报上另一门课，但和我不同的是，她不在他的名单上，于是想知道她能否留下。他似乎在考虑。他的手穿过竖在那里的几撮深色头发抓着头皮。他有九个学生，他说，比预知的要少。好的，他欢迎她留下来。她应该从系主任那里得到批准的纸条。那不成问题。没有别的问题？别的疑虑？好的。我们当中有多少人曾经画过画？

有几只手举了起来，但似乎都略有迟疑。我的手坚决地放在桌上。后来我才知道，每次教一门新课的最初几天，他都忐忑不安。他像我一样害羞，只是方式不同，他在课堂上隐藏得很好。"你们都知道，这门课不要求有先前的经验。同样重要的是，请记住：在真正意义上，每个画家在他人生的每一天都是一个初学者。"这句话错了，我本可以告诉他；本科生特别痛恨被人小看，这个班级中的女权分子必定憎恨用"他的"来代表所有的艺术家——我也是其中的一员，虽然我还不至于像某些我认识的年轻女子一样在课堂上发出嘘声。他可能会让自己在这个课堂上陷入窘境。我越来越感兴趣地看着他。

但此时他似乎在采取不同的做法。他轻拍面前的书本，坐了下来。他扣起沾着颜料的手似乎想要祷告。他叹了口气。"很难说绘画要从何讲起。绘画的历史几乎和人类一样古老，如果欧洲的洞穴是某种标志的话。我们生活在一个充满形状和颜色的世界里，当然我们想要再现这个世界——虽然自从人造的颜料发明以来，我们现代世界的色彩变得明亮得多。比如说，你的T恤衫"——他朝坐在我对面的男生点点头。"或者——请原谅我举这个例子——你的头发。"他用那只戴着戒指的大手指着她那个紫色头发的女孩，微笑着说。大家都笑了起来，那个女孩也裂开嘴骄傲地笑了。

我突然喜欢上那里，喜欢上新学期开始的感觉、颜料的气味、洒满画室的冬日阳光、那一排排等着接受我们拙劣绘画的画架，以及这个有点邋遢但温文尔雅、主动引领我们进入色彩、光线和形状之秘境的男人。坐在他的教室里一度让我觉得像是脱离了在这里的其他学业，回到了快乐的高中美术画室中。如今这成为一个我愿意找回的重要回忆。

我不记得那节课后面的情形——我认为我们一定是听罗伯特讲述绘画史或某些绘画手法的一些基本原理。也许他把他带来的书发下去传阅，或是指向梵高作品的海报。我们最后一定是移到画架前，不是那堂课就是下一堂。某个时候——也许是在下一堂课上——罗伯特一定教我们如何从颜料管里面把颜料挤出来，把调色板擦干净，如何在画布上画草图。

我确实记得他曾说过，我们大部分人还没有学过素描、透视或解剖学就要尝试油画，这不是荒唐可笑就是天赋异秉，但我们至少会明白这是一个什么样难弄的展色剂，我们会记得手上颜料的气味。甚至我们还看得出，让一些非专业的学生先接触油画是一种实验性的尝试，是系里的决定，不是他的。他试图让我们相信他不是真的介意。

但他提到我们手上的颜料气味，我因此更为动心，因为那是视觉感悟这门课上我最喜欢的地方之一，就像上高中的美术课一样。我喜欢在洗手吃饭之前深深地闻一闻双手，一次又一次对自己证明颜料的气味无法根除。确实如此。不管用哪一种香皂都洗不掉。我在上其他课时也深深闻自己的手，看着嵌在指甲缝里的颜料，如果我无法像罗伯特教的那样将颜料清除得一干二净的话。当我睡觉，或是搂着我正在交往的年轻诗人柔软的头发时，我躺在枕头上闻我的手。没有一种香味能盖住这种刺鼻油腻的气味，它每天和无法完全去除颜料的松节油、那种同样刺鼻的气味混合在一起，留在我的皮肤上。

这种气味带来的快乐仅次于把颜料涂到画布上的乐趣。在罗伯特的课堂上，我画画的水准显然很拙劣，尽管我高中时的老师曾努力地指导我——我素描出画室里碗和浮木、非洲小雕像的大致形状，以及罗伯特某天带来的水果塔。他用微微长着老茧、戴着结婚戒指的手小心翼翼地把它们堆起来。看着他，我想告诉他，我早就爱上了我手上颜料的味道，早就知道我永远忘不了它，即便这门课结束后我将不再画画。我希望他知道，我们并非全都像他想的那样，对他的课无动于衷。我觉得在课堂上我无法告诉他那样的话。那会引来别人的嘲笑，比如那个紫色头发的女孩，和学校的田径明星——当我们必须画自己构思的静物画时，他用上了他的运动鞋。另一方面，我无法在奥利弗教授坐班的时候去他办公室，坐下来告诉他我把手上的气味视如珍宝——那同样会显得很可笑。

于是，我留心着，等待着提出某个实实在在的问题，某些我确实需要请教他的东西。之前我没有任何问题。我只知道我对于铅笔和画笔的使用，比过去老师曾经指出的更为笨拙，而奥利弗教授确实不喜欢我画的盛着橘子的蓝碗；碗的比例不对，有一天他告诉我，虽然橘子的颜色调得很好——而他随即继续去看别人的画，他们存在更糟糕的问题。我希望把碗画得更好，多花点时间画，而不是急着画橘子。

但对此我问不出什么有水准的问题。我必须学会画画，而令我自己也吓了一跳的是，我开始有了十足的进取心。我到美术图书馆借书查阅，并把它们带到宿舍里，那里我可以坐着临摹苹果和盒子、立方体、马的臀部、一幅不可思议的米开朗基罗画的萨梯①头像。我在这方面很不擅长，于是一遍又一遍地画，直到某些线条似乎更轻松地从我手中流出。令妈咪担心的是，我开始沉湎于上艺术院校的梦想；她赞同我广泛涉猎艺术类的学科，每个学期尝试新的东西（音乐史、政治科学），但是她希望所有那些尝试最后都能够通往法律或医学。

由于艺术院校依然遥不可及，我开始画我房间里实实在在的物体：我叔叔多年前从伊斯坦布尔带给我的花瓶、窗子上的栅格——建于一九三〇年，始终美观地框在宿舍的窗子。我画下崇尚自然的室友散步时带回的连翘花枝，以及睡在我床上的那位诗人细腻的手——而当时我的室友正在参加四小时的名著学习班。我买了不同尺寸的写生本，以便把它们放在书桌

---

① 一个被描绘成具有人形却有山羊尖耳、腿和短角的森林之神，性喜无节制地寻欢作乐。

上或是塞进书包里随身携带。我去大学的美术博物馆,对于一个学院来说里面的藏品好得出奇,并试着画下我在那里所看到的——一幅马蒂斯作品的图片,一幅贝尔特·莫里索的素描画。每画一幅画我都规定自己画出一种特别的味道,一种每次我重新努力学习画画时都更为强烈的味道;我这么做一方面是为了自己,一方面是为了想出一个好问题拿到奥利弗教授那里。

四十六

一八七八年

我最亲爱的,

　　我就在此刻收到了你的信,深受感动,于是立刻给你回信。是的,正如你满含同情的暗示,我这些年一直孤身一人。虽然有点奇怪,但我还是希望你能认识我的妻子,如果这有可能,那么你和我就可以在适当的情形下认识彼此,而不是在一份来世的爱情中,如果你允许我这么说的话。每一个鳏夫注定要被人可怜,但我并未感到你的信里流露出可怜的意思,而是作为朋友为我表达深深的遗憾。

　　你是对的:我悼念她,并一直会这样,虽然正是她的死法给我带来最大的悲痛,而不仅仅是她不复存在的这一事实——对此,我无法说出来,即便是对你,至少现在不行。总有一天我会说的,我保证。

　　我同样无法告诉你你填补了这个空白,因为没有人能填补另一个人留下的缺失:你只是再次填补了我的心灵,对此我不胜感激,但以你的年纪和经历我恐怕无法解释明白。冒着听起来傲慢甚至俨然是救世主的危险——你会找到一种方式来原谅我——我向你保证有一天你会明白你的爱意给我带来的安慰。我很肯定你认为你对我的爱是对我的慰藉,但当你到了我这样的年纪,你会知道,抹去我内心空虚的,是你允许我爱你,我最亲爱的。

　　最后,我感谢你接受了我的要求,我只是希望我没有太过固执。当然我们会使用你建议的名字——玛丽·利维尔从此以后将是我尊敬的同行,而这幅画会从我的手里以完全的慎重交到评审团那里。由于时间不多了,我明天会亲自送去。

　　万分感谢

　　　　　　　　　　　　　　　　　　　　　　　　　O. V.

又及:伊弗的朋友吉尔伯特·托马斯带着他颇为文静的弟弟——我相信你

天 鹅 贼

也认识阿蒙德——一起来画室,购买我在枫丹白露画的一幅风景画,前段时间我同意通过他们的画廊来出售。他也许能帮助你,你说呢?他极其崇拜你画的金发女孩,但我当然对于她的作者只字未提;实际上他有一两次提到这幅画的风格让他想起某个熟悉的东西,但又想不起是什么。我担心他会肆无忌惮地提高他画廊里画作的价格,但也许我太苛刻了。他对你作品的崇拜证明他很好,即便他不知道是谁画的——有一天你可以卖给他某幅画作,如果你愿意。

四十七

玛丽

最后,我意识到我没有可向奥利弗教授提出的问题:我有一个画夹。我有我的素描本,一本相当大的画满了萨梯、盒子和静物画的本子。个别页上,我画了一个马蒂斯的女人,仅用六根线条,在纸上狂热地舞蹈(我无法让她真的跳舞,不管我临摹这些线条多少次),以及五个版本的花瓶连同旁边桌子上的一块阴影。阴影的位置正确吗?那是我的问题吗?我在美术商店买了一个沉甸甸的纸板套子,把所有东西都装在里面,在下一堂课上,我留心着机会安排一次和奥利弗教授的会面。

他为我们设置了一门新的课程——这个星期我们要画一个人偶,下个星期画真人模特。人偶必须在课外时间完成并带到课堂来讲评。我不希望画人偶,但当他把她搬出来,安放在一把木质的玩具椅子上,我觉得好了点。她是一个古董,纤瘦而僵硬,显然是用上了颜色的木头做成的,长着暗淡的金色头发和凝神的蓝眼睛,但脸上带着某种我喜欢的谨慎而敏锐的表情。他把她僵直的手放在她的膝盖上,她面对我们,机警而相当生动。她穿着一条蓝色的裙子,领子上钉着一朵粗糙的红色丝质花朵。奥利弗教授转向全班。"她是我祖母的,"他说,"她的名字叫艾瑞娜。"

接着他拿出一本写生本,默默地示范我们该如何刻画出她的肢体形态——椭圆形的脑袋、裙子下面接合的手臂和腿、竖直的躯干。我们应该仔细看膝盖的正确透视法,他说,因为我看到的是她的正面。她的裙子会遮住她的膝盖,但它们依然存在——我们要找到一种方法来画出衣裙下的膝盖正面。这就涉及画纺织品的领域,他说,那个学期我们不会学——它太复杂了。但这个练习会让我们对于布料下面的肢体有一种认识,感觉到躯体在衣物内的存在。一位画家应该多思考一点,罗伯特告诫我们。

他开始示范,我看着他;我看着他把作画的那只手臂上褪色的衬衫袖子卷起,他那棕绿色的眼睛在人偶身上来回闪动,而他的身体一动不动,全神贯注地面对他的模特。他脑后的鬈发被压扁了,似乎他睡觉的时候压到,又忘了梳理。前面有一撮头发竖着,像是一棵生长的植物。我看得出他无视于我们和他的头发,他的注意力完全集中在那个膝盖撑起脆弱的裙子前部的娃娃。突然,我自己也想拥有那种忘我的状态,我从来不会忘我。我总是在注意其他人,想他们是不是在注意我。除非我能在一大群人面前完全忘我,一心放在手头的工作上,只听见铅笔落在纸上的沙沙声,只看到从中浮现出的线条,不然我如何才能成为一位像奥利弗教授那样的画家?我感到一阵绝望。我如此关注地凝视他长鼻子的侧影,以至于我开始看到他整个头部被一轮光环所围绕。我无法向他提出我不存在的问题,让他看我虚伪的画夹。如果他只是看了我余下的画作,而没有看到全部,那对我来说更加丢脸。我甚至还没有上一堂专业艺术绘画课——我是一个辅修艺术的例子,一个会给小椅子装坐垫,在钢琴上弹奏贝多芬小奏鸣曲的三脚猫。对于像我这样的人,他提供了这种真正集中展现绘画难度的样本——有解剖学、有纺织物、有阴影、有光、有色彩。至少你会知道这到底有多难。

我转向画布,准备假装在画这个带关节的娃娃的草图,在填颜色。每个人都开始画起来,就连话最多的学生也严肃以待,安安静静地待在某个地方,在这么一个无需说话的课堂,有那么一点远离高谈阔论,远离宿舍生活。我也画画,但只是茫然地移动我的铅笔,接着把油彩挤到我精心刮干净的调色板上,仅仅是因为我不希望任何人看见我站着发呆。但其实我就是站着发呆。我感到眼里泛起了泪花。

那天在我真正动手之前,我有可能会永远地放弃画画,但突然,罗伯特从一个画架走到另一个画架,正好驻足在我身后。我希望我不要发抖;我想请求他不要看我的画。接着他俯身用一根大得出奇的手指指着我粗略画的头部。"很好,"他说,"你很有长进。"我说不出话来。当我回头想要感谢他,他的黄色棉布衬衫离得那么近,挡住了我的视线。他的手臂和伸出的手指都晒得很黑。他真实、丑陋、生动、自信得令人惊叹。我感觉到我是谁,我带来的一切,全都是渺小而乏味的,但他的出现令它一度显得重要。

"谢谢你,"我鼓起勇气说,"我一直在努力地画——实际上,我在想我能不能到你的办公室里去,问你几个问题,给你看看我其他的画,那是我准备上秋季绘画班前画的。"

说话的时候我完全转过去看着他。他那棱角分明的脸比我先前看到的更为柔和,鼻子和下巴有点肉,皮肤刚开始松弛——一张会很快老去的脸,因为它的主人并不在意它。我感到我自己光滑紧致的脸,下巴和颈部的弧线,富有光泽的头发,经过精心梳理并修剪出有亮泽而整齐的边缘。他很可怕,但他老了、憔悴不堪。我是崭新的,刚刚开始人生。也许我有优势。他露出微笑,一个和蔼的笑容,虽然不带有私人感情——一种温暖的笑容,来自一个其实并不讨厌别人的男子,尽管他在画一个娃娃时会把他们全都抛在脑后。"当然可以,"他说,"欢迎你顺路过来。我坐班的时间是星期一和星期三的十点到十二点。你知道我的办公室在哪里吗?"

"我知道。"我撒谎说。我会找到的。

在罗伯特·奥利弗邀请我顺路造访他办公室大约一个星期后,我终于鼓起勇气给他看我的画夹。当我抓着庞大的纸板文件夹到达的时候,门开着,我看见他的大手指在一个狭小的房间里移动。我怯生生地推开挂着告示板的门——上面是明信片、卡通画,以及奇怪地用钉子钉着一只手套——没有敲门就走了进去。我意识到我本该敲门,并往回走,接着又放弃了,因为罗伯特早就看到了我。"哦,你好。"他说。

他正在把一些文件放进一个文件柜里,我注意到他匆匆把它们平放塞进抽屉里,因为里面没有直立的文件,就好像他只是想要把它们藏起来或是从书桌上移开,并不在意以后是不是找得到。他的桌上乱七八糟地堆满了笔记本、素描画、油画工具、用于静物画的零碎东西(其中有一些我认出来是来自于课堂)、一盒盒炭笔和彩色蜡笔、电线、空水瓶、包三明治的纸、草图、咖啡杯和大学里的文书——纸张到处都是。

墙上差不多也乱糟糟的：风景和油画的明信片贴在他书桌的上方,备忘、报价单(我离得太远看不清),少量的几张大幅艺术海报被这些纸遮住了一半。我记得其中一张海报是关于国家美术馆《马蒂斯在尼斯》的画展,那些画我在和妈咪的一次旅行中已经看过。罗伯特把写满字的便笺纸拍在了马蒂斯笔下穿着敞开的条纹长袍的女子身上。

我还记得,出于某个原因(那是我对它的看法),有一本诗集放在他桌上那堆杂物的最上面——那是切斯拉夫·米沃什诗集的译本,崭新的——没想到一位画家还会读诗歌,我的诗人男友一度让我深信只有诗人才可以那么做。那是我第一次听说米沃什的诗集,罗伯特很喜欢,后来还念给我听;我依然还留着那本书,也就是那天我看见他桌上放着的那本。这是我保留的他送的仅有几件礼物中的一件;他把自己的东西随便送人,就像他随便拿别人的东西,乍一看像是很慷慨,直到你意识到他从来不记得别人的生日,从不还清小笔的欠款。

"请进。"罗伯特清理出一个角落里的一把椅子,把上面的纸统统胡乱塞进文件柜的抽屉里。他再次关上抽屉。"坐吧。"

我顺从地坐下,一边是一个高高的种着芦荟的罐子,另一边是他曾在画室里让我们作静物写生的某种民族鼓——从它周身的珠子和贝壳我认出它来。"谢谢你允许我到这里来。"我故作轻松地说。在这个拥挤而狭小的房间里,他的身躯比在教室里显得更为高大逼人,他周围的墙似乎都扭曲了,好像他的头触到了天花板,逼着它退开。他显然可以伸出手,凭借惊人的臂展,同时触到面对面的两面墙。因而我想起我们小时候看的希腊神话,据描述,其中的神灵很像人类,但身材高大得多。他拉了拉大腿上的卡其裤,坐在书桌前的椅子上,转过来看着我。他的神情犹如师长般和善、关切,但我觉得他有点心不在焉。他一直都没有真的在听。

"当然,我很乐意。课上得怎么样,我能为你做什么?"

我不自觉地拨弄着画夹的边缘,接着试图坐定。我想过很多次,他会对我说什么,尤其当他看到我在画作上付出的努力,但是我忘了预习我要对他说什么——这很奇怪,因为我如此精心地穿戴了一番,并且在走进这栋楼之前,又把头发梳了一遍。

"这个,"我说,"我确实喜欢这门课——实际上,我非常喜欢。我过去从未想过当个画家,但是我在努力——我是说,我开始用不同的方式来看待事物。不管我看什么地方。"这不是我想要说的话,但是他的眼睛注视着我,我觉得自己察觉到什么,于是便脱口而出了。他的眼睛炯炯有神,尤其是近看时,并不算大,除非他瞪得很大,但是形状很漂亮,像青橄榄般的棕绿色;它们使得他那乱蓬蓬的头发,和在我看来已经衰老的皮肤相形见绌——完美的眼睛和邋遢的自身之间的对比是那么惊人吗?我从来没有想通过,即便是后来我可以用我身上的每一个细胞来细看它们和他。"我是说,我开始观察事物,而不仅仅是看见它们。早晨走出宿舍,我第一次注意到树枝。我自己做了笔记,后来回去把它们画下来。"

现在,他在听了。他的眼神是专注的,不像上课时常常仿佛在聆听他内心的声音;他不再显得漫不经心,不再随便。他把一双大手放在膝盖上,看着我。他并非装出讨人喜欢的样子;他不在意自己;他甚至不在意我和我一丝不乱的头发。他被我的话吸引住了,就好像我主动要和他亲密地握手,说出一种他小时候熟知、但多年不曾听到的语言中的一个词。他皱起的黑色眉毛抬了起来,显得很惊讶。"那是你的画?"他指着我的纸板文件夹。

"是的。"我紧张地整理好边缘递给他。我的心怦怦直跳。他放在膝盖上打开,端详着第一幅画:我叔叔的花瓶,旁边放着一盆我从食堂里偷来的水果。从我这边看,画在他的膝盖上颠倒了;很糟糕,滑稽而扭曲。有时候他会在课堂上把我们的画倒过来,这样,我们就要去考虑布局的方式,创作出一幅完整的作品,而不仅仅是画出一盏灯或一个娃娃——他这么做是为了向我们展示单纯的形状,画得更加精确。我不知道我怎么会把那幅素描给别人看,而且居然是给罗伯特·奥利弗。我本该瞒着他,瞒住一切。"我知道,我起码还要画十年以上。"

他没有作声,而是把我的画拿近了一点,接着又慢慢移开。我意识到其实十年听上去也太乐观了。最后他开口了。"要知道这不是很好。"他说。

我的椅子似乎开始倾斜,像是湍流中的一条小船。我没有时间去想。

"但是,"他说,"很生动,这是教不会的。是一种天赋。"他又翻了几张素描。我知道他现在一定在细看我画的树枝,以及脱去了衬衫的年轻诗人——我小心翼翼地把大尺寸的画纸依次排好。此时是我临摹的几幅塞尚画的苹果,接着是我室友的手,她好心地为我一动不动地摆在桌子上。我试着各种东西都画一点。至于我带来的每一幅素描,其实都画了十幅,再挑出其中一幅;至少那点判断力我还是有的。罗伯特·奥利弗很快再次抬起头,不是在看我,而是在琢磨我。"你在高中里选修美术吗?你画了很长时间吗?"

"前者是后者不是。"我说,觉得这些问题是我可以回答的。"我们每年都有一门美术课,但都上得马马虎虎。我们并没有真正学会画画。除此之外,我就只上过这门课——你的课——因为我画的油画总是不对,就像你说的那样,几个星期前我开始自己画素描。你说过,我们只有学会素描才能真正学会油画。"

"没错。"他咕哝着。他慢慢往回翻看我的素描。"那么说你才刚开始画?"他习惯性地突然把目光定格在你身上,就好像他刚刚才发现你——那令人慌张甚至心惊胆战。"你确实很有天赋。"他再次翻过一页画纸,似乎有些迷惑,接着便合上画夹。"你喜欢做这个吗?"他很严肃地问道。

"我很喜欢,超过其他任何我所知道的事。"我说,并意识到我说的是真心话,而不仅仅是一个恰当的答案。

"那么把能画的都画下来。一天画一百幅,"他严肃地说。"并且记住那是地狱般的生活。"

在我头顶上敞开的天堂怎么可能是地狱般的？我不喜欢被人命令做这做那——那总令我反胃——但他让我觉得高兴。"谢谢你。"

"你不会感谢我。"他说，表情并非严厉而是沮丧。难道他忘记了快乐？我在想。年华老去是多么惨痛啊。我为他感到十分遗憾，又为自己感到非常庆幸，庆幸我所有的年轻和乐观，并突然认识到我的生活即将变得灿烂辉煌。他摇摇头，露出微笑——一种平常、疲惫的笑容。"那就努力画画。你为什么不报名参加这里夏天的绘画学习班？我可以推荐你。"

妈咪一定会很高兴，我想，但是我说："谢谢你——我在考虑报名。"我甚至没有想过夏天待在学校里；我的朋友都要到纽约去找工作，我差不多也决定这么做。"你在学习班里授课吗？"

"不，不是。"他说。他看起来又走神了，好像他必须回去做某些事情——也许要把更多的文件塞进抽屉。"我就是这个学期在这里。访问教授。我必须回到我的生活中去。"我忘了。我在想他的生活可能是什么样子，除了他可以在任何地方创作的油画和素描，以及，当然，他至关重要的学生们，比如我。他的左手上戴着结婚戒指，很可能他妻子也在这里，虽然我从未见过她。"你平常是在别的地方教书吗？"我这才意识到我或许早该知道这一点，但他似乎没有注意到我的无知。

"是的——我在北卡的格林希尔大学教书。很舒服的小地方，那里的画室很好。我必须回去。"他微笑着说，"我女儿很想我。"

这着实令人大吃一惊。我本以为艺术家不会生儿育女，当然他们也不应该。这把他贬为了俗人，我不太喜欢。"她多大？"我问道，以示礼貌。

"一两个月。一个含苞待放的雕塑家。"他的笑容更为深沉，心飘到了远方的家，一个他有归属感的地方。

"她们为什么不和你一起来？"我这么问仅仅是想惩罚他，因为他拥有她们。

"哦，她们在那里待惯了——在大学里有很好的托儿所，我妻子刚刚开始兼职。我很快就会回去。"

他看上去充满了渴望;我看得出来,在那个神秘的王国,他爱他的孩子,也许也爱他勤奋的妻子。这真令人失望,像这样上了年纪的人似乎最终总是过着这样平凡的生活。我想我不应该待得太久而让人讨厌,或是进一步招致幻灭。"好吧,我最好还是让你回去工作。非常感谢你看我的画,还有——还有你的鼓励。我确实很感激。"

"不客气,"他说,"我希望你进展顺利。尽管把更多的画都带来,还有记得报名参加那个学习班。詹姆斯·赖德教的,他很棒。"

但他不是你,我想。"谢谢。"我伸出手,希望用某种礼节来结束这次会面。他站起来,再次显得很高大,接受了我的握手。我紧紧地握着他的手,以示我的认真与感谢。我甚至可能成为他未来的同行。那感觉很棒,他的手;我从来没有触摸过它。它整个包住我的手,关节又粗又干。即使是无意识的,他也用力地握着以示回应——感觉像是一个拥抱。我艰难地咽下口水,让自己松开手。"谢谢。"我说,手足无措地用手臂夹住画夹转向门口。

"回头见。"与其说我看到,还不如说我感觉到他回到书桌前去做某个工作。但是在最后一秒,我还是看见他流露出一种我说不出的情绪——有可能他也被我的握手所打动,或者——不,也许他只是发现我被他的握手而打动。我的心里满是羞惭,直到走回宿舍的半路上,在微风习习的明亮天空下,经过一群群去吃午饭的学生,我发烫的脸才冷却下来。接着我记得:一天画一百幅。

罗伯特,这句话我牢记了近十年。到现在我还记得。

四十七

我亲爱的朋友:

  我不知该从何写起,只能说你的信让我非常感动。如果和我谈谈你挚爱的妻子能缓解你的痛苦,你可以确定我已经准备好了。爸爸曾经告诉过我,但只是简略地说你意外地失去了她,以至伤心过度甚至病倒,离开了这个国家。我只能猜测你在国外的岁月想必是在孤独中度过,而你离开巴黎一方面就是为了悼念她。如果和我交谈能令你放松,我也会尽可能专心地聆听,虽然感谢上天,我自己对于这样的损失感受甚少。至少我能为你做这么点事,在你为我做了那么多、对我的作品给予了鼓励和信心之后。如今每天早晨我都迫不及待地赶去我的门廊画室,因为知道这些画至少有一位好心的崇拜者。换句话说,虽然我将和你一样热切等待评审团的决定,但你的话对我来说比那里来的好消息或是坏消息更为重要。也许你会认为这是年轻画家的自命不凡,而且也许在某些方面你是对的,但我同样真诚。

  致以最深的爱

贝亚特莉斯

四十八

玛丽

那次不是罗伯特·奥利弗在离开巴内特前和我最后一次独处,后来我们又见了一次面,但我必须先告诉你另外几件事。我们的课结束了;我们画了三幅静物画、一个娃娃和一个模特——一个肌肉发达的化学系男生,小心地披着长袍,而不是裸体——大部分都很烂。我情不自禁地希望罗伯特能和我们一起多画一点油画和素描,那样我们就能看明白画画是怎么一回事。他有几幅作品选入春季的教工画展,我跑去看了。他贡献了四幅新画,都是油画——在哪里完成的?在家里?在晚上?——那段时间他都在给我们上课。我试图用他在课上讲的知识来欣赏它们:形状、布局、色彩选择、调色。他创作的时候有没有把它们倒过来?我试着在画中找到三角形、垂直线和水平线。它们的主题、它们生动而鲜活的笔触是如此强烈,以至于很难看到幕后付出的努力。

其中一幅油画是罗伯特的自画像(多年后在他毁掉之前,我再次看到这幅画),充满了不连贯的张力,另外两幅可以算是印象派的风格,描绘着山上的牧场和树木,还有两个穿着现代服装的男子正走离画布的边缘。我喜欢这种十九世纪的笔触和现代人物之间的对比。我渐渐知道罗伯特并不在意人们认为他有没有个人风格;他把创作当成一种长期的试验,很少一连几个月采用单一的格调或技巧。

接着是第四幅。我不由自主地在那幅画前伫立许久——你看,在我和罗伯特成为情人之前我就遇见了她;她早就在那里,一直在那里。那是一个女人的肖像画,她穿着一袭像舞会礼服的低胸的古典服装,一手拿着一把折起的扇子,另一只手拿着一本合上的书,好像她拿不定主意是出去参加派对还是留在家里看书。她有一头浓密、柔顺的黑色鬈发,上面缀着花朵。我觉得她像在沉思,透露着深沉的智慧,还有一点机警,仿佛她正在思索着什么,接着突然意识到有人在看她似的。我记得我当时心里在想他是怎么样捕捉到这个一闪而过的表情的。

我想她一定是他的妻子,穿着戏服摆出姿势——这幅肖像画里有着那种爱人间的亲密感。出于某种原因,我不喜欢以那种方式见到她,尤其是我早就把她想象成一个乏味而勤劳的女人,带着她蹒跚的孩子,做着实际的工作。想到对罗伯特来说她可能是这么重要,这么可爱,我略微有点意外的不愉快。她很年轻,但和罗伯特在一起却不至于显得太小。她充满了微妙的动态,让你感觉下一刻她就会对你微笑——但只是在她认出你时。那很诡异。

这幅画另一个出众的地方是背景。这位女士坐在一张庞大的黑色沙发上,身子略微往后靠,后面墙壁上方有面镜子。这面镜子画得如此逼真以至于我以为能照出自己。但其实镜子里面是罗伯特穿着他那身皱巴巴的现代服装远远地站在画架前,画出自己在画她,在镜子的中央映出她那柔软的梳理好的头发后部和纤瘦的颈部。他正抬头看了她一眼,脸色认真而专注——她是模特也是妻子。

那么下一刻她就会冲着他微笑。一阵真切的嫉妒感刺痛了我,但我说不出那是因为我原本预期她会对我微笑,还是因为我不希望罗伯特微笑着回应她。镜子里显出他和画架身后有一扇窗子,是那种用砖石围起的格子窗,那是他画画的时候身后的光源。巴内特保留着几座二十世纪二三十年代的哥特式复古建筑,他也许是到一座食堂或一栋老旧的教学楼去寻找那些细节。透过镜子里映出的窗子,能看见外面像是一座海滩,一边的远方是山崖,另一边是湛蓝的天空与海平线相交。

画像和自画像,主人公和观赏者,镜子和窗户,风景和建筑;那是一幅无与伦比的油画,用我们在宿舍和食堂听到的行话来说就是,它会扰乱你的心智。我想要永远地站在它面前,试图解读这个故事。他把它命名为"布面油画",但其他三幅油画都有具体的标题。我真希望罗伯特刚好逛进画廊，这样我就能问他这是什么意思，告诉他它是多么动人，让人喘不过气来，但又如此令人迷惑。当我走出去、离开它的时候，感到一种痛苦——我查看了手里的目录，但学校的画廊选印了他另外一幅画，并做了详解，而这幅作品只是列了标题和日期。一旦离开，我也许就再也见不到它了，再也见不到这个带着这般渴望的眼神凝视着我的女人——可能正因为此，在画展落幕之前我又回去看了它好几次。

四十九

玛丽

接着有一天,我再次单独见到了罗伯特,就在那个学期末。我们班在画室里开了个派对作为结束,最后,他和蔼地把我们送到门口,并没有特别注意任何人,而是对每个人都露出骄傲的微笑;他坦言,我们所有人都比他预期的画得好。几天后,在考试的那一个星期,我在去图书馆的路上,拐入一条洒满花瓣的走道时,几乎撞到了他。

"在这里遇到你真好。"他说,并突然停住,伸出他的长胳膊似乎要抓住我,或是防止我真的撞上他。他的手握住我的上臂。他也许没有这个意思,但这话听起来比较亲密。当时我几乎要扎进他的怀里。

"确实。"我接着说,并且很愉快地看到他由衷地大笑起来,我从未见过他这样。他略微把头后仰,沉浸于其中的乐趣,不自觉地。那是一种开心的声音——当我听到它,我也哈哈大笑。我们心满意足地站在春天的树木之下,一个比较老和一个比较年轻的人,他们共同的工作完成了。因此,没有什么要说,但我们站在那里彼此微笑,因为那是一个温暖的日子,北方漫长的冬季并未损毁我们各自的梦想,也因为这个学期快要结束,令每个人放松——一种过渡,一种缓解。"我准备在夏季参加那个绘画学习班。"我打破了这个愉快的沉默。"再次感谢你的推荐。"接着我想起来:"哦,我去看过画展了,我很喜欢你的画。"我并没有提我去了三次。

"哦,谢谢你。"他不再多说什么;于是我发现他的另一个特质,就是对于别人评论他的作品,他不喜欢作回应。

"关于其中一幅画,其实我有很多问题要问你,"我斗胆说,"我是说,我对你画里的某些东西非常好奇,我希望当时你也在那里,我能当场提问。"

他的脸上掠过一丝奇怪的神情,稍纵即逝——像是一片薄薄、轻巧的云朵划过春日的天空,而我永远无法知道,他是猜到了我指的是哪一幅画,以及我说的"我希望当时你也在那里"带给他什么感受——什么?有预感的心头一颤?难道每一份爱情不是这样表达自己的吗,在第一句话、第一个呼吸和第一个念头,同时埋下开花和毁灭的种子?他皱起眉头,专注地看着我。我不知道这份专注是针对我,还是针对我以外的某样东西。过了一会儿他说:"你可以问我。"接着他微微一笑,"你愿意坐一会儿吗?"他环顾四周,我也是——学生咖啡馆后面的桌椅在庭院的另一边一目了然。"那里怎么样?"他问道,"我想要休息一下,喝点柠檬汽水。"

事实上后来我们吃了午饭。我们坐在室外,置身于学生和他们的背包之中,他们有的在复习迎考,有的在阳光下一边聊天,一边搅动咖啡。罗伯特吃了一个巨大的夹着酸黄瓜的金枪鱼三明治,一边是堆得满满的薯条,我点了一份色拉。他坚持埋单,而我坚持给我们买两大纸杯的柠檬汽水——那是从一个搅拌桶里放出来的,但味道很不错。一开始我们默默地吃饭。我已经交了最后的画作,而且我们在最后一堂课彼此说了再见,虽然此时我等待时机问他有关"布面油画"的事情,但既然我们不再是师生关系了,在我看来就好像我们成了朋友。这放肆的念头刚浮上来就被我打消了;他是位杰出的大师,而我只是个有点天赋的无名小辈。我之前完全没有注意过这些小鸟——它们在冰天雪地的冬天过后又飞回来了——或是树木和房子明媚的颜色,以及食堂的格子窗敞开着迎向春光。

罗伯特点了一支烟,先向我道歉。"我不常抽烟,"他说,"这个星期为了庆祝我刚买了一包。我不会再买。一年就一次。"他走进咖啡馆里去找烟灰缸,出来后他在椅子上坐定,说:"好吧,你接着说。但是你要知道我一般不回答有关我作品的问题。"我并不知道。我想说我对他一无所知。然而,他似乎觉得很好笑,或许是准备发笑,当我把头发——那时它长及腰,并且依然是我天生的金黄色——掠过肩膀时,他的眼睛似乎注视着我的头发。

但是他没有说下去,于是我不得不开口。"你的意思是我不应该问你?"

"你可以问,但我也许不会回答,就是这样。我不认为画家对于他们的画都有答案。除了画作本身,没有人知道它是怎么回事。不管怎么说,一幅画必须有某种神秘感才能引人注意。"

我把柠檬汽水喝完,鼓起勇气。"你的画我都很喜欢。风景画实在是太棒了。"那时我太年轻,不知道这话在一个天才听来是什么感觉,但至少我知道最好不要提到自画像。"我想问你的是那幅大的画,一位女士坐在沙发上的那幅。我猜她是你的妻子,但是她穿着那种令人难以置信的古典服装,背后的故事是什么?"

他再次看着我,这次有点心不在焉,还有点警惕。"故事?"

"是的。我是说,画面这么细致入微——窗户和镜子——那么复杂,她看起来完全是活生生的。她是坐着当模特,还是你用了一张照片?"

他的目光正掠过我,似乎一直看到了我身后的砖墙,也就是学生会的墙。"她不是我妻子,我也没有用照片。"他的声音很温和,但有些疏远。他吸了口烟,注视着他放在桌上的另一只手,弯曲手指,按摩着关节:我后来才明白画家很容易得关节炎。当他再次抬头,他的眼睛眯了起来,但这次是看着我,而不是某个模糊的地方。"如果我告诉你她是谁,你能保密吗?"

听到这话,我像是被什么东西扎了一下,有种恐惧感,就像一个孩子听到大人准备要告诉你一些成人的事情——比如说出某件隐秘的伤心事,或是你早就猜到但多年来无视的财务问题,或是上帝禁止的有关性的可怕问题。他要告诉我一段不为人知的不道德的情事吗? 有时候,中年人会有这样的事情,虽然他们的年纪已经不小了,而且应该有自知之明。相比之下,年轻自在,可以炫耀他们的感情、错误和身体的感觉真是美好得多。我习惯于同情任何超过三十岁的人,对眼前这个抽着唯一的春季香烟、饱经风霜的罗伯特,我依然残忍地一视同仁。

"当然,"我说,虽然我的心跳加速。"我可以保密。"

"嗯——"他把烟灰弹入借来的烟灰缸里。"事实上我不知道她是谁。"

他快速地眨着眼睛。"哦上帝,"他说,声音里充满了绝望。"如果我知道她是谁就好了!"

这话如此出人意料,如此无可置辩,如此令人心寒,如此古怪诡异,我好一会儿说不出话来;我真想假装没有听到他说的最后那句话。我只是弄不明白,也不知道该如何作答。他怎么会画出某个人却不知道她是谁?我本以为每当他想画画,就会找来朋友或妻子或雇用模特,让那些人为他坐在那里。他会不会像毕加索那样在大街上拉来某个美艳动人的女人?我不想直截了当地问他,以免暴露出我的困惑和无知。接着我想到一种可能性。"你是说她是你想象出来的?"

此时他看上去很阴沉,我不知道我是否真的喜欢他。也许实际上他很卑鄙。或很疯狂。"哦,可以说她是真实的。"接着他笑了,让我莫名地松了一口气,但也有种被冒犯的感觉。他从纸包里抖出第二支烟。"你要再来杯柠檬汽水吗?"

"不用了,谢谢你。"我说。我的自尊心受到了伤害;他说出了一个令人痛苦的谜,却不给我一点线索,他似乎没有意识到他在把我——他的学生、与他共进午餐的客人,一个长着美丽头发的女孩——排斥在外。它也有一些可怕的地方。我想到如果他对我解释他说这些奇怪的话是什么意思,我会立即被画作的本质、艺术的奇迹所启发,但显然他以为我不会懂。我一方面并不想知道他奇怪的秘密,但同时又被它所刺痛。我把杯子和白色的塑料叉子整齐地放在盘子上,就像是在妈咪一个朋友的小型晚餐派对上。"对不起——我必须回图书馆去。准备考试。"我站起来,穿着牛仔裤和靴子显得有些叛逆——这次比我的导师更高,因为他还坐着。"非常感谢你请我吃午餐。你真是太好了。"我自顾自地收拾我的垃圾,不去看他。

他也站了起来,伸出一只温和的大手放在我的胳膊上阻止我,于是我再次放下盘子。"你生气了,"他迷惑不解地说。"我做了什么惹你生气了?是不是因为我没有回答你的问题?"

"你以为我无法理解你的答案,我不怪你。"我生硬地说,"但为什么要我？你要么认识这个女人，要么不认识，对不对？"隔着衣袖，我感觉到他的手不可思议地暖和，我希望他永远不要放开，但一秒钟后他松手了。

"对不起，"他说，"我说的是实话——我不知道我画里的这个女人到底是谁。"他再次坐下，不必他示意，我也随着他慢慢坐下。他摇摇头，瞪着一张边缘沾着像是鸟屎的桌子。"我连对我妻子也无法解释——我认为她不会愿意听。多年前我遇到这个女人，在大都会博物馆一间拥挤的展室里。当时我在准备一场画展，里面画的全是纽约年轻的芭蕾舞演员，其中有几个实际上还只是孩子——他们是那么完美，像小鸟一样。我到大都会去看大量德加的画作为参考，因为显然他是描绘舞者的杰出画家之一，甚至可能是最伟大的一位。"

我骄傲地点点头；这些我知道。

"就在我们搬到格林希尔之前，我最后几次去博物馆时，我看见了她，她的身影在我的心中一直挥之不去。一直。我无法忘记她。"

"她一定非常漂亮。"我斗胆地说。

"非常漂亮，"他说，"而且不仅是漂亮。"他似乎忘记了自己，回到了那座博物馆里，凝视着那个在人群中瞬息即逝的女子；我感觉得到这一刻的浪漫，心中对这个在他心中长久逗留的陌生人涌起一阵嫉妒。直到后来我才想到，即便是罗伯特·奥利弗也难以如此快地记住一张脸。

"你没有回去找她吗？"我希望他没有。

"哦，当然有。我后来又看见她好几次，然后就再也没有见过她了。"

一段没有实现的浪漫爱情。"于是你就开始想象她。"我脱口而出。

这一次他冲着我笑了，一股暖意沿着我的脖子后面往下蔓延。"嗯，我猜你一开始就对了。我想是这样的。"他又站起来，看起来很安心，我也放下心来。我们友好地一同走回学生会的前面。他在阳光下停下脚步，并伸出一只手。"祝你暑假过得愉快，玛丽。也祝你今年秋天学业顺利。我相信只要你坚持，一定会画出好作品。"

"你也一样。"我苦涩地说，面带微笑。"我是说，祝你教学顺利——你的工作。你马上要返回北卡了吗？"

"是的，没错，下个星期。"他俯身亲吻我的脸颊，就像是利用我顺便在同整个校园、每一个学生以及寒冷的北方说再见。因为不带私情，我也不觉得紧张。他的嘴唇温暖，而且干燥得令人舒服。

"好吧，再见。"我说着便转过身，强迫自己走开。唯一令人诧异的是我没有听到他转身往另一边走的声音。我觉得他逗留了很久，而我太过骄傲，不愿意回头看。我想他很可能站在那里，盯着自己的脚或是人行道看，忘我地想着他在纽约有数面之缘的女人，也或许思念着家里的妻子和孩子。他当然急切地想要离开这里，回到他的家庭和真正的生活中。但是他也告诉我，我连对我妻子也无法解释。他不经意地对我说出了他的幻想，我获得了特别的待遇。它将伴随我，就像一张陌生人的脸一直伴随着他一样。

五十
玛丽

几个月前,在和罗伯特分手之后,我开始在早上到一家我常去的咖啡馆里画素描,我现在还依然常去那里。我一直很喜欢这个词,"常去"的一家咖啡馆。我需要一个地方,远离我如今授课的那些大学画室。那个地区没有很多咖啡馆提供足够幽静的空间让教员无所事事地坐上一会儿。你极有可能遇上你以前的(或者更糟糕,现在的)学生,于是聊个不停。而我在我居住和工作的地方之间找到了一家咖啡馆,它在一座地铁站里,有一个时尚的名字。

并不是说我不喜欢我的学生,相反,他们是我生命的源泉,是我唯一拥有的孩子,是我的未来。我爱他们,连同所有他们的危机、他们的借口和他们的自私。我喜欢看到他们取得进步,突然对油画有了新的认识,或是突然偏好水彩,或是迷恋上炭笔——或是沉迷于天蓝色,这种颜色开始出现在他们所有的油画中,于是他们不得不对班上其他同学解释那是怎么回事。"我就是……迷上了它。"通常他们说不清为什么;一种新的偏好就是占据了他们的心。如果迷恋的不是和画画有关的东西,那么有时候,很不幸,会是酒精和可卡因(虽然其实他们不会告诉我那些事),或是他们历史课上的一个年轻女人或男人,或是准备一出戏剧的排练;他们在眼睛下方画上浓浓的烟熏妆,在课堂上无精打采地坐着,但我拿出他们在高中热爱的一幅高更的画,他们便兴奋起来。"那是我的最爱!"他们嚷嚷着。他们为我完成的期末礼物是画上画的鸡蛋盒。我爱他们。

但确实你也必须远离他们,做你自己的工作,因此,有一段时间我习惯于在我最爱的咖啡馆里写生,就在早餐之后,如果上课前还有点时间的话。我画下那里架子上一排排茶壶、仿制的中国明朝花瓶、桌椅、出口标志、报纸架旁边太过熟悉的慕夏①海报、一瓶瓶标签不同但算是相得益彰的意大利果子露,以及最后,客人们。画陌生人时,我又变得大胆,就像过去我还是学生时一样——三名中年亚裔女子在烤饼盒、纸杯间语速很快地聊着天,或是一个扎着马尾辫的年轻男子在桌子上像是睡着了,或是一个带着笔记本电脑的四十来岁的女人。

这让我再一次看到别人,稍稍减轻了罗伯特对我的伤害。我感到自己置身于人群之中——他们穿着不同的外套,戴着不同的眼镜,眼睛的形状和颜色各不相同——所有人都有各自的罗伯特,各自令人难以置信的灾难,各自的快乐和遗憾。我试着把快乐和遗憾融入画中的他们。有的人喜欢被画,侧面对我微笑。那些早晨在一点程度上让我放松,让我承认我的孤独,并不想去看其他男人,但也许那最终会慢慢消失。在大约一百年之后。

---

① 阿方斯·慕夏(1860—1939),出生于捷克的波希米亚画家,新艺术运动的代表人物。

五十

一八七九年

我亲爱的朋友：

　　我不明白这几个星期你为什么没有写信，也没有到访。我是不是做了什么冒犯你的事？我原认为你还没回来，但伊弗说你在城里。也许我错了，以为你的感情和我的一样强烈。果真如此，请原谅你朋友的错误。

贝亚特莉斯·德·克莱尔瓦勒

五十一
马洛

我和玛丽·波迪逊共进晚餐后的第二天早晨,交通很拥挤,也许是因为我出门有点晚了。通常我喜欢在早高峰之前上路,在前台上班之前到达金树林,这样就能够独享车道、停车场,还有金树林的走廊,并独自花二十分钟赶做一些文件。那天早上我拖延了一会儿,一边看着阳光洒过我寂寞的餐桌,一边煮着第二个鸡蛋。在我们愉快的晚餐之后,我把玛丽送上了出租车——我友好地表示开车送她到家门口,她拒绝了——但在早上,这间她没有再来的公寓,我的公寓里,似乎充满了她的身影。我看见她坐在我的沙发上,时而很不安分,时而带有敌意,时而又滔滔不绝地向我倾诉。

尽管知道会后悔,我还是倒了第二杯咖啡。我透过窗子,注视着街上的树木,它们现在完全绿了,长出叶子迎接夏天。我记得她纤长的手一挥,否认我说出的某个观点,并提出自己的看法。晚餐上,我们聊着书籍和绘画;她明确地说这一个晚上,她谈到的有关罗伯特·奥利弗的事情已经够多了。但今天早晨,我依然记得她声音颤抖着告诉我,她情愿把他的事写出来,而不是说出来。

在去往金树林的途中,我把我近来最爱的唱片关掉——通常在这个时候,我都把它开得更响——那是安德拉斯·席夫演奏的巴赫的《法国组曲》,一段恢弘的奔流之后,接着是一道光的波纹,接着又是一阵湍急的水流。我告诉自己把音乐关掉,是因为我无法一边在繁忙的交通中专心开车,一边投入地聆听音乐;人们在坡道的入口一个接着一个切入,按着喇叭,毫无警示地停车。

但我也不能肯定,我的车里是否能同时容得下巴赫和玛丽的身影。我仿佛看见晚餐中,当她暂时把罗伯特·奥利弗遗忘,谈论着她最新画的一系列白衣女子画作时兴奋的样子。我充满敬意地问道我能不能什么时候看看——毕竟,她瞥见了我那幅小镇风景,我甚至不觉得那是我最好的作品。她迟疑了一下,含糊地答应了,仍然和我保持距离。不,我的车里容不下法兰西组曲、路边越来越葱郁的绿树和玛丽那张警惕、纯洁的面孔。也许连我也容不下了。我的车从来没有这么狭小过,仿佛需要一个可以打开的车顶。

上午的几轮诊视过后,我发现罗伯特的房间里没人。我把他留到最后探视,他却走开了。大厅的护士说他正和一个员工在外面散步,但我跑过后门,穿过游廊,并没有立刻看到他。我想我之前没有提过,金树林和我位于杜邦圈的办公室一样,是当年辉煌时代遗留下来的一栋宅第,在盖茨比和米高梅时代经常举办盛大聚会。我常常在想这些身处其大厅里、意识不清的病人们是否受到振奋,或许因为周围装饰派艺术的优雅、洒满阳光的墙面和仿埃及壁缘而有所好转。我到这里的几年之前,这栋大楼的内部和外部被修复一新。我特别喜欢游廊,它有一道蜿蜒的土砖墙和一排高大的花盆,里面栽满了白色的天竺葵(一方面是因为我的坚持)。从那里,你的视线可以穿过整个建筑看到波多马克河的支流小喜来登河沿岸的一片树荫。原来的一些花园被整修过了,虽然让它们完全回复生命力非人力可为。里面有花圃和一座庞大的日晷,不是这栋房子原先就有的,是后来新造的。花园另一边的远处下陷区域形成了一个又小又浅的湖(很浅,淹没不了一个人),另一边有一座凉亭(很低,从顶上跳下来也不会受伤,里面的横梁都用低矮的天花板盖住,防止上吊)。

所有这一切打动了那些家庭,他们把挚爱的亲人送到这个相对安静的地方。有时候我看见家人在这游廊上擦干眼泪,互相安慰——看看这里多美,而且只是待一段时间。通常就是一段时间。其中大部分家庭从不会去看城里的公共医院,一贫如洗的人才被送到那里和他们的心魔对抗。那些地方没有花园,没有重新粉刷过,有时候甚至没有足够的卫生纸。我曾经在那些医院实习过,虽然现在我在这里工作,受雇于一家私人医院,并且很可能会继续待下去,我仍然难以忘记那些景象。我们无法确切知道我们何时能坚持下去,何时会失去为改变生活而工作的力量,但我们知道,也许我本该更努力一些。但我觉得我在用自己的方式发挥作用。

从游廊的另一头走出来,我看见罗伯特远远地待在下面的草地上。他没有散步,而是在画画,支起了我给他的画架,以便能站在河边面对河流的狭长景致。一名员工在不远处,陪同一位显然坚持穿着浴袍的病人散步——如果可以选择,我们中有多少人完全愿意穿戴整齐?我很高兴看到那个员工遵从我的指令,密切但恭敬地看护罗伯特·奥利弗。他可能不喜欢被人监视,但他显然喜欢在这个过程中被允许拥有那么点隐私。

我伫立着注视他的身影,而他则观察着风景;我猜他会选择右边那棵更为高大、形状更为奇怪的树,而无视最左边远处小喜来登河对岸的树林里露出的储粮塔。他的肩膀(穿着他几乎天天穿的褪色衬衫,无视于我给他的其他衬衫)挺得很直,头部对着画布微微前倾,虽然我估计他已经把画架支脚调节到最高的位置。他穿着一条邋遢的卡其裤,但双腿站得很优雅。他不断变换身体的重心,思考着问题。

看他画画真是棒极了——我以前也看过,但总是在房间里,他知道我的存在。此时我可以在他不知情的情况下看着他,虽然我看不见画布。我在想为了看到这一情景,哪怕只有几分钟,玛丽·波迪逊愿意付出什么;但是,不——她告诉过我她不愿再见到罗伯特。如果我帮助他康复,返回这个世界,如果他再次成为老师、画家、作品展出者、前夫、满怀父爱照看孩子的父亲,以及一个会去买菜、上健身房、在特区或格林希尔市中心或是圣达菲租一套小公寓的男人,他还会选择同玛丽分开吗?而更重要的是,她还会对他心怀愤恨吗?如果我希望是的,我是不是太卑劣了?

我背着双手悠闲地走向他,一直走到一两米开外才开口。"早上好,罗伯特。"他立刻转过身,恶狠狠地看了我一眼——像是一头被关在笼子里的狮子,你不应该敲打围栏。我低下头表示我的打扰没有恶意。

他转身继续画画；那至少显示出一定程度的信任，或者他太过专注，连一个精神科医生也不能打扰他。我站在他身旁，真诚地凝视着画布，希望他会有某种反应，但他只是继续观看、检查并涂抹。他时而举着画笔面对远处的视野，时而专注地看着画布，又俯身描绘着湖边的一块石头。我看得出来，除非他的速度快得惊人，他必定在这块画布上画了至少几个小时，他画面上的景物快要成形了。我很欣赏他画的水面上的光影，以及远处柔和而生动的树木。

　　但是我并没有说出我的欣赏，我讨厌他的沉默，那会冷却我说出的最温暖的话。看见罗伯特没有在画那个黑眼睛的女子和她那令人忧伤的微笑让我很高兴，特别是他画了现实的东西。他作画的手上握有两支画笔，我静静地看着他交替使用——手指的灵巧是他半生的习惯。我应该告诉他我见过玛丽·波迪逊吗？告诉他她一边享用美酒和油纸包鱼，一边开始讲述她的故事，其中有一部分和他有关？告诉他她依然爱着他，希望帮助我治好他；告诉他她再也不想见他；告诉他她的头发无论在什么光线下都光彩照人，散发棕色、金色和紫色的光泽；告诉他每次提起他的名字，她都带着颤抖的声音或故作蔑视的口吻；告诉他我知道她拿叉子的样子，稳稳靠在墙上的样子，双手抱胸面对世人的样子；告诉他和他的前妻一样，她也不是他愤怒的画笔下一次又一次画出的肖像的原型；告诉他玛丽保留着这个模特身份的秘密但自己并不知道；告诉他我要找到那个他爱的胜过所有人的女人，以弄清楚为什么她不仅偷走了他的感情，还有他的心智？

　　看他蘸了点白色和一些镉黄画树梢，我想，那就是心理疾病的本质，如果你抛开临床上的定义而只是考虑人类的生活。让另一个人——或是一种信仰，或是一个地方——占据你的心，并不是种疾病。但如果你把自己的心智都交给了它们，放弃了自己做决定的能力，最终那就会导致你生病——也就是，如果你那么做了，就表示你已经出问题了。我的目光从罗伯特移到他的风景画上，天空中那块抹成灰色的地方，他可能准备填上云朵，而湖面上参差不齐的斑点无疑是要画成倒影。一天天过去，对于我正在治疗的疾病,我已经好久没有新的想法了。或是对于爱本身也是一样。

"谢谢你,罗伯特。"我大声说,并离开他。他没有转身看我走开,或者他那么做了,但我已经背对着他。

那天晚上玛丽打来电话。这令我相当意外——我早就决定打给她,但想先等几天再说——有一刻我甚至没听出电话那头是谁。那个我在晚餐上愈加喜欢上的女低音迟疑着告诉我,她在考虑她答应我把有关罗伯特的回忆写下来这件事。她会分几次写。那对她也好;她会邮寄给我。如果我愿意,可以拼成一个完整的故事,或是把它们当作门垫子用,或是把所有的纸回收再利用。她已经开始写了。她不安地笑了。

我一时间感到很失望,因为这就意味着我不能再和她见面。虽然说我会有什么正事想要再次看见她?她是一个自由、单身的女子,但她也是我病人的前女友。接着我听见她说她愿意找个时间再吃顿饭——这次轮到她请我,因为上次我不顾她的反对,坚持埋单——也许最好等她把回忆寄给我之后。她不知道要花多长时间,但她期待着再次聚餐;和我聊天很有意思。不知怎的,这个简单的词"有意思"触碰到我的内心。我说我很愿意,我理解,我会等待她的来信。接着我禁不住微笑着挂上电话。

五十二

玛丽

爱上一个可望不可及的人像是我曾见过的一幅油画。我看见这幅画是在我养成习惯之前——如今这个习惯持续了很多年，就是写下在博物馆、画廊、书里或是某个人家里任何打动我的画作的基本信息。在我家的画室里，除了我所有的油画明信片，我还保留着一箱索引卡，每一张都是我本人的字迹，上面写着画作的标题、作者的名字、日期、我看到它的地点，以及一段我在标签铭牌或是书里发现的与画作有关的任何小故事的摘要，有时候甚至还有作品大致的草图——比如教堂尖塔在左边，前景是道路。

当我遇到挫折，对自己的画不满意时，我就会翻阅卡片寻找灵感；我加入教堂尖塔，让模特穿上红色，或是把波浪分割成五个尖尖的浪头。我有时会不自觉地翻看我的卡片档案（或仅仅是在脑海中），查找那幅我没有卡片记录的重要油画。我是在二十多岁时见到它的（我甚至不记得是哪一年），也许是在某座博物馆里，因为大学毕业后，我每到一个地方，就尽可能走遍当地每一座博物馆。

这幅特别的作品是印象派的；只有这一点我能肯定。画面上是一个男人坐在花园里的一张长凳上，那是一座原始而华丽的花园，是法国印象派画家偏爱的，他们需要的时候甚至会造一座，竭尽全力反抗法国花园和法国绘画的刻板。那个高大的男人坐在一座绿色和淡紫色的凉亭里的长凳上，一副绅士打扮——我猜他就是一位绅士——穿着正式的大衣和背心，灰色的裤子，戴着浅色的帽子。他看起来很满足、得意洋洋但也有一点警觉，似乎在聆听着什么。如果你退后几步看，他的表情更为明显（这是我认为我是在现实中而不是一本书里看到这幅画的另一个原因，我记得我退后了几步）。

在他近旁的一把椅子上——或是在另一张长凳上？或是在一座秋千上？——坐着一位女士，她的服装和他很配，同样优雅，白底黑条纹，她隆起的头发上戴着一顶小小的帽子，身边有一把条纹的遮阳伞。如果你再往后退几步，你会看见在画面的背景上，有另一个女性漫步在花丛中，她裙子柔和的颜色几乎和花园融为一体。她的发色很浅，不像另外两人那么黑，她没有戴帽子，使得她看起来年轻或不知怎的不那么体面。整幅画框在一个异常华美但冷色调的金色画框里。

我不记得我看到它时曾把它和自己联系起来；它仅仅是如梦境般留在我心里，在我脑海中一再浮现。实际上多年来，我一次次研究印象派绘画却找不到它。首先我无法证明它是法国人画的，只是它看上去像法国印象派风格。或许这位绅士和他的两位女士所处的这座十九世纪末的花园位于旧金山，或是康涅狄格，或是苏塞克斯，甚至是托斯卡纳。我发现我在脑海中回想这幅画太多次了，有时甚至会觉得它是我虚构的，或是我在某个时候梦见了它而第二天早晨还记得。

然而那些花园中的人物对我来说如此生动。我从没想过要把那位美丽、庄重、穿着条纹衣服的女子从画的左边拿走，以免打乱他们的位置，但画面中存在一种紧张感：为什么花丛中的年轻女子似乎没有她的位置？她是男子的女儿吗？不，有些东西告诉你——我——不是这样。她永远在画布上对着右边徘徊，不愿离去。为什么那位衣冠楚楚的绅士不站起身，拉住她的袖子，留她几分钟，在她离开前告诉她他也爱她，他一直都爱着她？

接着我想象着阳光久久地洒在杂乱的、笔触粗糙的花丛和灌木上，这两个身影在移动，而那位穿戴考究的女子泰然自若地待在椅子上，拿着她的遮阳伞，确信自己在男子身边的位置。那位绅士确实站了起来，他迈着重重的步子走出凉亭，好像一时冲动似的拉起穿着柔色衣裙的女孩的袖子和胳膊。但她也很坚决要走她的路。他们之间只隔着花丛，花粉擦到了她的裙子，也沾到了他裁剪精美的裤子上。他手上的皮肤是橄榄色，有一些粗糙,关节粗大。他抓住她,阻止她。他们过去从没有像这样说话——不,他们现在也没有说话。他们立刻拥抱在一起,在浓烈的阳光下,他们的脸靠在一起很温暖。我觉得他们在最初的那一刻甚至没有接吻。她欣喜地抽泣着,因为他长着胡子的脸靠在她前额时的感觉,正如她所想象的那样。而或许他也在抽泣?

天鹅贼

一八七九年

我的挚爱：

原谅我的软弱，没有写信给你，以这么不妥当的方式逃避。起初那确实只是正常的离开——我告诉过你，我身体微恙要去南方稍作休养。然而，那也是一个借口。我去那里不仅仅是为了治好感冒，想画一幅我很多年没有看见的风景，同时还为了从一种更严重的病症中恢复过来，对此，不久前我向你暗示过。我毫无起色，你从这封信的称呼就能看出来。你始终与我同在，我的缪斯，我想着你，生动极了，不仅是你的美丽和仁慈的陪伴，还有你的笑容，你最细微的动作，自从我无可自拔地爱上你后你对我说的每一个字，以及不管你在不在眼前我都能感觉到的爱意。

因此当我返回巴黎时，我的病仍然和离开时一样。而回来以后，我决定尽量在这里全心投入创作，不去打搅你。我不愿隐瞒你的来信带给我的快乐——想到也许在某种程度上，你希望我不要抛下你，你也想念着我。不，不——你没有冒犯我，反倒是我自己的愚蠢冒犯了你。我只能决定住在你的近旁，带着所有我能唤起的冷静。

你一定会想一个老人如此心烦真是太傻了，但你太善良，不会说出口。你当然是对的。但这样你无疑是低估了你自己的力量，我最亲爱的，你存在的力量，你对生命的感知力以及打动我的方式。我应该尽可能让你保持平静，也不再孤立自己，因为你似乎比我更不愿意这样。对此我要赞美所有我在意大利看见的傲慢神灵，虽然他们的雕塑已经破碎。

然而，这仅仅是我故事的一部分。此刻我必须暂时搁下纸笔深呼吸，以获取我所需要的勇气。我不在的那段时间，我觉得如果无法实践我对你所做的承诺（当然这很艰难），即便是你希望，我仍然无法回到你身边或再次写信给你。

你应该还记得，我说过有一天我会告诉你我妻子的事情。我时时刻刻都在后悔这个承诺。我很自私地认为你若不了解她就不会了解我，即便如此我——正如你推测的那样——这么做或许得到一些小小的缓解。而我不想刻意违背任何我对你的承诺,只要我活着。如果我可以把我整个过去告诉你,并带着你未来的全部逃离,我会那么做,正如你猜到的那样;而我不能,那对我来说是永远的痛苦。你看得出我是多么自私——认为你和我在一起会快乐,而你早就有了任何快乐的理由。

此时,我深深地感到不该做出这个承诺,因为我不愿意把我妻子的故事放到你的心里,你的心是那么可爱纯真,对世界充满希望(我知道这会令你不快,但等你明白我叙述的是悲哀的事实时已经来不及了)。无论如何,我恳求你一个小时后再看后面几页,直到你觉得你能够承受某些可怕的真相——我希望你知道我后悔说出每个字。当你看完这封信,你知道的会比我弟弟多一点,比我侄子多得多。并且当然比世界上任何人都多。你也会知道这是一起政治事件,结果是我的安全会掌握在你的手里。那么我为什么要做这么一件事——告诉你一些只会令你难过的事情?好吧,那就是爱的本质:它的需要是残酷的。当有一天你自己发现了它的残酷本质,你就会回首过去,更懂得我,并原谅我。那时我或许早已离去,但不管我在哪里,我都会为你的理解而祝福你。

我遇到我妻子时年纪已经很大了,我已经四十三岁,她四十岁。你也许已经从我弟弟那里得知,她名叫海伦娜。她是鲁昂一户好人家的女儿。她没有结过婚,不是因为她本身不够格,而是因为她要照顾寡居的母亲。就在我们认识的前两年她母亲去世了。此后,她便来到巴黎和她姐姐的家人住在一起,并使得自己对于他们和对于母亲一样,让他们离不开她。她是一个高贵而温柔的人,庄重但不乏幽默感。第一次见面时我就被她的举止和对他人的体贴所吸引。她对画画很感兴趣,虽然她几乎没有学过美术,更多地是从书本中学习;她也通晓德文并能懂拉丁文,她的父亲相信他的女儿们应该读书。她是那么虔诚,使得我本身的漫不经心和怀疑的态度显得很可耻。我崇拜她对于所做的一切都是那么执著。

她的姐夫是我的老朋友,在我求爱的时候为我说话(虽然他对我非常了解,但也许是顾及我的名声),并为她备下了丰厚的嫁妆。我们在圣日耳曼奥塞尔教堂举行婚礼,邀请了一些朋友和亲戚出席,接着住进圣日耳曼的一栋房子里。我们平静地生活。我努力画画并筹备画展,她把这个家打理得井井有条,并欢迎我的朋友到访。我越来越爱她,那是一种敬意多于激情的爱。我们的年纪太大了,不指望有孩子,但是我们拥有了彼此便心满意足。而在她的影响下,我的性格日益成熟,往日放任不羁的秉性被她驯化了。由于她对我始终有信心,我对绘画的兴趣也越来越浓,我的技艺不断提高。

我们会永远这样快乐地生活下去,如果我们的皇帝没有想过他有权把法国带入那场令人绝望的战争中,入侵普鲁士——那时,我亲爱的,你还是小女孩,但色当之战的消息在你的记忆中一定也很震撼。接着普鲁士军队可怕的报复来了——他们的围攻使我们可怜的城市惨遭蹂躏。现在我必须坦白告诉你,当时有很多人对此愤怒得忍无可忍,而我正是其中一员。实际上,我不是那些残忍的暴民,而是温和派一员,相信巴黎和法国在这个轻率、奢侈的专制政府手里受够了苦难,于是决定起来反抗它。

你知道最近几年我大部分时间在意大利,但我没有告诉你,我是一个流亡者,我避开无疑存在的危险,直到确定能在我的家乡重新过上平静的生活——同时也逃开痛苦和愤世嫉俗。实际上我是巴黎公社的支持者,对此我心里毫无愧意,虽然我为那些信念不被国家原谅的同志们感到悲哀。为什么巴黎公民要忍受那些事先没有经过我们同意就实行的政策,而不起来发起革命——至少应该表达强烈的抗议?我从来没有抛弃过这个信念,但我却为此付出了巨大的代价。如果我早知道代价是什么,我可能就不会投身于运动中。

公社成立于三月二十六日,我所在的队伍几乎没有什么麻烦,直到四月开始,战斗在我们驻扎的街道上打响。你可能早就住到郊区去了,很安全,这是我回来后问了伊弗才知道;他告诉我他到后来才认识你的家人,但你经历了有惊无险的灾难,除了没有人能逃过的物资匮乏之外。也许你会告诉我你听见远处街道传来的枪声,也许连那些也没有听见。我冒着枪火,把消息从一个旅送到另一个旅,不管在什么地方,努力把这历史的场景画下来并且在不危及其他人的安全的情况下。

海伦娜不能认同我。她的信仰使得她强烈支持最近倒台的政权,但是她向来包容我所有的信念;她请求我不要告诉她任何可能让我妥协的事情,如果我们中有一个被捕。我尊重她的想法,没有告诉她和我关系最密切的那个旅驻扎在什么地方。我现在也不会告诉你。那是一条古老的街道,并且很狭窄。我们在五月二十五日夜里封锁了这条街,知道这道壁垒在保卫这个地区的时候会起到重要作用,如果正如我们所预料的,第二天伪政府会派民兵试图打破我们的防线。

我答应海伦娜我不会太晚回家,但到了夜里,他们非常需要将一组信息送给蒙马特的同志,因为我还没有被警方怀疑。实际上,我神不知鬼不觉地到了那个地方,我原本也可以同样地返回,但途中却被逮捕并被拘留。这是我第一次面对民兵。他们审问我很久并且多次威胁要动用暴力,直到第二天中午才将我释放。我一直在想,我可能会被就地处决。我也不会告诉你我被审问的具体情况,因为我不希望你知道,即便是在八年之后的今天。那是一段恐怖的经历。

但我会告诉你,也必须告诉你的是更糟糕的事情:海伦娜夜里一直挂念着我,惊恐不已,在破晓时分开始找寻我,询问我们的邻居,直到最后其中一个人不忍她继续担忧就把她带到我们街垒处。那时我还在拘留中。她走到街垒前打听我的消息,就在那个时候,中央政府的军队出现了。他们对在场的每一个人开火,包括公社拥护者和路人。当然,政府否认了所有这些事件。她倒下了,子弹打穿了她的额头。我的一个同伴认出了她,把她从战场上拖了过来,把她的尸体安放在瓦砾后面。

我先跑回家,发现家里没人,当我到现场的时候她的尸体早已经冷了。她躺在我的怀里,伤口涌出的鲜血已经凝结在头发和衣服上。她的脸上只有惊恐,虽然她的眼睛已经自己闭上了。我摇晃着她,呼唤着她的名字,想要把她唤醒。当时她一瞬间就死了,这是唯一让我感到安慰的地方,相信如果她知道会发生什么,以她的本性,她也会在那一刻把自己托付给她的上帝。

我迅速把她埋在蒙巴拿斯的公墓里,比我想的更匆忙。几天后,我们的斗争迅速失败,成千上万的同志被处决,尤其是我们的组织者,让我更加痛苦。最后的毁灭中,我感到对于这么一个连正义的唯一希望都拒绝的国家,我再也无能为力了,并不愿意活在随时可能被捕的恐惧中,于是在城门附近一位朋友的帮助下,逃出了法国,独自前往芒通和边境。

在这段痛苦的经历中,我弟弟始终支持我,默默照顾海伦娜的坟墓,在

天鹅贼

我离开期间不时地写信给我,问我要不要回去。在那出戏剧中我只是一个小角色,最后,对于一个要实现这么多重建的政府不感兴趣。我确实回来了,并非是想要为法兰西的繁荣作贡献,而是出于对我弟弟的感谢,想在他困难的时候帮助他。我从伊弗那里得知,他正在一点点失明。在我认识你之前,我唯一的安慰是尽力帮助他,并不断地画画。我是一个没有妻子、孩子和国家的可怜人。我活着,但并没有希望社会进步的梦想,那一定是每一位有志之士的动力,而到了夜晚,想到海伦娜曾经在我怀中无助和残酷的牺牲,我满是恐惧。

直到你出现了。你的光彩,你天生的才赋,你的爱情和友情的温柔,对我的意义胜过我所能言明的。现在我认为我不再需要对你解释。我不会坚持让你保守秘密以贬低你——我大部分的快乐早就掌握在你的手里。此时,我唯恐自己无法、也不愿实现我的承诺,告诉你这些有关我自己的事情,因此我马上搁笔,签上名,真心的

你的 O. V.

五十三
马洛

我特别关注玛丽所说的,罗伯特在大都会博物馆里初次遇到那个令他着迷的女人,现在我考虑是否能直接问罗伯特这件事。无论那里发生了什么,罗伯特看上了她哪一点,都引起了他的注意,并很可能因此导致了他的病症。如果大都会人群中的那个女人是他想象出来的,换句话说,如果她是他的幻觉,这意味着我要重新考虑对罗伯特的诊断,对他的治疗做出重大的调整。不管他最初看到的是不是一个真实的女人,他现在是根据记忆来画画吗?或者他依然在幻想?事实是他显然在画一个现代的女人,曾经一闪而过,却穿着十九世纪的服装,这本身就含有想象的成分。也许他是不自觉的。他还有其他的幻觉吗?如果有,他还没有把它画出来,至少现在还没有。

不管怎么样,他和凯特搬到格林希尔时,至少偶尔会想象这个女人的面孔;毕竟,凯特在他们开车南下的途中,在罗伯特的衬衫口袋里发现了一张她的素描画。但如果我问罗伯特第一眼看到这个女人的情景,并提到任何有关博物馆的信息,他马上就会知道我在同某个和他关系密切的人谈话,而可能的人就那么几个,那么——也许只有一种可能性,因为他已经知道我得到了玛丽的姓氏。他似乎对玛丽而不是凯特透露了秘密,完全不可能和其他人谈过,除非他在纽约还有朋友,对他们他可能会提到第一眼看到那个女人令他难忘。他对玛丽透露他只见过这个陌生人几次,但我觉得这难以相信,特别是我在凯特那里看到了那些有力的画作。显然他和她交情很深,久而久之牢牢记住了她的脸孔和身影。罗伯特宣称他不是对着照片画的,但他有没有可能会说服一个陌生人当他活生生的模特,直到他有了足够的材料以便创作将来的肖像画?

但我不能冒险向罗伯特提出任何一个问题；如果泄露了我对他了解的程度，我可能永远都无法赢得他的信任。我告诉他我知道了玛丽的名字，可能就是个错误。但在一天早晨的探视中，我坐在他房间的那张大扶手椅上，还是忍不住问他是在哪里第一次看到激励他完成大部分作品的女人。他瞥了我一眼，接着回到他正在看的小说上。过了一会儿，我只能借口离开，祝他一天愉快。他被带去病人的休息室，从摆满了陈旧的平装书的书架上借阅犯罪惊险小说，他不画画时会百无聊赖地看看它们；他一个星期翻完一本，它们往往是关于黑手党、或中情局、或发生在拉斯维加斯的谋杀迷案等最粗制滥造的故事。

我不得不想到，罗伯特对于这些书中的罪犯是否有某种同情，因为他自己也是手持着一把小刀被捕。凯特说他有时候看惊险小说，我在他办公室的书架上也看到了它们，但她还说他看展览目录和历史作品。病人休息室里有比这些侦探小说好得多的书，包括一些艺术家和作家的传记（我承认我会亲自往书架上插入几本这样的书，看看他会不会挑选它们），但他从来不碰。我只能希望他读了这些谋杀的故事后不会滋长暴力倾向，虽然我没有看出什么迹象。他不可能告诉我他在哪里、如何遇见他最爱的模特，同样也不会解释为什么他只阅读休息室书架上的那些糟粕。

然而，玛丽说他第一眼看到这位女士的故事让我有了另一种想法，也许正是她笑着提到福尔摩斯的天才的缘故，让我一次又一次仔细思考她所描述的情景。有一天我甚至给玛丽打电话，请她把罗伯特在巴内特大学对她讲的故事再说一遍，她照办了，几乎是同样一番话。我为什么要问？她已经答应以后再进一步解释，她会的。我很有礼貌地谢过她，感激她陆续寄来的信，并小心地尽量不强迫她以任何方式见面。

然而，对那一刻的感觉我挥之不去，对于它的一种福尔摩斯式的想法占据了我的心——一种特别的怀疑，但原则上也只是一种感觉，一个人应该亲自去事件的现场看看。也就是大都会，这些年来我去过那里好多次，但这次我是想找到罗伯特第一次产生幻觉或灵感，或——那是坠入爱河？——的地方。即便现场没有枪，没有绳子从天花板垂下来，没有什么能让人掏出放大镜来审视——好吧，那很愚蠢。但我还是要去，一方面因为我可以顺道去做一件更重要的事情：看望我的父亲。我将近一年没有去康涅狄格，其实六个月前就该去了，虽然他在电话里和在教区的信纸写来的信上（这些纸必须用完，而且他对电子邮件不屑一顾）听起来心情很好，但我还是担心是否出了什么事，而他从未在电话和信上提过。如果确实有问题，那可能是他精神消沉，而这个他当然不会告诉我。

想到这里，我选定下周末去，并买了两张火车票，一张从华盛顿到宾夕法尼亚的来回票，另一张是单程回我家乡，再返回纽约。我奢侈地在华盛顿广场一家昏暗但舒服的老饭店预订了一个晚上的房间。我曾经在那里和一位我差点娶了的年轻女士共度过一个周末；现在，令人想不到的是，那是多久以前的事情，我在多大程度上已经忘记了她，我曾经在酒店的床上拥抱过她，还和她一起坐在华盛顿广场公园的长凳上，她指出那里的每一种树木。我不知道她现在何处，也许她已经嫁给了别人，还当了祖母。

我一度想要请玛丽和我一起去纽约，但想不出会有什么后果，或她会有什么反应，以及我该怎么解决或提出关于酒店房间的问题。和她一起去博物馆也许是妥当的，毕竟罗伯特的过去对她的影响比对我更深远。但这真是个大难题。最后，我没有告诉她我的计划；这几个星期内她都没有来过电话，我猜等她准备好的时候就会告诉我更多罗伯特的故事。我决定回来后再打电话给她。我告诉员工，我会请一天假去看我父亲，接着我针对罗伯特和其他令人不放心、需要特别看护的病人做了和往常一样的嘱咐。

我直接从宾夕法尼亚站前往中央车站去搭乘大都会北方铁路纽海芬线。在去纽约之前，我有一整夜的时间陪伴父亲。那段旅程并不糟糕，而且我一直很喜欢坐火车，期间既能看看书，又能做做白日梦。这次我看了点随身带来的《红与黑》译本，也欣赏了沿途初夏的景色，凄惨地被破坏的东北走廊的中央地带、砖石仓库、位于小镇和市郊的铁路沿线住宅区的后院,一位女士慢吞吞地晾衣服,孩子们在学校沥青操场上玩耍,海鸥像秃鹰一般盘旋在一块高耸的垃圾填埋地上方,以及地面上随处都是闪闪发亮的金属焊接。

我一定是迷迷糊糊睡着了,因为当我们抵达康涅狄格海岸时,阳光已经照亮了海水。我一直都很喜欢看见长岛海峡的第一眼,辛波群岛,古老的桩基,小码头上满是光彩夺目的小船。我就是在这片海岸长大的,我们的小镇距离海岸十六公里,但我童年时期的星期六就意味着到附近的格兰福德公共海滩进行野餐,或是在莱姆庄园的场地上游荡,或是沿着沼泽路一直漫步到某个小平台,从那里你能透过母亲的双筒望远镜看见红色翅膀的画眉鸟。我从未远离过海水或是其支流的咸味。

实际上,我们的小镇就建在康涅狄格河的岸上,当年要不是镇上的领袖匆忙前去和英国船长谈判,于是船长发现镇长是他父亲的表兄弟,彼此问候,并交流了一番家乡的消息,否则英国人早在一八一二年就用武力占领了这个小镇。镇长声称完全愿意承认国王,船长没有看出他这番声明是假装的,于是大家友好分别。那天晚上,全镇人在教堂集合——不是我父亲所在的那座,而是位于河右岸一座非常古老的教堂——表达感谢。后来当四周的小镇全都陷入英国人的火把中时,镇长大义凛然地保护了他的市民,这多少也因为他心中的罪恶感作祟。我们的小镇是当地历史保护主义者的骄傲:我们的教堂、旅馆和最古老的房子都保留了它们的原貌——原始木材,被一代代家族合理地使用。我父亲很喜欢讲那个故事;我小时候就听腻了,但永远不会忘记,当我再次看见河水和殖民建筑群,现在它们大部分都是旧的市中心里摆满昂贵的蜡烛和手提包的商店,我仍为之感动。

在那个有绅士风度的船长离去仅仅三十年之后,铁路便通了进来,但它到达的是小镇的另一端。最早的车站早就消失了,取而代之的是一栋兴建于一八九五年左右的精美建筑;一九五七年我和父母亲在这里等候火车载我们去纽约无线电城市音乐厅观看圣诞演出,候车厅——黄铜、大理石、黑木——散发出特有的家具蜡气味。今天,许多乘客正坐在木质长椅上看

《波士顿环球报》，当年我双脚还碰不到地面时就爱上了这种长椅。

我父亲已经在那里等我，他一只薄如纸片、几乎透明的手拿着他的斜纹软呢帽，那对蓝眼睛看见我时显得明亮而愉快。他拥抱我，捏了捏我的肩膀，又往后靠细细打量我，就好像我还在长身体，他要看看我长得多快。我微笑着，心想此时他看到的我是否依然一头棕发，还没有脱落，或是我穿着大学时穿回家的法兰绒裤子和宽松毛衣，而不是看见一个装扮整洁、穿着朴素的家常裤、套头运动衫和休闲外套、五十多岁的男子。而我感到那种熟悉的快乐，他的孩子长大了。令我震惊的是我那么久没有见过他——早些年前，我比现在来的频繁——于是当场我决定很快要再来一次。这个将近九十岁的男人是生命延续的证明，是我和死亡之间的缓冲——是永生，他会带着孩童般的笑容说，他骨子里的牧师容忍着我骨子里的科学家。当他离开我时，我几乎毫不怀疑他会去天堂，虽然我从十岁起就不相信天堂了。但这样一个人最终还会去哪里？

当感觉到他的双臂环抱着我，我突然想到，我已经知道父亲或母亲的死会带来的所有伤痛，也知道当大限到来，失去父亲的痛苦会加深，因为先前失去母亲，失去我们对她的共同记忆，也因为他是我最后的守护者，第二个离去的人。实际上，我曾经帮助病人度过这样的经历，他们的悲哀是难忘和复杂的；我失去母亲后才开始明白，父母亲即便是以最从容的方式离去，也可能造成巨大的创伤。如果子女本身存在更加严重的病症，或正在同心理疾病斗争，那么父母亲的死亡可能颠覆微妙的平衡，打破小心维持的应对模式。

然而面对这位温和的白发男人——他穿着轻便的夏季外套，带着他对人性的乐观和嘲讽，以及在交通车辆管理处工作人员怀疑的目光下，一年又一年通过视力检测的镇定本事——我的专业理解力丝毫不能减轻最终要失去他的痛苦。此时我看着他站在我面前，这个秋天就八十九岁了，他还是他自己，我同时感受到他的存在和他将来的离去。当我看见他穿着上好的衣服等我，裤子口袋里鼓鼓囊囊地装着车钥匙和钱包，鞋子擦得锃亮,我总是既感觉到他的实实在在,又感觉到总有一天他会化作一缕轻轻的空气。这很奇怪,我有时会认为要直到他离去后,对我来说他才算完整,也许是因为对一个生命快到尽头的人的爱迟迟放不下。

趁他还在这里,我紧紧地——甚至是重重地——拥抱他以示回应,令他如此吃惊以至于他要努力才能站稳。他萎缩了;现在我比他高一个头。"你好,我的孩子,"他咧开嘴笑着说,一边紧紧地抓住我的手臂。"我们走吧?"

"当然,爸爸。"我把行李袋甩到肩上,拒绝了他伸过来的手。在停车场,我问他是否要我开车,但马上又后悔了。他严肃而幽默地看着我,从运动外套内侧的口袋里掏出眼镜,用手帕擦了擦再戴上。"你什么时候开始戴这个开车?"我问,以掩饰我的失言。

"哦,几年前我就应该戴了,但是我不是真的需要。现在,鼻子上架着这个更方便,我承认。"他发动了引擎,趾高气扬地开出了停车场。我注意到他开得比我记忆中慢了,并且坐姿前倾用力看;那很可能是老花眼镜。在我看来他的固执是他遗传给独子的主要特质之一。这一点同时保护和加强了我们,难道也令我们都成了孤独的人?

五十四
马洛

  我们家离车站只有几英里,位于镇上历史悠久的区域,走几步就到河边。这次,不知怎的,当我看到那排低矮而忧郁的罗汉柏尽头的前门时,心中一阵刺痛。距离我最后一次看到母亲打开那扇门,已经过了几十年;我不知道为什么这次的震动比以往更沉重。

  我想掩饰自己——没什么比说出这种心痛更能伤害我的父亲——于是故意说院子看起来真漂亮,好让父亲指着他前一个星期修剪过的树篱,以及他用手推割草机修割得整整齐齐的草坪。小小的前门弥漫着黄杨木和一盆盆凤仙花熟悉的气味。前院并不大,因为十七世纪的房产开发商希望房子靠近街道。后院则大一些,一直延伸到一个破败的果园和我母亲在业余时间照看的一个菜园。父亲每年夏天仍会种番茄,还有一些盘根错节的欧芹在其中萌芽,但他不是像她那么出色的园丁。

  父亲打开门锁,让我走进房子,和往常一样,我的内心总是被伴随我长大的物品和景象所拷问,像是前厅里破旧的土耳其地毯,靠在角落里的架子,上面摆着一只我在美术课上做的瓷猫,上的釉彩是模仿母亲书上的古埃及艺术品——她曾为我的创新精神和眼光感到如此骄傲。我觉得每个孩子都会做一些这类粗糙的作品,但不是每一位母亲都会永远地保存它们。电暖炉在前厅里铿铿锵锵地响着,它显然不是十八世纪的,但能保持楼下温暖,并散发出一种我一直很喜欢的像是布烧焦的气味。"今天早上我刚打开,"父亲抱歉地说,"该死的夏天还那么冷。"

  "好主意。"我把包放在电暖炉边上,走到厨房的浴室里洗手。房子里又整齐又干净又舒服,地板闪闪发亮——我一再坚持请个管家,去年父亲终于同意了,找了一位来自深河的波兰女士,每隔一个星期来一次。父亲说她连厨房水斗下面的管子也会擦洗干净。我指出这样母亲也会高兴,于是他不得不同意这点。

我们俩都洗完手,他说他准备了一些汤给我当晚中饭,并要把汤倒入炉子上一个锅子里。我注意到他的手微微打颤,便说服他这次让我来做饭。我把汤热一热,拿出泡菜、粗面包和他爱的英国茶,并加热牛奶,以便不让他的茶变冷。他坐在母亲买来放在厨房角落的藤椅上,说起他的教区居民。他没有提他们的名字,但大多数人我都认识,因为他们或他们长大的孩子多年来一直伴随着他:某个人的丈夫死于一场车祸;另一个人在高中教了四十年书后退休了,暗地里却遭遇了一场绝望的信仰危机。"我告诉他,我们可以确信的唯有爱的力量,"他说,"他不需要相信一种特定的爱的来源,只要他能在自己的生活中始终给予和接受某种爱。"

"他回来信仰上帝了吗?"我一边挤茶袋一边问。

"哦,没有。"父亲坐着平静地把双手插在膝盖之间,湿润的眼睛注视着我。"我不指望他会回来。实际上,他多年来一直不相信,只是他忙于教书没空考虑这个问题。现在他每星期来看我一次,我们下象棋。我保证能赢他。"

你保证有人爱他,我在心里敬佩地说出实情。父亲对于我天生的无神论从未表现出一丁点的蔑视,即便高中时我同他争论,在大学时再次想要反驳他。"信仰只是任何对我们来说真实的东西。"他总是这么回答我,接着他会引用圣奥古斯丁或苏菲派神秘主义者的话,并切一片梨给我,或是摆好棋盘。

我们吃了午餐,后来又吃了几片黑巧克力——这是父亲一种节省的乐趣——他问我工作怎么样。我原本决定不要对他说起罗伯特·奥利弗——我隐隐感到我对这个人的关心听起来过了头,对其他的病人显得不公平。或者更糟糕的是,我可能难以对他解释我为罗伯特所采取的做法是合理的。但在餐厅沉寂的气氛中,我还是忍不住一五一十地向他道出整个故事。和父亲一样,我也不会提到我教区居民的名字。父亲一边饶有兴趣地聆听我讲的事,一边在粗面包上涂黄油。和我一样,他最喜欢人物肖像。我告诉他我和凯特的谈话,隐瞒了那天晚上我返回凯特的住处以及邀请玛丽吃饭这些事。也许他连那些事情也能容忍,自然会认为我把罗伯特的最大利益放在心上。

当我描述罗伯特是如何一次又一次穿着同样的衣服,不得不洗了才换下,他顽固地看那些对他来说太肤浅的书,以及他一贯保持沉默,父亲点了点头。他喝完了最后一口汤,放下勺子。勺子从他手中滑落,乒地一声落在碟子上,他把它放好。"布赎①,"他说。

"什么意思?"我吃下最后一片巧克力。

"这个人在布赎。我想你描述的就是这回事。他在惩罚他的肉体,压制其灵魂诉说痛苦的渴望。他压抑身体和心灵来为某件事赎罪。"

"赎罪?但为了什么?"

父亲小心翼翼地倒了另一杯茶,我克制自己不去帮他。"这个嘛,你应该比我更清楚,不是吗?"

"他离开了他的妻子和孩子,"我思索着,"可能是为了另一个女人。但我认为不是那么简单。不知为什么,他的前妻似乎觉得他并不曾真正属于她,他后来去找的那个女人也这么觉得。不久以后,他又离开了第二个女人。由于他不肯同我说话,我无法猜到他对她们两个有什么样的愧疚。"

"在我看来,"父亲说着,一边用一张蓝色的纸巾轻擦嘴唇,"所有那些画都是他布赎的一部分。也许他是在向她道歉?"

"你是说他画的女人?她也许是他想象出来的,别忘了。"我指出。"如果他是基于一个真实的人,就像他妻子认为的那样,也是一个他并非真正认识的人。而他最近离开的那个女人似乎也认为他不可能认识这个神秘女子,即便她是真实的,虽然我不能肯定我同不同意。"

"这么想不是符合她的利益吗?"父亲往椅背上一靠,凝视着我们午餐

---

① 一种用来表示悔罪,或对过失错误表示赎罪的自我惩罚或忏悔的行为。

的空碟子,专注的神情就和往常看着我王后的小兵一样。"当然,如果她发现他反复画的是一个他熟知的女人,那有多么可怕,特别是你所描述的那些肖像的特征,以及他投入其中的热情。"

"确实。"我说。"但无论他的模特是真实的还是幻想的,他为什么要为她布赎呢?她会不会是一个被他伤害的真实的人?如果他在对一个幻想出来的人表达歉意,那他的状况就比我现在所想的还要糟糕。"

奇怪的是,父亲又说了一遍他在我高中时候总说的话,就是我刚才还在想的那句话。"信仰只是任何对我们来说真实的东西。"

"是的。"我说。我突然感到愤慨——就算回到自己的家、自己的圣地,也要被罗伯特·奥利弗纠缠。"他有他的女神,那是一定的。"

"也许他属于她。"父亲说。"我来清理这些碟子,也许你在旅途之后想打个盹儿。"

我无法否认这栋房子令我安心,和往常一样。每个房间里的钟——有一些几乎和摆放它们的壁炉一样古老——都在发出声响,似乎在说:"睡吧,睡吧,睡吧。"在外面的世界,一个星期又一个星期,我很少能得到足够的休息,就算是周末,我也从来不愿意浪费时间睡个午觉。我帮着父亲把餐具收拾好,看着他手里拿着一块满是肥皂泡的海绵布离去,接着便上了楼。

我的房间永远为我保留着,里面挂着一幅我画的母亲的肖像(照着一张照片画的,我不是罗伯特那样的纯粹主义者),在她去世的一年多前。我突然心头一震,如果知道她很快会出事,我就会对着她本人画,不管要安排她坐好对我们来说会有多么不便——我想这样做不是因为我会画得更好(毕竟那个时候我画得并不是很好),而是因为我们就会有额外八到十个小时待在一起。我可以记住她的面孔,接着,横着或竖起画笔来测量细微的不规则,每当我从画中抬起头,都会微笑地看着她的眼睛。这幅画描绘了一位衣着整洁、美丽动人且气质高贵的女子,脸上带着深思的神情,但无半点我所知的母亲真正拥有的活力和意志力,也无半点她那一闪而过的平实的幽默感。她穿着黑色的羊毛开衫，戴着脖套，露出拘谨的微笑。这张照片一定是为了刊在教区通讯或是挂在办公室墙壁上而拍的。

此时我希望——我常常这样希望——我应该把她穿着我很喜欢的那件深红色裙子的模样画下来，那是父亲在圣诞节买给她的，当时我十二岁。据我所知，那是他买给她的唯一一件衣服。她穿给我们看，把头发挽起，在脖子上戴了一条他们结婚时戴的珍珠项链。那是一条朴素的软羊毛裙，很适合作为牧师妻子的她，也适合不久前刚当上牧师的她。当她走下楼梯来和我们一起吃圣诞晚餐时，我们都坐在那儿说不出话来。父亲为我和母亲拍了一张黑白照片：母亲穿着那件美丽的裙子，而我则穿着我的第一件运动外套——袖子有点短了。那张照片上哪儿去了？我一定要记得问问他知不知道。

我房间贴着棕绿色条纹的墙纸，已经褪色了；小地毯看上去刚刚洗过，很是蓬松，而木地板擦得很亮——我想这一定是波兰管家的功劳。我躺在窄窄的、我依然感觉到属于我的床上，昏昏睡去，又在一片寂静中醒来，意识到我才睡了二十分钟，接着又陷入更深沉的睡梦中，这次睡了一个小时。

五十五
马洛

当我醒来时,父亲正面带微笑地站在门口,我这才意识到是他缓缓上楼梯时的吱嘎声把我吵醒的。"我知道你不喜欢午睡太久。"他抱歉地说。

"哦,是啊。"我挣扎着用一只手臂撑着爬起。墙上的钟显示已经五点半了。"你想去散散步吗?"每次来看望父亲我都喜欢陪他出去散步,他很高兴。

"当然,"他说,"我们去鸭子巷好吗?"

我知道那是要去母亲的墓地,我今天没有心思,但看在父亲的分上,还是立刻同意,并坐起来开始穿鞋。我听见父亲走下楼梯的声音,无疑他是扶着扶手,等两只脚站到同一级台阶上才继续挪动;我很庆幸他这么小心,虽然我忍不住想起以前他砰砰地跑下楼吃早饭,或是在前往教堂的办公室之前咯噔咯噔地上楼取一本落下的书的情景。我们慢慢地沿着路边走,他一只手搭在我胳膊上,头上戴着帽子,我看得出路的两边都显露出初夏的景致,这一刻天气凉爽而多变,沼泽地长满芦苇,一只乌鸦从里面飞了出来,几道夕阳照在邻居家的房顶上。这些房子前门上写着年份——一七九二、一八一四(我想到后面这栋房子正好躲过了英国人的入侵,镇长有力地保护了他的小镇,使之免于战火)。

正如我预料的那样,父亲驻足在一直到天黑才关的公墓大门前,并温和地捏着我的胳膊。我们一同走进去,穿过苔藓斑驳的墓碑,上面是被人遗忘的创始人的名字,有一些顶部放着清教徒的骷髅头,提醒我们不管是否犯下罪过,最终都会面临的结局,接着又走到比较新的坟墓。母亲的坟墓位于一座我们素不相识的、名叫潘罗斯的家族墓旁边,地方够大,一旦父

五十五

亲随她而去,这里也容得下他。我第一次想到我应该决定是否在这里买块墓地。和他们不同,我早就想好把遗体捐献给科学事业,然后火葬,但也许在父母之间还能放得下一个骨灰盒。我想象着我们三人永远地沉睡在这张特大号的床上,化成粉末的我躺在他们遗体之间,被他们守护着。

这幅画面并没有那么真实,不至于给我留下任何更深的遗憾。令我情绪低落的是看见母亲的名字和生卒日期用简单的字体刻在花岗岩上,她那短暂飞逝的年华——那是莎士比亚的一句诗,十四行诗?某一句,某一句——"夏日的租期未免太过短暂。"

父亲弯下腰捡起墓地上的一根树枝。我对父亲念出这句话,他笑着摇摇头。"这样的情景有一句更好的十四行诗。"他把树枝缓慢但准确地扔进篱笆旁的树丛里。"每当我想起你,亲爱的朋友,所有的失落和悲伤都烟消云散。"

我觉得他所说的朋友,除了我母亲还有我,于是很感激。近年来我试图想象她平静,而不是我见到的最后几分钟她挣扎着不愿离开我们的样子。我常常在想,哪一个更糟糕,是她不得不在五十四岁那年死去,还是她死去的痛苦的方式?这两个悲伤的事实同时发生了,但我不厌其烦地试图把它们分开,把一件遭遇从另一件剥离。当我们站在那里,我想要握住或揽住他的肩膀,但没有做,因此当他那瘦弱而苍老的手抓着我的后背时,我非常感动。"安德鲁,我也为她难过,"他直白地说,"但你要知道一个人不是那么遥远,特别是你到了我这个年纪。"

我忍不住想要指出我们看法中常见的不同点:我相信我和母亲的重返会在几百万年后,等到我们的尸骨分解成原子再次混合的时候。"是的,我有时候感觉到她就在身边,当我状态最好的时候。"我的喉咙哽住了,说不下去,于是我不再说。不知怎的我想起了玛丽,她穿着白色衬衣和蓝色牛仔裤坐在我的沙发上,告诉我她再也不想见到罗伯特·奥利弗。在不同的情形下,品尝伤痛有不同的方式;母亲从来不会抛弃我,除了不情愿地在那几分钟里被迫说再见。

我们沿着鸭子巷又往前走了一点，接着父亲缓缓停下并慢慢转身，表示他不想往前走了，于是我们以更慢的速度走回家。我评论说尽管小镇最近往西拓展，但住宅区还是保持着宁静。他说幸好有这条河存在，阻止了州际公路靠得更近。但就是街道上的沉寂让我担心：父亲在这里会有多少朋友，我们散步到现在看不到一个邻居在外面？父亲点点头，好像周围的安静对他来说很好。我们走到自己房子前面的走道时，我停下脚步，想说出我在墓地里想到、但难以启齿的话——不是我对母亲的思念，而是在那里惊扰我的另一个幽魂。"爸爸，我不知道我做得对不对？就是我告诉你的那个病人。"

他立刻会意。"你是说询问和他关系密切的人？"

我把手放在一棵罗汉柏的树干上。从小时候起我一直记得它长着毛茸茸且容易剥落的表皮，木头本身的坚硬就在里面。"是的，他口头上同意我，但——"

"你这么说是因为他不知道你在做这件事，还是因为你不能肯定自己的动机？"

和往常一样，当我对他提起某件重要的事情，最后他的机智总是令我哑口无言。实际上这两点我都没有告诉过他。"都有，我猜。"

"那么，先看看你的动机，我想，其他问题就都能迎刃而解。"

"我会的，谢谢。"

吃过晚餐——我坚持由我来做——我们便在客厅的棋桌上下棋。他坐在壁炉边一把低矮的椅子上，把木条拨到火炉里生起火。他告诉我他的写作计划，还说有个比他年轻十岁的女人每个月会从埃塞克斯开车过来一两次，念一些东西给他听，虽然他自己还是能看。这是他第一次提到她，我有点惊讶地问他是怎么认识她的。"我退休前她曾住在这里，并常来教堂，接着她和她丈夫搬走了，但不是很远，所以后来他们来听我荣誉退休后的年度布道。后来他去世了，我很久没有听到她的消息，直到后来她写来一封信，才有了现在我们愉快的会面。当然，在我这个年纪，不可能有很多。"他接着说，"她这个年纪也是，但至少可以算是有个伴。"我知道他也想说除了母亲和我，他绝对不会去爱别人，来重新安排他短暂的余生。他伸手想去移动王后，接着又改变了主意。"这些日子你有交什么样的朋友吗？"

他很少问这样的问题，而我很欢迎。"你知道，我是个比你更惨的老单身汉，爸爸。但我差不多觉得我遇见了某个人。"

"你说的是那位年轻女士，"他温和地说，"对吗？你的病人最近抛弃的那位。"

"什么都瞒不住你。"我看着他把象移到安全的地方。"是的。但她对我来说太年轻了，而我觉得她还是摆脱不了这个男人的阴影。"我并没有继续说我和她的关系因为我利用她做专题研究而变得复杂，或告诉他即便她目前单身，但她曾是我病人的情人，因此这是一个道德上的难题。但这些在父亲眼中显而易见。"最近被抛弃的女人可能会很复杂。"

"而且她不但复杂，还很独立、与众不同、很漂亮。"父亲说。

"当然。"我假装警觉到国王的安全，来逗他开心。

他没有上当。"你最担心的是因为她最近还属于你的病人。"

"这个嘛，这一点难以忽略。"

"但她现在单身，实际上，也就是他们完了。"他尖锐地瞥了我一眼。

我庆幸我还能点头。"是的，我就是这么想。"

"她到底几岁？"

"三十出头。她在当地的一所大学教画画，自己也画了不少。我没有见过她的作品，但我能感觉到她应该画得很好。她做了各种奇怪的工作，一心要追求画画。她很有勇气。"

"你母亲同我结婚时才二十多岁。而我比她大好几岁。"

"我知道，爸爸。但你们之间的差异小得多。而且不是任何人都像你和母亲那样想要结婚。"

"每个人都想。"他带着一丝愉悦说道。在灯光和火光的柔和光线下，他看穿了我迷惑他的那一招。他知道我从来不会拿国王冒险，即便是让他赢。"问题只是找到对的人。问问柏拉图。确保她完全明白你的想法，你也完全明白她的。那就是你需要的。"

"我知道，我知道。"

"那么你必须对她说：'女士，我看到你的心碎了。请允许我为你修补它。'"

"我不会有你那种想法，爸爸。"

他哈哈大笑。"哦，我自己可能永远不会对一个女人说这种话。"

"但你也不需要说，对吗？"

他摇摇头，他的眼睛比以往显得更蓝。"我不需要。更何况，如果我对你母亲这么说，她会告诉我醒一醒，帮她把垃圾带出去。"

一边说一边亲吻你的额头。"爸爸，不如明天你和我一起去纽约？我要去博物馆，我酒店的房间里多了一张床。你很久没去那里了。"

他叹了口气。"现在那对我来说是无法想象的大旅行了。我不能陪你到处逛。现在即使是到杂货店也很危险了。"

"我明白。"但我忍不住要坚持；我不希望他从此再也无法出去看外面的世界。"好吧，那么今年夏天你不想来华盛顿看我吗？我会开车过来接你。或者到秋天天气凉快的时候。"

"谢谢你，安德鲁。"他将了我一军。"我考虑一下。"我知道他不会。

"那至少给你换副眼镜怎么样，西里尔？"这是个老笑话，当我要对他提出特别要求时就叫他的名字。

"别再唠叨了，孩子。"他对着棋盘咧开嘴笑，而我决定让他赢，毕竟他几乎快要赢了。显然看清棋子对他来说不成问题。

五十六
一八七九

她尖叫着醒来。戴着睡帽的伊弗摇她的肩膀,从更衣室里拿来一点白兰地给她喝。那只是一个梦,她喘着气告诉他。他说那当然只是一个梦。她梦见了什么?没什么,她说——只是她想象出来的奇怪的东西。他安慰过她之后便再次想睡;她知道这些天他忙得像匹载货的马,她装做自己平静下来了,好让他能够继续睡觉。他柔和地呼吸,一起一伏,而她则点着一支蜡烛,穿着玫瑰色镶边的睡袍坐在床边,直到曙光开始从窗帘中渗进来。

最后她想要用尿壶;她小心翼翼地把它从床下搬出来,撩起睡袍。当她擦拭时,看见一条红色,她不得不在更衣室的衣柜里,摸索埃斯梅折好放在最上面抽屉里的布垫。又是一个没有希望的月份。做完梦后看见血本身就很吓人。在梦中她看见血潺潺地流过一张苍白的面孔,渗到路面的石板上。那是一个女人的血和那些为信仰而死去的男人的血,一起混合在尘土中。

她吹熄了蜡烛,怕伊弗还会醒来;泪水刺痛了她的双眼。她想起了奥利维尔。她无法把梦告诉他——她不能带给他这样的痛苦。但此时她真希望他能在这里,坐在窗边的锦缎椅子上拥抱着她。她找来一件比较温暖的袍子,独自坐在那里,披头散发,泪水滴落在脖子上。如果他在这里,他会先坐在她的椅子上,他那高大、相当纤瘦的身影充满了整个空间;接着她会像个孩子似的蜷缩在他的膝头。他会抱着她,擦干她的眼泪,把袍子披上她的肩膀和膝盖。他是她见过最深情的人,这个曾经捧着素描本躲避子弹的男人。但接着她又想,他为什么应该安慰她?显然他更需要别人的安慰。这使得她又想起了梦境。她蜷缩在椅子里,双臂紧紧抱在胸前,等着他的过去在心里慢慢地消失。

五十七
马洛

从那个方向进入纽约的旅程,和以往一样,总是那么美好。在到达市区之前,天际线的末端就显露出来,像是一排往前移动的长矛:世界贸易中心、帝国大厦、克莱斯勒大厦以及许多不出名的摩天大楼——我不知道它们的名字和功能,也永远不会知道,我猜是银行——以及巨石般的办公楼。没有那道天际线难以描绘出这座城市,即便是四十年前它的模样,并且现在要想象双子楼回到原处越来越难。但那天早晨坐在火车上,我感到睡眠充足,身子轻盈,并对这座城市的活力充满期待。那也是一种度假的感觉,或至少是远离工作——在这几个月里已经有两次了。我查看我的手机上百次,没有来自金树林或任何私人病患的消息,因此我是完全自由的。我突然想到玛丽可能会打来电话,但是她没有,她为什么应该打来呢?我不得不等几个星期再主动打电话给她——我再次希望她当初允许我和她面谈,就像凯特那样,但看见她的文字出现在纸上有一种特别的愉快,如果面对面,她所讲的故事可能就不会像现在这么坦白。

直到把行李留在华盛顿酒店、走进格林尼治村,我才意识到我为什么不自觉地选择这个地区。这些是罗伯特和凯特的街道。他每天从这里走到学校,同那些和他交换看法以及T恤衫的朋友们一起坐在酒吧里,或是在不远处的小画廊里展出他的作品。我真希望凯特把他们当时的地址告诉过我,虽然不会真的去找那栋楼,伸长脖子看它:罗伯特·奥利弗曾睡在这里。但奇怪的是我确实能感觉到他的存在;要想象二十九岁左右的他很容易,应该就和现在一样,只是鬈发里没有夹杂银丝。要想象凯特则很难,那时的她和现在显然不同,但我想象不出有什么不同。

我像做游戏似的在街上找他们:那个留着金色板寸头、穿着长裙的年轻女子,那个把画夹的带子甩过肩膀的学生——不,罗伯特比这条拥挤的人行道上的任何人都高,也更强壮。他在这里会惹人注目,就像他在金树林一样,虽然纽约更能容纳他的活力。我第一次想到,他的抑郁是否有一部分是因为搬家:一个像他那样与众不同的人需要一个和他的能量匹配的环境。离开了曼哈顿,他是不是在逐渐枯萎?是凯特想要搬到一个更安静、适合孩子的避风港。或者说离开这个跃动的城市只是加剧了他追求事业的决心——那是否就是凯特所见到的、他在格林希尔的阁楼上画画,睡得错过上课的反常行为?他是否想让自己真的被学校开除,于是能够顺理成章地回到纽约?当最后逃脱的时候,他为什么去了华盛顿而不是纽约?他选择不同的城市说明了他要和玛丽在一起的强烈意愿,或者证明他的黑暗女神离开了纽约,如果她曾经在的话。

  我走过狄兰·托马斯几乎死去的地方,他是在水沟中被人抬出来送到医院而死的。我还走过亨利·詹姆斯写作《华盛顿广场》时作为背景的一排排房子——今天早上父亲提醒我这个,从他书房架子上取下一本《华盛顿广场》,透过他那副不合适的眼镜看着我——"你还是能抽出时间看书对吗,安德鲁?"书中的女主人公曾住在广场对面那排整齐的房子中,当她最后拒绝贪财的求婚者后,坐下来开始刺绣。"为了生活,就是这样。"父亲念道。

  又是十九世纪末。我想起了罗伯特和他那位神秘女郎,她穿着件钉着小纽扣的华丽裙子,那对黑眼睛比画上还要生动。今天上午,华盛顿广场静静地沐浴在初夏的阳光中,人们坐在长凳上聊天,就像他们一代又一代的前辈那样,就像我和那个我曾想娶的女子一样,所有的时光闪过每一个人,并消失不见,我们所有的人也都会随之消失不见。就算没有我们,这座城市还是会继续存在,这真令人愉快。

  我在人行道上的一家咖啡馆买了一块三明治,接着乘坐地铁从克利斯朵夫大街前往西七十九大街,再换乘一辆穿城巴士。中央公园里满眼绿色,人们在溜直排旱冰、骑单车,差点撞到路边的慢跑者。这是一个美好的星期六,纽约就该是这个样子,我已经多年没来过了。我比以往更强烈地回想起我在这里度过的岁月,从哥伦比亚,从我的大学教室和宿舍向南方发散。纽约对我来说象征着青春年华,对罗伯特和凯特也是一样。我下了巴士,走过几个街区前往大都会。博物馆的台阶上站满了游客,像鸟儿一般聚集在那里彼此拍照,吵吵闹闹地,匆匆忙忙地跑下来,在附近的食品手推车上买热狗或可乐,等待着他们的车或朋友,或歇歇脚。我从人群中挤过去,来到大门前。

我几乎有十年没有走进去了。我怎么能让这么长一段光阴阻隔了我和这道雄伟的大门、高高在上地装点着一坛坛花朵的大厅、熙熙攘攘的人流以及一侧通向古埃及洞穴的入口?几年后,我的妻子独自来博物馆参观,告诉我就在主楼梯的下面开辟了一个新的区域;她逛得累了转到里面去,发现了一个有关拜占庭埃及的展览。一次只有两三个人可以进去,她不知不觉从一个角落里进去,发现自己周围只有一些打上完美灯光的文物。后来她告诉我,她的眼里泛起了泪花,因为这个景象让她感觉到同其他人类的联系(但你是一个人在那里,我说。她说,是的,和那些某个人制造出来的物品单独在一起)。

我知道我想待上整个下午,尽管我代表罗伯特的参观只用花五分钟。此刻我想起了几乎被遗忘的珍宝:殖民地家具,西班牙阳台,巴洛克漫画,一幅我特别喜欢的、懒洋洋的大幅高更的作品。我不应该在星期六来这里,这个时候人是最多的;我能上前凑近看一件东西吗?另一方面,罗伯特是在人群中瞥见他的女郎,这么说也许我正应该成为人群中的一员。我把一枚彩色金属的博物馆胸针别在衬衫口袋的上方,一手挽着外套,走上了宏伟的楼梯。

我忘了询问德加的作品是否全都在一个地方,还是自罗伯特痴迷于它的八十年代后被挪过地方了。那不要紧,我总是可以回到问讯台,而且也许我根本不想搜寻信息。我根据记忆找到了印象派作品的展室,或多或少地被那一片苍翠的景象所震慑——这里人很多,但是我突然看到了果园、花园小道、宁静的水面、船只、莫奈笔下宏伟的拱形山崖。遗憾的是这些画成了一种符号,一种我们全都哼腻的调子。但每次我走近其中一幅画,老调子会被一种逐渐增强的巨声盖住,实际上颜色几乎就是旋律,画面上厚重的颜料表达出牧场和海洋的味道。我想起凯特在罗伯特的阁楼沙发旁边找到的那叠书,它们激发他在墙壁和天花板上不知疲倦地作画。这些作品对他这个当代画家来说没有死去,而是新鲜且令人振奋的,即便是从图书馆借来、印在光滑的纸上的色彩。当然,他本身是个传统主义者,但他看透了无数展品和海报,看到了依然具有革命精神的东西。

　　德加的作品几乎占据了四个展室,还有他作品的其他范例——主要是我不记得的大型肖像画——放在十九世纪展品的大厅里。我也忘了大都会里面他的藏品多过其他博物馆,也许是全世界第一。我在心里数了一下。第一个展室里包含了一座德加最著名的青铜塑像,《十四岁的小舞蹈演员》,她的裙子像是真的褪色的织物,缎带从辫子上垂落到背上。她站在每一个人进来的小道上,脸庞朝上,忘我而顺从,但也许被一个只有懂舞蹈的人才会理解的梦所打动,她的双手紧握在背后,腰部微微弓起,右脚在前,可能是摆出一个她学到的优美舞姿。

　　她周围的墙上主要是德加的画,还时不时地出现几幅其他画家的作品:他笔下相当平凡的女性在家里闻花香的肖像画和舞蹈演员的油画。舞蹈演员几乎占满了接下去的两个展室,年轻的芭蕾舞女孩把腿放在练舞的扶手或椅子上,系上舞鞋,她们俯身时裙子掀了起来,犹如天鹅的羽毛在水中摸索,这种视觉冲击力让你忍不住细细打量她们身体的线条,就好像你会在真正的芭蕾舞中欣赏她们一样,更为亲近地看着她们训练、下场、在幕后准备,以及平常的、疲惫的、害羞的、受伤的、雄心勃勃的、过于稚嫩或过于成熟的、优雅的她们。我从一幅看到另一幅,接着在第三幅画前停下,环顾四周。

　　在舞蹈演员的后面还有一个德加的裸体画的小展室,只见出浴的女子用白色的大浴巾裹住自己。裸女们身材丰腴,好像是芭蕾舞女孩长大了,变胖了,或者在解下了压迫的紧身衣和蓬蓬裙的束缚之后显出了实际上肉感的身体。没有什么让我感觉到罗伯特的存在,或是他曾在这些画廊中看到的女子;虽然她来到这里,也许是因为她本身就是德加迷。在八十年代后期的某一个繁忙的上午,他得到许可,在这个博物馆里画画,他竖起画架,拿起写生本,他在人群中看见一个女人,接着她消失了。如果他想要作画,他为什么会待在人群中?我甚至不知道这些展室的布局是否与当时一样,询问这种事情会让我显得很傻,至少我自己是这么想的。这是一次可笑的朝圣;我已经厌烦了在人群中不断推挤,所有这些人收集着印象派作品的印象,亲眼看一看他们早就从其他途径获知的画作。

我想到了罗伯特,决定下楼去某个陈列着家具或中国花瓶、感兴趣的人比较少的展室。也许他也有同感;那天他累了,转身扫视人群——我自己也试了试,一眼看见一个穿着红裙,手里抱着一个小女孩的灰发女子,那孩子也早就累了,目光空洞地注视着周围的人而不是油画。但那天,罗伯特的视线穿过人群直接射中一个他永远忘不了的女人,一个有可能穿着十九世纪的服装准备排练或拍照或闹着玩的女人——我先前从未想到过这些可能性,也许他走上前去同她说话,即便是在人群中。

"还有别的德加的画吗?"我问门口的警卫。

"德加?"他皱起眉头说,"有的,那个房间还有两幅。"我向他道谢,挤到那边去,算是看全了;也许罗伯特的神灵显现或是幻觉就发生在这里。隔壁展室的人不多,也许是因为里面莫奈的画不多。我仔细地看着一幅底色为棕色,用粉色和白色画成的蜡笔画,上面是一个舞蹈演员沿着细长的腿伸展细长的手臂,另外三四个芭蕾舞女孩背对画家,她们的胳膊环住彼此的腰部或是双手调整头发上的缎带。

我看完了。我转身准备离去,寻找画廊另一头的出口,逆人潮而去。然后,她就在那里,面对着我,一幅大约六十厘米见方的肖像油画,笔触松散但极其精细,那张我认识的脸,难以捉摸的微笑,带子绑在下巴上的女帽。她的眼睛是那么生动,以至于你无法回避它们。我呆呆地穿过这个似乎很庞大的房间;我似乎花了好几个小时才走到她跟前。那毫无疑问就是同一个女人，画的是穿着蓝色衣服的肩膀以上的部位。随着我逐渐靠近，她似乎笑得更欢了；她的脸栩栩如生。如果要我猜作者是谁，我会猜马奈，虽然这幅肖像并没有他的画风。然而，它一定是同一个时期的：画上她肩部的衣服、领口的花边、黑色华贵的头发描绘得非常细腻，所运用的笔触并不是印象派的风格；她的脸部刻画带有较早期作品的写实主义。我仔细看了看铭牌——"贝亚特莉斯·德·克莱尔瓦勒肖像，一八七九年。奥利维尔·维格诺。"贝亚特莉斯·德·克莱尔瓦勒！奥利维尔画的！好吧，她是一个真实的女人。但不是一个活着的女人。

问讯台的工作人员已经尽力了。不，他们没有其他奥利维尔·维格诺的作品，也没有其他以贝亚特莉斯·德·克莱尔瓦勒为题材的作品。这幅画自从一九六六年被这里收藏，是从巴黎的一个私人收藏品中买来。罗伯特在纽约工作期间，它被租借一年参加一个巡回展，主题是印象主义兴起时期的法国肖像画。他微笑着点点头；他知道的只有这些——能满足我的需要吗？

我谢过他，感到嘴唇发干。在这幅画出借参展之前，罗伯特见过它一两次。他并没有产生幻觉，只是被这幅无与伦比的作品所震慑。他有没有问过别人有关这幅画的事情？也许他问过，也许没有；他说她是虚构的，其实是她已经消失了。如果以后的几年里他回到这座博物馆，那么对他来说，这幅画是否真的挂在那里也就无关紧要；那时，他已经创作了他心目中的她。即便是只看过这幅画几次，他必定照着画了一幅草图，画得非常好，因为他后来画得极为相像。

或者他是在一本书上再次发现了这幅画？显然，画家和主题人物都不出名，但维格诺作品的质量足以吸引大都会把这幅肖像买下来。我到礼品店碰碰运气，但没有相关的明信片，也没有印着它的书。我再次上楼，返回画廊。她等在那里，光彩照人，面带微笑，想要说话。我拿出素描本把她的模样和头部的姿态画下来——我要是能画得好一点就好了。接着我伫立在那儿凝视她的眼睛。我恨不得带着她一起离开。

五十八
玛丽

美术学校毕业后,我能找到什么工作就做什么,直到最后我在华盛顿特区得到教书的工作。我时不时地展出一件作品,或是得到一笔小额的奖学金,或甚至参加一个出色的学习班。我想告诉你的那个学习班是我在几年前的深秋参加的。它在缅因州一栋位于海岸上的老旧建筑里举办,一个我一直都想去看看、去写生的地方。我开着我的敞篷小货车——我的蓝色雪佛兰,从那以后我就把它扔了——从华盛顿开到那里。我很喜欢那辆车。我把画架放在后面,还有一大木箱绘画工具、睡袋和枕头,以及我父亲在韩国服役时用的露营袋子,里面塞满了牛仔裤、白T恤、旧泳衣、旧毛巾,什么都是旧的。

打包时,我意识到我已经大大远离了妈咪和她的教育。妈咪从来无法忍受我打包行李或是我包好的东西,那一堆缠在一起的衣服、灰色网球鞋和一箱箱美术工具。她会痛恨我那字母贴片裂开的运动衫横在前面,口袋盖子破破烂烂的卡其裤塞在后面。然而,我并不邋遢;我的头发又长又亮,皮肤柔滑,穿的旧衣服都干干净净。我脖子上戴着一条有石榴石挂坠的项链,我买了新的蕾丝文胸和内裤在简陋的衣服下装饰自己。我喜欢这样的自己,在别人看不见的地方偷偷打扮自己——不是为了任何男人(毕业后我对他们都厌倦了)——而是为了晚上当我脱下沾上颜料的白色衬衣和膝盖破洞的牛仔裤的那一刻。那都是为了我自己,我是我自己的宝贝。

那天我很早就起床了,沿着后面的路前往缅因州,在罗德岛路边的一家还有一半空房、建于五十年代的汽车旅馆里过夜,那有一间间白色房子,用奇特黑色字体写的标牌,整个令我很不爽地想起《精神病患者》里面的汽车旅馆。不过这个地方没有杀手;我安安稳稳地一直睡到将近八点,在隔壁烟雾弥漫的饭厅里吃了煎蛋。坐在那里的时候，我在笔记本上画了一会儿，画下拉开到窗子两边绑好、上面停着几只苍蝇的透明窗帘，还有装满假花的箱子、正在喝咖啡的人们。

在缅因州的边界，有一个驼鹿穿行的标志，路边栽满了常青树，像是巨人的军队挤在两边——没有房子、没有出口，只有绵延数英里的杉木。接着，路的边缘露出一抹白色的沙子，我意识到我正在往海边靠近。这给了我一阵突如其来的兴奋，就像是妈咪每年开车带我们去新泽西的五月岬度假时的感觉。我想象着自己画下海滩、风景，或是坐在水边的岩石上沐浴月光，一个人。在那些日子里，我依然完全地享受着我所谓的"独行侠"的浪漫；我还不知道怎么会孤独，不知道一块回忆的碎片会破坏一整天的心情——不只是毁了一整天，如果你拿捏不当的话。

我花了点时间研究才找对路，要穿过这座小镇，再往前开就能到达那个世外桃源；学习班的传单上有幅小小的地图，尽头是一片远离尘世的海湾。最后几条道路上满是尘土，两旁是茂密的松树林，林荫下的路肩上还冒出许多松木幼苗。就这样开了数公里，我来到了一栋华而不实的房子前——不管怎么说它看上去就是这样——像一座木质的城楼，上面有块标牌，写着"洛克海滩静修中心"，周围没有人。再开过去一点，拐过一个弯，有一片绿油油的草地。我看见一栋庞大的、屋檐下同样装饰华丽的木楼，还有树林，和远处隐约可见的海。房子又高又大，漆成暗粉色，而草坪不仅仅是草坪，还有花园、格子架、小道、一座粉色的凉亭、老树、一块有人在上面安置了棒球游戏的平地和一张吊床。我看了看手表，我有充足的时间登记。

那天晚上，所有人集中会面，吃第一顿饭。餐厅原先是个马车房，分割的墙被打破。里面有着高高在上而粗糙的椽，窗上镶着一块块方形的彩色玻璃。斑驳的木地板上摆放着八到十张长桌子，年轻男女们——大学生，在我看来他们比我年轻——正四处走动摆放大水罐。大厅的一端有一个自助餐台,上面放着几瓶酒,还有杯子、一盆花,旁边是一个敞开的装满啤酒瓶的冷却桶。我感到很不自在;就好像是进入一所新学校的第一天(虽然小时候,我在同一所学校里读了十二年),或者像是大学的新生介绍会,你会意识到这里你一个人都不认识,因此没有人在意你,而对此你不得不做些什么。我看见人们在饮料边上,三三两两地聊天。我鼓起勇气大步走向冷却桶(那段日子我对自己大步走路感到自豪),不假思索地从冰堆里抽出一瓶啤酒。当我直起身去找开瓶器,我的肩膀和手肘打到了罗伯特·奥利弗。

显然是罗伯特。他以四十五度角的侧面站在那里,在和某个人聊天,从我跟前移开,避开我的打扰,甚至看都不看。他正在和另一个男人说话——一个脸部消瘦、长着灰白而稀疏的胡子的男人。那绝对、毫无疑问是罗伯特·奥利弗。他脑后的鬈发比我记忆中长了一点,新增的银丝微微闪动,从蓝色棉质衬衫的袖子里露出来的一只手臂显得黝黑。学习班的册子上没有提到他,他怎么会在这里?他浅色棉布裤子的后部沾着颜料或油脂,仿佛他曾像小孩子一样,把手往屁股上擦。他穿着一双笨重的凉拖,尽管新英格兰夏夜的凉意早就透进了门。他一手拿着一瓶啤酒,另一只手对着那个脑袋瘦瘦的男子做着手势。他和我记忆中一样高大,气势逼人。

我呆呆地站在那儿,直愣愣地看着他的耳朵、耳朵周围浓密的鬈发、那依然令人熟悉的肩膀以及他交谈时举起的大手上宽宽的骨头。他稍稍转过身,似乎感觉到我的目光,接着又继续聊天。我记得他在画室里巡视时那种实在、优雅的镇定。接着他再一次扫视四周,皱着眉头,那无疑是从电影里学来的;那更像是他把某样东西放错了地方,或是极力回想他走进这个房间是为了找什么。他看到我但没有认出我。我慢慢移开,转开我的脸。如果我想,我可以走过去,隔着蓝衬衫拍打他的肩膀,更明确地打断他的谈话,这个念头让我心里一惊。我讨厌他那茫然、含糊的"哦,对不起——我是怎么认识你的?无论如何,很高兴再次见到你"。我想到从那以后他可能教过上千(上万?)名学生。宁可不跟他说话,也不要让自己在

五十八

他眼里只是人群中一个模糊的面孔。

我急忙转向我第一个看到的人,那碰巧是个瘦而结实的年轻男子,衬衫的纽扣一直开到胸骨。他的胸骨很醒目,晒黑而凸起,戴着一条大链子,上面有个和平标志,很显眼,那晒黑的平坦的胸部像两块斜着切开的鸡肉。我抬起眼睛,猜想他一定会有长长的刘海来搭配这个挂坠,但他的头发剪成了板寸。他的脸和胸骨一样直白,鹰钩鼻,眼睛是浅棕色,很小,不确定地对我眨着。"很酷的派对。"他说。

"不,不是特别酷。"我心里满是厌恶,我知道是看见罗伯特的肩膀转向我、又别过去的那一刻留给我这种感觉,对这个男子很不公平。

"我也不喜欢。"这个年轻男子耸耸肩笑了,那一瞬间他那袒露的胸膛向内凹陷。他比我想的年轻。他的笑容很友好,令他的眼睛发亮。故意地,我再次讨厌他;当然他可以酷得不喜欢任何人类的聚会,或是至少承认他是这样,如果其他人不同意。"你好——我叫弗兰克。"他伸出手,一下子放弃了装酷,变成一个妈妈的好孩子,一位绅士。这个时间的掌握恰到好处,令人放下戒心。其中存在的差异显出我——哦,六年——的老成;其中也带点直白,在说我是个性感的较为年长的女人。我不得不佩服他崇拜的技巧。他似乎知道我快要三十岁了,老了一点;但是他手心干燥的暖意告诉我他喜欢三十岁的人,他很喜欢。我想笑,但没有笑。

"玛丽·波迪逊。"我说。我用余光瞥见罗伯特挪了位置;他正走向餐厅大门去和另一个人说话。我忍住没有转身。我的头发像是半道帘子,或是一件斗篷,遮住了我。

"那么,你怎么想到来这里?"

"面对过去的生活。"我说。至少他没有问我是不是一位教员。

弗兰克皱起眉头。

"开玩笑,"我说,"我到这里来上风景画学习班。"

"很酷,"弗兰克眉开眼笑地,"我也是。我是说,我也来上课。"

"你是什么学校的?"我问道,试图抿一口啤酒来拉回被罗伯特的身影分散的注意力。

"萨凡纳，"他漫不经心地说，"美术硕士。"萨凡纳艺术设计学院已经成为了一所相当好的学校，他看起来相当年轻，却早已获得了他的学位；我忍不住感到一丝敬佩。

"你什么时候毕业的？"

"三个月前。"他坦言。那就解释了他为什么一副大学派对上的作风，最近练习过的微笑。"我得到一笔奖学金，让我来这里上风景画课程，因为今年秋天我要教书，有点需要把这个加到我的理想中。"

理想，我想，我的理想，弗兰克这个有天赋的艺术家，还有我精彩的未来。好吧，离开学校几年后他的理想会得到很好的调整。另一方面——他已经有了一份教书的工作？罗伯特·奥利弗此时已经完全不在我的视线范围中，即便是我转过头，目光四处逡巡。他去了房间里别的地方，全然没有认出我，甚至全然没有感觉到房间里满是我希望被他认出的意愿。而我却完全和"弗兰克"粘在一起。

"你在哪里教书？"我问，想要掩饰内心的自私。

"萨凡纳。"弗兰克又说了一遍，让我愣了一下。他直接成为他本专业的教员，作为一个美术硕士毕业的学生？那很厉害；也许他确实有权梦想他的未来。我沉默了几秒钟，思索着晚餐什么时候开始，我该怎么坐，是远离还是尽可能地靠近罗伯特·奥利弗。远离他会比较好，我下了决心。弗兰克饶有兴趣地打量着我。"你的头发很漂亮。"他最后说。

"谢谢，"我说，"我在三年级留了长发，这样我就能在班上的舞台剧里演公主。"

他又皱起眉头。"那么你在画风景画？那应该很棒。我几乎要庆幸朱迪·德宾摔断了腿。"

"她摔断了腿？"

"是啊。我知道她确实很优秀，我并不是真的希望她摔断了腿，但罗伯特·奥利弗能来不是很酷吗？"

"什么?"我虽极力克制,还是忍不住朝罗伯特的方向扫视了一圈。此时他正站在一群学生的中间,头和肩膀几乎高过了每一个人,他背对着我——远远地、远远地在房间的另一边。"罗伯特·奥利弗来教我们?"

"今天下午我来的时候听说的。我不知道他是不是到了这里。德宾在一次远足旅行中摔断了腿——秘书告诉我,德宾说她真的能听到骨头断裂的声音。可怕的骨折,大手术,一切都是那么可怕,所以主任叫来了他的老伙计罗伯特·奥利弗。你能相信吗?我是说,运气真好。但不是说德宾。"

一盘电影胶片开始在我脑中快速旋转:罗伯特·奥利弗和我们一起漫步在田野中,指出光线的角度,把全景固定在那些内陆低矮的蓝色山坡上,我开车经过的地方。我们从岸边能看见它们吗?第一天我不得不对他说,哦,你好,我猜你不记得我了,但是……接着,我必须整个星期和他一起在那里画画,任他在我们的画架之间走来走去。我大声叹了口气。

弗兰克显得迷惑不解。"你不喜欢他的作品?我是说,他是一个传统风格的画家,但是,上帝啊,他什么都会画。"

我无言以对,好在外面响起一阵喧嚣的铃声宣布晚餐开始,一种接下来五天里我每天会听见两次的声音,一种当我回想起来依然直接穿透我胃部的声音。大家都开始围拢在桌子边。我跟着弗兰克犹豫不决地走上前,直到我看见罗伯特在桌边坐下,离他那一小队人最近,似乎要继续聊天。我慢吞吞地挨着弗兰克坐到一个尽可能远离罗伯特以及他那些优秀同事们的座位上。我们坐在一起议论着晚餐的饭菜,那是健康食物的最佳典范,接着是草莓馅饼和一杯杯咖啡。服务员是学生,弗兰克说那是半工半读的艺术家,在艺术学校或大学就读;我们不用排队等候,这些美丽的年轻人把盛满食物的盘子放在我们面前。有人还为我倒水。

吃饭时,弗兰克不紧不慢地讲述着他的课程、他的学生画展、他那些从萨凡纳毕业后到全国各个大城市的才华横溢的朋友们。"杰生要去芝加哥——也许明年夏天我会去找他,在那里待一段时间。芝加哥会是下一个大城市,那是显而易见的。"等等。那非常无聊,但让我的心不至于太过慌乱。等到草莓馅饼上来时,我感到无论有没有被罗伯特·奥利弗认出来,整个晚上都很有安全感。我能感觉到弗兰克强壮的肩膀靠近我的肩膀,他的嘴凑到我的耳边,无声地说,也许这是一个开始/我的房间在楼下男生宿舍的最远端。吃甜点时,课程主任站到马车房一端的麦克风后——他显然就是那个一头稀疏灰发的子弹头男子——告诉我们迎来这么优秀的一群人他感到多么高兴,我们是多么有才华,拒绝其他优秀的申请人是多么困难("减去其他学习班的费用也是多么困难。"弗兰克小声对我说)。

致辞完毕后所有人都站起来,四处走动了一会儿,同时,半工半读的艺术家们进来快速把盘子收走。一个穿着紫色裙子、戴着巨大耳环的女子告诉我和弗兰克,马厩后面会升起一堆篝火,我们应该到那里去转转。"这是第一夜的传统。"她解释说,就好像她在这些学习班里待过很多次。我们走入黑暗中——我能再次闻到海水的味道,星星在头顶上炫耀着光芒——当我们绕过建筑的边缘,只见一阵火花已经齐齐放射,冲向天空,照亮了人们的面孔。站在后院边上,我无法看见树林的远端,但我想我能听见海浪的拍击声。申请册子上说营地离海滩只有几步之遥;明天我去探探路。树上挂着一些纸灯笼,就好像我是来参加一个节日庆典。

我心中突然涌起一阵希望,这会是一段神奇的经历,会抹去我最近长时间、低职位教书工作的单调乏味——一份在一所城市大学,另一份在一家社区中心——会将我的工作生活和在家面对油画和素描的私人生活之间的裂缝合上,会消除我渴望有同道艺术家陪伴的心愿——一种自从我完成学业以来肆意滋长的渴求。这里,在短短几天的时间里,我会成为一名比我梦想中更出色的画家。就连弗兰克兴奋而轻蔑的品头论足也无法打消我突然狂热起来的希望。"一群乌合之众。"他说,并以此为借口用自信的手指搂住我的肩膀,把我带离火焰冒烟的一边。

罗伯特·奥利弗站在年长者中间——教员,常规工作人员(我认出了那个穿紫色裙子的女人)——同样避开烟雾,手里拿着一瓶啤酒。酒瓶反射出火光,让它像黄宝石一样从里面发光。此刻他正在听主任讲话。我记得他的老把戏,就是多听少说。听任何人说话他都不得不略微低头,那使得他显出一种专心、关注的样子,接着,他一边听着一边转动眼珠,往上看或往别处看,好像说话者说的一字一句都印在天上。他穿了一件颈部有点磨损的毛衣,我突然想到我们的旧衣服是一个共同之处。

我考虑着走近火堆,显露在火光中,试图引起罗伯特的注意,但又打消了这个念头。明天很快就会到了,那时肯定会很尴尬。哦,是的,我(不)记得你。有趣的是能看出他是不是在撒谎。弗兰克递给我一瓶啤酒——"除非你要更烈的。"我不要。此时他紧紧搂住我的肩膀、我的旧运动衫,我喝了点啤酒之后,他强壮的手臂靠着我的手臂倒是没有觉得不舒服。在星光下我能看见罗伯特的头,他那明亮的眼睛注视了一会儿我们前面的火苗,乱蓬蓬的头发不服帖地竖着,脸色温和而镇定。那是一张比我记忆中轮廓更为分明的脸,但现在他一定到了四十岁;他的嘴角有了深深的沟槽,他微笑的时候就不见了。

我转向弗兰克,他更明显地紧靠我的运动衫。"我想我要睡觉了。"我希望我的话显得漫不经心,没有什么用意。"祝你今晚愉快,明天是重要的一天。"我后悔最后那句话,那对大艺术家弗兰克来说,不像对我这个有点才的无名小辈来说那么重要,但是他不需要知道那一点。

弗兰克的目光掠过酒瓶注视着我,显得遗憾,并且他太年轻,掩饰得不够好。"嘿,是啊。睡个好觉,好吗?"

长长的宿舍楼里还没有人来睡觉,那是另一座被改造过的马厩,分隔成一个个独立的小单间容纳女学生。当然这里毫无隐私可言,虽然他们试图用厚实的墙把客人们隔开。这里依然稍稍带有马匹的气味,我被一丝乡愁刺痛,想起妈咪为我和玛莎安排的三年强制性的骑马课。"你在马上坐得这么稳当。"每堂课后她都会赞许地对我说,好像这么说才显得所有的时间和费用没有白花。我用了大厅下方——其实是在走道下方——马桶坐垫冰冷的厕所然后把自己关进小卧室打开行李。里面有一张足够大的书桌可以画画、一把硬邦邦的椅子、一个带有上框镜子的小衣柜、一张用窄窄的白布铺成的狭小的床、一块只有图钉洞眼的空白告示板,以及一扇挂着棕色窗帘的窗子。

在那里不知所措地站了一会儿之后,我把窗帘拉上,拉开我的睡袋铺在床上增加保暖度。我把旧旧的衣服放进抽屉,把我的写生本和日记本放在桌上。我把我的运动衫挂在门背后。我又拿出我的睡衣和书本。透过关着的窗户,我听见远处嬉闹、叫嚷和欢笑的声音。我为什么躲开这一切?我问自己,心里半是喜悦,半是忧伤。我的车停在营地附近的停车场,经过长途开车后,我的骨头都快散架了,想要睡觉,或几乎准备好睡觉。站在镜子前,我开始了每天晚上的脱衣仪式,把T恤从头上套出,里面是我精致昂贵的文胸。我站得笔直,看着我自己。自画像,一夜又一夜。接着我解下文胸,把它放到一边,再次站着看:我自己,全都是为我。自画像,裸体的。凝视了很长时间后,我穿上褪色的睡衣,一头栽在床上;床单很凉,我把原来打算看的一本艾萨克·牛顿的传记搁到一边。我的手摸到了电灯的开关,我的头触到了枕头。

五十八

一八七九年

我亲爱的朋友：

你的信令我极为感动，却也让我极为痛苦，因为我造成了你的痛苦，我从你勇敢而无私的字里行间看到了这一点。自从给你寄信后，我时刻都在后悔，担心那不仅仅是把可怕的画面装入你的脑海——那是必须由我独自承受的——而且还显出一副可鄙的摇尾乞怜的样子。我有人性，而且我爱你，但我发誓这两者都不是我的意图。这种愧疚让我很庆幸你把你的噩梦告诉我，我亲爱的，尽管你不愿意这么做；这么一来就轮到我承担你的痛苦，对不起，我令你彻夜难眠。

如果我的妻子真的死在你这么深情的臂弯里，她一定会觉得自己是靠在一位天使或是她从未有过的女儿的怀抱中。你的信已经改变了我对于那一天的想法，原来的想法时常占据并折磨我的心——在今天早晨之前，我最热切的渴望一直是她能死在我的怀中，如果她非死不可的话。如今我想如果她能死在一个女儿温柔的怀抱中，一个本能地满含柔情和勇气的人，那对她和我都更为宽慰。谢谢你，我的天使，帮我卸下了一部分重担，让我感觉到你品格的高尚。我已经毁了你的信，虽然很不情愿，这样你就再也不会和一段危险的历史有任何牵连。我希望你把我的这封信还有上一封也毁了。

我必须出去一会儿；今天早晨我无法振作起来或平静下来。我会走一会儿，确保这封信安全地送到你手上，饱含着对你的感激之情的

O. V.

五十九

玛丽

第二天早晨我很早就醒来,好像有人在我耳边低语——让我完全清醒,并且知道自己到底在哪里——我第一个念头就是海。我只花了几分钟便穿好干净的卡其裤和运动衫,在冷飕飕、天花板上爬着蜘蛛的宿舍浴室里梳好头发刷好牙。接着我轻手轻脚地走出马厩,露水打湿了我的网球鞋;我知道以后我会后悔,因为我只带了一双鞋。早晨灰蒙蒙的,雾气弥漫,头顶上不均匀散开的地方露出清澈的天空,常青树上满是乌鸦和蜘蛛网,白桦的叶子早有些泛黄了。

从营地通出去的路就在堆积着灰烬的篝火外,正如我希望的那样。我走对了前往大海的方向,听着我的脚踏在小道上的啪啪声以及树木的沙沙作响。几分钟后,我来到一片多石的海滩,看见涌上岸的海水和海里的杂物,以及一道道灰色的手指状陆地间泛着泡沫的潮水。雾气弥漫在海水上方,努力想要散去,于是我窥见了上方苍白的天空,但只能看见一到两米远的海浪。海面还难以看到,只看到雾气和深色笔直的枞树勾勒出的陆地线条,以及夹杂其间的一些小屋。我脱下鞋子,把卡其裤卷到膝盖。海水有点凉,接着变冷,再下去非常冷,有点刺骨,使得我的小腿直起鸡皮疙瘩。海草漫过了我的脚踝。

我突然感到害怕,一个人和树林、松树的气味以及看不见的大西洋在一起。一切都很平静,除了海水的汹涌。我无法进一步涉水走到深过我脚踝的地方——我突然涌起一阵童年时对鲨鱼和被海藻纠缠的恐惧,感到自己随时可能会被拉下去消失在海里。没有什么能看得清楚;雾霭茫然地回应我的注视。我在想如何画下雾气,并回想着我是否见过一幅充满迷雾的油画。也许是特纳①的某幅画或是一张日本的照片。雪,没错,还有雨,以及群山上笼罩的云雾,但是我想不出任何描绘眼前这种雾气的画作。最后,我退出海潮,找了一块岩石坐下,一块够高、够干、够平滑的岩石,以便不弄脏卡其裤的后面,还有一块更高的岩石可以倚靠。那也同样有一种孩童般的快乐,仿佛找到了自己的宝座,我开始做起梦来。当罗伯特·奥利弗从树林里走出来时,我依然坐在那里。

他独自一人,似乎陷入沉思中,就像我刚才那样;他慢慢地走,注视着踏在小道上的脚步,偶尔环顾周围的树木,或是遥望雾气弥漫的海水。他光着脚,穿着一条灯芯绒裤子,上身是一件皱巴巴的黄色棉布衬衫,敞开着露出里面T恤衫上的某些字母,从我这里看不出它们是什么单词。现在不管我想不想我都要介绍自己了。我想要站起来向他打招呼,但很快错过了时机——我刚起身,随即便意识到他依然没有看见我。我在大石头后面再次坐下,沉浸在一种尴尬的痛苦中,如果进展顺利,他会把脚放到海水里泡一会儿,试试温度,接着转身返回营地;我要等二十分钟,让我的脸冷却下来,独自溜回去。我蜷缩着靠在冰冷的岩石上。我无法把目光从他身上移开;一方面,如果他看见我,我希望看见他认出我。他很可能认不出我。

接着他不自觉地做了我最害怕也最希望他做的事:他脱下了衣服。他没有转身面对大海,也没有躲在树林边;他只是伸手解开裤子,拉下来——他没有穿内裤——接着剥下他的衬衫,把所有的衣服扔在海潮线的上方,向海水走去。我惊呆了。他站在离我只有几米远的地方,露出高大结实的背部和双腿。他抓抓头,似乎要把头发弄平,或是让自己从睡梦中醒来,接着随意地把双手放在屁股上。他像是一个画室的模特,课间休息时舒展僵硬的四肢。他站在那儿,遥望大海,无拘无束,完全地一个人(他以为)。他转过头,略微背对着我坐的地方。他轻柔地扭动身体,做热身运动,于是我

---

① 威廉·特纳(1775—1851),著名的英国风景画家,十九世纪上半叶英国学院派画家的代表。

天　鹅　贼

忍不住瞥见了金属丝般的毛发和摇摆的阴茎。接着，他迅速地蹈入水中并且——而我正坐在那儿发抖，看着他，不知道该做什么——从最远处的石头上纵身跳下，游了几下。我已经知道浸在水里一定是多么的冷，但他一直游出去二十米才回头。

最后他又转了几圈，便迅速地返回，站起身，脚步有点踉跄，蹈水回来。他浑身滴着水直喘气，又把脸上的水抹去。水珠亮晶晶地从头发上滴到身上，湿透的鬈发贴在头上。上岸后他终于看到了我。在这样的时刻你无法别过脸去，即便是你想这么做，假装没看见已经不可能了：你怎么能错过海神波赛东昂首走出大海的画面？你怎么能假装你在检查自己的手指甲或是把蜗牛从岩石上刮下？我只是坐在那里，一言不发，痛苦但也呆住了。那一刻我甚至心想我希望我能把这个场景画下来——一种庸俗的想法，一种我很少在事情发生的过程中考虑的东西。他停下来，打量了我一会儿，有点诧异，但没有做任何动作来遮羞。"你好。"他说，专注、警惕，可能还觉得有点好笑。

"你好，"我尽可能理直气壮地回答。"对不起。"

"哦，别——别担心。"他伸手去拿放在满是鹅卵石的海滩上的衣服，并且用T恤衫不紧不慢地把身体擦干，接着穿好裤子和黄色的棉布衬衫。他稍稍走近一点。"很对不起，如果我吓到你。"他说。他站在那里打量着我，真可恶，我在他的眼里看见了像是认出了熟人的表情，可悲的是，他无法将我对上号。

"更糟糕的是，我们早就认识。"这话听起来比我预想的更为平淡，更为刻薄。

他把头歪到一边，仿佛地上写着我的名字以及他应该回想起的我的情况似的。"对不起，"他最后说，"这方面我糟透了，但提醒我一下。"

"哦，不是什么大事。"我瞪着他以示惩罚。"你一定教了一百万个学生。我很久以前在你教的一个巴内特的班里，就上了一个学期。视觉感悟。但你确实引导我往美术方向发展，所以我总想谢谢你。"

302

此时,他严肃地看着我,无心掩饰他在琢磨我几年前的模样,像是一个比较有礼貌的人应有的态度。"等等。"我等着。"我们吃了一顿午饭,是不是?我记得一点。但是你的头发——"

"很公平。当时不是这个颜色,是金黄色。我染了头发,因为我厌烦了别人只看到这个。"

"是啊,对不起,我现在确实想起来了。你叫——"

"玛丽·波迪逊。"我说。既然他已经穿好了衣服,我便伸出手去。

"很高兴再次见到你。我叫罗伯特·奥利弗。"

我不再是他的学生,或者说要直到今天上午十点才会再次成为他的学生。"我知道你是罗伯特·奥利弗。"我故意用嘲讽的口吻说道。

他大笑起来。"你在这里做什么?"

"上你的风景画课程,"我说,"但我不知道你会来教。"

"是啊,那是意外。"此时他用两只手抓头发,好像希望有块毛巾似的。"但很不错的巧合。现在我能看看你画得怎么样。"

"除非你不记得我以前画得怎么样。"我指出。他再次大笑,显得很可爱,仿佛抛了烦恼,毫无心机——罗伯特笑得像个孩子。这时我想起了他那些手和臂膀的动作,他嘴巴弯曲的边缘,奇怪得像是雕刻出来的脸,他的吸引力之所以吸引人是因为他自己不知不觉,就好像他只是借用了他的身体,而这个身体显然很出色,虽然他对待它缺乏借用者的爱护。我们一同慢慢地走回去,走到只允许一个人走的小道时,他走到前面,并不绅士,而我则松了口气,因为这么一来我就不用去感觉他的目光射到我的背上,并揣测着这目光暗含什么样的情绪。当我们走到草坪边,看见房子整个出现在眼前,草地上的露水闪闪发亮,我能看见人们匆匆忙忙地去吃早饭,并意识到我们也必须去吃。"除了你,这里我一个人也不认识。"我脱口而出,我们不约而同地在树林边停下。

"我也一样。"他说,转过来对我露出天真无邪的微笑。"除了主任,他是一个出奇讨厌的人。"

天　鹅　贼

　　我必须溜了，必须单独待几分钟，这样就不必跟着一个我刚才看见赤身裸体从海里出来的男人一起走进去和大家用餐——他似乎已经忘了这件事，就好像它和我们的视觉感悟课一样，发生在很久以前。"我要到房间里去拿些东西。"我对他说。

　　"课上见。"他似乎想轻拍我的肩膀或后背，把我当哥们似的，接着显然觉得还是不要这样，于是让我走了。我慢慢地走到马厩，把自己关在那间用石灰刷过的隔间里，待了几分钟。我呆呆地坐着，庆幸门锁上了。我蜷缩在那里，回想起三年前来之不易的佛罗伦萨之旅——我第一次也是唯一一次到意大利去——我曾经去了圣方济修道院，看见了安基利科修士[①]画在单人间——先前住着僧侣，如今空了——里的壁画。大厅里满是游客，到处都有现代的僧人执勤，但我一直等到没有人看了，便进入一间白色的单人房，不合规定地关上门。我终于一个人站在那里，心里惭愧但很坚决。小小的房间里空无一物，除了一面墙上有幅安基利科修士的天使像。天使像上的金色、粉色和绿色光彩夺目，他的翅膀在身后合拢，阳光从格子的窗户透进来。我顿时明白那位曾经住在这块空间里——从另一个角度来看那里就像是间牢房——的僧人，他除了待在那里什么都不要，全都不要——全部，连他的上帝也不要。

　　[①]　安基利科修士(1359—1455)，本名为古伊多·第·彼埃罗，是他所生活的那个时代中最有影响力、文艺复兴初期最受欢迎的画家之一，代表作品是在佛罗伦萨多明尼克教会的圣马可修道院中所画的许多壁画。

六十
马洛

离开大都会博物馆后,我穿过一个街区,走到中央公园边。那里景色优美,绿意盎然,到处是鲜花怒放的花坛,就像我所希望的那样。我找到一张干净的长椅,掏出手机,拨打了那个我好几个星期没有打的号码。那是星期六下午,星期六她会在什么地方?其实我对于她目前的生活状况一无所知,但此时我正在侵入。

第二声铃响后她接了电话,我能听见她那边的背景噪音,像是在餐厅之类的某个公共场所。"喂?"她说。我想起了她那坚毅的声音,以及她的一双纤手。

"玛丽,"我说,"我是安德鲁·马洛。"

玛丽花了五个小时才赶到华盛顿广场和我会合;她抵达时正好是吃晚饭时间,我们便在我住的酒店餐厅里共进晚餐。经过计划外的公车行程之后,她饿坏了——我敢肯定,她宁可搭公车而不是地铁,是因为前者比较便宜,虽然她没有说。她一边吃,一边告诉我她如何搞笑而艰难地买到最后一张票的情景。我没想到她这么坚持要来。她的脸因为做了某件冲动的事情而兴奋得发红,一头长发用小发夹别在两边。她穿着一件孔雀绿的薄毛衣,脖子上戴着粗绳子穿着的黑色珠子。

我试图不去在意她的脸色如此光彩照人,是因为罗伯特·奥利弗,因为她发现了他生活中的某件事能解释他的变心,并证明她先前对他的专情是合理的,于是她松了口气,甚至很高兴。因为她穿的毛衣,这次她的眼睛是蓝色的——我想起了凯特。显然它们像海洋一样变化多端;取决于天空和气候。她吃起来像头有礼貌的狼,优雅地使用刀叉,吃完了一大盘鸡肉和蒸粗麦粉。她吃的时候,我相当详细地描述了贝亚特莉斯·德·克莱尔瓦勒的肖像,以及罗伯特看到后它就被借走的事。

"但是奇怪的是,他看了一两次就记得那么清楚,后来画了那么多年。"我接着说。我的手肘已经放到了桌子上,我不顾她的反对,为我们点了咖啡和甜点。

"哦,他没有。"她把刀叉一起放在盘子上。

"不记得?但他画得那么精确,我一眼就认出了她。"

"不——他不用记,他一本书上有她的画像。"

我把双手放在膝盖上。"你知道这件事。"

她没有逃避。"是的,对不起。我准备等我讲到这个地方再告诉你。其实我已经给你写下来了。但是我并不知道博物馆里的画。书上没有说这幅画在哪里,事实上我猜它一定是在法国。我会把这个告诉你。我把我余下的回忆录都带来了,不管你认为那是什么。把它们都写下来很花时间,接着又想了好一阵子。"她的话里毫无歉意。"他和我同居的时候,沙发边有好几堆他的书。"

"凯特也说过这个——我是说他的那几堆书。不过我觉得她并没有看见书里的那幅画像,不然她会告诉我。"接着我意识到我第一次直接向玛丽提到凯特。我暗暗告诉自己别再这么做。

玛丽抬起眉毛。"我能想象凯特是怎么生活的。我想象过,很多次。"

"她和罗伯特在一起生活。"我指出。

"是啊,那当然。"明快的神情不见了,或是闪到一片乌云后,她心不在焉地晃动红酒杯。

"明天我带你去看那幅画。"我接着说,想让她高兴起来。

"带我去?"她露出微笑。"你以为我不知道大都会在哪儿?"

"当然不是。"我一度忘了她这么年轻,这话足以冒犯她。"我是说我们可以一起去看看。"

"可以。我来就是为了那个。"

"只是为了那个?"我马上后悔了;我并不想让我的话听上去有玩笑或调情的意味。我不由得想起和父亲的对话:刚刚被抛弃的女人可能很复杂/她不仅复杂,而且独立、与众不同、很漂亮/当然。

"要知道,我猜正是因为那幅肖像,他没带我就一个人去了法国,正是因为画在那里,他要再一次看见它。"

我不动声色地说:"他去了法国?当时他和你在一起?"

"是的,他说都没跟我说就上了飞机,去了另一个国家。他从来没解释他为什么保密。"她的脸绷紧,双手把头发从脸上捋开。"我告诉他我很生气,那个时候他没有足够的钱帮我付房租或是买吃的,却花钱一个人去旅行,但其实我更生气的是他对我保密。那让我想到他对我和对凯特是一样的,无法坦诚相对。而且他好像从来也没有想到要请我一起去。我们最厉害的一次吵架就是因为那个,虽然似乎是关于绘画,但他旅行回来后,我们仅维持了几天,接着他就搬了出去。"

此时,玛丽的眼中泛着泪光,自从那天晚上她坐在我的沙发上哭泣以来,这是我第一次看见她哭。我发誓,如果那一刻我在罗伯特的门外,我会走进去,不是在扶手椅上坐下,而是狠狠地揍他。她擦干眼泪。我们都屏息静气地过了好几分钟,我觉得。"玛丽,我可以问吗——是你叫他走的,还是他自己走的?"

"我叫他走的。我担心如果我不说,他会自己走,那我连最后的自尊也没有了。"

我等了许久才提出这些问题。"你知不知道罗伯特攻击那幅画时随身有一包旧信件?也就是贝亚特莉斯·德·克莱尔瓦勒和画那幅肖像的奥利维尔·维格诺之间的通信?"

她愣愣地坐了一会儿,接着点点头。"我不知道还有奥利维尔·维格诺写的信。"

"你看过信了?"

"是的,看过一点。以后我再告诉你更多。"

我不得不就此打住。她直视着我的眼睛,神色清澈,全无恨意。我想也许我所看见的,赤裸裸摆在我面前的,就代表了她对罗伯特的爱。我从未见过这么打动人心的女孩,她曾倾斜地注视着美术馆一幅油画上的颜料,她吃起东西来像个很有教养的男子,她捋起头发来像个美丽的少女。唯一的例外,可能是我只是从旧书信和油画中认识的那位女人——奥利维尔·维格诺和罗伯特·奥利弗的女人。但我可以理解,为什么罗伯特在深爱着那个死去女人的同时,会爱上这个活生生的女人,竭尽所能地爱着。

    我想告诉她对于她话中的痛苦,我感到多么难过,但是我知道不管说什么都像是在同情她,于是我只是坐在那里,尽可能温和地望着她。更何况看见她喝完咖啡、在外套里东翻西找,我便知道我们的晚餐结束了。但今晚还有最后一个问题,我必须想清楚怎么说出口。"我询问了前台,他们还有剩余的房间。很高兴——"

    "不,不用了。"她把几张钞票放在盘子下,已经离开了座位。"我在二十八街有个朋友,她已经在等我了——我先前打过电话给她。我会过来,大概,明天早晨九点。"

    "好的,请便。我们可以喝杯咖啡,再到市郊去。"

    "好极了。这些是给你的。"她把手伸进包里,拿给我一个厚厚的信封——这次又硬又沉,里面除了信纸好像还有一本书。

    此时她完全站好,而我则匆忙起身。我很难跟上她,这个年轻的女人。如果她不是那么优雅,或者说如果此时她没有一点笑容,我会觉得她很棘手。没想到,她伸出一只手放在我的胳膊上,让自己站稳,接着凑过来吻了我的脸颊;她差不多和我一样高。她的嘴唇温暖而柔软。

    我回到房间时还早,我还有一整晚上要消磨。我想到要联系城里的一位老朋友——艾伦·格里克曼,一个我能够联系上的高中同学,那几乎要归功于每年我们互致几通电话。我喜欢他强烈的幽默感,但我甚至无法事先打电话给他,也许他已经很忙了。此外,玛丽的包裹就在床边。走出去

六十

而把它留在这里几个小时,就好像把一个人抛在了身后。

我坐下来打开它,抽出一叠打印的信纸和一本薄薄的满是彩色图片的平装书。我拿着玛丽的信横躺在床上。门已经锁上,窗帘已经拉上,但我感觉到房间里满是一个人的身影,以及一种我触手可及的渴望。

六十一
玛丽

吃早餐时,弗兰克拦住了我。"准备好了吗?"他一边说,一边稳稳地端着一个托盘,上面放着两碗玉米片、一碟鸡蛋培根和三杯橙汁。这个早上我们完全自助——以体现民主。我找了一个阳光明媚的角落,正在喝第二杯咖啡,吃一只煎蛋,周围不见罗伯特·奥利弗的踪影。也许他不吃早饭。

"什么准备好了?"我说。

"准备过第一天。"他也不问我要不要有人陪,就放下了他的托盘。

"请自便,"我说,"我正希望在这个美丽、孤独的角落有人陪。"

他露出微笑,显然对于我的活泼很满意;为什么我认为嘲讽会有用?他的头发前面被弄成一簇尖刺,穿着一条发灰的牛仔裤、一件运动衫和一双磨损的篮球鞋,戴着一条红蓝两色珠子的项链。他优雅地俯下身,垂着肩膀吃玉米片。他恰到好处地表现出了青涩的模样,而且他也知道这一点。我想象他到了六十五岁的模样,瘦弱而纤细的手臂,关节肿大,也许某个地方还有一个皱巴巴的纹身。

"第一天会很漫长,"他说,"所以我才问你有没有准备好。我听说奥利弗会让我们干上好几个小时。他很严格。"

我装着继续喝咖啡。"这是风景画课程,不是足球练习。"

"哦,我不知道。"弗兰克正在狼吞虎咽。"我听说过这个人。他一刻不停。他因为肖像画而成名,但现在确实沉迷于风景画。他整天待在外面,像头野兽一样。"

"或者说像莫奈一样。"我说,但马上后悔了。弗兰克别过脸去,就好像我开始在抠鼻子。

"莫奈?"他咕哝着,我从他塞满早饭的嘴里听出了不屑和疑惑。我们在不太友好的沉默中吃完了我们的鸡蛋。

　　罗伯特·奥利弗把我们的第一次风景画练习安排在山坡边，要求画出大海和岩石礁的景致；那是一座州立公园的一部分，而我在想他是怎么知道这个地方，知道这个壮观的背景的。罗伯特把画架的脚立在地面上。我们都围拢过来，有的拿着工具，有的把工具扔在草地上，看着他示范一幅素描画，向我们展示如何先关注形状，不去考虑形状代表着什么，接着构思颜色。他说我们需要一片浅灰色的地面，来再现我们周围明亮而冷冷的光线，还需要一些比较温暖的棕色调铺在树干、草地、甚至海水下面。

　　那天早晨他的展示很有限："你们都是成功、专业的艺术家，我认为不需要讲很多——让我们直接到场地上来，看看这些风景，我们可以稍后再讨论作画的问题，等到我们有了一些画面再来看。"我很高兴，这样我们就能逃到户外。我们是开车来到这个地方，接着带着我们的工具从停车场步行穿过树林。学习班提供了三明治和苹果；我们希望那天不会下雨。

　　此时我想起了很多罗伯特·奥利弗的事情，他站得很近地看他的示范，但还不至于显得很急切；我想起了那种对于形状的热情的坚持，当他告诉我们除了几何形体外忽视一切，直到把它弄清楚时，他压低声音强调的样子，以及他站着后仰，重心落在脚跟上，每分钟检查自己的作品，接着又身体前倾的样子。我注意到，罗伯特和每个人都有一点交流；比以往更甚的是，他有一种轻松随意的待人方式，就好像他教的地方是一个餐厅而非课堂，而我们全部围在他的桌前吃饭。那令人难以抗拒，其他学生似乎立刻被他吸引，信赖地挤在他画布周围。他指着一些可以在画布上构成图案的景观和形状，接着大致画出他选择的景物的形态，并涂上颜色，大部分是褐色，一层薄薄的深棕色。

　　山坡上有足够平坦的地方供六个人支起画架，找到舒服的立足点，我们都花了点时间寻找景致。事实上出错是很难的——难的是从一百八十度的自然美景中选出一个角度来画。最后我选定一排长长的通往海滩和海水的杉木作为深景,右边是远处巨大的德罗什岛,左边是与天空相接的海平面。这并不是很和谐;我把画架移动了几个角度,捕捉到左边远处海滩旁常青树的画面,将给我的画增加额外的趣味。

当我选好了角度,弗兰克兴致勃勃地把他的画架立在我旁边,好像我邀请了他并以他的作伴为荣似的。其他几个学生显得很愉快;他们和我差不多大,或是比我大,主要是女孩,这使得弗兰克看上去像个早熟的孩子。两个女孩说她们早就在圣达菲的一个学习班上认识了,主动且友好地来和我说话。我看着她们把画架搭在山坡较低的地方,互相讨论用色。还有一个非常害羞、较为年长的男人,弗兰克悄悄告诉我他去年在威廉姆斯学院办了展览;他在我们旁边摆好画架,开始用颜料而不是铅笔画草图。

弗兰克不仅把他的画架推到我身边,而且简直是朝着同一个方向对着它;我有点厌恶地注意到我们在画非常相似的景色,这就使得我们的技巧在做直接的比较。幸好他立即投入进去,应该不会打扰到我;他已经把一些基本色彩放到了调色板上,并用石墨去勾勒远处大片岛屿的轮廓,以及前景中海岸的边缘。他画得很快,毫无疑问,穿着衬衫的他频频后仰,显出优雅的节奏感。

我移开目光,开始准备我的调色板:绿色、烧赭石,加了一点灰色的柔和的蓝色,还挤了一点白色和黑色。我早就希望在学习班开始之前能换两支画笔;原来的笔质量极好,但我用得太久,它们已经掉毛了。我教书挣来的钱一旦付了房租和买了日常用品,就买不起昂贵的绘画工具,而且在特区生活并不便宜,尽管我在邻近街区租了一间公寓——妈咪绝对不会同意,好在她也从未来过。在拒绝了她为我选择的事业之后,我也从未想过向她要钱。("但现在很多获得美术学位的人都当了律师,不是吗,亲爱的?而你一直都这么能说会道。")我每天都在改变我的誓言:我要坚持画足够多的画装进一个画夹,参观足够多的展出,收集足够多的资料,以申请一份真正的教师工作。我瞪着弗兰克,因为他没有看我。也许罗伯特·奥利弗可以帮助我,如果我在这个学习班里表现出色。我偷偷摸摸地张望,发现罗伯特也在专心致志地画画。从我站的地方看不到他的画，但画一定很大，他开始在用大动作涂颜色了。

当然，海水的颜色每个小时都在变化，所以很难捕捉。德罗什岛的顶峰也是一大挑战；我画得似乎太过柔和，像是奶油冻或生奶油，而不是浅色的岩石，位于它最低处岸边的村子边缘也被我画得脏兮兮的。罗伯特画了很久，在我们的斜坡下方，我不知道他会不会走上来看看我们的作品，并担心他会来。

最后，我们停下来吃午饭，罗伯特伸了个懒腰，双手手心朝外高举过头顶，其他人也纷纷模仿，抬起头，放下画笔，伸出双臂。我知道我们用餐时间会很短。当罗伯特在山下较远处一个阳光明媚的地方坐下，从大帆布袋子里面掏出午饭，我们全都跟了过去，拿着各自的三明治围坐在他身边。他冲我微微一笑；刚才他有没有花一秒钟环顾四周找我？弗兰克开始和那两位友好的女士讲述他最近在萨凡纳的画展很成功，而罗伯特则凑过来问我的风景画画得怎么样了。"很糟糕。"我说，不知怎的令他咧嘴笑了。"我是说，"我鼓起勇气说，"你有没有吃过一种叫做漂浮之岛的甜点？"他哈哈大笑，保证会过来看一看。

六十二
玛丽

吃过午饭,罗伯特离开我们,大步走进树林——去撒尿,我后来才意识到,我一直忍到三个男人全都回来投入工作之后才去小便;我口袋里有一些纸巾,我把它们埋在干燥的树叶和布满苔藓的树枝下。午餐后,我们开始画新的画以适应光线的变化,又接着画了几个小时。我开始想弗兰克那番对于罗伯特献身大自然的评价完全正确。最后,他没有过来查看任何人的作品,我松了口气,也略有点失望。我的腿和背部开始隐隐作痛,眼前浮现晚餐的菜肴,而不是海水的波纹和杉木的纹理。

最后,就在将近四点时,罗伯特慢吞吞地在我们中间转悠,提出建议,聆听问题,并把我们叫到一起,问我们对于风景画中早晨和下午的光线差别有何看法。他评论说画一处山崖和画一个人的眼睑没什么不同——我们必须记住不管是什么东西,光都会影响其形态。他最后在我的画架前停下,双手抱胸伫立着端详画面。"树画得很好,"他说,"确实很好。看,如果你在岛屿的这一边加上更深的阴影——你介意吗?"我摇摇头,他借过一支画笔。"如果你需要对比,不要害怕把阴影画得更深一点。"他小声说道。我看见我的小岛在他笔下变为逼真的地质景观。我并不介意他改善我的作品。"那里。我不会再把它弄糟——我希望让你继续画。"他用大手指碰了碰我的手臂,离开了我。我投入地、几乎是忘我地工作,直到太阳开始下山,光线昏暗得我们看不清为止。

"我饿了。"弗兰克嘀咕着凑到我这边来。"这人是个疯子。你不饿吗?好酷的树,"他接着说,"你一定很喜欢树。"

我很想听明白他的话,但做不到,甚至说不出"什么?"我整个人都僵住了,运动衫,以及我因为海风变冷而围在脖子上的棉围巾里面透进寒意;我

六十二

很长时间没有画得这么辛苦了,虽然几乎每天我都会利用工作间隙画画。我还有一件事要问罗伯特,既然我已经如此重视阴影,需要在整个画面上加一些白色的斑点,使之亮起来,我是应该等到明天在更接近于我们开始时所看到的光线再加,还是现在就加——根据记忆快速完成?

我走下斜坡来到罗伯特的画架边,他正开始清理他的画笔,刮去调色板上的颜料。他每过几秒钟便回头看看他的画,又望向远处的风景。我突然想到他有好一会儿忘了教我们任何东西,我对他感到一阵同病相怜;他也全神贯注,在画笔和手、手指、手腕的运动中,对外界毫无感知。我想,我们可以从那种几近沉迷的状态中学到一些东西。我站在他的画作前。他让画画这件事看起来很简单,也就是观察基本的形状,画出草图,加上色彩,用光线勾勒出它们——树木、海水、岩石、下方窄窄的海滩。画面还没有完成;他,和我们一样,至少还要花整个下午才能完成这幅油画,如果有时间的话。这些景物以后会变得栩栩如生;树枝、叶子和海浪的细节随处都能触摸到。

但他的画中有一个部分已经漂亮地完成了。我很好奇为什么他先画好这个:崎岖不平的海滩、伸入海中的浅色岩礁、色彩柔和的石头和发红的海藻。我们站的地方比海边略高一点,他捕捉到那个俯视,或者说倾斜所看到远处两个人影手牵手沿着海岸漫步的感觉。其中个子较小的身影弯下腰似乎要从潮水坑里拣什么东西,高大的身影笔直地站着。她们足够清楚、足够靠近,因此我能看见女子的长裙在风中飘起,小孩的帽子上系着蓝色的缎带,两个人彼此作伴,周围没有其他人,只有山坡上待了一下午的绘画班。我觉得自己一直在看着他们,接着又看着他;罗伯特用一支画笔扫过女子小巧的鞋子,好像在擦亮鞋尖,接着又扫过黑亮的头发。我已经忘了自己原本要问什么问题——好像是有关光线变化的事情。

他面带微笑地转向我,似乎已经知道有人来了,甚至还知道来的人是谁。"下午过得愉快吗?"

"很愉快。"我说。他那放松自在的样子让我觉得,问他为什么把两个虚构的人物放在我们面前的夏日风景中会显得很傻。他以十九世纪的画风出名,作为罗伯特·奥利弗,他完全有权把他想要的任何东西加入一堂风景画课中。我真希望有人替我问他这个问题。

接着我又有了一种不同的想法:总有一天我会和他熟到能够问他任何问题。他瞥了我一眼,带着一种我记得他在大学里曾有过的友好而疏远的表情——一种令人费解、谜一般的神情。在他胸前衬衫领口敞开的地方,我看见一簇夹杂着银丝的黑色毛发。我想伸手去碰触那簇毛发,看看年纪是让它变柔软了还是变硬了——哪一种?他把袖子卷到将近手肘的地方。此时他以一种一贯的、高大逼人的姿势站在斜坡上,双臂交叉,双手托着露出的肘部。"太美了。"他友好地说。"我想我们现在应该收好东西去吃晚饭了。"那确实很美,我本可以指出,但并没有任何走在潮水边、穿着长裙的人。这是一片空无一人的海岸——一处没有人的风景,这才是练习的重点,不是吗?

六十三
一八七九年

到了三月末,她那幅金发女佣的油画被沙龙所接受,署名为玛丽·利维尔。奥利维尔亲自过来把这个消息告诉他们。他、伊弗和爸爸围坐在餐桌边,往最好的水晶杯里倒酒为她庆祝,她咬住嘴唇忍住微笑。她尽量不去看奥利维尔,并做到了;她早就习惯看见这些亲人同坐在一张餐桌边。那天夜里她高兴得睡不着,一种复杂的喜悦取代了原来创作这幅画时的兴奋。在接下来的一封信中,奥利维尔告诉她这是一种自然的反应。他说她感到受人瞩目,因而喜出望外,她一定要继续画画,像任何画家那样。

她开始画一幅新画,画的是布洛涅森林的一只天鹅;伊弗抽出时间在星期六陪伴她,于是她再也不用独自散步或画画。有时候,奥利维尔陪她一起去,帮她调色。有一次,他画她坐在水边的一张长椅上时,从她脖子上的花边一直到帽子顶部的一幅小肖像画,她的帽子往后推了推,露出专注的眼神。他说这是他绘画生涯中最好的肖像画。他用潦草的字迹在背后注明:贝亚特莉斯·德·克莱尔瓦勒肖像画,一八七九年,并在角落上签了名。

一天夜里,奥利维尔没有来,吉尔伯特和阿蒙德·托马斯再次来赴晚餐。哥哥吉尔伯特是一个举止谨慎的美男子,在画室里是个很好的同伴。弟弟阿蒙德更安静,穿着和吉尔伯特一样精致,但一副无精打采的样子。他们正好互补,阿蒙德反衬出吉尔伯特的热情,吉尔伯特则令沉默寡言的阿蒙德显得很文雅,而非呆滞。吉尔伯特通过特别的渠道,获知目前在沙龙评审团那里悬而未决的作品;当其他客人都离开后,他们四个人一起逗留在休息室里,他声称看见了奥利维尔·维格诺提交的作品,树下的年轻男子,以及维格诺先生代表一位不知名的画家——也就是利维尔女士或小姐——提交的神秘画作。奇怪的是,这幅画让他想起了什么。但恼人的是,维格诺拒绝透露利维尔女士的身份;显然那不是她的真名。

吉尔伯特说这话的时候转向伊弗,接着又转向贝亚特莉斯。他那英俊的大脑袋歪向一边,问他们是否知道这位画家——也许她年轻而又羞怯。一位不知名的女士把作品送到沙龙是多么勇敢啊!伊弗摇摇头,贝亚特莉斯别过脸去;伊弗从来不善于隐瞒什么事情。吉尔伯特接着说他们都不知情真是可惜,而维格诺先生是那么神秘兮兮。他总觉得奥利维尔·维格诺这个人不像表面上那么简单;他有一段长长的过去——作为一位画家。和往常一样,房间里的气氛很愉悦,家具装饰成了新的颜色,爸爸的大壁炉,火焰和精美蜡烛发出的光芒照亮了贝亚特莉斯那幅描绘花园、镶在金色画框里的油画。吉尔伯特的语气很有分寸,他举止得当、颇有教养;他看了看那幅画,又看了看她,接着拉直精致的袖口。自从贝亚特莉斯同意奥利维尔提交她的作品以来,她第一次觉得紧张。但既然作品已经被接纳,就算吉尔伯特·托马斯发现了她的身份,那会有什么害处呢?

他似乎有更深的用意,此时她真的很不安。也许这是一种赞美,一种礼貌性的暗示,表明他或许可以卖出她的作品,如果她愿意继续伪装。她或许愿意继续下去,但不愿意问他是什么意思。就像她感觉到奥利维尔的善良仁慈、他的理想主义,从他坐在这个火炉边的第一个晚上起,她感到吉尔伯特·托马斯身上有一些不对劲,给人一种不太规矩又很冷酷的感觉。她希望他离开,但自己也说不清为什么。伊弗认为他很聪明;他从他那里买了一幅画,是相对激进的德加所画的讨人喜欢的画,画着一名年幼的舞蹈演员两手放在屁股上站着,看看同伴们在扶手上练舞。贝亚特莉斯把话题转到买画这件事情上,吉尔伯特很热情地作答,阿蒙德也加入了谈话——德加会成为杰出的画家,他们很肯定,他已经成为了很好的投资对象。

他们离去时她终于放下心来,吉尔伯特亲吻并握了她的手,并请伊弗代他们向他的伯父问好。

六十四
玛丽

我真希望我可以说,从那一刻起,我和罗伯特·奥利弗就成了高尚的朋友,从那时候起,他成了我绘画上的良师益友和积极的推动力,他一直在事业上给予我帮助,反过来我很崇拜他,我们之间从未有过出格之举,直到他在八十三岁那年死去,在遗嘱中留给我他的两幅画。然而这些都没有发生,罗伯特依然活得好好的,实际上带来了我们后来所发生的奇怪故事。我不知道他现在还记得多少;如果要我猜,我会说不是全都记得,也不是全都不记得,而是记得一部分。我猜他记得我的一些事情,我们在一起的一些事情,而剩下的记忆已从他身上流失,就像土壤的表层被突如其来的洪水冲走。如果他记得一切,像我一样把它们吸入毛孔之中,我就不需要对他的精神科医生或是任何精神科医生解释这些,也许他就不会精神失常。精神失常——这么说对吗?他早就精神失常了,显得很与众不同,而那正是我爱他的缘故。

我们第一次外出写生之后,当天晚上的餐桌上,我坐在罗伯特的旁边,当然另一边坐着弗兰克,他敞开着衬衫。我希望叫他把扣子扣起来,但放弃了。罗伯特和他另一边的一位教员聊了很久——那是一位七十多岁的女爵士,在铸造艺术上声名显赫——但时不时地左顾右盼,对我微笑,常常心不在焉,只有一次直接看着我,吓了我一跳,直到我意识到他对弗兰克也是这样——看来比起我,他更喜欢弗兰克对于海水和海平线的处理。听着弗兰克隔我对罗伯特说个没完,我对自己保证,如果弗兰克以为在罗伯特面前他画得比我好,那么他就大错特错了。当弗兰克结束了冗长的、对于技术性问题的夸夸其谈,罗伯特再次转向我;毕竟我就在他的颚骨之下。他碰了碰我的肩膀。"你怎么不说话?"他微笑着说。

"弗兰克很吵。"我低声说。我想要说得更响一点,让弗兰克知道一点我的想法,但话一出口却显得小声而刺耳,好像只是对着罗伯特·奥利弗的耳朵说的。他低头看着我——我说过,罗伯特几乎看任何人都是俯视。很抱歉我要用这种俗套的话,但我们确实四目相对。我们四目相对,这是我们认识以来第一次四目相对,毕竟,我们的交往被好几年的空白期阻断了。

"他刚刚开始工作。"他说,这让我好过了一点。"你不妨说说你的事情?你上美术学校了吗?"

"上了。"我说。我不得不凑得很近,这样他才能听见我的话;他的耳朵口有一些柔软、黑色的毛发。

"太糟了。"他说,大声但温和地回应。

"没那么可怕,"我承认,"其实我很喜欢。"

他转过来,于是我能再次看到他的正面。我觉得这样看着他对我来说很危险,他远比一般人看起来更有活力。他哈哈大笑,牙齿又大又强健,但有点发黄——中年人的特质。妙就妙在他似乎对一切都无所谓,甚至不知道他的牙齿有点黄。弗兰克在他三十岁前每个月都会去把牙齿漂白几次。这个世界上到处都是弗兰克这样的人,但本该满是罗伯特·奥利弗这样的人。

"我也喜欢我的一些课,"他说,"让我有一些生气的对象。"

我斗胆耸耸肩。"为什么艺术应该惹大家都生气呢?我不在乎其他人做什么。"

我在模仿他,他本身的满不在乎,没想到,那似乎令他吃惊。他皱起眉头。"也许你是对的。不管怎么说,你熬过了那个阶段,不是吗?"那表示他感同身受,不是真的问题。

"是的。"我说,鼓起勇气再次注视他的眼睛。这并不难,一旦我已经做过一两次。

"你这么年轻就熬过来了。"他冷静地说。

"我没这么年轻。"我并不想说出这么大胆的话,但他甚至更专注地看着我。他的目光从我的脖子上往下游移,迅速掠过我的胸部——对于女性

六十四

特质流露男性的表情,不由自主地,原始地。我希望他没有流露出这种表情;那是不带个人感情的。这让我想到他的妻子。现在,就和在巴内特一样,他戴着宽宽的金戒指,因此我猜想他依然处于结婚的状态。然而,当他再次开口的时候,神情很温和。"你的作品显示出很多的感悟。"

接着他转过身,被我们周围的人拉过去,和桌上大部分人说起话来,因此我无法得知,至少是在那个时候,他看出了什么样的感悟。我专心地吃着东西;那些噪声我一点也听不进去。这样持续了一会儿,他转向我,我们之间再次沉默、等待了片刻。"你现在在做什么?"

我决定说实话。"嗯,在特区做两份无聊的工作。每三个月回费城一次看望年纪越来越大的母亲。晚上画画。"

"晚上画画?"他说,"你办画展了吗?"

"我没有办过个人展,连联合展都没有办过。"我慢吞吞地说。"我猜我能创造出某个机会——也许在学校里,但教书已经让我忙不过来,我没办法认真考虑这个问题。或者说我还没做好心理准备。我只是尽我所能地画画。"

"你应该办个展览,能画出像你这样的作品,总是有办法的。"

我希望他详细说出什么是"像你这样的作品",但是我也不吹毛求疵,特别是当他已经将我的一幅风景画评价为"有感悟"。我告诫自己不要沉迷于任何东西,虽然我从过去几年就知道罗伯特不会平白无故地给予赞美,就算他出于本能打量我,也不会用甜言蜜语来接近我。他只是太过专注于画作的真实情况;这一点你可以从他脸上和肩膀上的每一道线条中看出,从他的声音里听出。那是他最可靠的一点,我很后面才意识到,那种不加修饰的褒贬;就像他看一眼我的身体,也是没有私情的。他有一种冷酷,色调温暖的皮肤和微笑之下藏着一双冷冷的眼睛,那是一种我可以信任的品质,因为我相信我的内心也是一样。他耸耸肩来拒绝你,或是耸耸肩鄙视你的作品,他都是靠得住的。这毫不费劲,他的内心也不会挣扎着要不要因为个人原因而妥协。直接面对作品和绘画,不管是他自己的,还是别人的,他总是对事不对人。

甜点是一碗碗新鲜的草莓,我前去倒了一杯加了奶油的红茶,我知道这能让我睡不着觉,但我对于整件事是那么兴奋,无论如何也不想睡觉。也许我可以熬夜画画。离宿舍不远的地方有整夜开放的画室——也就是车库,从前也许停放着这栋房子里第一批福特T型老爷车,如今却装上了庞大的天窗。我可以待在那里画画,也许可以根据那第一幅尚未完成的画作,创作出有关那个风景更多版本的画面。而接下来,我无耻地想到,我可以在第二天早餐或是下一次山坡写生中对罗伯特·奥利弗说:"我有点累了。哦,我一直画到凌晨三点。"或者,他也许会出来在黑暗中徘徊,大步经过,透过车库的窗子看见我正在努力创作;他会踱进来,微笑着拍拍我的肩膀,告诉我这幅画显得"很有感悟"。这就是我想要的——他的注意,短暂的,基本上算是纯洁的。

我喝完茶的时候,罗伯特正从椅子上起身,站直身体,他的破旧裤子的臀部和我的头部一样高;他向每个人道晚安。他可能有更重要的事情要做,比如他自己的创作。让我反感的是,弗兰克跟着他离开了桌子,他那轮廓分明的身影左摇右晃,在罗伯特耳边喋喋不休地说着。至少这么一来,弗兰克就不会一边跟着我,一边拉开一点他的衬衫,或是问我要不要到树林里去散散步。于是一阵孤独感袭来,抛下我的不是一个,而是两个男人,我试图重拾独立的自信和独行侠的浪漫。不管怎么说我要去画画,不是要远离弗兰克,也不是要吸引罗伯特·奥利弗,而只是画画。我在这里是要好好利用我的时间,重启我那喷射的引擎,尽情享受我那一点可贵的假期,男人都去死吧。

于是罗伯特真的在车库里看见了我。当时夜已经很深了,另外分散在这个宽敞的、散发霉味的地方创作的两三个年轻人早就收拾好东西离开了,我也头晕目眩,把绿色看成蓝色,太快地加入了一些黄色,又把它刮掉,告诉自己停下来。我在一张从小寝室里拿来的新画布上重新创作那天下

六十四

午的风景,并作了一些改动。我还记得白天没有画草地上的雏菊,现在把它们画在山坡上,试图让它们显得迎风浮动,但它们还是沉了下去。还有其他的改动。当罗伯特走进来,在身后关上门时,我早就厌烦了考虑这些变动,因而把他的到来视为晚餐时的预见成真了,我希望他出现在这里,他真的来了。其实我已经忘了他,尽管他一直盘旋在我的脑海中。我毫无意识,因此这一刻我空洞地看着他。

他站在我面前,露出一丝微笑,双臂交叉着抱在胸前。"你还没睡。在为未来的画展创作?"

我呆站在那里看着他。他显得很不真实,在天花板晃动的灯光下,他的周身环绕着一圈薄雾。我不由自主地想到他像是中世纪三联画上的一个大天使,比人类更为高大,他的头发偏长,卷曲,头上顶着金色光环,当他传达某个上天的信息时,为了方便起见,收起巨大的翅膀。他那褪色、金黄的衣服,头发泛出的深沉光泽,双眼的橄榄色,全都和翅膀相得益彰,而如果罗伯特长着翅膀,那一定是大得惊人。我感觉自己置身于历史和传统的界限之外,处在一个太过人性化而不真实或是太过真实而不人性化的世界里摇摆不定的边缘:我能感觉到的只有我自己、我架子上那幅我不再希望他看见的油画以及站在两米开外一头鬈发的大个子男人。

"你是天使吗?"我说。这话立刻听上去不对劲,很傻。

但他抓了抓正长出黑色胡渣的下巴底下,大笑起来。"不能算是。我吓到你了?"

我摇摇头。"你有那么一刻看起来闪闪发光,就好像你应该是穿着金色的衣服。"

他优雅地露出迷惑的神情,或者他确实很迷惑。"不管是按照谁的标准,我都是一个坏天使。"

我勉强自己笑出声。"那么我一定是累坏了。"

"我可以看吗?"他朝我的画架而不是朝我走过来。太迟了,我无法拒绝。他已经来到我的身后,而我极力不转过身去看他的脸,但还是忍不住看了一眼。他站在那儿看着我的风景画,接着,神情严肃起来。他松开胸前的双臂,垂在两边。"你为什么加入这些?"

他指着我修改过的走在海岸边的两个人,也就是那个穿着长裙的女子和她身边的小女孩。

"我不知道,"我支支吾吾地说,"我喜欢你画的。"

"你难道不觉得她们是属于我的?"

我问自己他的语气中是否带有某种近乎危险的意味;他的问题有点古怪,但我主要是觉得自己很傻,懊恼得快要哭了。事实上他接下来是要责怪我? 我振作起来。"有什么东西是专属于一位画家的?"

他的脸色深沉但也若有所思,对我的问题很感兴趣。那时我比较年轻一点,我无法理解人们怎么会显示出对于自己以外的东西感兴趣。最后他说:"没有,我想你是对的。我想我只是觉得,我应该独占长时间来一直和我同存的画面。"

突然间,我好像回到了多年前的那座校园;怪异的是,那是同样的对话,仿佛此时我在问他画布上那个女人是谁,而他也将要说:"我知道她是谁就好了!"

但此时,我抓住他的手臂——也许有点放肆。"你知道吗,我想我们过去曾谈过这个。"

他皱起眉头。"是吗?"

"是的,在巴内特的草地上,当时我在那里读书,你展出了一幅坐在镜子前的女子肖像画。"

"你是不是在想她们是同一个人吗?"

"是的,我在想那个。"

在这个庞大而空旷的画室里,灯光刺眼而露骨;我的身体因为夜深,也因为这个奇怪的男人在近处而颤抖——一个随着时间流逝,魅力却不断增加的人。我几乎无法相信他在我生命中消失了这么多年后又回来了。实际上,他正皱着眉头看我。"你为什么想知道?"

六十四

  我不知说什么才好。有很多话我本可以说,但是在那个时间那个地点,在那种陌生环境和看来没有未来没有结果的非现实情境中,我说出了最不经大脑思考、最接近内心的话。"我有种感觉,"我慢慢地说,"如果知道为什么过了那么多年后你依然在画同一样东西,那么我就能了解你。我就会了解你是谁。"

  我的话深深地陷在房间里,我听出了它们的直白,以为我会因此感到尴尬,但我没有。罗伯特·奥利弗愣在那里,注视着我,就好像他一直在听,想知道对于他要说出的看法,我会作何回应。但他没有说出看法,而是站在那里,一言不发——我甚至觉得自己在他身边是那么骄傲,那么高大,高得足以碰到他的下巴——最后,他默默地用手指碰触我的头发。他把一缕长长的发丝掠过我的肩膀,只是用指尖来抚摸它,并不是真的在触摸我。

  我猛地想到这是妈咪的动作;我想起了母亲如今苍老许多的手,在我十几岁时挑起我的一缕头发,告诉我那是多么亮泽,多么顺直,多么光滑,并轻轻地让它垂下。实际上,那是她最温柔的动作,有时候,我反对她的要求和规矩,我们争吵着直到两人都又气又累,这个时候,她会用那种动作默默地表示歉意。我尽可能站在那儿不动,担心我会明显地颤抖起来,希望罗伯特不要更进一步地碰触我,因为那会让我在他面前动摇。他举起两只手把我的头发轻轻拢到后面,放在我的肩后,好像他要把它们摆好,画一幅肖像画。我看出他的脸色意味深长、沮丧,满是疑惑。接着他垂下双手,在那里又站了一会儿,像是要说什么。接着他转过身走了。他的后背宽阔而深沉,他慢慢地开门又关门,很有礼貌;他没有向我道别。

  当他走出了视线,我擦干净画笔,把画架放到角落里,关上耀眼的电灯,离开了这栋楼。夜的气息清新而凝重。星星依然布满天空——显然是特区看不到的星星。在黑暗中,我把手伸向头发,把它们往前捋,于是它们垂在我的胸前,接着又提起来在他的手放过的地方吻了一下。

六十五
一八七九年

在一个晴朗的春日,他们终于来到沙龙参观画展。她、奥利维尔和伊弗一同前往,虽然她和奥利维尔会在另外一天单独再来,她会戴着手套,挽着他的手臂,去看他们两幅挂在不同房间的油画。过去他们曾到过那里,但这是第一次——后来证明是两次中的一次——贝亚特莉斯在墙上挂着的成百上千张画作中寻找她自己的画。出席参观仪式对她来说很熟悉,但今天完全不同;在各个人头攒动的大厅里,每一个她所看见的人都可能看见她的画,他们或冷漠地瞥它一眼,或赞同地凝视着它,或是认为它不配放在这里而皱起眉头。人群不再是一抹时尚的服饰秀,而是一个个独立的个体,每个人都能够发表评论。

她想原来画家展出自己的作品成为一位公众画家就是这种感觉。此时她很庆幸没有使用真名。政府的部长们很可能从她的画前走过;也许马奈先生和她过去的老师拉梅勒也是如此。她穿着新裙子,戴着新帽子,两者都是珍珠灰,裙子的边缘有一条深红色的细线,头上小巧的平檐帽略微前倾,遮挡在前额的上方,长长的红色飘带垂在后面。她的头发紧致地盘在帽子下,腰部束得紧紧的,裙子的后部绑着一条瀑布般紧致的花边,下摆拖在身后。她看到奥利维尔的眼中闪着倾慕,流露出年轻男子的神采。她庆幸伊弗已经停下来观看一幅画,双手拿着帽子放在身后。

那是一个阳光灿烂的下午,但那天夜里,不幸的梦境又回来了:她在路障边,但还是来得太晚了,奥利维尔的妻子在她怀中流血。她不会写信告诉奥利维尔,但伊弗听见了她的呻吟声。过了几个晚上,他严肃地告诉她必须去看医生——她的脸色不安而苍白。医生开了药方,要她喝茶,每隔两天吃一次牛排,并在午餐时喝一杯红酒。当噩梦又发生了几次,伊弗告诉她,他已经计划好让她到他们热爱的诺曼底海岸度假。

他们坐在她小小的绣房里,整个晚上她都带着一本书在那里休息;埃斯梅点起了火。伊弗说他必须坚持;既然她身体不适,那她实在没有道理在家休养,让自己继续衰弱下去。她看着他脸上担忧的神情和眼睛底下的皱纹,他不能接受她说不;正是那种决心、意志和对规则的坚持让他在事业上如此成功,并一次又一次在这座城市艰难的时期挺了过来。最近她忘了去他脸上寻找她多年来认识和崇拜的那个男人:他坚毅的灰色眼睛,他那优雅自信的气质,他那异常温和的嘴巴,他那浓密的棕色胡子。她有好一段时间没有注意到那是一张多么年轻的脸;也许仅仅是因为他和她一样正处于人生的黄金时期——他只比她大六岁。她合上书,问他:"你怎么能丢下工作呢?"

伊弗摸着西裤的膝盖,他还没有喘口气、为晚餐换件衣服,城市里的灰尘还在衣服上。她那蓝白两色的椅子对他而言显得有点小。"我不能去了,"他抱歉地说。"我自己很愿意休息一下,但现在要我离开会相当困难,因为新的办公室正在筹建。我请了奥利维尔陪你去。"

她怔怔地一时说不出话来,心里十分惊愕。这就是等着她的命运吗?她考虑着告诉伊弗,正是他伯父的过去导致她心绪不宁,但她不会背叛奥利维尔对她的信任。此外,伊弗可能永远无法理解一个人的爱怎么会带来另一个人的噩梦。最后她说:"那不会给他添很大的麻烦吗?"

"哦,一开始他有些犹豫,但是我努力说服他,于是他知道如果你的气色变好,我会有多感激。"

他们两人都想着他们会生个孩子,但伊弗时常很忙碌或是很累,他们有好几个月没有做爱了。她在想他是否在暗示某种新的开始,但希望她先好起来。

"如果让你失望了,亲爱的,我很抱歉,但我现在确实走不开。"他双手握着膝盖,脸色很焦虑。"那对你有好处,你待上几个星期就行了,如果觉得没劲,不必待很久。"

"那爸爸怎么办?"

他摇摇头。"我们会过得很好。仆人们会照顾我们。"

她的命运似乎在她面前展开。她再一次看见路障后的尸体,头发尚未花白的奥利维尔跪在跟前,痛不欲生。她会在半路遇见他们,如果这就是命运的安排。在此之前,她还不理解爱情,尽管坐在她对面的商人做了最大的努力。她冷静下来做了最坏的打算,对他露出微笑。如果需要这么做,那就做得彻底吧。"很好,亲爱的。我去。但我要把埃斯梅留在这里照看你和爸爸。"

"胡闹。我们没问题,你一定要让她来照顾你。"

"奥利维尔可以照顾我。"她勇敢地说,"爸爸对埃斯梅的依赖几乎不亚于对我的依赖。"

"你肯定吗,亲爱的?我不希望你身体不好却还要做出牺牲。"

"我当然肯定。"她坚定地说。既然这次旅行不可避免,她开始觉得轻松愉快,不需要战战兢兢了。"我需要独立一下——你知道埃斯梅总是大惊小怪的——而知道爸爸会得到很好的照顾,我也不用担心什么。"

他点点头。她看得出医生嘱咐过他,她必须随心所欲,必须休息;一个女人的健康可能会每况愈下,特别是在生育的年纪。无疑,在她离开前,他会让医生再给她做次检查,支付过于昂贵的费用,好让自己安心。她对这个稳重、焦虑的男人涌起了一股爱意。她想到他本可以责怪她画画,或是阻止她把画送到沙龙去,但他对于这些只字不说。她站起来,把脚伸进拖鞋里,走到房间另一边去亲吻他的额头。如果她的身体康复了,他就会从中受益。完全受益。

六十五

> 巴黎
> 一八七九年五月

我亲爱的:

　　我真的很遗憾伊弗无法陪我们去埃特尔塔,但我相信你不会介意把自己交给我,接受我充满敬意的关心。按照你的要求,我已经买好了车票,会在星期四早上七点搭乘小马车来接你。请事先写信告诉我需要我带什么画画的用具;我肯定那会是更好的良药,胜过我所能为你做的一切。

> 奥利维尔·维格诺

六十六
玛丽

第二天早饭的时候,我下定决心,如果遇见罗伯特就不直视他的眼睛,但还好他不在,就连弗兰克似乎也找到了其他人聊天。我埋头喝着咖啡,吃着吐司,因为画画以及缺乏睡眠而迷迷糊糊,不情愿开始新的一天。和往常不同,我把头发盘了起来,穿了一件妈咪最不喜欢、褪了色的、下摆沾有颜料的卡其布衬衫。热咖啡有助于镇定我的神经;毕竟,去想这个男人毫无意义,这个可望不可及、古怪、有名的陌生人,我打算不再去想了。这个早晨非常晴朗,对外出写生来说再好不过;到了九点钟,我再次上了大篷车。罗伯特开车,一个较为年长的女士为他指路。弗兰克在邻座用手肘轻推我,就好像昨晚的事从来没有发生过。

这一次我们在一座湖边画画,对面有一栋破旧的小屋,岸边还围着一排白桦树。罗伯特幽默地告诫我们不要把驼鹿画进去。或是穿着长裙的女人,我本可以忍着头疼补充一句。我尽可能把画架支在远离他的地方,但也不靠近弗兰克。我当然不希望罗伯特·奥利弗以为我在追求他。好在一整个下午他都故意避开我,甚至没过来评价我的画作,这倒是一场灾难。这就意味着他依然记得昨晚的对话;不然他会和我这个以前的学生开开玩笑。我不记得我看到了什么样的树,或是阴影,或是别的东西,我似乎在画一条泥泞的水沟,只能隐约看到自己的倒影,搅动了水面,一种熟悉但不祥的感觉。

我们聚集到一起,在两张野餐桌上吃饭(我和罗伯特不是同一桌),到了这一天结束的时候,我们围拢在罗伯特的画布前——他是怎样把水面画得这么栩栩如生?——他讲到湖岸的形状和他为远处蓝色的山坡所选择的颜色。画这个画面的难处是大自然看起来几乎是一个颜色:蓝色的山坡、蓝色的湖水、蓝色的天空,以及夸张运用桦树的白色以形成对比。罗伯特说,但如果我们看得仔细,就会发现那些柔和的阴影中存在着不可思议的多样性。弗兰克站在那儿听着,用一根手指在耳朵后面挠了挠,但脸上的神情似乎在说:"我很赞同,但我能说出你不知道的。"让我想要抽他;他凭什么认为他知道的比罗伯特·奥利弗还多?

晚餐就更糟糕了。罗伯特来到拥挤的餐厅时我已经到了,他似乎先朝我所在的桌子瞄了一眼,然后选了一个离我最远的位子。后来天黑了,后院升起了篝火。人们以更狂热的情绪喝着啤酒,谈笑风生,就好像彼此间的友谊早已巩固。那么我巩固了什么?我和完美无缺的弗兰克在周围转悠,或是独自回到我的房间,或是想着我们的天才老师却又避开他,而这个时候我本可以交朋友。我想挑一位在风景画课上我喜欢的女士,带一瓶啤酒过去,在花园里的一张长凳上坐下听她聊聊家常,她在哪里上学,在哪里举办团体画展,她丈夫是做什么的——但我还没开始就感到倦怠了。我扫视人群,寻找罗伯特的一头鬈发,发现他鹤立鸡群地站在一群人中间,其中包括我的几个同学,不过我很高兴这次弗兰克没有黏在他身边。我拿起运动衫,无精打采地走向马厩、我的床和我的书——和这些乐不思蜀的人相比,牛顿会是更好的伴侣,一旦我睡了至少三个小时,我自己就是个很不错的伴侣。

马厩里空无一人,一排排狭小的寝室门都关着,除了我的,显然是我没关——太粗心了,虽然我的钱包在牛仔裤口袋里,剩下的物品我都不担心。这里似乎没有人经常锁门。我麻木地走进去,不由自主地叫出了声;弗兰克正坐在我的床边,穿着一件干净的、敞开到腰部的白衬衫和牛仔裤,戴着一串沉甸甸的棕色珠子,其实更像是我的项链。他手里捧着一本素描本;他正在用拇指摩擦刚画的画,令线条化开。他那晒黑的皮肤令人吃惊,当他俯身面对画纸,有力的胸肌略微缩起;他专注地又擦了一会儿,接着抬起头露出微笑。我尽量不把手放在屁股上。"你在这里干什么?"

他把本子放下,咧嘴笑了。"哦,什么意思。你已经躲着我好几天了。"

"我可以叫负责人来把你赶出去。"

他的脸上摆出一副更认真的样子。"但你不会。你注意我就像我注意你一样。别故意不理我。"

"我没有故意不理你。我相信应该说是'视而不见'。我对你视而不见,也许你还没有习惯。"

"你以为我不知道自己是个被宠坏的小子?"他把脑袋歪向一边,金发根根竖起,看着我。"那你呢?"

他的笑容很有感染力,令我心头一惊。我两手抱胸。"你也是吧?"

"如果你不是个被宠坏的小子,就不会这么失礼地跑到这里来。"

"拜托,"他又说,"失不失礼可不是你这么看的。我来这里并不是要跟你斗嘴。我只是想我们可以成为朋友,如果我们都是一个人,你不妨和我聊聊,而不必在别人面前炫耀。"

我不知道从哪里下手,给他一点颜色看看。"炫耀?我从未见过任何人比你更在意形象,年轻人。"

"哦,现在你终于露出真面目。反势利。那更好。毕竟,你独自上了艺术学校,我知道是哪里。还不坏。"他微笑着向我展示他的写生本。"嘿——我对着你的镜子试着画一幅自画像。我刚刚在润色。我看起来像个炫耀狂吗?"

我情不自禁地瞥了一眼他的画。那是一张充满渴望、安安静静、若有所思的脸,我不会把它同我见过的弗兰克联系起来。但是画得很好。

"阴影很糟糕,"我说,"而且嘴太大了。"

"大很好啊。"

"从我的床上下来,先生。"我说。

"先过来亲我一下。"

我本该抽他,但我大笑起来。"我老得足够当你妈了。"

"不对。"他说。他把写生本放在床上,站了起来——他差不多和我一样高、一样宽、一样的体形——把手放在我的两边,靠着墙,这个动作他显然是从好莱坞电影里学来的。"你又年轻又漂亮,你不该继续任性,应该找点乐趣。这是一个艺术家的群体。"

"我应该把你从这个艺术家的群体里踢出去,孩子。"

"我看看,你应该是——像是大我八岁?五岁?这么有威严。"他把一只手放在我脸上,开始抚摸我的脸颊,于是一团火苗从我的肩上蹿至发根。"你是想假装自负,还是真的喜欢一个人睡在这个隔间里?"

"不管怎么说,男人不可以到这里来。"我边说边把他的手挪开,但他的手又回来,温柔地抚摸我的鬓角并往下一直移到颚骨。我开始情不自禁地渴望把这只细腻灵巧而年轻的手放到别的地方,让它触摸每一个地方。

"那只是纸面上的规定。"他慢慢地凑过来,似乎想要催眠我,而这很有效,他的呼吸里有一种舒服、清新的气息。他停住不动,直到我先吻了他,自降尊严但很饥渴,接着他的嘴唇完全地贴上我的嘴唇,带着一种有所保留的力量,使得我的胃翻腾起来。要不是他把手放在我的头发上,撩起了一缕发丝,我最后可能会依偎着这个毛茸茸的胸膛度过这个夜晚。"美极了。"他说。

我从他黑黝黝的手臂里挣脱开来。"你也是,小男孩,但忘了它吧。"

他哈哈大笑,脾气异常友好。"好吧。如果你改变主意了就告诉我。如果你不想一个人,就用不着一个人。如果你坚持不要,我们可以只是好好地聊聊天。"

"那就走吧,拜托。上帝啊。够了。"

他拿起他的写生本,像罗伯特·奥利弗前一晚离开画室那样,轻轻地走了出去,甚至恭敬地在身后关上门,似乎为了对我显示他比我所想的成熟。当确定他离开了这栋楼,我扑倒在床上,用袖子擦擦嘴,甚至还狠狠地哭了一会儿。

六十七
一八七九年

　　他们的火车抵达海岸时已经是夜里,他们陷入了沉默;她很疲倦,面纱上沾到了一点烟灰,使她觉得自己的视力出了问题。他们准备在费康下火车,搭乘一辆双座小马车前往埃特尔塔。奥利维尔收起他们放在车厢架子上的小包——他们一整天都在车厢里聊天——行李箱会跟着送去。她看见他站起来时身体很僵硬,他那剪裁考究的旅行装包裹的身体确实老了。她觉得和她说话时,他无权碰触她的手肘,那并非因为他不是伊弗,而是因为他不年轻了。然而他再次坐下,握住她的手。他们都戴着手套。"我握着你的手,"他对她说,"因为我可以,也因为那是世界上最美丽的手。"

　　她无言以对,火车抖动着停了下来。于是她抽回自己的手,把手套脱下,接着把手交还给他。他举起她的手端详,在车厢昏暗的灯光下她平静地看着它,和往常一样觉得手指太长,整个手太大,和纤细的手腕不相称,食指和中指的指尖还有一圈蓝色的颜料。她以为他会亲吻它,但他只是低着头,似乎在考虑某个私人问题,接着便放开了她。随后他敏捷地站起身,提起他们的包,彬彬有礼地请她先出车厢。

　　乘务员扶她下车,夜色中有煤和潮湿田野的气息。他们身后巨大的火车依然在轰鸣,引擎冒出的烟在一排排黑色的房子衬托下显得很白,模糊了机师和乘客的身影。在马车车厢里,奥利维尔小心翼翼地扶她在他身边的位子坐好;马匹在前面拉车,而她第一百次想着为什么她会同意这次旅行。是因为伊弗坚持还是因为奥利维尔希望她和他一起去?或者是因为她也想这样,所以才没有强硬地反驳伊弗,也因为她太好奇了?

　　他们抵达时,埃特尔塔只有几盏煤气灯光和几条鹅卵石街道。奥利维尔伸出一只手扶她下车,她把斗篷拉上,小心翼翼地直起身体——因为旅途劳顿,她的身体也很僵硬。风中挟带着海水的气味;远处的某个地方就是海峡,正发出寂寞的声音。埃特尔塔弥漫着一股度假胜地逢淡季时的哀伤气氛。她过去来过这个小镇几次,熟悉这种调子,但今晚它对她来说是个全新的地方,像一片荒野之地,又像世界的尽头。此时,奥利维尔正在嘱咐他们的事情。她忍不住看了一眼他的身影,发现他是那么遥远,那么沮丧。多少年让他成了这个样子?他很久以前曾经和他妻子到访过这片海岸吗?她会问他这样的问题吗?在路灯下,他的脸看起来很沧桑,嘴唇高贵而敏感,满是皱纹。车站对面有一排高大、装着烟囱的房子,其中一栋房子一楼的窗子里,有人点了蜡烛;她能看见一个人影在里面移动,也许是一名女子在睡觉之前打扫房间。她在想这栋房子里的人过着什么样的生活,而为什么她自己会住在巴黎不一样的房子里;她在想命运是如何轻松地完成了这么一笔交易。

奥利维尔做每件事都是那么优雅。他是一个长久以来习惯于自己命运的男人——同样也习惯于自己文雅的举止。她看着他,心头一颤,突然意识到除非她以某种方式拒绝他,不然她最终会发现自己赤裸裸地躺在他的怀里,就在这里,在这个小镇上。这个念头令人震惊,然而一旦它自己冒了出来,她便挥之不去。她将不得不鼓起勇气说出那个词:"不"。不——他们之间没有这样的词,只有一种坦诚相对的感觉。他比她更接近死亡;他没有时间等待答案,而他的渴望令她太过感动。这件事似乎不可避免,这一点紧紧地堵在她的胸口。

"你一定是累了,亲爱的,"他在说,"我们直接去旅馆好吗?我肯定他们会为我们提供一点晚饭。"

"我们的房间会很好吗?"这话说得比她想得更直接,因为她指的不是这个。

他诧异地看着她,温和而愉快。"是的,两间都很好,我相信你那间还有起居室。"她感到一阵羞愧。当然,是伊弗把他们一起送到这里来。奥利维尔很有风度,没有笑出声。"我希望你能睡个懒觉,如果你愿意,我们可以在快中午的时候见面去画画。我们看看天气怎么样——不错,我想,现在空气感觉上不错。"

　　车夫早就用一辆手推车把他们的行李——上面有他们的包和箱子,她那用皮带捆住的行李箱——推到了街道。她和她丈夫的伯伯独处于另一个世界的尽头,周围只有黑色的大海,一个她只认识他的地方。她突然想放声大笑。

　　但她没有,而是把装着她那珍贵的绘画用具的包放下,撩起她的面纱;她走近他,双手放在他的肩上。他的眼睛在煤气灯光下显得很机警。如果他对于她朝上仰的脸和她的轻率感到吃惊,他也立刻掩饰住了。这回轮到她惊异于自己毫无保留地接受他的吻,看着他的脸颊,感觉他四十年来的经历。他的嘴唇温暖而动人。她只是他生命中几个爱人中的一个,但此刻她是唯一的,也会是最后的。她将令他难以忘怀,陪他走到生命的终点。

六十八
玛丽

第三天是出人意料的一天。我永远无法形容和罗伯特·奥利弗共度的所有五百来个日子,但爱着某个人的最初那几天非常生动;你记得这些日子中的每一个细节,因为它们代表了其他所有的日子。它们甚至解释了一份特别的爱为什么没有长久。

学习班的第三天,我和两位女教员在同一张桌子上吃早饭,她们似乎没有注意到另一头我的存在,幸好我带了本书来。其中一位大约六十岁,我依稀记得她是在这个僻静之所教授版画的老师。另一位大约四十五岁,一头染成浅色的短发是油画导师,她一开始便宣称她无法找到和去年素质一样高的油画学生。好吧,那么我就看我的书,女士们,我心想。我的鸡蛋是溏心的,不是我喜欢的那种。

"我不知道为什么会这样。"她喝了一大口咖啡。另一位女士点点头。"我希望杰出的罗伯特·奥利弗不会失望,那就够了。"

"我相信他能坚持下来。他现在在一所小型的学院教书,对吗?"

"嗯,没错——我想是在格林希尔,北卡。平心而论,那是一个很不错的美术系,但比起一所真正的学院差远了。"

"他的学生似乎喜欢他。"版画老师温和地说;她显然没有把她这一桌上边挑剔鸡蛋边看书的人和罗伯特班上的学生联系起来。我始终低着头。其他人的蠢话并不会让我感到难为情,反而让我想要走开。

"他们当然喜欢。"头发染成浅色的女士把咖啡杯转了一圈。"他上了《艺术新闻》的封面。他到处创作,而且他够牛,不用在乎什么,居然跑到一个偏远的地方教书。再说他身高一米八五,看上去像丘比特。"

其实是波赛东,我在心里默默地纠正,一边切我的培根。或是尼普顿①。你根本什么都不懂。

"他的女学生常常追求他,我敢肯定。"版画老师说。

"很自然。"她的同伴似乎对这样的开场感到满意。"你也听说了,但谁知道是不是真的。在我看来他有点麻木,这倒是与众不同。或者说他也许是那种男人,到了最后,除了他自己,他不会真的注意到任何人。我认为他也有一个年轻的家庭。但你永远不会知道。随着年龄的增长,我越来越认为四十多岁的男人是个谜,通常是个不讨人喜欢的谜。"

我在想她更喜欢什么年龄。比如,我可以把她介绍给讨人喜欢的弗兰克。

版画老师叹了口气。"我知道,我曾经结婚二十一年——曾经——而到现在我还是一点都不了解我的前夫。"

"你要再来点咖啡吗?"那位刻薄的女士问道。她们看都没看我一眼便一同离去。随着她们走远,我注意到那位较为年轻的女士是多么优雅——其实很可爱,她穿着一身显出婀娜身材的黑色衣服,束着一条红色的腰带,作为一个四十五岁的女人,比大部分二十多岁的女孩更为苗条。也许她会认为罗伯特·奥利弗在挑战她,他们会比较他们在《艺术新闻》的封面。只可惜我想罗伯特对那种较劲从不感兴趣,他会抓抓头,双手抱胸,考虑其他的事情。我不知道他是不是像我想的那么清高,或者他只是像那位女士说的那样麻木不仁?两天前的晚上他对我并非麻木不仁,虽然我们之间没有发生太多事情。我一口喝完茶,返回马厩去取我的工具。如果他并不麻木,那就说明我可能不太容易让人记住。

罗伯特再次把我们召集到卡车边,但这一次他说我们要走着去,而不是开车。没想到,他带领我们走上穿过树林的小道,也就是我第一天前往海边的那条路。随后我们在满是岩石的海滩上支起画架,也就是我看见他跳进冰冷的海潮中、接着又冒出来的地方。他微笑着环顾所有人(包括我在内),指导了一下光线的角度以及可能发生的变化。上午我们就要在那

---

① 尼普顿,罗马神话中的海神。

里画一幅油画,接着回到营地吃午餐并午休。这令我明确了一点;如果他能够回到这个地点,在这里教一堂风景画课,那么他真的就是麻木,尤其是对我而言。我松了口气,但又有些沮丧;我不仅错了、不道德,而且还傻乎乎地认为他和我的感觉一样。看着罗伯特在学生中间走动,到处提示我们该把画架摆在哪里,我本想痛哭一会儿,但同时又觉得自己恢复了原有的独立自在,重新开始享受独行侠的浪漫和孤独。我有权珍视这一点,也有权笑着把弗兰克赶出我的房间。

我把头发绑在脑后,摆好画架,看着眼前深入大西洋的最长的海角,岩石上还长着一大丛杉木。我立刻意识到那会是一幅很好的画面,一个美好的上午。我的手移动着,轻松地画出轮廓,眼睛也立刻在远处黑黑的杉木中,看出了暗藏其中的灰色、棕色和绿色。即便是罗伯特的身影——他将画架支在一个我看得见的地方,穿着黄色棉布衬衫,正俯身作画——也无法让我分心太久。我努力地作画直到我们停下来吃点心。当我清洗完画笔,一抬头看见罗伯特在人群中,对我微笑,那笑容很平常,那更肯定了我的想法。我开始同他讲话,想说一些有关视野和有难度的东西,但他已经转过身去和别人说话了。

我们一直画到午餐时间,到了下午一点再开始画一幅新的画。我上午的作品靠在一棵树上等着晾干,这是我这几个月来最满意的一幅画。我向自己保证到了某一天某个恰当的时候,我会回来把它完成,也许是大家都离开这里的那个早晨,也就是两天之后。我希望罗伯特过来看一眼,但今天他没有查看任何人的画作。下午,我们静静地散开,四处支起画架,开始工作;罗伯特带着他的画架走到树林的尽头,一直到黄昏临近、光线开始变暗才走了回来。他又同我们说了一些有关视野的问题,然后便带领我们返回营地。我对第二幅画不是那么满意,但是他经过时稍微赞许了一番,并一一评论了每个人的作品,接着把我们召集到一起做最后的讲评。我心想这两堂课上得还挺好,真是辛勤创作的愉快一天。我开始期待晚上,同一两位画家喝瓶啤酒,然后回到床上好好睡一觉。

六十九
玛丽

晚餐后我早早就把啤酒喝完了,接着和两个上水彩画课程的男子在篝火边坐了一会儿。他们在讨论用油彩和水彩画风景画各自有什么优点,很有意思,让我比预想的多逗留了一会儿。最后我找了个借口离开,拍了拍屁股上的牛仔裤,准备去往我那张铺得干干净净的床。弗兰克在篝火边和某个年轻漂亮的女孩聊天,因此我不必担心再次看到他坐在我的镜子前。但我还是绕了一段远路避开他,于是我走到后院的边缘,那里火光照不到,一片漆黑。

有个男人站在那里,差不多是在树林里,这个高大的男人正用手擦着眼睛,接着又抓抓头,似乎疲惫不堪而又心烦意乱,而且他背对着围坐在篝火边的欢乐人们,看着树木。过了几分钟,他开始沿着那条我早就视为属于我们俩的小道走进树林。我跟着他,心里却知道我不该这么做。借着微光我可以看见他大步走在我前面的身影,并且很放心他不会发现有人跟着他。我一次又一次告诉自己转身离去,给他一点隐私。他正走向我们白天作画的那片海岸;也许他想要再看一眼我们所画景物的轮廓,即便此时这些景物只是隐约可见,而且如果他一个人离开了营地,显然只想独自待一会儿。

在树林的尽头,我停下脚步,望着他继续走到海滩的岩石上,他的脚步声啪啪作响,耳边是海水四溢飞溅的声音;泛着光泽的水面在黑暗中一直延伸到一条平整的海平线。星星都探出了头,但天空依然是蓝色——蓝宝石的色泽——还没有完全暗下去。罗伯特的衬衫是浅色的,此时他的身影正沿着海边移动。他一动不动地站着,接着弯下腰捡起什么东西,像小孩子投棒球一样猛地把手臂往后甩,又用力把它——一块石头——扔进海里。他的动作迅速而激烈,似乎在发泄心中的愤怒,也许还有绝望。我呆呆地看着他,有点被他吓到了。接着他像孩子似的蹲了下来——对这么一个大个子来说,这是个奇怪的举动——并把头埋在双手中。

我琢磨了一会儿,他是不是因为缺乏睡眠却又必须没完没了地和别人一起待在学习班里,所以累了、烦了(就像我自己一样),他甚至有可能在哭,虽然我无法想象像罗伯特这样的人有什么可哭的。此时他正坐在海滩上——那里一定很湿,我想,又硬又滑——他一直一直待在那里,两手抱头。海浪一波波地涌上来,在黑暗中依稀可见一片白色。我呆站着,看着他,他只是坐在那里,肩膀和后背泛着微光。我虽然也很重视理性和常规,但最后却总是感情用事。我希望能解释为什么,但我也不知道。我开始走向海滩,听见石块在我脚下咔嗒作响,还差点被绊了一跤。

直到我走到跟前他才转过身来,即便如此我还是看不清他的表情。但是他看见了我,不管他是否第一眼有没有认出我,他站了起来——吓了一跳。那一刻我终于对打扰了他的孤独感到羞愧和真正的担心。我们站在那里对视彼此。现在我看清了他的神色,那是阴沉、心烦,我的出现并没有消除这些。"你在这里干什么?"他淡淡地问道。

我动了动嘴唇,但没有出声。于是,我伸出手,去握他的手,那只非常大非常温暖的手不自觉地握住我的手。"你应该回去,玛丽。"(我觉得)他的声音里有一丝颤抖。令我高兴的是他叫了我的名字,而且那么自然。

"我知道我应该回去,"我说。"但是我看见了你,我很担心你。"

"别担心我。"他说,他的手更紧地握着我的手,就好像说这话令他反过来担心我。

"你还好吧?"

"不好,"他温和地说,"但不要紧。"

"当然要紧。一个人好不好怎么会不要紧。"白痴,我对自己说,但问题是他的大手握着我的手。

"你以为艺术家真的可以过得很好吗?"他微笑着,我甚至以为他会开始嘲笑我。

"每个人都应该过得好。"我坚定地说,而我知道我确实是个白痴,那就是我的命运,我不在乎。

他放下我的手,转身面对大海。"你有没有过这样的感觉,过去存在的人们到现在依然活着?"

这话很古怪,没头没脑地蹦出来,我不禁打了个寒战。但尽管他说出这么奇怪的话,我还是非常希望他没事,于是我想到了牛顿。接着我又想到罗伯特·奥利弗反复画着的或真或假的历史人物,甚至是来这里的第一天,我在他风景画上看到的那些远处的人物,于是想到这对他来说一定是个很自然的问题。"当然。"

"我是说,"他接着说,似乎是在和水面的边缘说话,"当你看见一幅画,它的作者很久以前就死了,你毫无疑问知道那个人确实曾经存在过。"

"有时候我也会想这样的问题。"我坦言,虽然他的话并不符合我对于他的第一理论,也就是他只是喜欢在画作上加入历史人物。"你是特指某个人吗?"

他没有回答。但过了一会儿,他伸手搂住站在他身边的我,接着轻抚我披在背上的头发,延续着两个晚上前的动作。他比我想的更奇怪,这个男人——不仅仅是反常,而是天生的古怪,全身心地沉浸在自己思想的世界中,和外界失去关联。我的妹妹玛莎,我肯定,会轻吻他的脸颊,走回海滩上,任何我认识的有理智的人都会这样。但理智还有另一层意思——妈咪强迫我们学了几年的法语①。他抚摸着我的头发。我握住他的手,接着把它拉到面前在黑暗中亲吻它。

亲吻某个人的手更像是一个男人而不是女人的举动,或是一种表示敬意的行为——对皇室、对主教、对垂死之人。但我确实是出于敬意;我是指对于他的存在感到敬畏和震颤,也有点害怕。他转向我,靠过来,一只胳膊

---

① 英语"理智"(sensible)一词,在法语里意为"敏感、易感动的"。

温柔地勾住我的脖子,另一只手抚摸我的脸,像是上面有灰尘似的,把我的脸抬起来亲吻我。我没有这样被人亲吻过,没有,从来没有;他的嘴唇里带有一种完全忘我的热情和深深的渴望,但也许这只是一个与我无关的纯粹的动作。他用双手圈住我的腰背部,举起我,紧紧地贴住他,隔着他那件破旧的衬衫,我能感觉到他温暖的胸膛里,以及压着我、似乎要在我的皮肤上留下记号的小小纽扣。

接着,他缓缓地放开我。"我不能这么做。"他说话的语气像是喝醉了。但他的呼吸中没有酒精的气息,甚至连我自己喝过的啤酒也闻不到。他把手放在我的脸上,再次亲吻我,迅速地,这一次我感到他很清楚我是谁。"请回去吧。"

"好吧。"我,被妈咪称为固执、被高中老师视为有点迟钝、被美术学院的老师认为令人厌烦的我,乖乖地转身离去,磕磕绊绊地走上黑乎乎的海滩。

七十
一八七九年

寄宿公寓里她的房间临于水面之上；他的房间，她知道，是在同一层楼走廊的另一端，因此，看出去一定是城镇的景致。她房间里的家具很简单，一套陈旧的物件。一枚光亮的贝壳放在梳妆台上。蕾丝窗帘挡住了夜色。旅店的老板已经为她点上了几盏灯和一支蜡烛，并留下了一只盖着布的盘子：一些炖鸡肉、一份韭葱色拉、一片冷冰冰的苹果塔。她在水斗里梳洗了一下，接着大口吃了起来。壁炉里没有生火，也许在这个季节被弃而不用，或是为了节省燃料。她可以要求生火，但那会牵涉到奥利维尔——她情愿回想他们在站台上的吻，而不是现在见到满脸倦意的他。

她脱下旅行服和靴子，满意、庆幸她没有带女仆一起来。这一次，她要做自己想做的事。在冷冷的壁炉边，她脱下束衣罩，解开束衣，把它暂时挂在一把椅子上。她抖开内衣和衬裙，让它们滑落下来，又把睡衣从头套下，上面带着她自己的香味，家的感觉，令她舒心。她开始扣上颈部的扣子，接着停下来又把它脱了；她把它摊在床上，只穿着蕾丝内裤在梳妆台前坐下。房间里的寒意令她起了鸡皮疙瘩。她上次这样坐着打量自己赤裸的上半身，还是在一年多前。她的皮肤比她所想的更年轻；她今年二十七岁。她不记得上一次伊弗亲吻她的乳头是在什么时候——四个月前，还是六个月前？在漫长的春天里，她已经忘了主动爱抚他，即便是在月中恰当的时候。她没有这个心思。另外，他常常在外旅行，或是疲惫不堪，也许他在别处得到了他想要的一切。

她把双手放在两边隆起的乳房上，注意到她的戒指在烛光下闪闪发光。如今，她更为了解的是奥利维尔，而不是和她住在一起的那个男人。奥利维尔生命中的岁月对她铺展开来，而伊弗则是一个匆匆进出家门、总是点头赞许的神秘男子。她用力捏了一下乳房,并对着镜子取下头上的发夹。在镜子中,她的脖子长长的,脸色因为舟车劳顿而显得苍白,眼睛太深沉,下巴太方正,鬓发太浓密。她心想,她身上没有一点算得上是美貌。她解开脑后那沉沉的发髻,任由头发披散在肩膀上,垂到双乳之间,想象着奥利维尔此时看着她,自己也深深陶醉了:一幅裸体的自画像,一个她永远不会去画的题材。

七十一
玛丽

接下来的一天,我和罗伯特都没看对方。事实上,我不知道他有没有看我,因为那时,我唯一想做的就是不理会周围的一切,只关注我手中的画笔。我依然喜欢我在那次学习班上画的风景画,就像喜欢任何我画的东西。它们很紧张——我是说,充满了张力。当我现在看见它们我还是能感觉到,它们带有一点神秘感,这是每一幅画成功的要素,就像罗伯特曾经对我说的。到最后一天,我对罗伯特视而不见,对弗兰克视而不见,在最后的三顿饭上对我周围的人视而不见,对黑暗、对星星、对篝火、对自己蜷缩在马厩洁白床上的身体全都视而不见。在最初的精疲力尽之后,我沉沉地睡去。我甚至不知道最后一天的早晨我是否会看见罗伯特,对于内心希望见到他、不希望见到他的挣扎,我也视而不见。其他任何事都得取决于他;那就是他安排事情的方式,也就是不做任何安排。

离开学习班那一天的早晨很是忙碌;每人都要在十点钟准备好,第二天会有一批荣格心理学家①到来,因此工作人员必须清理好我们的餐厅和马厩,准备迎接他们。我有条不紊地在床上整理我的露营包。早餐时,弗兰克兴高采烈地拍了下我的肩膀;显然他心情变好,打理好了一切。我严肃地同他握了握手。我们油画班上两位亲切的女士给我留了她们的电邮地址。

我到处都看不到罗伯特,这给了我沉重一击,但不知怎地也松了口气,就好像我差一点就撞到了一面墙上,好在躲开了。他很可能早就走了,因为要返回北卡得开很久的车。一批画家的车开到了车道上,许多车上贴着

---

① 由瑞士心理学家和精神分析医师荣格创立的一派分析心理学。

大块的贴纸，两三辆大型的加长型汽车装满工具，一辆货车上画着梵高的旋涡和星空。人们纷纷把手伸到车窗外，对学习班上的同伴们大喊着作最后的道别。我把东西装上我的卡车，然后想最好还是排队等会儿，于是便去散步，从一个我没有去过的方向走进树林；那里有好几条清理过的小道，我可以走四十分钟，随意看看房子附近的风光。我喜欢树下的草丛，其中带有长满苔藓的杉木枝条和杂乱低矮的灌木，光线从田地透进树林里。

当我走出树林，车阵已经散去，只剩下三四辆车。罗伯特正在往其中一辆车上装东西。不知道他开的是辆小型的蓝色本田，虽然我本该想到去看看有没有北卡的车牌。我看见他正在塞一些衣服和书本，还有一把折叠凳子。他装载的方式似乎是把东西一股脑儿硬塞到后备厢里，而不是把大部分物品先装进包袋或箱子里。他的画架和包好的画布已经小心地装了进去，他似乎是用剩下的物品当衬垫保护它们。我准备不出声地大步走向我的卡车，这时他转过身看见了我，并拦住我。"玛丽——你要走了吗？"

我朝他走过去；我不由自主。"我们不是都要走了吗？"

"我不用。"没想到他咧开嘴笑了，显得鬼鬼祟祟，像是一个十几岁的小孩子偷偷溜出家门。他看起来充满活力，心情愉快，他的头发竖着，依然湿漉漉的，像是刚冲完澡。"我睡得很晚，醒来后我决定要去画画。"

"你去了吗？"

"不，我是说我现在要去。"

"你想去哪里？"被排除在他隐藏的快乐之外，我开始感到一种莫名的嫉妒和恼怒。但那又有什么关系呢？

"从这里往南开大概四十五分钟有一座巨大的国家公园，就在海边。靠近佩诺斯科特海湾。我去看过了。"

"你不是要开车回北卡吗？"

"当然。"他把一件灰色的绒布运动衫揉成一团，用来撑住画架的一条腿。"但我有三天时间，如果我开快一点，两天就能到家。"

我站在那里，下不了决心。"好吧，祝你愉快。路上小心。"

"你不想来吗?"

"去北卡?"我傻乎乎地问。我脑海里突然浮现自己跟着他一起回家,看到他在那里生活,他那黑发的妻子——不,那是画上的女人——和两个孩子的情景。我曾经听见他告诉班上某个人说他现在有两个孩子。

他哈哈大笑。"不,不是——是去画画。你一定要急着离开吗?"

我最不想要的就是"急着离开"。他的笑容是那么温暖、那么友好、那么平常。既然他那么说,其中就不可能有什么危险。"不,"我慢吞吞地说,"我不必花两天的时间开回去,如果我也开得快一点,一天就能到家。"接着我想到,这话听起来一定像是我在引诱他过夜,而这显然不是他的意思,于是我感到自己的脸越来越烫。但他似乎并没有注意到。

于是那天我们一起在南方某处海滩上度过——这个地方叫什么名字并不重要;那是我的秘密,而缅因州海岸到处风景如画。罗伯特选择的这处小海湾确实很美——一片高处长满蓝莓灌木丛、岩石嶙峋的旷野,夏季的野花一直延伸到低处的崖壁和成堆的漂流木上,一座满是大大小小岩石的海滩,海水被岛屿阻断。那是一个晴朗、炎热、微风拂面的大西洋天气——至少,在我记忆中就是这样。我们在灰色、绿色和蓝灰色的石块间支起画架,画出了海水和陆地的线条——罗伯特评价说那里像是挪威的南海岸,他在大学刚毕业的时候去过一次。我把这一点归入我那极为狭小的、关于他的信息库里。

然而那一天,我们并没有聊很多;我们大部分时间是隔着几米站着默默作画。我思想并不集中,但或许正因为如此,画得很顺利。我用三十分钟画了第一幅画,是幅小油画,我下笔很快,尽可能轻松地握着画笔,作为尝试。海水一片湛蓝,天空明净得几近透明,海浪边缘的泡沫显出象牙色,一种饱满而朴实的色泽。我把画布取下,靠在一块大石头边晾干,罗伯特匆匆地瞥了它一眼。我觉得我不介意他什么都不说,就好像他不再是老师,而只是同伴。

七十一

我放慢速度画第二幅画,等到我们停下来吃午饭的时候,我只完成了一部分背景。出发前餐厅的工作人员慷慨地允许我带走一些鸡蛋三明治和水果。罗伯特似乎没有带吃的,而我怀疑如果我不向他提供午餐,他可能就不吃了。吃完饭,我拿出防晒霜在脸上和胳膊上涂了一点;微风带来阵阵凉意,但我感觉到我已经晒伤了。我像分享午餐一样把防晒霜递给罗伯特,但他笑着拒绝了。"我的皮肤不像你这么白。"接着他用一只手再一次碰触我的头发,并用指尖轻拂我的脸颊,好像仅仅只是欣赏。我微微一笑,没有回应,接着我们回去继续作画。

当光线开始变暗变弱,阴影改变了岛屿的面貌,我开始想到过夜的事。我们必须在某个地方过夜——不是我们,而是我。如果六七点动身,我就能开到波特兰,在那里找家汽车旅馆。旅馆一定要便宜,我必须有时间去找家便宜的。我不愿去想罗伯特·奥利弗和他的打算,或是——我开始怀疑——他根本就没有打算。能有这么一天在他身边多少画了一点画,这样就够了,也必须够了。

罗伯特画画的动作慢下来;在他停下或开口之前,我感觉到他画笔带有的倦意。"你画完了吗?"

"我可以停下,"我坦言,"也许再要十五分钟,我就能记下一些色彩和阴影,但是我已经错过了原来的光线。"

过了一会儿他开始清洁画笔。"我们去吃饭吗?"

"吃什么?野玫瑰果?"我指着我们身后的悬崖。那些果子很美,比我之前见过的都要大,在绿色的野玫瑰树篱的映衬下显出红宝石的色泽。从那里直直地往上看,你能看见的只有蓝天。我们并肩而立,注视着那三层色彩:红色、绿色、蓝色,鲜明得有如梦幻一般。

"或者我们可以吃海藻,"罗伯特说,"别担心——我们会找到吃的。"

七十二

一八七九年

埃特尔塔的下午,海滩上阳光普照,但是她画得并不顺利。这是她第二次尝试画这片风景——倒扣在砂石上的渔船。她希望画面中有一个人物形象,最后决定画下沿着石崖大步往下走的两位女士和一位绅士,城里的淑女撑着浅色的遮阳伞,和远处颜色较暗的列柱状拱门形成鲜明的对比。今天在场的还有另一位画家,一个留着棕色胡子的大块头男人,他把画架的脚几乎支在了海潮中;她后悔没有把他选作对象。当他从他们身边经过前往水边时,她和奥利维尔对视了一眼,三人都默不作声。

今天她笔下的天空就是不对劲,即便是她加了更多的白色和一抹调好了的赭色。奥利维尔凑过来问她为什么摇头。一大片赭色的阳光照在他竖起的头发、他的唇须和他浅色的衬衫上。她并不想要这样,但当他凑近时,她把一只手放在他的脸颊上。他接住并握住她的手指,亲吻它们,一股暖意透进了她的身体。面对镇上一扇扇窗子,面对正在画着山崖的陌生人厚重的背影和远处撑着遮阳伞的女士们,他们无休无止地接吻。这是他们的第三个吻。这一次她感觉到他的嘴很坚决,打开了她的嘴,而伊弗只有在他们黑暗的卧室里才会这么做。他的舌头很有力,口气很清新;当她用双臂搂着他的脖子,她明白了他的青春活力其实依然在他的身体里,这张嘴就是通往青春的道路,是潮水涌入的隧道。

他突然停下来。"我最亲爱的。"他放下画笔,走开了几步,石块在他的靴子下滑动。他伫立着遥望大海,她看得出他不是在惺惺作态,只是需要一段更长的距离来稳定自己的情绪。她跟了过去,手滑落到他的手里。相比他的嘴,他的手较为苍老。"不,"她说,"这是我的错。"

"我爱你。"一种解释。他依然凝视着海平线。他的声音在她听来很是凄凉。

"那为什么说得这么绝望?"她看着他的侧面等待着他的回应。过了一会儿,他转身握起她的另一只手。

"小心你说的话,我亲爱的。"此时他的脸色镇定而温和,完全恢复了平静。"一个老人的希望比你所想象的更为脆弱。"

她恨不得在松散的砂石上跺脚,但忍住了——那只会让她显得孩子气。"你为什么觉得我不会懂?"

他抓着她的手,依然面对着她。他毫不在意旁观者的目光。她喜欢他这样。"也许你会懂。"他说。他开始笑了,露出深情、庄重的笑容,他的牙齿有点黄但很平整。他微笑时,她就知道他脸上的皱纹是怎么来的;他每笑一次,她对他的困惑就少一些。现在她知道她也爱他,不仅因为他现在是什么样的人,还因为早在她出生以前他是什么样的人,而且还因为某一天他死去时会念着她的名字。她主动地伸出手臂抱住他,抱住他裹在一层层衣服下的瘦弱身体、他的肋骨和腰部,紧紧地抱着他。她的脸颊靠在他穿着旧外套的肩膀上,位置刚好。他的双臂也完完全全地环绕着她以示回应;他的怀里充满了鲜活的暖意。后来在她看来,他短暂的余生早在那一刻就已尘埃落定,就连她那更长久的未来亦是如此。

七十三
玛丽

  我们开着充满新鲜颜料味的车,再往南行进数英里,找到了一家餐厅。那是一家陈列着各种草编瓶子、装饰着红格子桌布和窗帘的仿意大利餐厅,我们桌子上的花瓶里还插着一朵粉红色玫瑰。那是一个星期一的晚上,这个地方几乎空无一人,除了另外——一对男女,我几乎想说——一个男子在独自用餐。罗伯特要求点上一支蜡烛。"你认为那是什么颜色?"未成年的服务生点燃之后他问道。

  "你是说火苗?"我说。我已经知道我时常听不懂他的话,无法跟上他内心的想法和有时候混乱的思绪。但往往我喜欢它延伸的方向。

  "不,我是说玫瑰。"

  "如果不是红色也不是白色,那就是粉红色。"我猜测。

  "没错。"接着他告诉我他会用什么颜料来画那朵玫瑰,哪种牌子,哪种颜色,并加入多少白色。我们点了同样的宽面条,他兴致勃勃地吃着,我很饿,但有节制地小口进食。"再说说你自己。"

  "你对我的了解超过我对你的了解。"我反对说。"没什么可说的了——我工作,为我班上几十名不同年龄的学生尽心尽力,然后回家,然后画画。我没有——家庭,我想,我并不是特别需要一个家庭。就是这些。非常乏味的故事。"

  他喝着他为我们两个点的红酒;我几乎没碰。"那并不乏味。你画得很投入。那就够了。"

  "该你说了。"我说完便吃了一些宽面条。

  此刻他很轻松;他放下叉子往后靠了靠,把一边垂下的袖子挽起。他的皮肤纹路细致,像是用了一段时间的优质皮革。在那灯光下,他的眼睛和头发看起来是同一个颜色,而且都带有点警觉和狂热。"好吧,我也很乏味,"他说,"但我的生活没那么井井有条,我想。我住在一个小镇上,偶尔会逃离那里但其实我喜欢这一点。我面对那些大部分没有天赋或略有天赋的大学生,没完没了地教着绘画课。我喜欢他们,他们也喜欢我的课。同时我在这里那里展出我的作品。我很高兴自己不再是个纽约艺术家,虽然我想念纽约。"

我没有打断说他的"这里那里"可以说是一项非同寻常的事业。"你什么时候住在纽约的?"

"念研究生以及之后的一段时间。"当然;在那些将我拒之门外的其中一所纽约学校,他成为了叛逆者。"我在那里待了大约八年,总共。其实我在那段时间完成了很多作品。但凯特,我的妻子,在那座城市里过得不是很开心,于是我们搬走了。我并不后悔。格林希尔很适合她和孩子们。"他坦诚地说出这些话。很长一段时间我感觉像是从树上摔下来一样。我也希望能有个人坐在远方的一家餐厅里,说出这些平铺直叙的话,讲着关于我和孩子的事情,尽管我并不想要孩子。

"你如何抽出时间来画自己的作品?"我认为最好还是转移话题。

"我睡得很少——有时候。我是说,有时候我不需要睡很长时间。"

"就像毕加索。"我笑着说,表示我是说着玩的。

"确实像毕加索。"他也笑着表示同意。"我家里有个画室,那就意味着晚上我可以直接上楼去工作,而不必回到学校里打开一扇扇上了锁的门。"

我想象着他掏遍所有的口袋找一把钥匙。

他将酒喝完后又倒了一些,但很有分寸,我注意到;他一定是准备要开车,所以要确保安全。我们的意大利避风港并没有附带汽车旅馆。"毕竟,"他说,"不久前我们搬出了学校,有了更大的地方。那也很好,虽然现在去学校要开二十分钟的车,而不是步行四分钟。"

"太糟糕了。"我吃完了剩下的宽面条,这样接下来我就不会因为肚子饿而后悔,无论我准备做什么。我的牛顿还没看完,而他显然比我预料的更有意思。理智对抗信仰。

罗伯特点了甜点,我们聊起了最喜欢的画家。我承认热爱马蒂斯,并大声推测我们轻松活泼的餐桌、窗帘和玫瑰在马蒂斯的笔下会呈现何种面貌。罗伯特哈哈大笑,并没有承认他比这更为传统,以及对印象派感兴趣。或许这很显而易见,也有可能是他知道有人批评他的作品,于是不再据理力争。他获得的赞美越来越友善;他已经回报了他的导师和爱嘲讽人的概念派艺术家的同学。我听出了他的潜台词。我们也聊起书籍。他喜欢诗歌,并引用了叶芝和奥登——这些我在学校里读过一点——以及切斯拉夫·米沃什的诗句——他的诗集我很久以前通读过一遍,因为我曾看见罗伯特的书桌上放着一本。大部分小说他都不喜欢,而我威胁说要送给他一本维多利亚时期的长篇小说,比如《月亮宝石》或是《米德尔马契》,像是邮寄炸弹一样。他哈哈大笑,保证绝对不看。"但你应该会喜欢十九世纪文学,"我接着说,"或至少是法国作家,既然你喜欢印象派。"

"我没有说我喜欢印象派,"他纠正道,"我是说画我想画的。出于我个人的原因。只不过其中一些画恰好很像印象派的风格。"

那一点他之前其实没说过,但我没有纠正他。我记得他还告诉过我他曾经搭乘一架险些要坠毁的飞机。"一次我从格林希尔飞回纽约,当时我在你们学校教书,实际上就是——在巴内特。其中一个引擎出了问题,于是飞行员通过广播宣布我们可能必须紧急迫降,虽然我们就快飞到拉瓜迪亚机场了。坐在我身边的女士非常害怕。她是个中年妇女,长得很平凡。此前她一直和我聊着她丈夫的工作之类的事情。当飞机开始颠簸,系上安全带的指示灯开始闪烁时,她伸出手紧紧抓住我的脖子。"

他把餐巾纸卷得很紧。"我也很害怕。我记得我在想我就是要活下来。她那样抓住我的脖子吓到了我,于是——我抱歉地说——我把她推开了。我原本总是认为在危机关头我会表现得自然而勇敢,我会成为那种把别人从燃烧的残骸中拉出来的人,就像是自己自然的反应。"他抬起头,耸耸肩。"我为什么告诉你这个?不管怎样,几分钟后我们安全着陆了,她连看都没看我一眼。她转身哭着走开了。她甚至不愿意让我帮她提包,也不愿意看我一眼。"

虽然我很同情他,但想不出说什么好。他的脸色阴沉而凝重,让我想起在学校他告诉我无法忘记那个女人的脸的那一刻。

"我永远不能把这些告诉我的妻子。"他用双手把纸巾压平。"她早就认为我无法照顾好任何人。"接着他微微一笑。"看看你引诱我说出了多么可笑的忏悔。"

我很满意。

最后罗伯特舒展他那庞大的手臂,坚持要付账,接着任由我坚持AA制,我们都站了起来。他去了洗手间——我已经去了两次,主要是想独自待一会儿,对着镜子质问自己——而他不在,整个餐厅愈发显得空空荡荡。我们走入夹杂着海水、油烟和鱼腥味的黑乎乎的停车场,站在我的车边。"好了,我要开车出发了,"他说,但这一次并非平铺直叙,显得有感情得多。"我喜欢在晚上开车。"

"是的,你有一个漫长的旅程,我想。我也要出发了。"我准备等他离开后再动身,并开快一点,然后在到达的第一个镇上寻一家干净的汽车旅馆。现在太晚了,我开不到波特兰,也有可能是我太累、太失落了。罗伯特看起来准备独自开往佛罗里达。

"这很可爱。"他缓缓伸出双手抱住我,我被这女性化的词打动了。他抱了我一会儿,又吻了吻我的脸颊,我小心翼翼地一动不动。毕竟,我必须记住他。

"确实如此。"接着我放开他,打开了我的卡车。

"等等——这是我的地址和电话。如果你到南方来一定要告诉我。"

才不呢。我没有带名片,但是我在手套箱里找到一张纸,把我的电邮地址和电话写在上面。

罗伯特看了一眼。"我不常发电邮,"他说,"我只在工作上非发不可时才用。你不妨给我你真正的住址,我过段时间给你寄一幅画如何?"

我加上了我的住址。

他轻抚我的头发,就好像这是最后一次。"我想你明白。"

"哦,是的。"我快速地亲了他的脸颊。那是一种刺激的味道,甚至有点油腻,像是上好的冷压榨的特纯橄榄油——这种味道在我的嘴唇上留存了好几个小时。我坐进卡车。我开走了。

十天后,他的第一幅画出现在我的邮箱里。那是一幅素描,天马行空,仓促地画在一张折起的纸上;画面是一个色情狂似的男子从海浪中出现,一名少女坐在附近的一块岩石上。附言说他想起了我们的谈话,觉得很开心,他正根据那天海滩的写生创作一幅新的油画。我马上想到,他会不会加上那个女人和孩子的身影。他给了我一个邮政信箱,说我应该用这个地址,并说我应该寄一幅比他更好的作品给他,挫挫他的锐气。

七十四

玛丽

我和罗伯特长时间保持通信,那些书信依然是我曾拥有过的最美好的经历。这很有趣;这个时代充斥着电子邮件、语音信箱,以及所有那些我长大后才出现的事物,一封平凡古老的纸质信件却带来了不可思议的亲密。下班回家后我会发现这么一封信——或是许多天都没有发现——或是一幅素描,或两者皆有,塞在一个信封里,罗伯特用画一个个圈似的潦草字迹写下我的地址。我把这些画拼贴在我书桌上方的告示板上。在家里,我的办公室也是我的卧室,倒过来说也可以;当我在夜晚捧着书躺在床上,或是在早晨醒来,我能看见他所有的素描,一个越来越庞大的展览。

奇怪的是,一旦我贴上去两三幅素描,我就不再觉得自己是单身,也不再留心去寻找某个对的人。我开始依赖罗伯特——一个从来不愿意依赖任何东西的我。我猜最后我们依赖于我们所爱的东西。我并不是认为我可以得到罗伯特,也不是我有义务对他忠诚;最初那只是一种感觉,我不愿意让另一双眼睛从我床上看到这些画。他凭着记忆画树木、人物、房子、我,他画自己在创作最新系列时"沮丧"的模样。我依然不知道寄我这些画对他来说意味着什么;也许他总归要处理它们,把它们塞进一个文件抽屉或是丢在办公室的地板上;也许他画了更多的画,或是凭着新鲜的灵感画出它们,因为它们是要送给我的。

有一次,他寄给我一首切斯拉夫·米沃什的诗歌的片段,并注明那是他最喜欢的。我不知道是否应该将它视为罗伯特本人的心声,但我把它放在口袋里好几天,最后把它贴在我的告示板上。

哦,我的爱人,它们在哪里,它们将去哪里

那挥动的手，一连串动作，砂石的沙沙声？

我这样问，不是由于悲伤，而是感到惶惑。

然而我没有把他的信贴在告示板上。他的信里有时附有素描，有时就只是信，它们往往言简意赅，一个想法、一段思考、一幅图画。我认为罗伯特的内心曾是——现在也是——一位作家；如果有人按顺序把他写给我的所有只言片语收集起来，将会构成一部关于他的日常生活、他不断努力作画的、有印象派风格但很棒的短篇小说。每次我都给他回信。我给自己定了一个规矩，他做什么我就回敬他什么，保持平衡，因此如果他只寄来一幅素描，我也只回寄一幅素描，而如果他只写来一封短信，我也只回一封短信。如果他同时寄来这两样，我也照规矩做，我可能会写给他一封较长的信，在信纸的右面画幅插图。

我不知道他是否注意到这个模式，这是我不曾问过他的事情之一。这防止了我太常写信给他，只要我们的邮差正常工作，我们每周会交换好几次信件和素描。我们最后一次吵架后，我定了一个全新的规矩：我把他的信全部烧毁，只保留画作，不过除了最初的那幅素描，其他的画我都从告示板上撤下了。在他离去的数星期后，我把第一幅画着色情狂和少女的素描贴在了卡纸上，用水彩上了色，接着根据这幅画，我创作了三幅匹配的油画系列。我也许还真的把眼泪混进了颜料之中，画这些画是那么痛苦。

我常常想象他每隔几天就把手伸进去的那个邮政信箱。我在想那个信箱有多大，是他的手刚好能伸进去，还是仅仅只能伸进手指；我想象着他忘我地沉浸其中，就像爱丽丝在仙境中变大后，把手伸进烟囱里抓任何小东西，比如蜥蜴或老鼠。当然，他知道我的地址，那就说明他知道我住在哪里。而我也去过格林希尔大学一次。大约在我们通信的中途，罗伯特邀请我参加他在那里举办的一个画展的开幕式，令我颇感意外，那是自从他教书以来举办的第二次展出。他说邀请我是因为我支持他的作品，并暗示他无法为我提供住宿；从这里我明白，他想邀请我但不确定是否想要我来。

七十四

我不想令他不开心,但也不想让自己不开心,于是我从特区开车南下——正如你所知,那仅仅是一天的漫长旅程——并住在镇外的一家六号汽车旅馆。格林希尔校园里的新艺术画廊有一个招待处,提供红酒和奶酪。我不敢打电话给罗伯特,于是我在赴开幕式的几天前往那个信箱里寄了一张便条,但他过了很久才收到。

我走进招待处时,双手不停地颤抖。自从缅因州别后——自从我们开始通信以来——我就没有见过罗伯特,而我已经后悔来这里了;他可能会生气,以为我来这里是要破坏他的生活,但我确实没有此意。我只是想见他——也许只是远远地——并观赏他的新油画,这几个星期来他一直跟我说起画中的理念和技巧。我穿戴得非常普通,穿着一件黑色的高领毛衣和平常的牛仔裤。我赶到画廊时,派对刚好开始半小时。我立刻看见了罗伯特,在一个角落里,鹤立鸡群地站在人堆里;一些手里拿着酒杯的客人似乎在询问他的油画。这个地方人头攒动,不仅有学生和教员,还有很多举止文雅的人,看起来似乎不属于这个偏远的小学院。可能还有一些买家。

那些画,无论何时你朝它们瞥一眼,都会被深深吸引;一方面,它们比我见过的他的任何作品都要大,几乎是和实物同等大小的场景和肖像,有好几幅都是我记得他在巴内特画的那位女士的全身像,只是现在她不仅大得多,而且被放进一个可怕的场景里。她怀里抱着一个似乎死去的人,一个较为年长的女人,悲痛不已。我在想这是不是她的母亲。年长女人的额头中央有一个可怕的伤口。地上还有其他的死尸,我记得,有些脸部朝下,趴在鹅卵石上,有些背部流着血,但都是男人。画面的背景比人物稍显模糊;某条街道,一面墙,一堆堆碎石和垃圾。这些画显然以十九世纪中期为背景——我立刻想到马奈所画的很像戈雅作品的那幅《处决马克西米利安》[①]画

[①] 马克西米利安(1832—1867),奥地利大公和墨西哥皇帝。法国侵占墨西哥后,即委任马克西米利安为墨西哥皇帝。他得不到公众支持。美国内战结束后,法国迫于美国压力从墨西哥撤军。后来他被墨西哥革命者逮捕并处死。

面,但罗伯特的画更注重细节,更写实。

很难说这些都是怎么一回事;我只知道你一看见这些画面,就会被他极富幻想的力量所征服;那位女士尽管脸色苍白,裙子的前部沾有污渍,但美丽依然。然而罗伯特的画透着种恐怖的感觉,而且这种恐怖,因为她的可爱变得更加强烈,就好像他是被迫看着衣裙上沾着血迹、脸色严酷的她。我从他的信中早已猜到这些画会很狂热而古怪,但亲眼看着它们,感觉完全不同,我深感震惊;我一度感到害怕,就好像我一直在和一个凶手通信。那非常不和谐,让我在对罗伯特日益增长的爱情中迷失了方向。接着我看见了画中人物那雕塑般的质感、那悲悯的情怀和比鲜血块还深的悲痛,我知道我正在看的油画在我们全都死去很久之后依然会保有它的价值。

我差点没和罗伯特打招呼便离开了,一方面是因为这份震撼,一方面是为了保持我们之间的神秘感——一方面也因为害羞,我承认。但是我开了这么长的路,于是当他的那些崇拜者转身离开后,我终于鼓起勇气走上前去。他看见我从人群中挤过去,一时愣住了。接着,他脸上闪过一种惊喜的表情——后来我是多么珍惜对此的回忆啊——他镇定下来,走上前热情地和我握手,让一切都显得很妥当,设法小声地对我说我能来他很感动。我几乎忘了他本人是多么高大、多么奇特和英俊、多么引人注意。他挽着我的手肘,立刻开始把我介绍给一群走来走去的人,除了我的名字并未多做解释,只有两三次提及我也是位画家。

在这些人中间,在这些简短的介绍中,还有他的妻子。她也热情地同我握手,尽管不认识我,还是试着友好地询问我的情况,让我不再拘谨。谢天谢地,很快有个人把她截走了。猛然得知她的身份,我的心像是被刀刺了一下,并涌起一股妒忌的感觉,虽然我知道那有多么可笑。我立刻不由自主地喜欢上她,以后也一直喜欢她,虽然我们之间隔着一段距离。她比罗伯特娇小得多(我曾想象他的妻子像个女猎人,如彪悍的亚马孙女战士或传奇的月亮女神般)——实际上,她只到我肩膀。她长着茶色的头发,略有雀斑,穿着件绿色裙子,像是一朵绿色花柄上的金色花朵。如果她是我的朋友,我会请求她让我画,仅仅是为了挑选颜色的乐趣。

在那之后,我不再和罗伯特说话,以免他问我住在哪里、会逗留多久之类的,后来我巧妙地离去。我朝特区方向开了几个小时的车,当我蜷缩着默默躺在南弗吉尼亚一家汽车旅馆的床上,脑子里满是看见他的情景,我依然感觉到自己手里留着他手上的温暖。我看见了他们——罗伯特和他的妻子。

天 鹅 贼

致伊弗·维格诺
布洛涅大街,帕西,巴黎

我亲爱的:

我希望这封信如你和爸爸所期望的寄到了你们手里。你工作忙吗?你会回到尼斯还是像你希望的那样在家里待上几个星期?你们那边还下雨吗?

我在这里过得很好,第一天我们在海滩步道上画画,五月的天气有点凉但非常晴朗。此时我在休息,准备吃晚饭。伯父一直陪着我。他正在画一幅描绘海水和悬崖的大型油画。我承认我只做了一件我喜欢的事,而且很匆忙,在画——两三个撩起大裙子的当地妇女,和一个跟在她们身边蹒跚行走的孩子,但无疑我必须尝试更宏大的题材来跟上伯父。这里的风景和我们上次来玩时一样美丽。但由于季节不同,变化很大——山坡刚刚泛出绿色,海平线看起来是蓝灰色的,没有仲夏时那些绒毛般的云朵。我们的旅馆很舒服,所以你不必担心——这里一尘不染,设备完善,我喜欢这种比较简洁的风格。今天早上,我吃了一顿丰盛的早餐——你一定会很高兴。这趟旅行我一点也不累,我一到房间便舒服地睡着了。伯父带了些笔记,我们不画画时他就写文章,所以这些时候我就能休息一下,正如你要求的那样。我也开始阅读萨克莱的小说作为消遣。你没有必要派任何人过来。我能处理好一切,并很高兴埃斯梅在做别的事情的同时也能体贴地照顾爸爸。请好好照顾你自己——就算天气开始入春,你出门时也一定要穿大衣。

深爱你的

贝亚特莉斯
于埃特尔塔
一八七九年五月

七十五
玛丽

一天早上,我意识到我已经有五天没有收到罗伯特的信或画作了,那时五天对我们来说算是很长的时间了。他最后一张素描是一幅自画像,用漫画的方式幽默地刻画出自己棱角分明的五官,竖起的头发很生动,很像美杜莎。在画的下方他写道:"哦,罗伯特·奥利弗,你什么时候才能振作起来?"据我所知,这或许是唯一一次他直接批评自己,让我有点吃惊。但是我认为,这正好证明了他有时突然对我描述的"忧郁",或是说明他承认他因为我们的通信而过上了日益加剧的双重生活。事实上,我把它视为一种赞美,恋爱中的人都会如此看待一切事情,不是吗?但接着他一连三天都没有来信,第四天、第五天还是没有,于是我打破惯例,第二次给他写信,试着用故作轻松的口吻表达我的关心与渴望。

我肯定他从来没有收到那封信;除非邮局关闭了他的信箱,把我的信丢了,有可能它依然躺在那里,等待着那只再也不会伸进去把它抽出来的手。也许凯特最终清理了信箱,把它丢了。如果是那样的话,我希望她没有看信的内容。就在我寄出信后的第二天早晨六点半,我公寓的门铃响了。我当时还穿着浴衣,头发还是湿的,但梳过了,正准备去上绘画课。没有人曾在这个时候按我的门铃,我立刻想到要报警;我居住的住宅区就是这样。但只是想看看是怎么回事,于是我按下对讲机的按钮,问对方是谁。

"罗伯特。"一个声音,一个有力、深沉、奇怪的声音说道。它听起来很疲惫,甚至有点迟疑,但我知道那是他的声音。即便是在外太空我也能认出他的声音。

"稍等,"我说,"等等,等一会儿。"我本可以按下按钮让他进来,但我想要不顾一切地自己下楼去;我不敢相信。我匆匆披上能找到的第一件衣服,抓起钥匙,光着脚跑向电梯。到了一楼,我透过内门的玻璃看见了他。他肩上扛着一只露营袋;他看起来非常疲倦,比以往更邋遢,但依然警觉,透过门厅寻找我的身影。

我想我一定是在做梦,但还是打开门,奔向他。他丢下袋子,伸出双臂抱起我,紧紧地抱住我,我感觉到他把脸埋在我的肩膀和头发里,闻着它们的味道。第一时间我们甚至没有接吻。他的脸颊碰触上去还是我想的那样,让我松了口气,并哭了。也许他也抽泣了一会儿。我们彼此分开,但头发还黏在对方脸上,泪水和汗珠在他额头上闪烁。他的胡子好几天没刮了,看上去胡子拉碴,像是一个在特区住宅区人行道上的伐木工人,一件旧衬衫外面套着另一件旧衬衫。"怎么啦?"我说,因为我只能吐出这一句。

"哦,她把我赶了出来。"他坦言,再次提起包,就好像那是他被驱逐的证明。我猜他看到了我一脸震惊的神情:"不是因为你。因为别的。"

我看起来一定是比以往更为震惊,因为他伸出手搂住我的肩膀。"别担心。没事的。只不过是因为我的画,我过会儿解释给你听。"

"你开了一夜的车。"我说。

"是的,我能把车停在这里吗?"他指着街道。那里到处是标志、垃圾和看不懂的计费器。

"当然,"我说,"你可以,九点以后它才会被拖走。"接着我们不约而同地笑了,他又把我的头发拂到脑后,像我们在营地碰面时那样,接着他吻我,吻我,又吻我。

"到九点了吗?"

"没有,"我说,"我们还有两个多小时。"我们提着他那沉甸甸的袋子上了楼,我在身后锁上门,并打电话请假。

七十六

玛丽

罗伯特并没有搬来和我一起住。他只是暂住了一段时间,带着他沉重的包和其他用车载来的物品:画架、颜料、画布和几双特好的鞋子,以及一瓶他挑选的红酒,送给我作为见面礼。我不想再问他有什么打算,或是告诉他另外找个地方住,就像我不会想要搬出自己的公寓一样。我承认,醒来后看着他金黄色的手臂摊在我的枕头上,他那黑色的鬈发挨着我的肩膀,那对我来说就像天堂。我上完课后会直接回家,而不是像往常那样在学校里画画,我们会回到床上度过半个下午。

星期六和星期天我们在中午前后才起床,接着去公园里画画,或是开车到弗吉尼亚,如果下雨的话则去参观国家美术馆。我清楚地记得,我们至少有一次走过国家美术馆的那个展室,里面挂着《勒达》,那些肖像画以及令人惊叹的马奈画的酒杯;我发誓他更关注马奈而不是《勒达》,这幅画他似乎不感兴趣——至少我和他一起去时,他是这样。我们看了所有的标识,他评论了马奈的笔法,然后摇着头走开,表示他敬佩得无法用语言来表达。第一个星期过后,他认真地对我说我画得不够多,他认为那是因为他的缘故。我回家时往往看到他已经为我准备好一张以灰色或米色为基调的画布。在他的指导下,我开始更努力地创作,比过去很长一段时间都更努力,并迫使自己尝试更复杂的题材。

比如说,我会画罗伯特本人,他上身赤膊,只穿着卡其裤坐在我厨房的凳子上。他教我如何将手画得更好,因为他注意到我总是习惯性地避免画手。他教我在画静物画时不要看不起鲜花或是插花摆设,并指出很多伟大的画家都视之为一个大挑战。一次,他带回来一只死兔子——我到现在还没弄明白他从哪里弄来的——以及一条巨大的鲑鱼,我们把它们和水果、鲜花堆在一起,分别用我们各自写生的方式,画了两幅巴洛克风格的静物画,并笑着谈论它们。随后,他把兔子的皮剥掉,把它和鲑鱼都煮了,它们非常美味。他说他是从法裔的母亲那里学会了烹饪;当然,据我所知,他几乎从未下过厨。我们常常是打开罐头汤和一瓶红酒,就算是吃饭了。

我们几乎每个晚上都一起看书,有时候一看就是几个小时。他念他最爱的米沃什的诗给我听,还念法语的诗歌,并翻译给我听。我念给他听一些我一直都喜欢的小说,妈咪收藏的古典文学,刘易斯·卡罗尔、柯南·道尔和罗伯特·路易斯·斯蒂芬逊的作品,这些他从小到大从来不知道。我们穿着衣服或赤身裸体地对彼此朗读,一起蜷缩在我那浅蓝色的被褥里,或是穿着旧毛衣舒服地在我沙发前的地板上半坐半躺。他用我的图书卡借回来关于马奈、莫里索、莫奈、西斯莱、毕沙罗的书——他特别喜欢西斯莱,并说其他人加在一起都不如他。有时候他会在特意留出来的小画布上临摹他们的作品。

有时罗伯特会陷入一种沉寂甚至是沮丧的情绪中,当我抚摸他的手臂,他会说他想念他的孩子们,甚至拿出他们的照片,但是他从来不提凯特。我担心他无法或是不愿意永远待下去;我也希望他最终能够设法摆脱他的婚姻,以一种更为稳定的方式进入我的生活。我不知道他在特区有一个新的邮政信箱,直到有一天他提到他在那里收取信件,并看到了凯特提交的离婚申请书。他说他给了她一个信箱地址,以防她有急事要找他。他告诉我他决定暂时回家,办理初期的离婚手续,并看看孩子。他告诉我他会找家汽车旅馆住,或是住在朋友家——我想他是在明确告诉我,他不会再回到凯特身边。他坚决地表示决不和她复合,其中的意味令我不寒而栗;如果他会那么对她,我知道,总有一天他也会那么对我。我更愿意看到他后悔或有些挣扎的样子——但又不足以离开我。

但是他似乎打定主意要离开凯特,说她无法理解他最重要的东西,但并没有说那是什么。我不想问,因为那样看起来就好像我也不明白。他在格林希尔待了五天,回来时带给了我一本托马斯·艾金斯①的自传(他总说我的作品让他想到了艾金斯,那是棒极了的美国风味),并兴致勃勃地告诉我他在路上的小小冒险,以及孩子们都很好,很漂亮,他给他们拍了很多照片,但对凯特只字不提。接着他把我拉到我当时认为属于我们的卧室,把我推倒在床上,尽情投入地和我做爱,好像他整个这段时间都在想我。

对于他心情的逐渐转变,沉浸在这个小小天堂的我完全没有心理准备。秋天来了,而他的精神也随之越来越低迷。秋天一直是我最爱的季节,是事物崭新开始的时刻:新的校鞋、新的学生、灿烂的色彩。但对罗伯特来说,那似乎是一种残败,一种逐渐蚕食他的忧郁。夏天过去了,我们最初的快乐也消失殆尽。我们住宅区的银杏叶变得又黄又皱;我们最爱的公园里到处长满了栗子。我拿出新的画布,怂恿他在我周三放假的那天到马纳萨斯去旅行,去那里的战场。但罗伯特这一次拒绝画画,他独自走上那座历史上有名的山坡,坐在一棵树下沉思,似乎在倾听曾发生在这里的幽灵般的战斗喧嚣和可怕的厮杀。我独自在野地画画,希望如果我把他撇下一段时间,他心情会好转。但那天晚上他几乎是无缘无故地对我发火,威胁要把盘子打碎,然后独自出去走了很长时间。我忍不住哭了一会儿——要知道,我不喜欢那么做;只是看见他处于那样的状况,感觉到共同度过所有美好的时光后被他抛弃,实在是太痛苦了。

但在我看来这也很自然,因为同凯特的关系正式崩溃,他必然要经受一系列的余震——他们还要过三个月才正式离婚——也因为他要永远地离开过去的生活。我知道他要在特区找工作一定会有压力,虽然他没有半点要找工作的意思;我觉得他有一笔小额的私房收入,或是备用的款项,可能是出售他那些出色的作品所得,但那显然不能维持他一辈子。我也不喜欢过问他的收入,一直小心翼翼地把我们的钱分开,虽然一直是我在支付

---

① 托马斯·艾金斯(1844—1916),美国现实主义画家、摄影家、雕塑家和艺术教育家。

房租，购买食品。他常常会买一些日用品、酒，或是某样实用的小礼物，因此我也不会感觉手头很紧，但我开始琢磨最终是否应该请他分担一半的房租和公用事业费，因为每到月底我就变得非常拮据。我本可以找妈咪帮忙，但她不会鼓励我和一个即将离婚的画家同居，于是便打消了这个念头。（"我懂爱情是什么。"罗伯特逗留期间，有一次我去拜访她的时候，她温和地说。那时她还没有得癌症，没有做可怕的气管切开术，也没有装发声器。"我确实明白，亲爱的，比你想得更懂。但要知道你是那么有天赋。我总是希望有个人能对你照顾一点。"）现在罗伯特显然需要支付孩子的养育费用，但当他板着脸坐在沙发上时，我不敢问他其中的细节。

在阳光明媚的周末，他的情绪偶尔会高涨一点，而我则会满怀希望，轻易地忘了前面几天的事，并说服自己这些是我们磨合期要经历的痛苦。你明白，我并没有想要和罗伯特结婚，而是想和他过一种长期稳定的生活，我们彼此承担责任，租一间带有画室的公寓套房，整合我们的精力、资源和计划，去意大利和希腊做蜜月似的度假，在那里画画，并欣赏我一直以来渴望看到的伟大雕塑、绘画和自然风景。那是个模糊的梦，但不知不觉中在我心中滋长，像是我床下的一条龙，在我还来不及意识到之前，就破坏了我"独行侠"的浪漫。在最后几个愉快的周末中，我们去短途旅行——大部分是因为我的坚持——为了省钱自带食物野餐。最快乐的一次是去哈普斯渡口，我们住在一家便宜的旅馆里，走遍了整座小镇。

十二月初的一天晚上，我回到家后发现罗伯特不见了，接连好几天都没有他的消息。他回来后看起来格外振奋，说他去巴尔的摩拜访了一位老朋友，那听上去像是真的。后来他又去了一次纽约。那次造访后他似乎不是振奋，简直是兴高采烈，那天晚上他忙着站在客厅的画架前用炭笔画草图，无暇和我做爱。过去从来没有发生过这种事。我清理了晚餐的餐具，因为恼怒而心里堵得慌——罗伯特是不是以为每天餐具会自己洗干净？——隔着把我那狭小的厨房和客厅分割开来的餐台，我克制自己不去看他正在画的那张脸。自从我冲动地跑去格林希尔看他的画展以来，再也没见过的这张脸:她非常漂亮,长着和他很像的黑色鬈发,还有她那精致的宽下巴和若有所思的微笑。

我立刻认出了她。事实上,我一看见她就想到,在这快乐的几个月里,我怎么没有注意到她消失不见了;我从来没有问过罗伯特,为什么和我同居期间,他一次也没有在油画和素描中画过她。他甚至也没有画过我在他先前画上所见那个母亲和孩子的远远的身影,像是在我们学习班期间,他在缅因州海边画的那样。那天晚上再次看到她让我有种奇怪的感觉,一种恐惧在我身上缓缓蔓延开,就像你感觉到某个人悄无声息地走进房间,站在你的身后。我告诉自己我恐惧的不是罗伯特,但如果不是,那我又在怕什么?

七十七
一八七九年

她看着奥利维尔画画。

在午后的天光下,他们站在海滩上,他已经开始画第二幅油画了:上午画一幅,下午画一幅。他在画山崖和两条庞大的、渔夫已经拖上岸的灰色划艇,它们的船桨整齐地放在船里,渔网和浮子照射在时隐时现的阳光下。他先是用烧赭石在准备好的画布上画草图,接着开始用更多的赭石、蓝色和暗灰绿色大块大块地描绘山崖。她想建议他选用更明亮的色调,就像她的老师曾经教她的那样;不知道为什么,这个光线多变的场景和天空,在奥利维尔看来如此阴郁。但她相信,如今无论是他的作品还是他的生活都不会发生太大的变化。她默默地站在他身边,准备画她自己的画,摆好折叠椅,支起便携式木质画架——但迟迟没动手,只是观察着。她穿着一条单薄的羊毛裙,外面罩着一件比较厚的羊毛外套,以抵挡明媚午后透出的凉意。微风吹动了她的裙子和帽子上的缎带。她看着他把翻腾的海水画出了那么点生气。但他为什么不画得更明亮一点?

她转过身去,把工作服套在衣服外面,扣上纽扣,准备好她的画布,打开那张轻便的木椅。她像他一样没有坐下,而是站在画架前,把靴子的后跟扎进鹅卵石里。她试图不理会不远处他的身影,他对着画作低下那满头银发,后背挺直。她自己的画布上已经刷上了一层浅灰色;她选择这种颜色来反映午后的光线。她加入了水绿色,在调色板上涂上厚厚的一片,用镉红来画左右两边远处山崖上的罂粟,她最喜欢的花。

此时她看了看链子上的表,给自己三十分钟,便半眯着眼睛,尽可能放松地拿着画笔,用手腕和前臂的力量,快速地画出一笔又一笔。水面是玫瑰色、蓝绿色，天空几近无色，海滩的石头红润中泛着青灰色，海浪边缘的泡沫是米色的。她画上奥利维尔穿着深色西装的身影和他的白发，但就好像他站在很远的地方，是海岸上一个渺小的身影。她用生褐色涂抹山崖，接着是绿色，接着点上罂粟花的红色斑点。那里也有白色的花，也有更小的黄花——她眼中的山崖既在近旁，又在远处。

她的三十分钟过去了。

奥利维尔转过身来，似乎知道她要画的第一步已经完成了。她看见他依然在缓慢地画着那片开阔的水面，还没有画到船只甚至是山崖。那将会是精心创作的一件作品，内敛并且非常美，会花上他几天的时间来完成。他走近来看她的画。她伫立着，和他一起注视着画，感觉到他的手肘轻触她的肩膀。她很清楚自己的技艺在他看来怎么样，也知道这幅画的缺点：它很生动、感人，但即便是以她的品味来说也太过粗糙，一次失败的尝试。她希望他缄口不语，好在此时海浪轰隆隆地拍打在厚重的砂砾上，被冲刷的石块翻动着滚向大海。他没有出声，只是点点头，低头看着她。他的眼睛一直红红的，眼角已略有点松弛。那一刻，她不会拿世界上的任何东西来换取他的存在，仅仅是因为他比她更接近于世界的边缘。他明白她。

那天晚上他们和其他的客人一起吃饭，彼此面对面坐着，递过一碟碟酱料或是一点蘑菇。女房东在给奥利维尔端上小牛肉的时候说，下午来了位绅士，询问她这里是否住着一位出名的画家，并自称是他来自巴黎的朋友；他没有留下名片。维格诺先生很出名吗？她问道。奥利维尔大笑着摇摇头。众多出名的画家在埃特尔塔创作过，他不能算是其中之一，他说。贝亚特莉斯喝了一杯酒，但马上又后悔了。他们坐在主客厅里看书，那里还有位留着八字胡的英国客人沙沙地翻动一份伦敦报纸，并清清嗓子说出他在上面看到的新闻。接着她把书放下，想给伊弗写第二封信，但不知该写什么；她的笔似乎不喜欢这张纸，不管她蘸了多少次墨水。女房东的中国钟敲了十下，奥利维尔起身对她鞠了一躬，被风吹红的眼睛里流露出深情的微笑，似乎想要吻她的手，但没有吻。

他上了楼,她明白了:他永远不会向她要求更多。他永远不会私下来看她,也不会建议她去看他,永远不会做出一位绅士或亲戚不该做的举动。他不会踏出这一步。在他画室里接吻是他的第一次,也是最后一次,正如他保证的那样。在车站月台上的吻是她的责任,在海滩上的吻也是一样。这两次都令他措手不及。他把这种克制当作一份礼物,她很清楚——证明了他的敬意和关怀。但结果是个残酷的、进退两难的局面;无论接下来发生什么,她必须自己负责,并默默承受。他们在一起经历的任何事情都将源于她自身的欲望,和她相对的年轻。她无法想象自己上楼去敲他的门。他给她留下了一串面包屑,就像童话故事里的那个男孩。

后来,她躺在洁白的床上难以入睡,看着窗帘微微地飘动——她留着一扇打开的窗,夜里的风吹拂进来——感觉身处在这个小镇中,听见海峡中的浪潮撞击着岸上的岩石。

七十八
玛丽

那黑发女子回到他的画上后,罗伯特有好几个星期在忘我地创作着,不仅是忘我,而且变得沉默而暴躁。他常常一睡不起,还不洗澡,我开始对他产生一种前所未有的反感。有时候他睡在沙发上。几个星期前,我安排了一次聚会,想让我妹妹和妹夫见见他,但他从头到尾都没有露面。那是我和妹妹一直很喜欢去的一家小餐馆,名叫拉芳杜,很有普罗旺斯情调,我坐在桌子边,感到很丢脸。直到现在我还是不愿意再去那里,即便是我有钱,能一掷千金美餐一顿。

他唯一有精力做的事就是画画,而他唯一画的就是这个女人。那时候我知道最好不要问她是谁,因为他的回答总是会含糊不清、难以理解,令我恼怒不已。我曾经痛苦地想到,自从我还是个学生,他故意神秘兮兮地不肯说他是在何处看到这个画中的主角,以及为什么要画她后,一切都没有变。

我可能会继续、永远地认为他见过活生生的她——她的脸、黑色鬈发、衣服,以及一切——如果那一天我没有去翻看他的某一本书。当时他出去买画布了。那是他第一次离开公寓好一会儿;我将其视为一个好兆头,他终于有精力出去办事,并准备画一些新的油画了。他出去之后,我独自绕着沙发徘徊,这已经成了罗伯特的窝,因此连闻起来也像他。我扑到沙发上,趁他不在的时候,闻着他的头发和衣服的气味。上面乱七八糟的,像是一个真正的窝——碎纸片、素描工具、诗集、脏衣服,以及从图书馆借来的一本本又厚又大、满是肖像画的书籍。如今一切都是肖像画,而黑发女人是他唯一的主题。他似乎已经忘了他过去对于风景画的热爱、在静物画上的精湛技艺以及天生的多才多艺。我注意到小客厅里的遮光布被拉了下来,这样已经过了好几天,而这段时间里我一直是匆匆忙忙地往返于公寓和学校。

一个念头闪过,我这才明白我有多蠢,罗伯特得了抑郁症。他所谓的"沮丧不安"其实就是一种抑郁,也许更严重,只是我不愿意去想。我知道他随身带着药,偶尔拿出来,但是他告诉我它们是用来帮助他在一整夜作画之后睡上一会儿,而我从未见过他定时服用任何药物。另一方面,他的生活毫无规律。我坐在那儿感伤于我这套明亮的小公寓发生的变化,哀伤于那样的损失,这样我就不必去想我的灵魂伴侣身上发生的变化。

接着我开始打扫,把罗伯特所有的杂物都放进一个篮子里,把书本整整齐齐地堆在床边,把毯子叠好,把沙发靠垫拍松,把脏杯子和盛麦片的碗拿到厨房去。我突然间看见了我自己,一个高挑、干净、能干的人正在清洗另一个人留在毯子里的碗碟。我想那一刻我便知道我们在劫难逃,不是因为罗伯特怪异的性格,而是因为我本身的自我意识。我看着他衰弱了一点,感到我的心一阵发紧。我把遮光布拉上去,把咖啡桌擦干净,并从厨房里拿来一瓶鲜花,放在重现的阳光下。

要知道,我本可以留下这个烂摊子不管,一直放到我们必须分手的时候。我又在沙发上坐了一会儿,觉得部分自我又回来了,内心又沮丧又害怕。但正因为坐在那里,我开始翻阅罗伯特的书。最上面的三本是从图书馆借来的有关伦勃朗的书,还有一本是关于莱昂纳多·达·芬奇的——罗伯特的品位似乎有点偏离了十九世纪——再下面是一本厚厚的、有关立体派绘画的书,我从未见他翻开过。

这堆书旁边有两本关于印象派的书,一本是印象派画家彼此为对方所画的肖像画——我快速翻动那些熟悉的画面——而另一本让我有点意外,是本薄薄的插图平装书,描述了印象派世界里的女性,从贝尔特·莫里索在第一次印象派画展中的重要地位,一直到二十世纪早期,以及运动后期不是那么出名的女画家。我突然对罗伯特产生一丝敬意,为他有这么一本书——当我打开时发现那是他自己的书,不是从图书馆借来的——而且不可思议的是,它被翻得很旧;他从头到尾都看过了,并且经常拿它作为参考,上面甚至沾到了颜料。

随信我附上同样一本书,这是上个月我亲自为你去找的,因为他把他那本带走了。翻到第四十九页,你会发现我当初翻阅时所看到的——罗伯特的女神的肖像,以及这位女士本人所画的诺曼底海岸的风景画。贝亚特莉斯·德·克莱尔瓦勒,我发现,是一位极有天赋的画家,她在近三十岁时放弃了绘画;这段简短的生平介绍提到,她放弃是因为她当了母亲,也就是在二十九岁这个危险而成熟的年龄,在那个时代,她这个阶层的女性应该一心照顾家庭。

这幅肖像画是彩印的,她的脸我不会认错;我甚至认出了她浅绿色的衣服上浅黄色镶边的领口,她帽子上的蝴蝶结,她的脸颊和嘴唇上泛出的柔和的红色,以及既机警又快乐的表情。根据简介,作为一位年轻的艺术家,她前途无量。她从十七岁开始师从专业的导师乔治·拉梅勒,一直到二十五岁左右。她在沙龙仅仅展出过一幅画,署的是假名玛丽·利维尔,并在一九一〇年死于流感。她的女儿奥德在二战前是巴黎的一名记者,于一九六六年去世。贝亚特莉斯·德·克莱尔瓦勒的丈夫是位杰出的公务员,在法国的四五个城市里建立了现代化的邮局。她和马奈、莫里索一家、摄影师纳达尔以及马拉尔梅等人都熟识。克莱尔瓦勒的作品如今可以在奥赛博物馆、曼特农博物馆、耶鲁大学美术馆、密歇根大学以及一些私人收藏里看到,其中墨西哥阿卡普尔科德的佩德罗·卡莱收藏的作品尤其著名。

好了,这些你都能在这本书里看到,但我想要解释,这些画和所附的简介对我产生了何种影响。你以为你的亲密伴侣因为很久以前不经意地看到了一个活生生的女人,从此对她念念不忘,而这个人他只见过一两次,得知此事会令你不安;但是你可以理解一位艺术家、一位同道中人被某个形象所迷住。但发现令罗伯特着迷的,竟是一个从未活着出现在他眼前的女子,我的不安大为加剧——事实上,那根本是重重一击。你无法去嫉妒一个已经死去的人,但她毕竟曾经活在世上,这一点给了我一种危险的、几近嫉妒的感觉,那么事实上她很久以前就死了,这一点不知怎地又显得那么怪异,就好像我发现他存在某种似有似无的恋尸癖。

不,错了。活着的人往往依然爱着死去的人;我们绝对不会因为一个鳏夫沉湎于对他妻子的回忆,或是对她念念不忘而批判他。但一个罗伯特从来都不认识、也不可能认识的人,一个在他出生四十多年前就死去的人——那就令人反胃了。我想,这个说法或许太过强烈,但我确实觉得恶心。在我看来太奇怪了。如果他反复画着的是一张活人的脸,我决不会认为他疯了;但现在我知道那是一张死去多时的女人的脸,我就想他是不是真的出了问题。

我看了这段简介好几遍,确保我没有遗漏什么。也许贝亚特莉斯·德·克莱尔瓦勒留下的信息不多,或许是她从绘画退回家庭生活这一点,令所有的美术史学家觉得无趣。她在以后几十年的岁月里没有任何惊人之举,直到她去世。八十年代中,巴黎一座博物馆举办了一次关于她作品的回顾展,这座博物馆的名字我不知道,展出的画作可能是从私人收藏借来的。在我报考大学之前,这次画展已经落幕了。我再次看着她的肖像画。那是充满渴望的微笑,嘴角左侧有一个酒窝。即便是印在光滑的纸上,她的目光还是跟随着我。

最后我再也无法忍受,便合上书,把它放回书堆里。接着我又把它拿出来,写下书名和作者、出版信息,以及其中有关克莱尔瓦勒的一些情况,并小心翼翼地把它放回原处,把我的笔记藏在书桌里。我走进我们的卧室,铺好床躺下。过了一会儿,我走进厨房,把那里也清理一下,并用柜子里所能找到的东西做了一顿饭。我很久没有真正地做点东西吃了。我爱罗伯特,他应该得到最好的治疗和关怀,使他好起来。他告诉过我,他依然有医疗保险。他回到家时,看上去心情很好,我们吃了一顿烛光晚餐,在客厅的地毯上做爱(他似乎没有注意到我把沙发清理干净了),他还为裹着毯子的我拍了一张照片。我对那本书和肖像画只字未提。

那个星期,事情略有起色,至少表面上是如此,直到罗伯特告诉我他要再去格林希尔一趟。他要和凯特一起去见律师,他说,处理一些财务上的事情,他会离开一个星期。我很失望,但我想,把画画的事暂时抛在脑后应该对他的情绪最有利,所以我只是和他吻别,让他走。他是坐飞机去的;飞机起飞时我正在授课,无法开车送他去机场。他确实只逗留了一个星期,露面的那天晚上他显得很疲惫,身上有股奇怪的味道,像是长途旅行后脏兮兮但有点异国情调的味道。他睡了两天。

第三天,他离开公寓去办事,我检查了他所有的东西,毫无愧意——或有那么点惭愧,但决定了解更多。他还没有打开他的行李,我在其中发现了几张写着"巴黎"的法文收据,是一家旅馆、几家餐厅,还有戴高乐机场的。他的外衣口袋里有一张揉皱了的法航机票,还有我从未见过的他的护照。大部分人的护照照片看起来很可怕,但罗伯特的照片很帅。在他的衣物里,我找到一个用棕色纸包着的包裹,里面是一捆用丝带扎起的信件,非常旧,显然是用法语写的。我从未见过它们。我在想,如果它们是过去的家庭书信,或是如果他在法国拿到了它们,它们是不是和他的母亲有关。当我看见第一封信上的签名,我呆坐在那里,像是做了一场噩梦。然后我把它们折好,把包裹放回他的行李中。

接下来我不得不决定该对他说些什么了。你为什么去法国?更重要的是,你为什么不告诉我你去法国,不带我一起去?但是我无法开口;那会伤害我的自尊,那时候我的自尊心就像妈咪从前说的那样非常脆弱。于是,我们吵架了,或者说是我挑起了争执。我以一幅我们同时创作的静物画为由,跟他吵了一架,然后把他赶了出去。而他也很乐意离开。我对我妹妹哭诉,我发誓如果他再次露面,我决不挽回他,我试着要忘了他,结束这段关系。但当他完全不和我联系时,我开始担心起来。很长一段时间我都不知道他离开我后去了国家美术馆——或者仅仅是几个月之后才去——并企图破坏一幅画。那不像他。那完全不像他。

七十九
马洛

玛丽来到酒店和我共进早餐,此时餐厅才坐了一半人。比起前一晚的晚餐,这顿饭吃得更为安静;她最初的兴奋不见了,我再次注意到她眼睛下方蓝紫色的烟熏妆,如同雪地上的阴影。今天早上她的眼睛看起来很深沉,像笼罩着一层乌云。她的鼻子上有些雀斑,这我先前没有注意到,微微蜕皮,和凯特的完全不同。"你睡得很不好吗?"我担心她会投来严厉的目光,但还是斗胆问道。

"是的,"她说,"我在想我对你说了罗伯特多少事情,那么多私事,你坐在酒店的房间里是怎么想这些事情的。"

"你怎么知道我在想这些事?"我递给她一盘吐司。

"如果是我,我就会想。"她直截了当地说。

"好吧,我是在想。我一直在想这个。你这么好,让我对他了解那么多,没什么比得上你这么做对我的帮助,帮助罗伯特。"我停顿了一下,体会着自己的口吻,而她等着吐司冷却下来。"而且我明白了当你还得不到他时,为什么还会等他那么久。"

"可遇不可求。"她纠正我。

"以及你为什么爱他。"

"曾经爱他,不是现在。"

她这么说实在超出我的期望,于是,我专注地吃我的班尼迪克蛋,以免和她的目光相遇。事实上,我们几乎是在沉默中吃完早餐,但过了一会儿,这种沉默变得令人自在。

在大都会里,她伫立在那儿,看着一八七九年贝亚特莉斯·德·克莱尔瓦勒的肖像画,也就是她从罗伯特留在沙发边的一本书中,第一次看到的那幅画。"要知道,我认为罗伯特又回到这里,再次看到了她。"她说。

我看着她的侧影;我突然想到,这是我们第二次共同置身于一座博物馆中。"是吗?"

"嗯,他和我同居的时候至少来了纽约一次,就像我写给你的那样,他回来的时候异常兴奋。"

"玛丽,你想见罗伯特吗?回华盛顿后我可以带你去。星期一,如果你愿意的话。"我没想到自己会脱口而出。

"你是想要我直接问他,帮你问出更多的信息?"她笔直地站着,没有看我,而是再次端详贝亚特莉斯的脸。

我大吃一惊。"不,不是——我不会要求你那么做。你已经帮了我,让我对他有了新的认识。我只是说我不想阻拦你,如果你想要亲眼看看他。"

她转过身。接着她凑过来,像是要在贝亚特莉斯·德·克莱尔瓦勒的注视下寻求保护;事实上,她突然把一只手滑落到我的手中。"不,"她说,"我不想见他。谢谢你。"她把手抽出来,四处走动,看看德加的芭蕾舞女,以及那些用大毛巾擦干身体的裸女。过了几分钟,她回来找我。"我们走吗?"

外面是个明媚、柔和的夏日,温暖而不炎热。我在街上的售货亭买了两个涂着芥末的热狗("你怎么知道我不是素食主义者?"玛丽说,虽然我们已经一起吃了两顿饭)。我们悠闲地逛进中央公园,坐在一张长椅上吃着,并用纸巾擦擦手。没想到玛丽不仅擦了自己的手,也把我手上的芥末酱擦干净。我心想,如果她有小孩子的话,一定是位和蔼可亲的母亲,但我当然没有说出来。我展开手指。

"我的手看起来比你的手老多了,不是吗?"

"难道不应该吗?确实比我老一点。老了二十年,如果你是一九四七年生的。"

"我不会问你是怎么知道的。"

"没有必要问,夏洛克。"

我坐在那儿注视着她。橡树和山毛榉斑驳的阴影投在她脸上、她白色的短袖上衣和肌肤细腻的脖子上。"你真漂亮。"

"请别那么说。"她低头看着膝盖。

"我这么说只是一种赞美,恭敬的赞美。你真像一幅画。"

"那很傻。"她把纸巾揉成一团,投进长椅旁的垃圾箱里。"没有一个女人真的愿意成为一幅画。"但当她转过头来面对我,我们目光交错时,彼此都对自己刚才说的话有种奇怪的感觉。她先把视线移开。"你结过婚吗?"

"没有。"

"为什么不呢?"

"哦,我上了好多年的医学院,接着一直没有遇到对的人。"

她穿着牛仔裤的腿跷了起来。"那么,你谈过恋爱吗?"

"谈过几次。"

"最近吗?"

"不是,"我想了想说,"也许是吧,算是吧。"

她抬起眉毛,直到眉毛被刘海挡住。"下决心吧。"

"我尽力。"我尽可能平静地说。这就像是在和一头野鹿对话,它可能突然蹦起来,跳着逃走。我伸出一只手到椅子后面,但避免碰到她,然后望向公园里砾石小径的转角、大圆石、郁郁葱葱的山坡上那些贵族气派的树木,还有在近旁的小道上漫步或骑单车的人们。想不到她吻了我;一开始我只是觉得她的脸凑得很近。她很温柔并略带迟疑地吻着我。我慢慢地坐起身子,把双手按在她的太阳穴上,回吻她,同样温柔而小心,以免吓到她,我的心怦怦直跳。我那苍老的心脏啊。

我知道再过一秒钟她就会转开,倚靠在我身上,开始默默地抽泣,而我会一直抱住她直到她停下,接着我们会在各自启程回家之前,以一个更为热情的吻道别,接着她会说些"对不起,安德鲁——我还没有准备好"之类的话。但因为职业的关系,我很有耐心,我早已知道她的一些事了:她和我一样喜欢到弗吉尼亚待上一天画画;她需要经常吃东西;她想要感觉一切都在自己的掌控之下。女士,我在心里默默对她说,我明白你的心碎了。让我为你修补它吧。

八十
一八七九年

她情不自禁地想着自己的身体。当然她应该略微想象奥利维尔的,他的身体以这么多有趣的方式活着。然而第二天上午,他们在海滩画画的时候,她觉得虫子咬了她右手腕的内侧,抓了抓,亲密地示意给他看。她把亚麻工作服的袖子卷起来,他们一同注视着她那白皙的前臂。那有小小的红色印记的手腕、修长的手和手指上的戒指——她渴望地看着它们,他想必也是如此。他们正在海滩上作画;她已经放下了画笔,但奥利维尔依然拿着一支沾着深蓝色颜料的小画笔。

他们站在那儿,看着她手臂的线条,接着她缓缓地面向他,朝他的脸伸过去。当她的手臂离得那么近,他明白了她的用意,他把嘴唇贴在她的皮肤上。她颤抖着,与其说是因为感觉到,不如说是因为看到。他把她的手臂温柔地放下,他们的视线交错。她无法用言语形容这个情景。在白发的衬映下,他的脸显得通红,不知因为情绪波动,还是因为海峡吹来的风。他觉得尴尬吗?她会在某个亲密时刻问他这类问题,不过现在她还不敢想象那一时刻。

八十一
马洛

后来,我试着在罗伯特的房间里默默陪他待上一个小时,我随身带了一本素描本,坐在我一贯坐的椅子上,当他在画贝亚特莉斯·德·克莱尔瓦勒时,把他画下来。我想告诉他我知道她是谁,但还是忍住了。毕竟,在说出这句话之前,我还需要了解她或他更多。罗伯特先是对于我的到来很恼怒,接着忿忿地瞪着我,表示他知道我在画他,然后对我视而不见,但一种微妙的朋友间互相做伴的气氛在房间里蔓延开来,如果那不是我假想出来的话。房间里几乎鸦雀无声,除了我们各自的铅笔沙沙作响,显得很平静。

在上午的时候能用画画来暂时逃避工作,让我的内心感受到一种在金树林很少有过的平和。罗伯特的侧脸很有意思;他没有显得很气愤,或是站起来离开,或是打断我的创作,这一点令我很满意,且相当意外。有可能他进一步变得自闭,根本不在乎我的存在,但我觉得他其实是在容忍我的行为。画作完成后,我把铅笔放进外套的口袋,把画从本子上撕下来,一言不发地把它放在他的床尾。那并不是太糟糕,我想,虽然它明显缺乏他在肖像画上的卓越表现力。我离去时,他并没有抬头,但当我几天后探视时,发现他把我的礼物贴在了他的画廊里,虽然不是在醒目的位置。

那天晚上玛丽打来电话,仿佛她知道我和罗伯特待了一个小时。"我想问你一件事。"

"问吧。那样才公平。"

"我想看看那些信。贝亚特莉斯和奥利维尔的信。"

我稍稍迟疑了一下。"没问题。我会把目前收到的翻译发一份给你,剩下的等我收到了再给你。"

"谢谢你。"

"你还好吗?"

"我很好,"她说,"忙着工作,我是说画画,因为这个学期结束了。"

"这个周末你想去弗吉尼亚画画吗?就一下午?那天应该会是春光明媚,我考虑要去。到时候我可以把信给你。"

她沉默了片刻。"好的,我想我愿意去。"

"此前我想打电话给你。你不在。"

"是的,我知道,对不起。"她确实显得抱歉,很自然。

"没关系。我可以想象去年你过得多么痛苦。"

"你是说,作为医生你能想象?"

我情不自禁地叹了口气。"不,作为你的朋友。"

"谢谢你。"她说,我听得出她的嗓子哽咽了。"我需要朋友。"

"其实我也是。"如果是在六个月前,我根本不会这么说,我知道。

"星期六还是星期天?"

"先定星期六吧,但要看天气。"

"安德鲁?"她的声音很温柔,几乎要笑出来。

"什么?"

"没什么。谢谢你。"

"应该谢谢你,"我反驳道,"很高兴你想去。"

星期六她穿了一件红色的厚外套,头发盘了起来,用两根簪子别住。那天我们在一起画了很久。随后,在与这个季节不符的温暖阳光下,我们一边野餐一边聊天。她的脸上有了光彩,当我坐在毯子上俯身吻她时,她伸出双臂搂住我的脖子,把我拉过去——这一次她没有哭,不过我们只是接吻。我们在城外吃了晚餐,我开车送她回到公寓,那是位于东北部的一个街区,垃圾随处可见。那些信的拷贝已经装进了她的包里。她没有请我上去,但在进屋之前,她从前门折回,再一次吻了我。

八十二
一八七九年

致伊弗·维格诺
帕西,巴黎

我亲爱的:

希望收到这封信时,你一切都好,爸爸的身体也有所好转。感谢你亲切的来信。爸爸的病痛令我担心——我真希望能在家亲自照顾他。在他的胸部热敷一般会有效果,但我猜埃斯梅已经试过了。请代我向他致以深情的问候。

至于我自己,尽管埃特尔塔在旺季来临之前很安静,但不能说这里很乏味。我已经完成了一幅油画——如果那能算完成的话——以及一幅蜡笔画和两幅素描。伯父对我帮助很大,建议我如何用色——当然,我们对于画笔的运用很不一样,因此我必须一直靠自己努力创作。然而,我完完全全地敬重他的学识。现在他正在和我讨论选择一个有挑战性的题材,画一幅大得多的油画,那样我就可以在明年把它送到沙龙去,虽然还是会署名利维尔女士。但我还不确定是否想要开始这么一次大型的创作。

我前两个晚上睡得很好,现在感觉精神振奋。

她放下笔,环顾这间贴着墙纸的卧室。第一晚她因为单纯的疲劳而入睡,而第三晚她几乎有一半的时间醒着,想着奥利维尔坚实、干燥的嘴唇贴近她的手臂——上了年纪的男子敏感的嘴形和她自己白皙的肌肤。

她知道应该怎么做:她应该告诉奥利维尔她在这里感觉不舒服——紧张不安,她可以这么说,这永远是个好借口——他们必须马上回家。但那正是当初伊弗把她送到这里来的原因。即便她鼓起勇气这么做,奥利维尔也会看透实情。迎着海峡吹来的清风,徜徉在一望无际的海水和天空之间,在巴黎备感压抑的心情得到了释放,她的脸显得容光焕发。她很喜欢披着温暖的斗篷,在岸边作画。她喜欢有他做伴,和他交谈,以及和他一起阅读,度过傍晚的时光。他为她打开了更宽广的天地,那是她想都不敢想的。

于是,她涂掉了信上的最后四个字,改为"还是想睡",把其中的"d"写成圆体。如果她声明她必须回去,奥利维尔就会知道她在说谎;他会认为她要逃避。那会伤害到他。她不能那么做;对于他的脆弱,他把手放在她的手里——那或许是他最后一次碰触一个女人——她欠他一份信任。特别是当她可以用自己的年轻为优势来攻击他。

她走到窗边打开木栓。居高临街,斜斜地看到米灰色宽阔的海滩和更灰暗的海水。一阵微风掀动窗帘,吹乱了她便服的裙摆,往上掀起,掠过一把椅子。她极力去想伊弗,但一闭上眼睛,就看见一幅恼人的讽刺画,像是他报纸上的一幅政治漫画:伊弗穿着大衣戴着帽子,头大得不成比例,手臂下夹一根拐杖,戴上手套然后和她吻别。想象奥利维尔就容易多了:他和她一起站在海滩上,笔直而高大,神情微妙,一头银发,脸色红润,水汪汪的蓝眼睛,剪裁考究、穿着得体的棕色西装,还有他那画匠的双手和前端平整、略微肿胀的握着画笔的手指。这个画面让她有点沮丧,而他实际在她身边时她不会有这种感觉。

但她无法长时间地维持这个画面;取代它的是街道本身,一排新开的商店砖砌的正面和精美的外部装饰几乎挡住了一半海滩的景致。一个问题在她心中久久徘徊:她能在这种悬在半空的状态下度过多少个夜晚?下午,他们会去往明媚而宽阔的海滩上某个地方画画,接着回房间换衣服准备用餐,接着在公众场合共进晚餐,坐在家具摆得满满当当的旅馆客厅里谈论他们所看的书。她会感到她早就在他怀里了,在精神上;难道还不够吗?而接下来,她会回到自己的房间里开始每夜的独守。

她的手肘撑在窗台上,问自己另一个问题,这更加难以回答:她想要他吗?从伸展的海岸、倒扣的小船上找不到任何答案。她关上窗,抿起嘴。命运会做出决定,也许已经决定了——这个答案很无力,但没有其他的答案。而现在他们该去画画了。

八十三
马洛

一天晚上,我回家后收到一封信——出乎意料,是封很友好的信——来自于佩德罗·卡莱。看完信后,我想不到自己会走到电话边,打给一家旅行社。

亲爱的马洛医生:
　　感谢你两个星期前的来信。对于贝亚特莉斯·德·克莱尔瓦勒,你可能知道得比我更多,但我很乐意帮助你。如果方便的话,请在三月十六日至二十三日期间来和我谈谈。此后,我要去罗马旅行,无法接待你。关于你的另一个问题,我没有听说过有位美国画家在研究克莱尔瓦勒的作品;也从来没有这么一个人联系过我。
　　致以最真挚的祝福
　　　　　　　　　　　　　　　　　　　　　　P. 卡莱

接着,我打给了玛丽。"下下周去阿卡普尔科怎么样?"

她的声音很厚重,像是正在睡觉,虽然此时已将近黄昏了。"什么?你说得像是——我不知道你在说什么。一个私人广告?"

"你在睡觉吗?你知道现在几点了?"

"别烦我,安德鲁。今天我休息,我画到很晚。"

"画到什么时候?"

"画到四点半。"

"哦,你们这些大艺术家。今天早上七点我就到金树林了。你想去阿卡普尔科吗?"

"你是说真的?"

"是的,不是去度假。我要到那里去调查一些事情。"

"你的调查和罗伯特有关系吗?有可能吗?"

"不,和贝亚特莉斯·德·克莱尔瓦勒有关。"

她哈哈大笑。在她说出罗伯特的名字后听见她这么放声大笑,我心头一热。也许她确实恢复了。"昨夜我梦见了你。"

"梦见我?"我的心可笑地猛跳起来。

"是的,一个很美好的梦。我梦见我发现你发明了薰衣草。"

"什么?你是说这种颜色还是这种植物?"

"我想是香味。那是我的最爱。"

"谢谢你。在你的梦里,当你发现了这一点,你做了什么?"

"这你别问了。"

"你要我求你吗?"

"好吧——不用。我吻了你,表示感谢。吻你的脸。就是这样。"

"那么你想去阿卡普尔科吗?"

她又笑了起来,显然完全清醒了。"我当然想去阿卡普尔科。但你知道我买不起机票。"

"我来买,"我温和地说,"我已经存了好几年的积蓄,因为我父母叫我这么做。"但是一直没有人能让我把钱花在她身上,我没有说出来。"我们可以在你放春假的时候安排一下。是不是同一个星期?这难道不是一个预兆吗?"

我们在电话上一阵沉默,就像是在树林里你静下来倾听的那一刻。我倾听着;我听见她的呼吸,就像你(在最初的寂静,在自己平静下来之后)听见树冠的枝叶间小鸟的动静,或是一只松鼠在两米开外的枯树叶上沙沙地移动。

"好吧。"她慢吞吞地说。我听得出来她母亲曾经也叫她存钱,但她几乎没有积蓄,多年来她只要有时间,就会把几天、几个星期或是几个月存起来的现金拿出来用于画画。她自尊心太强,不愿意借钱。她母亲可能在剩余的积蓄里给了她一笔钱,但少得可怜。她怀着无私的精神,不愿意放弃教书,就算她的学生们不知道她在支付了房租、暖气、伙食费之后银行账户几乎归零——我因为读了医学院而不必过上这种窘迫的日子。自从那时起,我只完成了十幅我喜欢的油画。仅仅是在十九世纪六十年代,莫奈就完成了六十幅描绘埃特尔塔的作品,其中多幅都是杰作。我看见玛丽画室的墙边堆着几十幅油画,她的架子上还放着数百幅图片和素描画。我不知道其中多少画她依然喜欢。

"好吧,"她重复了一遍,但语气显得更明朗,"让我考虑一下。"我可以想象她在一张我从未见过的床上翻来覆去;此时她可能坐了起来握住听筒,也许穿着一件宽松的白色衬衫,把头发捋到一边。"但如果我和你一起去,还有另一个问题。"

"你不说我也知道。如果你接受我的邀请,你不必和我一起睡,"我说,感到这话说出来比我预想的更直白。"我会想办法让我们分开住。"

我能听见她屏住了呼吸,似乎快要喘气,或是大笑。"哦,不。问题是我或许想在那里和你一起睡,但我不希望你以为我用那种方式来报答你为我出钱。"

"好吧,"我说,"作为同行,我能怎么说?"

"不用。"玛丽快要笑出来了,我很肯定。"什么都别说,拜托。"

但两个星期后,在一场罕见的华盛顿暴风雪过后,我们到了机场,彼此间沉默不语而略显拘谨。我开始怀疑这次冒险是不是个好主意,或许将会证明双方都很尴尬。我们约好在大门口碰面,那里拥挤着一群学生——他们可能就是玛丽的学生——坐在前排,显得很不耐烦。尽管窗外的飞机碾过一堆堆脏兮兮的雪,他们已经穿上夏装。玛丽和我碰头时,肩上扛着一个装着画布的袋子,手上提着便携式画架,她凑过来吻我的脸颊,但怯生生地。她把头发盘在了脑后,黑色的衬衫外面套了一件藏青色的长毛衣。相比那些穿着短裤和鲜艳衬衫、躁动不安的少男少女们,她看起来像某个教派的修女,要离开修道院外出考察。我突然想到,我根本没想过带上绘画工具。我是怎么了?我只能看着她画画了。

在飞机上我们有一句没一句地聊着,就好像我们一起旅行了好多年,接着她睡着了,先是直直地靠在位子上,但逐渐往我这边靠过来,她那柔顺的头发碰到了我的肩膀:我画到很晚。我原以为在第一次真正的同行中,我们会热烈地聊天,但其实她几乎只是靠着我在睡觉。睡梦中她一次又一次靠回去,似乎是担心我们之间越来越亲密。在她低垂的头部下方,我的肩膀变得很有精神。我小心翼翼地拿出一本有关边缘型人格障碍治疗的新书,这段时间我一直想好好看看这本书——在研究罗伯特和贝亚特莉斯的重任之下,我对于专业书籍的阅读只能牺牲一下了——但是我每次看进去的内容不超过一句,紧接着,这些字就散开去了。

然而,一个我不愿意看到的画面终于浮现在脑海中:我想象着她的头靠在罗伯特的肩膀上,赤裸的肩膀上——当她说不再爱罗伯特时,她说的是真话吗?毕竟,在我的治疗下他可能会康复,或至少好转。或许事实没那么简单。如果想到他恢复正常,回到正常生活后可能会发生的事,万一我不愿意继续帮助他,那会怎么样?我翻了一页书。在透过窗外云层中洒进来的光线下,玛丽的头发是浅浅的栗色;在机舱阅读灯的微弱光芒中,它是金色的;当她翻身背离窗口,它的颜色变深,闪耀着木雕的光泽。我伸出一根手指,极其轻柔地抚摸她的头顶;她翻过身,嘴里嘀咕着什么,没有醒来。她的睫毛是玫瑰色的,靠在白皙的肌肤上。她左眼角旁边有颗小小的痣。我想到了凯特的一片雀斑,想到了我母亲去世前瘦弱的脸和依然慈爱的大眼睛。我再翻过一页,这时玛丽坐了起来,抱住披在身上的毛衣,靠在窗上,远离我。她依然没有醒来。

八十四
一八七九年

她来到衣橱前，在两件日装之间犹豫不决，该穿蓝色还是浅棕色，最后她选定了后者，并穿上温暖的长筒袜和结实的鞋子。她别起头发，穿上长斗篷，戴上深红色丝绸衬里的帽子和旧手套。他在街上等着她。她毫无保留地对他微笑，很高兴看到他的愉悦。也许，除了他们给予彼此的这种特别的快乐之外，别的都不重要。他拿着他们的两个画架，她坚持要提包。他的包是个他从二十八岁起一直在使用的磨损了的皮革袋子——这是她目前所知道的有关他的许多事情之一。

抵达海滩后，他们把工具整整齐齐地堆放在海堤下，不约而同地想要散会儿步。今天风很大但较为暖和，并带着一股青草的气息；满眼都是怒放的罂粟和雏菊。每当她需要跨过小道上一块高低不平的地方，她都会握住他的手。他们爬上了东面一座半正对海峡的悬崖，在那里能够俯瞰海滩另一头更为雄伟的拱门和立柱。她有点恐高，站在离悬崖边远远的地方，但他向远处眺望，告诉她海浪今天溅得很高，很壮观，打湿了下方的石壁。

只有他们两个人，这幅背景是如此壮丽，于是她觉得别的一切都不重要，当然，没有什么比他们更渺小了；那一刻甚至是她对孩子的渴望，她内心的疼痛，也不再有重要意义。她想不起惭愧为何物，有何用意。在这道无比宏伟的风景中，这个渺小人物的亲近是她的慰藉。当他走回到她身边，她倚靠在他身上。他让她的肩膀舒服地依偎在他穿着工作服的胸前，双臂环绕着她，像是要把她从悬崖边往后拉开。她的心中涌起单纯的安慰，接着是快乐，接着是欲望。风猛烈地吹拂着他们。他亲吻着她帽子下方的颈部、别起的头发边缘；也许因为看不见他，她忘了他们之间年纪的差距。

这就像是灯都被吹灭了,他们亲密无间地在一起,黑暗掩盖了他们的差异。这个念头使得一股暖流奔涌着穿过她的身体,流向他们脚下的岩石。他一定也感觉到了,他抱住了她。她感觉到她裙子上繁复的褶皱、衬裙的厚重,感觉到他一定会感觉到的东西,而在他们心中,是他们归属于彼此的不同寻常的感觉。海天之际,他们在无边无垠的天地之间拥抱在一起,就这样在那里站了许久许久,以至于她完全遗忘了生命的流逝。当风开始带来凉意,他们默默地回到海滩上,支起各自的画架。

八十五
马洛

阿卡普尔科的街道在我看来有如梦境一般;我只是觉得不可思议,在我五十二年的生命中竟然从未跨出国境以南。通往镇上的、有分车道的、长长的高速公路像是在电影里看到过,沿途有正在建造中的钢筋混凝土建筑,用九重葛和生锈的汽车零件装饰的、摇摇欲坠的两层楼房子,色彩鲜亮的小餐馆,巨大的海枣树看上去也像生了锈,在风中摇摆。出租车司机说着磕磕绊绊的英语,为我们指出老城区,也就是明天我们要去和卡莱会面的地方。

我在一家度假酒店为我们订了一个房间,约翰·加西亚告诉我那是世界上度蜜月的最好去处——他的蜜月就是在那里过的。当我打电话询问他的建议并告诉他我在恋爱,他说了上面这些话,语气中毫无嘲讽、幽默或是好奇的意味。当然,我没有告诉他她是谁;那要等到以后再向他解释。"那是好消息,安德鲁。"他就说了这么一句;在这句话的背后,我似乎听见他过去和他妻子的对话:安德鲁年纪不轻了——这个可怜的家伙还想要找女朋友吗?而在这句话的背后是一个结婚很久、婚姻稳固者的洋洋自得。但他没有多说什么,除了告诉我这家酒店的名字"拉瑞那"。当我看着玛丽走进大厅,我在心里感谢他,大厅的四周都看得到一丛丛的棕榈树,远处就是海,暖风吹拂其间。风中挟带着柔和的热带气息,以及一种我说不出的味道,像是一种我从未吃过的成熟的水果。她脱去了修女般的长毛衣,穿着一件薄薄的上衣站在那里,裙子迎风舞动。她扭头朝宽敞庭院的屋顶上望去,只见呈锥形分布的一排排阳台上垂下条条藤蔓。

"像是巴比伦的空中花园。"她说着打量两边。我想走到她身后,伸出双臂完完全全地搂住她的腰,紧紧抱住她,但我觉得在一个陌生、谁也不认识的新地方,她也许不喜欢这种亲密的行为。于是我和她一起仰望天际线。接着我们走到长长的黑色大理石柜台前,领了一个房间的两把钥匙——那一刻我稍有迟疑了一下,我当初是相信她的话才订一个房间,而她对此似乎心领神会,表示接受。在上行的电梯里我们沉默不语。电梯是玻璃的,庭院在我们脚下快速掠过,直到我们接近顶楼的时候。我不止一次想到,在这么一个极其贫穷的国家里,待在这种酒店里是多么不妥当,因为这个国家的数百万人正在叩击我们国家的门寻求一份谋生的工作。但这不是为了我,我告诉自己,而是为了玛丽,一个在夜间把公寓里的暖气调低到十二度以减少暖气费的女子。

我们的房间宽敞而简洁,满眼却是雅致的设计:玛丽四处走动,摸摸方形半透明大理石的灯具和墙上柔软的拉毛装饰。床——我转过身——很宽大,铺着米色的亚麻床单。透过房间里唯一的大窗子能看到对面其他爬满类似藤蔓、摆着黑色椅子的阳台,以及下方中庭内灿烂夺目的喷泉。我在想我是否应该订一间海景房,尽管费用较昂贵——那是不是因为我很小气,因为我已经承担的费用?玛丽转身面对我,露出微笑,胆怯而尴尬;我猜她是不想显得很感激我带来这一切的奢华,但又想要说点什么。"你喜欢吗?"我问道,却像是自己犯了错。

她笑了起来。"我喜欢。你真是不可思议,但我确实很喜欢。我觉得我可以在这里好好休息一下。"

"我可以确保这一点。"我搂住她,吻了她的额头,而她吻了我嘴唇,接着放开我,忙着打开行李。我们没再碰对方,直到一起到海滩上闲逛,她伸出一只手拉起我的手,另一只手提着鞋子,我们蹚着即将上涨的潮水。海水出奇的暖和,像是茶壶里剩下的茶。海滩边是一排高大的棕榈树,到处是茅草小屋,还有说着英语和西班牙语的人们,他们有的正在玩无线电,有的在和晒得黝黑的孩子们追逐嬉戏。阳光倾泻在万物之上,带来一种不可遏制的快乐。我已经好几年没有在海边蹚水了——实际上有六七年了,我突然心头一惊——而自从二十二岁以后,我就再没有见过太平洋。玛丽把裙子卷起了一点，于是她那纤瘦的膝盖和修长的小腿露出来，在水里泛着光；她把衬衫的袖子也卷了起来。我感觉到身边的她在风中颤抖，或只是随风摆动。"明天你想和我一起去吗？"我喊道，好盖过海浪巨大的声响。

"看看他叫什么名字？卡莱？"她跨进一道浪潮中。"你希望我去吗？"

"除非你想要留下来画画。"

"我可以在其他时间里画画。"她通情达理地说。

当我们走回酒店的花园，我看到通往海滩的入口处有一个警卫在巡逻，他穿着制服，挂着一挺 M16 冲锋枪。

我们在大厅外的露台上吃了午餐。有一两次，玛丽起身去看外面的人工湖和瀑布，那里有一对活生生的火烈鸟在水里走来走去——是酒店饲养的，还是野生的？我们用小巧而厚实的玻璃杯喝着龙舌兰，举杯互敬，但什么也没说，只是为了我们来到这里而干杯。我们吃着酸橘汁腌鱼、鳄梨调味酱、玉米粉圆饼，莱姆和芫荽的味道像是一句誓言，久久地留在我的嘴里。暖意融融的风、沙沙作响的棕榈树和太平洋的气息在我身上蔓延开来，这种感觉我并不陌生；那是一个童年时代阅读《金银岛》和《彼得潘》而产生的对丛林和大海的信仰——没错，那就是这些度假胜地想要激发的——一个迷人、安全的热带景致的呈现。而这个地方也激起了我心中的另一样东西，像是一本书上——比如我的最爱《吉姆爷》——描绘的长途旅行，以及从远东吹到我们西方远端的风。库兹先生——他死了。但那不是康拉德另一本小说《黑暗之心》中的句子吗？我想起艾略特的诗歌。想起高更在做爱后走出小屋回去作画。一年又一年不经意地周而复始，没有人需要穿很多衣服。天很热。

"我们需要在九点左右出发去卡莱那里。"龙舌兰第一波的酒劲袭来后我有点醉意，看着玛丽面孔的轮廓，看着她把一缕头发夹到一只耳朵后面，我尽力回过神来。"他请我早上去，趁着天还没有热起来。他住在老城区，位于海湾边。就是光看看他住的地方，那应该会是一次奇遇，不管它是什么样子。"

"他画画吗?"

"画的——他是一位评论家和收藏家,但我想,从我看到的访谈来看,他首先一定是位画家。"

我们返回房间后,我既因为来到新地方而感到放松,也因为今天一大早的旅途而疲惫。我有点希望玛丽扑倒在床上,睡在我的身边,然后我们渐渐消除彼此间的尴尬,但她提起了画架和袋子。"别走远。"我想起了大门口的警卫,情不自禁地说。但紧接着我就后悔说这话;我并不是怕她太年轻无法理解我,而是怕我太老,显得像是在指挥或教训她。

但她并没有不高兴。"我知道。我会在大厅边的花园画画。如果你需要我的话,我就在正对海滩的右边。"她的温顺令我意外。当我躺倒在床上——有她在,我甚至不好意思先把衬衫脱掉——她弯下腰吻了我,就像那天下午我们在野餐垫上接吻一样,充满了含蓄、压抑已久的渴望。我的回应很强烈,但我依然躺着,强迫自己让她走出房间,因为那是她想要的。她在门口转过身,再次微笑——轻松而深情,好像她觉得和我一起很有安全感。

她走后,我迷迷糊糊地睡着,梦见交织在一起的树木和阳光,在离开我眼皮很远的地方,海浪有节奏地拍打着。当闹钟响的时候,天色已经暗下;有那么一瞬我以为我错过了一次诊视,可能是罗伯特·奥利弗的,惊恐地坐了起来。心中满是恐惧,但没有——罗伯特还活着,据我所知状况还不错,而且金树林员工有这家酒店的电话号码。我走到窗前,拉起厚的那层窗帘,接着又拉起薄的,看见远处在下面大厅里走动的人们,那里已经亮起了几盏灯。

接着是另一种恐惧:玛丽在哪里?我只睡了两个小时,但把她一个人扔在某个地方,对我来说已太过漫长;我找到沙滩鞋套上。花园里棕榈树沙沙作响,每一片树叶都随风摆动,风从海上呼啸而来,强劲得有点吓人,酒店不远处的海浪猛烈地迸溅。玛丽确实在她所说的地方,抚摸着画布,又退后去看,悬着画笔过了一会儿。她把重心放在一边的臀部,接着轻松地移到另一边,但我能感觉到她有点急,仿佛一堂风景画课将近尾声时,随着天色暗去而有的匆忙——像是一场比赛,一边是黑暗越来越快地向你逼近,一边是你渴望留住天光或是把悄悄爬上画布的阴影抹去。

过了一会儿,她发现了我,于是转过身。"天暗了。"

我站在她身后。"太美了。"我说的是真心话。她笔下那柔和而粗犷的色彩——大海的蓝色,以及早已笼罩在海面上的无色而华美的黄昏——确实技艺精湛,但我也看出了某种更深刻的东西。有时候我不知道是什么令一幅风景画打动人心,但你确实会在画布前伫立更久,不管它们技巧如何。她捕捉到了一个完美的日子里最后的悸动,完美是因为它即将结束。我不知道如何把这些都告诉她,或她是否需要我说更多的话,因此当她审视着自己的作品时,我静静地站在那里,看着她的侧脸。

"不算太坏。"最后她说道,并开始用小刀清理调色板,把颜料刮进一个小盒子里。我举着未干的画布,而她折起画架,把所有的东西都放好。

"你饿吗?我们今天要早点结束,明天还有要事要办。"话一说完,我立刻觉得尴尬;听起来好像我在催促她上床,同时还资助她。

没想到在昏暗的天色中她立即转过身来,抓住我,避开画布重重地吻我,并笑了起来。"别再紧张了好吗?别再紧张了。"

我也笑了——松了口气,又有点惭愧。"我尽力。"

八十六

一八七九年

那天晚上在客厅里,她坐在他的身旁,而不是房间的另一边。她的双手无法专心地刺绣;她把针线活放在膝盖上,望着他。奥利维尔正在低头看书,头发梳理得一丝不乱。他坐的这张软凳对于他的长腿来说太过低矮。他已经换上了晚餐的衣服,但她眼中看见的依然是他那破旧的西装,外面罩着粗糙的工作服。他抬起头,面带微笑地主动为她朗读。她听着。那是《红与黑》,她已经看过两遍,一次是自己看,一次是念给爸爸听,她很受感动,想起倒霉的于连常常心烦意乱。此时,她却听不下去。

她看着他的嘴唇,感觉到自己的迟钝,由于跟不上他念出的字句而沮丧。过了几分钟,他把书本放下。"你没有注意听,亲爱的。"

"是的,恐怕是的。"

"我想那不是司汤达的错,那只能是我了。我做错了什么吗?好吧,我错了,我知道。"

"胡说。"她几乎要发作,但她知道,此时在这个有其他客人在场、气氛很文雅的房间里该怎么做。"别念了。"

他小心翼翼地看着她。"那我不念了。"

"请原谅我。"她压低声音,用指尖拉起裙子前面的蕾丝。"只是你不知道你对我有什么影响。"

"也许是让你讨厌?"但他微笑中的自信刺激到了她。他很清楚他引起了她的注意。"来吧,让我来念点别的给你听。"他在女房东书架上被遗弃的书本里找了起来。"令人愉快的作品,《希腊神话》。"

她往椅子后面靠,认真地绣每一针,但他选的第一个故事很捉弄人。"《勒达和天鹅》。勒达是一位有着稀世容貌的少女,赢得了强大的宙斯的爱慕。他变做一只天鹅扑向她……"

奥利维尔抬起头,目光掠过书看着她。"可怜的宙斯。他情不自禁。"

"可怜的勒达,"她装作一本正经地纠正他;她恢复了平静。她用长剪刀把线剪断。"那不是她的错。"

"你觉得除了向勒达求爱,宙斯喜欢变成天鹅吗?"奥利维尔把书摊在膝盖上。"没关系——他也许喜欢他所做的一切,除了必要时惩戒其他的神。"

"哦,我不知道。"她说,这种讨论让她开心;为什么和他一起总是那么愉快?"也许他情愿以人的模样去拜访美丽的勒达,甚至只是当几小时的凡人,过过凡间的生活。"

"不,不是。"奥利维尔拿起书,又再次放下。"恐怕我不能同意——想想他变成一只天鹅,飞翔在美景之上,发现了她,该有多快乐。"

"是的,我想是的。"

"那可以成为一幅绝妙的图面,不是吗?正是沙龙的评委团喜欢的类型。"他沉默片刻。"当然,这个主题曾有人画过。但如果用一种全新的方式、全新的风格来创作——一个旧的主题,但采用我们这个时代的画风,看起来会更自然吧,你觉得如何?"

"确实如此——你为什么不试试?"她放下剪刀看着他。他的热情、他的举止让她心中涌起无限爱意;它涌入她的喉咙、渗入她的眼底,从她的心中漫溢出来,她把膝盖上的针线活调整了一下。

"不,"他说。"那只能由一位比我更勇敢的画家来画,那个人对天鹅很有感觉,同时笔触更为大胆。比如,你。"

她再次抓住她的绣品,拿起针线和绸布。"胡说。我怎么能画这么一个东西?"

"我来帮助你。"他说。

"哦,不。"她几乎要脱口叫他"最亲爱的",但及时咬住了嘴唇。"我从没画过这么复杂的画,而且还需要一个模特儿来扮演勒达,当然,还有一面合适的背景。"

"大部分的背景你可以在室外完成。"他注视着她。"为什么不去你的花园呢？那会让人耳目一新。你可以画一只布洛涅森林里的天鹅——你已经画过了，画得那么好。你可以让你的女仆作模特儿，像你过去画的那样。"

"它是那么——我不知道。这个主题对我来说很有难度——对一个女人来说。利维尔夫人怎么能提交这样的作品？"

"那是她的问题，不是你的。"他是认真的，但他的笑容淡淡的，目光比过去更明亮。"如果有我来帮助你，你会害怕吗？你不能冒个险吗？勇敢一点行吗？有些东西不是比公众的评价更为重要吗？有些值得去尝试和实现。"

这个时刻到来了；他所提出的挑战，她的恐惧和渴望，全都涌上她的胸膛。"如果有你的帮助？"

"没错。你会害怕吗？"

她鼓起勇气看着他，她觉得自己快被淹没了。他会猜到她想要他，她也确实很想，虽然她极力避免说出那些话。"不会，"她缓慢地说，"如果有你的帮助，我不会害怕。我想我其实什么都不怕，如果有你在我身边。"

他抓住她的目光，而她很高兴地看到他没有笑；没有胜利，没有一点她以为的虚荣。事实上，他几乎快要流下眼泪了。"那么我来帮助你。"他说，声音如此温柔，她几乎听不见。

她什么也没说，自己也快要流下眼泪。

他久久地望着她，然后拿起书。"你还想听听勒达的故事吗？"

八十七
马洛

我们在大厅酒吧边一张桌上了吃晚餐,那里位于酒店大楼露天的一端,我们虽然看不见海浪,但能听见波涛汹涌,看见椰子树摇曳的树影。下午的微风明显增强,吹得枝叶沙沙作响,和大海的涛声一样不绝于耳,使我再次想到了《吉姆爷》。我问玛丽她在看什么书,她描述了一本我从未听过的当代小说,一位年轻越南作家的译本。我的注意力从她的话语游移到她的眼睛,在晃动的烛光下,她的眼睛笼罩在奇特的阴影中,颧骨显得特别窄小。吧台上摆满了瓶瓶盏盏,服务生爬到一张凳子上,往一对位于上方的石碗里点火,使得酒吧看起来像一个祭坛——某位设计师营造的令人惊叹的效果,带有玛雅或阿兹特克的风格。

我看得出玛丽也是心神不定,虽然她滔滔不绝地向我讲述小说里的船夫,而我注意到附近只有另一对男女在吃晚餐,几米开外还有三个孩子在逗弄一只在栖木上整理羽毛的深红色金刚鹦鹉。旅游者在风中进进出出:一名男子坐在轮椅上,后面是一名较为年轻的女子,推着轮椅,并俯身对他说着什么;一家头发光亮的人在四处闲逛,看着浅浅的绿松石喷泉和那只容易受惊的鸟。

看着这一切,我觉得自己被一分为二,一半的我因为玛丽的存在而屏息凝神——在烛光下,她手臂上浅色的汗毛以及垂在脸颊边、几乎看不见的美丽发丝——另一半则沉迷于这个地方的新鲜、弥漫的气息和回声荡漾的广阔空间,来来往往的人……赶去享受什么样的快乐?我很少身处于一个完全为了享乐而建造的地方;我的父母并不认可这种场所,也不愿意把钱花在这类事情上面,而成年后的我生活几乎都是围着工作转,除了偶尔去趟有益身心的旅行或外出写生。这一次完全不同,首先是因为风的温柔,每个小地方的奢华,海水和棕榈树的气味,但也因为没有古老建筑或是国家公园的存在,不需要去研究或是探索什么,一个正当的借口;这是一个百分之百用来放松的地方。

"这全都是对大海的崇拜,不是吗?"玛丽说,我意识到她中断了对小说的描述,说出了我的想法。我说不出话来,我的嗓子哽咽了。那只是一个巧合,我们殊途同归的思绪,但我想要探过桌子去吻她,我几乎要哭了——为了什么?为了我认识的已不在人世、且错过这一切的人们,或许也是为了所有那一刻不是我的人,他们不像我本人这么幸运,没有得到我所期待的一切。

我点点头,表示认同她这番很有见地的话,然后默默地吃着饭。有那么一会儿,番石榴和墨西哥辣味汁的风味吸引了我的注意力,但我还是看着她,或者说是让她看着我。仿佛酒吧的对面有面镜子,我看见了自己,我的黄金期有点过了——我的肩膀很宽,但微微前倾,我的头发依然浓密但开始花白,从鼻翼到嘴角的皱纹因为昏暗的灯光而加深,腰部(在餐巾下)我尽可能地保持苗条。我一直善待我这具躯体,只要求它带着我上下班,每星期做几次运动。我给它穿上衣服、把它洗干净、把它喂饱、让它吞下维生命。一两个小时后我将把它交到玛丽的手里,如果她依然愿意让我这么做。

想到这里,我心头一颤,先是一阵快乐:她的手指放在我的脖子上、我的两腿之间,我的手放在她的胸部,目前我只能依稀看到它们在她的上衣内的轮廓。接着是一阵羞愧:床边的灯光会暴露出我的年纪,我长时间爱情缺失,我可能会突然不行,而她会因此失望。我必须把凯特从我脑子里赶走,还有罗伯特趴在她们两人身上的情景。我在这里和他的第二个女人一起干什么?但现在她对我来说不一样;她就是她自己。我怎么能不和她在一起呢?"哦,上帝。"我说出声来。

玛丽刚把叉子放入嘴里,她吓了一跳,抬头看着我,一边肩膀上的头发滑到前面来。

"没什么。"我说。她不动声色,镇定地喝了口水。我在心里默默感激她不是那种总是问"你在想什么?"的女人,随即我突然想到,我拿着高额的薪酬整天就是问别人这个问题——我禁不住笑了。她看着我,显然很迷惑,但没有说话。我的心中涌起一阵爱的波涛,她是个不愿事事洞明的人。她有自己的小宇宙,她那美丽的羞怯。

晚餐后,我们默默无言地上楼,好像已经无话可说;打开房门的那一刻,我没有勇气看她。我在想她要用房间或浴室时,我是否应该等在厅里,接着又认为问她是否想要我待在外面比直接跟她进去还要尴尬。于是我跟着她进入我们共用的区域,拿了一份留在房间里的《华盛顿邮报》合衣躺在床上,而她则在关起的浴室门后淋浴。她出来时,穿着一件酒店提供的浴袍,又白又厚,湿漉漉的头发披散在袍子上。她的脸红到了脖子。我们都呆呆地注视着对方。"我也去冲个澡。"我说,一边试图把报纸折好,接着试图把它平整地放在床上。

"好的。"她表示赞同。她的声音显得紧张而生疏。她后悔了,我想。她后悔同意来这里,让自己和我陷入这样的境地。此时她觉得自己被困住了。我突然感到刺痛——太糟糕了;我们都走到了这一步,我们必须熬过去,让事情圆满。我起身,不再和她说话,并且把鞋子和袜子脱掉;在浅色地毯的映衬下,我的脚看起来又黑又瘦。我从手提箱里拿出洗漱用品,而她则走到房间的角落里让我进入浴室。为什么我以为这会奏效?我在身后轻轻地关上门。镜子里的男人或许还存在另外一个错误:他不是罗伯特·奥利弗。好吧,罗伯特也见鬼去吧。我脱下衣服,强迫自己看着胸部中间那块银色的斑。至少我的体型保持得不错,我跑步练出来的肌肉,但现在她可能永远摸不到了。毕竟,没有必要把一切都进行到底。玛丽的过去不会倒转。我想要尝试真是太傻了。

我在强烈的水柱下冲洗自己,水热得有点烫人,并往下身涂抹肥皂,虽然她可能不会碰触这个地方。我对着镜子小心翼翼地把我中年人下巴上的胡子刮干净,穿上酒店提供的第二件浴袍("如果你喜欢我们的浴袍,你可以带一件回家！请向大堂内的酒店商铺咨询"——接着冒出一个令人心跳停止的比索价格）。我刷了牙，梳用毛巾擦干的头发。到了这个年纪要让其他人认真地进入我的生活，是不可能的；这很清楚。我开始琢磨要是不做爱我们怎么能睡得着。我还是可以为自己开一间单人房——把双人床留给她，带上我的手提箱离开，让她在私密、舒适的空间里休息。我希望我们可以认可这种分房的安排，不管那意味着什么，不用争吵，而是带着自尊和礼貌。我会在恰当的时机告诉她，如果她决定提前离开阿卡普尔科，我完全理解。等我为自己安排好这些，一只手攥紧拳头过了几秒钟调整好呼吸后，我打开浴室的门，有点遗憾不得不离开蒸汽弥漫的避难所，要开始这么一段对话。

没想到房间里一片黑暗。我一度以为她一定是自己下定决心，搬去了另一个房间，接着我看见一个身影在一个角落里泛着白光——她坐在床边，浴室的灯光无法照到那里。她的头发和房间的光线一样黑，裸露的身线若隐若现。我用僵硬的手指关上浴室的灯，朝她走了两步，然后才想到把我自己的浴袍脱去。我把它扔在书桌前的椅子上，或者是我认为有把椅子的地方，迟疑着走向她。即便是那时，我还是不够确定要把手伸向她，但我感觉到她站起来面对我，于是她呼出的温暖的气息靠近我的嘴，她温暖的肌肤贴着我。我这才意识到，我浑身冰冷。多年来我都是这么冷。她的手伸过来，像两只小鸟一样落在我冰冷、赤裸的肩膀上。接着她慢慢地填补了所有的空白——我说不出话的嘴、我空荡荡的胸膛、我空无一物的双手。

我最初是在艺盟学校的一门课程中跟随乔治·博学习人体解剖学——学了很久，那门课我上了两次，接着又上了一门人体绘画课，因为我认为除非了解脸部、颈部、手臂和手上的肌肉结构，不然我的肖像画永远都不会有进步。在课堂上，我们确实画了肌肉，没完没了地画，但最后我们还是加上了皮肤——在这些长而流畅的线条之上，在这些使我们得以行走、俯身和伸展的肌肉之上，我们画了皮肤。即便是一个观察力敏锐的人也不了解人体，不了解在我们所有人体内隐藏着这么多奥秘。

　　当我开始从画家的角度来学习解剖学时，我就在想，经过我在医学院对人体的多年研究，我会不会再次从医学的角度来看待人体。当然没有。得知形成脊椎底部两侧凹陷处的肌肉，并没有减少我爱抚那个凹陷处的渴望。同样，对于将背脊分成两边的那道优美的、长长的脊椎也是如此。我可以画出那些能使腰部往两边弯曲的肌肉，虽然我在画大部分肖像画时用不着它们，因为我喜欢画胸骨以上的半身像，重点描绘肩膀和脸部。但我也很了解胸骨、从胸骨向外放射分布的肌肉、平滑的弯钩状锁骨，以及胸骨和锁骨之间光滑的肌肉。如果有必要，我可以准确画出强有力支撑着大腿的波纹状肌肉、从膝盖到腿部的长条形肌肉，以及大腿内侧饱满的弧形肌肉。画家透过皮肤、透过衣服来显示肌肉，但他们也描绘了另一件东西，一件难以捉摸但永恒不变的东西：人体的温度、热量和脉动的鲜活、生命力。同时，进一步表象为它的动作、柔和的声音，以及当我们爱到了忘我的程度时，如潮水般涌起并淹没我们的感觉。

　　将近黎明时分，玛丽把头靠在我的脖子上睡着了；我用原先空空的双臂怀抱她整个身体，脸颊贴着她的头发，也很快睡着了。

八十八

一八七九年

那天晚上,在闪着烛光的房间里,她怔怔地看着一本书,一个字也没看进去,一个字也没有读懂。当楼下的钟敲响午夜十二点,她梳好头发,把衣服挂在衣橱里的钩子上。她穿上第二件睡衣——最好的那件,领口和袖口满是荷叶边,胸口布满了皱褶——把晨衣套在外面。她在水斗里洗了脸和手,穿上轻巧的、金线绣成的拖鞋,带上钥匙,吹灭蜡烛。她跪在床边,念了一小段祷告,告别上帝的恩赐,提前请求宽恕。奇怪的是,当她闭上眼睛,看见的居然是宙斯。

她的门没有咯吱作响。当她推了推大厅尽头他房间的门,发现门开着,这让她的心坚定得怦怦直跳;她悄无声息地在身后关上门并锁上。他也在看书,坐在窗边的椅子上,窗帘已经拉上,书桌上点着一支蜡烛。他的脸很苍老,在昏暗的光线中猛然一看像是骷髅,她克制住回自己房间的冲动。当他的眼睛遇上她的,眼神是那么冷静、柔和。他穿着一件她从未见过的深红色晨衣。他合上书,吹灭蜡烛,起身把窗帘拉开一点;她明白此时在从街上煤气灯透进来的微弱光线下,他们看得见对方,外面的人却看不见他们。她站着不动,他走近她,温柔地把手放在她的肩膀上。他在微暗中寻找她的目光。"我最亲爱的,"他喃喃地说。接着是她的名字。

他吻了她的嘴,从嘴角开始。她满是疑惧的内心突然浮现一道风景:一条洒满阳光、两旁林立着悬铃木的道路,想必在她认识他,或者甚至她出生之前的许多年,他就走过这个地方。他吻着她的嘴唇,一次换一个地方。她把双手放在他的肩膀上以示回应,他的肩部在丝绸衣服下显得骨瘦嶙峋,像是一个制造精美的钟表里面的机械,一棵庄严的树上的一根枝条。他正渴饮着她的嘴,品尝里面的青春,往她空洞的内心灌入此前几十年爱

八十八

情教给他的东西,如同往井里投入一颗小石子。

她喘着气,他站得笔直,从她睡衣最上面的珍珠开始,解开纽扣,把他那拢起的、温柔的手滑进里面,把睡衣往后推下她的肩膀,让它滑落在地上绕在她的脚边。有一刻她担心,对他来说,对一个拥有全世界的男人,一位掌控画笔的大师,一个和模特儿为伍的人来说,那仅仅是另一堂人体绘画课。但接着他用一只手碰触她的嘴,另一只手缓缓下移,她看见一道微光闪过,他的脸上挂着一行咸咸的水。此时蜕下一层皮的是他,而不是她;今夜,他将在她怀里,被她安慰,直到黎明。

八十九
马洛

　　卡莱住在一栋能俯瞰阿卡普尔科海湾的房子里，位于高于水面的一条阶地街道上。一栋栋精美的土砖房子和夹竹桃交错相间，一道道拉毛的外墙上点缀着九重葛，他的房子就是其中的一栋。来应门的是一个留着八字胡、穿着白色外衣的男子，像个服务生。在卡莱家的大门里，另一个穿着棕色衬衫和裤子的男子正在精心浇灌草坪和一棵橘子树。鸟儿栖息在枝头，玫瑰爬上了房子的百叶窗。玛丽穿着长裙和浅色上衣，她站在我身边正在东张西望——我知道她在看颜色——像只猫一样警惕，她的手大大方方地握在我手里。今天早上我打电话给卡莱，确保他在家等我，并说明希望他不要介意我带着我的画友一起来，对此，他严肃地同意了。电话另一头他的声音醇厚而低沉，带着一种我认为是法国人的口音。

　　此时花丛中的门开了，一个男人走出来迎接我们——就是卡莱本人，我立刻想到。他长得不高，但形象很独特。他穿着一件深蓝色的衬衫，外面罩了一件黑色的尼赫鲁外套，一只手上拿着一支燃着的雪茄，于是烟雾萦绕着站在门口的他。他的头发又白又密，像毛刷似的，皮肤是砖红色，就好像多年来墨西哥的太阳让他得了一种神秘的病。走近一点，只见他的微笑很真诚，黑色的眼睛有些黯淡。我们握了握手。"早上好。"他用同样的男中音说，并吻了吻玛丽的手，但毫无私情。接着他为我们挡住了门。

　　房间里面非常凉爽——有空调和厚厚的墙壁。卡莱带着我们从天花板很低的大厅穿过色彩鲜艳的门廊，进入一个带有立柱的庞大、宽敞的房间里。在那里我不由自主地环顾每一面墙上美丽而夺目的绘画，惊叹不已。家具是现代而低调的，并不引人注目，但那些四五幅一排、从腰部的高度一直延伸到天花板的油画像是令人炫目的万花筒。它们涵盖了各种风格、各个时代的作品,从一些貌似十七世纪荷兰或佛兰德风格的油画到一些抽象画,还有一幅令人心惊胆战的、我肯定是爱丽丝·尼尔①的肖像画。但最显著的主题是印象派:阳光明媚的田野、花园、白杨树和水面。我们仿佛跨过了一道门槛,从墨西哥来到法国,进入了一个不同的区域。当然,我们周围这些油画可能来自于十九世纪的英格兰或加利福尼亚,但乍看之下我觉得我们所见的是卡莱的背景,可能是他本人知道并游荡过的地方;也许这就是他收藏这些画的一个原因。

我听见玛丽在走动;她转过身,站在我们进来的门边上,看着一幅大油画。那是一幅描绘冬天的画面,白雪、河岸、金色的树丛上堆积了厚重的乳白色,结冰的水面泛出银色的光泽,其中带有几块浅绿色的冰洞,熟悉的笔触和层次,白色不是白色,是金色,是浅紫色,画面右下角是黑色粗体的署名和日期。莫奈的作品。

我转过头看着卡莱,他正从容地站在他那张极简抽象主义的沙发边上,雪茄冒出的烟(令人不可思议)飘散在这些珍品的周围。"是的,"他说,虽然我并没有发问。"我一九五四年在巴黎买的。"他的口音很刺耳,但声音浑厚而温和。"这幅画非常贵,即便是那个时候。但我一点也没后悔过。"他示意我们和他一起坐在浅灰色的亚麻布上。中间有一张玻璃茶几,上面放着某种开着花的多刺植物和一本绘画的书:《安东尼和佩德罗·卡莱:两兄弟回顾展》。华丽的封面上有两幅并排的油画,两者的形状和用色截然不同,但放在一起就成为有冲击力的双联画;我认出它们的风格和房间里的某幅抽象画类似。我真想把这本书拿起来翻一翻,但不想太过冒昧,此时,穿着白色外衣的男子端来一个放着杯子和水瓶的托盘,上面还有冰块、莱姆、橙汁、一瓶苏打水和一枝白色的花朵。

卡莱亲自为我们调配饮料。在我看来他开始像罗伯特·奥利弗一样

---

① 爱丽丝·尼尔(1900—1984),美国女油画家、版画家,以大胆诠释女性人体而著称。

沉默，但他把那枝花递给玛丽——"给你画画，年轻的小姐。"我以为她会生气，如果我对她这么说，她一定会。但她只是笑笑，把花放在深色裙子遮住的膝盖上抚弄。卡莱把雪茄灰弹落在玻璃茶几上的一个玻璃碟里。他等着他的仆人把房间一边的百叶窗合上，一半的画暗了下来。最后，他转向我们，开口说话。

"你们想知道贝亚特莉斯·德·克莱尔瓦勒。是的，我有过她早期的一些作品——你们也许读到过——她只有早期的作品。我们相信她在二十八的时候停止了绘画。要知道莫奈一直画到八十六岁，雷诺阿画到七十九岁。当然，毕加索一直画到死，九十一岁。"他指着身后一组描绘斗牛的四幅画。"大部分艺术家总是不停地创作。由此可见克莱尔瓦勒是一个特例，但那个时候不鼓励女人画画。她非常、非常有天赋。她原本可以成为最伟大的画家之一。她比第一批印象派画家只年轻一点点——比如，比莫奈小十一岁。想想看。"他把雪茄头掐灭在玻璃碟里。他的指甲看上去刻意修剪过；我从未见过一位老人长着这么一只完美无瑕的手，一位画家更是不可能。"如果她不是自己中断了，她会成为一位大画家，像莫里索和卡萨特那样。"他又靠了回去。

"你说你有过她的作品。那你现在没有了吗？"我忍不住环顾这个山洞似的房间。玛丽也在找寻。

"哦，我还有。我在一九三六年和一九三七年卖了其中大部分来偿还债务。"卡莱抚了抚脑后的头发。他显得一点也不后悔这个决定。"我从亨利·罗宾逊那里买来她的画——顺便提一下，他还活着。在巴黎。我们没有联系，但是最近我在一本杂志上看到他的名字。他依然在写有关文学、家具和哲学的文章。就是哲学和小古董什么的。"我想如果他是那种人，他一定会嗤之以鼻。

"亨利·罗宾逊是谁？"我问。

卡莱看了我一会儿，接着低头把目光移到蟹爪兰，或是我们之间的某个东西上。"他是一个优秀的评论家和艺术品收藏家，而且他是奥德·

德·克莱尔瓦勒生前的情人。那是贝亚特莉斯的女儿。她留给他的显然是贝亚特莉斯最杰出的作品,《天鹅贼》。"

我点点头,希望他继续讲下去,虽然我目前看到的资料中从未提到过这幅画。但卡莱似乎再次陷入深深的沉默中。过了一会儿,他开始摸索外套的内袋,最后掏出另一支雪茄,这支又小又细,像是前一支的孩子。他又摸索了一会儿,找出一个银色的打火机,用那双修得漂漂亮亮的苍老的手点火,掬手挡住。他吸了一口,烟雾袅袅地从他嘴里冒出来。

"你本人认识奥德·德·克莱尔瓦勒吗?"最后我发问道。我开始怀疑,除了最基本的情况,我们能否从这个优雅的男人身上得到更多信息。

他再一次靠回椅背,用一只手撑住另一只胳膊。"是的,"他说,"是的,我认识她。她抢走了我的爱人。"

他这番话意味深长,我们顿时陷入一段长时间的沉默。期间卡莱缓慢地吸着烟,而我和玛丽很有默契地不去看对方。我在想该怎么说才不会让我们的调查陷入僵局,最后决定摆出工作时的姿态。"当时你一定非常难受。"

卡莱露出微笑。"哦,那个时候是很难受,但那是因为我很年轻,把事情看得太重。不管怎么说,我喜欢奥德·德·克莱尔瓦勒。她是个非常出色的女人,有个性,我相信她让我的朋友过得很快乐。同时,她也使他能够买下我大约一半的藏品,也使我和我的哥哥"——他指着桌上的博物馆目录——"能够画画。所以老天安排了一切。奥德想要向我买回她母亲的作品,特别是《天鹅贼》。这幅画我只收藏了很短的时间,我是在巴黎阿蒙德·托马斯——也就是弟弟——的房产被出售时买到的。"

卡莱把小雪茄的烟灰弹在烟灰缸里。"奥德认为那是她母亲最杰出的作品,也是她最后的作品,虽然我不确定。皆大欢喜,你也许会说。但一九六六年奥德去世后,亨利不得不独自生活好多年。显然我和亨利都被诅咒了,注定长寿。他甚至比我还老,可怜的人。而奥德比他大二十二岁。同性恋和老女人——他们真是有趣的一对。人的心脏是不会越来越年轻的。

只有心灵会。"他似乎再次陷入沉思,过了很久,我开始怀疑除了烟草和龙舌兰,他是否还服用其他药物,或者他只是独居久了,习惯于沉默不语。

这一次玛丽打断了他的沉思,她的问题令我意外。"奥德说起过她母亲吗?"

卡莱看了她一眼,红润的脸孔凝重起来,想起了什么。"说起过,偶尔。我会告诉你我所记得的,不过不多。我和她接触的时间很短,因为亨利爱上她之后,我就离开巴黎,来到这里,阿卡普尔科。要知道,我是在这里长大的。我父亲是一个普通的法国工程师,母亲是墨西哥人,教师。我记得有一天奥德说她母亲一生都是位伟大的艺术家。她对我们说:'一旦成了艺术家,终生都是艺术家。'而我和她争辩说画家放弃了绘画就不再是个画家。重要的是画画这个行为。没错,当时我们坐在皮加勒道的一家咖啡馆里。还有一次她告诉我,她母亲是她一生中最亲密的朋友,亨利看起来似乎有些受伤。奥德,她本人不是画家,她只收藏她母亲的作品。她从我这里买走《天鹅贼》后把它藏了起来,我猜亨利继续保持这个传统,因为据我所知,此后它从未出现在任何地方,也从未被写到过。我认为亨利想要奥德,因为她是那么独立、那么精致、那么 parfaite(完美无缺)。她不需要依赖任何人。他有英国人的血统——他的祖父母是英国人——在法国总有点像外人,而奥德是不折不扣、完完全全的法国人。他也许想要告诉她,一生总算还有个朋友。他们一起熬过了战争中物质严重贫乏的日子。他对她至死不渝。她病了很久才死去。"

卡莱弹了弹烟,举手把它指向天花板。显然他一旦开口便滔滔不绝。"从奥利维尔·维格诺的小肖像画来看,奥德并不像她母亲那么美——我是说贝亚特莉斯·德·克莱尔瓦勒是个大美人。但奥德很高,长着一张很有趣的脸——用他们法国人的说法就是'jolie laide'(相貌平平但有独特魅力的女子),有时候难看,有时候却令人着迷。我曾经画过她,那是我遇见她后不久。亨利保存了那幅画。我不常画肖像,我也不喜欢自画像之类的。"他转向玛丽。"你画自画像吗,女士?"

"不。"她说。

卡莱一只手撑着脸,看了她一会儿,好像她是一位使者,来自他曾经研究过的某个部落。接着他又微微一笑,脸色立刻变得宽容而和蔼,让我无端地想到他该是一个多么慈爱的祖父——当然这只是假设,实际上他没有当过。"你们是来看贝亚特莉斯·德·克莱尔瓦勒的画,不是我这个喋喋不休的墨西哥老头。让我带你们去看。"

九十
马洛

　　我们立刻站了起来,但卡莱并没有直接带我们去看贝亚特莉斯的作品。他带我们参观了一圈,一个热爱自己的油画收藏家,把它们当作人物一样向我们介绍。有一幅西斯莱的小油画,日期是一八九四年——他说他是在阿尔勒买的,没花什么钱,因为他第一个鉴别出这幅画。有两幅玛丽·卡萨特描绘看书女子的油画,和一幅贝尔特·莫里索画在棕色纸上的蜡笔风景画,五笔绿色、四笔蓝色、一抹黄色。玛丽最喜欢那一幅:"画面简洁。无可挑剔。"还有一幅印象派的风景画,美得让我们不约而同地在前面驻足——一座城堡矗立在郁郁葱葱的草木、棕榈树之间、金色阳光下。

　　"那是马约卡。"他用一根圆润的手指指着。"我的外婆曾住在那里,我小时候去看过她。她的名字叫依莲·古瑞维奇。当然,她不是住在城堡里,但我们会到那里去散步。这是她画的——她是我的启蒙老师。她热爱音乐、阅读、艺术。我睡在她床上,清晨四点我醒来时,她总是点着灯在看书。她是我最爱的人。"他别过身去。"要是她能画更多的画就好了。我总觉得我画画多多少少是为了她。"

　　也有二十世纪的作品——杜库宁[①]的和一幅克勒的小作品,以及佩德罗·卡莱本人的抽象画和他哥哥的作品。没想到佩德罗的画鲜艳而生动,而安东尼则喜欢银色和白色的线条。

　　"我哥哥去世了,"卡莱平静地说。"六年前他死在墨西哥城。他是我最好的朋友——我们在一起创作了三十年。比起我自己的作品,安东尼的

[①] 威廉·杜库宁(1904—1997),美国画家,抽象表现主义代表人物,以画半抽象的女人闻名。

画更令我骄傲。他是一个深沉、爱思考的人,一个非凡的人。他的努力激励着我。我即将要到罗马去,就是为了他作品的展览。那将是我最后一次旅行。"他抚了抚头发。"安东尼死时我便决定不再画画。那样比较干脆,不要拖啊拖。有时候一个艺术家最好不要活得太久。也就是说现在我不再是画家了。我把我最后的油画随他一起下葬。你知道雷诺阿最后不得不把画笔绑在手上吗?还有杜飞①。"

这就解释了他那洁净无瑕的指甲,我想,还有一尘不染的蓝黑色衣服,没有画室的味道。我希望可以问他现在都做些什么,但这栋房子,和它的主人一样优雅,摆明了答案:什么也没做。他给人的感觉就像一个在等待一次约会的男人,又像提前来到候诊室的病人,没有带书或报纸,但又不屑于拿起一本光鲜亮丽的杂志。无所事事显然就是佩德罗·卡莱的全职工作;他有钱,而他的油画默默地陪伴着他。我猛地发现他没有问过我们的情况,除了问玛丽是否画自画像;他似乎并不想了解我们为什么对他的老朋友感兴趣。他连好奇心都免除了。

此时卡莱通过黄红两色的门廊,从洞穴般的客厅走向餐厅。这里我们看到的东西完全不同:墨西哥民族艺术的珍品。厅里摆着一张长长的绿色桌子,四周围绕着蓝色的椅子,上方悬挂着一盏多孔的小鸟形状的锡质灯,旁边还有一个古老的木质餐具柜,看起来这里平常没有客人来吃晚餐。一面墙上装饰着一幅刺绣挂毯,黑色的背景上绛红色、翠绿色和橙色的人物和动物各自忙碌着。对面的墙上(不协调,我认为)展示着三幅印象派油画和一幅更写实的铅笔肖像画,那是一位女士的头像,看起来像是二十世纪的作品。卡莱举起一只手,似乎在和它们打招呼。"奥德特别想要这三幅油画,"他说道,"所以我拒绝卖给她。其他时候,我都很客气,我把其他所有的都卖给了她,我所有的藏品——并不多,大概十二幅,因为贝亚特莉斯

---

① 劳尔·杜飞(1877—1953),法国画家。早期作品先后受印象派和立体派影响,终以野兽派的作品闻名。

没有画那么多。"

即便是第一眼看去，这些画也都很出众，显然是出自一位非常杰出的印象派天才画家。第一幅画了镜前一个金发女孩。较暗的背景中有一名女仆，正在拿衣服给她，或是拿着什么东西走出房间，或只是在看她；镜子里能看见一个远远的人影，显得很诡异，像鬼魂一样。画面的效果很有趣，感觉强烈，且令人不安。这是我第一次亲眼看到贝亚特莉斯的画，到目前为止，我所看到的她少量作品中，每一幅都有着这种紧张的气氛。画面的一角有一个显眼、像是装饰用的黑色记号，像一个中国字，除非你看出了那几个字母：BdC，一个签名。

最大的一幅油画上，是一名男子坐在一张长椅上，掩映在笔触粗糙的花丛中。我想起贝亚特莉斯信中的花园，于是上前一步仔细看它，我小心地移动以免撞到蓝色的椅子。那名男子戴着一顶帽子，穿着一件敞开的外套，脖子上戴着一个领结。他正在看书。画面的前景是鲜艳生动的花朵，深红色、黄色和粉色，在绿色的映衬下光彩夺目，而那名男子则是一个有点模糊的身影，放松而从容，但对整幅作品来说不是那么重要，我认为。难道贝亚特莉斯认为比起她的花园，她的丈夫是那么不起眼吗，还是她仅仅是用模糊的处理方法来掩饰他们的亲密关系？

站在桌子另一边的卡莱肯定了我的一些猜测。"那是贝亚特莉斯的丈夫，伊弗·维格诺，他们的女儿奥德确认过了。你也许知道奥德在她母亲死后，把名字从奥德·维格诺改为奥德·德·克莱尔瓦勒——太迷恋她母亲了，我认为，或者她感觉到她母亲在艺术上取得的成就，希望沾点她的光。她为她母亲感到非常骄傲。"

他走到餐厅的一头，站在那里，凝视着一只摆放在一个多孔锡质柜子上的陶鸭子，上面插着尚未点燃的蜡烛。我和玛丽转身去看贝亚特莉斯的第三幅画，画面是公园里的一个池塘，本来平静的水面被风吹皱，模糊了上方拱起的树木投下的倒影。这幅画技艺精湛，上面的点睛一笔，乃是池塘一端的一座花园，和水面上鸟儿的姿态，包括一只展翅欲飞的天鹅。这是一幅令人惊叹的作品;我心想——至少在我看来——对于水面上光线的处理几乎不亚于莫奈。这么一个才华横溢的人怎么会放弃了画画?她采用轻快的笔触画出的天鹅的形态,出色地表现出突然起飞的动作。玛丽说:"她一定观察了很多天鹅。"

"真是惟妙惟肖。"我赞同地说。我转向卡莱,他正撑在一张椅子的椅背上看着我们。"你知道这是在哪里画的吗?"

"奥德要我把这幅画卖给她的时候告诉我,那是布洛涅森林,在帕西,离他家不远。她母亲在一八八〇年六月所画,就在她停止绘画之前。她把它称为《最后的天鹅》——总之,画的背后是这么写的。这真的很棒,不是吗?亨利为了要买回去给奥德,几乎要杀了我。当她奄奄一息的时候,他写了三封信跟我说这个。第三封口气很愤怒,以我对亨利的了解。"

他挥动一只手,就好像这些感情已经随着时间的流逝而消散。"我相信这是贝亚特莉斯·德·克莱尔瓦勒最后的画作,虽然我无从求证。但那也解释了标题的含义——这是她最后的天鹅——没有哪一幅标明的日期晚于它。当然,亨利认为他收藏的才是最后一幅——就是《天鹅贼》。他在这一点上真是奇怪。事实上八十年代她的画第一次展出时,没有一幅比这更晚——那是在巴黎的曼特农博物馆,你们知道那个画展吗?为此,我把这幅大油画租借给了他们。最后,也没什么关系,"他接着说,双手撑在椅背上慢慢往前靠。"这是一幅无与伦比的画,是我藏品中最好的作品之一。它会一直留在这里,直到我死。"

他并没有接着说再后来它会怎么样,而我决定不去问他。于是我指着那幅肖像素描。"这是谁?"这幅画不是很专业——画上是一个女人,有一头像三十年代电影明星的大波浪短发,手法有点笨拙,但眼部画得很出色,神采奕奕,嘴唇是薄薄的、敏感的。她像是在看而不是说话,仿佛她决定从此以后缄口不语,反而使得她的眼神格外强烈。确切地说,她长得不漂亮,但她有一些可爱甚至迷人的地方;显然,她拒绝成为一个漂亮的女人。

卡莱把头歪到一边。"那是奥德。"他说,"我们还是朋友时,她给了我这幅肖像,我一直留着它以作纪念。我想她或许喜欢把它挂在她母亲的画旁边。我肯定她喜欢这样,不管她现在哪里。"

"是谁画的?"素描的一角标明一九三六年。

"亨利。当时他们已经认识了六年。也是我离开的前一年。当时他三十四岁,我二十四岁,奥德五十六岁。于是我有了他画的奥德的肖像,他有我画的奥德——很公平。我说过,她并不漂亮,虽然他很帅气。"

他转过身去,好像这番谈话应该结束了,如果他希望这样,那就是了。我快速地想象这一切:就在战前,他来到墨西哥,避开的不仅仅是感情纠葛,还有欧洲即将面临的灾难。他比亨利小十岁,而对于一个二十多岁的艺术家来说,五十六岁的奥德一定显得很老(只不过比现在的我大四岁,想到这个我心头一震)。但画上的女人看起来并不老,她不像贝亚特莉斯·德·克莱尔瓦勒,如果维格诺的肖像画可靠的话。一点都不像,除了那对神采飞扬的眼睛。奥德和亨利在哪里、如何熬过了战争?他们最终都活了下来。"那么亨利·罗宾逊还活着?"当我们随着卡莱返回画廊似的客厅时,我忍不住说出。

"去年他还活着。"卡莱头也不回地说。"他在九十七岁生日时给我写了一封信。我想一个人活到了九十七岁,就会想起他过去的爱人。"

当我们再次走到沙发边,他没有像刚才那样优雅地请我们入座,而是一直站在房间中央。我想起来他自己一定已经八十八岁了,如果我没有算错的话。真是不可思议。他站在我们面前,身形优雅、笔直,深红色的皮肤很光滑,浓密的白发整齐地往后梳,剪裁别致的西装熨得平整,一个保养得相当好的男人,就好像他无意中得到了长寿的秘诀,即便对活得太久也感到厌恶了。"现在我累了。"他说,尽管他看上去像是可以在那里站上一整天。

"你真是太好了,"我马上说,"请原谅我再提出一个请求。如果你同意,我想写信给亨利·罗宾逊,询问有关贝亚特莉斯·德·克莱尔瓦勒作品的更多情况。你能给我一个地址吗?"

"当然。"他说,双手抱胸,这是我第一次见他做出不耐烦的动作。"我会找来给你。"他转身走出房间,我们听见他用压低的嗓音召唤某个人。过了一会儿,他带回一本皮革装订的旧通讯录,身边跟着那个端来一托盘饮料的男子。他们之间对话了一番,接着男仆为我写下了一些东西,而卡莱在一边看着他。

我对他们两人都表示了谢意——那是一个巴黎的地址,有一个公寓的门牌号。卡莱从我背后看过来,检查一下。"你可以代我向他问好——一个法国老头对另一个法国老头。"接着他露出微笑,好像远远地看到了什么熟悉的东西,我为提出这么私人的请求感到很不好意思。

他转向玛丽。"再见,亲爱的。能再次见到一位美丽的女士真好啊。"她把手伸给他,他郑重地吻了一下,不带私情。"再见,mon ami(我的朋友)。"他和我握了握手——他的手有力而干燥,和刚才一样。"我们很可能不会再见面了,但我祝愿你这次调查一切顺利。"

他默默地送我们走到前门,为我们开门并挡着;此时不见仆人的踪影。"再见,再见。"他反复地说,但如此小声,我们几乎听不见。我在走道上转过身,向他挥手,他伫立着,被他的玫瑰和九重葛框起,不可思议地挺拔英俊、青春不老、孤独寂寞。玛丽也挥挥手,并默默地摇摇头。他没有挥手回应。

那天夜里,当我们第二次做爱时——这次更加自信很快就进入状态,像是一夜间就成了老情人——我发现玛丽的脸上淌着泪。

"怎么啦,亲爱的?"

"只是——今天。"

"因为卡莱?"我猜测说。

"因为亨利·罗宾逊,"她说,"那么多年来挂念着他爱的老女人。"她抚摸着我的肩膀。

九十一
一八七九年

她来吃早餐时已经有点晚了,但精神很好,梳洗干净,只是眼皮有些沉重。她的身体焕然一新,连自己都认不出来了,她把头发简单地梳理了一下,就像埃斯梅不在时那样。她内心的灵魂挣扎着。也许了解灵魂的模样,感觉到它在身体里躁动不安,就是罪孽的真相。令她惭愧的是,她的心却很明亮,使得这个早晨看起来更加明媚——窗外的海像一面巨大的镜子;裙子柔软的棉布用手摸起来很舒服。她虚伪地询问房东奥利维尔在干什么,并尽量直视她。那位老妇人说先生早就出去散步了,在前厅的桌子上留了一封信给贝亚特莉斯。她去看的时候,信不在那里;也许他拿走了,准备亲手交给她。过会儿她必须问问他。

那妇人把热咖啡、卷饼和一个果酱塔端到她面前。这个穿着蓝色裙子、垂肩弯腰、胖乎乎的老妇人和奥利维尔同龄。她替这位老妇人感到愤慨,奥利维尔本该娶这样的女人,给她幸福。她想起夜晚的片段,某样东西,一种特别的爱抚,最多也就持续了两三分钟,但已作为一种印记留存在她的皮肤上。她谦恭地询问能不能再来点黄油,听见妇人吸了口气,说了声"好的",并感到一只温暖的、充满博爱的手搭在她的肩上。贝亚特莉斯不知道为什么,对这个穿着围裙、一脸满足的陌生人更为内疚,而不是对伊弗,她那过度操劳、如今她所背叛的丈夫。但事实如此。她就是这么觉得。

而接着,他来了——伊弗·维格诺。那是她生命中最奇怪的两个时刻中的一个。他像是一个幻影走进餐厅,在入口的某个地方已经脱下了手套,摘下了帽子,放下了手杖——此时她想起刚才听见前门开了又关上。他进来后,这家小旅馆全被他占据,到处都是他,他隐约整洁的黑色外套,长着胡须的脸上露出的微笑,他说的那句"Eh, Bien!(哦,好啊!)"。他指望给她一个意外,但她太过意外,几乎晕厥。这一刻,这间有点质朴、陌生而舒适的乡间屋子和他们在帕西的房间合为一体,似乎是她的快乐、她的内疚把他召唤到了她的身边,或者说是把她召回到了他身边。

"但我确实让你吓了一跳!"他扔下手套,过去吻她,她设法及时站了起来。"对不起,亲爱的。我不该这么做。"他一脸后悔。"你仍然有些虚弱——而我居然想让你大吃一惊?"他温柔地亲吻她的脸,就好像他知道那么做能让她平静下来。

"这个意外真是棒极了,"她勉强地说,"你怎么能脱身?"

"我告诉他们我挚爱的妻子病了,我要去看她——哦,我没有谎称什么重病,但主管还算有同情心,其他人都愿意帮我……"他微微一笑。

她想不出说什么好,她不想听起来声音在颤抖,或像在说谎。幸好他见到她满心欢喜,旅途也很愉快,于是当他们再次坐下面对她那杯冷却的咖啡,他已经认定她看起来比他预想的要好,铁路也比他记忆中的更好,而他非常高兴离开了办公室。他洗完手,喝了两杯咖啡,吃了一大块面包、黄油和果酱塔后,便要求看她的房间。他已经给自己订了一个房间;他不想破坏她的小天地,说着便捏了捏她的肩膀。他是那么高大、那么威严又那么兴奋,他的胡子很浓密但修剪得很整齐。她觉得他是那么的年轻。

上楼时,他搂着她的腰,说他很想她,超过他的预期。不是说他以为他不会想她,只是没想到他会这么想她。他的快乐让她想哭。她已经忘了他的臂膀多有安全感,多么强健;现在她碰触到了,便想起来了。到了她的卧室,他把门关上,一副度假者轻松的样子,欣赏着她所有的布置:她收集的放在梳妆台上的贝壳;天气不好的时候,她用来画素描的光亮的小桌子。她尽可能慢吞吞地解释每一件东西。他站在一旁,微笑地看着她一一说明。

"你看起来气色好极了,现在我看得更清楚了。你的脸颊确实有了血色。"

"这个嘛,我几乎每天上午和下午都出去画画。"她接下来要向他展示画作。

"我希望奥利维尔陪你一起去。"他有点严肃地说。

"他当然去。"她找出最初画的小船的油画,递给他。"实际上,他鼓励我每天作画,只要我穿得暖和。我一直都记得穿得暖和。"

"这很漂亮。"他把画举了一会儿,而她想到早在奥利维尔出现之前,他就总是那么鼓励她,不由得一阵心痛。接着他小心地把它放下,明白这还没有干透,然后握住她的手。"你真是容光焕发。"

"我还是有一点累,"她说,"但谢谢你。"

"恰恰相反,你的气色很好——你确实变回了原来的自己。"他两只手握住她的两只手,握得紧紧的,并且长时间地吻她。他的嘴唇对她来说那么熟悉,这令她感到害怕。他用双手捧起她的脸,再次吻她,接着脱去外衣,嘀咕着还没有洗澡。他锁上门,拉上窗帘。旅行、不必工作使得他重新焕发青春,他说——或是她觉得他这么说,因为此时她的发卡松开,头发披散了下来,接着他又一边说,一边温柔地帮她宽衣解带,躺在床上抚摸她全身,以缓慢、平静的方式进入她的身体,她一如往常地回应,他们之间的缝隙随着一种炙热的亲密感而闭合,尽管她眼前看到了别的画面。他已经好几个月没有靠近她了,现在她意识到他是担心她的健康而一直克制自己。她怎么会想到别的地方去了呢?

最后,他靠着她的肩膀睡了一会儿,一个疲惫、非常年轻、积蓄越来越多的男人,一个暂时逃离他的生活、搭火车来和她团聚的男人。

九十一

亲爱的罗宾逊先生：

　　请原谅一个陌生人冒昧给你写信。我是一名在华盛顿特区工作的精神科医生；最近，我在治疗一位杰出的美国艺术家。他的病例很不寻常，其中牵涉到他对法国印象派画家贝亚特莉斯·德·克莱尔瓦勒的迷恋。我知道你在个人生活和绘画创作上都和她有所关联，并且收藏了她的作品，包括那幅名叫《天鹅贼》的油画。

　　不知我能否在下个月前往你在巴黎的住处，面谈一个小时左右？如果你能提供更多有关她生活和作品的情况，我将不胜感激。那对我治疗那位天才画家来说非常重要。请尽快告知你的答复。

　　此致敬礼

安德鲁·马洛医生

九十二
马洛

我再一次去探视了罗伯特,一方面为了分散自己的注意力,一方面想看看他在干什么。那天是星期五,早上我去过了。下午我再去他的房间,看见他站在我给他的画架前。那对我来说是一个漫长的星期,我一直睡得很不好。我希望玛丽多来看看我,在她怀里我似乎总能安然入睡。和往常一样,我一走进罗伯特的房间便会想起她。其实我在想,他怎么可能看着我,却看不出我隐藏的秘密,这让我想到其实我对他的了解少得可怜。我无法通过洗了又洗的脏衣服、磨损的黄衬衫和颜料斑斑的裤子,甚至无法从他脸上的温暖色泽、卷起袖子的臂膀以及掺杂银丝的鬈发来获知他的生活。我甚至无法从他转向我的那对发红、倦怠的眼睛里了解他。了解得不够,我怎么能放他走呢?如果我放他走了,对于他爱着一个在一九一〇年死去的女人,我会不再去想吗?

今天他在画她——毫无意外——我坐在扶手椅上看着。他没有把画架移开。我认为这是一种自尊,就和他的沉默一样。她的面孔还没有画好;他还在用粗糙的笔触画玫瑰色的礼服,以及她坐着的黑色沙发。我想到他有一个本事,就是没有模特儿也能画。那是她给予他的天赋之一吗?

突然,我再也忍不住了。我从椅子上跳下来,上前一步。他仍旧举着手臂,移动着画笔,不理会我。"罗伯特!"

他一言不发,只是看了我一眼,便继续画画。我前面说过,尽管没有罗伯特那么有气势,我也还算比较高,比较壮。我在想如果打他一拳会怎么样。凯特一定想过这么做。玛丽也是。我可以说,我是为了她才这么做的。你可以找任何人谈,只要你愿意。"罗伯特,看着我。"

他垂下画笔,对我露出耐心、可笑的表情,我清楚地记得我十几岁时面对父母就是这副表情。我自己没有十几岁的孩子,但这种不置可否的态度,却让我的情绪爆发,对他格外愤怒。他似乎在等着我发作,好发完火别再干扰他,以便他可以继续画画。

我清了清嗓子,控制住自己。"罗伯特,你知道我很想帮你吗?你想重新开始正常的生活吗——想离开这里吗?"我站在窗边,激动得不能自已,但我知道用"正常"这个词就已经输掉了这个回合。

他转回去对着画架。

"我想帮助你,但我无法做到,除非有你的参与。要知道为了你我碰上了一些麻烦,如果你身体状况好得可以画画,那么显然也可以讲话。"

他的脸色温和但此时不动声色。

我等着。还有什么比医生对一个病人大吼大叫更糟糕?(也许和他的前女友上床?)我觉得自己的声音越来越高,压不下来。最令我生气的是,我觉得他知道,我帮助他不仅仅是为了他。

"你真该死,罗伯特。"我平静地说,没有吼叫,但是我的声音在发抖。我突然想到在培训和从业的这么多年来,我没有这样对待过别人。从来没有。我走出房间的时候依然在看他。我不怕他朝我冲过来或是扔东西——我自己倒是想对他这么做。后来我希望那一刻我没有看他,因为我被迫看到了他表情的变化;他没有回头看我,而是抬起头面对画布,脸上带着一个似有似无的微笑。他赢了:一次微不足道的胜利,但可能是这些天来他仅有的一次。

九十三
一八七九年

　　伊弗待了三四天,常常一只手搭在奥利维尔的肩膀上在海滩上漫步,当贝亚特莉斯低头别起头发的时候,趁机亲吻她的脖子后面。他是名副其实地在度假——私下他称之为蜜月。他很喜欢海峡的景致,这令他极为放松。但遗憾的是,他必须回去,他为如此快地离开他们表示抱歉。伊弗在的整个这段时间里,她不敢看奥利维尔,除了在餐桌上递去盐或面包。那很难熬,但有时候她看着镜子里的自己,或是看着他们一起散步,感觉到自己被爱所包围,被两个人同时爱着,好像也没什么不对。他们陪伊弗一起坐小马车前往费康的车站;奥利维尔本不愿跟去,但伊弗坚持要他一定同去,这样贝亚特莉斯就不必孤身返回了。火车轰隆隆地吐着气,车轮沙哑地滚动起来。伊弗探出车窗,挥动手里的帽子。

　　他们坐马车返回旅馆,坐在阳台上,聊着平常的事情。他们在海滩上画画,吃着他们的晚餐——像是一对老夫老妻,既然第三位客人已经走了。仿佛有某种共识,她不再到访奥利维尔的房间,他也一样。他们已毫无隔阂,但她不希望事情再发生一次。他们之间保留这段沉默的记忆便足够了——当他们的眼泪带着惊喜和快乐滴落到彼此脸上的那一刻。她觉得在这么一次越界之后,他将永远地属于她,但其实她也永远地属于了他。

　　在返回巴黎的火车上,他们又单独待在一起,在她下车领取行李之前,他握住她的手,像是把一只小鸟握在他的大手套里,并吻了它。他们几乎没有多说什么。她不用问就知道,第二天他会来吃晚餐。他们会一起向爸爸讲述假期的种种见闻。他们将会共同开始创作那幅伟大的作品。她会记住他,他那修长柔软的身体,他那银色的头发,以及内在的那个恋爱中的年轻男子,直到她死去的那一天。他是一个海峡的幽灵,将永远陪伴在她身边。

九十四
马洛

亨利·罗宾逊的回信令我大吃一惊。

亲爱的医生：
　　感谢你的来信。我想你的病人一定是罗伯特·奥利弗。将近十年前他来巴黎看过我，最近又来过一次，我有理由相信他第二次到访时，从我的寓所里拿走了某件珍贵的东西。我完全不想帮助他，但如果你能为此事带来转机，我很乐意和你见面，并考虑让你看《天鹅贼》。请注意这绝对不卖。我们可以定在四月的第一个星期，任何一个早晨都可以，不知你意下如何？
　　此致敬礼
　　　　　　　　　　　　　　　　　　　　　　　亨利·罗宾逊

九十五
马洛

我衷心希望能够带玛丽一起去巴黎,但她必须教书。从她拒绝的方式来看,我知道即便把旅行安排在她下个假期中,她也不会去。阿卡普尔科旅行后,她不能接受这份太过贵重的礼物。偶尔一次是乐事,两次就成了债务。我知道她很想去奥赛博物馆,于是找了本相关的书给她,她慢慢地翻看。

她站在我的厨房里,秀发在阳光下泛出光泽,仍然摇着头。坚决地摇头:不。与其说是拒绝,不如说是她本人的自知之明。我们聊天时,她正在为我们做早饭,显得很贤惠,出乎我意料之外。那是她第四次在我的公寓过夜——我依然数得清有几个晚上。她走得比我还早——去她学校的画室或教室,或是在课时较少的工作日去咖啡馆里画画——我下了床,刻意不铺床,关上卧室的门,留住她的香味。此时,她把四个煎蛋和几片培根翻了个面,咧开嘴笑着把它们端到我面前。"我不能和你一起去法国,但我可以给你煮鸡蛋,就这一次,别想太多了。"

我倒了咖啡。"如果你和我一起去法国,就能吃到那种放在小杯子里、煮得很老很好吃的鸡蛋,配上面包和果酱,还有比这好喝得多的咖啡。"

"谢谢。你知道我的回答。"

"是的。但如果我请你坐飞机去法国你都不肯,那么我请求你嫁给我,你会怎么说?"

她愣住了。我随意地脱口而出,连我自己都没想到我会这么说,但此时我明白我已经在心里计划了好几个星期。她正在玩弄叉子。我这才想到,罗伯特·奥利弗像是一道障碍,挡在我的身后。没有必要问她是什么抓住了她的视线,没有必要告诉她那里没有人,或是她认识的罗伯特已经变成了一个在医院的床上画画、无精打采的男人。罗伯特是否曾经向她求过婚,即便是开玩笑似的?问题的答案,我想,就写在她嘴边的细纹、她的眼睛和垂下的发丝中。

接着她哈哈大笑:"如果我到了这个时候还没有结婚,医生,现在也不需要结婚。"——令我意外的是,她对事物的认知方式与她的年纪很不相称,因为她还引用了一句科尔·波特①的歌词:"丈夫们是一群无聊乏味的家伙,只会令你心烦。"

"《吻我,凯特》,"我立刻拍着桌子说。"毕竟,你太年轻了,没有你母亲的许可你不能结婚。我可不是少女杀手,不是亨伯特·亨伯特②,不是——"

她哈哈大笑,把一滴橙汁弹向我。"别吹捧了。"她又拿起叉子,戳进鸡蛋里。"等你到了八十岁,朋友,我会是——"

"比我现在要老,但看起来是多么年轻。'快来吻我,凯特!'"我喊道。她笑得更自然了,并绕着桌子走过来坐在我的膝盖上。但房间里有一阵奇怪的回响,回响着那个名字,罗伯特的前妻也叫凯特。我们默默地感受着它。也许为了让它止住,玛丽重重地吻了我。接着我把我最后一片培根给了她,我们就这样吃完了早餐,玛丽坐在我的膝盖上,我们蜷缩在一起,把坏心情挡在外面。

在出发之前,我还有许多事情要做。飞往巴黎的前一天上午,我花了很多时间处理我的文件。那天中午,我去看望了罗伯特,像往常一样,默默地坐在他身边;我还不准备告诉他我决定去拜访亨利·罗宾逊。他很可能会注意到我不在,但我情愿他猜测我去了哪里,因为他不会愿意去问任

---

① 科尔·波特(1891—1964),美国著名音乐家,《吻我,凯特》是他的代表作之一。
② 亨伯特·亨伯特:美国作家纳博科夫著名小说《洛丽塔》中的人物,爱上一个未成年少女的中年男子。

何人。

还有其他我非做不可的事情。大约四点的时候,我再次去罗伯特的房间,我知道这个时候他在草地上画画。房间的门开着,我松了口气,这样我就不会有一种做贼的感觉,虽然在走廊上我好几次扭头张望。我发现那些信放在柜子最上层的架子上,整整齐齐地包在一起。再次拿到原件,我感觉很高兴,就像我一直在想着它们但自己却不知道——破旧的信纸、棕色的墨水、贝亚特莉斯优雅的笔迹。罗伯特发现它们不见时或许会焦急不安,他会想到是谁拿走了。想也没用。我把它们放进我的公文包里,轻轻地走了出去。

玛丽在我的公寓里过夜。我半夜醒来,发现她也醒着,在半昏暗的光线中瞪着我。我伸出一只手碰触她的脸。"你怎么不睡觉?"

她叹了口气,转身亲吻我的手指。"我睡着了,然后被惊醒了。然后我开始想你去巴黎的事。"

我把她的头拉到我的脖子边。"什么?"

"我想是我有些嫉妒。"

"你知道我请你去的。"

"不是那个。我不想去。但不管怎么样,你会去看她,不是吗?"

"别忘了我不是——"

"你不是罗伯特。我知道。但你无法想象和他们生活在一起是什么样子。"

我挣扎着用手肘撑起身,以便看到她的脸。"他们?你在说什么?"

"罗伯特和贝亚特莉斯。"她的声音明亮而清晰,毫无睡意。"我想这话我只能对一个精神科医生说。"

"这话我只能听到我的爱人说出来。"我看见她的牙齿在黑暗中泛着光;我捧住她的脸,吻了她。"别想了,亲爱的,去睡觉。"

"拜托就让她安息吧,这个可怜的女人。"

"我会的。"

她把额头靠在我的肩上,我把她的长发像块大披肩似的绕着她,随后,她又睡了。这次,我自己躺着无法入睡了。我想到罗伯特在金树林睡着了,或者没有睡,那张床对他高大的身材来说有点小。他为什么去了法国两次?是不是因为他和我一样怀疑《勒达》的作者究竟是谁?他找到答案了吗?也许在一八七九年的一个天主教国家,这个主题对一位女性来说确实太强烈了。如果罗伯特相信他的忧郁夫人亲手完成了这幅画,为什么还要破坏它?难道是他嫉妒那只天鹅,出于某种我无法了解的原因?我想要起床穿好衣服,拿上车钥匙,开到金树林去。我知道警报器的密码、前台的手续,也认识值夜班的员工。我要轻轻地走向罗伯特的房间,敲敲门,把门打开,把他吵醒。一旦在睡梦中被惊醒,他就会脱口而出。我带着一把小刀去了美术馆。我攻击那幅画是因为……

我把脸靠在玛丽的头发上,等待着内心的冲动平息下来。

九十六
马洛

戴高乐机场比我记忆中的更为喧闹,不知怎地也变大了,显得更冷漠单调,缺乏人情味。三年后我来这里度迟到的蜜月时,看见这座航空站被警察清空,隔着一段安全的距离,听见一些商店后面传来爆炸声:他们在引爆一个单独留在大厅里的手提箱。这个声响穿透了我们的神经,事后证明里面没有炸弹。但在二〇〇〇年,形势并没有那么紧张,我也独自一人。

我搭上一辆出租车前往佐伊推荐的酒店:我入住的房间比一只水泥箱大不了多少,有一扇窗能俯瞰中央大楼,我的床硬邦邦的,还嘎吱作响;但距离里昂火车站只有几步之遥,沿着街往前走还有一家带遮阳篷——每天早上老板都用一根大曲柄把它卷起来——的小酒馆。我扔下包,去那里吃了第一顿饭,以后又在那里吃了好几顿。在飞行之后,这顿饭令我格外心满意足,咖啡热气腾腾,味道浓郁,加了很多牛奶。接着我回到箱子般的房间里,在咖啡因的作用下还是昏睡了一个小时。醒来的时候,半天已经过去了。我冲了个热水澡,舒服得直哼哼;我刮了胡子,带着一本袖珍导游册在城里逛了一会儿。

亨利住在蒙马特,但我要到明天早上才去拜访他。走出酒店后几分钟,我无意中看见圣心大教堂的圆顶映衬在天空之下。我想起上一次到访这里时看到的标志性建筑,那是十二、十三年前了。导游册告诉我这座梦幻般的白色教堂是在巴黎公社被镇压后,作为政府权力的象征而建造的。然而,我不想来这里观光,于是四处闲逛。后来大部分时间里,这本书都待在我的口袋里,除了我沿着塞纳河边观看书报亭时才发现自己迷了路,而我离酒店已经很远,这才拿出来。天气很潮湿,不冷也不热,阳光时不时地透下来令水面泛出波光。从华盛顿只要坐趟飞机就能来,我居然很久没有来过了。在通向河面的一段台阶上,我把手帕铺在粘滑的石头上,坐下来对着停泊在对面的船只——那是一家被一罐罐鲜花围绕的餐馆写生。

我急着想在奥赛博物馆关门之前看看贝亚特莉斯·德·克莱尔瓦勒的画;那些在曼特农博物馆的作品可以等到明天拜访亨利·罗宾逊之后再看。我沿着河走到奥赛博物馆;我上一次来巴黎的时候错过了它,那时候它刚刚开放。我不想费心去描述庞大的玻璃顶大厅、里面陈列的雕塑,以及一丝美妙的历史痕迹,在贝亚特莉斯那个时代,这里曾经是一座火车站。一切都令人惊叹不已——我在那里流连了几个小时。

我先去看马奈的作品,站在《奥林匹亚》面前,和她咄咄逼人的视线相交,沉醉不已。接着我无意中发现一个美丽的惊喜——一幅毕沙罗的油画,描绘冬日卢维希纳的一栋房子。我不记得曾在别的地方见过这幅画,只见泛红的房子和被大雪压得弯曲的树木,地上也积满了雪,一个女人和一个孩子手拉着手,在严寒中裹得严严实实。我想起了贝亚特莉斯和她的女儿,但这幅画标着一八七二年,那时奥德还没有出生。画廊里还有其他描绘冬天的画作——莫奈的和西斯莱的,还有更多毕沙罗的,冬季效应,白雪、手推车、篱笆、树木和更多的白雪。我看见,他们的笔下,阴沉沉的天空压在村子——卢维希纳、马尔利勒鲁瓦等等——里的教堂塔尖上,以及巴黎的公园上方。和贝亚特莉斯一样,他们喜欢冬天的花园。

在西斯莱和毕沙罗的画旁边,我发现了两幅贝亚特莉斯·德·克莱尔瓦勒的作品。一幅是个正在做针线活的女孩肖像——她一定是信里提到的那位女仆。另一幅是一只天鹅郁郁寡欢地漂浮在水面上,一只普通的天鹅,没什么特别。贝亚特莉斯很努力地练习描绘这个形象,我想,也许是在为我明天将在亨利·罗宾逊那里看到的那幅画做准备。我发现了一幅奥利维尔·维格诺的风景画,一幅田园景致,吃草的母牛、一片田野、一排白杨树、大团大团懒洋洋的云朵。也许贝亚特莉斯对他作品的敬重,超过我的想象;那是一幅技艺出众的画作,虽然没什么创新。铭牌上标注的时间是一八五四年。我想,那个时候贝亚特莉斯才三岁。

参观完毕后,我吃了一份牛排和薯条作为晚餐,随后返回酒店。在房间里,尽管我努力想要看完一章有关普法战争的精彩历史,但还是睡着了。一睡就是十三个小时,幸好第二天早上在合理的时间醒来,不算太晚;而同样合理的解释就是,作为旅行者,我已经不再年轻了。

九十七
马洛

亨利·罗宾逊住在蒙马特一条街上。街很陡,但并不狭窄,而且景色优美,两边是锻铁的阳台。我找到地址,在街上站了一会儿才按门铃——门铃声清晰可辨,虽然他的公寓在二楼。我上了楼;楼梯昏暗,满是积灰,我在想一个九十八岁的老人怎么能上上下下。二楼只有一扇门,我还没碰就打开了;一位老妇人站在那里,她穿着棕色裙子、厚厚的长筒袜和鞋子。说来也怪,那一瞬间我以为自己看见的是奥德·德·克莱尔瓦勒。这位妇人系着一件围裙,脸上闪过一丝微笑,说了一些我听不懂的话,并带我进入客厅。奥德如果活到现在,那该是一百二十岁了。

亨利·罗宾逊有一个丛林般的庭院,到处都是植物,花草繁茂但井然有序。房间里——至少是临街的那一边——洒满阳光,它们从玫瑰色丝质窗帘透进来。墙壁和两扇关着的门都是柔和的浅翡翠绿。房间里到处是油画,但不像他的老朋友卡莱家里陈列得那么舒服,而是挤满了每一寸可用的空间。亨利的椅子边是一幅头像,那是一个上了年纪的女人,长脸,蓝眼睛,梳着四五十年代的发型,我想一定是奥德·德·克莱尔瓦勒。我很好奇那是不是佩德罗·卡莱提到的他画的画像;但我看不到签名。还有一些也许是修拉画的小作品——算是点彩派——还有大量一战和二战之间的油画。我没有找到任何像是贝亚特莉斯·德·克莱尔瓦勒的作品,也没有一幅画像是《天鹅贼》。那些没有装满书本的壁柜和书架上陈列着青瓷,可能是朝鲜的,很古老。也许稍后我可以问问他。

亨利·罗宾逊坐在一张和他本人一样老的扶手椅上。当我进去的时候,他缓缓地站起来——尽管我示意他不要起身,笨嘴拙舌地说出几个法语词——伸过来一只半透明的手。他比我矮一点,身上瘦得只剩一把骨头,但直起身子后还能挺得笔直。他穿着一件条纹衬衫,外面罩着一件有金色扣子的红色开襟毛衣,下半身是一条深色的裤子。他仅剩的几撮头发全都向后梳着,他的鼻子和手一样透明,双颊泛红,眼镜后面的眼珠是棕色的,但已经褪色。那张脸在年轻时必定英俊帅气,深色的眼睛、高高的颧骨、一个秀气高挺的鼻子。他的手和手臂在颤抖,但握起来却很有力。我想到我碰触的这只手曾经抚摸过贝亚特莉斯的女儿,而她的手则无疑是贝亚特莉斯曾经握过、轻抚过的,不禁心头一颤。

"早上好,"他用带着口音但清晰的英语说。"请进来坐下。"又用那只满是青筋的手指着一把椅子。"报纸太多了。"他微笑着,露出异常年轻和整齐的牙齿——假牙。我把另一把椅子上的报纸清理干净,等着他撑着两只皮包骨头的手臂,慢慢坐到自己的椅子上。

"罗宾逊先生,谢谢你肯见我。"

"我很乐意,"他说,"虽然,我告诉过你,你提到的那个人我并不喜欢。"

"罗伯特·奥利弗病了,"我告诉他,"我怀疑他把这些东西从你这里拿走的时候已经生病了,因为他的情况时好时坏,是慢性病。但我知道那一定让你很生气。"我小心翼翼地从外套内侧的口袋掏出这些信;我事先把它们放在一个折起的信封里,此时,我把这捆信从信封里拿出来,交到他手上。

他惊讶地低头看着信,又看着我。

"是你的吗?"我问道。

"是的。"他说。他的脸微微抽动,鼻子发红而抽搐着,声音哽咽,仿佛随时会哭出来。"其实,它们属于奥德·德·克莱尔瓦勒,我和她一起生活了二十五年以上。她母亲临死前把它们交给了奥德。"

我想到了贝亚特莉斯,当时不再年轻而严肃,而是到了中年,也许头发已花白,因为病痛而憔悴,在本该是盛年的时候奄奄一息。她死时将近六十岁。或多或少就是我这个年纪,而我连可以告别的女儿都没有。

我冷静地点点头,表示理解他内心的愤慨。透过那副金丝边眼镜,亨利·罗宾逊的视力显得很好。"我的病人——罗伯特·奥利弗——可能没有想到他偷信的行为会伤害你。我无法请求你原谅他,但或许你能够理解。他深爱着贝亚特莉斯·德·克莱尔瓦勒。"

"我知道,"这位老人相当严厉地说,"我也知道他的妄想,如果你指的是这个。"

"我应该告诉你,我已经看过信了。我请人做了翻译。但我想,任何人都会爱上她。"

"显然她非常可爱,tendre(温柔)。要知道我也爱她,通过她的女儿。但你怎么会对她感兴趣,马洛医生?"

他还记得我的名字。

"因为罗伯特·奥利弗。"我讲述了罗伯特被捕的情形,他入院的最初几个星期里我努力了解他,而他用素描、后来又用油画画出那张脸取代了任何语言,我需要去理解什么样的幻想驱使着他。亨利·罗宾逊听得很认真,双手握在一起,毛衣下的双肩隆起,像只猿猴似的,全神贯注。他时不时地眨眨眼睛,但一言不发。很奇怪,我有一种如释重负的感觉。我继续告诉他我和凯特的谈话,罗伯特所画的贝亚特莉斯的油画,以及玛丽,还有罗伯特告诉她在人群中偶然看见贝亚特莉斯的脸。我没有提到我去看过佩德罗·卡莱。如果可以的话,我会在稍后转达他的问候。

他静静地聆听着。我想起了我的父亲——和亨利·罗宾逊形成了对比,我父亲就像个小伙子,有车子,有女朋友,什么都不缺。但罗宾逊和我父亲一样,即便我有所隐瞒,他还是能猜出很多。我缓慢而清晰地说着,有点担心他的英语程度,并为我甚至不敢秀两句我那糟糕的法语而感到惭愧。他似乎完全听懂了我的话。我说完之后,他用手指轻弹那捆放在他膝盖上的信。"马洛医生,"他说,"非常感谢你把它们还给我。我知道一定是罗伯特·奥利弗偷走了它们——他第二次来过之后我就找不到了。你知道,他私藏了好几年。"

我想起我趴在凯特家办公室的地板上看见的一个词:埃特尔塔。

"是的。嗯,我猜既然他什么也没说,他也不会告诉你那个。"亨利·罗宾逊挪了下他那骨瘦嶙峋的膝盖。"他第一次来这里是在九十年代初。当时他读到一篇文章,上面提到我和奥德·德·克莱尔瓦勒的关系,于是写信给我。他的热情、他对艺术的执著和认真感动了我,于是我同意他来看我。我们聊了很多——没错,当时他的确很健谈。他也善于倾听。实际上,他是个很有意思的人。"

"能告诉我你们聊了些什么吗,罗宾逊先生?"

"好的,可以。"他把双手分别放在两边的扶手上。这个长着帅气的鼻子和下巴、头发如蜘蛛丝一般的男人身上有一种显著而坚毅的气质。"我永远无法忘记他走进我房间的那一刻。你知道,罗伯特·奥利弗他非常高大,气度非凡,像个歌剧演员。我不由自主感到一丝敬畏——他完全是个陌生人,那时候我又是独自一人。但他很有魅力。他坐在椅子上,我想就是你现在坐的地方。我们先是聊起了绘画,接着说到我的收藏,那些我都捐给了曼特农博物馆,除了一件作品。那天下午他去看了那些作品,深受感动。"

我说:"我还没有去过曼特农,但我会去的。"

"总之,我们坐在这里聊天,最后他问我能不能说说我对贝亚特莉斯·德·克莱尔瓦勒的了解。我讲了一点有关她生活和作品的事情,而他说他做过研究,大部分信息他已经掌握了。他想知道奥德是怎么谈论她母亲的。我很清楚他热爱贝亚特莉斯的作品,如果'热爱'一词准确的话。他给人一种温暖的感觉——我觉得……其实我被他吸引住了。"

亨利咳了一下。"于是我开始告诉他奥德对我说的——她的母亲温和而活泼,一直热爱艺术,并全心全意地爱着她,奥德。她说,从她记事开始,她母亲从来没有画过油画或是素描。从来没有。而且她也从来没有带着遗憾说起她的作品——如果奥德问起这方面的事情,她会大笑着说她的女儿是她最得意的作品,除此之外,她别无所求。奥德从十几岁开始画素描,也画一点油画,而她母亲总是热情地帮助她,但从不和她一起画。奥德告诉我她曾经恳求她母亲和她一起画素描,但她母亲说:'我已经完成了最后的画,亲爱的,它们正等着你。'而且她拒绝解释这话的含义,以及为什么她不再画画。那总是令奥德感到困惑。"

亨利·罗宾逊转向我,深色的眼睛像是肥皂水的表面泛着光彩,可能是白内障的缘故,也可能是镜片的反光。"马洛医生,我是个老人,我很爱奥德·德·克莱尔瓦勒。她从未离开过我。罗伯特·奥利弗似乎对她和贝亚特莉斯的故事很感兴趣,所以我把信念给他听。我念给他听。反思过去,我觉得奥德会希望我这么做。我们有一两次对彼此念出这些信,她说她认为它们是给那些能懂得他们故事的人看的。因此我从来没有公开过,或是写到过它们。"

"你把信念给罗伯特听?"

"嗯,我现在知道我真不该这么做,但是我想他很想知道信的内容,因为他是那么感兴趣。我错了。"

我想象着罗伯特用粗壮的手肘撑着往前靠,聆听这位坐在另一把椅子上、年迈瘦弱的老人念出贝亚特莉斯和奥利维尔的字句。"他听得明白吗?"

"你是说语言?哦,他需要的时候我会稍微翻译一下。要知道他的法语很好。至于信的内容?我不知道他明白了些什么。"

"他有什么反应?"

"我读完后,看见他的脸色非常——怎么说呢——阴郁。我以为他会哭。接着他说了一句奇怪的话,像在自言自语:'他们曾经活着,不是吗?'我说没错,当一个人读着过去的信件,他会明白这个世界上确实有过这样的人,而那是非常感人的。我把信念给陌生人听,自己也很感动。但他说不,不——他是说他们真正地活过,而他则没有。"亨利·罗宾逊摇摇头,眼睛注视着我。"于是我开始觉得他有点古怪。但是,要知道我看惯了艺术家。奥德对于她的过去和她母亲的画作就表现得非常奇怪——那是我喜欢她的一点。"他沉默片刻。"我们道别之前,罗伯特告诉我这些信让他更加明白贝亚特莉斯希望他画什么。他说他会全身心地投入去画她的生活，为了纪念她、崇拜她。他的口气像是爱上了这个死去的人，就像你说的那样——我知道那意味着什么，医生。我理解。"

我看着他，感觉到他曾是个不知疲倦的人，如今依然很睿智；二十年前，他可能会一边同我聊天，一边在房间里走来走去，一会儿摸摸书脊，一会儿把一幅画扶正，一会儿摘下植物的一片枯叶。也许奥德就像我所见的两幅肖像一样，冷静而从容——一个内敛的女人，充满了自尊。我想象他们在一起的情景，这个精力充沛、魅力十足的年轻男子给她注入了无尽的活力，而这个自信满满、超然物外的女人令他当作神一样来崇拜。"罗伯特还说了别的吗？"

罗宾逊耸耸肩。"我不记得了。但我的记性大不如前。接着他很快就走了。他很有礼貌地感谢了我，告诉我他对我的造访将永远是他艺术生命的一部分。我不指望会再次见到他。"

"但还有第二次？"

"那出乎我的意外，是一次更短暂的造访，就在过去的两年之内，我想。他来之前没有写信给我，因此我不知道他来了巴黎。一天门铃响了，伊冯去应门，把奥利弗带了进来。我大为吃惊。他说他来巴黎是为他的作品寻找背景，于是决定来看我。那时候我身体不太好——走路不方便，有时候想不起事情。你知道今年我九十八岁了吗？"

我点点头。"我知道——恭喜你。"

"这只是偶然，马洛医生，不是什么喜事。总之，罗伯特走进来，我们聊了一会儿。后来，我不得不起身上洗手间，因为伊冯在厨房里听电话，于是他扶着我走到那里。他很强壮。但你看，我之所以记得这些，是因为他离开一个星期后，我想看那些信却发现它们不见了。"

"你把它们放在哪里？"我故作轻松地问道。

"抽屉里。"他用苍白的手指指着房间另一边的一个柜子。"你要是愿意，可以打开看看。里面只有一样东西。"他把一只手盖在膝头的信上。

"现在我可以把它们放回去了。我就知道一定是奥利弗拿的,因为我几乎没有别的客人,伊冯绝不会动它们——她知道它们对我有多重要。你看,几年前,我捐出了所有的画,所有贝亚特莉斯的画。除了《天鹅贼》。它们在曼特农博物馆。我知道我随时都会死去。奥德希望我们自己保存这些画,但也希望它们能永久保存下来,因此我尽我所能,做出了最好的选择。但《天鹅贼》不一样。我还在考虑该怎么处理它。罗伯特·奥利弗第一次来访时,我一度想到,有一天我甚至会把这幅画送给他。感谢上帝我没有这么做。这些信里面有着奥德对她母亲的爱。它们对我来说无比珍贵。"

我觉得在这些微妙的言语间流露出了老人的愤慨。"那你没有试着向他讨回来吗?"

"当然,我按照他第一次来时留给我的地址写了封信,但一个月后被退了回来。上面写着查无此人。"

也许是凯特本人愤怒地写下这句话。"那么你再也没有他的消息了?"

"有,但我想事情反而更糟糕了。他写了一封信给我。那是现在唯一留在抽屉里的东西。"

九十八
马洛

  在亨利·罗宾逊的注视下,我站起来,缓缓地走到他所指的那个柜子前。我觉得有一种不真实感,在这么一个东西摆得满满当当的公寓里,和一位将近百岁的老人在一起,再次探寻一个病人的过去,他不仅企图破坏一件艺术作品,显然还窃取了私人信件。而我还是无法让自己去谴责罗伯特。时差令我头晕;我想到了玛丽的怀抱,突然很想回家待在她的身边。接着我想起她不在我家里,而在她自己家里。四个夜晚和一顿早餐对于一个年轻而自由的人来说,能说明什么?我用战战兢兢的手拉开了抽屉。

  里面是个信封,上面所标明的日期在罗伯特攻击《勒达》之前:没有寄信人地址,只有一个华盛顿的邮戳和国际邮资证明。信封里是一张折起的信纸。

亲爱的罗宾逊先生:

  请原谅我借走了你的信。我迟早会归还给你,但我正在创作一些重要的油画,我必须每天看这些信。这些信太精彩了,里面都是她,我希望你赞同这一点。我不是给自己找借口,但也许最终它们放在我这里更安全。我凭着之前记住的很多内容,完成了一系列作品,我认为是我迄今最好的作品。但是我必须每天都看到它们。有时候,我会在夜里起来看一会儿。我最新的系列作品将非常重要,它们会告诉全世界,贝亚特莉斯·德·克莱尔瓦勒是她那个时代最伟大的女性之一,也是十九世纪最伟大的艺术家之一。她放弃画画的时候太年轻了。我必须为了她继续画下去。必须有人为她出气,要不是残忍地被人阻挠,她或许会接着画几十年。被什么阻挠?你我都知道她是个天才。你可以理解我是多么爱她,多么崇拜她。也许你知道当你想画画却不能画画是什么感受,即便你本人并不是画家。

感谢你的帮助,让我用到她的字句,请原谅我的决定。我会千百倍地补偿你。

你的朋友
罗伯特·奥利弗

我无法形容,这封信是如何让我的心一沉。这是我第一次听到罗伯特详细叙述他的感受,至少是那时的感受。里面措辞一再反复,情绪很不理智,并且幻想出他的重要使命,这一切都指向了狂躁症。他自私自利地盗取别人的财物,并且看不到他的所作所为会造成何种影响,对此,我感到很难过;同时,我明白他和现实的脱离最终导致他去攻击《勒达》。我准备把这封信放回去,但亨利·罗宾逊伸手阻止我。"如果你愿意就留着吧。"

"真令人难过和震惊。"我说,但我把它放进了我的外套里。"我们必须记得罗伯特·奥利弗是个精神病人,而且这些信确实还给了你。但是我不能也不应该为他辩护。"

"我很高兴你把信还给了我。"他直截了当地说。"它们是很私密的。看在奥德的分上,我从来没有公开过。我担心罗伯特会这么做。"

"也许以防万一,你应该毁了它们。"我建议说,虽然我自己也受不了这个念头。"总有一天,它们会引起某些美术史学家极大的兴趣。"

"我会考虑的。"他的双手握在一起,手指交叉。

别考虑得太久,我想对他说。

"我很抱歉。"他抬起头看着我。"我完全忘了待客之道。你想喝点咖啡吗?还是喝茶?"

"谢谢你,不用了。你真是太好了,我不会打扰你太久。"我又坐回到他的对面。"我不想再麻烦你,但能不能请求你另外一件事?"我不知该怎么说才好。"我能看看《天鹅贼》吗?"

他严肃地看着我,似乎在考虑我们说过的每一件事。他有没有给我任何不准确或捏造的信息?我不得而知。他把又细又尖的手指放在下巴上。

"事实上,我没有让罗伯特·奥利弗看过,现在我庆幸我没有。"

这令我感到意外。"他没有要求看这幅画吗?"

"我认为他不知道我有这幅画。没有人知道这件事。事实上这是个人隐私。"他突然抬起头。"你是怎么知道的?你怎么知道我有这幅画?"

这下我必须得说本该早点说出的话,我担心那会揭开旧伤疤。"罗宾逊先生,"我说,"我应该早点告诉你,但不知该不该说——我去墨西哥见了佩德罗·卡莱。他对我非常客气,就像你一样,我就是通过他才知道你。他向你问好。"

"啊,佩德罗和他的问好。"但他像个顽童似的笑了。这两个男人之间曾经有着跨越大洋的过节,如今早已遗忘,冰释前嫌。"所以他告诉你,他把《天鹅贼》卖给了奥德,你相信他?"

这次轮到我傻眼了。"是的。他是这么说的。"

"我想他不是真的要骗你,可怜的老猫。事实上,是他自己想要从奥德手上买这幅画。他们都认为它是无与伦比的作品。奥德从巴黎一个画廊老板阿蒙德·托马斯的房产拍卖中买到这幅画。奇怪的是,此前它从来没有展出过,此后也没有。奥德绝对不会把它卖给佩德罗或其他人,因为她母亲告诉她,那是她画过的唯一重要的作品。我不知道阿蒙德·托马斯是如何得到它的。"他把双手盖在膝头的信上。"托马斯生意失败后只留下几幅画,《天鹅贼》就是其中之一——经营人是阿蒙德的哥哥吉尔伯特,他是位出色的画家,但不是出色的商人。你知道,贝亚特莉斯和奥利维尔的信中有提到他们。我一直觉得他们必定是那种唯利是图的人,显然难以和画家交朋友,不像杜朗-鲁埃尔,所以最后赚的钱也少得多。而且他们不像他那么有眼光。"

"是的,我在国家美术馆看到了吉尔伯特的两幅油画,"我说,"当然包括了《勒达》,罗伯特攻击的那一幅。"

亨利·罗宾逊点点头。"你可以进去看《天鹅贼》。我想我就待在这里。我一天看它好几次。"他指着客厅一端一扇关着的门。

我走向那扇门。里面是间小卧室,从五斗橱和床头柜上的药瓶来看,显然是罗宾逊本人的卧室。双人床上铺着一块绿色缎子床罩。与之配套的窗帘挂在唯一的窗上,另外又是好几架子的书。这里光线很暗,我打开灯,感觉到亨利在看着我,于是不便把门关上。起初我以为床头有一扇窗子,能看到花园,接着我想到那是一幅描绘着一只天鹅的油画。但我立刻发现那是一面镜子挂在那里,映出了房间里唯一一幅油画,就挂在对面的墙上。

我不得不停下来喘口气。《天鹅贼》是难以用语言来形容的。我预料到了画中的美丽,却没有想到其中还有邪恶。那是一幅相当大的油画,长约一米二,宽约一米,呈现出印象派的鲜明色调。画面上有两个衣着很不考究的男子,棕色头发,其中一人的嘴唇是奇怪的红色。他们正悄悄地向观画者走来,同时也走向一只警惕的、正要飞出芦苇丛的天鹅。我想,这正是逆转了勒达的遭遇:此刻,天鹅变成了受害者,而不是攻击者。贝亚特莉斯用迅速、生动的笔触画出这只鸟,它的翅膀尖端栩栩如生;它有点模糊,匆匆飞出它的窝,下方的睡莲叶子和灰色的水面依稀可见,只见天鹅有着一道圆弧状的白色胸脯、冷静的黑色眼睛和灰色眼眶,由于飞不起来而惊惶失措,水面在一只黄黑两色的脚下泛起涟漪。小偷们已经走到跟前,大个子男人的双手正要掐住天鹅紧张的脖子;而小个子似乎要冲上前抓住它的身体。

天鹅的优雅和那两个男子的粗鲁之间形成了对比,并通过急促的笔触鲜明地呈现出来。我曾在国家美术馆里打量过那个大个子男人的脸;那个数着硬币的艺术品商人,此时太过急切地想要捕获他的猎物。如果这是吉尔伯特·托马斯,那么另一个人一定是他的弟弟。我很少在油画中看到这样的技巧和这样绝望无助的情绪。也许她给了自己三十分钟,也许三十天。她深刻地构思过这个画面,然后用速度和热情一气呵成。如果亨利说得没错,在那之后,她放下了画笔,从此再也没有提起过。

我一定像生了根似的在那里站了许久,怔怔地看着它,因为我突然感到一阵疲惫向我袭来——我们是无法想象别人的生活的。这个女人画了一只天鹅,它对她来说具有某种意义,而我们已无从知晓。但这已不再重要,因为我们感受到这幅画强烈的情感。她已不在人世,我们却还在,总有一天我们也都会离去,但是她留下了一幅画。

接着,我想到了罗伯特。他从来没有站在这幅画前,试图解开这个充满强烈感情的谜团。或者他看过?年老而独自一人的亨利·罗宾逊走开了多久?目前我只看到一个卫生间,就在房门边上,而我所在的卧室并没有卫生间——这间公寓陈旧而怪异。罗伯特会不会想要打开一扇关着的门看一看?不——他一定看到了《天鹅贼》;不然他为什么怒气冲冲地回到华盛顿,不久以后在国家美术馆发泄他的怒火?我想起他在格林希尔画的贝亚特莉斯的肖像,她的微笑,她的手抓着一件丝质斗篷挡在胸前。罗伯特希望看见她快乐。《天鹅贼》充满了威胁和诱骗——也许还有复仇。感谢上帝,很可能罗伯特以某种我永远不会明白的方式,理解了她的悲伤。他不需要看到这幅画就能理解。

接着,我想起了一直坐在椅子上的罗宾逊,于是返回了客厅。我知道我再也看不到《天鹅贼》了。我和它一起度过了五分钟,而这五分钟就改变了我对整个世界的看法。

"啊,看来你很感动。"他摊开手掌,表示赞同。

"是的。"

"你认为这是她最伟大的作品吗?"

"你比我更清楚。"

"我现在累了,"亨利说。我突然想起好像卡莱曾经也对我和玛丽说过同样的话。"但我希望你明天看过了我捐给曼特农的作品后再来一趟。到时候你就能告诉我,我给自己留下的是不是最好的。"

我立刻上前握他的手。"很抱歉我待了这么久。很荣幸我能再来这里。明天什么时候?"

"我三点钟午睡。上午来吧。"

"真是不胜感谢。"

我们握握手,他微笑了——再次露出完美的假牙。"我和你谈得很愉快。也许我会决定原谅罗伯特·奥利弗。"

九十九
马洛

曼特农博物馆在帕西,布洛涅森林附近,也许离贝亚特莉斯·德·克莱尔瓦勒的家很近,但我不知道怎么走,也忘了问亨利。或许那根本不是一座博物馆;我怀疑她的生平简介能否写在一张铭牌上。我搭乘地铁,走了几个街区,穿过一个满是孩子的公园,他们穿着色彩鲜艳的外套,簇拥在秋千和现代的攀岩壁旁。博物馆本身是一座高大的、乳白色的十九世纪建筑,水泥天花板上有繁复华丽的装饰。我在一楼逛了一会儿,穿过一道画廊,上面挂着马奈、雷诺阿和德加等人的作品——这些画我几乎从来没有见过——接着走进一间较小的展室,里面陈列着罗宾逊的赠品,也就是贝亚特莉斯·德·克莱尔瓦勒的画作。

我没想到她还有这么多作品,她很年轻就开始画画了。藏品中最早的作品,是她十八岁时画的,当时她还待字闺中,随乔治·拉梅勒学画。那幅画很生动,虽然缺乏她后来作画的技巧。她很努力地创作——以她的方式努力,就像迷恋她的罗伯特·奥利弗那样。我想象过她作为妻子,作为一个家庭年轻女主人,甚至是作为一个情人会是什么模样;但我忘了她曾经是一个努力的普通画家,年复一年为了完成所有这些画作而提高技艺。这里有她姐姐的肖像,有时候怀里还抱着一个婴儿;还有光彩夺目的花朵,也许是来自于贝亚特莉斯自己的花园。这里还有小幅的石墨素描和一系列描绘花园和海岸的水彩画。还有一幅伊弗·维格诺的肖像,展现他新婚时兴高采烈的模样。

我恋恋不舍地转身离去。博物馆三楼陈列着来自吉维尼的莫奈的大幅油画,主要是睡莲,大部分都是他后期的作品,几乎是以抽象的笔法来完成的。我过去从没想到过他到底画了多少睡莲——大片大片的,如今遍布巴黎的各个地方。我买了五六张明信片，其中一些是送给玛丽的，她可以贴在画室墙上。然后我离开了博物馆，在布洛涅森林闲逛。有一条敞篷船停泊在一座小湖的岸边，似乎特意要渡我到对岸；它驶向一座小岛，上面有一栋雄伟的房子。我付了钱走进去，身后是一对法国夫妇，带着两个孩子，他们为了一个特别的场合全都打扮了一番。较小的女孩子偷偷瞄了我一眼，我对她微微一笑，她也对我一笑，然后把脸藏到母亲的身后。

这栋楼显然是个餐馆，其中包括室外遮阳篷下摆放的餐桌、盛开的紫藤花和吓人的价格。我点了咖啡和一份馅饼，让照射在水面上的阳光安抚我的心。没有天鹅，我想到，虽然贝亚特莉斯那个时候它们就在那里。我想象着贝亚特莉斯和奥利维尔在水边支起画架，他轻声地指导她，她试图去捕捉天鹅飞出芦苇丛的瞬间。天鹅是要起飞还是降落？我是不是把他们的对话想得太离谱了？

尽管在岛上休息了一会儿，我回到里昂车站时还是精疲力尽。酒店旁边的小酒馆开着，服务生似乎已经把我当成了老朋友，打破了巴黎人对外国人不友好的传言。他微微一笑，像是知道我这一天是怎么过的，我多么需要一杯红酒；我离开时，他又一次露出微笑，为我打开门，并回应了我说的"Au revoir, monsieur(再见，先生)"，就好像我在那里吃了好几年的饭。

我想要找个地方用新的手机卡打给玛丽，但回到酒店里，我倒在床上，睡得死死的，甚至没有翻翻书。我的梦里尽是亨利和贝亚特莉斯；我突然惊醒，似乎看到了奥德·德·克莱尔瓦勒的脸。罗伯特在等着，我应该打给他，而不是玛丽。我醒了又睡，并且睡过了头。

一〇〇

那是一八九二年六月的一个清晨,有两个人在一座乡间火车站的月台上候车,带着旅行者清醒而警觉的神情。她们天还没亮就起床了,穿戴整齐,远远避开村里的喧嚣忙碌。身材较高的是一个处于盛年的女性,旁边是个十一二岁的女孩,手臂上挎着一只篮子。那女人穿着一身黑色,戴着黑色帽子,帽带紧紧系在下巴下面。面纱使得她看到的世界像熏黑了似的,她想把它掀起来,好重新看到赭石站台和铁轨对面田野的颜色:黄绿色的草地和夏季刚盛开的罂粟花,即便隔着朦胧的面纱还是能看见花是镉红色的。她的双手紧紧抓着包,面纱仍罩在脸上。她们的村庄非常传统,至少是对女性而言,而她是村里高贵的淑女。

她转向她的同伴。"你不想把书带出来吗?"最近几晚她们一直在看《远大的前程》的译本。

"不,妈妈。我有些刺绣要完成。"

那女子伸出一只戴着精致的黑色蕾丝手套的手去抚摸女孩的脸颊,脸颊的弧线之下是一张和她很像的嘴。"赶得上爸爸的生日吗?"

"如果顺利的话。"女孩查看一下篮子,似乎她的刺绣是活的,需要不时照看。

"会的。"一瞬间,这个女人被一种时光飞逝的感觉淹没,这朵鲜花,她的小美人已在一夜之间长高,而且很会说话。她依然记得她怀里的女婴伸出结实的双腿的感觉。一瞬间的凝神就能唤起记忆,她经常这么做:喜悦和遗憾交织在一起。但是站在这里她一刻也没有后悔过。她已是一个内心孤独、年过四十岁的成熟女人,有一个溺爱她的丈夫在巴黎等着她。她身穿着丧服。去年,他们失去了那位失明的老人,他是那么和蔼可亲,她从心底里把他当作父亲。现在又有一件伤心事。

但是她也感到人生就是这样：孩子长大，人死亡，死亡既带来损失，也带来解脱。裁缝缝制的衣服，比起几年前她母亲去世时她所穿的更时髦了一点——从那以后裙子的款式又变了。这是孩子要面对的未来，带着她一篮子刺绣用品，她的生日梦想，她对于爸爸的爱（在爱上别的男人之前）。贝亚特莉斯没有给女儿穿上一身黑色；女孩穿着一条领子和袖口是灰色的白裙子，围着黑色腰带，她的腰依然纤细，但很快就会变得匀称。她拉起孩子的手，隔着面纱吻了一下，两人都吃了一惊。

开往巴黎的火车很少晚点；今天早上它甚至早到了一会儿，远处的轰鸣声打断了这个吻，她们都站好等着。这孩子总是想象着火车会自行撞进村子，碾碎房子，所到之处瓦砾成堆，扬起漫天的尘土，撞翻鸡舍，摧毁集市的货亭——一个天翻地覆的世界，像是她儿歌书里的一幅画：老妇人提着围裙，大脚丫穿着大木鞋四散逃跑。一个喜剧般的灾难。然后人们像妈妈一样安安静静地爬上火车，于是尘埃落定，一切在瞬间恢复原状。妈妈做什么事都是安安静静的，显得很优雅——她安安静静地独自看书，当你坐下来让她帮你梳头，她会安安静静地把你的头转向右边，安安静静地抚摸你的脸颊。

妈妈还有一些突然的动作，奥德觉得和自己很像但还不太懂，仿佛那些年轻的心态从来永远不会离开我们——突然吻她的手，或是当爸爸正坐在花园的长椅上看报纸时突然嬉笑着抱住他的头和帽子。她即使穿着丧服看上去还是很美，就像现在他们为奥德的外公戴孝，上次是为爸爸远在阿尔及利亚的伯父——几年前他去那里居住——的过世哀悼。或者，她会看见妈妈站在后窗看着雨水倾斜在草地上，看见她眼中少有的悲伤。他们的房子在村里是最靠边的，因此你可以直接从花园走到田野；在田野的另一边有一排深色的树林，奥德不能去那里，除非有父亲或母亲的陪同。

上了车，列车员把她们的行李安置好后，奥德像妈妈一样坐好。她的文静是暂时的；不一会儿，她又跳起来，往窗外张望，看见她最喜欢的车夫

"忧伤的皮埃尔"赶着两匹马过来。他每天送包裹来,为村子中心的小商铺送货,有时候替妈妈送东西。这些年来她们和他很熟;她出生的那一年,是一八八〇年,是一个完美的整数年,爸爸买下了他们村子的房子。它位于卢维希纳和马尔利勒鲁瓦之间,一个星期里火车有三次吐着烟经过,奥德记得他们经常来这个村子,有时候只是暂住几天,有时候和母亲或父母亲一起度过漫长的夏天。皮埃尔从马上下来,似乎在和外面的列车员商量有关一个包裹和一封信的事情;他的脸上堆满了笑容——他喜形于色的特质为他赢得了那个亲切而有点反讽的外号。透过窗子,她听得见他的声音但听不清楚他说的话。

"怎么啦,亲爱的?"她母亲正脱下手套和斗篷,把她的包和奥德的篮子放好,里面有一点野餐的食物。

"是皮埃尔。"列车员看见了她,挥挥手。皮埃尔也挥着手走到火车边,举起强壮的手臂示意她把窗子摇下,收取一个包裹和一封信。她母亲站起来接过这两样东西,把包裹给了奥德,点头示意她可以立刻打开。那是爸爸从巴黎寄来的,一份迟到但令人欣喜的礼物;今晚她们将会见到他,但他还是寄给奥德一条象牙色、四只角上点缀着雏菊的披肩。她满意地将它折起,盖在她的膝盖上。妈妈从头发上取下一枚黑色发卡,把信打开,那是爸爸写来的,但里面又掉出另一个信封,上面贴着陌生的邮票,还有奥德从未见过的颤抖的字迹。妈妈一把抓起它,颤抖着小心翼翼地打开它;她似乎忘了新的披肩。她展开唯一的一张信纸,看完后再次折起,又展开看了一遍,接着缓缓地把它装回信封里,放在她膝头。她靠了回去,把面纱放下;但奥德看见她闭上眼睛,看见她抿起嘴,不住地颤抖,像是要强忍住不哭。奥德垂下眼睛,抚摸着披肩和上面的雏菊;妈妈怎么会这样?她应该说些什么来安慰她吗?

妈妈一言不发,而奥德望向窗外寻求答案,但只见穿着靴子和大外套的皮埃尔正在卸下一箱酒,一个男孩用手推车把它们送走。列车员对皮埃尔挥手道别,火车喷出蒸汽,一次,两次。村子里一切如常,每一处都开始苏醒过来。

"妈妈?"她试着小声说。

面纱后的黑眼睛睁开了,正如奥德害怕的那样,里面闪动着泪光。

"嗯,亲爱的?"

"是什么——是坏消息吗?"

妈妈看了她很久,接着用有点颤抖的声音说:"不,不是什么消息。只是一封老朋友写来的信,过了很久才到我这里。"

"是奥利维尔伯祖父写的吗?"

妈妈屏住呼吸,接着又舒了口气。

"是的,没错。你怎么猜到的,亲爱的?"

"哦,因为他死了,我想,那叫人很难过。"

"是的,很难过。"妈妈握起双手,靠在信封上。

"那么他在信里有没有写到阿尔及利亚和沙漠?"

"写了。"她说。

"但信来得太迟了?"

"一切都不会太迟。"妈妈说。她的声音哽咽了,这令人担心。奥德希望旅途快快结束,这样爸爸就能和她们在一起。她从未见过妈妈哭泣。除了"忧伤的皮埃尔",妈妈几乎比她认识的任何人都爱笑。特别是当她看着奥德时,总是面带微笑。

"你和爸爸都很爱他吗?"

"是的,非常爱他。你爷爷也是。"

"我希望我还记得他。"

"我也希望这样。"此时妈妈似乎恢复了平静;她拍了拍身边的位子,奥德带着她的新披肩优雅地移过去。

"我也会喜欢奥利维尔伯祖父吗?"

"哦,是的,"妈妈说,"他也会爱你。我想,你很像他。"

奥德喜欢像别人。"哪一点呢?"

453

"哦,充满活力和好奇心,心灵手巧。"妈妈沉默了一会儿;她看着奥德,深不可测的黑眼睛直直凝视着她,让奥德既喜欢又敬畏。她终于开口了。"你的眼睛像他,我的宝贝。"

"是吗?"

"他是位画家。"

"像你一样。画得和你一样好吗?"

"哦,好得多。"她轻抚着那封信说。"他有更多的生活经历可以放到画里面,这一点很重要,虽然那时候我不知道。"

"你会留着他的信吗?"奥德知道最好不要问能不能看,虽然她想看到有关沙漠的内容。

"也许吧,还有其他信。所有我能保存下来的信。等有一天你成了老婆婆,其中一些就是你的。"

"那我怎么才能得到它们呢?"

妈妈撩起面纱,露出微笑,用没有戴手套的那只手轻拍奥德的脸颊。"我会亲自交给你。或者我保证会告诉你它们在哪里。"

"你喜欢爸爸给我的披肩吗?"奥德把它摊在她那白色平织布裙子和妈妈那厚重的黑丝绸裙子上。

"很喜欢。"妈妈说。她把披肩拉平,盖住了她的信和上面奇怪的大邮票。"这雏菊几乎和你绣的一样美。但不全像,因为你绣的看起来总是那么生气勃勃。"

马洛

我再次进入罗宾逊的客厅时,他热情地招呼我。他不再试着站起来,但他整洁地穿着一条灰色的法兰绒宽松裤、一件黑色高领毛衣和一件藏青色的外套,好像我们是要外出享用午餐,而不是寸步不离地坐在他的客厅里。伊冯进厨房之后,我听见里面锅碗瓢盆叮当作响,同时还闻到洋葱和黄油煎出的香味。令我高兴的是,他马上要求我一定要留下来吃午饭。我告诉他我去了曼特农博物馆,他让我逐一回忆出他捐给博物馆的画作名称。"还不算辜负了我们的贝亚特莉斯。"他微笑着说。

"不错——莫奈、雷诺阿、维亚尔、毕沙罗……"

"在新的世纪中,她会得到更多的赞赏。"

毕竟很难相信在一个新的世纪中,在这里,在这么一所公寓里,同样的书籍和画作放置了约五十年,就连花花草草似乎也和玛丽同龄。"巴黎很隆重地庆祝了,不是吗?千禧年?"

他笑了。"要知道,奥德还记得一九〇〇年的元旦前夕。当时她快二十岁了。"而他自己还没有出生。他错过了奥德童年的那个世纪。

"如果可以的话,我能再问你一件事吗?那会对我治疗罗伯特有帮助,我想你是那么宽宏大量。"

他不反对地耸耸肩——一位绅士勉强表示原谅。

"我想知道你本人认为是什么原因导致贝亚特莉斯·德·克莱尔瓦勒不再画画?罗伯特·奥利弗聪明过人,他一定深刻地想过这个问题。但你有自己的看法吗?"

"我不需要什么看法,医生。我和奥德·德·克莱尔瓦勒在一起。她对我无话不说。"他稍稍挺直了一下。"她是个很出色的女人,和她母亲一样,但这个问题令她困惑。作为精神科医生,你可以看出她一定为了她母亲放弃绘画事业而自责。不是每个女人都会为了孩子放弃一切,但是奥德知道她的母亲会这么做,这一点是她一生的负担。我告诉过你,她试着自己画油画和素描,但是她没有天赋。她从来没有写过有关她母亲或她本人生活的私事——她是个严谨的记者,非常专业,非常勇敢。战争期间,她是《抵抗报》的驻巴黎记者——那是题外话了。但她有时候对我谈起过她的母亲。"

我一声不吭地等着,就像我和罗伯特在一起时一样。最后,这位老人又开口了。

"那是一个谜,吸引着你到这里来,以及之前罗伯特到这里来。我不习惯和陌生人聊天。但我要告诉你一些我从没告诉过别人的事情,当然我也没有告诉过罗伯特·奥利弗。奥德在弥留之际把这包信交给我,你还给我真是太好了。同时还有一张她母亲写给她的纸条。她要我看看纸条,接着把它烧掉,我照办了。她把剩下的信交给我保管。过去奥德从未让我看过这些东西。我觉得很伤心,你可以理解,她从来没有,因为我以为我们之间没有秘密。给奥德的纸条上交代了两件事。第一,奥德是她最爱的孩子,她爱她胜过世间的一切。第二,她把那份爱的证据留给了她的女仆埃斯梅。"

"哦——我记得她信上提到过这个名字。"

"你看过信?"

我吃了一惊。接着我意识到他说过他有时候会忘记一些事情,他是说真的。"是的——我说过,我觉得为了我的病人,我应该看一看。"

"啊。好吧,现在也没有关系了。"他用尖尖的手指拍了拍椅子的扶手;我想我看见手指下方有一个破损的地方。

"你是说贝亚特莉斯把某件东西留给了埃斯梅?"

"我想是的。但是要知道就在贝亚特莉斯死后不久,埃斯梅也死了。她突然发病,不管那是什么,也许她只是来不及把她母亲的东西交给奥德。

奥德总说埃斯梅是伤心过度而死。"

"贝亚特莉斯一定是个很善良的女主人。"

"如果她完全和她女儿一样，那么她就是一个极好的人。"他的脸色越来越沮丧。

"而奥德从来不知道这爱的证据是什么？"

"是的，我们从来不知道。奥德是那么想知道。我搜寻了埃斯梅的信息，发现一条地方政府的记录，她的全名是埃斯梅·赫纳尔德，她生于，我想是一八五九年。但我找不到别的信息。奥德的父母在埃斯梅出生的村子里买了栋房子，但伊弗死后房子就被卖了。我甚至记不得村子的名字。"

"那么她比贝亚特莉斯小八岁。"我指出。

他在椅子上换了个坐姿，用手挡在眼睛上，似乎为了把我看得更清楚。"你对贝亚特莉斯这么了解，"他带着不可思议的口气说，"你也爱她吗，像罗伯特·奥利弗那样？"

"我对数字的记忆力很好。"我开始想到应该在老人感到疲惫之前离去。

"不管怎么说，我一无所获。就在奥德去世之前，她说她母亲是世界上最可爱的人，除了"——他清了清哽住的嗓子——"除了我以外。所以，也许她不需要知道得更多。"

"当然那就够了。"我说，想要安慰他。

"你想要看她的肖像吗？贝亚特莉斯的？"

"好的，当然。我在大都会博物馆里看过奥利维尔·维格诺画的那幅。"

"很棒的肖像。但是我有照片，那非常罕见——奥德说她母亲不喜欢拍照。奥德永远不会让任何人公开它。我把它存在我的相册里。"我还没来得及反对，他便非常缓慢地撑起自己，从椅子边上拿起一根藤杖。我伸出手去；他不太情愿地拉着我的手臂，我们走到房间对面，他用藤杖指着一个书架。我拿出他所指的厚重的皮质相册——破损斑驳，但封面上依然镶

457

着一个镀金长方形框。我把它放在近旁的一张桌子上翻开。里面是好几代的家庭相片,我真想请求仔细看看全部的照片:只见穿着褶边裙子的孩子在前面直直地瞪着眼睛,十九世纪的新娘像是白色的孔雀,绅士模样的兄弟或朋友戴着大礼帽,穿着双排扣大衣,互相勾肩搭背。我在想里面有没有伊弗,也许就是那个黑胡子、宽肩膀、面带微笑的男子,或者奥德就是那个穿着大裙摆礼服和纽扣靴的女孩。即便他们在那里,或者其中某个就是奥利维尔·维格诺本人,但都被亨利·罗宾逊跳过而直奔主题,而我不敢打断他脆弱的思绪和双手。他终于停了下来。"这就是贝亚特莉斯。"他说。

我已经在很多地方看到过她;但看到她真实的脸依然感到毛骨悚然。她一个人站在那里,一只手放在三角架上,另一只手把裙子往后拉——很拘谨的姿势,但她的身躯充满了活力。我认得这对黑眼睛、下巴的形状、纤细的脖子、别在耳朵后面的浓密鬈发。她穿着一条黑色的长裙,肩膀上围着一条华丽的披肩。裙子的袖子上面宽大,到了手腕处收得很小;她的腰纤瘦而紧致,裙摆的边缘是宽宽的浅色镶边,是一种好看的几何图案。一位时尚的淑女,我想:一位不作画时精心打扮的艺术家。

照片上很正规地标明了年份:一八九五年,以及一家巴黎照相馆的名称和地址。隐隐约约像是有什么东西吸引着我,一种暗示,一个来自别处的身影,一种我挥之不去的忧郁。过了好一会儿,我想到我的记忆力并不比亨利·罗宾逊好多少——实际上糟糕得多。接着我转向他。"先生,你有没有一本书是——"那是什么?在哪里?"我在找一幅画——我是说,一本西斯莱的画册,如果你碰巧有的话。"

"西斯莱?"他皱起眉头,就好像我在要求一种他手头没有的饮料。"我想我有,应该在这一块。"他扶着我的胳膊,藤杖再次停在半空。"那些都是印象派画家的,从最初的六位画家开始。"

我走到书架前开始慢慢寻找,但一无所获。书架上有一本有关印象派风景画的书,其中索引里有西斯莱,但不是我要找的。最后我找到一本描绘冬天风景的书。

"那是新的。"亨利·罗宾逊用异常尖锐的目光看着它。"罗伯特·奥利弗第二次来时送给我的。"

我拿着那本书——一份昂贵的礼物。"你有没有给他看贝亚特莉斯的照片？"

他想了一会儿。"我想没有。不然我会记得。另外，如果我给他看了，他会连照片一起偷走。"

我不得不承认有这种可能。令我欣慰的是，西斯莱的画就在里面，就像我记得在国家美术馆看到的那样：一个女人沿着村子里一条高墙间的小巷往远处走，还有她脚下的雪、光秃秃的黑色树枝和冬日的夕阳。那是一幅令人啧啧惊叹的作品，即便是印在书上。那女人的裙子随着她的走动一摇一摆，她行色匆匆，身上披着灰色短斗篷，裙摆镶着不同寻常的蓝边。我举着书给亨利·罗宾逊看。"你觉得眼熟吗？"

他打量了许久，接着摇摇头。"你真的认为其中有什么关联？"

我把相册拿过去，把画和照片并排放在一起。裙子显然一模一样。"难道这条裙子很流行吗？"

亨利·罗宾逊紧紧地抓住我的手臂，我再一次想到了我父亲。"我觉得不可能。那时，一位淑女的裙子是由女裁缝为她量身定做的。"

我看着油画下面的文字。艾尔弗雷德·西斯莱在去世的四年前画了这幅画，在格莱米耶村，就是他老家鲁恩河畔莫雷镇的西面。"我可以坐下来想一想吗？"我问道，"你的信可以再给我看一眼吗？"

亨利·罗宾逊让我扶他坐回椅子上，有些不情愿地把信递给我。不，我无法看懂原稿上的法语。我必须回到酒店后重看我自己的版本，佐伊的翻译。现在我真希望随身带着它——显然应该这么做。我很肯定要是玛丽，玛丽她会马上就找到答案，然后得意、傲慢地说："看见了吧，夏洛克。"我失望地把它们还给他。"先生，今天晚上我想打电话给你，可以吗？我在想这张照片和西斯莱的画之间有什么关联。"

"我也会想一想，"他和蔼地对我说，"我怀疑那不能说明什么，即便裙子很相像，等你到了我这个年纪，你会发现最终什么都不重要了。现在伊冯等着我们吃午饭。"

我们面对面坐在餐厅里一张光亮的桌子旁。餐厅就在那另一扇关着的绿门后面，里面也挂满了油画和镶着框的有关一战和二战之间的巴黎的照片，都是平静而令人忧伤的画面：塞纳河、埃菲尔铁塔、穿着深色衣服戴着深色帽子的人们，一座我永远无法了解的城市。洋葱炖鸡很可口；伊冯出来问我们饭菜味道如何，并留下来和我们一起喝了半杯酒，并用手背擦了擦额头。

午餐后，亨利似乎很疲惫，我很识相地准备离去，并提醒他我会打电话来。"你一定要来和我道别，"他对我说。我扶他坐回椅子上，又陪他坐了一会儿。当我起身要走时，他试图再站起来，但我阻止了他，只和他握了握手。他似乎突然就睡着了。我轻轻地站起来。

当我走到客厅的门口，他从背后叫我。"我有没有告诉过你奥德是宙斯的孩子？"他的目光炯炯有神，茫然衰老的脸上透出年轻人的光彩。我本该知道，我心想，他一定会大声说出我藏了很久的想法。

"有的。谢谢你，先生。"

当我离去时，他双手托着下巴。

一〇二
马洛

在酒店狭小的房间里,我拿着佐伊的译文躺下,找到了那一段:

今天我自己也有一点累,除了写信无法做其他事情,虽然昨天我的画进展顺利,因为我找到了一个很好的模特:埃斯梅,我们的另一个女仆;当我问她是否知道你所挚爱的卢维希纳村时,她害羞地告诉我她就生在相邻的村子里,叫做格莱米耶村。伊弗说我不该让她们为我坐着,这是种折磨,但我要去哪里找这样耐心的模特?

在酒店旁边的商店里,我买了一张价值二十美元的电话卡——打回美国可以聊很久——和一份法国的街道地图。我注意到街道对面的里昂车站有好几个电话亭,于是拿着一叠信往那里走去,感到车站高耸的建筑悬浮在我的头上,车站外的雕塑已被酸雨所腐蚀。一时间我希望我能走进去,搭上一列蒸汽火车,听着它鸣笛吐气,坐着它开出车站,进入一个属于贝亚特莉斯的世界。但那里只有三列锃亮的、太空时代的高速火车停在靠近铁轨末端的地方,里面回响着我听不懂的广播,宣布列车即将出发。

我在我看到的第一张空椅上坐下,打开地图。如果你沿着塞纳河,顺着印象派画家的足迹走,就会发现卢维希纳在巴黎的西面;刚到的那一天,我在奥赛博物馆里看到了好几幅描绘卢维希纳的画面,包括西斯莱本人画的一幅。我找到了鲁恩河畔莫雷镇,那是他去世的地方。近旁有一个小点——格莱米耶。我把自己关在电话亭里,打给玛丽。美国现在是下午,这个时候她应该回家了,在画画或是准备晚上的课。谢天谢地,电话响了两声她就接了。

"安德鲁？你还好吗？"

"当然。我在里昂车站。这里太美了。"从我站的地方,我透过玻璃能看见"蓝火车"上方的壁画,那曾是"里昂车站自助餐厅",是贝亚特莉斯或至少是奥德那个年代最时髦的车站餐厅。一个世纪之后,那里依然供应饭菜。我真希望玛丽在我身边。

"我知道你会打来。"

"你好吗？"

"哦,我在画画。"她说。"水彩画。现在我厌倦了静物画。等你回来后我们应该出去写生。"

"没问题。你说了算。"

"一切都好吗？"

"很好,不过我碰到了一个问题。不是什么很实际的问题——更像是福尔摩斯的要解开的谜团。"

"那么我可以当你的华生。"她大笑着说。

"不,你是我的福尔摩斯。问题是这样的。西斯莱在一八九五年画了一幅乡间的风景画。画面上是一个沿着一条路往前走的女人,穿着一条黑色的裙子,裙摆的设计很特别,像是一种希腊的几何图案。我在国家美术馆见过,所以你也许知道。"

"我不记得那幅画。"

"我认为她的裙子和贝亚特莉斯·德·克莱尔瓦勒的一样。"

"什么？你是怎么知道的？"

"亨利·罗宾逊有一张她的照片。哦,他人很好。信的事情你说对了。罗伯特是从法国拿到信的。我很遗憾地说,他从亨利那里把信偷走了。"

她沉默了一会儿。"你把它们还回去了？"

"当然。亨利很高兴它们失而复得。"

我想她一定是在想罗伯特和他多次的犯罪,但接着她说:"即使你肯定那是同一条裙子,那又怎么样?也许他们认识对方,她当了他的模特儿。"

"他画她的那个村子叫格莱米耶,那是她女仆的老家。亨利告诉我,贝亚特莉斯的女儿奥德临死前告诉亨利——听得明白吗——贝亚特莉斯给了她女仆某件重要的东西,一份她对奥德的爱的证明。奥德从来没有找到那是什么。"

"你希望我和你一起去格莱米耶吗?"

"我希望你能去。我应该那么做吗?"

"我不知道你在整个村子里能找到什么。而且过了那么久。也许他们中的某个人葬在那里?"

"可能是埃斯梅——我不知道。我认为维格诺一家人应该葬在巴黎。"

"是啊。"

"我做这些事情是为了罗伯特吗?"我希望再次听到她的声音,安心、温暖、略带嘲弄。

"别傻了,安德鲁。你这么做是为了你自己——你很清楚。"

"一方面也算是为了你。"

"一方面也算是为了我。"在没有尽头的大西洋电缆线上的另一端——或者现在是通过卫星?——她沉默了。我突然想到这个时候我应该打给我的父亲。

"嗯,我会尽快赶到那里,因为它离巴黎很近。开车去那里不会太难。我也希望能去埃特尔塔。"

"看情况吧,也许有一天我们会一起去那里。"此时她的声音听起来发紧,她清了清嗓子。"我会等着——但我可以跟你谈件事情吗?"

"当然可以。"

"我不知该从何说起,因为,"她说,"昨天我发现我怀孕了。"

我站在那儿,手里紧紧握着听筒,脑子里一片空白,隐隐感到我的生活将发生天翻地覆的变化。"那是——"

"那是肯定的。"

我不是这个意思。"那是——"那一刻我心里开启的门似乎出现了一个越来越近的人影,虽然电话亭的门关得紧紧的。

"是你的,如果想知道的就是这个。"

"我——"

"不可能是罗伯特的。"通过电话我听得出她的坚决,她决心直截了当地把这些都告诉我,她修长的手指在大洋彼岸握着听筒。"别忘了,我已经好几个月没有见过罗伯特,我也不想见。你很清楚我再也不会见他。没有别人。只有你。我采取了防范措施,你知道的,但几乎任何方法都会有一定的失败几率。我过去从来没有怀孕过。我这辈子都没有过。我一直都是那么小心。"

"但是我——"

一声不耐烦的大笑。"你不是要说些什么吗?开心?害怕?失望?"

"请让我想一想。"

我靠在电话亭里面,额头贴在玻璃上,不去管过去二十四小时内有其他人的头碰过它。接着我开始哭了。我有很多年没有哭过;曾经,在我最喜欢的一个病人自杀之后,我一度留下激动和愤怒的眼泪——但最重要的是,多年前,当我坐在母亲的身边,握着她那温暖、柔软、没有知觉的手,过了很久才意识到她再也听不到我的声音,因此她不会介意我崩溃,虽然我保证过要安慰好父亲。另外,其实是他在安慰我。我们因为自己的工作都熟悉死亡;但是他一生都在安慰失去至亲的人。

"安德鲁?"玛丽在电话那头,搜寻我,声音显得焦急、伤心。"你有那么紧张吗?你不必假装——"

我用袖子擦擦脸,袖扣碰到了鼻子。"那么你不介意嫁给我了?"

这一次,她的笑声是那么熟悉,有点哽咽,就像我在罗伯特·奥利弗身上所发现的那种感染力。是我自己发现的吗?他从来没有对我大笑过;我一定是想到了其他人对他的描述。我听见她控制住声音。"我不介意,安德鲁。我从来没想过嫁人,但你不一样。而且那也不是因为孩子。"

听到这个词——孩子——的那一刻,我的生命自动地一分为二,这是爱情的有丝分裂。其中一半甚至还没有完全成形,但那两个小小的字眼,透过电话,已经为我开拓了另一个世界,或者说把我所知的世界变为了两个。

一〇三
马洛

我擤完鼻涕,在车站里转了一会儿,然后拨了亨利给我的号码。"我想租辆车,明天早上去格莱米耶。你想一起去吗?"

"我一直在想这个问题,安德鲁,我不认为你能找到什么,但也许你去了才会安心。"听见他叫我的名字,我感到特别高兴。

"如果听起来不算疯狂的话,你能一起来吗?我会尽量让你觉得方便。"

他叹了口气。"现在我不常离开家,除了去看医生。我会耽误你的时间。"

"我不介意耽误一点时间。"我忍不住想告诉他我父亲现在依然开车去看望教区居民,并出去散步。他差不多要年轻十岁——到了人生这个阶段,年龄差一点,行动力就差很多。

"啊,"他在电话那头考虑着。"我觉得最坏的事就是走这么一趟会要了我的命。那样的话,你可以把我的尸体送回巴黎,和奥德·德·克莱尔瓦勒葬在一起。累死在一个美丽的村子里也不算是最糟糕的下场。"我不知该说什么,但他咯咯地笑着,于是我也笑了。我希望我可以把我的消息告诉他。叫人不爽的是,玛丽无法见到这个人,这个能当她祖父甚至是曾祖父的人,和她一样长着两条又长又细的腿,有着俏皮幽默感。

"我可以明天九点来接你吗?"

"可以。晚上我会睡不着。"他挂了电话。

对外国人来说,在巴黎开车真是一场噩梦。只有贝亚特莉斯才能促使我这么做。行驶在那些喜欢突然转向的车辆中间,一路是不熟悉的标志和一条又一条的单行道,我觉得只有我闭上眼睛——偶尔睁开,睁得比以往都要大——才会没事。我找到亨利家时已汗流浃背,好在那里可以停车(尽管是非法的)。我开启警戒灯,和伊冯花了二十分钟把他扶下楼梯后,不禁松了口气。如果我是罗伯特·奥利弗,只要抱起亨利把他扛下楼就可以了,但我不敢建议这么做。他在前座上安顿好,管家把一架折叠的轮椅和另外一条毯子放进后备厢,令我又松了口气——至少我们可以安全地在村里一些地方走走。

亨利用惊人的好记性给我指路,我们安全地驶出一条主要的林荫大道,接着,通过教区,瞥见了宽阔的塞纳河、蜿蜒的道路、树林和最近的村子。只是到了巴黎的西面,路面变得更为崎岖;我从没到过这个地区。这里有着陡峭的山坡和石板屋檐、古老的教堂和气派的树木、盛开着夏日第一批玫瑰花的篱笆。在清新的空气中,我把车窗摇下,而亨利平静地环顾四周,一言不发,脸色苍白,但不时露出微笑。

"谢谢你。"他又一次说道。

我们在卢维希纳驶离主干道,缓缓地开过小镇,这样亨利就能指给我看哪些是伟大画家曾经住过、创作过的地方。"普鲁士人入侵的时候,这座小镇几乎毁于一旦。当时毕沙罗在这里有栋房子。他不得不带着家人逃走,而住进他家的普鲁士士兵把他的油画当作地毯用。镇上的屠夫拿它们当围裙。他损失了一百多幅画,那是他多年的心血。"他清了清嗓子,咳了一下。"Salauds(一帮混蛋)。"

过了卢维希纳,一路都在下坡;我们经过了一座小城堡的大门,还有一闪而过的灰色石块和高大树木。下一座小镇就是格莱米耶,它是那么小,以至于我差点开过了头,好在及时转了弯。当我们进入广场时,我看到了标志,所谓广场只不过是一座教堂前一片鹅卵石的路面。教堂非常古老,可能是诺曼底时代的,有着低矮而敦厚的塔楼,入口处的神兽已经风化了。在两位穿着实用的橡胶靴、拎着购物袋的老妇人的注视下,我把车停在附近,并搬出轮椅,接着把亨利扶出来。

没有必要急着赶路,既然我们不知道来这里要做什么。亨利似乎很喜欢在当地一家咖啡馆里不慌不忙地喝杯咖啡,我把他的轮椅放在外面的一张桌子旁,并把毯子盖在他的膝盖上。那是一个冷飕飕的早晨,但在阳光下却感觉春意融融;右边的一条路上沿路盛开着栗子花,像是一座座粉色和白色的小塔。我很快熟悉了推轮椅——有一天我父亲可能会需要一辆——我们沿着第一条高墙间的巷子走,看是不是那一条。我绕过一块碎裂的圆石。我父亲完全可能在他有生之年看到他的孙子。

亨利坚持带来了西斯莱的书;经过几番比对,我们确定了其中一条高墙间的巷子与画中的相符,于是我拍了一些照片。雪松和悬铃树伸出墙来,而路的尽头是一栋房子,就是画中贝亚特莉斯——如果那真是她的话——去往的地方。这栋房子装着蓝色的百叶窗,门前边摆着几盆天竺葵;房子修缮得很整齐,也许主人住在巴黎。我徒劳地按下了门铃,而亨利则坐在轮椅上,待在前面的走道上。"没用。"我说。

"没用。"他附和道。

我们来到商店里,问老板知不知道赫纳尔德这家人,但他和悦地耸耸肩,继续称香肠。我们绕开台阶,走进教堂。里面又冷又暗,像个山洞。亨利哆嗦了一下,要我带他到走廊上,然后在那里垂着头坐了一会儿——闭目养神,我想。接着我们进入镇公所,看有没有埃斯梅·赫纳尔德或她家人的记录。前台的女士很乐意帮忙;显然一上午她都没有见过一个人,而且厌倦了一直打字。这时另一个职员走了出来——我一直没有搞清楚他是谁,不过在这么一个小地方,他可能就是镇长——他们为我们查找一些文件。他们有关于这个村子的历史档案,以及一份出生和死亡的记录。这些记录原先是放在教堂里的,但现在保存在一个防火的金属箱子里。没有赫纳尔德家的记录;也许他们并不是房子的主人,而只是租户?

我们谢过他们,并准备离开这里。在门口,亨利示意我停下,转身握住我的手。"没关系,"他和蔼地说,"要知道很多事情永远无法解释。其实这并不是一件坏事。"

"你昨天也这么说过,我想你是对的。"我说,并温和地捏了捏他的手;那像是一捆温暖的木棍。他说得没错——我的心早已飞到了别的地方。他拍了拍我的胳膊。

我花了一点时间才把轮椅推向出口。当我抬起头,看见了它,那幅素描。它镶在画框里,挂在入口处古老的石膏墙上,一张用石墨画在纸上的草图:一只天鹅,但不是我前天所见到那幅画上的受害者;这一只俯身冲向地面,而不是挣扎着起飞。下方躺着一个人形,一条优美的腿,上面有一小块布。我小心地刹住亨利的轮椅,上前一步。这只天鹅、女仆的小腿和她小巧的脚,姓名缩写标注在一个角落上,潦草但能辨认出来,就像我曾看见它们出现在花上、草上和一个穿着笨重靴子的小偷脚边。那是一个熟悉的签名,更像是一个中国字,而不是一组拉丁字母:她特有的标记。她用那个标记只画了一段有限的、太过短暂的时间,便永远地停止了绘画。我们身后办公室的门是关着的,我小心翼翼地把那个小画框从墙上取下,放在亨利的膝盖上,并用手握着,以免他不小心掉落。他扶了扶眼镜,凑近看。"啊,mon Dieu(天啊)。"他说。

"我们回去吧。"我们呆呆地看了一会儿,接着我把它挂回墙上,我的手指不住地打颤。"他们知道关于这幅画的情况,或者有人知道。"

我们掉转方向,返回办公室,亨利用法语询问关于门口那幅画的情况。年轻的镇长——不管他是谁——再次表示乐意帮助我们。他们的一个抽屉里还有好几幅类似的画——这些画是在修复一栋房子时被发现的,那时他还不在那里工作,但他的前任很喜欢那一幅,于是装进了画框。我们要求看看这些画。他找了一会儿,发现了一个信封,便递给了我们。他要回自己的办公室打电话,但如果我们愿意,可以坐在那里,在秘书的陪同下看画。

我打开信封,把那些素描一张张递给亨利。它们都是习作,大部分画在棕色厚纸上——翅膀、草丛、天鹅的头部和脖子、躺在草地上的女孩的身体,还有一只挖进泥土里的手的特写。里面还有一张厚实的纸,我把它展开交给亨利。

"这是一封信,"他说,"这里竟然有封信。"

我点点头,他结结巴巴地读起信来,并为我翻译,不时因为哽咽而停下。

我亲爱的,

我怀着深深的痛苦给你写这封信,感觉距离你非常遥远。我害怕要永远地和你分离,那对我将是种折磨。我在我的画室里匆忙地给你写信,你绝对不要再到这里来。要来就到家里来。我不知该从何说起。今天下午你离开后,我继续创作这个人物;我画得很不顺利,比我预想的待得更久。大约五点天色开始暗下来时,有人敲门;我以为是埃斯梅带回了我的披肩。但来者是吉尔伯特·托马斯,你认识他。他进来后鞠了一躬,并把门关上。我颇感讶异,但猜他是听说伊弗给我买了一间画室才来的。

他说他先去家里拜访,得知我在几步开外的地方。他很有礼貌——他说他好早就想要同我谈谈我的事业,又说如我所知,他的画廊经营得非常成功,只是需要新的画家给他锦上添花,还说他一直很崇拜我的技艺云云。说完他把帽子放在胸前再次鞠躬。接着他走上前,端详着我们的画,并问是否我本人独自画的,没有其他人的协助——说到这里,他做了一个微妙的动作,表示知道我的状况,虽然我依然穿着工作服。我不想解释我想尽快完成,开始待产;我不想让他或我自己觉得尴尬,也不想提到你对我的帮助,因此我什么也没说。他凑近看了画的表面,说它棒极了,还说我在我导师的指导下发挥了卓越的技艺。我开始觉得不舒服,虽然他不可能知道我们在一起创作。他问我会定什么价,我说在沙龙审核之前我不打算卖它,即便到了那个时候我也想保留它。他笑容满面地问,我的名声或是我孩子的名声值多少钱。

我假装清理画笔,以便有时间思考,接着尽可能镇定地问他什么意思。他说我一定是准备再次用玛丽·利维尔的名字提交这幅画——那瞒不住他这种每天看画的人。但不管是玛丽还是我,都不会把一幅画看得比名声更重要。他当然对于女性画画持开放的态度。事实上,五月下旬他去埃特尔塔旅行时,曾看见一个女人在室外写生,在海边和山崖上,由一位年长的亲戚陪同,而他曾给她写过一张纸条,但她可能没有收到。他从口袋里掏出纸条,拿着让我看,当我伸手去拿时又移开了。我立刻发现那是那天早上你写给我的纸条,上面有一个破损的封印。我从未见过这张纸条,但那是你的笔迹,你对我的称呼,你写的关于我们、关于我们那一夜的事情——他把信放回了口袋里。

他说女人进入这一行非常好,而我的画并不逊于他见过的其他人的作品。但一个女人在当了母亲之后也许会改变对于画画的想法,当然也不希望有任何丑闻公之于众。对于这样无与伦比的作品,给多少钱都不够,但如果我愿意发挥最大才能完成它,他很荣幸把他自己的名字放在画的一角。实际上,荣誉将全部属于他,因为它已经美不胜收,完美地结合了传统和创新、古典和自然——这女孩尤其优美,年轻,美得足以吸引任何人——对于我今后的所有画作,他很乐意做同样的事情,并知道我不会有任何的不满。他漫不经心地说着,就好像他只是在评论画室的设备或是我有趣的用色。

我无法看着他,也说不出话来。如果你在场,我担心你可能会杀了他,或是被他所杀。我真希望他死掉,但他没有,而且我肯定他是认真的。钱也无法改变他的主意。即便我完成了这幅画,把它送给他,他也不会给我们一点安宁。你必须走,我最亲爱的。这非常可怕,特别是因为现在我们之间的友情已成为我生命快乐的源泉,给我的画笔增添了新的技巧,而且这友情是完全纯洁的。告诉我该怎么做,要知道我的心会跟随你做的任何决定,但不要牵连伊弗,只是这一点,拜托,我亲爱的。而你和我则不必得到同情。来家里一次,带上我所有的信,我会考虑怎么处理它们。我完成这幅画后将永远不再为这个恶魔画画,如果我要画,那只有一次,以记录他的恶行。

B.

一八七九年九月

亨利坐在轮椅上,抬头看着我。

"我的天啊,"我说,"我们必须告诉他们。让他们知道手上的是什么东西。还有这些画。"

"不。"他说。他试图把信放回信封,接着示意我帮助他。我服从了,但动作很慢。他摇摇头。"如果他们知道了些什么,没有必要知道更多。他们最好不要知道。如果他们一无所知,那最好了。"

"但没有人明白——"我打住了。

"不——你明白。你知道了你需要知道的一切。我也是。要是奥德在这里就好了。她也会这么说。"我以为他会哭,就像他面对那些信时差点哭了一样,但他脸上容光焕发。"把我推到外面去晒晒太阳。"

一〇四
马洛

在飞往杜勒斯机场的飞机上,我把毯子盖在膝盖上,想象着奥利维尔最后的来信——也许被她扔进巴黎卧室里的壁炉烧成了灰烬。

我亲爱的,

我知道写信给你很危险,但你会原谅一个老艺术家想和一位同志告别的愿望。我会小心地把这封信封好,相信除了你没有人会拆开它。你从没有写信来,但是在这个陌生、荒凉、美丽的地方,我每天都能感觉到你的存在——是的,我试着把它画下来,但是天知道我的画会有怎么的遭遇。大约八个月前,伊弗写信告诉我,你完全不再画画,把整个身心放在女儿身上,她是个有着蓝色眼睛、开朗性格和敏锐心智的孩子。如果你把那种天赋转移到对她的照顾上,她一定会成为可爱聪明的孩子。但你,我亲爱的,怎么能放弃你的天赋呢?你至少可以在私底下享受它的乐趣。我已经在非洲待了十年,而托马斯也死了,我们都不会再对你的名声构成威胁。他将你最好的作品据为己有,难道你不该继续创作更好的作品来报复他?但我记得,你是一个顽固的女人,或者说至少是个执著的人。

没有关系;到了八十岁,我看到了七十岁时仍看不到的东西,那就是最终一个人除了自己几乎能原谅一切。然而,现在我甚至也原谅了自己,也许是因为我懦弱的性格,也许是因为任何人都会像我一样拜倒在你的脚下,或者仅仅是因为我已时日无多——四个月,六个月。我完全不在乎。你给予我的一切在我的人生岁月里投下一道长长的光芒,令它们加倍明亮。我已经得到了那么多,不能再有抱怨了。

但今天我提起笔来并不是要你耐心听我说人生道理——而是想告诉你,在一个最令我难以忘怀的时刻,你曾经悄悄告诉过我你的愿望,你希望我临死前念着你的名字。我会实现这个愿望。我想没有必要告诉你这个,而且这封信可能永远无法送到你的手上——这里的邮政靠不住。但无论如何它会传到你的耳边,那个被默念着的名字。

  此时,我的最爱,请带着你所有的宽恕想起我,但愿上帝赐予你幸福,让你活得比我这个老废物更老。祝福你的小女儿和伊弗,在你的保护下一切都好。等到奥德长大以后,告诉她一些有关我的故事。我把我的钱都留给她——是的,伊弗告诉过我她的名字,他会为她保管我在巴黎账户里的积蓄。今后有一天用其中一小笔钱带她去埃特尔塔。如果你再次拿起画笔,你会知道那个村子、山崖和周围的道路,是一个画家的天堂。吻你的手,我亲爱的。

奥利维尔·维格诺
一八九一年

一〇五
马洛

我返回金树林的那天上午同样阳光明媚;我似乎把春天从法国带了回来。我也带回了给玛丽的戒指,十九世纪的式样,镶着红宝石的黄金戒指,费用比我前六个月的开销加起来还多。员工很高兴见到我,我趁喝一杯咖啡的时间浏览了第一批大量的消息和文件。他们的记录,以及代替我看护罗伯特的克朗医生的记录好在都是正面的;罗伯特还是没有开口,但是他很忙碌,很兴奋,似乎能正常吃饭,还会对其他病人和员工微笑。

接着我查看了我其他的病人,其中有两人是新来的。其中一个是个年轻女孩,因为自杀在特区一家医院留院观察,她已决心恢复过来,不再给家人带来痛苦。她告诉我,看着她母亲因为她害怕而哭泣,使她改变了对很多事情的看法。另一个新人是位上了年纪的妇人;我怀疑她的身体状况并不适合待在这里,但是我会和她家人交换意见。她对我伸出她那瘦得像纸片的手,我握住了它。接着我拿起公文包去看罗伯特。

他坐在床上,怀里捧着一本写生本,眼神空洞。我直接走过去,把手放在他的肩膀上。"罗伯特,我能和你谈一会儿吗?"

他站了起来。我看出了他脸上愤怒、惊讶和像是受伤的表情。我在想他现在是不是必须开口了——你拿走了我的信。也许他会恨恨地说该死,就像我对他说过的那样。但是他只是站在那里。

"我可以坐下吗?"

他没有反应,于是我在通常坐的那张扶手椅上坐下,这个位置对我已是一个熟悉的地方,有种回家的感觉,今天坐起来格外舒服。

"罗伯特,我去了法国。我去看了亨利·罗宾逊。"

马上有了效果;他猛地转过头,写生本掉在了地上。

"亨利已经原谅你了,我想。我把那些信还给了他。我很抱歉没有问你就把它们拿走了。我怕你不会同意。"

这话立刻又引起了一阵反应;他朝我走过来。我站起身,觉得这样比较安全。幸好我像往常一样,让门开着。然而我看着他,发现他并没有敌意,只是被吓到了。

"他很高兴拿回它们。接着我和他一起去了信上提到的一个村子。我不知道你是否记得——格莱米耶,贝亚特莉斯女仆的老家。"

他定定地看着我,脸色苍白,双手在两边晃动。

"那里没有女仆一家的线索,但我是因为亨利告诉我贝亚特莉斯把某件东西放在那个村子里,那件东西能够证明她对她女儿的爱,所以才去的。我们找到了一幅画——其实是一系列带有她签名的习作。"

我从公文包里拿出我自己画的草图,那一瞬间我强烈地意识到自己技巧的不足。我默默地递给他。"贝亚特莉斯·德·克莱尔瓦勒,不是吉尔伯特·托马斯。你猜到了?"

他双手拿着我的草图。这是他第一次直接接受了我交给他的东西。"这些习作还附带着一封信。我给你影印了一份,你可以自己看一看。亨利也为我作了翻译。那是贝亚特莉斯写给奥利维尔的,证明了托马斯勒索她,并将她最伟大的作品之一占为己有,署上自己的名字。我想,这你也猜到了。"

我把折起的纸递给他。他拿着它们站在那儿。接着他用一只手遮住脸,虽然只有一会儿,但像是过了很久。接着他放下手,把眼睛露出来,直视着我。"谢谢你,"他说。我不知道,或者说不记得他的声音有多么低沉、多么洪亮而动听,这个声音和他本人很相称。

"只是有一点我无法理解。"我站在他身边,注意到他先是看了看我,接着又看了看我的草图。"如果你怀疑《勒达》是贝亚特莉斯的作品,为什么还想要破坏它?"

"我没有。"

"但你带着一把小刀去那里,故意地。"

他像是露出了微笑。"我是要刺他,而不是她。但当时我有点神志不清。"

于是我明白了:吉尔伯特·托马斯数硬币的肖像。罗伯特独自进入画廊。没错——他从口袋里掏出小刀,迅速地打开,正要扑过去的同时警卫正好进来扑向他。而刀子刚到了挂在吉尔伯特·托马斯自画像旁边那幅画的边框。我不知道他的内心会有什么反应,他已经脆弱的精神状态会发生什么变化,如果他伤害了他的所爱《勒达》。他最爱之一。我碰了碰他的肩膀。"你现在心智恢复正常了吗?"

他很认真,像是一个正在起誓的男人。"我已经恢复好一段时间了。我认为是这样。"

"要知道你可能还会出现这种情况,无论是否和贝亚特莉斯有关。那时你可能需要去看精神科医生或是临床学医生,并坚持服药。要安然无恙,也许你一辈子都要吃药。"

他点点头。他的神情坦然,显得很专注。

"如果你离开这个地区,我可以推荐其他精神科医生给你。你随时都可以打电话给我。先慎重考虑一下这个问题。你在这里待很久了。"

罗伯特笑了。"你也是。"

我不得不也对他一笑。"我明天再来看你。我会很早上班,如果你觉得自己准备好了,就可以签出院书。我会告诉员工——今天你可以随意地打电话。"最后这一句话是最难说出口的;有一个人的生活我希望他不要再介入了。

"我想看看我的孩子,"他声音柔和地说。"但是我会先找个地方安顿下来,再打电话给他们。很快的。"他站在房间中央,双手抱胸,眼里闪着光。接着我离他而去——他热情但有点心不在焉地和我握手——去做其他我应该做的事。

第二天早上我确实一大早就来到了金树林,因为从巴黎回来后我的时差还没有倒过来。罗伯特想必一直在等着我；当我在安排这一天的工作时，他就来到了我办公室的门前。他已经冲过澡，刮过胡子，穿着我第一次见到他时所穿的那套衣服，显得干净整洁，头发也湿漉漉的。他看上去像一个沉睡了一百年才醒来的男人。工作人员显然已经给了他几个大袋子，来装他的物品。他把袋子竖立着放在大厅里。我依然可以感觉到玛丽的胳膊搂着我的脖子，入睡时她的手上戴着那个戒指。他没有打电话给她，而现在我明白，毫无疑问，她也不希望他打来。当然我还得决定是否也让凯特知道他出院了。

罗伯特微微一笑。"我准备好了。"

"你确定吗？"我问他。

"如果我发病我会打电话给你。"

"在发病之前。"我把我的电话号码和他的文件给他。

"好的。"他接过表格，看了一遍，毫不犹豫地签了字，把笔还给我。

"要开车送你到什么地方吗？还是我帮你叫辆出租车？"

"不用。我想先走走。"他高大的身影在我办公室门前徘徊着。

"要知道，我为了你打破了所有该死的规定。"我想要说给他听，或者我只是想说出来。

他竟然哈哈大笑。"我知道。"

我们站在那儿看着彼此，接着罗伯特伸出双臂搂住我，抱了我一会儿。我没有兄弟，父亲和朋友也没有一个人像他这么高大，大到足以压垮我。"谢谢你为我费心。"他说。

谢谢你让我走进你的生活，我想对他说，但没有说出口。我是说，谢谢你给了我这样的生活。

我让他一个人走了，虽然我很想陪他走出来，闻一闻重新属于他的清晨的气息和大楼前旧车道上开满花的树飘来的香味。他大步穿越大厅直接走到大门口。我看见他拿起包，开门走了出去，在身后关上门。

我去了他的房间。除了绘画用具空无一物；他把那些工具整齐地堆在一个架子上。立在中央的画架上有一幅已经完成的贝亚特莉斯的肖像,她的脸上没有笑容但神采奕奕。那可能是给玛丽的,我觉得我并不介意把它转交给她。其他的画他都带走了。

现在我知道,那天我猜得没错。罗伯特会去一些新的地方画画:风景,静物,有着怪癖和魅力、会渐渐老去的鲜活的人们——那些画作会比以往更引人注目,挂在博物馆里。当然,我没有想到除了知道他在艺术界占有一席之地外,我将再也无法获得他任何消息。但这也够了。我会密切关注他画笔下不断长大的他的孩子们、他生活中出现的新的女人,以及他支起画架面对的陌生牧场和海滩。罗伯特说得对——我费了一些心思,不过并不完全是为了他。作为回报,我为自己留下了一些东西:在巴黎所经历的那些漫长时刻,看见了一幅这个世界永远看不到的画。我获得了丰厚的报酬,尝到了属于我的快乐,即便是小小的乐事但也一样甜蜜。

一八九五年

夜晚将近。此时天光是无助的;黑暗的树枝互相交错,融入越来越暗的天色中。我想象着他把东西放好,把调色板刮干净。她再次经过时,他正在灯下清理画笔。这一次她离他的窗子很近,办完事后步履匆匆地返回。她戴着兜帽,他无法看清她的脸;她一定是正看着地面,看着冰块、结冰的水坑、一片片积雪和泥土。接着她抬头瞥了一眼,他看见她的眼睛是黑色的,正如他所期望的那样;他看到了它们透出的光彩——那张脸已不再年轻,尽管她的体形很优美,但如果他的心再年轻一点恐怕仍会爱上她,现在甚至他就想把她画下来。她的目光遇上了从他窗子透出的光,于是她再次低下头,继续赶路。她穿着一双好鞋子,并不适合这种糟糕的路面。他注意到她两手空空地垂在两边,似乎把刚才手里抱着的东西留下了——他猜想,是一件礼物,或是给一位生病的老人的食物,或是送到裁缝那里需要缝补的衣物,或者甚至是一个婴儿。不,这样寒冷的夜晚不适合带婴儿外出。

他对这个村子的了解,比不上对他自己的村子;在西边的鲁恩河畔莫雷镇,大约四年后他将在那儿去世。那是一个他早就料到的结局。他的脖子裹得严严实实,喉咙很痛,但不足以熄灭他的好奇心。他轻轻打开门,看着她的背影。一辆马车等候在小巷尽头的教堂前面;健壮的马匹,提灯点亮着高高悬挂。她爬进马车时,他能看见她那装饰考究的深色裙子;她用一只戴着手套的手把门拉起关上,仿佛是防止车夫下车,耽误他们更多的时间。马匹使出劲来,它们呼出的气息在空气中依稀可见;马车咯吱咯吱地往前开去。

接着他们走了,村子里恢复了宁静,和往常这个时候一样,沉入夜色中。他锁上门,把仆人从后屋叫来吃一点晚饭。明天他必须回家,回到妻子身边,回到画室里,那是在河的上游,并写封信给那位每年冬天都慷慨地把这个地方借给他的朋友。明天早上先是一段短短的回程路,接着是在有生之年里继续画画。此时,炉火开始在房间四周投下阴影,炉子上的一壶水开了。他端详着下午画的风景画:树画得很出色,陌生女子的轮廓在那条乡间小道上很醒目,给这幅画添了神秘感。他在左下角加上了他的名字和两个数字。现在差不多了,不过明天他还得润色她的衣着,并修改巷子尽头那栋房子窗户上的光,那里,老赫纳尔德在修补马具。新作品上的颜料开始凝固了。六个月后它会干透。他会把它挂在他的画室;某个阳光明媚的上午,把它取下来,送到巴黎去。